魅丽文化　花火工作室

楚乔传

特工皇妃

下册

潇湘冬儿 著

江苏凤凰文艺出版社

图书在版编目（CIP）数据

特工皇妃楚乔传：全3册 / 潇湘冬儿著. -- 南京：
江苏凤凰文艺出版社，2017.5
ISBN 978-7-5594-0056-7

Ⅰ.①特… Ⅱ.①潇… Ⅲ.①长篇小说－中国－当代
Ⅳ.①I247.5

中国版本图书馆CIP数据核字(2017)第059518号

书　　　名	特工皇妃楚乔传：全3册
作　　　者	潇湘冬儿
出 版 统 筹	黄小初　邹立勋
选 题 策 划	林玉婷　喻　戎
责 任 编 辑	胡小河　姚　丽
特 约 编 辑	喻　戎
责 任 监 制	刘　巍　江伟明
出 版 发 行	凤凰出版传媒股份有限公司
	江苏凤凰文艺出版社
经　　　销	江苏省新华发行集团有限公司
印　　　刷	湖南凌宇纸品有限公司
开　　　本	710×1000毫米 1/16
字　　　数	1000千字
印　　　张	63
版　　　次	2017年5月第1版，2017年5月第1次印刷
标 准 书 号	ISBN 978-7-5594-0056-7
定　　　价	108.00元

（江苏凤凰文艺版图书凡印刷、装订错误可随时向承印厂调换）

目录 CONTENTS

下册

★ 第五卷 青海卷 ★

- 002 · 第一章　　苍茫悲歌
- 015 · 第二章　　青海之王
- 026 · 第三章　　灯火阑珊
- 036 · 第四章　　活着真好
- 046 · 第五章　　庙算之高
- 055 · 第六章　　风起青萍
- 069 · 第七章　　再次重逢
- 081 · 第八章　　等你回来
- 093 · 第九章　　血色唐宫
- 103 · 第十章　　海棠依旧
- 111 · 第十一章　问鼎天下
- 120 · 第十二章　秀丽皇妃
- 128 · 第十三章　江山为嫁
- 137 · 第十四章　千帆过尽
- 151 · 第十五章　金风玉露
- 161 · 第十六章　重返真煌
- 171 · 第十七章　生死不负
- 184 · 第十八章　风起边陲
- 199 · 第十九章　燕兵狂潮
- 209 · 第二十章　宿命对手
- 220 · 第二十一章　天下取舍

目录 CONTENTS

下册

★ **第六卷　西蒙卷** ★

- 239 · 第一章　　逆鳞
- 244 · 第二章　　青海
- 248 · 第三章　　珍珠
- 252 · 第四章　　钢铁
- 256 · 第五章　　狼烟
- 262 · 第六章　　名将
- 269 · 第七章　　轮回

★ **番外卷　燕红** ★

- 280 · 第一章　　秋思
- 284 · 第二章　　阴阳
- 288 · 第三章　　人亡
- 292 · 第四章　　玄墨
- 297 · 第五章　　吊祭
- 302 · 第六章　　梨花

★ **番外卷　罂粟** ★

- 316 ·

★ **番外卷　江湖** ★

- 326 ·

第五卷

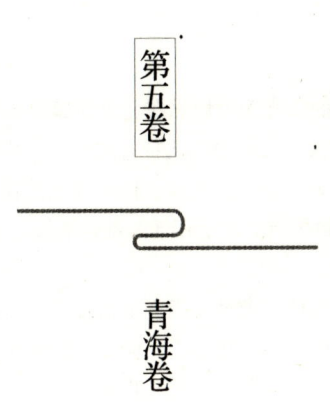

青海卷

第一章

苍茫悲歌

乌云遮盖着太阳，惨白的阳光无力地照在北风呼啸的战场上。

时间过得无比漫长，初秋的风带着燕北特有的寒气，横扫过苍茫的原野。从凌晨到正午，从正午到黄昏，鲜血流满了整片火雷原，艳红的火云花放肆地怒放，张扬地舞蹈着的染血花瓣，好似朵朵妖红。数不清的早上还活蹦乱跳的鲜活生命，此刻如同断了根的麦子，大片大片地躺在冰冷的土地上。

土地已经失去了原本的颜色。鹰鹫在天空上盘旋着，随时会俯冲下来享用这一场难得的盛宴。尸骸堆满了平原，伤兵们躺在小山一样高的尸海中哀声悲号，像是失去了家园的孤狼，发出悲伤的泣吼。但是更多的，是连惨叫都已经发不出，只能像死狗一样躺在地上，偶尔被寻找伤员的医务兵踢上一脚，才会哼哼一声，表示自己还活着。

傍晚时分，天空下起了小雨，细雨如牛毛，冰凉凉地落在身上。战壕里的尸首上还燃着火，雨丝打在上面，激起一层白雾。

程远踩着尸体走过来，多年的征战给他略显阴柔的面孔镀上了一层坚韧的血色光芒，他的大腿被流箭射伤了，用白布胡乱地绑着，走起路来一瘸一拐的。

一处不高的土坡上，玄衣男人直直地站在一株杨树下，燕北的鹰旗在他的头顶轻轻飘荡着，枯黄的干草在他的脚下飞舞着，不时地打着旋。他的眼底空茫一片，似乎正在看什么，可是那眼神好似越过战场，越过血光，越过天边的浮云……

程远突然有些发愣，静静地站在原地，没有走上前去。

"程远吗？上来吧。"

燕洵并没有转过头来，他的声音很平静，带着舒和的淡定。程远弓着身走上去，单膝跪在地上，沉声说道："启禀皇上，秀丽军已经从东南方的玄羽军团防线突围而出。玄羽军团是刚刚赶到的二线兵团，仓促成阵，挡不住楚大人的攻击。秀丽军的骑兵避开了禁卫军的正面攻击，直接插入玄羽军团的防线之中，等我们想要拦阻的时候已经晚了。秀丽军从左翼逃窜，目前已经往西北余道方向去了。"

燕洵静静地点了点头，并没有说什么。

程远舔了舔发干的唇皮，继续说道："末将已经传信给高将军和陆将军，命他们在余道关拦截，第一军团也会分出三万守军，在大西北境内分批阻击，龙吟关也做好了战斗准备，通往卞唐的南疆水路也被我们严密监控把守，就算秀丽军背生双翼，我们也能将他们射下来。"

燕洵仍旧没有说话，站在那里，好似对眼前耳边的一切都不闻不见。程远有些紧张，小声地试探着问道："皇上？"

"你继续说。"

"我军伤亡惨重，第三军团、第七军团全军覆没，第四军团、第八军团、第十一军团的军团长阵亡，部下战士也死伤过半。杜若临将军率领的第十三军团拒绝作战，如今上层军官已经被看押管制起来了，但是下层官兵仍旧不肯听从调配。他们在这里不但起不到作用，我们还要分出兵力看守他们……"

燕洵闻言微微转过头来，轻轻地挑起眉梢，沉声说道："拒绝作战？"

"是……是的。"程远吞下原本的话，换了一种比较温和的方式说道，"第十三军团的官兵，全是来自尚慎高原。"

冷风吹过，细雨打在燕洵的鼻梁上，他缓缓点了点头，不再说话。

"皇上，再次阻截住秀丽军只是时间问题，但是末将有一句话，不知当讲不当讲。"

燕洵面无表情道："说。"

"是。如果我军成功包围楚大人，那么请问皇上，我们该以一种怎样的方式进攻？是全力突击，还是迂回围困？是击杀，还是生擒？还请皇上明示。"

耳侧的风突然大了起来，他静静地站在那里，寒风吹过他的身体，吹起翻飞的袍袖。远处的战场仍有小股的火苗，一整日的激战夺去了战士们的锐气，此刻，他们疲惫、委顿、衣衫破烂。整整两万禁卫军，还有后增援的三路万人军团，虽然有一路中途退出战事，但还是在秀丽军面前大吃败仗。楚乔率领着九千秀丽军，像是一把刀子一样划破了他的包围圈。缙缙的三万火云军没有做到的事，她却轻而易举地做到了，燕洵不得不承认，在军事上，阿楚是一个难得的天才，她对战局的把握和控制，她在军队中的威信和地位，连自己都难以比拟。

他缓缓吐出一口气，心底的沉重像是海浪一样一层一层地翻上来。此刻，他不知道自己是该庆幸她终于逃了，在自己没有感情用事没有儿女情长的情况下击败了自己，逃出生天，还是该难过她终于彻底离开自己，再也不会回头。

有一种讽刺的滋味在心间生出，让他不自觉地想要冷笑。他淡淡地看着程远，突然开口道："程远，你知道为什么那么多人劝我你不堪大用，我却还是要重用你吗？"

程远闻言顿时一惊，连忙双膝跪地，磕头道："圣上厚爱，末将万死不足以报答。"

"因为你很像以前的我。"

程远猛地抬起头来，震惊地看着燕洵，却不再说话。

"我知道，你的父母亲人全在战火中死去了，你的妻子和妹妹被大夏的军队抓去做军妓，你哥哥也是大同的将领，却死在了内部的暗杀之下。"

程远的眼睛渐渐变得通红，他跪在地上，一个字也不说，嘴唇青白一片。

"我知道你在想什么，就如同我一样，我也知道自己在想什么。"

燕洵抬起头，望着夕阳血红的光芒穿透天边的阴云，洒下一片惨红。他嘴角轻轻弯起，沉声说道："一个人可以有很多心愿，但是总要先活下去，如果死了，就什么心愿都完不成了。"

程远的眼角突然一阵滚烫，泪水模糊了他的视线，被整个燕北骂作卑鄙小人的他紧紧握住拳头，深深地垂下头去。

天上飞过苍白的大鸟，从燕洵的视野中划过。燕洵看着它，目光悠远，像是长长的线，失去了维系的目标，终于再也找不到凝聚的焦点。他沉默许久，才沉声说道："秀丽军战力太盛，不宜正面阻其锋芒。开放边境，透消息给赵飑和魏舒烨，快要入冬了，就让阿楚来为我们打开大夏这个胶着的战场吧。"

程远微微一惊，以他的沉稳，也难掩脸上的震惊之色，许久才小声说道："大夏如今屯集在雁鸣关下的全是重甲兵，楚大人率领的全是轻骑兵，末将担心大夏仓促间无法阻住楚大人的去路。"

"那就拖住她的脚步。"燕洵转过身去，向着巍峨的北朔城走去。漆黑的战马跟在他身边，夕阳照在他身上，拉出一道长长的影子，有低沉的声音缓缓传来，像是草原上终年游弋的风，"通知北朔、尚慎、回回山一带的百姓，就说他们的秀丽大人，就要离开燕北了。"

大风吹起他翻飞的衣角，腰间的宝剑粼粼地反射着血红的光，男人的脚步那么沉重，一步一步，缓缓走进了那座漆黑巍峨的牢笼，冥冥中，似乎有黄金的枷锁将他整个人锁住了。黑烟在远方冉冉升起，惨叫哀号声不断传来，死一般的沉默笼罩在火雷原的上空。

阿楚，我曾说过，所有人都可以背叛我，你不可以，因为你就是我唯一的光源，是照耀我漆黑天空的太阳。

如今，我的太阳熄灭了。

四面楚歌、腹背受敌、孤立无援、逃生无门的时候，你可会想起我？

阿楚，我在你的背后看着你。

战斗来得毫无征兆，燕北各路大军对他们的到来保持了一种透明的状态。楚乔开始还抱着天真的幻想，以为燕洵不忍心对她下手，终会放她离开。然而，在龙吟关外，看到那些背着包袱拖着儿女的百姓的时候，她的心突然跌进了万丈冰潭，彻底绝望死寂。

晨光中，密密麻麻的人流如同一条长龙。有人推着大车，装满了大箱小箱，锅碗瓢盆都在叮当作响；有人挥舞着鞭子，驱赶着自家的牛群羊群；妇女抱着哇哇啼哭的孩子，坐在石头上袒露着半边胸膛，在冷风中给孩子喂奶；还有人挑着扁担，里面放满了番薯和玉米，每走一段路就要坐下来吃上一顿。

疲惫、辛苦、仓皇，但是当他们看到秀丽军的旗帜的时候，全都不约而同地欢呼起来。百姓们蜂拥上前，对着军队大声喊道："大人到啦！大人在这儿呢！"

一位须发皆白的老人拉着小孙子挤到前面，孩子的小脸冻得通红，他们对楚乔大声叫道："大人，咱们这是要去哪儿啊？"

"是啊，大人，咱们这是要去哪儿啊？"

"不管去哪儿，俺都跟定大人了，可不能让大人自己走了。"

"大人，您走怎么不事先说一声啊，俺的庄稼还没收呢，幸好俺走得快，要不都追不上了。"

……

秀丽军的战士们静静地站在空旷的原野上，谁也没有说话，他们都不约而同地转过头去看向楚乔。少女一身青色披风，身姿挺拔地坐在马背上，像是一杆锐利的标枪。她的表情很沉着，不见丝毫震惊和慌乱，于是战士们纷纷放下心来，不用担心，大人神机妙算，一定早就计划好了。

"大人。"贺萧策马赶上前来，在她耳边轻声唤道。

楚乔缓缓转过头去，贺萧离她这样近，近到让他察觉到了她目光中一瞬间的恍惚和迷茫。他的心里突然生出一丝难过和痛惜。多年的相处，让他不再如当初那样执着盲目地相信眼前这个少女的能力。两年来，他看到了那么多，看到了她的消沉，看到了她的哭泣，看到了她的软弱，看到了她的迷茫。她不是传说中那个战无不胜的神话，更多时候，她只是一个年轻的女子，固执而傻傻地承受了太多的责任和压力，就连流泪，都要躲在没人的角落里。但是这一切并不影响他对她的忠诚，反而让他生出了一种更为复杂的情愫，像亲人，像兄长，像部下，更像知己。

他伸出手，不轻不重地握了一下她的肩膀，沉声说道："大人，贺萧在这儿了。"

是啊，贺萧还在这儿，秀丽军还在这儿，她并不是孤立无援的。

可是很快，雁鸣关方向就扬起了大片烟尘。斥候急忙奔回来，汇报道："大人，前方二十里处，赵飏亲率十万大军，正在火速前来，只要我们离开龙吟关口，必遭伏击。"

这一刻，楚乔几乎想要大笑出声。

燕洵，燕洵，你好精明的手段！

开关让路，不费一兵一卒；以百姓拖延、摧毁她骑兵的高速机动优势；借大夏之手，阻断她的前路。就算大夏对这个消息有所怀疑，但是也不能放任楚乔这样的燕北军事头目带着秀丽军进入大夏境内，哪怕明知燕洵另有目的，此战也必不可免。

他摸透了尚慎、回回百姓们的心思，摸透了她楚乔的心思，更摸透了赵飏的心思。

也许在小规模的战场上，她还可以通过战术的运用和高明的指挥手段胜他一场两场，但是说到谋算人心、巧妙运用各方势力，她却远远不及燕洵。

百姓们也发现了东边翻飞的烟尘，有丝丝的恐慌在人群中漫开，尽管大家还是信心满满地想：大人在这儿呢，不用害怕。但是想起大夏的铁血军队，还有秀丽军不满五千人的编制，他们也不由得犹豫起来。

贺萧已然返回龙吟关下，有战士大声喊道："城上守军，请开城门，放百姓们进去！"

连喊了三遍，才有人拉着长调慢悠悠地说道："皇上有令，若要进城，就请秀丽军的战士们先进城。"

"大夏军队转瞬即来，请先让百姓入城！"

"皇上有令,请秀丽军的战士们先进城!"

单调的回音一遍遍地响起,大风呼啦一声吹起,扬起遍地的尘土和草屑。楚乔仰着头,看着龙吟关上飘荡着的黑鹰战旗,紧紧地握住了拳头。

"大人?"有士兵在旁低声地叫。

"大人!"声音越来越大,越来越多的人围拢过来。

"大人,怎么办?"百姓中开始有人惊慌地嚷道,孩子们被那森冷的气息所慑,惊慌地大哭起来,数不清的声音在耳边嘈杂地问:

"大人,怎么办?"

"大人,敌人就要来了。"

"大人,进城去吧,避一避也好。"

"大人,回去跟陛下道个歉吧,他会原谅你的。"

"大人,我们誓死一战,下命令吧!"

"大人,大人,大人……"

燕洵,这就是你想要的吗?

楚乔对着天空冷冷地笑,心底最后一丝柔软也被现实击得粉碎。

你希望看到什么?看到我孤立无援?看到我四面楚歌?看到我成为丧家之犬,无奈下夹着尾巴仓皇逃回燕北对着你摇尾乞怜吗?

燕洵,你太小看我了。

"将士们,这些日子发生的一切你们都看到了。"楚乔坐在马上,伸出手来做了一个安静的手势,以低沉的嗓音缓缓说道,"我们的王,燕北的皇帝,他抛弃了曾经的誓言,背弃了我们当日对着燕北大地、回回雪山许下的承诺,长庆的百姓尸骨未寒,忠于皇帝的屠刀就举在了大同的脖颈上。乌先生死了,羽姑娘死了,缲缲郡主死了,小和将军死了,边仓将军、兮睿将军,一个个死在了大帝国狂热梦想的野心分子手上。如今,刀锋悬在了我们的头顶,战士们,在你们面前,是大夏的十万大军,他们厉兵秣马、摩拳擦掌,正等着我们送上门去;在我们身后,是已然变质的燕北大军,他们正站好了姿势,准备好口水,等着吐在我们的头顶,然后嘲笑我们是没用的懦夫;在我们身边,是被国家欺骗、抛弃了的父老乡亲。战士们,我们该何去何从?"

冷冽的声音回荡在荒原上,没有人说话,他们都仰着头,目光灼灼地看着楚乔。

楚乔突然跳下马背,手指着士兵们大声喝令,声音尖锐凌厉,好似赫赫战鹰,"是回头当独裁者的走狗,受背叛誓言的叛徒的嘲笑?还是放弃我们的亲人,独自逃命?抑或冲向前面二十倍于我们的敌人,赢得一个军人应有的尊严和荣光?"楚乔仰头大吼道,"战士们!你们想活命吗?"

"想!"

不管是军人还是百姓全异口同声地厉吼,声音穿透云层,惊散了上空盘旋的飞鸟。

"你们想当叛徒吗?"

"不想!"

"在死亡和当叛徒中选一样，你们选择什么？"

人们高声狂呼道："誓死不背叛大同！"

楚乔迎风而立，高声呼道："战士们、乡亲们，跟随我、服从我，听从我的号令。如果要死，就让我们用自己的鲜血来诠释大同的最后一次荣光！头可断，血可流，我们的信念永不熄灭！燕北万岁！大同万岁！我们的自由万岁！"

山呼海喝同时响起，千万双手举在半空："大人万岁！"

这一年的冬天来得很早，才九月就降了雪，轻飘飘的一层，像是春季里牧草中开出的小朵白花。

夏军又一次退了下去，这已经是他们围困的第三天，想象中的大规模冲击并未如期而至。赵飏很谨慎地围住了龙吟关口，阻挡着楚乔将欲前行的脚步。他此刻的想法想必十分复杂，既害怕是燕北设下的一个圈套，又害怕真的是燕、楚反目错失了这个杀掉楚乔的机会。毕竟这两年来燕洵、楚乔不和的消息早已不胫而走，赵飏不可能一无所知。

夜里，大风横过，楚乔站在一处高高的土坡上，遥望满目疮痍的战场，夜里的熏风扬起她妖娆的长发，像是一群随风飞舞的蝶。

战争已经绵延了三年整，龙吟关修筑得比雁鸣关还要高上几丈。两军中央的大片荒原一片萧瑟，秋草高及半腰，白色的霜雪落在草屑上，秋风过处，簌簌作响，好似一片雪白的海浪，在月光的照射下幽幽地反射着银白的光，美得晃眼。一群乌鸦从头顶飞过，掠起细小的雪雾，一只乌鸦的利爪轻飘飘地低扫过草丛，掠起一物，幽白闪烁，转瞬逝去。

尽管只是一眼，楚乔却已看出那是何物。她的目光再一次投向眼前的白色草浪，一丝悲凉和厌恶感从心底缓缓生出，在这万千摇曳的触手之下，又埋葬了多少年轻的白骨？

战争，像是噬人的巨口，鲜血淋漓地吞噬了无数鲜活的生命，乱世苍凉的风横穿过破碎家庭的屋檐，留下呜呜的声响，像是孤魂于九泉之下发出的悲声呜咽。而她，是否也是这灭世刀锋之侧的一名刽子手呢？

"阿楚……"黑暗中，依稀有一个低沉的声音在轻唤，"阿楚啊……"

那是过去两千多个黑夜里曾听到的声音，少年依偎在她身边，为她拉好被子，轻声地问："阿楚啊，冷吗？"

当年冷风萧瑟，力透窗纸，外面冷月如霜，洒地苍白。

飞鸟横渡，暮雪千里。

或许，人的一生就是一局看不透的棋盘，前路迷茫，四面碰壁，你不知道该在哪里落子、该在哪里收手。既然已经开局，就要奋力进行下去，可是最终，也许你曾全力奋斗，却离胜利越来越远。

她缓缓闭上双眼，万水千山在脑海中穿越，恍惚间，她似乎看到了那么多人的脸孔，正直温和的乌先生、淡定睿智的羽姑娘、活泼伶俐的缳缳、善良敦厚的小和、为了示警而死去的薛致远、为保旗被斩杀的文阳，还有风汀、慕容，挥舞着战刀独自一人冲进敌营被万箭射杀的乌丹俞，活着和死去的秀丽军战士，不计其数的尚慎、回回、北朔百姓，甚至还有自杀谢罪的曹孟桐，还有那些迂腐的大同长老……

孤军弱旅，没有粮草，没有补给，天寒地冻，带着成千上万手无寸铁的百姓，时间一点一点地流逝，敌人的铁蹄渐渐失去耐性。寒冬将至，大雪即将覆盖这一片苍茫的土地。

楚乔仰起头看着天空，隐约看到了另一双眼睛，那双已经永远沦入深潭冰海的眼睛，静静地望着她，卸去了曾经的激烈愤怒、冷峭讥讽，只余一汪看透的平和，一遍遍地说：活下去……

我知道的。

楚乔微微牵起嘴角，对着虚无的天空轻轻地笑，轻声地说："我总会坚持下去的。"

她回过头去，看着连绵起伏的营地，平静地说："我总会保护你们的。"

白苍历七七八年秋，在龙吟关下，夏军完成了史上第一次合围，近十三万兵马从四面八方将龙吟关围了个水泄不通，各类远距离攻击器具源源不断地运送而来。可以预见，一场实力对比悬殊的战役即将展开。

虽然这一次赵飑面对的仍旧是当年在赤渡和北朔两地打败他的楚乔，但是他并不担心。一来，龙吟关距雁鸣关很近，他又备好了充足的预备军团，一旦发现是圈套，他可以很从容地回到城池；二来，楚乔此次没有城池可以坚守，没有利箭可以使用，以五千轻骑兵编制的秀丽军和一群老弱病残在平原上和他的十万重甲大军正面冲击，简直是自寻死路；三来，昨日派往燕北的探子终于传回了消息，就在七天前，燕洵和楚乔曾在北朔城外大打出手，死伤上万，如今燕北的大同骨干死伤殆尽，只剩下楚乔一人。如果这样的战况还是一个圈套的话，那么他只能说，燕洵实在是太狠辣高明了，不是常人能够抵挡的。

九月十八日清晨，天刚蒙蒙亮，大雾弥漫，一阵铿锵的鼓声和军号声陡然响起，像是划破长空的闪电，猛然刺入了秀丽军和百姓们最脆弱的心脏。

清晨的阳光穿过白雾，在苍茫的旷野上洒下金灿灿的影子。大夏的铁灰色铠甲像是铺天盖地的海洋，一点一点蔓延过平原的尽头，沉重的脚步踩在大地上，震耳欲聋的声响仿若要从脚底板钻上脊梁。百姓们发出了一阵惊慌的尖叫，他们紧紧地靠在一起，畏缩地看着对面的浩瀚，自己这一小堆人和对面的人群比起来简直就似一粒微尘。

"天哪！"有人在低声地感叹，"那是什么，是雪崩了吗？"

"预备！"

一阵尖锐的声音突然在对面的阵营里响起，紧随其后，一排排步兵穿过前排的骑兵，半跪在地上，做好了冲击的准备。

"掷！"

嗖——长矛穿透了长空，划着半圆从天而降。一群飞鸟刚巧路过，顿时被密密麻麻的矛雨刺透，鲜血从半空中洒下，羽毛纷飞。百姓们的嘴刚刚惊恐地张大，还没来得及发出恐惧的尖叫，就见漫天矛雨当空刺来。

刺耳的哀号声顿时冲入云霄，像是一场绝望的哀歌，飞耸入云，战马齐声狂鸣，如同中伏的野兽。

"全军列队！冲击！"

腥风血雨中，楚乔坐在马背上，举起手中的银色战刀，一马当先地冲出去。五千秀丽军以整齐的姿态义无反顾地跟在她身后，没有一个人犹豫，没有一个人踟躇，虽然年轻的战士们脸上也流露出一丝丝害怕和胆怯，但是没有人退缩怯战。

贺萧护卫在楚乔身边，厉声喝道："兄弟们，不能让他们靠近百姓一步！"

"拼啦！"震耳欲聋的喊杀声随之响起，叫嚷声让人热血沸腾。

对面是一片汪洋大海，他们这五千人冲过去，像是一朵小小的浪花，宛如自杀般义无反顾。

所有人都愣住了，那些绝望惨叫的燕北百姓、龙吟关上看热闹的燕北大军、大夏的精锐士兵将领，包括赵飓。没有人能够想到，楚乔只有这么一点人，竟然敢如此正面主动冲击赵飓的十万大军，对面刀枪如海，像是森冷的地狱鬼兵。恍然间，所有人都想明白了，此处一片平原，楚乔无险可守，让夏兵冲到关下只会将百姓们拖进战场，她如此选择，就是要保全身后的无辜父老。

赵飓微微震动，目光变得有一丝恍惚，看着挥舞着战刀越来越近的秀丽军，以及一马当先的青裘少女，他的血液渐渐滚烫起来。

"将士们！你们的勇气，还不及一个女人吗？"大夏的统帅高声叫道，黑色的海洋顿时发出震耳欲聋的嘶吼。

"全军出击！给我冲！"

"杀敌！"整齐的冲锋号猛然响起，铁灰色的战袍随风舞动，战士们策马扬蹄、奋勇猛冲，好似愤怒的海洋冲破了大堤，撕开了一个汹涌的口子，铺天盖地地呼啸而来。

"散开！列阵！"楚乔发出军令，然而，秀丽军所谓的列阵竟然只是迎着大夏的军队拉成了一道长长的横排。那队伍那般长，五千人肩并着肩，蜿蜒连绵，将整个龙吟关都护在身后。战士们穿着黑色的战甲，肩头绣着火红的红云旗帜，在阳光下发出璀璨的光辉。他们双手斜举着战刀横在身前，以双腿控马，看着对面烟尘翻滚的骑阵，面色平静得像是一片沉默的石头。

这简直是疯狂的自杀！

尘土弥漫，烟尘飞扬，大夏的兵马越来越近，越来越近，近到甚至可以闻到马鼻子喷出来的气息。终于，轰的一声，两军猛然冲击在一处，狂风暴雨骤然而起，血肉与白刃轰然碰撞，武器的碰击声响彻耳际，攻击的浪潮一波一波地袭来，刀光剑影，鲜血飞溅。

近身的搏斗犀利得如同恐怖的黑夜，血腥弥漫了战士们的眼睛，一层层尸体在地上堆积起来，耳中嗡嗡作响，马蹄声、嘶喊声、惨叫声、怒骂声、冲锋声，在耳侧奏成一支交响曲。战刀交击在一起，发出烈火一样的光芒，伤者已然不会呻吟，战斗让他们忘记了身体的疼痛。

地上一片狼藉滑腻，还有昨夜薄雪融化的雪水，像是一碗红色的泥浆。战刀缺了口，长矛被折断，眼睛被血糊住，看不清前面的路途和身影，脑中只余下一个信念：杀，杀，杀！不停地拼砍，不停地击杀，直到使尽身体里最后一丝力气。

临行前少女的话不断地回荡在战士们的耳朵里：敌人从谁的防线突破，谁就是秀丽军的罪人!

没有武器了,那就扑上去,咬断敌人的脖子,没有战马了,那就抓住他们的马腿,将他们也一起拖下来。

战斗进行得残忍激烈,令人胆寒。贺萧脱下累赘的铠甲,红了眼似的继续找下一个目标。其他夏兵被他这样悍不畏死的样子吓坏了,畏缩地退后,想要离开他的阵线。

秀丽军的单兵攻击能力强得变态,一个人站在那里,就好像一台永不会疲倦的机器,胸膛被穿透了,大腿被刺中了,手臂被砍伤了,他们还可以顽强地流着血拼杀。

夏军官兵被震撼到了,那不是人,是的,他们已经不是人了,他们是一群疯子、一群魔鬼。

赵飏恨得咬牙切齿,又是这样,似乎每次都是如此。他不明白,那个女人到底有什么魔力,值得那些将士如此悍不畏死。拥有这样的猛将悍兵,是所有的将军最可望而不可即的梦想,金钱做不到,权势做不到,威慑做不到,而她,轻而易举地做到了。

军鼓一声声响起,一个又一个军团沉默地冲向那片血泊战场。大夏的军官们百思不得其解,就算对面真的是铜墙铁壁,也该被撞出一个缺口了,可是为什么那道防线明明看似随时随地摇摇欲坠,却偏偏仍旧没有倒下?

三个先锋重甲骑兵队已经全军覆没,五个步兵团也被打残了,在那道防线面前,尸首堆积了三尺多高,像是一道低矮的城墙。从清晨到正午,战斗始终没有完结的倾向,而那道防线从最开始的摇摇欲坠变得越发坚固。赵飏知道,是夏军怯战了,面对这样疯狂而自杀般的攻击,就连他都感觉太阳穴在突突地跳。

天空阴沉沉的,太阳一点点地被乌云吞没,似乎也不忍再看下面这绝望的杀戮。

赵飏甚至在想,难道这就是燕北的诡计?他们故意派出这样的精锐力量来使自己麻痹大意,脱离关口,然后摧毁自己的重甲军队?可若是这样,为什么直到现在还不见他们关内的人前来支援呢?

赵飏百思不得其解,战意却在一层一层地消退,面对破釜沉舟背水一战的秀丽军,赵飏渐渐有些害怕了。就算自己胜利了,又能得到什么?五千名秀丽军的尸体吗?这不是一场轻而易举就能结束的战役,杀掉楚乔,铲除燕北最棘手的敌人,这个想法,此时已经变得不再那么狂热了。

阳光消逝的最后一刻,大夏的退军号终于缓缓响起,夏军们齐声欢呼,然后如潮水一般退去。

而秀丽军也不再有人有力气继续追击了,几乎在夏军回到自己外围阵营的那一刻,秀丽军的战士们集体轰然倒下,像是耗尽了最后一丝力量。

赵飏迅速发现了这一战况,所以他果断地掉转马头,命令传讯官再次吹响冲锋号,自己朝着和士兵们相反的方向策马奔去,大声叫道:"战士们,跟我冲!"

夏兵们惊慌地回过头去,却发现刚刚如铜墙铁壁般拦阻自己的阵线已经不在了,一些聪明的兵痞子老油条顿时了然,秀丽军面对二十倍于己的敌人,早已成了强弩之末,此刻,看到自己撤退,他们终于倒下了。

于是,大军齐齐掉转马头,跟在赵飏身后,再一次冲击过去。

"全军，集合！"冷冷的北风中，一道清冷平静的声音缓缓响起，声音并不大，却清晰地传到了每一个人耳中。

然后，就在夏军所有人难以置信地揉着眼睛的时候，在那座尸体城墙后面，摇摇晃晃如同幽灵般的身影一个个爬了起来。他们衣衫破烂，脸色苍白，参差不齐，手里的战刀都崩了口子。他们拖着疲惫的身体缓步走上前，站在自己原本的位置上，肩并着肩，一个、两个、三个、十个、百个、千个……

一切恍若清晨影像的复制品，满身血污的战士们重新站了起来，摇摇晃晃地列成长阵，看起来好像吹一口气就能倒下去。可是当他们站在一起的时候，他们的身体突然间挺得笔直，像是一片石头做的林子，那座防线再一次坚固得犹如高山。贺萧站在人前，猛地挥出战刀，上千道嗓子齐声厉吼道："为自由而战！"

好似平地里滚起一声惊雷，所有的人都被震撼到了，不用军号，不用战鼓。夏军不由自主地全停了下来，人们心底突然生出一种可怕的绝望之念——我们是不会胜利的。

不知道是谁最先冒出了这个念头，随即，这个思绪通过眼神迅速传遍全军，对着那些衣衫破碎满身鲜血的敌人，大夏的军人们几乎同时生出了可怕的畏惧和强烈的敬意。

赵飒站在队伍最前方，面沉如水。望着已然一身血红的少女那如同一支标枪的身影，由衷的敬佩之情轰然涌起。终于，赵飒跳下马背，摘下头盔，在大夏十万大军面前，在活着和死去的五千秀丽军面前，在数万燕北百姓面前，在龙吟关内千万双眼睛面前，深深地弯下了他高贵的腰！

大夏的军人们也随之重复了这个动作，他们面对着这支自己曾经最为不齿的叛徒军队，深深鞠躬，然后几乎是异口同声地重复了敌人的冲锋号："为自由而战！"

夏军轰然离去，天地间一片萧索、低沉，秋风横掠过染血的草原，一切都像是一场大梦。战士们仍旧站在原地，无人再倒下，似乎害怕夏军会再一次掉头杀回来。

楚乔拖着沉重的战刀，身姿笔挺地缓缓上前，她脚步沉重，面色苍白如雪，鲜血染红了她的青色大氅，也不知是她的血还是别人的。士兵们都看着她，似乎不相信夏军就这样退了一样。她站在那里，风吹过她额前凌乱的长发，扫过她秀丽的眉眼和面孔，她的声音已然沙哑，眼眶微微发红。她如同赵飒一般，对着自己的军队深深地鞠躬，一字一顿地沉声说道："战士们，你们胜利了。"

一声破碎的哭泣突然自后方传来，好似决堤的海洋，越来越大，越来越大，那是被他们护在身后的百姓，此刻，终于泪流满面地冲上前来。

秀丽军在贺萧的带领下齐齐对她弯腰回礼，铿锵的嗓音汇成一句话："大人辛苦了。"

"你们，辛苦了。"

天上乌云蔽日，楚乔站起身来，两行清泪，静静地流下。

夏军没有再冲杀上来，但是也没有打开包围圈任他们离去，冷酷的围困战终于展开。这一刻，赵飒已经相信消息的准确性，楚乔的确和燕洵闹翻，他们要离开燕北，龙吟关的大门不会为他们敞开。除了往南走南疆通往卞唐的水路，就只能从自己的防线通过，而燕洵已经将南疆水路完全封死了。

　　他坚信这一切，准确无误。

　　九月二十，开始下雪。大雪在初期并不大，却接连下了两天。秀丽军中的口粮已经吃得差不多了，若不是一些百姓还带了些粮食，可能早已挨饿。军中的帐篷已经全都分给老弱妇孺，每个帐篷里都挤了三十多个人，但是仍旧有老人、孩子不断地在夜里被冻死。军中已经没有治伤药，受伤的战士们甚至得不到一口温水。楚乔只能无力地看着寒冷和伤病夺走在大夏军队前都能巍然不倒的战士们的生命，却没有一点办法。

　　每当看着士兵一个个死去，看着年幼的孩子在冷风中哭泣挨饿，她就恨不得马上冲回龙吟关，对着燕洵磕头谢罪，求他救救这些无辜的人。

　　她无奈地笑，只觉得浑身上下没有一丝力气。燕洵果然是这世上最了解她弱点的人，他也许早就算好了这一点，她不怕大夏，不怕战争，不怕杀戮，不怕死去，唯一害怕的，却是爱她的人为她白白地牺牲。

　　这两天，她带兵发起了四次冲击，却都无功而返。赵飓秉承了一副坚守的姿态，既不出来迎战，也不理会他们的攻击，每次冲上去，都是一轮密密麻麻的箭雨，留下几十具无辜的尸体。

　　九月二十二晚，天降暴雪，气温陡然下降，冷风刺骨地吹来，只是半个晚上，就有五十多名伤员和八十多名百姓被冻死。百姓中终于有人受不住了，一名四十多岁的妇人突然离开军队跑去龙吟关叫门，仿若一场洪水，紧随其后，更多人离开了秀丽军的帐篷，顶着冷风大哭着，跟跄地奔向龙吟关。

　　生死关头，人们心底对死亡的恐惧终于战胜了他们的良心，抛下了这支一直拼死保护他们的队伍，向着自己的故乡奔去。

　　秀丽军的战士们静静地站在一旁，没有人出声，没有人阻止，他们沉默地看着这群痛哭的人，面无表情地让他们离去。

　　那位花甲老人哭泣着跑到楚乔面前，怀里抱着已然气息微弱的孩子，满面羞愧地想说什么，却终究只能发出几声短促的哭泣。

　　那孩子的面色已经一片青白，楚乔知道，再不取暖，他可能很快就要死了。她的嗓子好像被什么噎住了，她没有愤怒，没有悲伤，没有痛恨他们的背信弃义。

　　身为军人，却不能保护拥护自己的人民，只能看着他们无辜地死去，她无话可说。她不忍再去看老人那愧疚的眼神，因为她心底的愧疚更甚，她只能沉默地低下头去，无言地表达着她的情绪。

　　对不起。

　　龙吟关上，渐渐亮起一片璀璨的灯火，关口之下，无数的老人、孩子、妇女跟跄地奔来。人们在大声地喊着"开门、开门"，那声音中带着说不出的绝望和害怕。说到底，他们终究是一些普通的平民百姓，他们的愿望只是活着，偶尔还会生出一点奢望，那就是更好一点地活着。

　　大雪越来越大，天地间苍白一片，城头的军官大声叫道："不要靠近！退后！退后！"

可是没人理会他，他的声音已经被嘈杂的人声淹没了，百姓们痛哭着扑在城门上，用力拍打着，大声喊道："开门！打开门！我们是燕北的百姓，为什么不开门？"

哭声穿透云霄，龙吟关的战士们被镇住了。他们全部清晰地看到了两天前的那一场战役。此时此刻，再没有一个人愿意将武器对准自己曾经的战友，如今，看到这些百姓，他们更是呆立在当场，不知该如何履行自己作为一名守军的责任。

"开门啊！"百姓们疯狂地撞击城门，有人摔倒了，后面的人不管不顾地冲上前，将那人踩成了一团肉酱。

痛哭声和惨叫声回荡在旷野上，大雪纷飞、坠落，天地苍茫一片。

"退后！不然我们就放箭了！"城头的军官在高声呼喊。

"不要放箭！我们是普通百姓啊！"

"求求你！救救我的孩子！"那名最先跑出去的妇女跪在地上，高高举起手中已经不再哭闹的襁褓，痛哭道，"你们可以不救我！但是求求你们，救救我的孩子！"

"开门啊！开门啊！放我们进去！"

……

"楚大人！"城头守军高声喊道，"回来吧！你不进来，我们是不能开城门的。陛下有令，只要你肯回来，一切既往不咎！"

"楚大人！一切既往不咎！"

上百名守军一同高喊，声音像是一道滚雷，轰隆隆扫过苍茫的平原。

百姓们像是找到了救星一样，突然有人转身朝着秀丽军的方向跪了下去，人们在痛哭。

"大人！回去吧！"

"大人！救救我们，回去吧！"

"大人！回去跟陛下认错吧！"

"大人！"那名妇女从人群后奔出来，脚下一绊摔倒在地上，怀里的孩子被撞了一下，突然撕心裂肺地大哭起来，声音尖锐得比大夏的军刀还要刺人，"大人，求求你，救救我的孩子！大人，求求你，救救我的孩子吧！"

天地这般冷，漆黑一片，秀丽军沉默地站立着，望着他们的主帅。

楚乔的心似乎被撕扯成了千万片，她紧紧地咬着下唇，血腥的味道弥漫在嘴里，她的手一片冰冷，指尖都在轻微地战栗。

燕洵，燕洵，你早就算到了，是吗？

你早就料到了这一切，此刻，你是不是在北朔门外的火雷原上，静静地等着我回去对你磕头认罪？

耳边的惨叫声一波波传来，成千上万的百姓跪在她的脚下，他们的头磕在地上，对着她放声大哭。就在几天前，他们还高举着拳头对她宣誓效忠，大声高呼着"自由万岁"的口号，现在，他们却在恳求她，恳求她回去跟燕洵认罪。

现实是如此冷酷，却又如此无可奈何。

她的眼睛干涩一片，已然流不出泪来，苦涩的味道在胸腔里横冲直撞，命运将她逼到了绝望的深渊，似乎每走一步，都会被撞得头破血流。

"大人。"贺萧走过来，坚定地站在她身后，担忧地望着她，那眼神里似乎隐约可见心疼和怜悯，"大人……"他想要劝她，却不知道该说什么才好，一切都是那般荒诞和滑稽，世界那么大，可是他们又该何去何从？

"贺萧。"楚乔低低地叹息，一时间感觉身体里的血液似乎都被冻住了，她绝望得想要就地死去，却还强撑着发出简短的号令，"传令全军，我们……"

就在这时，身后突然传来一阵急促的马蹄声。秀丽军的战士们迅速回头，只见大夏的战旗狰狞而至，赵飓率领着大军再一次折杀回来！

"传令全军！跟我抵抗夏敌！"生平第一次，楚乔觉得大夏的军队竟这般可爱。她不知道自己这么想对不对，她只是像个鸵鸟一样想要逃离此地，大夏攻来了，一切都不能再顾及，她必须回头作战！但是她还是在心底悄悄地感谢老天没让她在此时做出那个痛彻心扉的决定，虽然为此，她可能会付出沉重的代价。

"殿下！全军已经做好了攻击准备。"

"不必了！"赵飓淡淡说道，"我们只是转一圈就走。"

"啊？"他的部下微微一愣，问道，"为什么？"

赵飓久久没有说话，目光深沉地望着浓浓的黑夜，许久，才低声说道："不能让她回到燕北。"

这样来回拼杀持续了整整一个晚上，大夏像是将龙吟关当成了一个游乐场，隔一会儿就要来转上一圈。直到太阳驱散漫长的黑夜，大雪停止的时候，终于吹响了撤军的号角。

楚乔带着疲惫的军队回到营地，却看到了数不清的百姓沉默的眼睛。一排排尸体整齐地摆在军队前面，那些昨日还鲜活的生命，此刻好似一条条离水的鱼，毫无生气地躺在地上。大雪覆盖住了他们的眉眼脸孔，积起一个个小小的雪坡。

见战场平息，渐渐地，有人缓缓离去。人流渐渐扩大，从溪涧变成泉水，从泉水变成小河，再从小河变成一片黑压压的汪洋大海，他们没有走向龙吟关，没有走向燕北，而是向着大夏的雁鸣关缓缓而去。

"回来！"平安站在楚乔身边，突然大声叫道，他试图去拉扯那些人，却被人家推了个大马趴。他趴在地上大声地叫："都回来！别去！"

可是没有人理他。

人们渐渐远去，走到了赵飓的军队面前，高举着双手，做出投降的姿态，反复强调着自己只是平民。

赵飓的军队中有队伍走出来，让他们跪下，成千上万的百姓齐刷刷地跪了下去，高举着双手，慌乱地磕着头。远远地，压抑的痛哭声和夏兵得意的大笑声传了过来，秀丽军的战士们愣愣地站在原地，有人在默默地流泪，但是他们什么也说不出来。该说什么？是鼓励那些手无寸铁的人跟敌人厮杀，还是告诉他们自己一定会将他们救出去？

大雪再一次从天而降，楚乔的心冰冷得好似冰层下的顽石，她目光空洞地看着这一切。战旗飞舞，红云如火，天地萧索一片，七七八年的冬天，欢迎光临。

第二章

青海之王

九月二十五，风急，大雪如棉絮般飞舞。

地宫内外都被大雪掩盖，露在地面上的乾陵也早早地挂起了纯白的灯笼。行走的宫人侍女都穿着麻布白衣，帷幔纷飞，白纱翻卷，轻轻扫过地面上的微尘。

殿内并没有掌灯，只有一行行白烛静静地燃着，发出惨白的光，汇成一道道深深的烛影。

偌大的灵堂之上，一个修长的身影静静地坐在暗影里，灯火好似穿不透他身侧的黑暗，只留下一片昏昏的光圈，看不清眉目，只见旁边的小几上，杯盏半倾，酒浆四溢。

他是从来不喜饮酒的，可是如今，他已经在乾陵里独酌了整整三日。

三日，乾陵大殿上酒气弥漫，空坛堆积如山，可是为何不曾有一丝醉意？

门外狂风横扫，大雪纷飞，殿内烛影深深，幽静沉寂。他静静独坐，耳边却仿若听到了边关的隆隆战鼓，听到战士们举着马刀冲进冷风中厮杀劈砍，听到百姓们于冷风中呼唤故乡的惨叫悲号，鲜血蜿蜒地弥漫上来，淹没了龙吟关的巍巍城墙，淹没了燕北的萧萧牧草，更淹没了他们之间的最后一丝温情。

是的，他不曾醉，他一直如此清醒，清醒地看到了自己的沉沦。

恍惚间，他突然想起了很多年前的夏夜，盛金宫的小房子里，蚊虫盘旋，闷热得让人无法忍受。有一天晚上，阿楚回来得很晚。那几天，膳房的嬷嬷们总是喜欢使唤她，他就站在莺歌院门口，披了衣裳等着。夜里的月亮那么圆，明黄的一轮，蚊子盘旋在他的头顶，他却觉得心底很平静。他等得累了，就坐在门槛上，手里拿着一个铜条，在石砧上打磨。

阿楚已经长大了，要绾发了，他在为她做一根簪子。

她回来的时候已经很晚了，没有像往常一样教训他为何不早睡，而是神神秘秘地从背后拿出一个晶莹漂亮的冰碗放到他的手里。这是大块的冰雕成的小碗，两侧刻着繁复的琉璃花纹，中间盛着碎冰末和各色瓜果，凉丝丝的，像是燕北冬天的白雪。

他当时捧着冰碗，依稀间想起了当年父母在世的时候，母亲总是会在夏日为他们雕刻这样的冰碗，他总是喜欢得不行，就使劲捧着，二姐抢也抢不下来。可是越是握得紧，冰碗化得越快，很快就变成了一摊水。

他抬起头，透过冰碗看着站在他对面的女孩子。当年阿楚只有十岁，很矮很矮，她仰着头笑眯眯地看着他，穿着蓝色的粗布小衣，眉心如大夏宫女般贴了朵红色的小花，脸蛋很瘦，却浮着一丝淡淡的红晕。因为一直捧着冰碗，她的手被冻得通红，使劲握着小拳头。她的眼睛那般明亮，天上的圆月也无法比拟，瞬间就穿透了他所有的忧伤和缅怀，直直地刺入他的心底，驱散了漫天的乌云。

当时燕洵就发誓，他一定要出人头地，一定要一生都对这个女孩子好，永远不让别人欺负她，他要让她像公主一样生活，她的每一个心愿、每一个念头，都要为她实现。

时间转瞬而过，岁月像是无情的手，轻而易举地淹没了他们曾经的那些回忆和誓言。有时候他会觉得，他的人生或许就是那只融化了的冰碗，家园、父母、兄长、姐妹、恩师、战友、爱人，都在这样那样的理由下渐渐远离了他，越是想要用力抓住，他们离去得越快，终究如那摊冰水一样，洒在地上，消失不见。

他抬起头来，面前是他父母亲人的衣冠冢，高高的灵堂，巍峨的陵寝，占地千顷，里面埋葬的却只是他们生前的几件衣裳和遗物。他们的头颅，至今还在大夏圣庙的罪臣殿里搁置着，而身体，早就在乱世的战火中让野狼果腹了。

他拿起酒盏，辛辣的烈酒自他的喉间滑下，像是滚烫的炭。有低沉的风吹进宽阔的大殿，帷幔轻轻地摇曳，像是戏台上女子轻舞的水袖，缠缠绵绵。燕洵的视线仍旧是清明的，他容颜清俊，略带戚色，脸颊瘦削，眼底好似有重重的雾霭。仔细看去，那双鬓之间似乎隐藏了几缕银丝，在幽幽的烛火之下，银光闪闪，略带几分沧桑。

不过是两年之间，他就已经如此疲累了，他的一生似乎都在一条歧途上行走，每一步都有无穷无尽的岔路。渐渐地，身边的人各自上路，虽是同时结伴出发，却有着各自的方向。

"父亲。"止水般的心里，突然冒出了这样两个字，像是一块石头，轻轻地打碎了平静的湖面，"父亲，你欺骗了我。"

燕洵仰着头，看着灵台上的画像，父亲的面目，栩栩如生，他看着自己儿时最崇拜的亲人，静静地说："你说燕北是人间乐土，是普天之下最自由富庶的地方，你说你所做的一切，是在为后世子孙开辟千年万载的不世功业，可是你错了，你错得离谱。你将燕北毁了，将自己毁了，也将燕氏一脉都毁了。在真煌的那八年，我是沉浸在对你的信任和幻想中才生存过来的，可是当我九死一生回到燕北的时候，你不知道我是多么失望。"

燕洵面无表情，大殿幽深沉寂，他静静地望着父亲的画像，沉声说道："四面都是悬崖峭壁，到处都是冷血寒霜，父亲你却偏安一隅，在夹缝中修筑自己想象中的世外桃源，你可知这是多么天真的想法？所以皇帝不容你，天下不容你，就连你的部下也背叛了你，只因为你没有那样强大的力量，做不到连帝王都无法完成的事情。

"父亲，我杀了乌先生和羽姑娘，只因他们仍在秉承你的遗志，成了我前进路上的绊脚石，我给过他们机会，可惜他们不愿意珍惜；我杀了缥缥，只因大同想要拥立她为主，只要她还在，大同就不会死心；我杀了你的那些老部将，只因他们目光短浅，却还占据着重权高位。我杀了很多人，我离我的梦想更近了。"

燕洵仰头饮下一杯烈酒，又倒了一杯，平举到身前浇在地上，一字一顿缓缓说道："父亲，我必不会像你一样。"

燕洵长身而立，转身离去，衣衫的下摆扫过大殿上细小的尘埃。他步伐矫健，沉着冷静，每一步都是那样坚定，烛火照在他身上，在地上映出那么那么长的影子。在他身后，是燕北历代忠烈的灵位，有他的父母兄长，也有列祖列宗，更有对燕北做出贡献的忠臣将领，乌先生、羽姑娘、小和、缥缥、边仓、兮睿、阿都，甚至还有为保北朔而亡的秀丽军将领，乌丹俞、风汀……

那么多双眼睛，在烛光深处静静地看着他一步一步走出大殿，一步一步离开这死者的安眠之所。

他的步伐是那么稳健，没有一丝犹豫和后悔。

迎面的风冷冷吹来，燕洵的眼睛漆黑如墨，他想起了离开真煌的那一晚，阿楚义无反顾地回去营救被围困在帝都内的西南镇府使全体官兵，也许从那一刻开始，他就已经预见了今日的结局。他们各自有着不同的理想和信仰，无法调和，所以必然会渐行渐远，走上不同的道路。

任何梦想的达成，都是要付出代价的。

而他付出的代价，就是再也不是她记忆中的那个人了。

无力的感觉一丝丝蔓延上来，他却不动声色地将一切狠狠地压了下去。

阿楚，当你转身离开的那一刻，我就知道你这一生注定不能跟随于我，你是注定要行走在光明之中的，而我将终生脱离不了这尸山血海。我无法伴你高飞，所以便想要折断你的翅膀将你留在身侧。如今，我终于还是失败了。

"阿楚……"低沉的声音在空旷的大殿里缓缓响起，像是冷冽北风中穿梭的一丝白气。男人站在大殿门口，森冷的月光照在他的脸上，有着诡异的苍白。他缓缓地闭上眼睛，表情那般平静，眉心却淡淡蹙起，聚起一汪雾霭般的沉寂。

"阿楚啊……你还回来吗……"

冷月如霜，被云层轻飘飘地掩住半边，回回高绝，飞鸟难渡。他站在山巅之上，缥缈的目光扫过整片燕北大地。他静静地想：也许，她是不会回来了。

"陛下！"阿精一把推开了侍卫的阻拦，跟跄奔来跪在地上，激动地说道，"陛下，救救姑娘吧，龙吟大雪封门，大夏围困已有多日，姑娘快要撑不住了。"

燕洵没有说话，望着眼前巍峨的群山，似乎陷入了深深的沉思。

"陛下，姑娘跟随您多年，出生入死，坚韧不拔，她的功绩，我们所有人都看在眼里。陛下，您真的忍心杀掉她吗？您忘了曾经说过的话了吗？"阿精眼睛通红，不断地磕着头，连声说道，"陛下，求求您，开开恩吧，求求您了……"

"阿精，"燕洵突然开口，似乎此时才发现他的存在一般，疑惑地皱起眉问道，"我该如何救她？"

阿精闻言顿时大喜，连忙说道："开放龙吟城门，派兵出城帮助……"

阿精还没说完，燕洵就反问道："你觉得，就算开放了龙吟关，她会回来吗？"

阿精顿时一愣，默想了半晌，才喃喃道："那……那就撤销通往卞唐的南疆水路防线，打开唐水关，放姑娘南下。"

"南下？"燕洵的声音平静得听不出半丝波澜，他轻轻地反问："那她是不是就再也不会回来了？"

阿精目瞪口呆，再也说不出话来。

燕洵牵起嘴角，竟然微微一笑，轻声道："那是不是说，我将会永远失去她了？"

夜里那般冷，阿精只觉得周身都在冒着寒气，想了许久，他突然自原地跳起来，转身就跑，一边跑一边大声喊道："我去劝姑娘回来！"

燕洵没有阻拦他，甚至没有看他，仍旧静静地站在那里。乌云遮住了月亮，又要下雪了，阿楚是不是坚持不了了？傻丫头，为何不回来呢？他皱眉想着，像是一个单纯的小伙子，自欺欺人地抛却了所有的政治因素，恍若他们还是小时候吵架闹脾气一样，生气地想，为什么不回来呢？外面那样冷。

人生若只如初见，阿楚，你还会选择和我纠缠在一起吗？你可曾料到自己今日的局面呢？你对我的恨，又有多深呢？

"陛下，"一个低沉的声音在身后响起，程远跪在那里，态度仍是一贯谦恭，"请开放水路关口，放楚大人南去吧。"

燕洵微微一愣，转过头去，看着程远道："怎么？你也来为她求情吗？"

"属下不是为楚大人求情。"程远平静地说道，"属下是在为陛下求情。"

他一个头深深地磕在地上，语调低沉，缓缓地说："陛下，放自己一条生路吧。"

燕洵的心，似乎突然间就被刺中了，生生地疼。

"楚大人若是死在陛下手上，陛下一生都不会快乐的。您也曾说过，无论有什么梦想，都要先活着，只有活着，一切才有希望，如果死了，那就再也来不及了。"

燕洵沉默了许久，风吹起他的衣衫，他站在高高的山巅上，像是一只展翅欲飞的鹰。

"程远，为什么你要说这些话，你和阿楚不是有过节吗？"

"属下和楚大人没有过节，属下之前得罪楚大人，只是无心之失，后来想要置她于死地，也是想要自保活命。如今楚大人已经威胁不到属下，属下也不想看着她死。最重要的是，"程远抬起头来，目光炯炯地望着燕洵，沉声说道，"我不希望陛下的心被牵绊住。这天地间，只有陛下一人能让我达成心愿，也只有陛下一人能让我真正追随和臣服。我对陛下的忠诚绝不会更改，哪怕陛下十恶不赦，被天地所弃，我也甘愿追随陛下直到鲜血成灰。陛下要杀光全天下的人，我会第一个举起战刀；陛下要用尸体填平东海，我会第一个砍掉自己的头。我半生飘零，为世人所不齿，只因我找不到真正值得我去信仰的东西。如今，我找到了，陛下的希望，就是我的信仰。所以，我不希望陛下一生都活在悔恨之中。陛下，放她走吧。"

燕洵的思绪突然那般辽阔，一瞬间，他记起了这十年来所有的过往，最终却都汇聚成一幅画面：幼小的孩子从血泊中爬起，用充满仇恨的眼睛望着年少的他。他的心在那一刻微微一痛，然后手指轻偏，顺着孩子的脖颈擦掠而过。大风吹起孩子额前的乱发，就此，他永远记住了那双不屈的眼睛。

终究……

他缓缓闭上双眼，生生将自己从那段记忆中抽离，所有的情爱都被他斩断，血淋淋地疼。

"传令邱将军,打开南疆水路,放他们……"

"陛下!"

一声尖叫突然传来,传讯兵跟跄地顺着石阶爬上山来,一边跑一边高声叫道:"边疆急奏!边疆急奏!"

燕洵和程远同时转过头去,就见那传讯兵满面惊慌,砰的一声跪在地上,打开信件大声报告:"南疆唐水关副将齐少谦奏报:九月十六,南疆唐水关遭到不明敌人的袭击,敌军来历不明,突然出现在燕北境内,阻断了消息往来,一连攻下了十三个郡县。唐水关主帅邱将军阵亡,唐水关少将以上军衔的官员除了微臣全部战死,兵力伤亡达三万余人。昨天下午,唐水关被攻破,我等与敌人展开巷战,这是属下的最后一个信使最后一匹战马,但愿可以冲出去将消息禀报陛下。微臣会坚守岗位,即便力战而死,也不损我燕北军威。唐水关五万将士有负陛下所托,于此叩首涕拜。"

"怎么回事?唐水关九月十六就遭到攻击,为什么我们一点消息都不知道?"程远站起身来,怒声问道。

传讯兵惶恐地回道:"所有官兵都被困在关内了,敌人来势凶猛,将周围的几个郡县一同攻破,我们根本没有报信的时间。"

"那西南附近其他郡县的官员和百姓也不会毫无所觉,怎么会将战报拖延到这种地步?"

传讯兵小心地抬起头,悄悄地看了燕洵一眼,过了好久,才小声说道:"西南那一块,是尚慎高原啊。先不说那里现在十室九空,都跟着楚大人走了,就是留下的人,听说外面的敌人是来救楚大人的,不帮着隐瞒就不错了,根本没一个人来报告。当地的官员,也都被百姓们擒住绑起来了。"

"什么!"程远大怒道,"他们想干什么?造反吗?军队呢?士兵呢?都死了吗?看到自己的长官被愚民绑起来居然不闻不问?!"

"这个……这个,属下听说,当地的军队还有偷偷协助敌军攻打唐水关,还提供了详细的内幕情报和布控信息,不然唐水这样的雄关,是不会被轻易攻破的。"

"简直岂有此理!"

"现在怎么样了?"低沉的声音突然响起。

程远连忙转过头去,却见燕洵面无表情地缓缓问道,"唐水关被攻破了,现在怎么样了?"

传讯兵满头大汗,颤巍巍地说道:"属下接到消息的时候听说,卞唐水军不知怎么得到了消息,早已候在唐水关外了,一开城门,他们就弃船上岸,如今已经往龙吟关去了。"

"谁统的兵?"

"是……是卞唐大皇。"

"来人多少?"

"不下十万。"

离得这样近,燕洵甚至能听到程远震惊的抽气声。他的双眼缓缓眯起,又恢复了帝王的威仪，好似之前在山顶遥望夜空的人并不是他。

李策？亲自来了吗？"马上整兵，第一军、第二军全体集结，随我前往龙吟关！"

三个时辰之后，大军迅速在回回山下集合。回回山位于尚慎的边缘地带，距唐水关不过半日的路程，距离龙吟关也并不遥远。此刻，燕洵骑坐在马上，一身黑色大裘随风猎猎翻飞。程远跟在他身边，低声问道："陛下，九月十六攻打关口的，是卞唐的人马吗？"

"不是。"燕洵摇了摇头，目光深沉，沉声说道，"卞唐距燕北路途遥远，就算阿楚和我在火雷原上发生冲突的当日李策就得到消息，也不可能在十六日那天就赶到唐水。想必，是另外一伙势力及时得到了消息，暗中通知卞唐，并率先攻打唐水关，好给后面的卞唐开路。"

程远皱眉说道："那会是谁呢？大夏？不可能啊。"

"谁？"燕洵眼神冰冷，缓缓吐声，"谁能这样轻而易举地出现在我燕北境内？"

程远顿时一惊，失声叫道："青海王？"

"青海王。"燕洵唇齿间咀嚼着这三个字，淡淡道，"总算要见面了。"

晨星乍起，天光始亮。

"陛下！"长长的报讯声远远传来，一名士兵策马疾奔，大声报告道，"前方十里处，发现不明敌军。"

"多少人？"

"敌人从南到北，封锁了我军的前进道路，蜿蜒长达十里，步兵十三个师团，骑兵八个师团，重甲兵十七个军阵，另有弓箭手、刀斧手、盾甲手，估计人数在十五万以上。"

一时间，所有人都忍不住发出惊呼，这样庞大的实力，竟然悄无声息地出现在了燕北境内，如果今天不是被他们撞上，那会造成怎样可怕的场面？

燕洵却并没有他们这样的担忧，他知道，对方出现在这里，就是为了拦阻他的军队，好为李策留下退路。

隐隐地，他似乎已经猜到了对方的身份，虽然有不甘、有惊异，但是他还是感觉到了一丝快意。好吧，一时不察，他早已算到会有今天这一步，是敌人，就应该明刀明枪地站出来，他的人，他可以放，却容不得他人来救！

晨雾迷茫，缓缓覆盖上这一片漆黑的土壤，一团雾气之中，巍然的军队悄悄露出一个头角，狰狞铺陈，如同一片黑色的海洋。

燕洵黑袍大裘，眉目沉寂，缓缓自军阵中骑马上前。就见对方的军阵中，也有一个修长清俊的身影破阵而出。

尽管隔得这样远，他还是第一时间就认出了对方。刹那间，两人的视线在半空中交击在一处。燕洵淡淡一笑，轻扬眉梢，沉声道："好久不见哪。"

楚乔是在一片喧哗声中被惊醒的，马蹄声来得那样快，像是风火中的惊雷，刚一察觉已然响在耳侧。

三日未进米食，加之在冰雪中忍受严寒，她此刻已是强弩之末。仓促中她提着刀冲出营帐，脚步虚浮，周身滚烫，眼前满是模模糊糊的火把，明晃晃的光芒几乎烧红了半边天空。马蹄轰隆，像是天边响起的闷雷滚过大地，耳畔一片嘈杂的声响，似乎有人朝着她冲过来了。

她听到有人在冲她大喊，转过头去，就看到了贺萧通红的眼睛，他的嘴一张一合，正在与人拼杀，身上都是血，也不知受伤没有。楚乔的脑袋嗡嗡作响，也不知道自己在想什么，她想要仔细去听贺萧的话，却怎么也听不清。

这已是赵飐今日第四次劫营了，大夏对他们渐渐失去了耐心。耳边都是厮杀声，护卫她的士兵一个个倒了下去，越来越多的敌人冲过来，士兵们各自为战，战线已经被人完全撕开，大夏的军队像是潮水般汹涌而至。一支利箭射来，一名侍卫扑上去，箭矢穿透了战士的额头，从后脑狰狞地冒出来，箭尖直指楚乔的鼻尖，一滴滴鲜血刺目地流下。

"保护大人！"

有人这样高声地喊着，可是远处的士兵已经冲不过来了，到处都是伏尸。眼前一片鲜红，大风刺骨地吹着，漫天风雪仍在弥漫。

楚乔想：已经没有退路了，就这样吧。她轻轻地点了点头，嗓子沙哑地说，就这样吧，就这样吧。

一排劲弩被架起，漫天密密麻麻的弩箭穿透冷风发出呼啸的呜呜声。楚乔仰着头，看着半空中夺命而来的箭矢，神志一时间有些恍惚。

她想：或许她就要死了，时间似乎突然静止了。她恍惚想起了自己的一生，从小自孤儿院被国家选中，经过十多年的艰苦培训，然后考入军事学院，再到加入军情处，刺杀、潜伏，最后为国牺牲，来到这跌宕的乱世，再一次经历了一个死亡般轮回的十年。她突然觉得自己疲倦至极，风从对面吹来，她隐隐想要放弃所有的坚持与挣扎。这些年来，无论面对何种窘境，她从来没有放弃过求生的希望，可是现在，她突然间不想继续拼杀下去了。她太累了，就这样吧，以这样的方式歇歇也是好的。

"大人！"贺萧目眦欲裂，看着楚乔站在原地，仰着头呆愣愣地望着半空的箭雨不闪不避，像是一座冰冷的冰柱。

他觉得心都要被撕碎了。他疯狂地挥刀，闪电般的刀锋轰然在半空中划下一道白亮，两颗人头同时飞起，鲜血飞溅了贺萧满身。可是潮水般的敌人又拥了上来，他逃不掉，蹿不开，只能眼睁睁地看着箭矢逼近她的身影。

龙吟关上的燕北军也全都眼睁睁地看到了这一幕。

一名年轻的士兵面色惨白，双膝一软跪在地上，望着那熊熊烈火中面色苍白的女子，悲声哭道："楚大人！"

他也是出身于尚慎的士兵，父母姐妹都被楚乔从奴隶营中救出来，脱了奴籍还分了土地，但是他是个胆子小的男人，秀丽军在外面战斗的时候他不敢出声，大夏一次次劫营的时候他不敢出声，风雪肆虐营房的时候他不敢出声，百姓于城下痛哭的时候他不敢出声……直到这一刻，母亲的话再一次回荡心间，满头白发的老人匍匐在生平第一次拥有的土地上放声大哭，对他说道："得人恩果千年记，楚大人是我们的恩人。"

城楼上响起了一片嘈杂的哭声，荒原上的蒿草簌簌作响，白雪纷飞，一片苍茫。

这半个月来，整个燕北一同见证了一支军队的忠勇，而这一刻，整个天地一同见证了一名女子的辛酸。

箭矢高高飞起，上升到顶点，然后向下划出半弧，带着迅猛的力度坠落。

所有人的眼睛都睁得老大，楚乔的衣衫被大风吹起，她微微眯起眼睛，额前的乱发被锐气激起，头皮生生地疼。她的脑海中一片空白，依稀闪过一双眼睛，他看着她，缓缓地说：活下去，活下去。

她微笑起来，笑容轻薄如雾。

我终究还是坚持不下去了，我来找你吧，行吗？

骤然间，一阵锐利的破风声传来，只见在龙吟关西侧的肃萧雪峰上，一片黑漆漆的影子像是灵猿一般跃下。他们手握长索，从天而降，上百弯刀疾飞而出，恍若神迹般精准地击在漫天的劲弩之上。

霎时间，全场大哗，黑影们迅速从雪峰上滑下，人人穿着暗青色的皮铠，身姿矫健迅猛，跳跃腾挪，恍若丛林凶兽。火光之下，只见每人脸上都有着暗红色的刺青，眼神如狼，彪悍奋勇，向着呆愣的夏军杀将过来。

还没待夏兵反应过来，西南方顿时传来一阵喧哗，雪雾尘埃迎风而起，千万马蹄践踏在地面上，好似隆隆的战鼓。前排精锐的骑兵冲进阵营，快刀劈砍，招式凌厉，正牌的军队冲锋架势，银甲墨刀，杀气腾腾，竟都是卞唐的军士。

银白的铠甲冲进大营，年轻的帝王猛然将她整个揽紧，力气那样凶狠，似要将她捏碎。他的甲胄冰冷如刀，他沉重的气息，带起大片白气。喊杀声渐渐远去，周围安静得落针可闻，万千明亮的火把照在他们身上，像是六月正午暖暖的太阳。

大风远去，隆隆地滚过地表。李策的声音低沉而平静，却有那么一丝惶恐隐隐透露而出，他轻声地一遍遍地说："没事了，没事了，没事了……"

楚乔并不想哭，心底是大片大片苍茫的恍惚，好似一切都不是真的，可是她的眼泪却一滴滴地落下来，顺着李策胸前铠甲的纹路一路滚下去。她闭上眼睛，仿佛能看见万千山川迸溅摧毁，星辰陨落成灰，肆虐地燃烧着从天而降，大海中燃起了熊熊烈火，沸腾落下，涌入永不见底的深渊。

她想说话，有很多话想说，可是张开嘴，只能发出哑巴一般的呜呜声。

李策，你知道吗？乌先生死了，羽姑娘死了，很多人都死了，燕洵他杀了好多人。你说，他会杀我吗？

李策，诸葛玥也死了，是我害死了他。你知道吗？是我害死了他。

李策，你说得对，燕北真的很冷，人心都被冻死了，连誓言，都结成冰了。

天地突然那么空旷，楚乔靠在李策怀里，缓缓地睡去，疲惫爬满了她的脸孔。李策低着头，只觉得她是这样苍白瘦弱。他想，他是真的疯了。他一想起刚刚赶到时看到的那漫天劲弩就害怕得发疯，若是他再晚到一步，再晚到一步……

大风吹在他们身上，他脱下大裘将楚乔包裹在怀里。她那么瘦，缩成小小的一团，像是一个幼小的孩子。

他抬起头,看着漫天飞扬的大雪,看着对面杀气腾腾的大夏雄兵,看着巍峨高耸的龙吟关,他的心就生起了压抑不住的愤怒。

燕洵,你何其忍心?

你,何其忍心?

"圣上,大夏遣使来问我大唐何以要插手大夏内政,属下该如何回复?"

侍卫下马奔上前来,李策抱着楚乔,面色冷然地淡淡说道:"告诉赵飚,人是我李策带走的,想要的话,我在唐京恭候。"

"圣上,人带来了。"铁由走上前来,身后跟着一名面带刺青的中年男子,正是刚刚从雪峰跃下及时救了楚乔的那群人的首领。

李策面色缓和了几分,点头道:"多亏了你们。"

面带刺青的男子低着头回道:"我们人少,若不是唐皇陛下,楚大人危矣。"

"总之是你们及时出手相救,此份恩德朕铭记于心,他日若有机会,定当报答。"

"不敢,在下也是奉命行事。"

李策眉梢轻轻一挑,试探地问道:"你家主人?"

"我家主人已经拦住了燕北大军,并在离去的各个关口都安排好接应,唐皇赶快上路吧,我们会为您断后的。"

李策缓缓点了点头,目光深沉,沉声道:"大恩不言谢,你们保重。"说罢带着卞唐大军和秀丽军的人马急速离去。

龙吟关守军如今还不到六万,看着李策带着近二十万大军堂皇而来,一时间竟不知是否该出城追击。守军的将领权衡半响,终于咬牙说道:"快,快去请示陛下。"

士兵们长吁一口气,太好了,等请示回来之后,这群煞星也该无影无踪了吧。

不到半个时辰,队伍行至时川口,一队人数为两千左右的队伍正在静静地等候。李策的人马过去交涉了几句后,那伙人留下一辆马车就转身离去了。

铁由回来说道:"还是那伙人,说再往前二十里为我们准备了马匹和粮食,还留下一辆马车,说燕北寒冷,陛下可以驾车而行。"

李策撩开车帘,只见里面空间甚大,软被锦缎,高榻之下隔着铁板,铁板之下放着两个火盆,车内温暖如春。正中还放着一方小火炉,上面的药瓮冒着白气,打开一看,里面是一盆热气腾腾的人参鸡汤。

"陛下,这个青海王,到底是何方神圣啊?他这次这么兴师动众的,真的只是想卖我们卞唐一个人情?"

李策静静地看着那瓮鸡汤,久久没有说话。

楚乔躺在车里,小脸苍白得可怜,似乎也感觉到了温暖,缓缓吐出一口气,然后缩在床榻上,安静得如同一只熟睡的兔子。

"铁由,如果是你,谁会为你做这些事情?"

铁由一愣,想了半天才慢吞吞地说道:"恐怕只有我老娘,我媳妇都不行。"

李策牵起嘴角,微微笑道:"是啊,这样的人,本就不多。"

"陛下，您知道是谁了？"

"知道了。"李策点了点头，转头望向远处隐藏在皑皑飞雪中的苍茫群山，声音带着几丝淡淡的飘忽，"如果之前我还只是怀疑，那么现在我已经可以肯定了。"

命运多舛，疑阵重重，每个人都是身缠丝线的傀儡，行走在自己早已既定的轨道上，既然挣脱不开，他又何必提前揭开终局的序幕呢？

李策微微一笑，面容温和，带着几分落拓的沧桑和平静。

诸葛玥，我不及你。

黎明破晓前，大雪终于停了，太阳还没有露出头来，大地仍旧沉浸在一片惨淡的黑暗之中。

高高的山巅上，男人一身落拓青袍，雪鹗振着翅膀从远处飞来，他伸出手臂，这种青海高原上最为凶悍的飞禽温驯地落在他的手臂上，一身洁白，只在尾巴上长了三根红色的羽毛，亮丽得好像鲜血一样。

拆开信笺，那难看字迹就映入眼帘：唐皇带兵已返回唐水关，无恙，勿念。

男子面容平静，眼神是一贯的清冷，他自然看得出属下对他的调侃，无恙的是谁？勿念的又是谁？

他提笔批复道：不必撤了，死在那儿吧。

年轻的将军接到信笺的时候，开心一笑，露出一口洁白的牙齿，他挥挥手对手下叫苦连天的将士们说道："撤了撤了，回家了。"

"七将军，想媳妇了吧？"一个四十多岁的汉子大笑道，他的肩膀中了一箭，刚刚包扎好，此刻却像没事人一样，哈哈大笑，脸上的刺青抖动着，像是一条蜿蜒的小蛇。

"滚！你个老光棍，我祝你一辈子不用受这相思之苦。"

"这燕北崽子太凶了！"一名三十多岁的将军走进来，大冷的天却露着半个肩膀，胸前包扎着一条白布，显然也刚刚中招挂了彩。

"老子又没抢他们的媳妇，都跟老子玩命了。"

七将军笑道："你没抢他们的媳妇，主子却抢了。走吧，咱们又不是来打仗的，吩咐契琅安排好撤退路线，大家各就各位准备开溜吧。"

被七将军叫作"老光棍"的将军嘟嘟囔囔地站起身来，一边往外走一边说道："俺觉得主子这场仗打得不合适，见都没见着媳妇一眼就让别人抢走了，咱们又不是指定打不过他们，这买卖太亏了。"

大帐里的人渐渐离去，七将军站在原地，听了那人的话微微愣了一会儿，默想了半晌，才轻声说道："少爷是冒不起这个险啊！"

是啊，一旦战局僵持，时间拖长，那边有个三长两短，就算胜了，又有什么意义呢？

七将军想起之前在战场上见到的那人，一双精明的眼睛轻轻眯起来，带出几丝隐隐的恨意。当年若不是月大手下的钉子相助，他早就已经死在两年前的那场杀戮之中了，这笔账，早晚是要清算的。

李策带着楚乔在唐水关登船的时候，已是三日后的黎明。太阳从地平线上升了起来，明晃晃地洒下一片金灿灿的光，天空那么高，清澄一片，万里无云。唐水关地靠西南，气候十分温和，江水脉脉，一片青碧。

大船起航，雷鸣般的声响自天际响起，上千艘大船收锚而行，浪潮自四面八方包围而来，好似滚滚雪崩，天际呈现出青色的琉璃华彩，桅杆倾天，一杆杆地扬起了招展的白帆。

"开船——"铁由高声呼道，声音那般长，带着几丝愉悦的气息。

李策站在船尾，一身松绿色的华服，眉眼邪魅，俊朗不羁。他微微仰着头，看着那高高的翠微山，依稀可见山巅之上的萧萧身影。

人海潮汐，节令更替，江上的风从山巅吹来，带起阵阵清香，仿佛引动了骨髓内细微酥麻的疼痛，所有的思绪都空前清晰起来。

李策突然笑了，笑得狡猾如狐，开心地露出一口白牙，然后在所有属下惊悚的目光中，对着高高的山巅做了一个热情的飞吻。

万人齐囧，铁由郁闷地问道："陛下，看到山上打柴的村姑了吗？"

李策回头惊喜地叫了一声，"呀！你怎么知道？"

众人无奈地叹息，陛下，谁不知道啊？

大江如练，船舶逶迤，旭日初升，一切，都很圆满。

山巅之上，男子静静而立，他清楚地看到了李策那个挑衅的动作，眉心微微皱起，却并没有转身离去。

船舶渐渐远去，他却站在那里很久很久，心里是默默的平静，没有悲伤，也没有疲累。萧萧山风吹过他的脊背，影子投在地上，有着清澈的淡淡辉光，山林间拂来尘土和水汽混合的气息，迎面扑在脸上，异常温和。

他恍惚间想起了她的眼神，好似循着记忆中荒芜的野草蔓延而去，猛然看到了一株高树一般，神色温和，惘然丧失了清冷的方向。

他从来不需要她知道，如果可以，他愿意自己躺平成路，送她去平安宁静的所在。

那是七七八年九月二十九，正是唐京菊花盛开的季节，风萧萧地穿城而过，于青天白日下洒下一地金黄。

船舶南去，缓缓驶向那一片奢靡的香甜。

第二章

灯火阑珊

深秋已过,寒冬将至,只是在卞唐这个温暖的国度里,秋冬之分却并不是那般明显。菊花已经败了,一朵朵黑漆漆地抱死在枝头,晚来风急,满地黄花堆积,轻散地满地打旋。

楚乔又在做梦了,依稀间,双脚仍旧踏在荒原上。太阳是极致的红,长风从天尽头刮来,呼啦啦地卷起满地的蒿草,一波波地翻滚,像是枯黄的海浪。日暮原野上,少年开心地纵马奔驰,脸上的笑容一如既往,是她记忆中最初的模样。鲜血浸染的土壤中绽放出红色的火云,在雪白的马蹄下奢靡地摇曳,恍惚间她听到了少年爽朗的笑声。

他笑着说:阿楚,快跟上来啊!

然后她就追在后面跑,阳光炙热地洒满了她的全身,风从耳边激烈地吹过去,前途满是明黄色的希望,就如同那八年中千百次的幻想一样。

可是就在她马上就要握到他的手的时候,天地霎时间变得苍白,大雪覆盖了一切美好和愿望,爽朗的少年瞬间长大,一脸冷漠地站在她面前,身后是无数身穿漆黑战甲的燕北兵士。战士们端着冰冷的箭,遥遥指向她的背后,她仓皇地回过头去,却只看到大股血花绽放在那人身上。冰原溃败,冷水蔓延,她随之跃下寂寂深湖,终于看到了那双孤寂的眼睛。他在她的唇边轻轻一吻,冰冷的嘴角擦过她的鬓发,手掌那般大、那般有力,一点一点地托着她,将生的希望交付在她手上。

阳光刺眼,掌心像是火烧一样疼,仿佛有字深深地刻在上面。

鲜血弥漫了她的双眼,万千山川在她的眼前崩塌,记忆中生长出荒芜的野草,大地裂开了巨大的缝隙,海水喷涌而出。她孤零零地被人遗弃,站在烈火熊熊的旷野上,看天际的雪崩和东边肆虐涌来的海水,将她整个埋葬在其中。

她疲惫无力,合上双目,朝着那漆黑冷寂的坟场一点点地沉没下去。

楚乔醒来的时候,细雨刚刚停歇,月光钻出云层,将青白的光柔柔地洒在宓荷居的寝殿上,秋意阑珊,露水滴在宽阔厚大的梧桐叶上,发出清脆的声响。

大殿空旷冷寂,霎时间,好似这世上的一切都死了,只剩下她自己。她缓缓坐起身子,风吹来,干涩的冷意,像是穿透了僵死的躯壳,令她空前清晰地察觉到,自己还是活着的。

柔福殿里传来了喧嚣的丝竹声，那是李策在夜宴妃嫔。每天晚上这个时候，都会有盛大的歌舞点缀这座流光溢彩的宫廷。

楚乔刚被救回来的时候，整个朝野一片激烈的弹劾声，文武百官终日哭谏死谏上吊谏，层出不穷。李策瞪着眼睛跟他们吵了十多日终于恼了，在早朝上一脚踹翻了王位，怒声喝道不做皇帝了，谁爱做谁做。

百官们被唬得大惊失色，在长信宫外跪了整整两天才把这个刚刚登基没几年就已经罢工七八十次的皇帝请上了位。从此以后，再也没人敢提楚乔半个字了。

好在李策事后的表现也着实让大家把心放回了肚子里，除了前几日诊病时他格外用心了些，事后就一副甩手大掌柜的模样，又恢复了他风流倜傥拈花惹草的做派。两天一小宴，三天一大宴，言官们总算稍稍松了口气，暗道看来这个害人不浅的燕北狐狸精也没多大魅力，皇帝去救她，可能也是像以往一样心血来潮吧。

李策进来的时候，楚乔没有出声，他以为她仍在睡，故意轻手轻脚地做出一副小贼的模样，引得外头的小宫女们一个个掩嘴偷笑，捂着肚子，却不敢笑出声来。

撩开珠帘，一眼看到坐在榻上的楚乔，李策微微一愣，随即笑眯眯地走进来，提着一只精巧的篮子，献宝般说道："有人送了石榴来，想吃吗？"

楚乔没有说话，目光有些恍惚，似乎还没从睡梦中清醒。

李策坐在她身边，看着她仍旧青白瘦削的脸庞，眉心轻轻地皱了一下又缓缓放松。他拿出一个石榴，亲手掰开，露出里面一粒粒殷红的珍珠，探过头看着楚乔，笑眯眯地送到楚乔的嘴边，张开嘴，做了一个吃东西的姿势，说道："乔乔，张开嘴，像我这样，啊——"

"李策，我的病好了。"她的声音清淡如水，很平静。

李策看着她，很多时候会有这样的幻觉，仿佛一切还是三年前，她受伤住在金吾宫内，什么都没有改变。可是很快他就发现，其实已经不一样了，她再也不会信心满满地同自己说她的那些理想和抱负，再也不会满怀希望地谈起那个男人，再也不会对未来充满希望和向往，就连那双眼睛，都不再有昔日的华彩了，像是被一层大雾笼罩，暗淡一片。

"嗯，快好了。"

"我想走了。"

李策毫不奇怪她会说出这句话来，他蛮有兴趣地笑着问："那你想要去哪儿呢？"

楚乔茫然地摇了摇头，很老实地说："我还不知道，但是世界这么大，总有我的去处的。如果实在不行，我就到关外去。"

"你到关外去，和你留在这里有什么区别吗？"

"李策，大夏不会放过我的，你留我在这里，迟早会为你招来大祸。我杀害夏兵无数，两次让他们的北伐无功而返，还亲手杀了三皇子赵齐。大夏目前和卞唐并无战事，等他们腾出手脚来，你会有麻烦的。"

李策没有答话，而是静静地望着她，目光里的那丝玩世不恭渐渐退去，变得平和、冷静、淡定如水。许久之后，他低声说道："你为了荆家的孩子和诸葛家为仇，你为了报答燕洵的恩情随他八年为奴在盛金宫里艰难求存，你为了保护燕北百姓几经生死，你为了西南镇府使和燕洵反目，你为了诸葛玥避世两年，你为了大同行会和燕洵彻底决裂，现在，你还要为了不连累我而远走塞外吗？"男人的声音低沉清冷，带着几分难掩的疲惫，他沉静地说，"乔乔，你这一生，什么时候能为自己想想呢？"

楚乔就那么愣住了，夜风穿堂而过，吹在她的鬓发衣衫上。李策轻轻揽住她的肩，用手压住她的头，就那么很自然地环住她，不带一丝情欲。

他淡淡地吐了一口气，轻声说："乔乔，这世上，有很多活法的。一世贫瘠也是活，富贵荣华也是活，碌碌无为也是活，建功立业也是活，为什么你却总是要为自己选一个最艰难的活法呢？你这个样子，还不如市井百姓活得轻松。"

李策的声音缓缓传来，钻进耳朵里。楚乔靠在他的怀里，思绪都是凝固僵硬的。她想，何尝不是呢？倘若真是寻常市井中的百姓，想必也不会有如此重的孽缘，不会有如此深的牵绊，即便会有背叛和辜负、欺骗和离弃，也不会如现在这般撕心裂肺、鲜血淋漓。

月光静静地照进来，洒在他和她的肩膀上。楚乔突然感觉很累。可是李策，我用了十一年的时间去爬一座山，有人告诉我那山上有一朵雪莲，可是当我费尽力气爬上去的时候，却发现山顶光秃秃的，什么都没有。山那么高，我九死一生地爬上去，失望过后，又该如何下来呢？

"乔乔，希望是掌握在自己手里的，你不放自己一马，谁也救不了你。"

日子一天天过下去，寒冬莅临，卞唐却没有一丝冬意。楚乔终于还是在金吾宫里住下来，虽然无名无分，可是这座宫殿里，最不缺的就是无名无分的女子，再加上她以往的赫赫声名，倒也无人敢来招惹她。

想象中大夏的逼迫和报复并没有来，好像他们也认定楚乔已经是一个废人了，之前的恩怨全都一笔勾销，连一个质问的使者都没派来。

楚乔想，这是很不正常的，她现在的身份，几乎相当于当年的日本战俘，以大夏国内目前愤怒的反战情绪，为何会这般轻易地放弃这个痛打落水狗的机会呢？

她去问梅香，梅香大言不惭地道："他们敢来，就叫贺统领将他们的脑袋一个个都掰下来。"

梅香是她在回回山上的丫鬟，父母亲人都死在战乱之中，遇到她之前也是一个待价而沽的奴隶。她来卞唐之后，这个女孩子竟然骑着马孤身一人从燕北赶来找她。

李策派来的小宫女秋穗笑眯眯地放下一碗冰镇好的雪梨，得意地道："梅香姐说的是。再说了，陛下对姑娘这么好，谁敢不识趣地跑来大呼小叫？"

楚乔却摇了摇头，心里有几分忧心，应该不会这么简单，难道是李策被迫答应了大夏什么条件吗？

婵儿娇怯怯地说道："我却听说，是大夏的一个什么大司马力主和我们卞唐修好，大夏才不来找姑娘的麻烦的。"

大司马？楚乔微微皱眉，大夏的大司马就是长老会的首席元老，难道是魏光放了自己一马吗？

她已经很久不打听外面的事了，终日昏昏沉沉，在这宓荷居里不见外人，真的成了李策所说的"碌碌无为也是活"。

她这半生都和燕洵绑在一处，走过昏暗死寂，走过血雨腥风，走过刀光剑影，如今终于走到前途无路，山穷水尽，再也走不下去了。

后来她曾问李策大夏为何不来找她麻烦，李策当时正在兴致勃勃地给她看一幅今年选秀的仕女图，闻言抬起头来朝她抛了一个媚眼，一副无赖相地笑着说道："可能是夏皇还对我抱有幻想呢。"

即便是目前的心境如何不适合，楚乔也忍不住轻笑一声，陪着他翻看三尺多高的美女卷轴，看着那些和她年纪差不多的少女眉目间满满的飘逸风情，只觉得那些目光都是从另一个世界望来的。

临走之前李策站在门口，突然回过头来对她笑着说道："乔乔，你仔细想想，这世上还有谁会对你这样好？心甘情愿地为你放弃很多事，为你出生入死，为你散尽家财，为你抛却所有，救你于危难生死之中，却并不告知你。这样的人本就不多，你要好好想想，想好之后告诉我，我就给你置一份嫁妆，然后风风光光地将你嫁出去。"

窗外梧桐红黄，遮天蔽日，天光顺着树叶的缝隙洒进来，金灿灿一片，纸醉金迷。

她站在清寂的大殿中，想着李策临行前的那句话，仔细推敲起在燕北最后的那一场战役，何时攻打，何时设防，何处退兵，何人掩护，几路大军出击，几路大军阻截，谁能及时传递信息，谁能雷霆般出现于境内，还有李策所说的，谁会对她这样好？

尘封的念头一点一滴钻出来，像是一丝藤蔓，将她的身体缠住。月亮升起，月亮偏西，月亮弯弯地挂在树梢，月亮落下，日头升起，又是一片绚丽的天空。

她一直这样站着，整整一夜，都在反复推敲、求证着自己那个惊人的念头。她的眼里渐渐涌出激动的光，有晶莹的泪滴落在胸口，大滴大滴地滚出，却没有一丝难过和悲伤。她被惊喜和希望网住了，身体在止不住地颤抖。

那一瞬间，金黄的阳光顺着窗棂照进来，洒在她苍白的脸上。她笑得像一个无忧无虑的孩子，泪流满面地笑出声来。

楚乔离宫的那一天，天空仍下着雨，她没有和他打招呼，只是带着简单的行囊就骑着马出了正阳门，潇潇细雨洒在她的肩上，却显得那样生机勃勃。

李策仍是那个我行我素的皇帝，他此刻正坐在国子大殿的殿顶，一身笼纱暗红长衫，坐在高高挑起的飞檐上。国子殿下跪着一片担忧哭喊咆哮的大臣，他却仿佛没看到一样，带着芳香的熏风吹在他的衣角上，扬起里面的箭袖图纹。他望着远远的蔷薇御道上，少女一身鹅黄布衣，骑坐在白马上，两侧是连绵的梧桐，夺目的色彩如同一幅绚丽的书画。

四个月了，已经够了。

他这样微微笑起来，横笛吹奏起一支欢快的曲子欢送她。清亮的笛音，像是婉转的百灵，穿透这座宫廷的奢靡繁华，一路跟随着她的身影，走出一重一重的宫门，越过黄金的门槛、高高的围廊、暗红的宫墙，去了一个广阔的天地。

卞唐相护，被家族排挤打压，险些断送大好前程于尘埃之地。

败走悦贡，九死一生，形如狡兔却无三窟，置之死地而退无生路，家国摒弃，沦入宵小之列，遭万千黎民唾骂，死不能入宗庙族谱，终成帝国第一叛贼。

绝地异起，以一人之力扭转外世青海之乾坤，赫赫之威，威慑西蒙，时机尚未成熟，却挥兵东进，只为挽红颜于一线命垂。

大夏磨刀霍霍欲图卞唐，燕北发兵东下以报夺妻之恨，甘愿抛却显赫之基业返回故土，以百万之军做赌注，终得偿微薄之心愿。

诸葛玥，我一直以为我才是这世上最疯狂的人，可是面对你，我却终知自己的浅薄狂妄。

李策心中浅笑，和一个疯子，该如何争抢？

我们都是早已被上苍钦点了戏码的棋子，我挣不脱，燕洵也挣不脱，唯有你，有勇气一次次挣脱逃逸，又有勇气一次次跳入旋涡，我终究输给你，输得心服口服。

曲调异常轻快，和着下面百官粗重的哭声显得那样滑稽。

孙棣站在宫殿下，望着那个看起来大逆不道的身影，听着充耳的欢乐曲调，却觉得异常寂寞。

宫殿的路长且清冷，两侧是高高的宫墙，依稀可以嗅到宫外的清甜香气。

这样明媚的暖日之下，是谁的心底漾起一层轻轻的涟漪，挑破了每个子夜时分的寂寞雾霭，拨乱了寂寂锦宫中的纤纤玉尘。

他一直如此，以微醉的眼睛看透这世间的一切清醒。

夜幕渐渐降临，官员们哭得嗓子都哑了，有几个老臣发了羊角风，已经早早就被抬下去了。

整座宫廷都被掩盖在一片奢靡的灯火之下，煌煌宫灯透过金吾宫的千百扇宫门窗扉，静静地照耀着金吾宫的夜晚。记忆纷乱，如同从绢布上扯下的一根细丝，轻轻一拽，整匹华丽的绢布全部散乱，徒留一片奢靡的残红。

李策从梯子上一步一步爬下来，百官们哭着爬过去，哭叫着陛下要注意身体，勿要肆意胡闹云云。

"诸君果然对朕忠心耿耿，今日朕已经想明白了，爱卿们快快平身吧。"

众人顿时涕泪如雨，心道皇上总算顿悟了。

"为了仔细反思朕的所言所为，朕决定，罢朝三日。大家也回家好好思量，研究济世富国之道吧。"说罢，他就在众多大臣呆愣的目光中扬长而去，还没走出国子殿，就迫不及待地对内侍说道，"连宴三天，把这次所有入选的秀女都带到柔福殿来。"

众人无语，帝王得意地大笑而去。

出了白芷关之后，就是大夏的土地了，虽然此时已是隆冬，但是贤阳地处西南，气候温和，楚乔出关的时候竟然还在下雨。

淡青色的远山笼罩在白茫茫的雨雾之中，远江如练，蜿蜒流过，原野上的黄昏分外美丽，乌金微沉，大地铺金，冷月却已淡然初升。荒草繁盛，高高摇曳，与马背平齐，大风吹动之间，隐见那离离之草如赤金微波，自广袤的天际一波一波汹涌而至。

  站在贤阳城外的官道上，她却突然踟蹰了，不知是否该走进去。她人生的这十一年是一幅滂沱的书画，前八年是水波下冷月沁冰的暗夜倒影，后三年则是鲜血淋漓狰狞交错的笔笔刀痕，如今陡然间抛却宿命的枷锁，她却不知道该何去何从了。

  最初的激动渐渐消失，冷却的神志在脑海中激烈地冲撞着，如若是真的，他现在是何种身份，又如何能与她这样的人有所交集？她已害得他几次险死，如今又要亲手毁掉眼前的这一切吗？而如果，她所想的都是错的，李策所说的，不过是燕洵大发慈悲放了她一马，那么，她又该情何以堪？

  而现在的她，已经连张嘴问一句的勇气都没有了。

  她就这样在贤阳城里住了下来，租了一间小小的屋舍，独门独院，地处偏僻，门前生着两株垂柳，此时已光秃秃的。

  转眼间过了七八日，年关已到，贤阳城里张灯结彩，喜气浓浓。隔壁的房东见她一个单身年轻女子独自住在这里，便两次三番地来邀请她一同过年，都被她婉拒了。

  又过了几天，一年一度的上元节至，清晨的时候下了一场清雪，不过雪花还没落地就融化了，倒是树挂上积了薄薄的一层。远远望去，远处的山巅白茫茫一片，山下碧水潺潺，满城梧桐蔽日，一片湖光山色。

  房东是一个三十多岁的胖胖妇人，长得十分和善，膝下有一双儿女，丈夫是城里私塾的教书先生，也算是小康之家。那女孩子似乎很喜欢楚乔，每天经过门前的时候都会抻着脖子往里看，她哥哥见她好奇，有时候就在下面托着她，让她趴在青墙上瞧一瞧。

  傍晚的时候，楚乔怕房东再来叫她吃饭就自己出了门。

  天还没黑，灯市也还未开，但是街上已经十分热闹了，到处都是熙熙攘攘的人群，各种小吃摊位绕着大街摆了一整排，贩卖酒肴烟丝胭脂玩物的小贩挤满了贤阳主街，楚乔嫌这里太热闹，就稍稍避开了。

  因为是节庆，平日不出门的大户人家的夫人小姐们也纷纷出了府，街上随处可见几人抬着的轿子、软椅或者马车，一辆辆从楚乔身边经过，偶尔飘出几缕欢笑声，和着远处吹来的暖暖熏风，一派祥和静谧的景象。

  相较于满眼的红粉艳绿，楚乔穿得十分素净，但毕竟是卞唐皇宫之物，到底比寻常的民服华丽精致。藕色云纱薄衣，浅蓝藕白长罗裙，以极淡色的丝线绣出一朵朵淡淡的玉兰，远远望去，如清新的冉冉新荷。加之她淡定轻温的气质，独自一人行走在梧桐深寂的长街上，过往的书生公子无不争相注目，偶有想要上前来搭讪攀谈的，走到她身前却略略踟蹰，只感她的清冷舒淡之气不似寻常女子的矜持做作，而是实实在在没将这重重人影放在眼内，稍一犹疑，她就已经去得远了。

  天色渐黑，暮色四合，天公作美，赐了今夜一轮圆月，星子寥落，淡淡的月华轻轻地落在了她的肩上。

  这已经不是她第一次来到贤阳城了，三年前，她带兵逃出真煌城，途逢遇难的赵淳儿兄妹，护送之后遭到赵淳儿的追杀，一路逃到此地。

  岁月匆匆，流年似水，赵嵩多年来杳无音信，当年呼风唤雨的天家皇子，想必早已因为身有隐疾而淡出了大夏的角逐之争。而赵淳儿更是零落成泥，一步步迈入了九幽之所，如今飘零散落，不知身在何方。

楚乔嘴角牵起一丝淡淡的笑，那笑容如此淡薄，尚未滑到脸侧就已然消失，看起来像是一笼淡淡的烟雾，悲凉地散落在冷风之中。

也许李策说得对，这个世道，太精明的人总是不开心的。

远处亮起了大片璀璨的灯火，红红绿绿，金黄暗粉，一派琉璃。爆竹声声，孩童欢快的稚笑、小贩的叫嚷，顺着湖岸的风一丝丝传来，听在她的耳朵里，像是温润的冷火，暖暖地亮着，却丝毫没有暖意，好似从另一个世界传来。

上元灯会，已是久违了。

她抬头望着，目光依稀穿透了时光，定格在最初的那一日。

朱红小马，白裘孩童，手提着雪白的兔子灯，跟在那个少年身后，那人回过头来，眼里是清凉的静寂。她一直以为那是冷漠无情的残忍，是毫无温度的寒冷，双眸中竖起一面镜子，无论何种目光望过去，都是冷冷地反射回来，以高高在上之姿，不屑地俯视着下面的芸芸众生。

然而如今再一次回想当初，她却仿佛清晰地望到了他的眼底，看到了一丝隽永沉静在那双狭长的眸里，却被死死地压住，不能夺眶而出。

如果没有当日的花灯穿梭，没有孩子的爆竹惊了她的小马，没有让她奔驰出城外，和燕洵在雪地里跋涉一夜，那么一切会不会有一丝不一样的改变？

也许不会，也许该紧握的手仍旧紧握，该举起的战刀仍旧举起，该背叛的誓言仍旧背叛，一切都会按照上苍定下的进程缓缓前行，无人可以跳出这个命运的轮回。

但是，最起码，如果没有那场失散，那么今日回想起有关于他的那个上元灯会，不会只有一个模糊的背影和一盏温暖的烛灯。

不知不觉已经走了很远，一棵大榆树又粗又高地立在湖边，估计得有三四十年的树龄，上面缠满了红色的布条，还有各色剪纸。那是乡下百姓们的迷信，他们相信榆树里面住着神仙，越是粗壮年头久的树越能通神，久而久之，就经常有遇到难处的百姓来此叩拜，祈求诸事顺利、故人平安。

楚乔站在树下，一种莫名的情绪从心底生出，她不知道那树上有什么，只是静静地仰头望去，半眯起眼睛，久久地凝望，无喜无悲，视线穿透了尘封的岁月，恍若一汪清澈的湖水。

她并不知道，就在三年前她在此地被詹府买走的时候，也有一人骑马经过。那日阳光青白，他衣衫萧萧，静静立于树下，与她差之毫厘地擦肩而过。

楚乔伸手入怀，却只摸到一方玉佩，她拿着玉佩，骤然就失了神。

这是当日在坞彭城内田城守府上和诸葛玥夜间对打的时候她抢下来的，事后她冒充舞姬被他发现，他还曾向她讨要，她当时仍在赌气，就说随手扔到府里的湖中了。惹得田城守府中的下人忙碌了一晚，挖湖引水，却终究徒劳无功。

离开燕北的那日，她什么都没带，只鬼使神差地带了它。

时光流转，记忆如一枚冷玉贴在心口，她仰着头，眼里已是一汪如水的辛酸。

兜兜转转，终究是离人的面容，纵然山河不再，岁月曲折，阴阳相隔，却仍旧有缠缠绵绵的家国仇怨阻隔在他们之间，况且她这般身心，又何来靠近的资格和勇气？

楚乔闭上双眼，挥手将玉佩抛上去，明明只是一瞬，却有万千思绪涌入脑海之中，乾坤玩弄，她和他，终究什么也不是。

她转身就要离去，耳后却传来叮的一声脆响，像是修长的手指轻轻挑起古琴的琴弦，声音绵长悦耳，瞬间穿透了脊髓的阡陌。楚乔仓皇回首，两道明晃晃的玉光由榆树上落下，不偏不倚一左一右落入她的两只手中。

莹白剔透，温润光洁，无论是样式还是成色都如出一辙，竟是一对双生的玉佩。

楚乔骤然愣住了，心血沸腾，翻涌的念头从脊梁爬上腔子，一股苦涩哽在喉间，熔岩般滚烫，稍有缺口，便喷薄欲出。她闭上眼，用尽全身力气，才将那丝酸楚强咽下去。

依稀间，思绪回溯，以丝丝回忆编织了那淡若云墨的山水人影。那人衣衫飘飘，修眉肃目，是以何种心情抛起了那枚玉佩，然后策马回身，一步一步离开了这株盛满了平安福愿的树木？

眼睛酸涩，却没有泪流下，她默默地站着。不知道过了多久，一排排灯火燃到了这里，湖面上漂起数不清的花船，孩子们欢笑着穿过她身边，她却恍若未觉。直到一个卖灯的小贩经过，她才恍然清醒。

彩灯依旧，眉眼可亲，好似就是她曾经的那一只。她静静地看着，几乎挪不开视线。小贩急了，皱着眉问道："我说姑娘，您到底挑好了没有啊？"

她仓皇付了钱，提着那只灯笼站在路上，背影单薄，宛若一个茫然的孩子。

人流渐渐拥过来，她跟着人群茫然地走，一路上都是暖融融的欢声笑语，锣鼓喧天。有大户人家正在放焰火，天上五颜六色，缤纷如潮，到处都是香气，浓烈的酒香、烤肉的浓香、千金小姐经过时身上的胭脂芬芳，还有含苞初绽的寒梅花香。有人闹花灯，有人猜灯谜，有人饮酒，有人吃饭，有人看杂耍，有人唱曲子，这个晚上，所有的一切似乎都鲜活起来，快乐那般肆意地回荡在四周。她双目平视前方，独自一人默默地走，小心地提着手中的彩灯，以免被人碰坏。

明明烁烁的灯火照在她的脸上，显得那般单薄，背影就那么一道，孤零零的，与周遭的热闹格格不入。

有人看到了她，有人却没注意，她就这样静静地走，穿越了那么多人的注目和淡漠，独自往前再往前，却不知自己究竟要去往何处。

终于，蜡烛渐渐燃尽，只有幽幽的灯火散发出来。她走到湖边，小心地将彩灯捧起，碧绿的湖水打湿了她的裙角，她却毫不在意。岸边的垂柳那枯黄的枝条垂在她的脸上，丝丝痒痒，叠叠缠缠，像是宿命的锁，轻柔地扫在她的肩膀上。

诸葛玥，我这一生都要亏欠你了，如果可以，下一世，我们在一个正确的时间早点相遇吧。

苍白的手指轻轻一推，兔子灯轻飘飘地远去。湖水荡漾，灯笼像一只小小的船，轻飘飘的，随着一浪一浪的水波渐渐融入夜色之中，在灯火璀璨的湖面上轻柔地游弋。

楚乔站起身来，一直就那么望着，夜风吹在她的脸上，战栗的寒冷如同一支利箭，轻飘飘地划过她的心脏。世界五光十色，一片琉璃，她的心却如同那只渐渐远离的灯盏，灯火飘忽，似要熄灭。她下了那个决定，亲手捏碎了自己的那丝希望，世界在她手上无声地崩溃，雕梁画栋腐朽成灰，珠玉锦绣干涸白地，生机早已离弃她了，留下的，只是苍茫的灰白和无尽的昏暗。

突然，一丝细浪袭向小小的灯盏，一艘龙舟的引路花船率先驶来，船桨掀起的水花溅在灯盏上，灯火一闪，险些就要熄灭，灯身偏侧，眼看着就要没入水里。

不知为何，楚乔已然冷却麻木的心却猛地一紧，她不自觉地上前一步，微微皱起眉来，似乎在为那随波逐流的小灯担忧。

就在这时，一只更大一些的花灯漂来，顶端的丝线和楚乔的灯丝缠在一处，在原地打了几个旋儿，却意外地挽救了小灯即将覆没的颓势，挡去了花船的大半水花，带着小灯渐渐漂向一旁静谧的水域。同是雪白的玉兔图案，一大一小依偎在一起，竟别样温润和谐。有了那只灯的阻挡，小灯的灯火又微微亮起来，渐渐温和，暖融融地照着周围的一片水域。

楚乔微微松了口气，虽然终归是要灭的，但再亮一会儿总是好的。

她缓缓松了紧锁的眉，轻出一口气，不经意地抬眸，那碧湖的另一侧，一个久在睡梦中徘徊的卓然身影竟然真真切切地浮现在眼前！

她整个人如遭电击，静静地愣在原地。她似乎又看见了他，恰如当年润雅风仪，一身萧萧白衫，轻绸披风，墨发半掩，唇似点朱，眼若寒湖，只是静静一瞥，已夺去了她世界中的万千灯火至美光华。

龙舟吹吹打打地穿湖而过，影影绰绰地挡住了他们的视线，大红的绸缎和欢乐的人群点缀着这个夜晚，透过稀疏的缝隙，四目终于穿越了千山万水的阻隔。刹那间，时光轮转，覆水回溯，记忆里寒潭清寂的双眸和眼前孤清默立的男子重叠在一处，如影如幻，如花似雾。

他也静静地望着她，手里也如她一样拿着一根提灯的横木，悠远的目光穿透默默光阴、悲欢离合，同样由震惊而起，转向复杂难解，终于静静地停驻，凝固在这一个灯火绚烂的时刻。

刹那间，两人身后燃起万千绚丽烟火，明烁的火光映照着他们交缠的目光。

楚乔望着他，那目光是他从未见过的，他甚至不知该用何词语去形容。就像沙漠上的旅人仰望海市蜃楼，就像被离弃的孩子于睡梦中遥望家乡，恍若不可相信的幻象，却又舍不得移开目光，渴望着，却又知道无论如何都无法得到。那是六百多个夜晚的期许，却又在天光降临的那一刻将希望全盘打碎。

她半启唇，似乎想说什么，却终究开不了口。朱唇含着颤抖，一点点地扩大，勾起，蜿蜒，几欲破碎，却终究凝成一弯笑来。笑纹还没升到眼底，两行清泪就已落下，顺着颤抖的笑意，一行行地滚落在尖尖的脸孔上，眉宇间隆起欣慰和沧桑的悲欢。

龙舟离去，她突然发足狂奔，她一生都在躲避、退缩、远离、退却、九死一生之后，她却猛然心慌地崩溃了，会不会只是一瞬间的幻觉和光影，只要触碰，就会如碎梦般溃散纷飞？

少女奔跑得那样急，沿途的行人都向她投来奇怪的一瞥，她却顾不得那么多了。衣衫如同淡远的素莲，随着她的奔跑飘飞，她双膝软弱，耳中轰然作响，越过了湖堤，越过了梅林，越过了石桥，越过了柳枝，终于气喘吁吁地站在那里，却只觉一切如同一场浮云落幕，虚幻得令人心慌。

诸葛玥仍旧望着她，双眼清寂，目光交织中，浮现一丝隐匿的疼惜。

熙攘的人群突至，热闹地向他们拥来。

楚乔忽然间是那样害怕，不同于死亡，不同于流落。她一生坚强，心志坚定，十几年来，唯有两次如此害怕。第一次，是在他落入深湖的那一刻，第二次，就是现在。

她不顾一切地伸出手去，死死地拉住了他的衣襟，任凭周围的人群如何拥挤，就死不放手。

手背上蓦然被覆上一层温暖，一只手将她紧紧地牵住。

灯火弥散，她向他靠过去。他用双臂为她撑开一方安静的空间，身侧人影浮动，水波纵横。她离他那样近，近得可以嗅到他的呼吸，乌黑的双眼望着他，似乎想从他的脸上挖出两个洞。

泪波流溢，她强自镇静，却还是忍不住伸出颤抖的手，似乎要去轻触他的身形。

这是眉，修长而微微上挑，却从不曾真正眼高于顶不食烟火；这是眼，寒冷清寂，却从不曾放任她于水火而不去回顾；这是嘴，少言刻薄，却从不曾如他所表现那般孤傲冷漠。

她一直追寻的答案就在眼前，她却觉得膝盖酸软浑身无力，喉间溢出一丝压抑的声响，身躯一软，就向一侧倒去。

他手疾眼快地抄住她的腰，身体触碰的那一刻，恍若有沧桑的岁月从他们之间穿梭而过。她久久压抑的哭声再也忍耐不住，终于溢出。

他环住她，她的眼泪落在他的胸口，润湿了他的衣衫，一层层地沁入心扉。

"为何骗我？为何不来见我？我以为你已经死了……"她哽咽地哭诉，身体都在轻微地颤抖，一遍一遍地说道，"我以为你已经死了……"

诸葛玥紧抿着唇不说话，他不远千里而来，并非为了见她，只是希望能在不打扰她的范围之内，离她更近一些。

而贤阳古城，却是大夏境内靠近卞唐的最后一座城池了。

他几次启唇，终究不知该如何面对这样的她，手足几乎无措，终究将万千翻涌复杂的思绪压下去，轻抚她的背，以清晰的声音维持他一贯的模样，故作不耐地说："别哭了，我还没死呢。"

"没死不知道来找我！"楚乔一把推开他，泪眼婆娑地哭道，"不知道送封信吗？"

她从来没有在他面前这般哭泣，似乎已经站不稳了。突然间，那些九死一生颠沛流离的过往都变得淡若云烟，那些被人追杀又误入死地的绝望和艰辛、两年来的几番死里逃生，都显得那般微不足道。

他伸出手来霸道地招呼她道："过来。"

她抹去泪水，生平第一次不想和他作对，纵身投入他怀里，哭着骂道："你这个疯子！"

万水千山阻隔，家国仇怨相拦，跨越生死，蓦然回首，那人却在灯火阑珊处。

第四章
活着真好

这一夜她睡得太沉,像是泡在暖暖的水中。

恍惚中她似乎又回到了军情处温暖的宿舍里,和小诗、猫儿她们同住在一起。早晨下了大雪,她犯懒不想起身,小诗就伸出冰凉的手轻轻地拍着她的脸叫她起床,她皱着眉躲进被子里,猫儿这个坏丫头就呼啦一声掀开她的被子,然后站在旁边哈哈大笑。敏锐坐在一旁的梳妆台边,一边化妆一边打电话叫早饭。

那时候的天空那么蓝,她们都还那么年轻,岁月鲜活得像是刚从海里捞出来的鱼,活蹦乱跳地翻腾着。

困意终于一点点退去,她的脸上冰凉一片,缓缓睁开眼,就见他一身清爽地站在她面前,只有一张脸臭臭的,皱着眉说道:"知道什么时辰了吗?"

刹那间,她几乎以为自己花了眼,脑袋不太灵光,定定地看着他,轻轻地皱起了眉,样子很严肃。

她那严肃的模样顿时让诸葛玥将口中的话咽了下去,他转身就想去别处,却感觉衣襟一紧,低下头去,一只青白的小手静静地拽着他的衣角,握得很用力,指节都微微泛了白。

昨夜的记忆渐渐回笼,她的脸突地通红,一下松了手坐起身来向外看,不由得一呆,诧异道:"天怎么黑了?"

诸葛玥颇为火大地看着她,转身去将另一盏烛台点着。

她还来问他?

昨晚分别之后他就回了驿馆,因为此次是悄悄来的,所以并没有住进官驿,而是他在此地的一处私宅。回去之后彻夜无眠,一直等到第二天早上,然而左等右盼,还是不见人家上门。他赌气地想,我偏不去找她,看她来不来找我。可是直到日头偏西,仍旧门前冷落,他终于还是忍耐不住,也没带随从就孤身一人上了她的门,推门却见她蒙头大睡好梦正酣,怎能不让他这个辗转反侧的一日一夜的人气恼?

楚乔哪里知道他的心思,坐起身来揉了揉眼睛,拢了一下耳边的碎发,虽然有些不好意思,但还是生硬地说道:"你来做什么?"

话音刚落,屋子里就陷入了短暂的安静,楚乔自知说错了话,低着头默不作声。

似乎谁都不知道该如何面对这样迥然不同的关系，也不知道该如何对答了。

窗外月色极明，如水银般泻了满地，像是下了一层清雪。

"你来贤阳做什么？"

诸葛玥突然问，楚乔微微一愣，心底顿时有些慌。这些年来，已经很少有让她慌乱的事情了，哪怕面对大夏的刀锋，她也能沉着地保持镇静，唯有面对他，她的镇静好似不翼而飞，心里像是装了一只惴惴不安的兔子。

"我……"楚乔强自镇定地咳嗽了一声，故作沉着地说道，"我来办点事情。"

"可办成了？"

"差……差不多了。"

"那什么时候走？"

楚乔不得不继续说下去，"就这一两天。"

"一两天？那是明天还是后天？"

楚乔有些生气，语气不善地说道："明天。"

"哦。"诸葛玥点了点头，坐在桌子旁倒了半杯冷茶，也不喝，只是在手里轻轻摇晃着。

楚乔挑起眉瞪着他，问道："你呢？"

"我？我什么？"

"来贤阳做什么？什么时候走？"

诸葛玥淡淡一笑，两年不见，似乎将这只小狐狸锻炼得越发奸猾了。他不动声色地点了点头，说道："我是来游玩的，却要多过些日子才走。"说罢，他站起身来就要往外走，边走边说道，"既然明日就要走，那我不打扰了，你好好休息吧。"

"喂！"楚乔一惊，连忙站起身来，不自觉地开口叫道，"站住。"

诸葛玥回过头来，神色很平静地问道："还有什么事吗？"

他一定是故意的！楚乔瞪着他，过了许久，微微低下头，以极小的声音说："其实，我也不是很急着走。"似乎生怕诸葛玥误会，她连忙又补了一句，"反正暂时回去也没有急事。"

"哦。"诸葛玥意味深长地点了点头，拿起一旁的外袍递给她，面色带上了一丝笑意，"快梳洗，今天是中元节，比昨日还热闹。"

也不知道是事实如此，还是心境发生了改变，总之楚乔真的觉得今日的街市是比昨日还热闹的。

名花迎风吐蕊，佳木欣欣向荣，湖两侧的凉风都带着郁郁葱葱的水汽，令人心旷神怡。街上的杂耍似乎都比昨日的要好看许多。路上遇见一个讨饭的孩子，楚乔大发慈悲给了十金铢，小叫花子拿着钱傻愣愣地呆住了。这些钱，若是普通人家省着些用，足以衣食无缺地度过十年了。

诸葛玥在一旁不阴不阳地感叹道："好大的手笔啊。"

楚乔回头瞪了他一眼，嘲讽道："越有钱的人越抠门，姑娘我心情好。"

虽然明知是嘲笑调侃他的话，诸葛玥却听得心情舒畅——心情好？为何好呢？他乐呵呵地走上前来，随后掏出一张银票，上面有辰玥钱庄的印子，白纸黑字二百两金子。

"别当乞丐了，买个庄园当员外吧。"说罢，就在楚乔和小乞丐惊愕的目光中扬长而去。

楚乔急忙从后面追上去，狐疑地打量着他。

诸葛玥瞪了她一眼，说道："看什么？"

"没想到你也有良心发现的时候，怎么，钱多得扎手了吗？"

诸葛玥一哼，"你没想到的事还多着呢。"

刚走两步，楚乔的肚子就开始咕咕直叫，也难怪，她已经一整天没吃东西了。

诸葛玥似乎对这贤阳城十分熟悉，如数家珍地报了几个酒楼菜馆的名字。楚乔却闻着街边面摊的香味走不动路了。

诸葛玥自然是不情愿的，可还没来得及出声反对，楚乔已经坐下来。小二殷勤地跑上来，她要了两碗葱油面、半斤牛肉、一碟花生米，还在小二的介绍下要了一瓶酒，没想到那酒竟然有一个十分风雅的名字，名曰六月西霜。

诸葛玥奇怪地瞧着她，问道："你不是不喝酒的吗？"

楚乔握筷子的手微微一滞，随即淡笑着说道："以前是怕喝酒误事，现在左右也是闲人一个，就没那么多讲究了。"

诸葛玥眉头一皱，伸出手来夺过她的杯子，沉声说道："别喝了。"

楚乔也不强求，耸了一下肩，小声说："假正经。"

小二很快就将饭菜端了上来，那酒果然不是什么好酒，只是闻一下就知道是黄酒掺了水的，专门骗骗附庸风雅的外行人。饭菜也一般，但是面给的分量实在是很足，楚乔这样饿，也只是吃了小半碗就咽不下去了。

他们站起身来，只见一群满脸鬼画符的小乞儿正眼巴巴地盯着那剩下的半碗面，口水都要流下来了。诸葛玥回头扔给店家一钱银子，说道："给他们一人一碗。"

店家连忙笑着答应，楚乔疑惑地瞅着他，"装菩萨装上瘾了？"

一个十二三岁的小男孩见他们两人衣衫不俗出手大方，看起来还蛮好说话的样子，就笑眯眯地凑上前来，对着诸葛玥说道："大老爷赏口酒喝吧。"

诸葛玥颇感兴趣地看了眼孩子，转头又给了店家些钱，说道："给他一坛，不要掺水的，他要是喝不完，这顿饭就不算我请了，你直接揍他一顿然后送他见官吧。"

那孩子闻言乐得眉开眼笑，兴高采烈地去了。

楚乔咂舌道："小小的孩子怎么喝得了一坛？"

"你不让他试试，他永远不知道那是什么东西。"诸葛玥淡淡地道，"吃一次亏，以后才能长点记性。"

楚乔闻言微微一愣，脚下一慢，就落在了他身后。

诸葛玥走了两步见她没跟上来就回过头来皱眉道："走啊，想什么呢？"

楚乔醒过神来，连忙加紧两步追上前去。

吃一次亏，以后才能长点记性。可是诸葛玥，你又吃了多少次亏？为何还是不长记性呢？

正想着，脸颊突然传来一阵火辣辣的疼，噼啪的鞭炮声紧随响起，正好响在楚乔的头顶。楚乔一惊，正要转头看去，却感觉一股大力猛地从身前袭来。诸葛玥一把拉住她的手，身手利落地一拽就将她抱到怀里，退后几步，一双修长的锐目微微上挑，饱含浓浓的怒意。

"怎么样？伤着了吗？"

楚乔抬头看去，只见是一家酒楼，正在二楼放爆竹，也没注意下面有没有人行走，除了她，还有好几个人遭了殃。此刻好多人都在楼下叫骂着，但都被鞭炮声掩盖了下去。

诸葛玥拉下楚乔捂着脸的手，只见微微发红，隐隐有两处更红一些，面色不由得有些难看。

"没事，也不疼。"楚乔还是不太习惯他这样的注视，微微用力，想要抽出被他握住的手，他却纹丝不动。手心有一点点暖，隐约可以感觉到凌厉的纹路和茧子。

"真没事。"她有些尴尬地说，"也没破相。"

"女人的脸多重要，偏你不在意。"诸葛玥不冷不热地说了一句，语气虽差，意思还是好的。楚乔也没跟他计较，谁知他随后又加了一句，"不过你这张脸，破不破相也没什么大不了的。"

楚乔一愣，没想到三句话不到他的老毛病又犯了，她便还嘴道："就你好看。"

诸葛玥一副理所应当的模样，转身就朝那家店走去。楚乔正担心他会不会为了这么一点小事和人家打起来，谁知他站了一会儿转身又回来了。她凑上前去问道："你过去干什么？"

"记住名字。"

楚乔咋舌，"你竟然这么记仇！"

诸葛玥一扬眉，"想什么呢？我是闻着里面酒香浓烈，打算明天来吃饭。"

楚乔很郁闷，以前不是这样的，怎么现在每次和他说话都是自己落了下风？她皱着眉跟在他后面，未见前面的男人眼角缓缓泛起一丝得意。

夜风清幽，两侧的商贩不时上前来兜售商货，还有卖花的小女孩不时跑过来满口夸赞着楚乔的貌美，游说诸葛玥为妻子买花。

诸葛玥安之若素地领受了众人的误会，一路上连买下三个花篮，却全交给楚乔拿着，他一个人一身轻松地走在前面。楚乔像一个小丫鬟一般，提着大包小包跟在后面。过往行人无不注目，渐渐地卖花的小丫头们都不过来了，想必这么一会儿她已经从妻子的地位掉到跟班了，周围的议论声轻飘飘地飘进了楚乔的耳朵里：

"看那位公子，真是一表人才，就连随身带的丫鬟都是眉清目秀的啊！"

楚乔郁闷地皱眉，她很像丫鬟吗？都过去十多年了，怎么还是他的丫鬟？

湖岸的风有些大，他们俩沿着湖堤走着，这处很安静，没什么人。他们的脚步越走越慢，却谁也没开口说话，似乎不忍打碎这份难得的平静一样。从昨晚到现在，他们谁都没去提分别这两年的事，生活陡然间让他们在此地相遇，远离大夏，远离燕北，没有权谋争斗，没有尔虞我诈，这里生活平静，鸟语花香，就连空气都是难得的清新。他们的精神都松懈下来，谁也不愿意去提及那些坏人心绪的东西。

湖面上清风摇曳，月光舒淡，如凝了一地的晨光霞影。

不知不觉，竟又走到了那株粗壮的老榆树之下，诸葛玥的脚步不由自主地停了下来，仰头望着宽大的树冠。这几年辗转峥嵘的岁月，在脑海中掠过，跌跌撞撞，没想到又回到了此地。

楚乔望着他，只见男人身姿挺拔，相貌俊秀，只是眉眼间已不是当初的冷峻疏傲，换上了如今淡定的风仪高雅，眼底隐现几丝沧桑的落拓，细细望去，触目伤怀。

九死一生逃出绝地，被家国抛弃背负恶名，无奈下身入恶地，两年间拼下如此基业，又怎会如他那句"我还没死呢"那般轻松？

这些日子，她也渐渐听说了当日的局势。

她随李策回到卞唐之后，大夏曾七次给卞唐去信，要求李策交出楚乔，燕洵也磨刀霍霍于卞唐发兵，在西北边境上和卞唐打了几仗。最后魏阀魏光亲自出面，带着新编的西南军前往卞唐，给李策施加压力。虽然全天下都知道大夏是不敢在这个时候和卞唐真正发生军事冲突的，但是卞唐国内对李策的行为极为不满，甚至有人几次欲冲进宫来，将楚乔这个祸水交出去。

那时候的李策，就算能强硬地保下楚乔，也是绝对保不下秀丽军的，除非他要与大夏公然决裂。

这时候，地处西蒙境外的青海王却突然出人意料地打出了大夏的旗号，派遣使者，带着八千里舆图投靠王庭。直到此时，天下人才知道，原来名动西蒙的青海王就是两年前"死"在燕北的诸葛家四少爷诸葛玥。

后面的事就很自然了，诸葛玥回到帝都，以强大的军事实力和诸葛阀的支持，压倒了魏光，取首席长老而代之，成为大夏的参军大司马，自然而然地弹压下了对卞唐的军事策略。

她已不愿去想，这简短的市井谈资之下隐藏了多少血雨腥风，他们都是从权力这条血路里蹚出来的人，知道这里面的水有多深，哪怕表面上看去风平浪静，底下却翻涌着无数个激烈的浪头。

残灯满湖，色灿如金，楚乔抬起头来，目光带着几丝淡淡的酸楚。她看着诸葛玥，沉声说道："听说榆树是能通神的，越是历经岁月的老树越是灵验，只要将随身的珍爱之物赠予，就能保佑亲人朋友平安，也不知道是不是真的。"

诸葛玥仍旧静静地站着，没有说话。

"你相信吗？"楚乔低声问道。

诸葛玥修长的眼睛缓缓眯起，轻轻说道："不信。"

楚乔望着他，微微一笑，表情说不出是喜还是悲，不信吗？

她缓缓伸出手来，修长白皙的手掌慢慢展开，眼睛亮若星子，嘴角却带起一丝痛来，轻声问道："你真的不信吗？"

诸葛玥低下头去，一眼就看到了那两只莹白剔透的玉佩，岁月穿梭而过，顿时就将他的身影钉在了原地。

"诸葛玥，我原本以为再也没有机会了的。"楚乔温和地笑起来，眼角弯起，却有点点泪光闪烁其中，她嘴唇轻颤，"我以为我这一生再也没有机会偿还你的恩情了。"

黑夜浓郁，诸葛玥的背影显得如此沉重，逼得人透不过气来。他的双眼直直地望着她，一双瞳仁黑得深不可测，他不说话，就那么直直地望着，像是要穿透她看到别处。

突然，诸葛玥沉重地叹了口气，伸出双臂揽住她的肩，平静地说："谁要你还了？"

楚乔的眼泪就那样落了下来，她顺从地依偎在他怀里，很多莫名的感动萦绕在心间。她贴在他的胸口上，他身上隐约浮动着熟悉的香气，温润的暖意蔓延了全身。她静静地闭上眼睛，夜风吹拂在他们身上，远处是喜气洋洋的人群。生平第一次，她觉得那些喜悦竟然离自己这样近，近到咫尺，呼吸之间，就能触碰到喜悦的味道。

"诸葛玥，"楚乔突然抬起头来，梨花带雨地对着他扬起嘴角，笑着说道，"活着真好。"

诸葛玥听得心中一痛，然而这世上可能再也没有其他人能比他们更加理解这四个字的含义了。他温柔地垂下头吻在她的脸侧，喃喃地重复道："是啊，活着真好。"

处处琉璃灯火，贤阳城的新年近了，这个新年，一切都是新的了。

日子似乎是偷来的。

没人的时候，楚乔总是会不时走神，她静静地看着太阳东升又西落，夜晚一次次地降临，新年来了，新年又去了，时间从指间悄悄地流淌而去，甚至看得到涌动的脉络，像是清澈的水。

开始时的激动渐渐退却，生活重新开始。她看着天空，鸟儿扑棱棱地由北飞来，掠过高远的天空，留下或青或白的痕迹。她想，它们大概是回家去了吧。

她住进了诸葛玥贤阳的别院，没有什么借口和理由，诸葛玥只是问她，愿不愿意和他一起过年，她想了想，就答应了。

这真是很朴素的一个新年。

没有奢靡的宫廷歌舞，没有婉转的伶人长调，没有丰盛的珍馐美食，却有一份难得的安静，一份心底的真正平和。

这几天她和诸葛玥去了很多地方，走过悠长冷寂的小巷子，走过古老破旧的庙宇，吃过街边的小吃，一起逛了人挤人的庙会，还在新年的晚上一起放了很长时间的爆竹。

爆竹声噼啪作响，就像是两年前的那个晚上一样，她站在人来人往的大街上，满眼的灯火，一种久违了的快乐静静地将她包围，周遭灯火璀璨，他站在人前，为她挡住拥挤的人潮，偶尔会皱着眉回头来呵斥她，像是一个别扭的孩子。

烟火在他头顶的天空绽放，姹紫嫣红，余光映照在他的脸颊上，很漂亮。

是的，是很漂亮。

楚乔想不出别的形容词来形容她所看到的一切，她似乎突然被风从战场卷入这个光怪陆离的世界。她看到了和煦的阳光、温暖的湖水、快乐的人群，还有卸去了一切挣扎和防备的诸葛玥。这个曾经对她横眉竖目、对她拔刀相向、对她屡施援手、为了她险赴黄泉的男人，此刻活着站在她面前，皱着眉训斥她像个土包子。她突然觉得，时间是她从老天那里偷来的，每一秒，都是那么珍贵。

世界都是火树银花的，她的眼睛里却只装得下一个人。

像是深沉的海水，在冰封之后从心底涌出来，温暖着她冷却的四肢和麻木的大脑。

生命在绝路开出了绚烂的花朵，五彩缤纷地开在腐朽的树木上。她站在黄泉的彼岸遥遥地看着，暗想，或许，那就是一种叫新生的东西。

虽然，即便是眼睁睁地看着，也觉得离得那么远。

房门半敞，他站在院子里，蓝紫色的衣衫上绣着大朵锦绣的金锦花，月亮的光华照在他身上，明晃晃的，有些刺目。

他看着她，似乎想说什么，却许久都没有开口。

月色有些凄迷，隔了几条街的广场上还有热闹的锣鼓声不断传来，乒乒乓乓，那么喜庆。即便看不见，楚乔还是可以想象那些普通百姓开心舞蹈的样子。

时间好似过了很久，却又好像只过了一瞬，他开口说道："睡觉去吧。"

楚乔点了点头，很平静地微微一笑，"你也是。"

房门一点点关上，连带着将外面的月光也阻挡在外，一道、一线、一丝，终于，归于黑暗。

她站在门口，手指按着门扉，外面的人久久没有离去。风有些凉，呜呜地吹，窗外树影晃动，狰狞地在窗子上投下摇曳的影子。

更漏里的时间一点点逝去，终于，有沙沙的脚步声响起，很慢，却还是渐渐远了，越来越远。

窗外的风突然就大了，连门都挡不住，顺着门缝冷冷地吹进来。楚乔将头抵在门扉上，在黑暗中缓缓地闭上了眼睛。

诸葛玥回来的时候，月七刚刚收到小非的家书，如今已经贵为将军的年轻侍卫满脸含笑，乐呵呵地将信件放在袖里。

月七心情很好地站在门外，见了主子也难掩脸上的喜气。

"小非来信了？"

"嗯，"月七呵呵一笑，说道，"海儿满月了。"

多年的并肩作战，诸葛玥和月七之间名为主仆，实则已和兄弟相差无几，想起临走前小非刚刚又为月七诞下麟儿，诸葛玥不由得微微一笑道："等我回去为你儿子准备一份大礼。"

月七笑着说道："多谢少爷。"

"墨儿可好？"

"好。"

月七清脆地答道，当初被诸葛玥带回去的欧阳墨现在由小非抚养，对于这个失去所有亲人的孩子来说，也许这样对他才是最好的选择。

"跟着白夫子学针灸呢，天赋极高。"

"主人，"方褚由外面走进来，"枫将军来信了。"月七外出领兵之后，方褚就成了诸葛玥的贴身侍卫。他出身青海，祖辈是犯了错被贬出西蒙的罪人，被诸葛玥收服之后一路跟回了大夏,这是个沉默寡言的人,但是性格坚韧,绝不是一般的平庸之辈,就连月七也对他另眼相看。

信件上火漆完好,诸葛玥面不改色地看完,随后交给月七,待他看完沉声说道:"你怎么看?"

"赵飏不会就这么善罢甘休的,一旦七殿下回国和少爷联手,他这两年来建立的势力就会松动,魏光已然垂垂老矣,魏舒烨却是个另有心思的,他不能不防着。"

诸葛玥淡淡地点了点头,轻声说道:"此人最识时务,心生七窍,奈何也被蒙了心,这个时候还做这样的打算。"

"我们该怎么办?"

"照原计划行事,吩咐许杨多留点心,这个时候他翻不起什么浪。与其担心他,不如多费点神看着燕北的动向。"

月七点了点头,诸葛玥又问道:"引渡的事进展如何?"

"少爷放心,所有辰玥的生意都在紧急运转。昭明公和梁先生已经暗中招募了大批各行各业的人才。卞唐大皇对我们所托之事很上心,亲自派了孙大人协助。况且今年粮食大丰收,也不必再依附内陆了。"

诸葛玥点了点头,"家里还好吧?"

青海如今主事的人是方光潜,方光潜是方褚的亲叔叔,也是诸葛玥在青海的部下。方褚面无表情地接口道:"叔叔昨天来信说家里一切都好,大家都在等着主人回去。"

"嗯。"诸葛玥默默点头说道,"告诉大家加快手脚,一旦这边的事了了,我们就回去。"

方褚点头,垂首退了下去。见方褚走了,月七才微微皱眉说道:"少爷,属下不明白。"

"我知道你想说什么。"

月色清幽,皎洁的光柔柔地洒在他的肩上,男子的面色带着几分清冷,双目狭长,却再无年少时的飞扬,沉如古井微波,淡定润和。

"你是想说,为何不趁着大夏内乱、门阀疲惫、外有强敌的大好时机揭竿而起,控制家族,再取赵氏而代之,对吗?"

月七一惊,当即跪在地上,却直言不讳地道:"属下大胆,但是属下的确是这样想的。大夏对我们不仁,家族也对我们不义,少爷两年来受尽屈辱,为何要在此时对他们施以援手?大不了我们就回青海去,反正姑娘现在在这儿,咱们也不怕他们的威胁。青海地大物博,即便是西蒙一统,我们也未必怕他们。"

月七说完之后,却久久没听到诸葛玥的声音。他大着胆子抬起头来,只见诸葛玥举头望天,原本清俊的脸上已然覆上一层疲劳的暗影,双眉深深蹙起,满是岁月的沧桑。

"月七,家族再不好,总是你我少时安身立命的所在;大夏再不好,总是我们的故土。如今故国内忧外患,强房虎视,你我如何忍心在满目疮痍的国土上再燃起一处狼烟?"

月七闻言,顿时愣住了,却听诸葛玥继续道:"更何况赵彻于我,绝不是滴水之恩。"

诸葛玥说完就离开了,唯剩月七愣愣地站在原地,仔细思索着诸葛玥的那一番话。

他不知道心底是何感觉,潜意识里他知道少爷是对的,可是想到这两年来的遭遇,一股悲愤不平之气又郁结于胸无法排遣。难道少爷就真的一点也不在乎吗？

诸葛玥当然是在乎的。

漆黑的卧房内，响起了短促的轻笑。

如何能不在乎，那幼时如畜生土狗般在家族求存的日子？如何能不在乎，一次次满心远征，却终遭打击的沮丧？又如何能不在乎，九死一生地逃回时，迎面而来的口水和耻辱？

不能忘，死也不能忘。

他不愿再去想刚刚的感受，以及月七脱口而出的那番话又在他的心底掀起了怎样激烈的巨浪。

男儿到死心如铁，一生奔波，所求到底为何？难道不是建功立业？不是出人头地？不是一朝成为万乘之尊，呼风唤雨，一呼百应？

那是一种致命的诱惑，对任何男人来说，都是永远也戒不掉的大麻。

当他于那样的绝地死里逃生之后，迎面而来的没有一丝温情，他声名狼藉，被家国抛弃，转瞬间成了大夏的公敌。他不是圣人，心中怎会无恨？

或许真如楚乔所说，看到大夏在燕北的攻势下屡战屡败的时候，他的心底也会莫名地生出一丝快慰；在大夏内部腐朽，越发出现溃乱之势的时候，他也曾想过挥军东进，取大夏而代之，以强硬的武力来一雪前耻，俯视那些曾经狠狠踩在他头顶的肮脏嘴脸。

可是真要走出那一步的时候，他退却了。

青海平原上那些尚吃不饱穿不暖的眼睛殷切地望着他，那些在他无路可去时慷慨收留他的人，还在等着他带给他们一个不会死人的冬天。

是的，他无法去和月七说，无法去和那些一直追随自己的部下说。他们定会瞪圆了眼睛看着他，然后问：少爷，难道你要为了几个青海的土包子放弃夺取繁华的西蒙？

是啊，不过是一些祖祖辈辈跋涉在牢囚之地的死囚后代，不过是一些不通圣人教化的土包子。若是在以前，他也会这样想，并且嗤之以鼻地不屑冷哼，大丈夫有所取舍，当志存高远，而不是做妇人之态的悲切踟蹰。可是终究有什么东西改变了他，当他声名狼藉地被天下摒弃的时候，有人为他打开了一扇温暖的门，尽管门扉破旧，房子漏雨，他却坐在那里，喝下了生平最温暖的一口粥。

那个时候，他突然就理解了楚乔，理解了那个总是一脸坚韧地叫他等着瞧的少女。

他感谢上苍，如果没有这样一个机会，他可能永远不会了解她，不会明白那种创造和守护的乐趣。他惊奇地发现，那种喜悦，竟丝毫不弱于征服和摧毁所带来的感受。

至于大夏，至于恩仇，至于争霸西蒙……

他缓缓闭上眼睛，自己跟自己说：我分得清什么才是最重要的。

是的，他还需要去争，去周旋，用自己的能力去维护去拼抢，他还是要同朝野上那些各怀心思的人博弈谋算，还是要在战场上和政见不同的人兵戎相向。

纵然他志不在夺取大夏，却不愿坐视它衰败沦陷在别人手中。

况且，如今的他已然无法退却了。当他带兵杀出翠微关的时候，当他接任大夏兵部司马的时候，当他一力阻挡了大夏对卞唐发动战争的时候，一切已成定局。

他想起当年穷途末路之时，他和赵彻在东胡寒地上发下的誓言，眼角微微生出一丝冷冽的锋芒。

　　这时，一双平静的眼睛突然透过漆黑的雾霭看了过来，那目光那样温和，却隐隐透出一丝无法掩饰的悲伤。

　　他静静地闭上眼睛，手指摩挲着洁白的杯壁。

　　他微微笑起来，笑容苦涩，像是冰冷的雪。

　　一切开始在结束之后，他们总是这样，不合时宜地相遇，不合时宜地离开，命运推着他们走在一条看不见归路的小径上，跌跌撞撞，一路坎坷。

　　屋子里一片漆黑，隐隐有一缕月光透过窗子照进来，清冷地洒在他身上。说到底，他还只是一个二十多岁的年轻人，虽然经历了那么多的波折和艰辛，他有时候也会做着这样的梦，英雄百战而归，立下赫赫战功，然后将一切捧到喜欢的人面前，挥斥方遒地说：给，都是你的！

　　但是，终究只能是一场梦罢了。

　　他靠在椅子上，嘴角微微扯起，像一个大孩子一般温和地笑起来。

第五章
庙算之高

雪后初停的天气最是寒冷难耐，大风卷着艾草，地上一片殷红。

彤云密布，冷风猎猎，地上的白雪被卷起，扑簌簌地落在刚刚落成的朔方宫上。

东边的战事暂时停歇，北方犬戎也被击退，战士们纷纷退回关内，似乎准备过一个难得的新年。

清早起来，五烜街两侧的店铺全部歇业。长街上铺满了细细的黄沙以防宫廷车马打滑，远远望去，一片金黄，有如赤金铺地。道路两侧竖着高高的金底帷帐，平民都已退却，文武百官跪在两侧，各色仪仗缓缓前行，列阵分明。一时间，华盖车马如云，锦袍云袖蔽日遮天。

今天是燕北的冬狩之日，记性好的老人回忆起上一次冬狩，已经是十二年前的事了。

中丘西垣是历代燕北王的狩猎之所，地处落日山脉中心，背靠回回南峰，一片白茫茫的旷野，土地微红，也不知原本就是这种颜色，还是被鲜血浸透而成。

燕洵披着沉重的貂裘坐在高高的王位上，身前影影绰绰站满了人，风雪弥漫中远远望去，像是两只黑漆漆的翅膀。百官战战兢兢地跪在王辇之下，膝下寒津津地疼，却不敢抬头望去，唯有阿精悄悄地仰起脸，却根本看不清燕洵的面容。

"庄大人。"

寒冷的声音从上方传来，一位五十多岁的老者突然一颤，脸上的肌肉微微颤抖，缓缓站起身来，跪到中央，以恭顺的声音说道："陛下有何吩咐？"

"没什么，只是最近新得了一件好玩的东西，想请庄大人一同赏玩。"

燕洵的声音澄澈中带着一丝笑意，像是狡猾任性的孩子在期待着某种恶作剧一般。

庄大人跪在地上，手指发白，眉心紧锁，却仍旧低着头不动声色地答道："多谢陛下想着老臣。"

燕洵一笑，眼神带着几丝玩弄，懒懒地一挥手，说道："带上来。"

一阵沙沙声缓缓响起，一辆马车进了场，车上罩着黑色粗布，隐约可以听到细微的响声。众人都奇怪地转过头去看着马车，场中一片死寂，迫得人难以呼吸。

突然啪的一声，沉默中的众人齐齐一惊，原来却是燕洵无聊地坐在王位上，以鞭柄击着黄金座椅。

啪，啪，啪……

所有人都肃了容，没人敢说话。一名三十多岁的侍卫走到第一辆马车前，然后扬起手，哗的一声就掀开了马车上的黑布。

"哇！"低沉的惊呼声像是一片海，水花潺潺地波及全场，每个人面色都有几分惊慌，却无人敢发出质疑的声响。

只见那辆马车之上，竟是一群十六七岁的妙龄少女，人人品貌甚美，只是这样寒冷的天气，她们竟然是未着寸缕地靠在一处，人人面色惨白，手臂都被捆绑。

庄大人只看了一眼，顿时愣在原地，即便天气这样寒冷，他的额头还是渐渐有豆大的汗珠滚滚而下。

燕洵的笑声在身后响起，他好像是说着吃饭喝酒一样平常的言论，淡淡道："庄大人是燕北的基石砥柱，多年来对朕颇有恩遇，今日这第一箭，就请大人首发吧。"

马车上的笼子被开启，士兵粗鲁地走上去，拳打脚踢地将少女们从马车上推下来。她们都是光着脚的，骤然间踩在冰冷的雪地上，激起一片粉嫩的赤红。

"跑！快跑！"士兵甩开鞭子，狠狠地抽着，一道道血红的鞭痕顿时划破皮肉，狰狞地印在那些洁白如羊脂的背上，刺耳的惨叫声随之响起。

她们被放开了手脚，只能胡乱地遮掩着身上的伤痕，踉跄地逃跑。

侍卫为庄大人端来弓箭，燕洵在他身后淡淡地催促道："庄大人，快啊。"

庄大人面色铁青，双唇毫无血色，他缓缓搭箭，缓缓弯弓，手指都颤巍巍地颤抖着。

那些女孩子在雪原上踉跄地跑着，年轻的身体在阳光下发出明晃晃的光。她们似乎感觉到了危机，纷纷惊慌失措地回过头来，看到庄大人拿着箭的身影，突然间纷纷愣住了。

嗖！

一道利箭突然射出去，却没有一丝力气，只射出短短的一段距离，就无力地落在了地上。

"庄大人，这可不像是你的本事啊。"

燕洵慢条斯理地说，修长的眼梢微微挑起，冷淡地看着庄大人，却好似要透过他的皮囊看进他心底一样。

庄大人站在原地，想说什么，却终究说不出来，他浑身都在微微颤抖。下面有官员小声地议论道："前几日听说宫里有一伙宫女行刺皇上，难道这些都是？"

"程远，既然庄大人年纪大了，就你来。"

"多谢陛下抬爱。"

一身青袾的将军走上前来，稳健地搭弓，只听嗖的一声，箭矢如同长了眼睛一般，一下就牢牢钉在了一名跑得最远的少女身上。短促的惨叫声在旷野上响起，少女心口爆出了大片的血花，洒在洁白的雪地上，鲜红刺目。

其余的少女见了，大惊失色，一名一直跪坐在原地痛哭的女孩子突然崩溃般大叫，踉跄地就要往王位上爬，一边爬一边叫道："先生救我！先生救救我啊！庄先生，我是……啊！"

刺耳的惨叫声骤然响起，只见离她不远的一名少女突然跳上前来，一把掐住她的喉管，双手一错，就将哭泣少女的脖颈扭断了。

"死则死矣，怎能向敌人乞怜求情，废物！"少女站在原地，脸颊苍白，眼睛却明亮如星。她冷冷地望着上面，身无寸缕，却丝毫不遮掩畏缩，目光冰冷地沉声说道："我们是大同的信徒，你这小人，背叛大同，必将死无葬身之地！"

说罢，一头撞在王辇下的石阶上，身体一僵，血流如注，即刻动也不动。

这一变故起得突然，众人都没反应过来，待见这女子自尽，其余的士兵纷纷冲上前来。一名士兵探过手去，回头奏报道："皇上，这人还有气。"

燕洵"嗯"了一声，并没有说如何处罚。不知为何，刚才那少女的眼神让他觉得十分熟悉，很多恍惚的记忆纷至沓来。他皱着眉冷眼望着场中的淋漓血泊，突然间失去了兴致，一挥手，身后的侍卫们就齐齐上前。一时间，只听全场惨叫如雷，不一会儿，就已经没有一个活人了。

"狩猎开始，这些人，都拖下去喂狗吧。"

燕洵淡淡地吩咐道。侍卫微微一愣，踟蹰地问道："那这个活着的呢？"

活着的？燕洵的目光微微一闪，那幅画面又从脑海中轻飘飘地划过，孩子倔强的眼神走过他的记忆，似乎至今仍在什么地方直直地注视着他，让他感到有一丝丝寒冷。

"陛下？"程远小声地叫了一声。

燕洵抬起头来，只见全场的人都紧紧盯着他，他的眉头不由得轻轻一皱，冷声道："一起拖下去。"说罢，意兴阑珊地站起身来就要离去。

"住手！"庄大人突然大喝一声，几步奔过去跪坐在那名撞头的少女身旁，崩溃地大哭道，"儿啊！是爹爹害了你啊！"

燕洵背对着他，嘴角溢出一丝冰冷的笑。侍卫们齐刷刷地奔上前去将庄大人拿下，其余人拖起少女就向野狗房走去，莹白一片的雪地上留下了一道长长的血痕。

"燕洵！你这个狼崽子！我做鬼也不会放过你的！你不得好死！"

撕心裂肺的怒骂声在背后响起，侍卫见了，飞起一脚，登时踹碎了庄大人的满口银牙。

燕洵不动声色地继续往前走，身后是无数仍旧战战兢兢跪在地上的文武百官。他不屑地微微扯开嘴角，扬起一个冷得不能再冷的笑来。

生亦不得好生，还计较什么好死？

大风吹起他的貂裘，像是两只沉重的翅膀，呼啦一声招展而起，惊了天上飞过的鹰。

北地空旷，一片苍茫，春节将至，这个冬天，似乎格外漫长。

天气转凉，冷风吹进来，带来了北地铿锵的兵甲之声，顺着金紫门一路吹进朔方宫深处。

空旷的水遥殿上一片死寂，立柱如墨，垂幔翻飞，灯影闪烁，被风吹熄了大片，却没有人敢上前来点燃。

一身锦袍的男子坐在灯火的暗影里，单手支着额头，似乎已经睡去。男子容颜清寂，轮廓分明，看起来十分年轻，可是灯火之下，那鬓角的发丝竟有几缕已微微斑白，偶尔逆光看去，闪着银色的光泽。

巨大的餐桌大小抵得上平常人家的卧房，上面摆满了珍馐佳肴：八宝野鸭、凤尾鱼翅、红梅珠香、宫保野兔、奶汁角、祥龙双飞、爆炒田鸡、芫爆仔鸽、佛手金卷、金丝酥雀、炒珍珠鸡、奶汁鱼片、连福海参、生烤狍肉、莲蓬豆腐、草菇西蓝花。

满桌的菜肴未动一筷，即便是浇了油的热汤也已经变得冰凉，黄油凝固在一起，香气散尽，只余下冰冷的颜色。

两名东胡的舞姬穿着蜜色的轻绸，脖颈手腕脚腕上都戴着银制的铃铛，蓝眼雪肤，竟出奇地秀丽美艳，只是此时浑身发抖地跪在地上，已经三个多时辰了，连头都不敢抬。

今日是春宴，也就是民间俗称的新年，不同于大夏皇宫的热闹喧嚣，朔方宫里却沉浸在一片死寂的安静之中。厨子们费尽心机做出来的菜色无人品尝，只有夜行的风偶尔带走一点香气，在冷寂的夜色中轻飘飘地散去。

阿精进来时的脚步稍重了些，惊醒了上面独坐的男人。

燕洵眉梢轻轻一挑，缓缓地睁开了眼睛。大殿里灯火闪烁，男人的脸在暗影里看上去有几分灰白。

"陛下，"阿精跪在地上，沉声说道，"风爷来信了。"

燕洵似乎喝了酒，酒杯倒了，洒在了衣襟上，一股淋漓的酒气顿时蔓延开来。

他接过信，静静地看起来，眉心一如既往地轻轻皱着，眼神平静。

燕洵对面摆了一张椅子，以及一套明净整洁的餐具。阿精知道他是在等谁，他也知道，那个人可能永远也不会再回来了。

更漏里的沙子又滴下一星粉末。燕洵缓缓抬起头来，短短的几十个字，他却看得很慢很慢，似乎要将每一个字都深深刻在心里。

过了许久，他将信件放在桌子上，用酒壶压住，举起银箸，缓缓吃起饭来。

"陛下，"阿精皱眉说道，"饭菜已经凉了，属下叫人来给您换一桌吧。"

燕洵不说话，只是静静地挥了挥手，示意让他下去。

阿精有些着急地继续道："陛下最近身体不好，大夫说了，不宜吃凉食。"

燕洵却不抬头，一口一口吃得很慢，每夹一道菜都很认真。跪在地上的舞姬站起来，脚下一踉跄，险些摔倒，却还是急忙为他将离得远的菜轮换过去。烛泪一滴滴落下，像是蜿蜒的血，外面的风铃发出清脆的声音，丁零零的，很是悦耳。

他就坐在那里静静地吃饭，难得的是竟将舞姬们递来的菜肴都吃了个干净。烛光照在他身上，在光洁的黑曜石地板上投下一条长长的影子。

阿精突然觉得有些心酸，恍惚间想起了两年前，在云碧城的那间别院里，楚乔醒来之后吃的第一餐饭，也是同样平静和清冷，同样味同嚼蜡，举杯停箸间都是哀莫大于心死的酸楚。

阿精眼眶发涩，酸酸地疼。他不明白，为什么那么多艰难的日子都挺过来了，那么多苦难和辛苦都熬过来了，却要在目标达成的时候退缩却步？为什么会走到今日这样的局面？

可是他不敢问，只能像一个傻子一样静静地站着。

"咳咳——"主位上的男人突然开始咳嗽，起初还很轻，可是渐渐地声音越来越大，在空旷的大殿上回荡着，有着那么深的疲惫的味道。

舞姬被吓坏了，急忙掏出帕子递过去，另一名舞姬双手颤抖地倒着酒。

燕洵拿过帕子，捂着嘴咳，身体弯了下去，像是一只弓背的虾。

一名舞姬突然"啊"的一声叫起来。燕洵斜着眼睛转过头去，目光极尽冰冷。那名舞姬怯怯地缩着脖子，深深地垂下头，再也不敢抬头看他。

"陛下，您是不是受了风寒？属下这就叫传御医。"

"不必。"燕洵的声音带着几丝疲倦，可仍是他一贯的样子，冷清清的，连多余的一句话都不会多说。

"倒酒。"他淡淡地吩咐道。

另外一名离得稍远的舞姬紧张地抬起头，声音几乎都在颤抖，却仍鼓起勇气轻声说道："皇上受了风寒，还……还是不要喝酒了吧。"

燕洵微微侧过头来，眼神很是玩味地看着她，眸中带着几分寒意。

跪在地上的舞姬害怕地对她猛使眼色，生怕她的大胆会连累到自己。

那名舞姬被他盯得浑身发抖，却还是大着胆子说道："皇上，喝……喝酒伤身的。"

"喝酒伤身的，而且也误事，只有没用的人才会借酒消愁。"

一串清脆的声音突然回荡在脑海里，燕洵微微一愣，思绪一时间飘了好远好远，沿着时光回溯上去，看到了江水那一头洁白的浪花。他想了想，竟然缓缓地点了点头，道："嗯，那你去沏茶来。"

舞姬今年不过十六七岁，开心地连忙点头，蜜色的纤腰露在外面，像是一尾皮肤柔软光滑的小鱼，转身就跑去了茶水间。

大殿上再一次沉寂下来，燕洵对着阿精淡淡说道："你先下去吧。"

阿精微微踟蹰，轻声道："陛下真的不用叫御医过来看看吗？"

"不用。"燕洵静静地摇了摇头，神色很是平静，好像什么也没发生过一样。

阿精的眼睛轻轻瞟过桌面上那封书信，几个字跃入眼帘，他微微一惊，连忙弯下腰，轻声道："陛下早点休息。"

再没有声音传来，阿精转过身去，抬脚走在空旷冷寂的大殿上，两旁的纱帐轻轻飘动，黑色的柱子上雕刻着五彩的祥瑞飞鸟，飞鸟的背上坐着两名女子，一人衣衫飘飘，大腹便便，显然是怀有身孕，另一人手持战斧，眉眼凌厉，竟是燕北的双神。

"皇上，喝点茶吧，呀！"身后突然传来少女的惊呼声，隐约带着几丝哭腔，"奴婢该死，把信弄湿了，奴婢该死。"

"没事，"低沉的嗓音轻轻响起，"拿去扔了吧。"

……

住进了诸葛玥于贤阳的别院……监视不得，吃了大亏……阿精默想着那几个偶然瞄到的字，森冷的味道从遥远的贤阳传来，一路飘进了燕北的朔方宫里。

沉重的殿门被内侍拉开，他缓缓走出去，夜色清冷安静，燕北的百姓们今年已经失去了欢度佳节的心情，战争、赋税、徭役、死亡、鲜血，几乎弥漫了整座高原，乌先生和秀丽将军的离去，更是让这个铁血的政权显得更加冰冷。死亡麻痹了人们的神经，他们只能小心翼翼地生活着，并将曾经的那些期许和念头，深深地压抑下去。

阿精一直走到九重宫门外，才拿到自己的佩剑。

门前的地面有些血腥，几具尸体随意倒在一角宫门的侧方，身上满是枪痕，被乱枪捅了个稀巴烂。

皇宫侍卫们正在将另外两具尸首抬上小车，对赶车的侍卫说道："赶快拉走，待会儿天亮了大臣们就都来请安了。"

"怎么回事？"阿精问道。

"是大同的余孽。"一名出身于大同的士兵毫不避讳地说道，"已经是今晚的第二拨了，庄大人死后他们就越发猖獗了，明刀明枪的也敢往里冲。"

阿精缓缓皱起眉来，想必不是猖獗，而是一种绝望的自杀吧。大同有资历的首领已被陛下杀了个精光，几百年的老牌组织，这么多年都没人能够真正将他们消灭，没想到竟然终结在自己的发源地了。

"小心防范着。"

"将军放心吧。"

一名侍卫笑着说道："我们当年可是楚大人亲自调教的，有我们哥儿几个在，一只蚊子也别想飞进去。"

话刚说完，那人就意识到自己说错话了，楚乔已经叛出燕北，怎能还称为大人呢？"将军，小的……小的……"

阿精没有说话，转过身静静地离去，月光照在他身上，泛着一片惨白的光。

整个燕北都在想念她，不独有那一人。

命运总是这样一往无回，如同离弦的箭，射出去了，真的就没有回头的余地了。

阿精微微摇了摇头，厚重的貂裘披在肩上，带来淡淡的暖意。

红叶是在黎明时分被雨声惊醒的，空旷孤寂的大殿上，她独自在榻上枯坐着，一身青蓝的绸缎宫装上沾着点点湿润的汗水，冷风吹来，寒意从脊背上顺着冰凉的汗一点点爬了上来。肌肤上生出一星细小的战栗，她轻轻搓了搓，却发现指尖更是冰冷一片。

床榻的另一侧，一封洁白的信笺静静地放置着，已经有些破损，可见已被人摩挲了无数次。

她的眼神有些冷寂，雨丝滴滴答答落下来，窗口的风铃发出清脆的声响，大殿上的帷幔轻轻飘起，像是舞姬柔软的腰。

形势危急，贤弟有三条出路。其一，取纳兰氏而代之，废幼帝，软禁长公主，杀晋江王，以迅雷不及掩耳之势掌控怀宋军权；第二，求娶长公主，以摄政王之名对抗晋江王，弃东域诸省，保京畿之地；第三，求救大夏，和亲联姻，但切不可招惹大夏皇族，以防国姓有变。此人需手握兵权，年纪相当，出身于大夏世家，背景雄厚，位高权重，并且为大夏朝野所忌。

一旦婚书公布，晋江王必不敢贸然发兵宋京，只待春汛一过，江咏一带发兵东域，此危必解。

不用掌灯细看，一切早已烂熟于心。红叶静静地靠在床头，双眼如深井古波。其实还有一个办法，那就是燕北与怀宋联姻，既可解晋江王叛乱之危，又可为燕夏之战增添砝码，一东一西夹击大夏，互为声援。

然而，他终究还是不肯的，甚至，连想都没有想过。

手握兵权，年纪相当，出身于大夏世家，背景雄厚，并且为大夏朝野所忌。

这样的人，天下又有几个？

红叶微微挑起嘴角，扯出一个淡漠的笑来。

兄长，你终究还是放不下的。

大夏正与燕北开战，东北也有异族叛乱，国内党阀争权，皇室明显力不从心。怀宋和大夏多年无战事，关系比卞唐更加温和，兼且怀宋乃商贸大国，国库富庶，大夏绝不会放弃这个笼络怀宋的大好时机。

然而，这位手握一方重兵，兼任大夏司马高位，背有庞大家族势力，纵横青海的无冕之王，又怎会轻而易举地任人摆布？

两次燕北大战之后，天下谁人不知诸葛四少对秀丽将军的一颗痴心？

也许在一般人眼里，会有一番江山和美人的角逐较量，会猜测诸葛玥面对这样的诱惑会如何选择。她却知道，这场和亲注定不会成功，不是因为她对诸葛玥的了解，而是因为她对燕洵太过了解。

你怎会坐视情敌再得怀宋助力，成为怀宋的摄政亲王？你有此种建议，想必已经在心里确定那人不会任你摆布了吧。

这般做的结果，无非暂时拖延怀宋战局，并且离间了诸葛玥和大夏朝野的关系，将他推上风口浪尖，平白得罪大夏朝野百官和怀宋群臣。不仅如此，诸葛玥若是敢公然拒婚，那么诸葛一族在怀宋的所有经济贸易必然遭到怀宋皇室的打击，这样一来，诸葛玥在家族中的地位将会一落千丈，哪怕他身为大夏唯一一位身兼长老院元老和属地藩王的实权人物，也会受到重创。

青海和大夏离心的结果，就是燕北游刃中心，对两方分兵击溃的大好时机。

这种种关节，她早已想通，却久久没有做出任何表示。

兄长果然不同凡响，四两拨千斤的几句话，就在大夏境内掀起一场瓢泼大雨，而他唯一没算到的想必就是他的玄墨贤弟，正是她——怀宋长公主纳兰红叶吧。

黑暗中，她微微眯起双眼，秀丽的眼眸中隐隐有风波流动。

所有的思绪和念头都在脑海中翻涌，她反复在想，他毕竟不知道玄墨即是红叶，如果知道，必不会将自己也当成谋算的棋子。

可是冥冥中，却有那么一丝苦涩难过。

毕竟，他在要求自己嫁给别人。

兄长智谋如此高绝，十二年相交，却如此粗心大意，此玄墨非彼玄墨，你竟从未看出吗？

手指蓦然用力，白皙的指尖将信笺团团握紧，低沉的嗓音缓缓吐出，"既然兄有此意，弟助你一臂之力，又有何妨？"

真煌一下子就乱起来了，就像是一锅沸腾的开水，怎么也无法看清里面到底有什么东西在翻腾。

怀宋的和亲文书下达之后，整个皇城一时间掀起了一股巨大的浪潮。

一国公主下嫁别国臣子，这在历史上也不是没有，只是，那都是在别国没有适龄皇子的情况下的权宜之计。而如今，大夏适龄未婚的皇子众多，赵彻、赵飏都是青年才俊，尤其是赵飏，地位更是稳固如山，大权在握，实乃大夏第一人。

而怀宋也是今时不同往日，纳兰和清年纪幼小，纳兰红叶掌权多年，名为公主，实为怀宋女皇。这个和亲的对象可不仅仅是一个和亲驸马，极有可能成为怀宋的摄政王。这样的情况下本不该引别国势力进驻，奈何怀宋内乱迭起，朝野不稳，急需外面的势力进驻威慑，如此一来，一切就显得合情合理得多了。

但是，当怀宋使节在大夏朝堂之上报出诸葛玥的名字的时候，整个朝野再一次震动。

两年前诸葛玥的死讯传回，雁鸣关下夏军大败，他的名声也就此跌入谷底。不想两年之后，此人竟然于青海迅速崛起，带着赫赫重兵返回故国，一跃成为满朝文武中最有权势之人，便是赵飏，也要对他礼让三分。而如今，怀宋公主自动送上门来，一旦诸葛玥成为怀宋长公主的驸马，那么诸葛阀的势力必将再来一次可怕的飞跃，手握本土封地、青海兵权、倾国之财，外有怀宋为助力，很容易就会崛起，而诸葛玥，也会一跃成为大夏的第一权臣。

然而，尽管有这么多可怕的后果，赵氏皇族却无法拒绝这个烫手山芋。

先不说国内的经济情况和西北的战事，就从之前的几次北伐来看，明显燕北和怀宋、卞唐之间是存在某种潜在联系的。如今秀丽将军楚乔离开燕北，卞唐的关系破灭，那么怀宋呢？如果大夏再与燕北开战，怀宋会有怎样的态度？而如果怀宋的长公主嫁与诸葛玥，那么这种情况会不会得到扭转？

即便明知前面是个无法看清的迷局，大夏也不得不走进去了。毕竟，目前所担忧的一切问题在西北战事面前都不算是问题，再有一个多月，冰雪消融，燕北的大军便又要叩关了。

当天下午，皇帝的圣旨、家族的密信，还有诸葛玥的私人情报消息，三路信使先后离开真煌古都，全向着暖水岭去了。

赵飏坐在大厅里喝着茶，阳光从外面照进来，洒在他年轻英俊的脸颊上，看起来英姿勃勃。

十六皇子赵翔坐在一旁，正在百无聊赖地逗弄一只会说话的鹦鹉。鸟儿上蹿下跳，不时轻啄赵翔手心里的稻谷，却并不听话地说话，气得赵翔时不时地骂它一句。

"十六弟，你对这事怎么看？"赵飏突然开口问道。

大厅里暖融融的，地上是厚厚的皮裘地毯，香炉里熏着上好的香料，赵翔头也不回，慵懒地问道："哪件事啊？"

"怀宋公主和亲一事。"

赵翔闻言登时转过头来，怒气冲冲地说道："诸葛家那个老四运气太好，死了一趟带回了几十万的死忠军队，如今又有这么离谱的桃花运，简直气死个人。"

赵飓不动声色地说道："只是运气好吗？"

赵翔没有听出兄长话里的意思，沉声说道："按理说，怀宋公主若是要和亲，理应选十四哥你的，再不济也是老七，怎么能轮到诸葛玥呢？听说青海那边都叫他青海王，照我看，用不了多久，他就要成怀宋的摄政王了，将来怀宋的皇帝没准儿就姓了诸葛。十四哥，你说这样算不算我们大夏把怀宋兼并统一了？"

赵飓扑哧一笑，说道："这样的统一法也够窝囊的，就怕将来的诸葛宋皇比纳兰宋皇更让人头疼。"

赵翔想了想，说道："不过我看那诸葛玥虽然阴阳怪气，但是人还不算坏，也算是忠君爱国。"

"忠君爱国？"赵飓斜着眼睛打量赵翔，沉声说道，"你这么看他？"

"我曾经在尚武堂和他同窗过一段时间，此人心智坚韧，不和一般世家子弟同流，而且为人极有见解。我以为，他是王佐之才。"

"王佐之才？"赵飓摇头道，"他岂是屈居于人下之辈？不过就算他忠君爱国，忠的也不是你我这个君。"

赵翔面露迷惑之色，不解地看向赵飓。

赵飓也不解释，只是淡淡道："此事绝不会这样简单，定是有高手在背后推波助澜，不过——"他突然冷笑一声，"大家都以为这是天上掉下来的馅饼，诸葛玥却未必如此以为，总算有人敢揭他的逆鳞了。我倒是想看看，这位青海王会对此事作何反应。"

风起青萍之末，或许一场风暴就要来了吧。

第六章

风起青萍

那一晚，诸葛玥睡得很晚。天将亮的时候，他疲惫地靠在软榻上，神志轻飘飘地走远，依稀中，仿若又回到了梦魇中，看到一些已然忘却的东西。

冥冥中，他似乎看到无数光影在身边流转，冰冷刺骨，好似全身都被冻结了。

一只死青的手抓着他，拼命地带着他往前游，猩红的血涌出来，在冰水中晕散开来。

月九眼眶通红，拉着他奋力划水。阳光透过冰层洒进来，带来昏暗幽幽的光。他隐约听到了上面传来的声响，那般大，透过水流震荡着他的耳鼓，排山倒海，异常清晰：

"万岁！万岁！万万岁！"

他知道，他们以为他死了，那是燕北的战士在对着燕洵叩拜。

那声音如同潮水一般越来越高，除了那个声音，他什么也听不到了。他一败涂地地输给了别人，从小到大，他从未输得这样凄惨，现在，他恐怕就要将命也搭在这儿了。

声音渐渐远了，他的身体早已失去温度，血好像也要流尽了，四肢没有一丝力气。

突然，砰的一声巨响猛地传至耳中。他抬头看去，却是月九在奋力地往上撞，用他的头，一下一下撞击着上面的冰层。

砰！砰！砰！

声音如闷雷，一下一下敲在他的心口，鲜血顺着年轻侍卫的脸颊流了下来，可是很快就又溶散在水中。

月九的脸比雪还白，嘴唇没有一点颜色，像是刚从坟墓里爬出来的鬼。他用力地划着水，手脚都僵硬了，却还是不停地重复着那个动作，那般有力，一下，又一下，又一下……

那一刻，好似层层乌云上被打开了一个缺口，一道亮丽的阳光刺入他心底，他猛然间苏醒了过来。那是他的部下，从四岁起就进了他的家门，一直以来，他们为他赴死都是理所应当的，他也从未觉得这有什么不对。可是那一刻，他却想起了很久以前那个女孩子曾对他说过的一句话，女子容颜清丽，冷冷地望着他，一字一顿地沉声说："没有人天生就是奴隶。"

没有人天生就是奴隶……

砰的一声，一股鲜血突然飞溅，即便是在水中，他仍旧可以感受到那股滚烫的血腥味。

他的身体骤然间又充满了力气，顿时游上去，推开满头鲜血的月九，手握着楚乔的匕首，一下一下用力地刨着。

"我不能死！"他低声对自己说，"我不能死，我还有很多心愿没有完成。"

肺好像要炸了，身体已然冻僵，伤口狰狞地翻卷着血肉，他却仍旧机械地在为生存而奋斗着。

我不能死！我不能死！我不能死！

砰！冰层整块碎裂，巨大的浮力顿时将他整个人拖了上去，阳光刺眼，清新的空气迎面扑来，他大口大口呼吸着，恨不得将肺都掏出来。

"月九！"他大声地喊，"我们有救了！"

他左右观望，却不见月九的身影，他又一头潜入水中，越潜越深，终于在湖底找到了月九的尸体。

年轻的剑客全身是伤，一张脸铁青一片，眼睛瞪得很大，头发散乱，上面全是血污。他费力地将月九拖了上去，然后用力压着侍卫的胸口，为他搓脸搓手，大声喊道："醒醒！我命令你！醒过来！"

诸葛玥的一生之中，从来没有这般放肆地哭过，可是那一天，他却为一个家奴哭了，在苍茫的旷野上，哭得像是一只狼。

三天之后，他终于遇见了大难不死的月七。

忠心耿耿的侍卫带着潜伏在燕北的残余月卫已经在赤水附近找了他三天，因为下湖寻找而被冻死的侍卫多达二十多人。

然后，他们将垂死的他送上了卧龙山，半年过后，他终于大好，却等来了一个支离破碎的前程。

那一天早上，他面对着月七等人递回来的情报枯坐了许久，从太阳初升到太阳落下。老师走进来，看着他面前悬挂着的那张西蒙地图，淡淡地问："你要往哪儿去？"

很多年不曾这样了，他抬起头来，茫然地说："老师，我无路可走了。"

须发花白的老人慈祥一笑，然后伸出修长的手一掌击碎了地图上的西蒙大陆，静静说道："既然无路，就自己开辟一条路吧。"

他疑惑地望去，大夏、燕北、卞唐、怀宋，全在老师的这一掌下被震得粉碎，地图成了一个空空的大洞，只剩下塞外的犬戎、东南的海域，还有西方的一片苍茫。

"孩子，人外有人，天外有天，你怎知这张地图只能画这么大呢？"

第二天一早，他又接到一个消息，蒙枫终于在上个月受到了大理院的审理，如今罪名敲定，已被发配青海流放，现在恐怕已经到翠微关了。

岁月的光影在前路化作一片奢靡，那些黑暗冰冷的日子，他手中的弯刀不停地挥出，发出强悍而凌厉的弧光，朝着命运的咽喉，一次一次顽强地抗争着。温热的血覆盖住他的眼睛，他却从那浓稠的鲜血中看到了生命的真谛。

第二天一早，突然有真煌的驿马冲进了诸葛玥的别院，传讯兵的脸上满是奔波的风尘，嘴唇干裂，披风抖一抖，都是满满的黄沙。

所有人的脸色都不好看，楚乔突然间明白了什么，静静地站起身来，离开了饭厅。

半个时辰之后，诸葛玥就要离开了。

楚乔一路送他到了北城门外的驿道上。天有些凉，楚乔穿了一件青色披风，一圈白色的裘毛簇拥着她光洁白皙的脸庞，看起来干净素雅，很是漂亮。

到了十里亭，月七等人识趣地退了开去，只剩下他们两人。诸葛玥一言不发地下了马，楚乔跟在后面，长亭外长满蒿草，柱子都落了漆，牌匾也歪歪的，看起来凄凉败落。

"我要走了。"诸葛玥转过身来，静静地看着她，语气平淡地说道。

"哦。"楚乔点了点头，"路上小心。"

诸葛玥眉头微微皱起，他们似乎总是这样，重逢的激动退却之后，就变得越发疏远和冷淡，似乎谁都不知道该如何和对方相处一般，只能说一些很无用的场面话。

"我走了之后，你要去哪儿？"

"我吗？可能，先要去卞唐一趟吧。"

"然后呢？"

"然后？"楚乔眉梢轻蹙，想了很久，才突然笑道，"我也不知道，也许会四处走走看，哪里的东西好吃、哪里的风景好看，就停下来住一段时间，谁知道呢。"

一阵风吹来，一声脆响，楚乔和诸葛玥同时抬头看去，只见这样破旧的亭子上竟然还挂了一串风铃，常年被风吹雨打，已然褪了色，可是声音还是清脆悦耳，风过处，便是一串铃声。

"你，会去燕北吗？"

楚乔静静地笑，"那个地方我住了好多年，该看的风景都看得差不多了，况且我现在身体也不好，受不了北方的寒冷，就连大夏真煌，可能都不敢去了。"

诸葛玥点了点头，似乎明白了什么，动作有些僵硬，一些早就盘踞在心间的话再也吐不出口。

这些海上繁花般的日子，终究是一场梦幻般的海市蜃楼，时间过了，就要破碎了。一切都是不合时宜的，就连此刻站在这里，都是一种强求的无奈。一切都是注定的，如同手中的细沙，越是努力想要握紧，失去得越快。

他抬脚就要往外走，面色仍旧孤傲清冷，连话都不愿意再多说一句。

"诸葛玥！"

女子急促的声音突然在背后响起，她的手那么小，冰冰凉凉的，使劲抓住他的衣角，透出一股很是熟悉的固执劲儿。

"谢谢你，"她小声地说，声音里夹杂着一丝哽咽，"我原以为这辈子再也没机会对你说了，老天保佑，你总算平安无事。"楚乔嘴角微微带笑，"诸葛玥，我一生多羁绊，坎坷而行，做了很多事，走了很多路，有些对了，有些错了，可是我从来不后悔。我看得清自己的心，不亏欠任何人，可是唯有你，我欠了太多，无法偿还。如今你平安归来，我本该跟随在你左右，用一生去还你的恩情，但是如今的我，已不是当初的我了，经历了种种，我已没有勇气再涉足其中。燕北一役，秀丽将军已死，活下来的，只是一个失去了梦想的普通女人，我没有站在你身边的能力了。"

风铃仍旧叮叮当当地响在耳际，时间在这一刻凝固静止，宿命的轮回像是一张嘲讽的脸，冷笑着看着世人的无能为力。

楚乔突然张开手臂，从背后靠近，手指穿过男人的臂弯，雪白的肌肤划过他身上柔软的绸缎，金线的刺绣摩挲着她白皙的手腕。风很静，她的手一点点地合拢，在他身前收紧，然后碎步上前，脸颊缓缓地贴上他的背。

一滴眼泪从眼角蜿蜒而下，落在他藏青色的衣衫上，打出一个湿润的图纹。

"诸葛玥，对不起。"声音是那般低沉，像是呼号北风中低声哭泣的孩子。

天上突然飘起一阵清雪，还没落地，就已然融化了，可是落在他们的肩上，却静静地堆积起来。

肌肤相靠，呼吸可闻，这是她第一次主动去拥抱他。岁月如流水般从他们之间流逝，那么多画面静静走来，又静静消失。命运在一开始就同他们开了一个玩笑，经过了多少波折，才走到了今日这个距离，岁月的尘埃覆盖上他们的脸，血雨腥风已然离去，却仍有宿命的枷锁锁在他们身上。

天空飞过苍白的鸟，翅膀扫过天际尽头，排成长排，一路蜿蜒南飞，渐渐远了，再也看不到一丝痕迹。

拥抱终于放开，楚乔的手一点点抽回来。他的衣衫很凉，凉透了她的手指，他的脊背仍旧笔直，好似这世间的一切都不能将他打败。他仍是如此英俊挺拔，背影透着森冷的气息，几乎要将周围的空气全部冻结。

双臂间突然就空了，楚乔抿了抿嘴角，扯出一个淡淡的微笑，"保重。"

呼的一声，远处突然刮来一阵风，风铃乱摆，叮叮当当煞是热闹。

诸葛玥抬步走出十里亭，名贵的靴子踩在枯黄的蒿草上，草屑被折断，软软地趴在地上，被风一吹，就断了根。

他跃上马背，月卫们扬起鞭子，驱策战马的声音传来，马蹄飞起，踏碎了驿道的宁静。长长的披风招展而起，像是一面面战旗，向着充满喧嚣和挑战的北方呼啸而去。

他始终没有回过头来，仍是那样英俊和骄傲，背影挺拔笔直，坐在马背上，青裘锦绣，黑发如墨，穿梭进冷冷的风中，渐行渐远，一路驰骋，终究隐没在滚滚黄沙中，再也看不见影子。

清晨的薄雾还没散去，路的尽头白茫茫一片，两旁的枯草被风卷起来，在地上打着旋儿，也不知道要被吹到哪里。

楚乔突然想起很久以前，在燕北高原上，她和秀丽军被程远陷害，落入了大夏的包围圈。

那个晚上，她也曾这样静静地注视着他的背影，看着他一点一点消失在茫茫雪原之上。那一次，他也没有回头，却走得很慢，牵着马，穿着厚重的大氅，天上飘着大雪，落在睫毛上，冷得人想哭。

一转眼，已经过去了那么多年。

太阳穿破晨雾，渐渐升起来，有乡下的货郎和赶集的行人不断地经过，吆喝着长长的调子，贩卖着各种讨喜的小物件。

渐渐地，太阳升到了正中，一队队的人马经过，有出门求神拜佛的官家小姐的车驾，有行走江湖的镖师，还有武侠小说中时常会看见的白衣侠客。看到站在亭子里的她，甚至还有上来打招呼的人。

可是她全看不见，她只是静静地站在那里，周遭越来越喧哗，越来越冷寂。太阳升起，太阳落下，清冷的月亮像是一弯银钩，宛若母亲慈悲的脸。

天地间萧索空荡，只剩下她一人。她的手脚都已经麻木了，天色越来越黑，什么也看不到了，只有一汪清辉附在蒿草上，惨白一片，什么归程和前路，都消失了。

她深深吸了一口气，低下头，摇了摇僵硬的脖颈，满腔的辛苦都化作一声叹息，却没有发出，只是在心里，沉沉地咽了下去。

微风吹过荒野，草浪发出簌簌的声响，她的心那般空旷，很多如烟往事从脑海中划过，一切都离她远了，只剩下一片白地。十年生死两茫茫，一切都是迷蒙萧索的，如风过指尖，抓不住，都是徒劳。

转过身，她拉住马缰。

马儿温驯地探过头来，轻轻擦过楚乔的脸颊，很是心疼担忧地看着她。

"呵呵。"楚乔感觉有些痒，这是流星，已被诸葛玥养了很多年，如今归还给她，还是一样亲近。她伸手去推它，声音依然有些沙哑，轻声说："流星，别闹。"

然而探手间，手背不小心擦过自己的脸庞，竟然已被风吹伤，满脸泪痕。

她突然有些愣了，转头向流星看去，马儿使劲向北方转身，对着她打着响鼻，似乎想要带着她去追什么人。

"好流星。"她温柔地摸着它的头，脸贴着它的脖颈。马儿已经有些老了，就如她的心一样，已是千疮百孔，满布伤痕。

"我们走吧。"她直起身子，拉着马儿，向着南方默默地行去。

月亮照在她身上，在惨白的地面上拖出一道长长的影子。

夜宿的寒鸦被惊起，扑棱棱地飞过驿道，少女的身影渐行渐远，终于凝成一个苍白的影子。

或许任何风暴的来临，都会以一种异常宁静的方式为开端。

正月初七，新年刚刚离去，整个真煌城还沉浸在一片喜气洋洋的欢声笑语之中。一场大雪将城池装点得银装素裹，万里冰封之下，只见一队人马迅速奔进城门，戒备森严的城防看守对着队伍遥遥敬着军礼，直到马蹄消失在长街尽头。

诸葛玥由后门进府，所有前来探听消息的人一律挡驾，青山院的奴才们提前很多天就做好了准备。诸葛玥面不改色地跨进院子，将背后的大裘扯下扔到寰儿手中，沉声道："人呢？"

"在里面，已经等候少爷多时了。"

房门被推开，有上好的檀香味飘散而出，一身墨袍的男子长身而立，相貌俊朗，轮廓坚韧，眼神如同锐利的刀剑，威势内敛，却又不失雍容之气度。

两人目光交会，微微顿足。诸葛玥向来淡漠如冰霜的嘴角突然溢出一抹淡淡的笑容，他上前一步，两人互相拍了一下对方的肩膀，那般用力，然后，来了一个男人间的拥抱。

"路上还顺利吧？"诸葛玥卸下腰间宝剑，坐在椅子上，就着男子的茶杯喝了一口，开口问道。

赵彻一笑，多年的边关历练，几度落魄的起起伏伏，已让他生出几分落拓的潇洒，气质沉稳，眼神深邃，再不是当初那个嚣张跋扈的帝国皇子了。

"还好，就是不太适应真煌的脂粉气了，刚刚经过拾花坊的时候，连打了几个喷嚏。"

诸葛玥哂然笑道："这话也就是我听，换了别人，想是要狠狠揍你一顿。"

赵彻一把抢回自己的茶杯，斜着眼睛打量他，淡淡说道："都这个时候还能这样谈笑自若，看来你是真不把燕北那位的手段放在心上啊。"

诸葛玥微微一挑眉，"你也觉得是那边在搞事？"

"很明显。"

赵彻冷笑道："第一次北伐，怀宋就在秘密支援燕北粮草军需，借助卞唐的南疆水路，由西北绕道而行；第二次北伐，怀宋又屡次配合燕北在我国东部搞军事演习，吸引我们的注意。燕北和怀宋绝对有不为人知的秘密联系，只是我不清楚，究竟是什么人说得动纳兰长公主出面配合燕北演这出双簧。"

"无须知道是什么人，只要知道他们的真实意图，就好办了。"诸葛玥淡淡说道，似乎不是很想在这个话题上浪费时间，他转过头来问道，"东北那边近况如何，你筹备得怎么样了？"

说到东北的局势，赵彻的脸上不由自主显出了几分骄傲的神色，他凛然说道："你不必担心，东北现在在我管辖之内是铁板一块，柔兰商道已经开通，西域胡俄一带，沃野万里，良田无数，百姓朴实，民风彪悍。我们已经秘密修建两年，如今东胡大片土地都归我统领，有你的商贸支持，已初具繁华之气，相信再有个三五年，东胡一带，将不逊色于我大夏本土。"

"你偷偷转移百姓，上面没发现吗？"

"多亏了魏舒烨，他一直在朝野上为我周旋。再加上东胡实在太过于遥远，又有白仓山做屏障，那里的百姓本就是各族杂居，是以一直没有引起上面的重视。"

诸葛玥点了点头，沉声说道："那就好。"

赵彻长叹一声，拍了拍他的肩膀，目光中颇有沧桑之气。他微微一笑，说道："你对东胡也算是尽心尽力，若是有时间，不妨前去看看，你和阿柔，也好久没见了。"

炭火噼啪，房间里一派暖意，时间如流水倾泻，两年时光飞速而过，曾经一无所有、受尽世人白眼冷落的两人再一次聚在此地，不由得生出一种浮生若梦的感慨。

当年赵飒北伐失利，赵齐惨死，诸葛玥和赵彻在帝国军威颓废的时候毅然冲上战场，带着刚刚大败而归的残兵败将一路赶往雁鸣关，进行第二次北伐反击。

一年的时间，让他们从互相看不顺眼、终日只知钩心斗角的政治死敌，发展成肝胆相照亲密无间的同盟战友，一场又一场血淋淋的战役，浇铸了男人们之间坚固如钢铁般的友谊，也最终锻造出了西蒙大陆上最坚固的利益同盟。饱经仕途起伏的两人轻而易举达成了共识，从一开始的试探、揣测、防备，渐渐到惊讶、欣赏、信任，这中间走过了太多腥风血雨，也经历了太多次生死与共。

直到诸葛玥败走悦贡，生死不明，赵彻被削了兵权押回真煌，他们之间才暂时断了联系。

回到真煌后的赵彻并没有立刻和诸葛玥洗清关系，反而一力主持自己的人马在燕北进行地毯式搜救行动，并且极力在朝野上为他正名，挽回声誉。

然而这一切，终究还是激怒了满朝文武，在整个朝野一致痛打落水狗的情况下，赵彻也惨遭波及，被发配到东北苦寒贫瘠之地，镇守边疆。

转瞬即逝的冷暖人情，再一次让赵彻看清了大夏这腐朽王朝下掩盖着的肮脏嘴脸。父母兄弟，无一不可以将他背弃杀害，他心灰意懒地上了路，却在将要到达目的地之时，遇到了万里迢迢追赶而来的诸葛玥。

两个同样失去一切的贵族公子，在北风呼号的冰天雪地之中，发下了曲线救国的誓言宏愿。

就此，他们一北一西，于无人注意的角落里积极奔走，互为声援，为骨子里对故国的热血而奋斗拼搏。赵彻却知道，诸葛玥之所以会这样一直支持大夏、屡次在燕北和大夏的战役中帮助大夏渡过难关，主要是因为自己对他的恩情。

他是一个外冷内热的人，哪怕受过别人一点小小的恩惠，也会记在心间。

"皇上的病如何了？"

赵彻眼梢不由得轻轻一挑，淡淡说道："病入膏肓，想来撑不久了。"

诸葛玥微微皱眉，沉声说道："我们还需要一些时间。"

赵彻点了点头，随即轻笑道："不过也说不准，很多年前就有太医说过他病入膏肓，时日无多，可是这么多年下来，还不是活得比谁都长久。万乘之君，不会这么轻易就死的。"

诸葛玥转过头来，皱眉说道："他毕竟是你父亲。"

"算了，我和他怕是只有父子之名、君臣之情，当初若不是魏舒烨求情，可能我连被发配的机会都没有，直接就在九幽台上被处斩了。大家都心知肚明，假惺惺地做担忧状，实在是令人恶心。"

两年的塞外风沙，让赵彻身上多了几分军人的磊落。他看着诸葛玥沉声道："你呢，此次这件事，准备怎么应对？"

诸葛玥抬眼看他，"你说呢？"

"要我说，你不如就直接答应了那个怀宋公主，看看他们如何反应。他们不是料定了你会拒婚吗？就偏不如他们的心愿。"

诸葛玥微微皱起眉来，这的确是最好的以不变应万变之法，但是，他嘴角微微一挑，神色淡淡的，却并没有接话。

"所谓英雄气短，儿女情长，说的恐怕就是你这样的了。事到如今，你还不死心吗？"

诸葛玥避而不答，说道："也并非只此一个途径，他们既然要玩，我就陪他们好好玩玩，正好吸引注意力，给你制造一个机会。"

赵彻沉声道："他们此次来势汹汹，你有空子可钻吗？"

"没有空子吗？"诸葛玥牵起嘴角，冷冷笑道，"那就撕一个空子出来。"

赵彻点了点头，呼啦一声站起身来，手握剑柄，一身墨色长袍带着极大的压力和威势，他语调低沉地缓缓道："钩心斗角的阴谋诡计毫无意义，最终还是要靠利剑来说话。老四，我们不是以前了，若是事不可为，不必忍耐，亮出实力来，无人敢勉强你。"

诸葛玥笑道："说得我好像是被人逼迫的柔弱女子一样。你的好意我心领了。你此次这般不管不顾地进城，要小心行藏。"

赵彻道："我怎么都要来见你一面的。"

门外有人小心地敲门，月七在外沉声说道："少爷，老爷知道你回来了，宫里也派人来召你入宫。"

赵彻拿起大氅穿在身上，黑色的风帽一戴，完全看不到脸容，他沉声道："我该走了，你自己多加小心。"

"你也是，从密道走，万事保重。"

两人点了点头，赵彻一把拉开门，就在寰儿等人的陪同下，走进了漫天风雪之中。

"少爷。"月七走进来，只见诸葛玥站在房间里，身形修长，面色沉静，一时间也不知道在想什么。

有朋友的感觉，果然是好的。

诸葛玥为人孤僻，就连和家族兄弟之间，也没什么感情。

如今真煌戒备何等森严，这样的情况下赵彻还能冒险来见他一面，这一点，不能不让他感动。

"少爷？时间不早了。"月七提醒道。

诸葛玥朗然一笑，沉声说道："备车。"

月七顿时一愣，"少爷要去哪儿？"

"上朝。"

"上朝？"月七愣愣地问道，"少爷面圣不需要沐浴更衣吗？再说，少爷是司马，武将是不能坐车的，应该骑马啊。"

诸葛玥垂下头来，冷冽的寒芒从他修长的双眼里缓缓溢出，他不屑地淡淡说道："我不光是大夏的司马，更是手握五十万兵马的青海藩王，这一点，我想他们已经快要忘了。"

太阳刺破天上的层云，诸葛玥大步走出房门，方褚跟在后面将乌金大氅披在他的肩上。诸葛大宅门外十八道门同时打开，光芒遍洒。诸葛玥面如冠玉，双唇殷红，脊背挺拔，冷冽地走出诸葛家的大门。一众聚在门口的官员见他出来，立刻蜂拥上前，却被月卫架开，隔离在诸葛玥身侧一丈之外。

诸葛玥目不斜视，踩着上马石登上富丽堂皇的八骑马车，沉声说道："走。"

"少爷要去哪儿？"车夫转头问道。

方褚面沉如水，声音平静冷冽，代为回道："盛金宫。"
冷风吹进车内，诸葛玥面色沉静，缓缓地靠在软椅上。
他从来不缺乏将水搅浑的本事，既然如此，就让这局势更加扑朔迷离，谁也别想独善其身，谁也别想隔岸观火。

夜色降临，外面的宴席还未撤去，里面的大宴又铺张开来。即便卞唐温暖，但是正月寒冬，仍不免有几分冷意，夜风吹来，即便是披着斗篷，也感到一丝丝寒气从脚下袭上来，冷得人脊椎发寒。
晌午的时候下了一场小雨，直到傍晚才止歇，越发给这漆黑的夜增添了几分寒意。
然而华服云鬓的夫人们却仍旧坦然露出堆霜砌雪的胸口，媚眼如丝，玉臂纵横，偶尔有大胆的夫人走上前来敬酒，一不小心，还会露出一小截光滑玲珑的小腿。
李策喝了许多酒，眯着眼睛靠在软椅上，柔福殿殿门大开，眼前是一片锦绣的璀璨宫灯，画舫载着吹拉弹奏的乐师在湖心游荡，软绵奢靡的曲调顺着夜里冷冷的风一路吹进大殿里来。
如水蛇般摇曳的腰肢在眼前灵活地舞动，一双双修长的腿不时舞出缠绵挑逗的舞步，蜜色肌肤上沾着点点汗水。一名大胆的舞姬轻轻一个旋转，顺势就躺入李策的怀中，眼梢微挑，以金粉顺着眼角向上描绘出盘旋的云纹，双唇丰满，脖颈修长，浑圆的酥胸裹在单薄的布料之下，透过那一丝丝布帛，甚至可以看到里面的粉嫩。
舞姬端起一杯色泽醇艳的葡萄美酒，雪白的皓腕高高举起，然后手腕一翻，酒液顿时倾泻而出，顺着她如天鹅般优美的脖颈一路滑下，流进那腻人的两座雪丘之中。
"皇上，您醉了吗？"
果然是难得的尤物，朱唇轻启，声音缠绵，舞姬柔若无骨地以裸露的香肩在李策的胸口轻轻一蹭，就顺着他微敞的衣襟滑进去，一只白嫩的小手一路往下，却在关键时刻停了下来，眼梢轻挑，挑衅地望着他。
这是这一年来在金吾宫内圣宠不衰的子茗夫人。李策为人风流，很少宠爱一名女子长达一月，而这位落魄贵族出身的子茗夫人却盛宠长达一年，可见其定有独特的魅力所在。
李策微醉的眼睛淡淡地看下去，他一身华丽的蓝紫色锦袍，领口处带着一条墨黑色的貂毛，衣领微敞，露出一道蜿蜒的缝隙，男人健美的体魄在迷乱的灯火下显得有几分诱惑。他习惯性地眯起双眼，眉心玩味地轻蹙，静静的流光在眼眸深处涌动，像是一只正在思考的狐狸。
殿上的几名年轻舞姬仍旧激烈地舞动着，她们跳着东胡的旋舞，大胆豪放，只在身上披了件轻纱，私处缝制几块极小的皮子，乳臀款摆，香汗淋漓。
"皇上，您已经有半个月没进柔福殿了，这么快，就将奴家忘了吗？"子茗夫人轻轻靠上来，眼波如水，柔柔地盯着李策，像是一只腻人的妖精。
李策的眼睛是醉的，似乎连手脚也醉了，眉心却总有一汪清醒停驻着。
女子猩红的指甲从他的小腹处爬起，一路蜿蜒轻揉上他的眉心，吐气如兰地附在他的耳边，语调绵长地说道："皇上不开心，是因为谁呢？"

李策嘴角一牵，静静地笑起来，一手揽过她的纤腰，指腹抚摸着那醉人的滑腻，轻笑道："你这个小妖精。"

"皇上今晚还会不会这样狠心，让茗儿独守空房呢？"

李策的神色瞬时出现一丝恍惚，一个身影在脑海中静静地浮现。他懊恼地皱起眉来，心境竟然维持不了一贯的平和。

已经疯了半个月，还要继续发疯吗？

他转头看向子茗夫人娇媚的脸孔，一丝浊气从心底生出，似乎将什么东西压抑下去了，似是苦涩，又似是渴望，心里再没有什么喜怒和开怀，只是邪魅一笑，恢复了他一贯的常态，轻笑道："朕何时不是怜花惜玉的？"

"皇上。"一个平静的声音突然在殿外响起。

李策抬起头来，就见铁由站在门外，他笑着招呼一声，一身皮铠甲胄的护卫统领挟剑上殿，也不顾周围众女人的表情，跪在地上语调铿锵地说道："皇上，楚姑娘回来了。"

李策一愣，面上不动声色，杯中的美酒却轻轻一晃，险些泼洒出来。

远处响起了伶人的歌声，调子绵长，像是一曲悠扬的歌。湖上的风凉凉的，带着几丝袅袅的香气，李策身形修长，墨发浓密，站在辉煌的灯火里俊朗异常。

"什么时候的事？"

"刚刚。"

"现在何处？"

"已然回了宓荷居。"

"走。"李策站起身来就向外走去。

铁由一愣，连忙问道："皇上要去哪儿？"

"宓荷居。"远远地，李策的声音飘散在金粉奢靡的夜色之中。

铁由连忙带着侍卫们跟了上去。

子茗夫人缓缓站起身来，一身软纱在夜风中静静款摆，却再无刚才的万种风情。她眼神淡淡地望着李策渐渐远去的身影，目光清冷，无喜无悲。

"夫人。"有侍女小心地走过来，她拿过一件披风披在肩上，静静地摆了摆手，"散了吧。"

宫人如水般散去，酒鼎芝兰的茫茫香薰之中，只余下湖畔的伶人仍在悠扬地歌唱。

荷塘上的花早已败了，门前的梧桐也是一片颓色，月亮只是弯弯的一钩，笼着蒙昧的光辉，静静地洒在洁白的石阶上。

珠帘轻触在一起，发出细碎的声响，外房守夜的秋穗被惊醒了。李策做了一个噤声的手势，小宫女连忙垂下头跪在地上，再也不敢出声。

天气冷了，窗子是紧闭的，可是仍旧有淡淡的月光从洁白的窗纸处照进来。楚乔正在睡觉，月白锦被盖在身上，只露出一个小小的脑袋，眉梢清澈，神态也少见地带了一丝安详。

李策靠在门框上，微微偏着头，一时间，就那么站在那儿，动也不动了。

想必，那人真的是她最好的选择吧。没有那么深的负担和责任，也没有那么重的仇恨和执念，可以洒脱地说走就走。

他凝神瞧着她，眼眸中流光滑腻，周遭那么静，微薄的光线落在她鬓角的发丝上，有着森亮而清冷的光泽。风从外面穿过，依稀看到窗外树影摇曳，像是女子缠绵的手，轻轻地抚摸着这座冷寂的宫殿。

"姑娘回来就睡下了，似乎很累的样子。"

秋穗在外面小声地对铁由说话，声音细细的，却还是传到了李策的耳朵里。

李策站在那里，似乎明白了什么。角笼里的炭火发出幽幽的热度，窗外栖在树上的夜莺发出一声啼叫，声音很是清脆悦耳。

"不管怎么样，累了就歇歇吧。"然后，男子转身走出了大殿，空旷的大殿上回响起他的脚步声，那么空旷。

夜渐凉，楚乔缓缓睁开眼睛，黑暗中，她的双眼像是漆黑的石头，葱白的手指抓住锦被，那么用力。

不一会儿，柔福殿的歌舞又响了起来，比之刚才还要盛大。

夜凉如水，她缓缓地闭上眼睛，真的累了。

三日后，她决定离开唐京，没有惊动任何人，只是带了梅香，并和李策打了声招呼。

李策开始没说要送她，只是在她的马车走出唐京城门的时候，远远的梧桐林下，一方茶肆干净清爽，李策身后站着铁由和孙隶等人，见她来了，几人齐齐笑呵呵地打着招呼。

人群散去后，李策和楚乔坐在茶肆里，终于开始了她回来之后的第一次对话。

"要去哪儿？"

"不知道。"

见李策露出怀疑之色，楚乔突然笑道："别这么看着我，我不是敷衍你，只是真的不知道要去哪儿。"

"那还走？"

"想出去看看嘛。"楚乔深深地吸了口气，嘴角含笑地看着周围美丽的景致，声音清脆地说，"你看，天气就要暖和起来了，西蒙这么大，我却从来没放松心情出去走一走，这一次，就当是给自己放个假。"

李策一边动作熟练地烹茶，一边问道："打算放多久？"

"不知道，看心情吧，也许哪天我穷困潦倒了，就会回来找你骗饭吃，所以你要好好当皇帝，不要等我回来的时候败了家。"

李策闻言，连忙拿起桌子上的一方信封，抽出里面的一沓银票，拿走了一大半揣到怀里，嘟囔道："穷困潦倒才回来？那可不能多给你钱，不然谁知道回来的时候是不是成了没牙的老太太。"

楚乔哑然失笑，"你看你这德行，哪里像是一个皇帝？"

"谁规定皇帝就不许抠门了？你是不知道我的日子过得多么清苦，我稍微想多花点钱，那帮老头子就整天跟我哭穷,说东边大旱西边饿死人的,恨不得我天天啃白菜帮子,一个个没一个好东西。这点钱,可是我从牙缝里省出来的。你不知道感恩图报,还在这里笑话我?"

卞唐的天空是极晴朗的,万里无云,阳光洒在李策狐狸一样的眼睛上,看起来更加狡猾了。

她替卞唐满朝文武叹了口气,"遇到你这么位皇帝,也不知他们是倒了几辈子的霉。"

李策唉声叹气地摇着头,"乔乔好狠心啊,你这样一声不吭地走了,贺萧他们会跟我拼命。"

提到贺萧,楚乔突然就有些愣住了。她想了很久,才缓缓道:"李策,秀丽军的将士们,就要托付给你了。"

"他们都是男人,你托付给我干什么?"

楚乔也不理他的胡闹,继续说道:"这几个月,我一直在想,到底是不是我错了?是我太天真了,我以为我可以改变这个社会,建立一个相对文明一些的社会制度。不是像大同行会所说的天下为公,我只是想让穷人有一口饭吃,不必给人当奴隶,希望你们这些当权者可以为那些下层的百姓制定一套律法,无论什么人,都不要随便杀人。我知道,社会不会跨越性地飞速前进,但是总要有人试着去努力引导它走上一小步,只要一小步一小步地走,早晚会跨上一大步。

"我最开始的时候,也没有这样伟大的理想,只是想逃出去,自己好好生活。可是我认识了燕洵,听他说起了燕北,我的心渐渐活过来了。我想,我来到这个世界,也许是有价值的,也许是冥冥中自有天意。但是,我的愿望还是破灭了,因为我太自大了,我以为我的力量很大,可以改变很多,可以保护很多人。可是到最后,我才发现我的力量很小,我的亲人、朋友一个个离开了我,我不但保护不了他们,还害死了很多人。"

李策皱起眉来,想要说话,却被楚乔拦住了。她看着他,沉声说道:"李策,我不是一个好的领袖,秀丽军的战士们没有信仰,他们的信仰就是我。可是我的存在,让他们一次次陷入危难和战争,让他们流血死亡,而我所承诺的那种体制和生活,却是我无法实现的。我只是救了他们一次,不该这样自私地让他们跟我冲锋陷阵,伤痕累累。我现在想,如果当初我顺从燕洵,将秀丽军解散,那么也许他们当中的很多人就不会死,会结婚生子,会好好地活着。"

楚乔的声音有些哽咽,她抿了抿嘴唇,眼眶微微发红,但还是笑着说道:"人活着,不是一定要做出什么大事业的,娶个老婆,生个孩子,开心到老,也是一种方式。只可惜,我醒悟得太晚了,他们死了,无论如何,都再也活不过来了,我满手血腥,洗不干净了。"

"乔乔?"李策眉梢紧锁,沉声说道,"这些不是你的错。"

"可是我有推卸不了的责任。"

楚乔低声说:"他们相信我、跟随我,我却无法保护他们。他们一个个死去,我连他们的尸首都不能好好安葬。你知道吗?每天晚上,我都能听到他们在寒风里哭泣,他们说想要回家乡,想要见年迈的父母。他们还那么年轻,有的只有十五六岁,本该是在父母身前撒娇的年纪,却为了我,死在荒芜的冰原上了。"

李策的脸上再无一丝玩笑,他担忧地看着她,心丝丝地疼。

"李策,帮帮我吧,好好照顾他们。你若是不放心,可以将他们拆散,给他们一些清闲的工作,让他们在你的土地上娶妻生子,好好生活。不要再上战场了,对于士兵来说,战场上没有胜利,胜利都是属于将军们的,而属于士兵的,只是杀戮和死亡。"

李策艰难地点了点头,看着面色苍白身形瘦弱的女子,轻声问道:"那你呢?还恨燕洵吗?还会回到他身边吗?"

"我不恨了。"楚乔微微摇头,很平静地笑道,像是三月湖边的清风,"其实你们都不知道,他才是最苦的那一个。我亲眼见过他的仇恨和痛苦,见过他所受的那些屈辱。那些东西,不是旁观者能够体会的。他心里有多少恨,是我无法度量的。如今他走到这一步,尽管方式错了,那也是命运将他逼到了这一步。每个人都有权利选择自己所要走的路,那是他的路,我虽然无法认同,但是我尊重他的选择。这个世界上,谁能做到绝对正确,谁又能说谁是完全错的?只是我们都有自己的坚持和底线,我们无法同行了,但是也不表示一定要逆路为仇。"

"那诸葛玥呢?你为什么不跟他在一起?他为你做了那么多,你不爱他吗?"

"爱?也许吧。"楚乔轻笑道,"其实我也不知道什么才算是真正的爱,但是相爱不一定就要在一起的,有时候,放手也是一种爱。"

楚乔微微仰起头来,风吹在她光洁的额头上。那一瞬间,李策似乎看到了一种瑰丽的光芒闪过她平静的眼睛,那么炫目,令人神迷。

"他毕竟是大夏的长老司马啊,相当于国防部长呢,怎能和我这样的人在一起?"她喃喃地说道,"我知道,只要我愿意,他会为我抛弃这一切殊荣。可是李策,如果那样,真的好吗?他受尽了苦楚,历尽磨难,终于打碎了那些强加在他头上的耻辱,得到了今日的一切。他和我不一样,就算国家腐败、家族阴冷,他总归是有家有国的人。我明白那种责任感,那种凌驾于情爱、自由之上的负担。如果仅仅是为了爱我,就让他抛弃这一切,随我浪迹天涯,你觉得他未来真的会快乐吗?不会的,他是男人,男人应该有自己的天空,当他渐渐成熟,渐渐老去,他会明白这一切,并为今日的选择感到庆幸。

"况且,我也累了。"楚乔低下头来,微笑着看向李策,"我辛苦了十多年,没勇气继续走一条我看不清的路了,我也是女人啊,也有想要歇歇的时候。"

"乔乔,"李策叹了口气,无奈地说道,"我拦不住你,是吗?你下定决心要走了,是吗?"

"是的。"楚乔很认真地说道,"不要担心我,我会过得很好。这个世界上不是只有大权在握的皇亲贵族才可以生活,我会做一个平民百姓,没有负担、没有责任地生活下去。日子会很轻松,我想做什么就可以做什么,想去哪里就可以去哪里,这样的生活我向往很多年了。"

"那你会回来吗?偶尔回来看看我?"

"当然了。"楚乔笑起来,理所当然地说道,"你是我最重要的朋友啊。"

李策伸手胡乱地揉了一下她的头发,苦笑道:"你这家伙,弄得我都伤感了。"

楚乔站起身来，走到李策身边。李策也站起身来。楚乔张开双臂拥抱住他，轻声说道："李策，我走了，西蒙局势越来越乱，你要好好的，千万别让我担心。"

李策心里很堵，却还是语调轻快地说："我能有什么事？我可是堂堂卞唐大皇，谁能把我怎么样？再说我是如此英俊绝伦，谁敢暴殄天物欺负我，全天下也就你这么个不识货的吧。"

楚乔不由得失笑道："好好，你英俊绝伦，莱昂纳多见了你都会羞愧得跳楼自杀。"

"莱昂纳多是谁？好奇怪的名字，番人吗？"李策皱眉问道。

楚乔不由得笑起来，"是番人，很帅的番人。"

"拿番人来和我比较，你简直不成体统。"

楚乔哈哈笑起来，笑声在胸腔里来回回荡着，"天色不早了，我走了。"

楚乔不再骑马，而是和梅香租了一辆马车。

李策笑呵呵地站在梧桐树下，一身红色长袍，看起来果然像他自己所说的那样，别样英俊绝伦。

"乔乔，路上小心啊，三十岁之前嫁不出去都可以回来找我。"

楚乔上了马车，撩开帘子对他挥手道："借你吉言，我一定在三十岁前把自己嫁出去。"

马车渐行渐远，青布窗帘终于合上，渐渐消失在一片凋零的梧桐路尽头。

"皇上，需要派人跟着保护楚姑娘吗？"孙棣在一旁沉吟半晌，方才沉声问道。

"不用了。"李策缓缓摇了摇头，转身往城门的方向走去。

每个人都有权利选择自己想要的生活，乔乔，你走吧。

第七章
再次重逢

帐篷被掀起一角，骤然涌进的除了炫目的阳光还有烤腊肉的香气。菁菁皱着眉翻了个身，迷迷糊糊地睁开眼睛，显然还没有完全醒来。清晨的微风中带着一丝清爽的香甜，顿时驱散了帐篷里浓浓的药气。

楚乔没有抬头，单手支着额头，另一手的食指和中指间夹着一只黑色的玛瑙棋子，不断地敲击在白玉棋盘上，发出清脆的声音，频繁且单调，隐隐有一些闷烦。她却恍若未觉，棋盘上经纬纵横，满盘错落，她却迟疑着，久久不能落子。

"小姐，大家都准备好了。"梅香站在门口，笑着说道。

楚乔眉心微微蹙成一个川字，梅香的声音静静地回荡在空气里，她却迟迟没有反应。就在梅香以为她没听到要再说一遍的时候，她却突然将满盘棋推散，转过头来沉声道："跟大家说，从今天开始，我们要日夜兼程，做好准备吧。"

楚乔等人是昨天离开学府城的，现在的他们，正在赶往唐京的路上。

一转眼，两年已经过去了。当日离开唐京之后，没走多远，就被杜平安和他的妹妹杜菁菁给追上了，不得已下，只得带着这两个孩子一起走。

因为身边有孩子，楚乔就放弃了自己到处漂泊的打算，而是到了卞唐南方，找了一个风景秀丽相对安静些的小城住下来，那里气候温和，生活静谧。因为距离卞唐皇陵梅山很近，所以治安一向很好，少有盗匪。

并且此地是卞唐大儒沈默白先生的老家，沈先生的祖宅也在这里，是以学术气氛很浓郁，经常有将要参加举考的学子前来拜见沈先生，顺路游览这小城的山水古迹。

时间长了，那座城就被称为学府城。

楚乔带着几人去了之后，就买下了临湖的一家客栈经营。

一来为了掩人耳目，毕竟一个独身女人带着一个丫鬟、两个孩子无所事事地生活实在有些扎眼；二来也的确想要为自己找一件事做，若是整日吃吃睡睡地待着，也够无聊的。

虽然不是为了赚钱而来，但是因为楚乔新奇的管理制度和优异的卫生条件，再加上地理位置优越，这家"学子客栈"竟然渐渐在当地闯出了名气。但凡来到此地的游人都会将这家客栈作为首选之地，每逢春秋两次举考之时，总是人员爆满，生意十分兴隆。

时间过得飞快，日子像是溪涧里的水，就这么静静地流逝。她闭目塞耳地生活在这座偏僻的小城里，收敛了所有的光芒，抛却了往昔的记忆，如一个普通的女人一样，安静地过着日子。

什么都没有改变，只除了这具衰老下去的身体。虽然目前为止她只有二十一岁，但是多年的奔波和战斗，屡次在冰天雪地中漂泊，年少时受过的那些苦楚，让她年轻的身体过早地染上了许多病痛。那些陈年旧伤，每逢阴雨天气就会刺骨地疼，膝盖等关节像是被灌了雪，总是冷冰冰的，眼角开始有了细细的鱼尾纹，精神也越来越不好，稍稍劳累就会疲倦得想睡觉。

她竟然成了一个药罐子，好像身体的各个部件都出了问题，伤寒发烧几乎每个月都会光顾她。很多时候躺在床上，忍受着疾病的折磨，她甚至会怀疑这具身体还是不是她的，她觉得自己就像是一个被扯得支离破碎的木偶，快要散架了。

好在生活终于渐渐平静下来，不再有血腥的战争，不再有残酷的死亡，不再有诡异莫测的博弈谋算，她的心终于平静下来，像是一方湖水，波澜不惊。

这两年来，她很少去打听外面的局势。但是因为开的是客栈，人来人往，再加上孩子们感兴趣，她也总会听到各式各样的消息。

比如诸葛家四公子和怀宋纳兰长公主的婚事，据说诸葛玥回到大夏之后，很爽快地点头答应了这门婚事。然而就在大夏群臣击掌相庆的时候，诸葛少爷却拿出了一方婚帖，宣称自己在青海已有正室妻子过门，秉承着糟糠之妻不下堂的祖训，纳兰长公主就算嫁过来也只能做妾，如果生了孩子，还有扶为侧妻的可能。

真是一石激起千层浪，怀宋使者霎时间气得暴跳如雷，而这场原本会在西蒙激起巨大浪花的事件，也在诸葛玥玩笑一般的手腕之下，变成了一个彻彻底底的笑话，像是一颗石子沉入水中，连个水泡都没激起来，就风平浪静地过去了。

然后，就是七皇子赵彻在诸葛大司马的全力支持下从北疆归来，并带回了五十多万北疆精锐骑兵，开辟了边关广阔的疆土，平定了边疆叛乱。和诸葛玥一唱一和地互相扶持，一举打破了赵飐一枝独秀的政权模式，分庭抗礼于大夏朝堂。

而燕北的日子就不那么好过了，卞唐关闭了南疆水路，燕北和怀宋的经济来往被阻断，而燕北暂时还没有能力再与卞唐开战，毕竟青海和大夏的两面夹攻已经让燕北苦不堪言了。

好在如今赵飐正忙着和赵彻争权，对雁鸣关的兵力投入大大不如以往。一年半的时间，较大规模的攻击战役只组织了一次，而且只在龙吟关下待了两天就鸣金收兵了，明显是一场充满水分的作秀。

局势诡异莫测，波折不断。

想必赵飐也明白，若是没有燕北这个威胁，诸葛玥的青海军队就会直接越过龙吟关杀进大夏皇都，那时候，仅靠他的西南军是无法和赵彻、诸葛玥两人对抗的。

所以，在一定程度上，他竟然和燕洵成了盟友。

世间之事，真是令人匪夷所思。

然而最令文人骚客津津乐道的，却还是燕北王燕洵的那一场奢华大婚。

一年前的新年之际，燕洵在朔方宫内举办了声势浩大的婚礼，一次性纳了十八名重臣之女，全部以妃位迎娶，在朔方宫后大兴土木，充实后宫。婚宴摆了十八日，整个燕北的百姓齐齐前往朔方朝拜，盛况空前，令人叹为观止。

而就在大婚的第二日，落日山上的纳达宫终于落成，有幸前往燕北见到那座宫殿的人都会千百遍地描述自己所见到的奇观。文人骚客们也写下了汗牛充栋的诗文词曲，来赞美那座美丽的宫殿。

据说，落日山上的纳达宫是建在半空中的，镶嵌在悬崖峭壁之上，有由下往上流的喷泉温水，有飘浮在空中的五彩花园，有香飘十里的酒浆河流，有璀璨若太阳的金雕银壁。那是一座恍若神迹的建筑，就连卞唐有上千年历史的金吾宫，也不能与之比拟。

全天下的人都知道，这座宫殿曾经是燕王为他的爱人秀丽将军修建的。然而自从两年前秀丽将军和燕王在火雷原上决裂之后，这个从一个奴隶起身，屡次引发燕北燕王、大夏军司马、卞唐大皇发动三国之战的传奇女子就彻底失去音信，退出了西蒙的政治版图。

有人说，她嫁入了卞唐皇室，改名换姓陪在卞唐大皇身边。也有人说，她就是大夏司马诸葛玥宣称的妻子，目前正在青海继续领兵。还有人说，她已经重新回到燕北，如今，就住在那座富丽堂皇的纳达宫里。

然而，所有的谣言都只是猜测而已，没有人会知道，那个传说中的女子此刻就在卞唐南端的一方小城里经营一家小小的客栈。每天早晚还会到嘉灵湖畔散散步，和一些下棋的老人聊聊天，消磨时间。

生命突然简单起来，很多事情，她已经不愿意再去想，然而有些时候，她还是会想起很多年前在那间破败的庭院里曾对少年讲述的那个故事："国王为了心爱的女人建造了一座空中花园，那里有由下往上流的喷泉温水，有飘浮在空中的五彩花园，有香飘十里的酒浆河流，有璀璨若太阳的金雕银壁。那座空中花园最后成了举世瞩目的世界遗产，象征着国王对爱人永不改变的爱情。"

半生飘零而过，有人停驻，有人经过，有人忘却了自己的来路，有人却找不到前进的方向，即便偶尔在回忆里有过那么一丝缅怀，又如何能挽回那已然逝去的情谊？

终究，一切都过去了。

队伍在第二日来到了琇岭，一路上高涧溪流，草木繁盛，青松茫茫，若不是心境不适，定是一路休憩好游。

然而第三天傍晚的一场暴雨，却阻断了楚乔等人的行程。

山路难行，淤泥凹陷。第四天下午，好不容易走到了晴衡河，却发现暴雨之后大水将唯一的桥梁冲断了。一支似乎也要过河的队伍正在抢修，不过毕竟只有三十多人，到底进度缓慢。

如今摆在眼前的只有两条路，要么回头绕道，取道怀宋，这样最起码要耽误十多天的时间；要么就是等桥修好之后再过河了。

楚乔给雇来的马夫护卫每人加了十铢银子，这些老实巴交的人顿时欢天喜地地加入到前方修筑桥梁的队伍之中。

不一会儿，平安走到马车旁说道："姐姐，对方派人来谢我们。"

楚乔见对方也没有亲自前来说话的意思，乐得清闲，淡淡点头道："你去回，就说大家同路而行，都要过河，不必道谢。"

天色很快就暗了下来，天边雷声隆隆，天气异常闷热，楚乔微微撩起车窗的帘子，只见西方乌云密布，恐怕再不多时，又会是一场大雨。

梅香带着几名下人煮好了肉粥。楚乔见渡口那一边的队伍一片安静，所有下人都在修桥，只有一辆简朴的青布马车静静地停在一株苍松下。傍晚的红光之下，马车好似被染上一层红晕，微风过处，帘卷微翻，一只皓白的刺金长靴露出一角锦绣，沉静淡漠，俨然是大贵之人。

梅香叫上自家护卫，招呼大家吃粥。楚乔见了，吩咐她将多余的粥送去给对面那些人。不想梅香回来的时候，手里抱着一大包油纸包，打开之后，全是上好的糕点酥饼，还有两大块干牛肉。

"还真是个知恩图报的人。"梅香笑眯眯地拿起一块糕点，凑到鼻间闻了闻，说道，"好像是白水关鱼福记的千层酥，小姐，你闻闻，和我们店里从白水进的货像不像？"

楚乔皱着眉接过，看了一会儿，静静说道："不是一样的，我们买的是中档糕点，没有这么酥脆。这样的糕点是经不起长途跋涉的，想必对方也只是买来路上吃的。"

梅香听了微微咋舌，虽然这些年衣食无忧，但是毕竟是贫苦出身，她喃喃道："这么贵的点心都送人，真是财大气粗。"

菁菁这几日生了场小病，总是病恹恹地睡着，这会儿闻到香味睁开眼睛，也没看清楚是什么，就对梅香叫道："梅姐姐，我要吃。"

"防人之心不可无，这伙人来历不明，还是小心些。梅香，把这些东西找个地方扔了吧，都别吃。"

梅香点头道："小姐说的是。"

打了半晌的雷，大风也呼号了许久，可是入夜时分又销声匿迹了。天色完全黑下来的时候，木桥终于修筑好了。

那伙人似乎也急着赶路，过来一个人和平安打了声招呼，就当先离去。

楚乔也不愿再耽误时间，待那伙人过河之后，也带着人马过河。

然而走到渡口的时候，却见之前梅香送过来装肉粥的瓷盆被放在一方蒿草之中，里面肉粥完好，竟是一口没动。几只野鼠蹲在盆边，正在大快朵颐。

楚乔放下车窗的帘子，静静地靠在软垫上，眉心缓缓地皱了起来。

这些，到底是什么人？可是跟那件事情有关？

楚乔想起这阵子眉山皇陵一带不同寻常的动静，不禁为李策担心起来。

但愿，只是我多心了。

午夜时分，总算出了山区来到一片平坦的草原。向导说此地是悠悠垣，出了这里，就是夕照山，翻过此山，前面就是西南方的第一大城秋风城了。由秋风城中转，往东是唐京，往北是白水关，过了白水关，就是大夏的土地了。

几日以来一直在山间野地里跋涉，此刻看到平原，众人心里豁然开朗。

平原上历来如此，远远地看着一棵树，看起来不远，可是真要走过去，却要跑马跑上一整天。

在悠悠垣上整整走了两天，总算到了所谓的夕照山。

此山名字极美，景色也绝佳。只见几座连绵的山峰耸立对峙，松柏青翠，繁花穿插，一条白色的瀑布由山顶倾泻而下，形成一条白练，水雾升腾，犹如仙境。

因为比邻秋风城，此地的山路极为开阔，可并行两辆马车仍不嫌挤。

夕阳西下，落日火红，洒下一片艳色，松柏雨林一片火红，繁花似锦，鸟语花香，绝佳之景美不胜收，果然不愧"夕照"二字。

当天晚上，楚乔下令在一处山谷安营扎寨。下人们听了，集体欢呼一声，几日来不眠不休地赶路，果然已让众人身心俱疲了。

然而还未睡着，野狼的嚎叫声却忽远忽近地传来，声音凄厉，叫得人毛骨悚然。

菁菁害怕得小脸苍白，缩在帐篷里，靠在梅香的怀里死死地闭着眼，却怎么也睡不着。

楚乔也不免有些担心，西南一带饿狼凶狠早有耳闻，如今他们人数稀少，还大多是些雇来的寻常护卫和车夫，队伍中又有女孩子，一旦遭遇狼群，后果不堪设想。她叫来平安，吩咐了几句，交代大家做好准备，这才稍微放下点心来。

然而到了后半夜，狼声更盛，间或还有男人的呼喝声。

楚乔出了门，披好风衣，吩咐几人看守营地，带着平安和十多名护卫就往声音的发源处寻去。

不过是转过一个坡，一股腥臭的血腥味就扑面而来。众人小心一看，只见一处低洼的山谷之中，大约有上百只野狼正在攻击一队人马。那伙人人数虽不多，但是身手矫健，劈砍腾挪间威势凛凛，行动彪悍，一看就不是好相与之辈。然而狼群凶悍，白牙森森，仗着成群结队，也丝毫不惧。

鲜血飞溅，恶臭扑鼻，惨叫声不绝于耳，令人脊背发寒。

"姐姐？"平安皱起眉来，沉声说道，"狼群众多，若是这伙人不敌，我们也独木难支。"

楚乔点了点头，说道："大家准备。"

一众护卫车夫也是常年在外行走的江湖人，虽然不敌正规军队，但是胆子极大，立马拉开弓箭，摆好架势。平安面色冷酷，沉声说道："放！"

一排排燃着松油的火箭齐刷刷激射而出，霎时间，狼群背后遭袭，十多头野狼顿时惨叫倒地。

狼群大怒，掉转头向他们冲来，势如闪电，速度惊人，几个起落就已到了身前。

平安手疾眼快，提起一桶桐油，哗啦一声泼在前面，随后火把一扔，一道火墙顿时在山前燃起，火舌高达三丈。几只饿狼停不下猛冲之势，一头撞在火中，顿时发出刺耳的惨叫声。

狼群畏火，登时阵脚大乱，那伙人马见有人帮忙，气势更盛，为首的几人大喝一声冲上来，刀劈剑砍，乘胜追击。

那群饿狼果然凶悍，如此恶战了一个多时辰，才仓皇退去，临行前发出几声示威怒吼，隐隐有报仇之意。

山谷下一人高声呼道："上面是哪位朋友相助，我家主人多谢诸位仗义出手！"

平安闻言微微一愣，探头看去，却因树木阻隔、夜黑如墨而看不清楚，只得高声叫道："可是曹大哥吗？我们在晴衡河边遇见过。"

对方沉默片刻，突然大笑道："原来是杜小哥，我现在有些不便，稍后定来拜谢杜小哥大恩。"

平安忙说道："曹大哥不必多礼，不知可是受伤了？有没有金创药？"

"小小伤势，不足挂齿，小哥费心了。"

楚乔听出对方语气里已经带出一丝警惕来，轻轻拉了拉平安的衣袖，朝着自己的营地示意一下。

平安会意，忙说道："那小弟先走了，曹大哥保重。"

回到营地时，菁菁正急得上蹿下跳，见了楚乔连忙跑上来问道："姐姐，可受伤了？"

"没事。"楚乔摇了摇头，对平安等人说道，"今晚大家睡觉多留点神，火把整晚燃着，准备好火箭和硫黄、桐油。狼群睚眦必报，小心它们来寻仇。"

众人点了点头，楚乔回了帐篷。梅香为她脱下披风，轻声说道："让平安去就行了，小姐干吗要亲自去呢？"

楚乔摇了摇头，眉心紧锁，轻声道："我这几天总是心绪不宁，也不知道会不会出事。"

"小姐是为唐皇陛下担心了吧，你放心吧，唐皇那么精明一个人，哪里会让宵小之辈轻易得逞。"

楚乔叹了口气，双手捧着梅香递过来的一杯参茶，热气袅袅，却怎么也暖不了她冰凉的双手。

"但愿如此吧。"她突然想起刚刚山谷中的那队人马，一颗心不知为何竟有些担忧，不由自主地说道，"梅香，上次从杏林堂买回的金创药还有吗？"

梅香顿时一愣，着急地问道："谁受伤了？小姐你受伤了吗？"

"没，"楚乔连忙摇头，说道，"谁也没受伤。"

见她有些懊恼地躺在毡子上，梅香心有余悸地上下看着她，似乎怀疑她在骗自己。

这是怎么了？

楚乔微微皱起眉来。

第二天一早，楚乔等人刚刚走没多远，就见前方一队人马正静静地停在那里，显然就是昨晚的那群人。

一名三十多岁的中年男子走过来，和平安说了几句话，客气一番，就走到楚乔的马车前，行礼道："我家主人多谢小姐的援手之恩，本不该无礼唐突，但是受人恩惠须当铭记在心，是以大胆请问小姐名讳，还请小姐见谅。"

楚乔微微皱起眉来，沉声说道："路见不平，本该援手相助，不必多礼。"

那人闻言微微一愣，又说道："还不知道小姐芳名。"

"你这人好生奇怪，你家主人只派了你前来，明显是不想自表身份，为何要强问我的出身？大家萍水相逢，互相警惕防备也很正常，既然互不信任并且各有要事在身，何不马上赶路，在此多言，不觉得无聊吗？"

那人顿时目瞪口呆，没想到会被楚乔这般抢白，愣愣地退了下去。

不一会儿，前方的队伍就疾行离去。

菁菁咋舌道："姐姐真厉害！"

楚乔叹了口气靠在软垫上。什么厉害，只是不愿意和他们浪费时间罢了，多拖一日她的心情便多一分焦虑，而对面这伙人也给她一种压抑的危机感，她明显感觉到对方绝不是普通人，在这种时刻，多一事不如少一事，还是小心谨慎为好。

然而，走了不到半日，又一突发事件中止了他们的脚步。这时候，就连迟钝如菁菁，也察觉到一丝不妥了。

一处稍显狭窄的山路上，几棵大树和一堆淤泥乱石横在路面上，足足有半人多高，阻断了前行的道路。一切都很明显，很可能是几日前的那场大雨造成山体滑坡和泥石流，然而，多次巧合之后，却没人愿意相信这个简单的理由了。

那队人马站在前面，虎视眈眈地看着姗姗来迟的楚乔等人，毫不掩饰眼底的敌意。

而平安等人也疑惑地皱起眉来，手自然地垂在一侧，指腹却缓缓地摩挲着剑柄刀把。

天蓝云白，飞鸟鸣啼，太阳暖暖地照着下方。在这样晴朗的天气下，气氛诡异，剑拔弩张，没有人去清理路上的乱石淤泥，反而虎视眈眈地对视着。

"真是巧啊。"姓曹的男人冷笑一声，缓缓说道。

平安眉梢一挑，冷冷笑道："果然很巧，几日来屡次和曹大哥患难与共，连我这个不信天命的人，都不得不说一句天意难测。"

"依我看，不是什么天意，怕是有人存心弄鬼吧。"

平安顿时怒道："你说谁？"

姓曹的男人冷然喝道："你们是什么人？画下道来吧！"

"我看你才不像好人！"平安怒喝一声，唰地抽出刀来，寒光闪烁，他上前一步就要动手。

对方一看，顿时出刀。就在这时，只见一道银光骤然亮起，叮的一声打在平安的剑柄上。宝剑龙吟，咣的一声落在地上，一个清厉的女声淡淡说道："平安，不得鲁莽。"

好似一池冷水骤然注入沸腾的热水之中一样，气氛霎时平息下来。

全场一片安静，连呼吸几乎都清晰可闻。

微风簌簌，扫过众人的眉眼，远处青松摇曳，碧浪万顷，鸟儿在半空中盘旋飞舞，叽叽喳喳地鸣叫。

噗！一个细微的声音突然传来，似乎是靴子踩在石子上的沙沙声，风吹起青布车帘，曹姓男子等人顿时惊讶叫道："主人？"

那人一言不发，径直向着楚乔的马车走来。

平安眉梢一挑，顿时喝道："站住！"

那人却毫不理会，平安手握剑柄，剑眉竖起，顿时就要拔剑。

然而剑刚拔到一半，只听一声钝响突然传来，那人身手快得诡异，转眼间就卸下了平安的剑，随手一抛，扔在地上。

平安面色顿红，怒哼一声就要冲上前来。那人却凛然不惧，快步走到楚乔的马车前，伸手就来掀她的车帘。

呼的一声，清新的风顿时吹了进来，正午的阳光明晃晃的，亮得刺眼，楚乔手握小型弩箭，箭端对着车门，却在阳光刺入瞳孔的那一刻愣住了。

平安从后面冲上前来，五指成爪，就往那人的脖颈抓来。以他三年多来师承楚乔的身手，此刻，绝对能置敌人于死地。

然而那个人不闪不避，身穿一身月白色的云纹长衫，剑眉星目，清俊如斯，坦然站在原地，双眼清淡地望着她，一时间，竟然难辨喜怒，恍若深潭，寒湖幽寂。

嗖！弩箭离弦，从男子的耳畔穿过，紧擦着平安的手臂射了出去，快如闪电，带着一股凌厉的杀气，瞬时冻结了所有人的动作。

"平安，退下。"楚乔静静地说道，并没有气愤，却有着不容怀疑的威慑力。

平安眉梢一挑，叫道："姐姐？"

楚乔眼梢微挑，也不说话，只是转过头去淡淡地看着他。

平安缓缓退后，只是眼神仍旧不服气地看着马车前的男人。

熏风如醉，天气好得让人心慌，一排毛色鲜艳的黄鹂落在不远的树枝上，啼叫出婉转的声音。树木舒展，像是新描的黛眉，一旁的密林郁郁葱葱，其中开着各色惹人喜爱的花朵，奇秀瑰美，如在画中。

风过处，男子的衣角轻轻被吹起，没有寻常富贵人家年轻公子的熏香，而是一股清淡独有的芝兰气，气质清俊，恍若一捧清澈的雪。

"呀！"坐在楚乔身后的菁菁突然伸出手，指着男人的腰部叫道，"他的玉佩和姐姐的是一样的！"

莹白光洁，圆润剔透，男子背风而立，一方玉佩挂在他的腰间，闪烁着幽幽的光华。

楚乔的神色渐渐缓和下来，在所有人静静默立哑然无声的时候，她突然伸手搭在男子的肩膀上，纵身自马车上跳下来，温和地笑着对平安等人吩咐道："别愣着了，赶快把前面的道路疏通开。"

"啊？"平安瞪大眼睛，看看楚乔，又看看那名男子，最后傻乎乎地问道，"姐姐，你们认识啊？"

"嗯。"楚乔神色轻松地点了点头，看样子似乎还有一丝欣喜。

平安很想问问这人是谁，谁知还没开口，就见那男人的眼神淡淡地飘过来，不是如何严厉，却有着冰雪般的冷漠，似乎很不愿意听到这个傻头傻脑的小伙子喋喋不休一般。

曹大哥等人见了，顿时低着头退了下去，拿出工具就开始疏通道路。

楚乔转头对男子说道："你随我来。"说罢，就往后面走去。

这天的天色极好，明澈如一湖碧水，日光若金。两人一前一后，不一会儿工夫，就走进一处僻静的小山坳。一道瀑布由山巅处飞泻而下，落入寒潭之中，溅起大片水花，粒粒澄清，映衬着璀璨的日光，五彩炫目。

楚乔回过头来，看着眼前的男人，一年多没见，他似乎并没有如何改变，仍旧是这般模样。她开口想说什么，千言万语凝在唇边，却不知该从何说起，终究化作一丝浅笑，溢出嘴角，也不知是在笑自己，还是在笑他人。

"笑什么？"诸葛玥仍旧是那副样子，眉心微微蹙起，似乎很不耐烦和她站在这里。

"没什么。"楚乔摇了摇头，仍是笑着说道，"似乎每次见你的方式都很特别。"

诸葛玥转过头去，眼睛看着别处，还是那股熟悉的别扭劲儿。

"你来这儿干什么？"

诸葛玥给了她一个无比准确却又无比含糊的答案："办事。"

"哦。"楚乔点了点头，说道，"现在就要回去了？"

"嗯。"

然后，两人就站在原地，谁也不再说话。

一转眼，又快两年了，这两年来，他在朝堂上呼风唤雨，翻手乾坤，已成为大陆上最有势力的人之一。楚乔在偏远之地，偶尔听闻他的消息，都会有一种奇异的恍惚感。她有时候甚至会怀疑，自己所认识的那个人，和那些传言中杀伐决断凌厉果敢的男人是不是同一个？

她也陆续听到一些来自于青海的传闻。

传闻那里虽然名义上隶属大夏，但是实行自选官吏，不从氏族中推举，而是经由科考选拔，即便平民也有机会参考；传闻那里制定了新的律法，鼓励农耕，兴修水利，保护工商，内地的商人中有胆子大的已经前往青海做买卖了；传闻那里废除了奴隶制，氏族富家可以购买家奴，但是只要家奴愿意出钱赎身，是可以脱离奴籍的，而且即便是家奴，也不可以随意杀害，否则就要受到律法的严惩；传闻那里并不如传说中荒凉败落，而是地域广阔，另有乾坤，人口繁盛，如今，已有众多富饶繁华的城镇了……

还有传闻说青海王如今已经臭名远播，被称为强盗司马。在朝堂上每年抢钱抢粮，以各种名目争夺各种物资，源源不断地运往青海。每个月青海都要上报大灾大旱洪水冰川，称那里的百姓衣不遮体食不果腹，极力要求朝廷出钱出粮解救难民。

偏偏那些物资一出真煌就会流入市场，换取大量的真金白银，然后明目张胆地运向青海本部。如今燕北的大半兵力都被青海牵制，大夏根本就不敢同他翻脸，只好任由他为非作歹。

传闻这个男人被青海的百姓称为君父，被西蒙的百姓称为强盗，被大夏的官员们称为吸血鬼，就连他的好朋友兼好盟友赵彻七皇子也很委婉地劝他，差不多就行了，你吃肉，总得让他们有口汤喝。

传闻西蒙的百姓纵然恨他入骨，但是如今胆子大的已经悄悄地准备搬家了，每天翠微关都人满为患，挤满了想要偷偷混进去的拖家带口的老百姓。

大夏长老会怒斥他有意纵容翠微关守军懈怠渎职，放西蒙内地的百姓流入青海。

他却很无辜地一摊手，燕北军威太甚，我们没有多余兵力，若是想有效限制此等事件，急需户部立刻向青海拨黄金十万铢，以扩充青海军备……

传闻那么多，可是楚乔此刻看到他，那些传闻突然就如烟云般从脑海里消失了。

他还是他，不是什么青海王、大司马，不是惊才艳绝的青海君父，不是狡猾无耻的大夏吸血鬼。他仍旧是那个冷漠孤傲还带着几丝别扭和任性的男人，是那个和她屡经生死、几次救她于危难的诸葛少爷。

几丝感慨突然在心间生出，渐渐将那份初见时的激动和喜悦压了下去。她看着他，虽然仍旧英俊，仍旧冷漠得像块冰，可是眼角已然带了一丝纹路，仔细看去，眼神也有一些疲倦了。

她静静抿了抿嘴角，轻声说道："才一年多没见，你就老了。"

诸葛玥闻言突然一愣，眼神中的那丝风霜卸去，他低头看向她，只见她容颜依旧，只是更加瘦弱了几分。

他今年才二十六岁，无论如何，也称不上一个老字。然而这些年的辛苦劳累，那些坎坷岁月里的博弈征伐，那些溅在眉梢眼角的血腥杀戮，都随着这个老字，如同滚滚潮水般，流过他沧桑的双眼。

掩映在种种风光之后的，是不眠不休的彻夜灯火，是西窗冷月的孤影剪烛，是寒窗辗转的夜不能寐，是迎风独立的萧萧孤独。

面貌依旧，心却疲了。

如何能不老，又怎么能不老。

他看着她，这一年多来的火气突然就没了，连那丝孩子气的任性，都在这句简单的话里老去。

"这一年多来，你还好吧？"

"没什么好不好，总还活着。"诸葛玥淡淡地说，话虽然不好听，却没有以往那种冷淡的语气。楚乔知道，他并非与自己斗嘴，而是真实感慨。也许只有他们这样的人才能体会到，没什么好不好，活着，就很好了。

"我也挺好的。"诸葛玥没问，楚乔却自己说道，"我，开了一家客栈，日子过得很舒服。"

"我知道。"

男人淡淡地回答，楚乔却一愣，抬起头来看着他，"你知道？"

"我在你那儿住了三次。"

楚乔彻底呆住了，却听诸葛玥沉声问道："一年多了，你可想通了？"

"想……想通什么？"

男子缓缓皱起眉来，一副"你实在很能装蒜"的样子，"你真打算开一辈子客栈？"

楚乔瞪着眼睛，哑口无言，其实，她真的是这样想的。

"还是你打算在三十岁之前随便找个人嫁了？"

楚乔大窘，"谁跟你说的？"

"还能有谁？"诸葛玥说道，"自然是李策，你不知道吗？你对面那家春雨楼就是他开的，斜后方那家四海客栈就是我开的。"

楚乔被惊得无语，恍然间想起了那两家门庭冷落的客栈，在这之前，她还一直很得意地沾沾自喜，以为是自己的客栈将他们挤得没有生意，不想却是这两位高人的手笔。

这么说来，眉山的事李策应该了如指掌，对于那些人的动作，他也应该早有准备了。

她突然想起一事，抬头问道："那你一开始就知道我们的身份了？"

"不知道。"诸葛玥说道，见她不信，不耐烦地说道，"我虽然去过，但是没见过你们。"

是的，这一年多她深居简出，的确很少出门。

"你这次出来干什么？"

楚乔不知道该怎么说，毕竟是李策的国事，就含糊道："我去唐京。"

"哼！"诸葛玥冷哼一声，一旁的碧树上缠绕着淡淡的紫藤，香风细细，幽幽而来，像是一汪浮云。

"少爷——"曹姓男子远远地说道，"道路疏通了，可以走了。"

诸葛玥也没出声，静静地站了许久，似乎有些不耐这样压抑的气氛，转身就想走。

"诸葛玥！"楚乔突然叫道，"下次来学府，可以来看看我。"

"我没空去。"诸葛玥冷冷地答道，缓缓转过身来，沉着脸说道，"我就要回青海了，你跟不跟我去？"

他就这样说出了这句话，像是熟人见面问"你吃了吗"一样自然，楚乔却傻傻地呆住了。她总是这样，任何事都可以从容应对，唯有面对他，就会睿智全失。她呆呆地看着他，似乎想从诸葛玥的脸上看到另一张嘴来证明刚才的话不是他说的一样。

"李策说你是一根筋，当时遭逢大变，一时想不通，劝我多给你点时间。"诸葛玥一脸淡定地说道，"你现在想通了没有？跟不跟我去？"

"你，你是大夏的军部司马？还有家族在……"

"那些都不用你管。"诸葛玥皱着眉沉声说道，"你只要说跟不跟我去就行了。"

一群鸟飞过去了，两群鸟飞过去了，好多群鸟都从林子上面飞过去了，楚乔仍没有说话。

诸葛玥突然大怒，厉声说道："你到底去不去？"

"我去我去我去！"楚乔大声回答道。

两人脸红脖子粗地对喊，回声回荡在周围，越发显得这里静得发毛。

"在这里遇见你也好，省得我再跑一趟跟你说了。"男人故意装作很不在意地说道，好像这一切都在他的掌握之中，却不想自己平时到底是不是这样多话的性格，"别到处乱跑了，回你的院子待着去，等我的事一了，就派人来接你。"

说罢，诸葛玥很帅气地转身就走。

"反正去青海，也是可以开客栈的。"

一个声音突然在背后响起，诸葛玥猛地回过头来死死瞪着她，一副咬牙切齿的表情。

天际白云飘飘，鸟儿从树叶后面探出头来，似乎也在奇怪，这世间的事，真是不能以常理来度之。

回到马车上的时候，梅香正在笑眯眯地等着她，楚乔静静地坐下来，心脏还在怦怦乱跳。她是不是太冲动了？

"小姐。"梅香笑着为她加了一个软垫，说道，"这世上的一切不能全用理智来处理。奴婢觉得，小姐以前太冷静了，偶尔冲动一次，也不见得是坏事。"

楚乔惊讶地转头看向她，惊讶于梅香这样敏锐的洞察力。

梅香却哈哈笑道："小姐不知道吗？现在的你，可是把什么事都写在脸上了。比起以前的小姐，梅香却觉得这样的你更招人喜欢。"

马车开始行走，平安过来问道："姐姐，我们要和那些人一起走吗？"

"一起走，当然一起走！"菁菁撩开帘子叫道，"何止一起走，将来还会一起住呢，哈哈！"

梅香为楚乔倒了一杯参茶，柔声一叹，说道："小姐，不是所有人都会一年又一年地等待另一个人的。有些事，你在当时不抓住，如果将来再发生什么变故，你会后悔的。"

熏暖的风顺着微微飘起的车帘吹进来，像是母亲温柔的手指，天空一片澄碧，隐隐有高飞的鹰遥遥掠去，穿越云层，远离尘埃。

第八章
等你回来

楚乔坐在石阶上，望着天边的云海，院子里的花开得无比鲜艳，丹红蕊黄，十分惹人喜爱。

客栈的小二坐在小凳子上，正在认真地煮茶。那不过是个十三四岁的孩子，正是年轻跳脱的年纪，菁菁和平安也坐在一旁，有一搭没一搭地与他闲聊。

楚乔听他们说起川地蜀丘的风景，说起南疆丘陵的古栈道，说起大夏的藏剑阁，说起卞唐的乌鸦山，最后说起燕北的大雪山回回，话题渐渐热闹起来。菁菁从房间里拿出一盒蜜饯，一边吃一边闲聊。

梅香坐在一旁的香樟树下，正在编织一个璎珞，手指如彩蝶翻飞，灵活得令人目眩。

天色渐渐暗下来，院子里掌起了灯火，暑气渐渐消散。菁菁向厨房要了几个冰碗，里面装着各色水果，凉沁沁的，看着就十分好吃。

到底还是之前的那场暴雨，将秋风城前的吊桥冲毁了，楚乔等人的行程被耽搁下来，需要在秋风城住上两日才能继续北上。

如今，他们就住在一家依山傍水的小客栈里，整间客栈都建在半山腰上，高低起伏，错落有致，林木葱郁，远远望去，好似一片林子一样。

楚乔的房间坐落在一处高高的石崖上，正对着西方。老板想来也是个雅人，因为此地比邻夕照山，便起名为夕照院。每逢傍晚，这里的夕阳都是极美的。

诸葛玥就住在旁边的归藏楼里，昨天下午他就派出手下的侍卫一起帮助官府修建吊桥和渡口，想来真的是有急事在身，需要马上赶回去吧。

白天的时候下了一场雨，下午才停，树叶油绿一片，繁花零落，却更显娇媚。

楚乔穿着一身米白色的麻裙，头上插着一根乌木簪子，乌黑的长发松松地绾了一个髻，看起来十分清爽舒服。

今晚的月亮很圆，楚乔静静地看着，突然想起就快要过中秋节了，只是这个地方是不过中秋的。

此地的中秋时分叫白月节，来源于一首歌，楚乔曾在军中听到过这首歌。歌里唱的是一个男人骑着马出去打仗，打了很多年，从小兵变成伍长，从伍长变成将军，最后他终于打完仗回到家中，却发现家里的房子已经倒了，妻子也被别人抢走了，父母儿子都饿死了，尸骨都化成了灰，连一座坟都没有。

她还记得歌里的最后一句话：月儿照我魂，催你早还乡。

从此以后，白月节就成了团圆节，奉劝人们珍惜家人，不要为了眼前的得失而忽视亲情，等到无法挽回的时候再去后悔。

月儿照我魂，催你早还乡……

"真好听。"

梅香停下了手里的璎珞，转过头来看着楚乔，笑道："还从来没听过小姐唱歌呢。"

楚乔微微一愣，这才发现自己不知不觉间竟然哼唱出声了。

"这真是首好歌，小姐现在能体会出这首歌的意思了吗？"

楚乔微微侧头，"梅香最近好喜欢给别人讲道理啊。"

"我又没读过书，知道的都是最简单的道理，哪里比得上小姐呢？"梅香呵呵一笑，转而说道，"可是有些时候啊，知道得越多，脑子就越乱，反而会忽略一些很浅显的道理。"

一日复一日，年年上房梁，眺望村头路，仍不见夫郎。
夫郎保边疆，外人踹门墙，儿女无衣衫，爹娘饿肚肠。
天高皇帝远，将士不在乡，村中恶村长，便是土大王。
风雨一丝丝，冷雪堆破房，月儿照我魂，催你早还乡。

梅香脸上的笑容十分恬静，靠在树上静静地哼唱，有花瓣落下来打在她手中的璎珞上，月亮的白光落在她的手指上，像是弯弯的蝶翼。

这时，远处隐隐传来一阵笛声。隔得太远，那笛声隐约缥缈，有一种若有若无的缠绵感，偶尔在高昂之处，却也不失清俊，三回九转，袅袅如烟，清空悠长，别有一番坦荡情怀。

平安等人原本还在闲聊，听到这笛声突然都停住了话头，就连菁菁这样不通音律的人，也支着耳朵听着，很是安静的样子。

梅香站起身来，转头回了房间，再出来的时候手里拿着一件米白色的披风，轻轻披在楚乔肩上，笑着说道："小姐奔波了这几日，一直提心吊胆，如今也该歇歇了。这客栈后院景色极好，今晚月光正好，小姐不妨出去走走。"

楚乔转过头去，却见梅香笑容淡淡地看着她，眼神里带着几丝怂恿和鼓励之色。

"梅香……"楚乔想说什么，却终究没能说出口。

梅香说道："小姐，梅香什么都不懂，什么天下大义、信念、信仰我都不明白，我只希望小姐能过得开心一点。你是个好人，那首歌不应该是唱给你听的。"

月光照在楚乔的脸上，她微微发愣，不由得想起了那首歌的下半段：

青山几寒暑，白雪飘荡荡，君归不知路，天地苍茫茫。
孩儿死瘟疫，爹娘无米汤，妾唯卖自身，换取活命粮。
夫郎胸有志，不甘贫贱乡，十载盼君归，鬓发早染霜。

世事多羁绊，岁月水殇殇，不求大富贵，贫贱一张床。

"梅香，去拿那件浅绿色的来。"

梅香微微一愣，迟疑地看着她。

她却突然笑了，站起身来说道："整天不是白的就是黑的，像是出殡一样。"

月色一路照着，她静静地走，所有的岁月过往在脑海中一一划过，像是一行翩飞的白鹭，蜿蜒地飞过水墨书画的天地。那些或激烈或斑白或色彩浓郁或苍茫惨淡的一切，渐渐在心底沉淀下去，变成一汪水，最后冻结成冰。

恩怨、羁绊、痛恨、纠缠、相助、携手、生死、重逢、挣扎、欣喜、别离、惘然……

每走出一步，她眼前都会浮现出一幅画面、一处风景，每一幅画上都承载了太多沉重的东西。有家国仇恨，有私人恩怨，有亏欠愧对，有执着思念，有多年来的压抑和隐忍，有几欲冲破桎梏的激烈和盘旋。

那么多的情感充溢在心底，终于被那首平铺直叙的歌词一一挑破，激烈地顺着指尖蔓延而出。

她就是一汪碧湖，用理智和冷静为自己结上一层薄冰，将所有她觉得不对的情感都压抑下去，一年、两年、好多年。

后山的一处幽潭之上有一座小亭，木质的亭子已经有几分败落，老板却很有心地在亭下种了几棵杜若和紫藤，细小的花盘顺着藤蔓蜿蜒地爬上去，将柱子一圈圈地缠绕，平添了几分素雅的幽静。

月光淡淡地照在前面青碧色的深潭之中，一弯圆月映在水波中央，雪白一轮。

诸葛玥一身淡紫色长衫，随意地坐在亭子下的台阶上，一条腿屈着，另一条伸直，背靠着脱漆的柱子，有几丝墨发从鬓角滑脱，落在额上。他的模样仍旧是极清俊的，手拿一支青绿色的竹笛，吹着极动听的调子。没有幽怨的痴缠，没有凌云的壮志，就像是普通少年吹奏的乡间谣曲，时而轻快，时而舒缓，有调皮的杜若芳香游荡在他身边，像是顽劣的孩子。

楚乔静静地站在那儿，无声无息。风吹过她淡绿色的披风，薄纱轻浮，像是早春的柳枝。

她似乎从来没有这般仔细地看过他。岁月坎坷，一晃很多年，她曾经自怨自艾，觉得自己何其不幸，可是如今想来，最起码要比那歌中所唱的将军幸运许多。房子没倒，亲人未死，而爱着的人，还好好地站在原地，只要她肯回头，就能够到他的手。

纵然相隔万水，世所不容，他仍旧一步步坚定地走到今日，用他那份难得的任性和固执，一次次冲破禁锢，为她撑起一方躲避的晴空。

心底的坚冰瞬间消融，她似乎听到了理智的大厦轰然倒塌，她跟自己说：或许，我也可以任性一次。毕竟，她已经很多年没有任性过了。

笛声骤停，男人斜斜地侧过头来，看到静静默立在桂树下的绿衣女子，有些失神。

"你怎么来了？"

"只许你来，就不许我来吗？"

楚乔一笑，走过去伸足踢了一下诸葛玥的腿，说道："让开。"

男人缩回了腿，她顺势就坐了下来。深潭白亮的波光映在她的脸上，像是破碎的珠玉，波光盈盈。

"诸葛玥，明天吊桥修好了，你就要回大夏了，是吗？"

诸葛玥点了点头，有些诧异地看着她，说道："怎么了？"

"那你什么时候来找我呢？"

一丝惊讶闪过男人的眼睛，他反而有些奇怪了，上下打量着她，仿佛她有什么阴谋一样。

"是要等夏皇死了吗？还是要等赵彻登上皇位？到时候，你能全身而退吗？"楚乔屈膝坐在石阶上，披风后的帽子耷拉在背上，微微隆起，簇拥着她雪白的脖颈。她的下巴抵在膝盖上，眼睛望着前面的水潭，突然转过头来说道："诸葛玥，我唱首歌给你听吧。"

女子的眼神是极清亮的，不是曾经那份洞悉世事的忧伤。她静静地望着他，静静地笑着，就像梦里的很多次一样，眼睛里没有其他杂质，没有其他人的影子，只有他一个人。

他忘了自己是如何点头的，只见她开心地用双手托着腮，月光在她的脸上画下优美的弧度。她的声音很柔软，像是绵绵的海浪细沙，一点点穿透了夜的宁静，悠悠然走进了他的心底。

在很久很久以前，你拥有我，我拥有你。
在很久很久以前，你离开我，去远空翱翔。
外面的世界很精彩，外面的世界很无奈。
当你觉得外面的世界很精彩，我会在这里衷心地祝福你。
每当夕阳西沉的时候，我总是在这里盼望你。
天空中虽然飘着雨，我依然等待你的归期。

歌声顺着夜里的风，回荡在充满杜若香气的庭院里。楚乔转过头来，目光那样清澈。她伸出手，很小心很小心地缓缓靠近诸葛玥的手，不像是以往的任何一次，就像是初恋的女孩子一样，紧张得指尖都有些颤抖，一点点地、一点点地，轻触男人的手背，然后，轻轻地用手指捏住他的手指，指尖那么凉，像是幽潭的水。

诸葛玥转头看着她，神色一直是愣愣的。夜风吹过他们之间，亭子里的花骨朵香气袭人，他们像是小孩子一样坐在台阶上，拉着手，谁也没先开口说话。

从来都是对立的，一旦站成一条直线，他们似乎有些摆不明自己的立场了。

诸葛玥有点想笑，可是又觉得自己这个时候绝对不能笑。他很严肃地皱着眉，脸上的表情十分耐人寻味。

放下了心结，楚乔变得很自然，拉着他的手，瞪大眼睛问："诸葛玥，青海好吗？"

"嗯？"男人微微愣了一下，然后说，"还行吧。"

"那儿漂亮吗？"

某人很没有浪漫细胞地回道："有几个地方还不错。"

"那青海冷吗？"

"夏天不冷，冬天冷。"

楚乔充满希望地说："那里的百姓一定很朴实。"

"你傻吧，哪儿还没几个坏人？天下乌鸦一般黑，谁没有私心？"

"啊？"楚乔终于皱起眉来，"那青海也不是很好嘛。"

"我什么时候说那地方好了？"

楚乔无语了，这是一个男人要带女人私奔之前说的话吗？

"不过那地方也有一件事挺好。"

楚乔问道："什么事？"

诸葛玥很得意地一笑，"那地方是我说了算。"诸葛玥自己笑了两声，发现没人捧他的场，有些郁闷地住了声，"星儿，是从什么时候？"

楚乔微微一愣，转过头来，问道："你说什么？"

诸葛玥沉默片刻，似乎有些难以启齿，眉心缓缓地皱了起来，好久才说道："从什么时候起，你不恨我了？"

"谁说不恨了？"楚乔气哼哼地用拳头比画着自己的头说，"我都记在这儿呢。"

诸葛玥不屑地扫了她一眼，"口是心非。"

月亮清淡地照着下面的一切，其实很多时候，有些东西只需要几句话以及一个小小的动作，可是走到这一步，却要等那么多年。

桂树摇曳，男人的手指很自然地反握过来，将女子冰冷的手指握在掌心。

那么多年的辛苦，那么多年的执着，似乎只为等待这一个动作。

他转过头去，在别人看不到的角度，开心地咧开了嘴角。

第二日，吊桥终于修好，他们出了秋风城，走水路渡过了穆凌江，然后上岸到了邱砂郡，就要分道扬镳了。

天气晴朗，澄清碧蓝，两队马车停在原地，诸葛玥和楚乔站在队伍最前方。

诸葛玥很酷地看着北方，说道："我要走了。"

"哦，"楚乔点头，"走吧。"

"少跟李策鬼混，闲着没事就回你的客栈去。"

"谁鬼混了？"楚乔皱眉道。

"哼！"

"诸葛玥，我们就要分开了，都收敛点，给对方留点好印象。"

诸葛玥别扭地哼哼道："我对你向来没什么好印象。"

楚乔气得上去掐他，"你还是人吗？你还有人性？当初是谁哭着喊着求我了？"

被楚乔掐得疼了，诸葛玥也怒了，"姓楚的，我什么时候哭着喊着求你啦？"

没有吗？楚乔想了想，好像是没有的。

不过做得也差不多啊，为什么要在得手之后搞出这么无所谓的态度？况且，现在也不算是得手了吧？

她狠狠地瞪了他一眼，"你就装吧。"

冷战进行了一小会儿，他们互相气哼哼地瞅着，原本的那份离愁别绪竟然渐渐地淡了下去。毕竟，总算是更近了一步，不是吗？最起码，已经可以很自然地开玩笑了。

"我是认真的。"诸葛玥突然很严肃地说道，"少在李策那儿鬼混，卞唐的国事也别插手，我发现你这个女人简直太爱多管闲事了。"

多管闲事？楚乔瞪着他，很不高兴地说道："我之前不过是想去给他提个醒。"

"那现在呢？还去干什么？"

楚乔怒道："不是要走了吗？我去跟他道别。"

要走了？去哪儿？诸葛玥的心情突然就好了很多，有些不自然地清了下嗓子道："反正你注意点，李策那浑球也不是什么好东西。"

楚乔摇了摇头，很感慨地说："所谓过河拆桥，说的恐怕就是你这种人吧。"

"你说什么？"

诸葛玥真的恼羞成怒了，楚乔举起手来，一副不愿意跟他一样的表情，"你还不走啊，一会儿天都要黑了，你不走我可要走了。"

诸葛玥磨蹭了半天，突然从怀里拿出一只白色的玉石铃铛，看起来平凡无奇，举到她嘴边说道："昨天晚上你唱的那首歌，再给我唱一遍。"

楚乔一愣，问道："为什么？"

诸葛玥的脸突然一红，竟然十分可爱，他皱眉道："哪有那么多为什么，叫你唱就唱。"

"唱歌也是需要心情的，我现在的心情很不好，不想唱。"

诸葛玥以多年来练就的杀人眼神瞪着她，久久也没有挪开视线。

楚乔被他看得有些心虚，轻声说道："那么多人看着呢，我一唱，他们全听到了，我还做不做人了。"

诸葛玥勉强接受了她的解释，说道："那你对着它说句话。"

"说什么？"

男人几乎是咬牙切齿地说道："随便！"

楚乔立马对着那铃铛大喊道："诸葛玥是浑蛋！"

声音之响亮，连下面的众多随从也为之侧目。

诸葛玥暴怒，转身就走。楚乔见玩笑开大了，连忙追上前一步，一把拉住他的手，对那小铃铛说道："记住，我在等着你呢。"

只是一句话，就把男人的火气降了下来，其实他真是一个特别好哄的人。

"这是什么东西啊？"楚乔纳闷地摸了两下，只觉得似石非石、似玉非玉，做工极其精细，以铃铛为外形，里面却九曲十折，像是人的耳朵一样。

诸葛玥也不搭理她，只是说道："快走吧，磨磨蹭蹭的。"

他还有理了？

两人走到队伍里，终于就要走了，楚乔忍不住很正经地叮嘱了一句："万事小心。"

诸葛玥状似很沉着地略略一摆手，十分淡定地上了马，看起来孤高清傲，淡漠如水，一副高高在上的模样,"记住我说的话。"

说罢,很大牌地在一众护卫的簇拥下扬长而去。

人影渐渐远去,楚乔还站在原地没反应过来。

菁菁靠上前来,很痴迷地喃喃道:"姐姐,姐夫好冷酷啊。"

楚乔脸一红,转头对梅香说道:"梅香,你知不知道这是什么东西?"说罢,她便将诸葛玥的那只小铃铛的形貌形容了一遍。

梅香还没说话,平安却在一旁抢着说道:"姐姐,如果你没看错的话,那应该就是传说中的相知铃。我听说,那是西南风语族的三大至宝之一。风语族族人手工极精巧,精通机械秘术,这相知铃,就是风语族第八代族长亲手制成的。听说只要对着铃口大声说话,声音就会被铃铛保存下来,一旦被风吹到,声音就会重复发出,连语气音调都不会发生改变。只是风语族向来行踪诡秘,已经很多年没有人听说过他们的消息了,那相知铃也早就失落了。姐姐是在哪儿看到铃铛的,可听到铃铛说话?"

楚乔微微愣住了,远处的马蹄早已消失,只剩下一行尘土飞扬在栈道之上。

"相知铃?"

诸葛玥弃车骑马,如今已经靠近大夏边境,接应的人就在前方,他们也不再小心隐蔽行踪了。

天气很暖和,没有一丝风,可是马儿奔跑起来,还是有细细微风吹过来,扫过他脖颈上戴着的那只铃铛。

"记住,我在等着你呢。"女子的低喃声温柔缠绵,轻轻地响在耳边,像是一汪清澈的湖水,静静地拢住如烟的尘埃。

他的嘴角不由得轻轻勾起,然而笑容还没到达眼底,另一个声音突然刺耳地响起:"诸葛玥是浑蛋!"

声音那般大,所有正在策马狂奔的侍卫全吓了一跳,惊悚地停下马来齐齐地看向他。

诸葛玥的脸色霎时间要多难看,就有多难看。

向东的驿道上,马车之中,楚乔还在努力地沉思着自语:"那岂不是像录音机一样?相知铃?什么原理制成的?"

"姐姐,什么是录音机啊?"菁菁凑上前来,眨巴着眼睛问道。

楚乔闻言,很是热心肠地为她解释道:"这个录音机啊……"

梅香坐在马车的另一端,看着正在给菁菁讲解录音机原理的楚乔,不由得微微一笑。

其实人生很多时候就是这样,当局者迷,旁观者清,很多事情并没有想象中那么复杂,只是因为心中的一些执念而固执地坚守着,浪费着大好时光。就算何等聪慧的人,只要事情是发生在自己身上,也一样会彷徨无措。

有时候,只要踏出去一步,以后的一切,就都会发生翻天覆地的改变了。

"路还没走到底,也许还会有别的变故,你怕吗?"

风吹过幽潭的碧水,划出一道浅浅的涟漪。

她的头轻轻地靠在了他的肩膀上,有杜若的清香缓缓飘来,她的声音很低,像是冲破了心底所有迟疑的魔障,渐渐凝结成三个短促的字眼:"我不怕。"

他轻轻地笑了,伸手揽住她的腰,就那么坐着,一直到天明。

楚乔的猜测终于得到证实,沉默了十年的眉山皇陵,终于在一夜之间掀起了卞唐风雨,动乱来得毫无预兆,像是一锅冰冷的水,被骤然加热到滚烫的地步,水里的人还没反应过来,已经被烹煮其中。

行到邯水的时候,战争已经扩大,几路铁骑踏过之后,城池被摧毁,家园被焚烧,昔日的沃野良田化作腐朽的黑灰,绫罗锦绣飘荡于淤泥黄汤之中。道路两旁随处可见于战乱流离中死去的黎民百姓,繁华一朝尽毁,血肉于夏夜之中发出刺鼻的腐臭。

洛王在眉山起兵,不想成为乱臣贼子的百姓们拖家带口向东而来,然而赶到邯水的时候才发现统领邯水关的竟是洛王偏妃的族兄徐素。向东的水路渡口被牢牢封锁,邯水关以西的卞唐军士首尾不能相顾,于洪城一役中大败于洛王,卞唐江山已半壁飘摇。

楚乔等人的行程就这样被耽搁下来,邯水一带,百姓聚集,时值盛夏,疾病流行,不出半月,城中就开始流行瘟疫。豪门大户全紧闭房门,派出大批护院家丁看守巡逻,客栈酒肆更是关门歇业,想买一粒米都办不到。楚乔等人不得不前往郊外,好在之前做好了远行的准备,粮食帐篷都已备齐。

日子一天天过去,各种流言蜚语相继传来,就是平安等人冒险进城打探,也探听不出什么有用的情报。

流言各异,有的说李策已经在东方整顿了八十万铁骑精甲,正向着邯水杀将过来。也有人说洛王前几天在君山将南怀军打得落花流水,姜浙、费城、南旺、安息郡、夕照山一带相继沦陷,帝国军队死伤大半,其余全部投降,不出五日,洛王的大军就要进驻邯水了。还有人说,西南大户齐齐捐钱捐粮,响应洛王起义,打出昏君无道的旗号,派出家族亲兵并入眉山军,洛王军队数量直逼百万。更有荒谬的说法称,李策此刻已经不在唐京,而是带着后宫妃嫔躲入了大夏境内,而东海怀宋正帮着他建造海船,他就要逃到海上去了。

邯水一带人心惶惶,尽管传言并不完全属实,但是洛王的军队还是一日日靠近邯水。

因为近日来的难民越来越少,这就说明洛王的包围圈越来越近,就要与邯水的军队会师了。

又过了七日,洛王大军终于开到距离邯水不过八十多里的棋柏坡,却出乎意料地停了下来,并没有做出要与邯水守将徐素将军会面的举动,而邯水,也并没有旗帜鲜明地表示要效忠洛王。

战事,顿时胶着起来。

就在这时,帝国西硕军察觉到事件的不寻常。徐素将军是帝国的大将,早年曾经追随过慕容老将军,如果他肯坚守大义站在李策一方,那么卞唐正统胜算大涨。

就这样,又观望四天之后,西硕军首领陆炳宽带着部下三万兵马赶至棋柏坡,和洛王大军发生了激战。战事虽然惨烈，西硕军伤亡惨重，但是他们悍勇地冲开了洛王的防线，向着邯水的徐素将军大营投奔而来，其意不言自明，是要与邯水军队一起保卫卞唐皇都。

然而，就在这时，震惊整个西蒙大陆的邯水大屠杀毫无任何预兆地开始了。

徐素在一夜之间，杀光了陆炳宽部下的一万三千名将士，鲜血甚至染红了邯水河。即便是三十里外的下游，也能看到赤红的河水，尸首几乎堆积成一大片高高的堤坝。

邯水一带终日鹰鹫盘旋，一到夜里，就是惨烈的嘶鸣和尖啸声，凶禽猛兽撕咬着渐渐腐臭的尸体，像是一场可怕的噩梦。

三日过后，终于相信了徐素投诚诚意的洛王带着十五万大军进入邯水大营。并在第二天，在军人们的拥护下，黄袍加身，叩拜先祖，即位登基，徽号景衡。

两日后，眉山军二十万赶至邯水，加上邯水徐素的十八万守军，洛王的兵力已经直逼六十万之众。就此，卞唐出现了两皇并立分江而治的滑稽局面。

十日后，似乎再也忍受不了这种奇耻大辱的大唐皇帝李策终于下达了征讨文书，言辞激烈，并御驾亲征，率领中央军九万、东南军十一万，还有狼兵二十万，以洪水之势，赶往邯水。

战事一触即发。

八月初九，洛王于朝阳台登高祭祖，焚香祭旗。随后，带着本部军队以及十五万眉山军过江，留下五万眉山军和徐素镇守邯水。然而李策的军队迟迟龟缩在大营中不敢迎战，一连五日，只有几场上百人的战役，说是军队作战，还不如说是百姓群殴。一时间，李策之名在卞唐大地沦为笑柄。唐皇惧怕洛王，龟缩营中不敢出战之事，传播得天下皆知。

然而，就在所有人都认为李策就要丢了江山的时候，楚乔却突然吩咐梅香收拾行装，准备进京。

梅香不解其意，直言询问。

楚乔看着正东方的徐素大营，目光变得有几分迷离，她想起了当日西硕军被集体屠杀的那一晚，惨叫声响彻耳际，整夜不绝。

"这场仗，就要结束了。"

八月十七，大唐军队终于一扫之前的颓气，大军齐齐出动，于狐林垣和洛王大军展开激战。

战士们奋勇厮杀，战争持续了一日一夜，没有一方有丝毫退让。他们都知道，这是一场皇权争夺战，胜的一方必定金玉加身，前程锦绣，失败的一方则要满门抄斩，一个不留。

就在战役进行到关键的时刻，徐素将军却突然出现在战场之上。

洛王大军欢声雷动，然而还没等他们的笑声消失，徐素大军却突然举着马刀向洛王军队后方杀将而来！

八月二十，洛王兵败，死四万余人，余者降。

洛王在两千铁血亲卫的护卫之下，一路逃到了邯水，却发现部下的五万将士已经全部身死。邯水汤汤，无船可渡。洛王走投无路之下，于邯水江畔拔剑自刎。

至此，这个登基仅仅十一天的景衡帝黯然离开了卞唐的政治版图，一切消于无形，就好像他从来没有出现过一样。

八月二十一，大皇军队追杀洛王余党，一路斩杀西南大族三百余家，女子充为官妓，男子凡身长过马鞭者一律斩首。几乎是在一夜之间，整个西南氏族被连根拔净，罡风过处，一片萧瑟狼藉。

八月二十七，唐皇班师回朝，于此次平叛当中立下大功的徐素将军继续带兵剿灭叛党，鲜血以西南眉山为中心，一路蜿蜒，横漫过整个卞唐国土。

九月初四，大皇下达旨意，将此次从西南氏族中收缴而来的物资分出一半，平均分摊给在此次战乱中遭到迫害的各个省郡，并且减免西南五年赋税，以令西南之地休养生息。一时之间，李策的声望攀至顶点，这些在战乱中失去家园亲人的百姓突然知道自己还能活下去，无不感激涕零，叩谢皇帝的天恩。

九月初九，楚乔带着平安等人再次上路，乘船渡过邯水，前往唐京。

卞唐仍旧是卞唐，天蓝云白，熏风依旧，只是那些曾经死在战场上的战士，却再也看不到了。

九月十五，窗外的月亮圆圆的一轮，像是一块成色上好的玉盘。殿外的梧桐之间，飞舞着无数流萤，闪烁着微蓝色的光，轻轻地来回盘旋。

整个皇宫都是寒冷而清寂的，上上下下挂起了纯白的帷幔，惨白的蜡烛代替了过往的宫灯，发出莹莹的光晕。

她跟在侍卫身后，缓缓地走着，金吾宫仍是这般大，可是失去了彻夜不息的伶歌软曲、粉腰玉臂，这座巍峨的宫殿，突然间就显得那么空旷了。

袖口的箭纹擦过两侧的衣襟，发出簌簌的声响，夜太静，乌鸦飞过头顶，抬起头来，却只能看到蹲在高高房檐上的镇兽。苍茫的暮色如迷雾般散开，阴郁的松柏下焚香袅袅，楚乔举目望去，隐隐听到僧侣们吟唱的经文，像是从天的另一边遥遥传来，让人心里发空。

宓荷居并未有什么改变，梧桐连绵，荷塘夜色，蝉鸣声一声长过一声。淡淡的月色从白绵窗纸上透过来，西首的几扇窗子却大敞着，湿润的风从外面吹进来，带着潮湿的水汽，满殿青白色的帷帐翻飞，一只已经破旧的风铃挂在窗前，不时发出丁零零的声响，依旧清脆，像是破冰的歌声。

李策就坐在那一片青白帐幕之间，一方乌木小几，两方蒲团小座，一只青青玉壶，两只莹白酒盏。

青纱帷帐随风飞舞，不时扫过空荡寂静的大殿。李策乌发披散，一身暗紫色锦袍，上面绣着青碧色的云纹，盘旋交错，层层叠叠，以皇家特有的针脚细密地缝制，面如白玉，映着月光静静地坐在那里，像是一幅静止不动的画。

楚乔站在门口，手扶着青柱，一时间竟然不知道该如何走上前去。

夜风吹起纱帘，李策于月光下转过头来，面容疏朗，眼睛微微眯起，仍是那副淡笑的狐狸模样，对着她轻轻地笑道："你来了。"

这一声很平静，却叫楚乔心里发酸。她看着他，只觉得他仍是自己离开时的那副样子，嬉皮笑脸，顽劣胡闹，凡事却又都能看透彻。

岁月急促而去，那么多事相继发生，快到让她回不过神，此刻看着他，她隐隐觉得有几分陌生，却又有几分心疼。

楚乔走上前去，蹲在李策身边，抿紧嘴角，眼睛酸酸地发涩。

李策却笑着揉了揉她的头发，仍像往常一样，有意地将她整齐的发髻弄得散乱，笑着说道："干什么哭丧着脸？我又没死。"

他越是这样笑着，楚乔越是觉得心里难过，她强行扯出一个笑容，点着头说道："没事就好。"

窗半开半合，隐见窗外盛放着最后一池清荷。李策低下头，缓缓地摩挲着酒盏边繁复的花纹："他是乱臣贼子，不能入殓皇陵，我将他葬在了罗浮山上。"

一阵清风吹进来，窗上的风铃发出一连串声响，抬头看去，只见那铃铛上雕着繁密精巧的花样，边角处还以镂空合欢花图案为饰，描着细细的金粉，即使经历多年风吹日晒，颜色依然鲜亮。

李策浅浅地饮了一杯，目光很平静，语调淡淡地说道："芙儿也葬在那儿。"他抬起头来，嘴角清淡，神色迷蒙，目光中却带着晨曦般轻微的亮色，"生不能同生，死得同穴，也不枉他最终这背水一战了。"

大殿里终究安静下来，楚乔坐在李策身边，静静地陪着他一杯一杯饮酒。她没有坐到对面那个位置，因为她知道，那不是留给她的。孤灯皓月，他在等待一个永不会再来的人。

"我知道他会反。"李策自顾自地说话，楚乔没有出声，她知道，他现在并不需要有人回答，需要的只是有一个人肯静静地听罢了。

"我等了他很多年，可是我也有一丝希望，希望他心血来潮又不想反了。"

李策自嘲一笑，仰头饮下一杯水酒，转过头来对楚乔笑道："你知道吗，李洛自小就没我聪明，军法武艺都不及我，唯独诗文比我好。他小时候说希望长大后可以遍召当世博学大儒，找一个风景秀丽之地开衙立府，编撰一部最详尽的西蒙大典。"

他眉心微微卷曲，月色从蒙了素纱的窗格间簌簌漏进，洒在他英俊的脸颊上。他静静地说："其实他不知道，我在登基为太子的那一天起就已在安青为他建立典籍库，只可惜，芙儿死后，再也没有机会同他说。"

他眉头突然紧紧皱起，声音也带着几丝暗恨，用力地从牙缝里挤出那么几个字来："你说他，为何一定要反呢？"

酒盏啪的一声碎成两半，尖锐的玉器刺入他的虎口，鲜红的血喷溅而出，像是一朵朵绚烂的海棠。

楚乔突然想起多年以前，就在这座宫殿之中，秋夜梧桐之下，一袭青衫的男子静静地站在那里，眼神温软地对她说："我是洛王。"

依稀间，在被灰尘蒙盖的角落里，有风轻轻吹起岁月的水波，时间倒溯到很多很多年前，有三个年幼的孩子曾经在这座空寂的大殿上嬉闹奔跑，他们的笑声像是六月的熏风，吹破了这座冷寂幽宫的绵绵浓雾，吹破了这个叵测阴暗的帝王家宅……

"芙儿，说好了今天给我当媳妇，昨天前天都是他，今天该轮到我啦。"
"我不要！"
"为什么？你说话不算数！"
"就是不要！"
"哼，我告诉父皇，现在就把你娶过门。"
"我不要我不要我不要！"
"啊！死丫头，你怎么咬人？"
"好了，你们两个别闹了，该去上书房上课了。"
"洛哥哥，太子欺负我。"
"什么哥哥？要叫皇叔！皇叔，芙儿得病了，乱咬人，我要去医馆找太医，今天不能上课了。"
……

夜凉如水，昔日的浮华光影渐渐消散，只剩下一片浅浅的清辉。冷月如霜，平地乍起清冷的料峭，这样炎热的盛夏，肌肤却激起一片细细的酥麻，风顺着脊背爬上去，终究盘踞在脑海之中，播撒一片奢靡的颓意。

李策喝多了酒，背影清瘦一条，歪歪斜斜地走出了宓荷居的大门，
一点点消失在梧桐月色之中。

楚乔站在窗前，看着渐渐离去的他，只觉得心里空空荡荡，像是一湾破碎的冰湖。

皇权之争，历来是残酷而血腥的，不是你死，便是我亡。

就如燕北和大夏之间一样，无法调和。

她突然想起了燕洵，想起了他当年杀死乌先生等人时自己的心情。

也许境况稍有不同，但是终归都是一场权力的争夺罢了。如今的李策会为了洛王的死而伤心难过，那么此刻的燕洵，可会为当日的所为而感到后悔？

缳缳死前那声绝望的怒吼和邯水江畔西硕军最后的惨叫声一点点融合在一起，像是一声声尖锐的咆哮，在脑海中翻江倒海地翻涌。

权力的大厦一点点耸立而起，终究只有一个人能踏上去，而在这之前，要有千千万万的人倒下去，垒起前进的基石。

乌木小几上有几滴淡淡的水渍，没有酒香，在月光的映照下，闪烁着晶莹的色泽。

"那里有一串风铃，被尘土掩住了，姑娘若是有时间，不妨让宫人打扫一下。秋风薄凉，铃声清脆，很是悦耳。"

一个清淡的声音在脑海中悠悠地响起。

楚乔缓步走过去，伸出手指，轻轻触碰那串风铃。只听唰的一声，吊着风铃的丝线突然断裂，整串风铃顿时落下，一下就落入了下面的太清池之中，砸出一个白色的水花和一圈圈滚动的涟漪。

第九章

血色唐宫

七八零年八月二十，眉山洛王李洛兵败亡于邯水。同年九月十一，李洛三子二女被斩于眉山梧桐台，座下二十一位得力大将惨遭腰斩之苦。上将军徐素亲自监斩，一纸命令抛下之后，就是几十条无主的幽魂。

那天，梅香由殿外进来，身上落了几片雪白的花瓣，神色有些愣怔。秋穗叫了她几声，她才反应过来，喃喃地说："刚刚听说洛王的侧妃徐氏找到了。"

徐氏？徐素的妹妹徐佩宁？

秋穗连忙拍着胸脯说道："可算是找到了，听说徐素大将军少时丧父丧母，只有这么一个妹妹相依为命，对这妹妹十分疼爱，如今他为陛下立下了汗马功劳，若是徐小姐惨遭不测，那就太可惜了。"

梅香微微皱着眉，神色间像是笼罩着一层淡淡的青烟，小臂般粗细的通背高烛发出明晃晃的光，照得她的脸色有一丝苍白。她压低了嗓子，声音尖细且低沉，"听说，是在罗浮山上找到的，就吊在罗浮山的枯树上，两条腿都被野狼给叼去了。"

秋穗听了"啊"地尖叫一声，脸霎时就白了。

楚乔的心一凉，一丝丝寒意从心底翻涌上来，像是香炉中乳白的香烟，细细盘旋，悠然辗转。

月夜冰冷，柔福殿里歌舞又起，丝竹鼎盛。子茗夫人如今已是柔妃，成为李策后妃之中最有权势、品级最高的女子，前几天被太医院确诊怀了身孕，再过两日，就要前往宫外皇庄养胎了。

这绵长的夜，喧嚣中却又透着死寂，这般漫长。

就这样又过了半个月，夏去秋来，淅淅沥沥几场凉雨之后，空气就变得冰冷且潮湿了。夏荷零落，太清池上一片乌黑的荷叶，如今的金吾宫，已经没有人会有引一池温泉留花期的心境了。

西南经历大乱，学府城靠近眉山，楚乔悉心经营的学子客栈也毁于战火之中，徒留一片断壁残垣。梅香、菁菁等人听了不免多了几分难过，李策说可以为她重新修建，楚乔却失了兴致，毕竟，这西蒙，她也不会长住了。

楚乔就这样在金吾宫住了下来，一日一日，看着日光划过朱红色的窗棂，静候又一日的来临。

她很少见到李策，经过洛王一事，卞唐军力虽然亏损，但是西南氏族尽除，反而国库充盈，蒸蒸日上。李策仿佛转了性子，变得无比忙碌，就连后宫的歌舞，也是好久不闻了。

秋意阑珊，光影浮动，又是两月悄然逝去。楚乔清晨起来推开窗子，只见外面下了薄薄的清雪，窗外的几株梧桐积了一层白白的树挂。住在学府，已有很久不曾见过下雪，梅香等人见了都开心得很，菁菁则带着一群小宫女出去玩耍，披了红彤彤的缎面披风，看起来娇憨可爱。

诸葛玥的信又到了，这几个月来，因为卞唐战事的影响，李策对大夏边关的压力大大减轻，给了赵飒一丝喘息之机。上个月，赵飒借口拉练，驱使南军悄悄进驻了真煌城外三十里处的西大营。当时北方胡地正好遇上了一场雪灾，赵彻前往北胡，不在京都，诸葛玥当机立断带了五千青海禁卫赶往西大营，和赵飒对峙了三个多时辰。

若不是魏舒烨及时赶到，很有可能会出大乱子。

他来信的时候却丝毫没提，楚乔是从铁由侍卫的嘴里才得知此事的，想起以五千人马对峙三万南军的凶险，她只觉得脊背冰凉得生出一丝细密的汗珠来。

夏皇时日不多了，已有两个多月不曾上朝。大夏的皇权之争愈演愈烈，稍不小心，就有败亡之险。楚乔闲来无事的时候，也会前往佛堂，抄上两卷《平安经》《兰芷经》，一来可以消磨时光打发时间，二来也图个内心安宁，三来更是因为心里有了想要保佑的人。

佛堂上檀香袅袅，透过缭绕的烟雾，看着宝相庄严的佛像，楚乔突然想起那位只有一面之缘的大唐皇后。那日午后，她于睡梦中醒来，温和的妇人静静地看着她，很沉静地与她说要她去劝劝李策，不要拆了这处佛堂供奉欢喜佛。

那时候，李策还是胡闹的大唐太子，如今，却已是生杀予夺谈笑点兵的大唐皇帝了。

秋穗如今已是宓荷居的掌事姑姑，小丫头自小在宫中长大，耳清目明，落叶知秋，时不时疑惑地看着楚乔，皱眉轻声道："此次见了姑娘，感觉姑娘比上次又多了些什么。"

楚乔微微挑眉，问道："哦？多了些什么？"

秋穗轻轻一笑，手拿牛角梳子由上到下通过楚乔乌黑的秀发，静静道："上次姑娘由燕北归来，整个人如同夏末残荷，如今，却是过了冬了。"

"是吗？"楚乔侧头，葱白的手指穿过浓密的秀发，镜子里的容颜一如度过了寒冬的湖岸杨柳，眼底凌厉之色已然不在，好似曾经那十年戎马不过一场水月镜花。如今的她，安居在金吾宫里，耐心等候，岁月如水，终究给了她几缕安宁的时光。

年底的时候，她见了一次贺萧。

冬风料峭，她披着一袭银尖毛裘斗篷，和梅香经过尚林园百哲亭的时候，偏巧碰见了刚从仪心殿出来的贺萧。

他如今已是卞唐南营的兵部掌使，官居三品，颇得李策器重。便是这后宫，也是经常出入了。

自从当初楚乔不告而别之后,他们是首次重逢,乍一见面,两人都不免有些尴尬。贺萧嘴唇嚅动片刻,似乎想叫大人,终究话语还是凝在唇边,声音低沉地叫道:"楚姑娘。"

楚乔挥退下人,只带了梅香,上了百哲亭。

贺萧穿着一身藏青色的朝服,沉稳英俊,脸上有着历经磨难而锻炼出来的气韵风度。

梅香站在亭外。起了风,吹起楚乔的斗篷下摆,轻飘飘的,像是一缕青烟。她久久没有说话,只是迎风站着,亭子很高,下面是太清池的出水道,也被修成了一条活水,清水流泻,发出哗哗的声响。贺萧的声音在背后响起,静静的,波澜不惊。

"此处风大,姑娘体弱,还是早些回去吧。"

"燕北的风,不是更大些吗?"楚乔回过头来,面色很平静,一双眼睛好似蒙上了一层波光,让人看不通透,"贺萧,你可是在怪我?"

贺萧垂首道:"属下不敢。"

"你说不敢,就是在怪了。"楚乔苦涩一笑,笑纹划过嘴角,转瞬即逝,"不管你相不相信,你我多年并肩作战,我始终将你当作我最好的朋友,我离开,并非抛弃了你们。"

"我明白。"贺萧突然抬起头来,眼神一如既往地平静,再不如当初叱咤战场上的威风。他静静地说道,"我从未怪过你,你只是为我们着想,为我们安排了最好的一条出路,这些,我全都懂。"

这是贺萧第一次对着楚乔以你我相称,他静静看着她,缓缓说道:"这些年,我亲眼看着你一步步走过来,你心里的苦,我全明白。我有时候在想,也许当初是我自私了,若是我早能想通,绝不会让局势将你逼迫到如此境地。即便是西南镇府使沦为匪盗、被人歼灭,也不该让你承担这责任,与燕王对抗,以致走到如今的田地。"

楚乔摇了摇头,她想说,她和燕洵之间本身就有着不可调和的矛盾,即便没有西南镇府使,也会有其他的原因,问题早晚会爆发,不过是一迟一缓的问题罢了。

贺萧却未等她说出口,径直说道:"毕竟,你只是一个年轻的女子,只是当时的我们,都给忽略了。"

他抬起头来,很温和地笑了笑,像是一个长者看着自己的后辈,轻声说道:"陛下说,只有你完全抛却过往,才能得到真正的平静。我不再称你为大人,不是怨愤疏远,而是希望你能放下包袱,好好为自己活一次。"

寄存在树叶上的露水唰的一声落下,溅在楚乔软白色的绣鞋上,她眉心轻轻蹙起,一丝感动从心间冒起,那般酸涩。

"卞唐虽然温暖,但是如今气候阴冷,姑娘还是早些回去吧。"

说罢,他让开身子就欲让楚乔离去,楚乔却突然叫道:"贺大哥。"

贺萧整个人一愣,猛地抬起头来看着她。

楚乔沉声说:"你我相处多年,屡次同生共死,你于我,似是战友,更似亲人。"

萧萧的风穿过林子,贺萧目光微微颤抖,许久,仍旧保持那个姿势静静退后一步,沉声说道:"我就要前往西南赴任了,也许,再也没有相见的机会了。"

他果然已经知道了。

楚乔的指尖微微发冷，看着贺萧默立的身影，只觉有一丝酸楚萦绕在喉间。她静静地点了点头，说了声"你多保重"，就转身下了亭子。

刚走出几步，忽听一个声音在身后响起，"小乔，一路保重。"

她顿时回过头去，却见贺萧仍旧以那个姿势静静地站着，风吹过他的衣衫，青色的朝服上有着青檀色的碧海云纹，腰间苍青色一束，已然破旧，仍然是当年秀丽军中的腰带。他就那么静静地站着，连头都没抬，好像刚才的话不是他说的。

楚乔默立片刻，终究转过头去，随意走了一个方向。

转了几转，尚林园终于再也看不见了，楚乔抬起头来，却发现自己无意间竟来到了柔福殿外的弗兰山。

名为山，其实不过是一处垒砌的假石，表面全部以白玉精雕堆砌，看起来晶莹剔透，堪称金吾宫一大胜景。可是楚乔此刻看着这座洁白的假山，只觉得心底的冷意一丝丝弥漫开来，像是长了触手的虫，将她一圈圈网住。

"小姐？"梅香有些担忧地叫道。

楚乔没有说话，眼神微微凝固，看着那座假山上的几株蜡梅，却又好像穿透了那里，看到了好远好远。

"小姐，这个世上，每个人都有不同的心思，可你只有一颗心，兼顾不了那么多人的。"

梅香的话在耳边响起，楚乔却好似没有听清，风那么大，她突然觉得有些难过。

"贺统领追随你那么多年，假以时日，他一定会明白的。天下无不散之筵席，你也不要太伤心了。"

楚乔转过头来，突然伸出手抱住梅香的肩膀，轻声说道："梅香，你若是想去，就随他去吧。"

楚乔清晰地感觉到梅香的身体猛然一震，脊背挺得笔直，像是被惊动的兔子。过了许久，一双手臂缓缓环住了楚乔的背，梅香的声音在楚乔耳边道："我是舍不得贺统领，可是，我更舍不得小姐啊。"

午后的阳光白晃晃地照在地面上，天那么高，看不见一丝云彩。

"小姐不要再为别人操心了，诸葛少爷不是一个完完全全的好人，但是他是天地间唯一一个一心一意对小姐的人。为了小姐，他肯杀人放火舍身成魔，也甘心放下屠刀立地成佛，这样的人，打着灯笼也再找不到第二个了。"

梅香突然笑起来，"至于贺统领，他总会看开的，就像我一样，这种事是勉强不来的。我们每个人，都会有自己的姻缘。"

碧海蓝天的自由，是她祈求了很多年的。

楚乔仰起头来，依稀中似乎看到了那人清淡的双眼，料峭寒风，大夏朝堂覆雨翻云，他可还好？

转眼又到了新年，这一年屡经动乱，也许是为了冲淡大战后颓然的气氛，在百官的极力奏请下，李策下令大力操办春宴，极尽奢靡之能事。

腊月二十七，李策于国子大殿上宴请百官，开设一年考度呈情，对于本年政绩优等者大加褒奖，赐三品以上官员同殿而食的殊荣，并亲自作下一首千秋诗，吩咐内侍誊抄，每位朝臣赠送一幅。

后宫也是张灯结彩，饮宴从仪心殿一路摆到上清宫，彩坊不断，灯笼无数，以彩绸灯饰结成万寿无疆、江山永固等吉祥纹图，贴在朱墙碧瓦之上，金碧辉煌，锦绣华灯，歌舞弥漫，一派富丽堂皇之色。

李策几次来请楚乔一同赴宴，她却不喜欢那样堂皇的热闹，淡淡地推托了，只在自己宫里带着一众宫女下人打扫准备，自开宴席，筹备守岁器物。

腊月二十八，一辆辆青布马车驶进了金吾宫的正门，经过通报之后，一路向着宓荷居前来。然而马车到了之后，一箱箱东西搬下来，却轰动了整个后宫，所有的宫女下人无不争相赶往宓荷居一探究竟，就连一些沉不住气的夫人，也巴巴地赶来了。

马车二十辆，大小楠木箱子二百箱。打开箱子之后，所有人的眼睛霍然一亮，满目珠光。翡翠、祖母石、红宝石、猫眼、白玉、东珠、锦绣笼纱、苏绣绸缎、珍贵皮草、古玩、字画等，凡是世人所能想象的奢华，几乎凝聚眼前。不仅如此，还有一些女孩子喜欢的珠钗、璎珞、宫衣、玉鞋、首饰，应有尽有。上品花卉、高达三丈余的完整珊瑚、珍稀兰草、以东珠镶嵌的帷帐屏风、能在夜里发光的玉自明，还有海外传来的一些稀有物件，如火柴、望远镜、玻璃饰物、简单的自鸣钟、番人女子的衣裙，还有胡地的珍贵特产、各种价比黄金的药材等。

更让人啼笑皆非的是，还有几箱很粗糙的土产，看起来类似番薯。楚乔拿着研究了半晌才恍然大悟，原来这就是他曾写信给自己描述过的青海土瓜，她凑到鼻前闻了闻，略略有一丝香气，心里骤然生出淡淡的甜蜜，只觉得这所有的珠玉加在一起，都不及这几颗丑丑的土瓜。

想必当地人听说青海王要此物是尽了心的，不但个头甚大，而且每只土瓜上还绑了一圈红线，以红色细布细细包裹着，看起来不伦不类。

一方小小的信笺放在瓜中，她拿起，嫩白的手指拆开金线，只见里面以极清瘦飞扬的字迹洋洋洒洒写了一大篇。

他总是如此，即便是写信也是别扭的口吻，从天气到政事再到地方经济的发展走向畅谈一番，活像两个国家元首的亲切会晤，只在最后每次都小心地提醒一句：注意门户，睡前小心门窗，严防小人。

有一次李策看到诸葛玥的信气得半死，大骂诸葛玥才是名副其实的小人，竟然背后中伤他人。楚乔当时看着那个偷偷拆看别人信件却大义凛然的男人，只觉得他们两人所言都非虚。

今日的信笺却不是很长，短暂的开头之后，笔墨似乎浓了许多，可想那人是默想了很久，墨迹都干了，重新蘸墨书写的：有事缠身，等我。

周遭是一片喧哗惊叹之声，楚乔手握着一方薄薄的信笺，却只觉得四周平静温和，风过无声，惊燕啼鸣，花艳叶翠，纵然冬寒料峭，心中仍是一派春和景明。

当天晚上，楚乔和梅香、菁菁还有秋穗等一批宫女聚于宓荷居里，楚乔亲自下厨，虽然厨艺一般，但是其烹调方法还是将这帮家伙唬得一愣一愣的。开始的时候大家还有些拘束，渐渐也就放开了。

午夜时分，外面突然放起了焰火，楚乔和宫人们跑到庭院里，站在桂花树下仰着头，看着漫天火树银花，鲜亮的颜色洒在脸上，神采一片飞扬。

菁菁和平安几人带着小丫鬟们放起了爆竹，噼啪的声音响在耳侧，楚乔捂着耳朵被众人簇拥在中央，脸蛋红红的，穿着毛茸茸的新夹袄，像是一个没长大的孩子。

来到这里多少年了，这是她过得最高兴的一个新年。

纵然心底的人不在身边，岁月仍是一片静谧恬淡。

外面仍是一片欢声笑语，楚乔伏在案前，几笔就勾勒出两个惟妙惟肖的Q版卡通人物，小小的身体上顶着大大的脑袋，一个灵动清秀，一个严肃别扭，两个小人站在高高的山坡上并肩呆呆地望着前方，隐隐透着几丝傻傻的可爱。在他们面前，是一片广阔的草原，牛羊成群，在极远处，还有大片青青的海水。

她以极认真的字迹在信笺的结尾写了两个字：等你。

不再叮咛嘱咐，不再探听询问，她想，她要完全自私一次，也要认真地任性一次，更要相信一次。

放下信笺，她穿好斗篷就跑出去找梅香他们，谁知刚走出大殿，一捧洁白的花瓣兜头而来，像是满捧的积雪，扑簌簌地撒在她身上。

众人齐声大笑，声音穿透了金吾宫的火树银花漫天烟火，飘飘地弥散开来。

卞唐的冬天总是极短的，转眼已是三月。

前几日，怀宋传来消息，怀宋晋江王以宋皇身体有异为由头，带领一部分支持他的官员要求太医院公布皇帝的身体状况，却被纳兰红叶一口拒绝，险些动了刀兵。如今怀宋国内流言纷纷，说长公主专权独裁，甚至还有传闻说先皇是被她害死的，怀宋国内人心惶惶，晋江王在东海秘密练兵，已经有几位皇室藩王响应。

李策说起这件事情的时候微微皱了皱眉，淡淡道："如果没事，为何不堵上那些人的嘴呢？"

楚乔也没搭话，隐约猜到些什么，想必不只是她，恐怕这天底下已经有无数双眼睛盯着怀宋，而那个以一己之力撑起纳兰氏大厦多年的女子，此刻又该如何应对这暗箭明枪呢？

她不由自主地想起了很多年前在燕北看到的那张略显潦草的信笺：山有木兮木有枝，心悦君兮君不知。

纵然外表看起来坚韧如铁，终究也有伤怀难过的时候，谁又能永远坚定如初呢？

三月初九，李策的二儿子李桥安死于伤寒，年仅三岁。知道这消息的时候，李策正在湘湖视察堤坝，匆忙赶回来，却只来得及见到那孩子的尸体。

李策如今已有两子一女，大儿子六岁，女儿四岁，死去的这个孩子是南云夫人的儿子。

那孩子死后,南云夫人悲伤之下一病不起,三天后撒手人寰。

那孩子毕竟还小,不能入棺,只在南天寺火化,收殓在寺庙之中。

那天晚上李策喝了很多酒,楚乔还是第一次见到李策喝醉,以前不管什么时候,他似乎都是清醒着的,哪怕路都走不了,眼睛仍旧清冽一片。

那一晚,他抓着楚乔的手,眯着眼睛清淡地笑着,一边喝酒一边喃喃低语道:"我是不是杀戮太深?"

他的力气太大,抓得楚乔的手腕生生地疼。大殿里静极了,冷冷的风吹进来,扬起一地缥缈的尘埃,青蛙在杨柳间喋喋不休,却更显清寂,紫铜鹤顶蟠枝烛台上化下一滴滴红色的烛泪,宛若女子的清泪滚过染了胭脂的腮边,无声垂落。

第二日,李策追封南云夫人为云妃,入殓皇陵,让她的家族父兄得享哀荣。

转眼已是五月,前往皇庄安胎生育的子茗夫人回宫,产下一子,阖宫大庆。李策赐孩子名为青荣,并赐爵位,封为荣王。子茗夫人一跃成为三妃之首,领贵妃之衔。

宫里的宫女们私下里都在议论这位贵妃娘娘,说她进宫时间这么短就有了儿子,还爬上了妃位,登上后位指日可待。

然而也有人说她出身寒微,家族已然没落,父亲还是罪臣,即便兄长如今渐渐在朝堂上展现锋芒,但是到底身份不便,无法登上高位。没有家族支持,茗贵妃难有建树。

楚乔这才想起,原来这位茗贵妃倒不是旁人,和她也颇有渊源。当初被赵淳儿追杀,赵嵩委托詹子喻寻她,而那詹子喻,就是这位茗贵妃的哥哥。

对于李策的这些后宫之事,楚乔不愿打听,平日也甚少关注。突然想起一事,问秋穗道:"为什么贵妃的册封大典上没看到皇太后?"

秋穗答道:"先皇去世后,太后就出宫去了安隐寺,已经好多年没有回宫了。"

楚乔这才恍然,想起这位太后多舛的一生,也不由得一阵唏嘘。

诸葛玥前几天派人为她送来了一对胡地双翼鸟,长得十分漂亮,毛色鲜艳,据说这种鸟自小就是成双而生,一只若是死了,另一只绝不独活。

楚乔喜欢得每日亲自喂食,并给它们改名叫比翼鸟,异常喜爱。那只雌鸟似乎和楚乔关系很好,渐渐地,就算放出笼子也不飞远,只是在大殿里盘旋,偶尔落在楚乔的肩膀上,用脖颈摩挲着她的脸颊。那只雄鸟看了总是十分火大,满屋子乱飞怪叫,逗得一众小丫鬟哈哈大笑。

李策似乎也很喜欢这双鸟,不时来逗弄。

有天晚上,楚乔正在睡觉,突然感觉似乎有人在看她,她刚一睁开眼睛,于黑暗中坐起身来,顿时就落入一个坚硬的怀抱中。

男子的气息很熟悉,呼吸有些低沉,一下一下喷在她的脖颈上,带着一丝浓厚的酒气。他抱得那么紧,像是用尽了全身的力气一样,几乎将她弄痛了。她没有挣扎,透过冰冷的衣衫,似乎可以感受到他的寂寞和痛苦,她轻轻地伸出手来拍着他的背。

月光凄迷地照在他们身上,男子的衣衫以赤色线绣出细细的龙纹,那丝线那么细,好似要融进那一重重的明黄之中,隐约的一脉,像是渗了血的手腕。

渐渐地，李策松开了她。

楚乔小心地问："李策，你将我当成她了吗？"

李策一愣，转过头来看着她，微微扬起眉。

楚乔突然有些局促，似无意中撞破别人秘密的孩子，轻声说道："我听下人们说的，以前，芙公主就住在这里吧？"

李策定定地看着她，目光那般深远，像是幽幽的古井，含着清澈的深意。

那时的楚乔，也许还无法理解他的眼神，只觉得被他看得很不舒服。

"呵。"李策突然轻笑一声，然后又用拉长的腔调懒洋洋地说，"芙儿的身材可比你好多了。"

那天晚上，李策离开宓荷居就去了茗贵妃的柔福殿。他刚走出大殿，楚乔就见几上有一物光华剔透，正是李策的玉扳指，她连忙跑到窗口大叫道："李狐狸！你的扳指！"

李策回过头来，冲着她灿烂一笑，月光下笑容俊美得令人目眩。"春宵一刻值千金，我明日再来取！"说罢，就向着柔福殿的方向去了。

楚乔握着那只扳指，使劲瞪了一下这个胡闹的皇帝，转过身去的时候，脚趾不小心踢在一处凸起的门槛上，锥心地疼。她皱着眉坐下来，只见脚趾竟然流了很多血，把洁白的睡裙都给染红了。

她的心底，突然生出一丝慌乱。

大约四更天的时候，一阵急促的脚步声突然传来，楚乔心里隐隐有些不安，本就没睡实，腾一下坐起身来。正好梅香和秋穗急促地跑进殿来，人人面色苍白，仿若死灰般说道：

"陛下遇刺了！"

砰！黑夜里，那只莹白的玉扳指突然掉在地上，却并没有摔碎，只是磕掉了一个角，顺着光滑的地板，远远地滚去。

她赶到仪心殿的时候，整个大殿外已是一片痛哭声，整个太医院都在殿外候着，几名老资历的太医聚在里面，只见一盆盆血水不断被端出来，像是尖锐的刀子一样，深深刺入骨髓，狠狠地疼着。

秋穗说李策是晚上宿在茗贵妃殿上的时候被刺的，伤人者是一名年迈的老太监，自称洛王爷是他的恩人，得手后还没等侍卫追问，就咬舌自尽了。

楚乔紧紧握着拳，这个时候，她是不能进入内殿的，连在外面跪哭的资格都没有。她疑惑地皱紧了眉，先不说柔福殿禁卫森严，李策左右都是一等的护卫高手，一个来历不明的老太监怎么能混进内殿并且刺杀得手？就说李策本身的身手，也绝不会让陌生人轻易近身而毫无察觉的。

她远远地望去，只见在大殿正前方的一个小广场上，一名衣衫单薄的女子正孤单地跪在那里，鬓发凌乱，因为背对着她，所以看不清面容。

秋穗说，那就是茗贵妃，从开始到现在一直跪在那儿。

就在这时，大殿的门突然打开，孙棣带着一众忠心的臣子迎上前去，紧张地问道："陛下的伤势如何？"

为首的一名老太医擦了一把额角的汗水，说道："陛下性命无碍了，只是还需要静养。"

此言一出，那些嫔妃同时放松地大哭出声，就听广场那边，那名茗贵妃身子一软，昏倒在地。

"孙大人，陛下要见你。"老太医说道，目光随即转了一圈，看到楚乔后突然说道，"还有这位姑娘。"

一时间，所有暧昧诡异的目光全都凝聚而来。楚乔深吸口气，面色沉静地走上前去，和孙棣打了声招呼，就在所有人的注视下走进了大殿。

大殿里密不透风，满是厚重的药味。孙棣先进去，过了好久才出来，对楚乔说道："陛下精神不好，长话短说。"

"明白。"楚乔点了点头，走进内殿，穿过层层垂幔，李策就躺在那张几乎称得上是巨大的龙床上。

他的气色的确很不好，楚乔从未见过他这个样子，一脸死灰，眼窝发青，嘴唇几乎毫无血色。他定定地看着她，目光似乎有些呆滞。就在楚乔开始惊慌之际，他却突然露出一个古怪的笑容，声音沙哑语气却轻松地说道："吓死你们。"

时光回溯，岁月刹那间纷涌倒流，他们似乎又回到了初相见的那一日，年轻的太子被她从马上拽下来重拳相向，打得鼻青脸肿，他一边"哎哟哎哟"地惨叫一边对着她露出古怪的笑来，像是一个没心没肺的登徒子。

"李策。"她颤声叫道，只见一道深深的刀口横在他胸前，只要再偏一寸，就能刺破心脏了。她后怕地看着他，头皮发麻，想去抓他的手，却又不敢，只是反复地说："没事了，慢慢养着。"

"原本，"李策断断续续地开口，"原本想这几天亲手给你准备嫁妆的，这下，要便宜孙棣那家伙了，不知道……不知道他会不会贪污。"

楚乔强颜欢笑，柔声说道："你放心，我去看着他。"

"嗯。"他似乎很累，只说了这几句话脸色就更白一分。

楚乔连忙说道："你先睡吧，不要再说话了。"

"乔乔，在旁边陪着我吧。"

"好。"楚乔连忙点头，"我哪儿都不去，就在这儿陪着你。"

李策沉沉地睡了过去，其间太医曾来为他换了一次药。楚乔亲眼看到那个伤口，对他受伤的疑虑更深了，只是现在还不是处理这些事的时候。

三天之后，李策的伤势有了好转，脸色也好看许多。

这天上午，楚乔正在内殿为他打扇，忽听外面传来一阵喧哗，她扬眉看去，秋穗匆忙跑进来，凑到她的耳边小声说道："太后回宫了。"

楚乔一惊，连忙走了出去。

还没出仪心门，就见太后的凤驾迤逦而来。她给太后请了安，一路跟随着又回到了仪心殿。侍女撩开帘子，太后一身朴素的青色单衣，楚乔抬起头一看，不由得心下一惊，不过是几年不见，太后却好像变了个人一样，苍老得不成样子。满头白发，皱纹深深，一双眼睛几乎凹了进去，通红一片。

她一下轿，眼泪就流了出来，悲声问道："皇帝？皇帝怎么样了？"

"启禀太后，陛下已经无碍，只需要静养。"

太后一边流泪一边骂道："你们这帮奴才，到底是怎么伺候的？若是皇帝有一点事，你们都给我陪葬！"说罢，就往仪心殿走去。

奴才们吓得全跪在地上，头都不敢抬。

没有人敢拦太后的驾，楚乔跟在后面，一路进了仪心殿。李策此时仍在睡，太后一看到他，眼泪就掉了下来，颤巍巍地靠上前去，似乎想要去摸他的脸。

一名太后身边的宫女走到楚乔面前，皱眉说道："你是何人？为何在这儿？太后来看皇上，其他闲杂人等立刻回避。"

梅香眉头一皱，正想说话，楚乔伸手拉了一下她的衣袖，点头道："知道了。"说罢，带着梅香几人退出了仪心殿。

"小姐？是皇上让你陪着的。"

楚乔叹了口气，说道："人家母亲回来了，我们有什么理由继续待在里面？"

秋穗在一旁说道："没想到太后还挺疼皇上的。"

这时，孙棣大人从前面走来，见了楚乔微微一愣，问道："姑娘怎么不在仪心殿？"

梅香抢着说道："太后回来了，把我们小姐给赶出来了！"

"太后？"孙棣闻言顿时一愣，转身就大步往仪心殿走去，沉声说道，"是谁接太后回来的？陛下遇刺的消息外面并不知道，太后怎么会回来？"

就在这时，仪心殿里突然传来一阵剧烈的尖叫声。孙棣和楚乔同时一愣，猛然推开仪心殿的门，一起冲了进去！

只见太后握着一把匕首，苍白的脸上满是殷红的血，神色凄厉，哪里还是那个温和慈祥的妇人。她像个魔鬼般站在窗前，嘶声叫道："我杀了你！我杀了你！我要为洛儿报仇！"

楚乔的脑海中顿时一片苍白，像是极北方的风，呼啸着横扫而过。

第十章

海棠依旧

午后的阳光从大敞的门口照进来，明晃晃的，刺得人眼前一片花白，四周那样乱，有人在惊呼，有人在尖叫，有人仓皇奔出去宣太医。侍卫们冲上前去，雪亮的刀子闪烁着银色光芒，在地上映出一道道白亮的光影。

她站在原地，眼睛仿佛不能承受这样明媚的光影，热热地痒。太阳像是用坚冰所造，照在身上寒森森的，仿佛被浸入冷水，寒气从指尖冒起，一丝丝地袭上她的手脚、腰身，渐渐覆盖上胸口，心怦怦跳得厉害，一突一突地仿佛要从腔子里跳出来，喉间又酸又涩，连呼吸都变得不再顺畅。

太后一身衣衫已被鲜血染红，苍白的脸上布满病态的疯狂。她的眼睛明亮且狰狞，被人制住之后也不挣扎，只是用充满恨意的声音冷冷地说道："你们都是畜生，都该死，我杀了他，现在再杀了你，我要为我的丈夫和儿子报仇。"

那一刻，楚乔看到了他的眼睛。

生平第一次，她觉得她透过他的眼睛看到了他的心，不像以往轻佻，不像以往深邃，不像以往波澜不惊难以揣测。那一刻，她清晰地透过那双幽潭看到了其中的喜怒哀乐，看到了压抑低沉的脉脉暗涌，看到了如塞外雪原般的皑皑苍凉。

他就那样躺在那里，伤口处的血像是汩汩的泉水，将他淡青色的衣衫染红。他静静地望着他的母亲，眼底没有震惊，没有仇恨，只有刻骨的疲倦排山倒海地席卷而来，将他俊朗的容颜完全淹没。

窗外有呼呼的风吹过，晃动着薄薄的窗纸。地上的鲜血蜿蜒流动，密密麻麻的人冲上前去，为他止血医治，殿外再次响起了宫人们惊慌失措的声音，一切就像是一场无声的哑剧，楚乔什么也看不到，什么也听不到，只是呆呆地注视着他的眼睛，冰冷的触感在自己的皮肤上一寸一寸地爬过去，直到心底。

她突然想起了很多年前在燕北高原上的一次围猎。大雪封山，一只母狼饿极了，好不容易抓到一只麋鹿，正在大快朵颐，它的孩子缩在一旁，悄悄地走过去，在那鹿肉上咬了一口。母狼顿时就怒了，挥起爪子抓了小狼一下。小狼被抓伤了，远远地缩在树根下畏缩地望着母亲，呜呜地叫着，却不敢再上前。它的眼神那么忧伤，像是被抛弃的孩子。

有人来拉她，她却固执地不肯走，脚下仿佛生了根，怎么也不肯挪动一步。

她突然那么害怕，血液冰冷，手指都在忍不住颤抖。她不想出去，那些血刺痛了她的眼睛，她害怕出去之后就再也走不进来了。

越来越多的人聚过来，有人在她耳边大声说着什么，单薄的丝绸不堪这般大力拉扯，发出嘶的一声脆响。她突然极响亮地叫了一声，一把挥退众人，往内殿跑去。

"抓住她！"有侍卫大喊，越来越多的宫人向她跑来，她紧张地退后，身体的每一寸肌肤都冷得彻骨。

"放开她！"低沉的嗓音突然响起，那般沙哑，像是浑浊的风吹过破碎的风箱。李策半撑起身子，胸口是淋漓的鲜血，青白的手指，遥遥地指着她。

"陛下！陛下您可不能乱动啊！"

一连串惊呼声随之响起，他身体前倾倒在床上，大口的鲜血从他口中喷溅而出，像是一匹璀璨的锦帛被生生撕裂开。

她如坠冰渊，那么深的寒意顺着脊背爬上来，阳光透过窗纸，被筛成一条条斑驳的影子。她站在人群外，看不到他的眉眼脸容，只看见一只青白的手从被子里垂下来，白惨惨的，没有一丝血色。

太阳渐渐升到正中，又渐渐西落，一弯冷月爬上树梢，在仪心殿外洒下一片白亮的光痕，更漏里的沙一丝丝地流泻，就好像是那具躯体里的生命，缓缓地被抽离出去一般。

一丝哽噎突然自一名满头花白的老太医口中溢出。缥缈的帷帐之后，女子的身影像是一缕青烟，骤然倒下，隔着层层帐幕，她双眼浑浊不清，只能看到那一支依稀摇曳的红烛。

醒来的时候，四下里一片死寂，她恍惚间还以为自己是在做梦，然而看到梅香惊喜的脸，她的心却突地疼起来，鞋子也没穿，掀开被子就跳下床去。

"楚姑娘呢？"

外面响起了男子急促的声音，她散发赤足地跑出去，脸色苍白得像鬼一般。

孙棣看着她，神色突然变得那般凄婉，他静静地低着头，轻声说道："陛下要见你。"

仪心殿内沉寂无声，她一路走进去，穿过层层帷帐幕帘，一直走到他的龙床前，隐约觉得，他似乎要同这座空寂的大殿融为一体了。

她在榻边跪下，冰凉的手指缓缓伸出去，指尖碰到他的手臂，却微微一缩，只感觉他的身体比自己还要冷，就像是燕北高原上终年不化的雪、千古不变的冰川。

她的呼吸那么轻，声音也像是转瞬就会飞走的蝶翼，静悄悄地在殿里响起：

"李策，我来看你了。"

他的睫毛微微动了动，然后睁开眼睛，目光幽幽地聚过来，静静地看着她，眼神那么宁静，似乎隐隐包含了那么多话语心声。他艰难地伸出手，对她招了招，淡淡地笑着，轻声说："乔乔……"

楚乔的眼泪瞬间夺眶而出，缓缓抓住他的手，只是几天时间，他竟然就瘦成了这样，指骨嶙峋。她的喉间含着浓烈的酸楚，哽咽得发不出声音，眼泪扑簌簌地滚下。

他的眉心微微蹙起，伸出手指，轻轻拭过她冰冷的脸颊，微笑着说道："别哭啊……"

"都怪我。"她的眼泪一行行地落下,指尖带着冷冷的凄凉,"我答应过会一直陪着你的,我不该出去。"

李策突然一笑,平躺在床上,看着床顶繁复的花纹,上面绣着万寿无疆的黄金小篆,密密麻麻地爬满了整座龙床。他的声音淡定且平静,没有一丝怨愤,"怎么能怪你,那是我母后,谁……"

他突然剧烈地喘息起来,声音微弱且无力。楚乔惊得就要找太医,却被他牢牢地抓住,手腕上的力量那么大,几乎无法想象这是一个重伤的人。

"谁……谁能想到呢?"

是啊,谁能想到呢?

夜里的风穿过房檐,吹过檐角的镇兽内部打通的耳朵,发出呜呜的声响。极远处,宫里的女人们压低的呜咽声极细小地飘了过来。

"原本想要亲自送你出嫁的,现在……恐怕不行了。"

"不会的。"楚乔突然固执地说道,声音那般大,回荡在空荡荡的大殿上,像是一圈圈飘摇的叶子,她使劲握住他的手,似乎在同什么人争抢一样,"你不会有事的!"

李策看着她,突然虚弱一笑,那一笑好似一根锥子扎入楚乔的心,她是那样惊慌,眼泪蔓延过脸颊,流进嘴里,苦涩难忍。

"李策,别走,别走好不好?"她轻晃他的手臂,像一个孤单的孩子,"你不在了,我怎么办?我出了事,谁来帮我?我没地方住,谁让我白吃白喝?"

李策眼睛里闪过一丝古怪的笑意,他故作生气地嘟囔:"原来,我,就是一个冤大头。"

多少年了,过去的岁月像是一汪清泉,一丝丝滚过寂寞冷寂的空气,她无力地看着他,心痛得如同刀子在剜。他声音淡如湖水,平静地说道:"我已经派人去通知诸葛玥,会……会有人送你去见他,你,就好好跟他去吧。"

楚乔咬住下唇,他仍旧断断续续地说:"以后,别再逞强,别再使小孩性子。"

夜色如同太清池的水,那样冰凉。他眉心紧锁,像是被风惊动的火苗,双眼牢牢地凝视着她。突然,他说道:"乔乔,扶我起来。"

楚乔一惊,连忙摇头,可是话还没说出来,就看到他固执的眼神,竟然那么坚定。

她心一痛,小心地将他扶起来,坐在窗前的藤椅上。他穿上鲜红的外套,上绣龙纹,横的经,纵的纬,张扬且透着颓废的凄凉,好似他们最初那次相遇一样。

"乔乔,我的头发乱了。"

楚乔"嗯"了一声,拿起白玉梳子,打散他的头发,梳齿浅浅地划过发间,苍白的手拢过他的鬓角,一丝,又一丝,似乎走过了他们那么多年的相识。她的手渐渐颤抖起来,他却好似不知,始终没有回过头来。

梳好了头,他侧过脸来,笑吟吟地对她说:"精神吗?"

他的眼神幽深沉寂,月色透过拢纱的窗子碎碎地射进来,照在他的脸上,透出一层蒙昧的微光。他仍旧那样俊朗,细长的眼,高挺的鼻,如玉的脸颊,隐隐透着天家王者的风韵气度。只是眉心笼着的一汪死气渐渐扩散开来,他面容苍白,如同蒙尘的白玉。

楚乔强颜欢笑地点头，"帅呆了。"

李策眉头一皱，问道："夸我吗？"

见楚乔点头，他才开心地笑起来，像是当初一样。

"李策，"楚乔强忍住心里的悲凉，轻声地问，"你还有什么心愿吗？"

"心愿？"李策皱着眉，若有所思，许久才轻笑道，"没有了。"

他的呼吸突然有些仓促，对着她遥遥伸出手来，轻声说道，"乔乔，让我抱抱你。"

窗外的风突然大起来，吹开微敞的小窗，月亮在空荡荡的大殿上洒下一地的苍白，照得四下里都是皑皑的雪亮。风从远远的太清池吹来，带来了清荷的味道，楚乔的喉咙仿佛被人咬住了，狰狞地疼痛着。她跪在地上，半伏在他的怀里，眼泪一丝丝滑下，洇湿了他的衣衫。

头顶的呼吸一点点消逝，像是清风吹去脉脉的樱花，再无一点声息。月光斜斜地照在他们身上，依稀间，似乎又是很多年前那一场年少轻狂，邪魅的男子红衣墨发，从天而降，在她耳后吐气笑言："还不停下吗？"

岁月如同一场大梦，繁华卸去，剩下的，只是一片浓重的苍白。

楚乔的眼睛仿若燃尽了的余灰，泛着死死的冷，她目光空洞，一点点站起身来，回头看去，他却仍旧那样静静地坐着，歪着头，似乎陷入一轮好梦之中。

记忆的碎片零落溃散，花团锦簇富丽堂皇的男子一层一层卸下了伪装的皮囊，昔日的艳丽翠柳、锦绣奢华，终究化成了今日的浑浊和孤寂，最终映着夕阳的余晖，融进这殡葬的深夜。

宫门霍然打开，清冷的月光无遮无拦地洒在她身上，远处一片浓墨，殿门前密密麻麻地跪了一地后宫女眷、高官重臣。

孙棣望着她，目光里带着颤抖的询问。

她失魂落魄地看着他，身体都是麻木的，终究，还是缓缓地、缓缓地，点一点头。

"皇上驾崩——"

巨大的悲泣同时响彻九霄，阖宫上下，到处是悲伤的哭喊，绵长的丧钟穿透了夜间的雾霭。

楚乔仰起脸，大风吹起她单薄的衣衫，空寂的天空上，她似乎看到了一张清澈的脸，高鼻薄唇，眼梢微挑，像是一只狡猾带笑的狐狸……

一名宫人顺着幽深的宫阙长巷跑来，到孙棣面前小声地报告着。他们离得太远，声音被风吹得破碎凌乱，可还是有只言片语落入了她的耳里。

"丧钟一响……一头撞在桌角上……血流满地，已是不活了……毕竟是太后啊……"

月若冰霜，血液几乎被冻结，一行清泪，终于再一次无声滑落，浸入这座不知沾染了多少人的鲜血的蔼蔼深宫之中。

唐京的街头美景依旧，有凉爽的风从湖面上带着荷花的清新香气徐徐吹来，路两旁的杨柳随风摇曳，枝条蹁跹，像是舞姬柔软的腰。

夕阳暮色下，倦鸟归林，红河红影，如血染的苍茫。

卞唐国丧，所有人都穿着素色的单衣，就连挂着的灯笼也用白布笼起，走在街上，到处都嗅得到萧条的凄冷。

天色渐渐暗下去，月亮圆圆的一轮，从树梢间升起，明晃晃地挂在遥远的天际。

今日是白月节，距李策去世已经有一个月了。

诸葛玥屡次派来部下，想要将她接走，她却固执地留了下来，有一个念头在支撑着她，让她无法肆意地离去。午夜梦回，额角都是淋漓的冷汗，李策走了，带走了金吾宫里所有的歌舞乐曲，偌大的宫殿陷入了漫长的死寂当中。走在绵长的永巷里，甚至能听到自己的心跳声，时刻提醒着她，有人不在了，有人却还活着，有些事情，她还没有做。

这条路，曾经是她和李策共同走过的，那天晚上，她于昏迷中醒来，他像是一个大孩子般牵着她的手，在皇宫里疯狂地跑，穿过九重宫阙，穿过琳琅花圃，穿过假山石林，走出了宫门。他们共乘一骑，他坐在自己身前，大笑着为她指路，不时还要回头去嘲笑那些如热锅上的蚂蚁的侍卫。

一转眼，物是人非，一切已然面目迥异，荡然无存。

如今的街市已不复当日的热闹场景，一片萧条，仅有的几家店铺也是门庭冷落。国丧中，所有的节庆活动都被取消，老百姓们都不再出门，没有客流，摆摊的商贩也就不出来了。原本拥挤的街市如今一片空旷，枯黄的叶子随处乱卷，不时打在她洁白的衣摆上。

走了好久，又来到了上次吃面的那家摊位前，没想到他们竟然还在，只是没有客人。男主人坐在椅子上，昏昏欲睡，见她进来，猛地一愣，顿时跳起来，仔细看了她几眼，然后为她擦干净凳子，殷勤地安排她坐下。

仍旧是那个老板娘，几年的时光似乎没在她脸上留下一点痕迹，还是那副白白净净的清秀气质，走到楚乔面前，目光没有焦距，却笑吟吟地说道："姑娘好久没来了。"

楚乔微微一愣，问道："你还记得我？"

"是他认出来的，巴巴地跑来跟我说。"

女子娇憨一笑，指着站在她身后的丈夫。男子脸一红，腼腆地笑起来，露出一排洁白的牙齿。

"大公子呢？好阵子没见他来了。"

那女子突然这样问，眼睛弯弯的，像是两弯月亮。风从长街的那一头吹过来，呼一下掀起了小摊的旗幡，那男子赶紧上前一步，为妻子挡住风沙，动作是那么自然。

楚乔看得有些愣，就听那女子追问道："姑娘？姑娘？"

楚乔回过神来，轻轻扯出一个笑来，说道："他出远门了。"

"哦。"老板娘点头道，"那什么时候回来呢？"

落叶堆积，秋风扫地，楚乔的心一寸寸地变得冰冷，面色越发苍白，喉间也有几分哽咽。她想了想，轻声说道："他搬走了，也许不会再回来了。"

老板娘看不到楚乔的表情，本想继续问，却被她的丈夫拉扯了一下。聪慧的女子顿时会意，转身离去，不一会儿，热腾腾的面条被端了上来，还有一盘牛肉、半碟虾饺，隔得远远的，就闻到了醋的酸味。

楚乔拿起筷子，掏出腰间的手帕轻轻擦拭了两下，就开始一口一口地吃起来。

面条是滚烫的，上面浇着香油和葱花，很香很香。楚乔吃得很慢，她已经很久没有好好吃饭了，胃里不断泛着酸水，像是要吐出来一样。

"虾饺一会儿就凉了。"

一个极清脆的声音突然在旁边响起，楚乔转头看去，是一个十多岁的小女孩，眉眼很是熟悉，她抬头看了一眼那边的老板娘，顿时记起这个孩子，试探地唤道："倩儿？"

孩子小眉头皱起来，很认真地问："你认识我？"

楚乔一笑，没有说话，那孩子自顾自地坐在一边的椅子上，问道："你以前来我家吃过饭？"

"嗯。"楚乔点了点头。

一阵熟悉的乐曲声响起，楚乔抬起头，又见那家拐角的皮影戏班开始唱了起来。

"你喜欢听戏吗？"孩子问道。

楚乔不由得微微一笑，揉了揉孩子的头发，说："你还是这么喜欢听戏呀。"

"天天在这里陪我爹娘出摊，也没什么事好干，我听你的口音像是外地人，我们这里的地方戏，你听得懂吗？"

楚乔摇摇头。

孩子连忙说："那我讲给你听。"

"我以前听你讲过了。"

"是新的戏！"孩子说，"是上上上上上个月，新换的戏！"

楚乔无奈，"那你讲吧。"

戏班子的声势起来，似乎和过去不太一样了，乐手多了，戏台也更大了，生意却一落千丈，四周空荡荡的，只有两个三四岁的小孩在戏台前翻跟头，没有一个观众，但戏班还是敬业地吹打了起来。同时，一个栩栩如生的皮影小人出现在幕布上，精致程度，隔这么远，甚至都能看到他清晰的眉眼。

"他是小王子。"

一样的开场白，只是如今的王子已经改头换面，雕工精致，配乐美妙，从哪里看，都不是一个民间的草台戏班子。

这时，另一个皮影小人上了戏台。

"这个是小姑娘。"孩子很认真地说道，"有一次，小王子出使别国，遇见了这个小姑娘。小姑娘会武功，狠狠揍了小王子一顿。小王子很生气，原本也想揍她一顿，可是后来发生了一件事，小王子就喜欢上她了。"

几年不见，孩子讲故事的水平明显有所提高。她抬起头来笑着问楚乔："你想知道发生了什么事吗？"

楚乔握着筷子的手一片冰冷，她愣愣地点头。

孩子扬扬得意地说道："有一次他们遇到了坏人，小姑娘很善良，救了小王子好几回。小王子就想，这个小姑娘真仗义，我要把她娶回家过好日子。"

"可惜，小姑娘不喜欢小王子，她喜欢另外一个人。后来，她就跟着那个人走了。"

戏台上又出现一个人物，和另外两个人物截然不同，做工粗糙，连衣服都没有，就是一个轮廓，光溜溜地站在那里，手里拿着一根小木棍，样子傻乎乎的。

"可是那个人不好，又霸道，又丑，又穷，还爱欺负人，反正不是好东西。后来小姑娘幡然醒悟，就离开了这个人。"

这时，戏台上又出现了一个人物。

"小姑娘又喜欢上了这个人，可是这个人也不好，又骄傲，又自以为是，又仗势欺人，又很丑很丑。偷偷告诉你啊，他可能还有断袖之癖的，他跟他们国家的一个皇子来往密切，反正有可能是疯子。"

小姑娘长出一口气，很感叹地说："最后，小姑娘长成了大姑娘，终于认识到自己的错误。所以她毅然抛下这个人，回来找小王子。小王子这时已经登基成了大皇帝，又英俊，又有钱，人还有风度，而且善良、专一、执着，大姑娘后悔得不行，哭着喊着要嫁给大皇帝，天天堵在大皇帝家门口，死活要给人家做媳妇。最后，大皇帝可怜她，勉为其难地答应了。"

戏台上的两个人物消失了，桌子上就剩下了两只做工精良的皮影。孩子笑眯眯地说道："后来呢，他们就成亲了，开开心心地生活在一起，生了一大堆孩子，男的都像大皇帝一样英俊，女的也像大皇帝一样漂亮。他们很幸福，一直到头发都白了，牙齿都掉光了。最后，天上的神仙知道了，就让他们成了仙，说要让他们生生世世在一起，永远不分开。"

一层层的悲痛涌上心头，像是弯曲的逆流，缓缓滑动，她的眼睛酸涩地疼，声音好像不是自己的，问道："我以前听你讲的，不是这个故事？"

"那个戏班被一个经常来我家吃面的败家大公子买下了，还让他们天天在这里唱这出戏，附近的人看腻了，都没人看了，戏班的老板秦婆婆很难过。你是外地人，第一次听戏，你爱听吗？喜欢这个故事吗？要不要去秦婆婆家再听一次，她会很高兴的。"

突然起了风，楚乔以袖掩面，微微转过头去，那孩子很热心地问道："你迷了眼睛吗？"

楚乔没有作声，孩子以为她真的迷了眼睛，连忙说道："你等着，我去给你拿菜油。"说罢，转身跳下去跑开了。

等她回来的时候，座位上已经没人了，桌子上放着一袋沉甸甸的银子。

路上很荒凉，没有行人，没有杂耍，没有小贩，没有歌姬，湖面上一片宁静，连一只画舫都没有，空荡荡的大街上，只有她一个人，像是一抹魂魄，轻飘飘地行走着。

路过一家糖果铺子的时候，她微微愣了一会儿，随即走进去，买了很多小吃，都是李策曾经买给她的，有蜜方糖、大枣、桂花糕、栗子，装在一个袋子里，边走边吃。

她机械地嚼着，反复回想孩子刚才讲的那个故事，眼泪一行行地流了下来，流进嘴里，和着那些糖果一起咽下去，味道很苦，一点都不好吃。

记忆像是翻飞的碎片，一片片地在脑海里荡漾着。

"那你还真该好好谢谢我，救命之恩非比寻常，要不你就别走了，留在卞唐以身相许吧。"曾几何时，他就这样站在她面前笑语晏晏地对她说着。

她被赵飔围攻，他于危急关头赶来，身上风尘仆仆，铠甲坚硬，眉头紧锁地将她拥在怀里，一遍遍地说：没事了，没事了。

在她万念俱灰的时候,他带着石榴漏夜而来,缓缓地安慰她:乔乔,为何不放自己一马呢?

深宫冷夜,他醉酒而来,意乱情迷下忘情地拥抱了她。最终,却还要笑言:芙儿的身材比你好多了。

……

她一直不知,仿若是心底的一块禁区,从不触碰,她不知道是真的一无所觉,抑或只是自欺欺人,不想知道。

天上的冷月洒下一地清辉,路边的海棠依旧艳丽,殷红如上等的胭脂,风过处,扑簌簌地落下,洒在楚乔的衣衫和头发上。

"李狐狸,你喜欢过别人吗?"阳光绚烂的宓荷居院落里,他们并肩坐在当初从街上移回宫中的那棵海棠树下。她皱眉看着正在积极挑拣本届秀女画像的李策,疑惑地问道。

"当然!"李策眉梢一扬,很是认真地说道,"我昨天晚上就很喜欢冉离宫的雨儿,肌肤如绸缎,尤其是一双长腿,堪比……"

"闭嘴闭嘴!"楚乔皱着眉打断他,"我是说,是那种喜欢,就像是,就像是……"

李策斜着眼睛看着她,很不屑地说:"你是想说就像诸葛四那浑蛋喜欢你一样吧?"

楚乔俏脸一红,赌气地说道:"对呀!就是!怎么样?"

"我能把你怎么样?"李策哼了一声,低头继续挑画,过了好一阵,突然"嗯"了一声。

楚乔一愣,问道:"你哼哼什么?"

李策不耐烦地说:"你不是问我有没有像诸葛四那样喜欢过人吗?我在回答你。"

"啊?你喜欢过啊,我怎么不知道?"

李策仰天打着哈哈,很是牛光闪闪地说道:"本皇帝的心思,岂能轻易被你看穿,若是轻易被你看穿,本皇帝岂不是很没有面子?"

楚乔很是八卦地继续问道:"那你喜欢的那个人什么样?"

"不怎么样。"李策吊儿郎当地说道,"身材一般,脾气也不好,还喜欢钻牛角尖,最主要的是,她心里有别人了,没看上我。"

"啊?"楚乔微微一愣,下意识地问道,"那你为什么不跟她说?"

李策很是潇洒地一笑,"喜欢人是要放在心里的,说出来干吗?况且……"

他语调一转,微微一滞,风从太清池的湖面上吹来,吹起他鬓角的一丝鬓发。他仰起头,看着远远的湖面,目光中有着一瞬间的迷离。

"况且,我可能一辈子也没有机会对她说了。"

楚乔那时候静静地看着他,似乎透过他的眼睛看到了很远很远的地方,那时她首先想到的人却是那个吊死在梧桐树上的芙公主,那个为了洛王而死在李策大婚当日的慕容芙儿。

她当时不无怜悯地想:如果没有那件事,这家伙也许会是个正经人。

眼角又有湿热的液体顺着脸颊流下来,风吹过来,那么冷那么冷,红艳艳的海棠花瓣落下来,漫天飘洒,好似下了一场花雨。

风萧萧穿城而过,于苍穹之下,扬起一地泣血般的残红。

第十一章
问鼎天下

宫中的黑幔被换下，挂起了白色的棉纱，一夕之间，皇帝驾崩，皇太后殁，一连七七四十九日，宫中丧钟长鸣，天下举哀。

李策入葬皇陵之日，楚乔搬出了金吾宫。秋叶寂寂，一片苍茫，她穿了一身棉白色的软裙，站在西兰门高高的城楼上，目视着绵长逶迤的送葬队伍渐渐消失在驿道尽头。

夕阳洒下了一地金黄，唐京外的荒原马场上长着高高的蒿草，随着萧瑟的秋风来回摇动，像是一片金子般的海浪。暮色四合，鸟雀南飞，天边燃起了如火的云彩，她的身影被拖得老长，细细的一条，倒映在百年风雨的唐京城楼上。

李策，原谅我不能去送你了，此去路遥，你一路保重。

太阳渐渐落下山去，一轮远月爬上山巅，清冷的月光洒在她的衣襟之上，寂静如水，一星星攀上苍白的脸颊。秋夜的空气吸入鼻中如细细的刀锋般凌厉，一丝酸楚由心底生出，慢慢爬上背梢，心里如同下了一场白茫茫的大雪，无休无止的清冷茫然蔓延开来。

梅香走上前来，轻声道："小姐，咱们走吧。"

她最后望了一眼尘土迷茫的驿道，终于一寸寸地转过身去。城楼暗影狰狞，像是一座盘踞着的猛虎野兽，张开噬人的巨口，将要将她仅剩的坚强掠去。

尘土在脚下轻轻翻飞，天空中有大鸟张开黑色的翅膀，她就这样一步步地走下去，恍若走进幽深的泥潭洞穴。在她背后，是一片荒芜的旷野，更远处，是卞唐巍峨的群山、繁华的市井，然后是连绵的边关城池，那一头，便是大夏的土地。

山川万里，家国锦绣，她终究逃不出世事的樊篱，如蜉蝣般随波逐流。

一辆马车静静地停在城下，孙棣一身青衫，俊朗出尘，恭顺地站在一旁。见她过来，小声说道："姑娘请上车。"

"我想一个人走走。"楚乔静静地说道，表情很平静，看不出有半点颓靡的波澜。

梅香正要说话，孙棣却拿着一只灯笼递到她手里，沉声说道："夜路难行，姑娘早些回去。"

上好的宫制白纸将灯笼包裹住，发出白惨惨的光。楚乔淡淡地点了点头，提着灯笼转身就走。梅香着急地要跟上去，却被孙棣一把拉住，年轻的男人微微摇了摇头。天上一弯圆月静静地照在远去的女子身上，好似笼上了一层烟雾，就要化在夜色之中。

今日李策出殡，路上没有一个人，唯有路两旁的海棠随风摇曳，不时撒下一片清淡的花瓣。

"乔乔乔乔……"

依稀间，她似乎又听到一连串的呼声，男子挑着眉，一双眼睛像是狡黠的狐狸，笑吟吟地瞅着她。水镜如幻，波光粼粼，云雾笼罩着男子的眉眼，渐渐变得苍白清寂。终于，他依靠在藤椅上对着她虚弱地笑，张开双臂轻轻地唤：

"乔乔，让我抱抱你。"

一滴清泪从女子的眼里涌出，她也不去擦拭，只是静静地走着。灯笼里发出惨白的光，像是天上的月亮。

十多年生死冷暖，半生坎坷飘零，她便如雨中浮萍一路跌撞，终究还是走到了今日的末路穷途。曾经的她为情所困，几多羁绊，被动无奈，固执、脆弱、黯然神伤，而如今，那个颓靡无能的女人终于还是随着这多舛的命运一同死去。

"人生在世，如身处荆棘之中，心不动，人不妄动，不动则不伤。心动，则人妄动，伤其身，痛其骨，身受世间诸般痛楚。"

诸葛玥，你说得对，可是我早已如你一样，抛身于荆棘之地。那么，与其封闭本心，莫不如挥剑斩断刺身的荆棘！

眼泪落进灯笼里，一阵风吹来，那烛火噗的一声熄灭，只有袅袅青烟一路盘旋而上。

她深吸一口气，将灯笼抛到地上，挺直了脊背向前走去。

她发誓，这是她此生的最后一滴眼泪，从此以后，即便流尽最后一滴血，也不会再无能饮泣。

前方光线蓦然大盛，远远望去，一座富丽堂皇的府邸坐落在花红柳绿之中，灯火辉煌，一派锦绣。

孙棣轻袍磊落，站在门前，手拿一只宫灯，正在静候她归来。

"姑娘可想清楚了？"

楚乔看着他，月光如银倾泻，洒下满地银白，她默默地点了点头，沉声说道："再清楚不过。"

孙棣一笑，将手中的灯笼递过来，含笑说道："夜路难行，这盏灯笼就给姑娘照明吧。"

"烛火能被风熄灭，心却不能。"楚乔越过他径直走进那座巍峨的府邸，沉声说道，"从此以后，我的眼睛就是我的灯笼，我的心就是灯里的烛火。"

乍一踏进朱门，迎面而来的灯火异常猛烈，刹那间几乎灼伤了她的眼睛，正门到前厅之间以一条汉白玉道相连，两侧开凿的池水清明如镜，楼阁数栋，刻画雕彩，居香涂壁，锦幔珠帘，暖玉铺地，金镶为栏，浓浓香意似三月清风，迎面袭来几欲让人迷醉。

秋穗走上前来，恭敬地沉声说道："当年姑娘离开之后，陛下就着手修葺这座府邸，一连修了两年多，如今终于大好了。"

多名仆从跪在地上，见楚乔走来齐齐磕头，高声请安。

楚乔一路走进，只见殿内檀木为顶，水晶为灯，玉璧沉香，绡幔若海，一颗颗巨大的夜明珠镶嵌于灯座上，闪闪发光，好似明月一般。殿柱上雕刻着五彩鸾鸟，以金粉为饰，在烛火的映照下熠熠生辉。

镏金镂空的红笺之上，画着几枝清瘦的玉兰花，香气袭来，依稀间又是多年前那个晚上，他孩子气地抢了宫女的头饰，和一朵玉兰一起插在她浓密的鬓发上。

咨尔楚氏，秀毓名门，祥钟世德，知书晓理，恭顺谦和。秉德佑而温恭疏，知古今而性喜善，特下此谕，晋锡荣封（　　），后绥永福。

下面，则是李策的印玺，只是荣封后面的封号并未填上。

孙棣走上前来，沉声说道："陛下当日还未想好给郡主晋封的封号，和左右商议许久，司礼院也拟了几个称谓，只是陛下都不满意，所以就一直空了下来。原本想等到日后再慢慢商议的，不想一耽搁，就再无机会。"

楚乔静静默立，灯火如魅，淡淡洒在她苍白的脸颊上，她嘴角殷红，手指捏着那张圣旨，死死用力，指节泛白。

只见里间一片金碧辉煌，各种珍稀瑰宝应有尽有，那都是他为她准备的嫁妆，已放在此地多年了。

她的眼眶有些发烫，眉心忍不住紧紧皱起，声音如碧湖般幽深，淡淡说道："既然还未下诏，郡主之称，也不必再提了。"

孙棣点了点头，"姑娘所言极是。夜深了，姑娘先休息，在下告辞。"说罢，转身离去。

朱门缓缓关合，沉重的声音如同闷雷，暗暗滚过地面。

梅香拿着一封书信走过来，眉心微蹙，轻声说道："小姐，诸葛少爷又来信了。"

楚乔神色微微一动，接过信笺拿在手中，却并不拆开，手心的汗水一丝丝沁入信纸，微微泛潮。

梅香皱眉说道："小姐，这已经是第九封了，你再不回信，诸葛少爷要着急的。"

楚乔默默地坐着，也不说话，眼睛定定地望着窗前的烛火，久久回不过神来。

燕北和大夏又开战了，雁鸣关下已经打了四场，战线扩大绵延至巴图哈领地的南端。赵飏和岭南沐氏、景小王爷景邯串通一气，全权掌握了西南兵马，与诸葛玥和赵彻的北方雄兵对峙于凤凰台，危机四伏，一触即发。

皇帝久病，已有一年不上早朝，魏光称病，也不掌政事，谁也不知道这只老狐狸在打什么主意。大夏的局势已然成了一锅将沸之水，只要投进去一捧薪炭，立刻就会沸腾而起。这个时候，谁也不能有丝毫大意和轻举妄动。

这一点，她明白，而他又怎会不明白？

梅香忍不住问道："小姐，我们现在到底在做什么？"

楚乔的目光缓缓看过来，眉眼有如寒霜，静默冷垂，她声音低沉地缓缓说道："等。"

新帝登基于第二日举行。

国子大殿，金碧辉煌的巨大龙椅上端坐着一名年幼的孩童，座后吊起垂帘，两名身着锦绣宫衣的女子端坐其后，分别是皇长子的母妃袁太后和皇太妃詹氏。

宽敞的大殿上，詹子喻以太傅摄政王之尊，安静地坐在殿下，巍峨高冠，一身玄黑色朝服赫然绣着六蟒盘龙，唇边含着一丝淡淡的笑，犹如冷月照水，波澜不惊。

李策后宫后位悬空多年，本身也无姐妹兄弟，如今猝然驾崩，太后也已不在，一时间朝中大臣只能遵照李策的遗诏奉皇长子李修仪为帝。然而皇长子的母妃袁氏乃宫廷末等浣衣女出身，不够资格垂帘听政，于是后宫中妃位最高的茗太贵妃顺理成章成为皇帝的养母，随同辅政。

皇帝仅仅六岁，太后、太妃垂帘听政，皇权自然旁落。然而袁氏少时籍没入宫，乃宫人出身，并无家眷亲族，是以下唐皇朝大权顿时掌控在了曾经被逐出下唐的詹氏兄妹之手。

朝野上的风云变动，便如同冰湖下流动的暗涌，看不见丝毫锋芒，却激涌如潮，呼吸间便可杀人于无形。

以孙棣为首的前朝宠臣无不遭到打压，一律被扣上洛王党羽的罪名被投入尚理院查办，当日李策大去时身边随侍的宫人全部斩首，所有的夫人舞姬低等嫔妃一律被赶出皇宫，遣往佛山安化寺出家。

新皇的新政雷厉风行，如同秋风扫落叶一样横扫下唐朝野，冰冷的长剑悬于整个大唐之上，任何不甘的声音都将遭到无情的铲除。

而在这样的高压政治之下，原本犹豫彷徨的老臣们也纷纷倒戈，每日早朝之后均聚拢在摄政王詹子喻的府门前，蝇营狗苟，如同一群食腐的豺狗。

然而出乎楚乔意料的是，在这样的情况下，第一个站出来反对的人却是那个曾经屡屡和李策作对的柳阁老。

九月初一，金吾宫城门前，柳阁老当着詹子喻的车驾怒斥詹氏兄妹是乱臣贼子祸乱朝纲，还说当日先皇于柔福殿被刺一事疑窦重重，乃出自詹氏兄妹之手，詹子喻、詹子茗谋刺先帝，其罪当诛。随后一头撞死在詹子喻护卫的刀尖上，死前大呼李策的王号，血溅三尺，当场而亡。

詹子喻当时就坐在马车里，从头到尾没露面出一声，直到柳阁老的尸体被抬走，他才施施然下了车，并甩下三百两金铢银票，给前来收尸的柳家子侄，要他们安葬老父。

楚乔听到这个消息的时候正在吃饭，平安将这件事情小心地告诉她后，她的手微微一滞，勺里的莲子汤洒出半盏，她静静地沉思了许久。

柳阁老一事在大唐传开之后，引起了一波不小的乱潮。各地学子齐聚唐京，激愤的学子们书写了上万篇文章，通过有门路的人传进朝野，要求尚理院、三司府和军部严惩杀人凶手，还大唐朝野一个清明。

然而两天之后，詹子喻就派出中央军对学子们展开严酷的镇压。一时间，尚理院天牢内人满为患，盛满了激愤的声音。尚理院的院判愁眉苦脸地去问詹子喻，年轻的摄政王剑眉高冠，淡淡地撇下一句："城郊黄泉坡不是还有地方吗？"

满头白发的三朝院判顿时浑身一凉，城郊黄泉坡是乱葬岗，摄政王的言下之意不言自明。

当天下午，尚理院牢房不慎着火，烧了大半边牢室，里面的囚犯死伤大半，一具具年轻的尸体被胡乱抛诸黄泉坡，连副棺木都没有，就那么暴露在青天白日之下，成为豺狼虎豹果腹的夜宵。而尚理院不过是交出两个喝酒渎职的牢头就敷衍了事。

九月二十七，大风，秋深。

今日的早朝和平日略有不同，完全是由摄政王詹子喻统理，垂帘之后也只有詹子茗一人。御医说皇帝受了风寒，今日不能上朝，太后也在照顾皇帝，是以今日的早朝完全由太妃主持。

还没等群臣有什么反应，内侍就从殿后抬上一座金碧辉煌的宝座，上刻九尾明黄蟒龙，乍一看去，与蟠龙王座几乎一模一样。

传旨内侍上前对詹子喻歌功颂德一番，然后拿出皇帝的圣旨，说此座乃皇帝亲自命人所造，怜惜詹子喻病体，以后上朝可坐于其上。并且将金吾宫内凌霄殿赠予摄政王，免其受日日奔波之苦。

詹子喻推托一番，最后在众人的劝诫下无奈坐下。群臣拜服其下，仰头看去，只觉那摄政王位几乎和皇位比肩，金光璀璨刺目至极。

当天晚上，楚乔放下传信的书简之后，深深吐了口气，对着铁由道："回宫去看好皇帝，就近了。"

三日后的晚上，一阵巨大的喧嚣突然自金吾宫内传来，所有醒着或是熟睡中的人都被惊动，高官和百姓们相继奔出房门，站在各家的院落里，仰头向着声音的发源处望去。只见金吾宫的方向一片灯火辉煌，红影弥漫，似乎是哪里着了大火，而且喊杀声不断，凄厉入耳，恍若鬼哭。

一时间，所有人都被惊得面如土色。胆小的男人搂着妻儿急忙跑进屋子里，将门窗死死关紧，生怕遭受池鱼之殃。唯有一些朝野高官震惊地望着宫门，喃喃念道："怕是又要变天了。"

三更时分，宫门被攻开，陆允溪衣袍上全是鲜血，持剑冲出来，身后跟着三千彪悍狼兵，对着泰安门前的楚乔沉声说道："姑娘，已经攻下凌霄殿。"

漆黑的天幕下，楚乔一身玄色长袍，上绣金色青鸾，面如白玉，秀丽凌睿，身后是黑压压的一万秀丽军战士。贺萧面色冷静，端坐在战马上，紧紧地护卫在她身侧。白底红云旗飘扬在众人头上，夜黑风高，阴云密布，无星无月，血红的火把光映照在楚乔的脸上，使她看上去像是一柄冷厉的剑，看不到任何表情。

"进宫。"淡淡的声音冷冽地响起，像是刀子划过磨砂，尖锐地刺进众人的耳膜。

大风吹来，翻飞起楚乔的衣角，她仰起尖瘦的下巴，双眼微微眯起，双脚轻击马腹，驱马进入了那座富丽堂皇的巍峨宫廷。

凌霄殿最后一名侍卫倒下的时候，西殿的大火已被扑灭，杜平安带着一众士兵奔上前来,年轻的孩子眼中闪烁着坚韧的光芒,好似一夕间就已长大。

上万名侍卫站在楚乔身后,明晃晃的火把照亮了半面天空,映照着一地的尸首。

楚乔一路策马登上白玉石阶,平日宫人都不敢抬头正视的摄政王宫门牌匾被人摔在地上,马蹄践踏上去,发出阵阵破碎的声响。

一名善于察言观色的宫廷内侍急忙跑上前来,跪在地上高声说恭迎大将军下马。楚乔冷冷看了他一眼,随即竟真的踩着他的脊背下了马,一步步走向那座威严的宫门。

宫门霍然洞开,带着檀香味道的冷风迎面而来,呼的一声吹起楚乔的玄色披风,腰侧的佩剑如同森冷的冰,寒意顿时刺入心底的极深处。空荡冷寂的大殿上,詹子喻一人独坐,依稀间仿若仍旧是多年前的江水船头,青衣男子独坐于木质轮椅之上,面对着滔滔江水,笼着一汪清月,眼神清寒若山泉,声音醇厚地静问:"谁在那边?"

风入雕窗,吹落一张明黄浅龙纹的宣纸,竟是皇帝草拟圣旨的御用之物。

楚乔步入大殿,脚踩过那张圣旨,眼神淡漠地看着幽深层幔里的暗影,沉声说道:"我来取你的命。"

詹子喻微微一笑,云淡风轻地说道:"想不到会是你。"

"我也想不到再次与你见面会是此情此景,你以一介落魄之身,五年之间爬上如此高位,已是不易。"

楚乔平静地说道,表情淡漠,看不出半丝波澜。

詹子喻笑道:"你这话可是在宽慰我?也不错,能被名满天下的秀丽将军称赞一句,也属不易。"

楚乔淡淡道:"你还有何心愿未了?"

一丝落寞突然划过詹子喻的面孔,他微微蹙眉,随后似是很不甘心地说道:"没将这些满口仁义道德的卞唐贵族杀光杀净,总是心有不甘。"詹子喻笑道,"楚将军,为何李家可以坐这江山,我就不可以?这天下当初不也是李家从前朝手上夺来的吗?为什么他们就是天下正统,而我就是乱臣贼子?"

詹子喻眉目间隐现一丝峥嵘之色。他微微仰头,看着高高的屋顶,显现枭雄之意,淡淡道:"况且,李家欠我的,我拿回来,又有什么错?"

楚乔不为所动,语调平静地说道:"那是你们之间的恩怨,与我无关。"

她缓缓上前,脚步如同暗夜鼓,回音一声声响彻大殿四壁。

"你害死了我珍视的人,我就要杀你报仇。"

锋利的宝剑一寸寸拔出剑鞘,闪烁着月夜的寒芒,像是一汪璀璨的星火,冷冷地照射在詹子喻脸上,划过一道白亮的光影。

"你还有何话说?"

"放了我妹妹,她只是一个女子,所做的一切都是为了我。"

楚乔看着他,久久不语,心底一丝酸涩缓缓升腾,外面的风从极远处吹来,吹动两人的衣摆,像是玄色的徽墨。

"对不起,我做不到。"

一腔血突然喷射而出，溅在楚乔玄墨色的衣襟上，迅速渗透进去，凝成一团暗影。

楚乔弯腰捡起地上的人头，男人墨发梳得一丝不苟，脸白如玉，眉目温和，仿若只是睡着了一样，断颈处却鲜血淋漓，一片狰狞。

噗的一声，楚乔将人头一把扔进一名侍卫的怀里，沉声说道："将人头挂到宫门上去，给攻门的中央军看看。"说罢，她走出凌霄殿，翻身上马，对着左右说道，"去柔福殿。"

月亮不知道什么时候从云层里钻了出来，洒下一片惨淡的清辉。凌霄殿渐渐冷寂下来，身着铠甲的士兵匆忙离去，徒留下一地尸首，天上的乌鸦哇哇叫着，黑色的翅膀好似死亡的灵幡。空荡荡的大殿上，无头的尸体仍旧在那张蟠龙金座上静静地坐着，看起来阴森恐怖。

柔福殿的战役此时已经结束，铁由和孙棣联袂而来，两人身上都有血迹，可见战事何等激烈。

楚乔跳下马来，对孙棣说道："委屈你了。"

孙棣哂然一笑，说道："无妨，只是牢里的伙食太差，饿得我瘦了许多。"

"姑娘，詹太妃已经被拿下了。"铁由沉声说道。

楚乔略略扬眉，"皇帝可好？"

铁由眉头微微一蹙，"只是受了些惊吓。"

"那就好。"楚乔松了口气，问道，"那为何愁眉苦脸的？"

"袁太后殁了，我们冲进去的时候她以为是詹太妃的人，还没等我们说话，她就一头撞死了。"

楚乔闻言顿时紧紧地皱起眉来，没想到袁氏竟然怯懦如此，枉她殚精竭虑为他们母子布下这一条生路，她竟然这样一声不吭地死了。

"姑娘，"孙棣走上前来，沉声说道，"詹氏兄妹刺杀先皇，结党营私，谋刺皇帝，欲图拥立荣王的罪状全都搜查在此，明日便可公布天下，昭告他们的罪行。"

楚乔缓缓接过，不过寥寥几张纸，她却觉得重逾千斤。

"让我出去！你们这群奴才！放我出去！"

一声撕心裂肺的尖叫突然传来，富丽堂皇的柔福殿如今已然一片衰败，大火焚烧，处处都是瓦砾尘埃。詹子茗一身大红鸾袍，正在奋力与两名宫廷健妇厮打，极力想要跑出寝殿。她双目通红，脸上哪里还有一丝雍容华贵的美艳。

看到楚乔和孙棣等人，她突然愣住，双眼直勾勾地瞅着她，"我大哥呢？"

楚乔面色不变地缓缓道："死了。"

詹子茗仿佛早就料到会有这一日。过了许久，她突然涩涩地笑起来，声音凄厉，好似苍穹之上的夜鹰，目光寸寸成灰，充满死气地看着楚乔，沉声道："你杀了他？"

"是。"

"好，好，他看上的人，果然很好，难怪阖宫上下三千脂粉，他只对你一人真心。"

楚乔冷眼看着这个美丽却疯狂的女子，目光沧桑且怜悯，似乎透过她这张美丽的皮囊看到了心底深处。

"你打算如何处置荣儿？"

"他不仅是你的孩子，也是李策的孩子，我会善待他。"

詹子茗颓然点头苦笑道："好，我满手血腥，连他也害了，若不是为了大哥，早已不想活了，你动手吧。"

那一瞬间，楚乔似乎透过她凄婉的微笑看到了她那颗千疮百孔的心。幼年对哥哥的仰慕，让她义无反顾地听从詹子喻的安排，然而进宫之后，她却不由自主地渐渐爱上了李策。这份爱也许连她自己都没有意识到，直到按照计划刺杀他之后，才让她明白了自己的内心。当日仪心殿外，她的悲伤不似作伪，只可惜，她一生所爱的两个男人，一个从未爱过她，一个不能去爱她，她终究成了命运的一个笑话。

"赐詹太妃毒酒白绫。"

楚乔凛然转过身，向着殿外大步走去。外面的风呼的一声吹来，黑夜像是浓浓的潮水蔓延开来，金吾正门火光通明，喊杀声却渐渐消减，一道尖锐的鸣金声刮过清冷的夜空，漫漫征尘的味道、万千杀戮的味道、无数灵魂死亡的味道，瞬时间覆雨翻云而来，从四面八方将她包围。

她手握银剑，一身染血墨袍，身后是万顷刺目的火光，黑甲战士们站在她的左右。她的目光那样冷，牢牢地注视着天地的尽头。那边，是极遥远的北方，翻滚着寒冷的清寂，她的目光一眨不眨，似乎在看什么人，却终究淹没于一片虚空之中，了无痕迹。

"詹太妃殁——"太监吊着嗓子喊出长长的婉转祭调。

太阳光在这一瞬间穿透了乌黑的云层，天色将明，这漫漫长夜终将过去，可是心里的黑暗又将需要什么来驱散？

命运似一场荒芜的大火，将她烧得支离破碎，那些美好的愿望、对未来的期待，终究要随着这场大火轰然而去。就此，她将要剥离所有的软弱、悲戚、仁慈、善良，还有那份对于美好事物的向往，真真正正地坚强起来，守护自己所珍视的一切。

任何人胆敢侵犯一寸，都必将为之付出惨痛的代价。

"姑姑！"一个稚弱的声音突然传来，孩子小小的身影顿时扑入楚乔怀中。皇帝哭花了脸，小小的脸蛋红彤彤的，一边哭一边说道："母后死了！姑姑，仪儿的母后死了！"

孩子还那么小，眉眼俊秀，却满满都是李策的影子。

她蹲下身去，将孩子紧紧地抱在怀里，周身都是冷的，唯独心口处一团温热。

这是李策的孩子，这是李策的江山，这里是李策的家。他守护了她这么多年，如今，换她来守护他。

"仪儿不怕，你还有姑姑。"

"小姐。"梅香幽幽地站在一侧，手里抱着一个孩子。

楚乔站起身来，缓缓地走过去，只见正是詹子茗的儿子李青荣。

这个出生起就被册封为荣王的孩子此刻正在安然好睡，丝毫不知因为他的出生，这天地已经翻起了何等血雨腥风。他的父亲母亲相继去世，留下这一片满目疮痍的土地，和一个风雨飘摇的江山。

"小姐,你看三殿下睡得多香。"

梅香喜欢孩子,笑着将荣王抱给楚乔看。

楚乔伸手接过,孩子却被惊醒了,不耐烦地打了个哈欠,眼睛半睁不睁地看着楚乔,那模样,十足就是李策的翻版。

楚乔眼眶一热,险些落下泪来。她将孩子紧紧抱在怀里,脸颊贴着他的小脸蛋,心里一片空荡荡的苍茫。

"大人,柳阁老的儿子柳元宗带着文武大臣在泰安门前,询问发生何事,皇上可还安好?"

楚乔抬起头来,目光顿时冷却下来,对着贺萧沉声说道:"告诉各位大人,摄政王詹子喻伙同詹太妃谋害皇上,图谋篡位。袁太后死于乱军之中,皇帝安然无恙。恶首已然伏诛。诸位大人不必担忧。"

贺萧去了,不一会儿,宫门外响起一片歌功颂德的"万岁"之声。

侍卫来报:"柳元宗当先表示效忠,满朝文武无不臣服,南门、北门、乾光门的战事都已停止,叛乱的中央军将士已然被擒获,等候大人发落。"

宫门大开,玉阶之下,肃立着满朝文武和万千将帅。天际一轮红日高升,照彻朗朗乾坤。楚乔抱着荣王,牵着皇帝,一步一步走上白玉御道。

"吾皇万岁"之声响彻宫阙,初升的太阳带着淡淡的金色,洒在她玄墨色的衣袍上,白地红云战旗上,隐隐有"秀丽"两个水印大字。长风吹来,天地间空旷寂寥,一片苍苍。

"姑姑,"皇帝脆生生地叫道,指着对面那座黄金的龙椅有些畏缩,皱着眉说道,"我不想坐在那儿。"

楚乔蹲下身子,温柔地摸着他的脸,轻声说道:"仪儿,那是千千万万人用鲜血和白骨垒成的座位,是你的宿命之地,你的父皇和母后都为它而死,大唐江山压在你的肩上,所有先祖的眼睛都在天上看着你,责任于此,容不得你退却。"

皇帝被她的话吓到了,一把拉住她问道:"那姑姑呢?姑姑也不要我了吗?"

楚乔将他扶上皇位,沉静地说:"姑姑会帮你,但是有些事,终究要你自己来承担。"

楚乔转过身去,文武百官和所有将士齐齐拜倒,万岁之声响彻耳际,惊散了天上的重重飞鸟。

百官们不知道自己此刻所拜何人,是那个皇位上的稚龄幼子,还是那个手握狼军和秀丽军两大军权的年轻女子。各种叵测的心机在朝野上动荡翻飞,就像千百年来一样,没有一刻安宁和平静。

尘土归墟,尘埃落定,棋已出手,再无反悔余地。

李策,你放心吧。

第十二章

秀丽皇妃

秋日渐凉，连吹过的风里都带着菊花清冷的气息，太清池的荷花早已惨败，梧桐叶子落满湖堤，大殿上静得仿若一湖透明无波的秋水，孙棣的声音像是紫铜镏金大鼎里的袅袅余香，静静地飘荡在殿上，显得越发空荡寂寥。

"蕴康公主、华阳一品夫人、汝南王妃、端庆王妃、靖安王妃，都先后上表，表示愿意入宫抚养皇上；汝南王、端庆王、靖安王、司徒将军、安驸马、云郡马，也都上表景从。朝野目前分成两派，武将们大多推崇靖安王，文官们却主张三位王妃一同抚养皇上，三位王爷一同监国辅政。"

清风拂过，窗外的花木摇得月影破碎。楚乔坐在软席上，穿着一身棉白色的内室锦袍，一只手搭在窗棂上，托着下巴静静地眺望着窗外的梧桐月夜，宽大的袖子微微低垂，露出一截雪白的小臂，脸庞瘦削，双眼沉静，看不出在想什么。

"兵部骠骑将军谢旭带着七万南军已经到了夕照山，不日就会抵达京师。谢旭曾经是靖安王的家奴，如今挥兵而来，不得不防。我已命徐素将军在邯水设防，谢旭若是打着拜见新帝的旗号来，也只能一人渡江，不得携带兵勇。"

"谢旭吗？"楚乔靠在窗前，头都没转，沉声说道，"当日洛王造反的时候，也没见他这样忠君爱国，如今却跋扈起来了。"

孙棣声音不变，沉声说道："名不正则言不顺，无怪满朝文武有异心。"

楚乔微微侧目，目光定定地看着孙棣，似乎已经了然他想说什么，却终究没有说出来，也没有给他一个切实的答案，只是静静地转过头去，看着窗外的粼粼碧波，久久无言。

"另外，柳阁老的儿子柳元宗曾私下找过我，表示在适当的时机，愿意联络一些柳氏旧部助大人一臂之力，只是，尚需一个时机和名目罢了。"

这时，殿外突然响起一阵急促的脚步声。两人齐齐转头看去，只见皇帝穿着一身小号的金黄蟒袍，赤着脚，连靴子都没穿，满脸泪痕地跑进大殿来，一头扑进楚乔的怀里，大哭起来。两名嬷嬷跟在后面，见了楚乔和孙棣连忙跪在地上。

孩子身子小小的、软软的，两只手死死抱着楚乔的腰，一边哭一边大叫道："姑姑！母妃来找我了，母妃来找我了！"

楚乔怜惜地将小皇帝拉起，拿出手绢擦去他的眼泪，轻声说道："皇帝又做梦了吗？"

孩子小嘴一撇，哭着说道："母妃头上全是血，都蹭在我身上了。"

楚乔安慰他道："皇帝别怕，那是梦，当不得真的。太后生前那么喜欢你，怎么会吓唬你呢？"

"姑姑——"李修仪紧紧抱着楚乔，怎么也不肯松手。

孙棣看着皇帝，不无惋惜地说道："皇上年纪还这样小，若是到了别有用心的人手里，还不知要吃多少苦。"

楚乔的心底突然生出一丝烦闷来，看也不看孙棣，当即冷冷地沉声说道："夜已深了，大人不宜再留在宫中。梅香，送客。"

孙棣也不气恼，彬彬有礼地对着楚乔施了一礼，施施然转身离去。

梅香瞪着孙棣的背影，眉目间颇有怨愤，见他离去后愤愤地说道："小姐莫要听这人胡说，大不了等四少爷来了，咱们就将小陛下带走。"

楚乔还未说话，怀里的李修仪却抬起头来问道："姑姑要到哪里去？"

楚乔低下头，看着孩子黑漆漆的眼睛，隐约间似乎透过这双眼睛看到另一个人的影子。那时漫天飞絮，寒风像刀子一样冷，他不顾举国的反对和质疑，带着大军赶至龙吟关，将她从乱军之中救出。他的铠甲那样凉，贴在她的脸颊上，却好像是挡风的高山，巍然如皇皇大厦，永远不会倒下。

她一点点收拢手臂，将怀里的孩子紧紧抱在怀里。

白烛高燃，深宫的夜，总是这样漫长。

泰安门旁的角门缓缓打开，孙棣一身轻袍缓带，款款而出。

铁由蹲在黑暗的角落里，见他出来不动声色地走近。孙棣淡笑地看着他，若无其事地说道："铁统领可是要找我喝酒？"

"袁太后是你杀的？"铁由声音低沉，目光沉寂如水，突然沉声说道。

孙棣面上波澜不惊，嘴角挂着一丝淡笑，朗朗道："铁统领此言何意？袁太后触墙而死，阖宫上下全看到了，也是你亲眼所见，与我何干？"

铁由皱着双眉，语调不变地说道："清源说逼宫的前晚，你曾从狱中送出一封密信，指名是要交给袁太后的。袁太后看完你的信后就去了陛下的寝宫，一直到逼宫的当晚都没有离开。伺候太后的侍女说袁太后哭了整晚，连饭都没有吃，你跟她说什么了？"

"我能说什么，无非嘱咐太后小心防范詹家兄妹罢了。"

铁由突然上前两步，双眼紧紧盯着孙棣，沉声说道："那你为什么秘密处死了为你送信的几个小太监，昨晚又以清宫为名大搜仪心殿？"

孙棣的面色也冷了下来，凛然转过身去，冷冷道："我不知道你在说什么。"说罢，抬脚就想走。

"孙棣！"铁由蓦然大喝一声，吓得远处的侍卫齐齐向这边望来，他胸膛起伏，压低声音缓缓说道，"若要人不知，除非己莫为。宫中千百双眼睛盯着你，你以为你做得到天衣无缝吗？"

月光清冷，将银白色的光洒在孙棣的脊背上，青衫翩翩，朴素无华，偏偏有说不出的光彩从这个年轻的贵公子身上飘然而出。

他慢慢转过身来，双眼静静地看着铁由，一字一顿地沉声说道："铁由，你是什么出身，你不会不记得了吧。"

铁由一愣，面上陡然闪过一丝不快，冷冷道："铁由一介贱民出身，自然无法同孙大人相提并论。"

"我并不是问你这个。"孙棣淡淡说道，冷月清辉下，他的脸庞俊秀而邪魅。男子脊背笔挺，袍袖翩然，沉声道，"我是说，你不会忘了陛下对你我的恩德吧？"

铁由顿时一愣，可转瞬便冷冷地说道："杀了小陛下唯一的母妃，鼓动朝野人心思变，这难道就是你报答陛下恩德的手段？"

"不然还能如何？让陛下登位，袁太后辅政？哼，如果那样，不出三年，这大唐江山就会跟着靖安王周允姓周了。"

孙棣嘴角含了一丝冷笑，年轻的眼睛狡黠若狐，夜风吹来，只见他衣带翩翩，竟不似人间人物。

"的确，陛下临死前早就料到会有这般局面，也知道詹氏兄妹图谋造反，更一一做好了批示和安排。只是我偏偏不那样做，偏要让大唐乱上这一场，偏要詹子喻这个乱臣贼子死在秀丽将军手上，好让她立下这一功绩。袁太后就算当日不自尽，我事后也会杀了她，只是她还算聪明，知道自己没这本事，早早做出了选择，也省了我很多麻烦。朝野上的水是我搅浑的，只有将局势逼到这种地步，楚大人才会为我所用，而不会随着诸葛玥离开大唐。"

铁由听得目瞪口呆，铁红色的城墙看起来厚重且压抑，夜行的飞鸟掠过高高的金吾宫，发出刺耳的鸣叫。铁由紧皱着眉头，微张着嘴，过了许久，才难以置信地说道："你疯了！"

"不，疯的不是我。"

孙棣仰起头来，衣带当风，挺拔的身姿犹如一柄枪，遥指着遥远的北方夜空，目光犀利地说道："你听没听到？北方的战鼓已经响了，雁鸣关下伏尸百万，大夏即将分崩离析；燕北燕洵野心勃勃，文韬武略冠绝当世，心狠手辣无人能及。大夏如今之所以还能与之抗衡，无非因为诸葛玥的青海大军在侧翼威胁，一旦诸葛玥离开，仅靠赵彻一人，如何能与燕北抗衡？而且大夏国内钩心斗角，内乱不休，各方氏族各自为政，赵飏也不是甘居人下之辈。一旦大夏被攻破，我卞唐北方屏障尽去，到时候西有燕北从南疆水路遥遥威胁，北有燕北大军正面进攻，东有与燕洵关系密切的纳兰红叶，内部还有靖安王等居心叵测者暗加觊觎，那时候，我大唐可还有存活之理？"

铁由整个人顿时愣住，只听孙棣继续说道："洛王一战，大唐伤亡惨重，陛下大去后，国内欲取李家而代之的势力贼心不死，如今若是保持这样的四分之局，我们还有一拼之力。一旦局势被打破，大夏绝于燕北之手，那就是我大唐覆灭之时。陛下对你我二人恩重如山，如今他已不在，难道你我能坐视大唐千年基业毁于一旦吗？"

"那……那你也不该杀了袁太后,她毕竟是陛下的妃子,是小陛下的母亲!"铁由满脸通红,大声说道。

"一个无用的女人罢了。"孙棣不屑地冷哼一声,沉声说道,"为今之计,唯有想方设法保住大夏,才能让我们有喘息之机。在燕北灭掉大夏之前,如果我们无法吞并怀宋,那么将来必定落入重重包围之中。"

说罢,他的眼中突然现出一丝狂热。他转过身来,紧紧盯着铁由,沉声说道:"只要楚大人在我大唐一日,诸葛玥就必定不会离开大夏返回青海,只要他不走,燕洵就不能无视翠微关而发全部兵力攻打雁鸣关。大夏不灭,我们便有了休养生息的时间和机会。而且以楚大人和燕洵、诸葛玥二人的关系,必然会为我们赢来两方在政治上的支持,国内势力若有异动,不得不考虑其他两国的态度,小陛下的皇位便安稳无忧,靖安王等人即便要插手,也会有些顾忌。更何况,秀丽军战斗力极强,忠心耿耿,不亚于陛下的狼军,当是王师的最佳保证。楚大人本身极具军事政治才华,深得大同行会残余势力的推崇,堪当大任,且对陛下有情有义,本身也无亲族家眷,身为女子,更无野心。这般辅政人物,当今之世,你还能找到第二个吗?"

铁由被他说得哑口无言,只能愣愣地看着自己的同僚,好似不认识一样。

孙棣看着他,静静地说道:"你若是想看着大唐基业毁于一旦,想做大唐的千古罪人,不妨将刚才我说的话告诉别人,同僚一场,我不怪你薄情寡义,只怪我的心思不能为世人所理解。"

"可是,你要楚大人她……你这不是在误人终身吗?"

孙棣摇头一笑,轻拍了拍铁由的肩膀,淡淡道:"我虽然相信楚大人没有野心,但是我不能不防着别人,如果将来诸葛玥真的娶了她,难道还要让青海王的夫人来做我大唐的监国?"

天上明月皎皎,洒地铺银,男子转身昂首离去,声音从远处缥缈而来,带着几丝难言的凄凉,"帝王之路,怎容得妇人之仁?地狱幽深,无人敢往,便让我一人独去……"

月影倾斜,秋风苍茫地吹过,遍地梧桐秋叶,一片清寂之色。

宓荷居仍是一样清冷,只是如今已成为整个金吾宫内最有人气的地方,最起码还有活人走动,而其他地方听说连夜行的鸟儿都不愿意飞落了。

金吾宫一下子安静下来,不再有歌舞,不再有酒宴,不再有蜜色肌肤蓝色眼眸的东胡舞姬,更不再有彻夜而歌的优伶。

整座宫殿都寂寞下来,连夜莺都识趣地飞离了这座沉默的宫殿,宫殿突然间变得那么寂静,走路的时候甚至能听到自己的呼吸声。

所有人都在悄无声息地活着,似乎稍稍大声一点,就会惊动那些刚刚死去还没有消散的亡灵。

宫里的白幡白绫如同一条条雪白的女子手臂,依稀间,眼前再次晃过不久前这里的锦绣繁华、酒鼎奢靡,然而转瞬间,尘土归墟,一切已然消散。

所有的一切都在想念那个人，包括这里的连绵梧桐和清水碧波，还有每一道飞檐斗拱、每一处庭院假山。

皇帝刚刚睡着，就躺在楚乔的床上。这孩子当日目睹袁太后自尽，多日来没有一个好觉，此刻小眉头仍旧紧紧地皱着，似乎睡梦中也在害怕。荣王躺在一旁的摇篮里，却睡得很踏实，嘴角弯弯的，像极了他的父亲。

楚乔坐在窗前，没有半点困意，一支白烛静静地燃着，烛泪低垂，火光下隐隐有一丝丹红，恍若女子珠泪下滚落的胭脂。

她手上捏着厚厚一沓书信，火漆完好，全部没有拆封，就那样坐着，已经足足有两个多时辰了。

孙棣的话再一次回荡在脑海里，她缓缓回过头去，看着两个年幼的孩子，看着他们那熟悉的眉眼，不由得心底一片茫然。

"真是个狡猾的家伙。"楚乔的嘴角划过一丝淡淡的笑，好似又想起了那人弯弯的眼睛，想起他最后说出那番话时飞扬的眉梢和狡黠的嘴角。

这个人多智近妖，转眸之间，几乎已算尽天下人。可是为何这样一个人，独独算漏了自己呢？

诸葛玥会很生气吧，这信里会写什么呢？会生气地骂她？怨她？还是会殷殷地叮嘱她？

也许都会有吧，她恍惚间又想起了那一晚他对自己说的话。当时桂树轻摇，月光明媚，他转过头来看着她，目光那样清俊，缓缓地问："路还没有走到底，也许还会有别的变数，你怕吗？"

当时的风那样轻柔，天气暖暖的，她的衣袖被风鼓起，像是翩翩欲飞的蝶。她当时抛却了一切心结，静静地轻笑着说她不怕，然后他就温和地笑了起来。那是极少见的，没有尴尬、没有赌气、没有斗嘴、没有争执，他发自内心地对着她微笑，然后在月色下缓缓俯下头来，在她的唇边轻轻地吻着，有力的手环住她的腰，唇齿摩挲着她的柔软和芳香，吸吮着多年憧憬的甜美。

岁月于他们，已然是千刀万剐的凌迟与割裂，命运虚无苍茫，犹如烧过荒原的熊熊野火，扑不尽，浇不息，永无静好，从无安宁。

她缓缓地伸出手来，捏起书信，放置在烛火之上。火苗高高地燃起，烧得信封微微卷曲，渐渐泛黄，火舌蔓延，终究化作黑灰。

这座死寂的宫廷，还有太多双眼睛。

第二日孙棣来的时候，楚乔已经梳洗完毕，穿着深红色织金的庄重服饰，金丝百合披襟长长地垂坠胸前，看起来金光灿灿。

孙棣看了楚乔一眼，似乎有些愣，过了一会儿唇边突然绽出一抹笑来："看来姑娘是想通了。"

女子坐在正厅主位上，清晨的阳光照在她身上，有着一种让人不敢逼视的光。穿上这样的华服，她眉眼间的凌厉却丝毫没有消减，反而显得更加雍容。她定定地看着孙棣，声音清冷，缓缓开口道："还好，想必没有叫孙大人失望。"

孙棣心中顿时一凛，却还是冷静地垂首，"姑娘言重了。"

楚乔也不多言，冷冷地一挥手，"估计大人心中已有数了，该如何操办，就全权交给你吧。"

"是，臣定不负所托。"

转瞬之间，称呼就已经改了，楚乔转过头去，连冷笑都觉得吃力。

孙棣踟蹰一下，随即试探着说道："三日之后，就是黄道吉日。"

"三日？"楚乔微微扬起眉来，"不会太赶吗？"

"无妨，臣会督促礼部和工部加紧筹备。"

"那圣旨和诏书该怎么办？"

孙棣微微一笑，很是自得地说道："姑娘忘了吗？先帝给姑娘的郡主册封诏书还没有填写尊号，只要稍加修改，就可大功告成。时间上也无误差，毕竟是先帝亲笔所书，群臣会更加信服，加上姑娘如今的威势，想必无人敢出言反对。"

"呵，你倒是想得周全。"楚乔不冷不热地说道。

孙棣脊背突然一凉，沉声说道："那臣这就下去准备。"

"嗯。"楚乔淡淡地点了点头，神色颇为倦怠。

孙棣急忙转身离去，就在将要跨出房门的时候，一个极清淡的声音突然传来，女子淡淡地说道："这是最后一次。"

孙棣脚下顿时一滞，回过头去，却见楚乔已经跨进内殿了。

难道是幻听？他紧紧地皱起了双眉。

秋日高远，天色澄碧，孙棣突然洒脱一笑，仰起脸孔看向天空，依稀间，似乎又看到了那个亦君亦友的男人正笑吟吟地瞅着他。

"我这样做，你想必也是开心的吧，就算你脸上摆出一副神圣不可侵犯的正义模样，心里估计也乐开了花。"孙棣深吸一口气，静静地闭上眼睛。

恨我亦无妨，只要保住李唐的血脉，一切都是值得的。

十月初五，金吾宫下达先皇的遗诏，册封秀丽将军楚乔为皇贵妃，执掌宫中凤印，并承诺天下，只要将来诞下皇子，就册封其为大唐皇后。

因为落款的时间是三个月前，那时李策尚在人世，是以楚乔成了唯一一个刚刚册封就荣升太皇贵妃的女人，并且天下谁都知道这是一场怎样的婚姻。这位秀丽皇妃终其一生都不可能再怀上李策的孩子了，所以这辈子，她也只能是一个太皇贵妃。

册封大典定于三日之后，唐京全城挂满黑幔，礼部也赶工制成了大唐千年来的第一件黑色凤袍。各地官员无不匆忙备礼，驿道上满是疾奔的驿马，遥遥地奔向京城方向。

所有人都在等待三日后的这场冥婚，各国的眼睛齐齐凝聚其上，天下再一次被这个女人惊动。因为每个人都知道,这不仅仅是一个皇妃,而是大唐未来十年之内真正的主人。这个昔年奴隶出身的大夏女子,终于凭借着传奇的际遇,一步步爬上了权力的顶峰。

燕洵知道这个消息的时候正在宫里宴请贵客,风致悄悄走过来,附在他的耳边,轻声说了几句。他的脸色突地一变,手中的酒盏一歪,半盏葡萄美酒就洒在了玄黑色的袍子上。

粗犷的客人微微一笑,不无探究地问道:"大王怎么了?"

燕洵恍然一笑,摇头道:"朕养了许多年的一只鹰刚刚飞走了,惊扰贵使,真是不好意思。"

"原来是只鸟。"客人哈哈大笑道,"燕北地大物博,将来大王若是再攻下大夏,天下尽在大王掌握之中,要什么没有。不过既然大王喜爱鹰,那我立刻派人抓来上等战鹰献给大王,祝大王东上顺利,旗开得胜!"

朗朗的笑声顿时从朔方宫里传出,在燕北高原上远远地回荡开来。

天地那般辽阔,命运真的像是一往无前的利箭,只要射出去了,就再也没有回头的余地。

那天晚上,燕洵带着随从上了落日山的纳达宫,宫殿状若浮云,美轮美奂。他坐在瑶池般的云海深宫中久久没有出来,太阳一点点地落下山,夕阳一片红艳艳的火红,像是火雷原上的烈焰红花。

烈酒划过嗓子,视线一点一点地模糊,他的视线不再凌厉,变得有几许迷蒙,身边没有一个人,他可以允许自己的思想暂时放一个假。

"阿楚,嫁给我吧。"

"嗯……"

"我总会对你好的。"

"我总会相信你的。"

"阿楚,等东边战事了结,我们就成亲吧。"

……

"阿楚,一切风雨都过去了,而我们还在一起。"

谁都会变,我们不会变。

我们,不会变……

一阵低促的轻笑声从云海宫里传出来,风致微微一愣,侧过头去,却只闻到一缕绵绵的酒香。从前陛下是不喝酒的,自从,自从那个人离开之后,酒这个东西,就成了这里的必备之物了。

想起那个人,风致突然鼻尖一酸。

终究是两个伤心人,零散天涯,踩着刀尖过活,谁也不得真正的安宁。

燕北的风渐渐冷了,冬天又快到了。

此时此刻,贤阳的渡口处一群人刚刚上岸,几个满面风霜之色的男人牵着几匹马,沉声说道:"家里传来消息,没有人知道少爷不在,七爷嘱咐说少爷尽心办自己的事,十天之内赶回去就行,不要担忧。"

紫衣男子微微皱眉,面容俊朗,嘴唇丹红,一双眼睛好似深潭古井,深邃悠远。

他利落地上了一匹马,面上隐隐带着几丝风尘之色。

"此去唐京,抄近路的话只要三天,只是沿途没有什么大城镇,未免有些颠簸。"

"时间仓促,还是走近路吧。"

一名随从转头对那紫衣男人说道:"少爷,要不要准备一辆马车,你已经多日没好好睡一觉了。"

"不必。"男子摇了摇头,沉声说道,"唐京那里可有消息?"

"姑娘一举击溃詹子喻之后,朝野就平静下来,只是近期关于何人辅政的问题有些喧嚣。依属下看,以姑娘的性格,很可能会着别人的道。"

"她敢?!"男子冷哼一声,神色颇为阴郁,"我倒要看看谁敢!"

众人跟在他身后纷纷上了马,马蹄如飞,转眼便消失在贤阳古道上,不一会儿,就出了西城门,沿着偏僻的驿道奔去。

一个时辰之后,皇家的使者进入了贤阳城,宣读了楚乔被封为秀丽太皇贵妃的圣旨。贤阳城守跪地朝拜,随后赶紧回了府邸,组织贤阳的富户开始准备恭贺新主子的贺礼去了。

久别之后,已然天翻地覆,人事全非。

岁月如梭,仓促之间,便隐现十年岁月峥嵘。依稀间,已不是昔日的垂髫稚女,亦非往昔的固执少年,岁月在他们中间一重重地划下无数界限,家恨、国仇、情爱、战争,颠沛流离,生死两别,终究,情谊和亏欠也一一登场,好似那长长的丝缎,无论怎么扯,都扯不完无尽的线头。

风从极远处的燕北吹来,拂过大夏的浩瀚国土,吹进卞唐的脉脉深秋,掠进怀宋的如锦繁花,奔向极东方的浩浩碧海,淹没于雪白的海浪之中。

"路还没有走到底,也许还会有别的变数,你怕吗?"

"我不怕。"

"记住,我在等着你呢。"

夜幕清冷,月光如辉,遍布古道华林。

那一场记忆中温暖的碎片,终究被无尽的血雨腥风、刀光剑影洗去了最初幸福而明媚的期待和铅华,只余几分清冷,将过往的期待和如今的局势分得泾渭分明。

"只可惜,我终究不信命!"

马蹄滚滚,昼夜不息,久违了的唐京古城,就在眼前。

第十二章

江山为嫁

秀丽将军楚乔要被册封为妃的消息在一夜之间传遍了整个卞唐国土，慎南、滇西、粤林、云漠等地集体反对，南域之地反对之声若雷，靖安王、端庆王、华阳大公相继起兵。

这些当初洛王兵变时尚能坚守不出、詹氏兄妹擅权专政时也能韬光养晦的皇室宗亲瞬时暴跳如雷，打着"清君侧、除妖女"的旗号，率领十八万南域大军，浩浩荡荡向着京都而来，一路上官府郡县无不开门迎送，无人敢出面阻拦。

孙棣早就料到会有此事，事先抽调了二十万东军，由徐素率领阻挡在邯水江畔，十万狼军防守帝都，各条驿道关卡全部把守得严严实实，帝都犹如铁桶，刀枪剑弩雪亮森然，静候来犯的南域虎师。

万事俱备，唯欠东风，一切都已准备停当，只等三日后的册封大典。

秋风肃杀，因为要筹备凤游台的典礼，整个唐京城从前日就已经实行宵禁。此时此刻长街上空无一人，秋风卷着落叶扫过挂着黑幔的梧桐高木，像是一群绕着黑夜翻飞的黄蝶。

孙棣的司空府上，一名宫廷内侍衣着的男子跪在地上，以内侍特有的尖细嗓音说道："楚大人昨晚和梅香姑娘吵了一架，惊动了小陛下和潇公主，后来奴才亲耳听大人对小陛下承诺说不会离开大唐。"

孙棣眉梢微微一挑，问道："你可听清楚了？"

"清清楚楚，梅香姑娘哭得很大声，小陛下还拔了剑，楚大人还烧了大夏司马大人的书信。"

"梅香是今早什么时辰离开的？"

"天还没亮就走了，那个叫平安的年轻人送她走的。楚大人说，她回学府城了。"

孙棣点了点头，过了许久，方才沉声说道："她走了也好，留在这里，总是碍事。"

男子长身而立，目光清冷，拿出两根金条放在桌子上，"回去好好办差，我不会亏待你。"

"多谢孙大人！"

内侍退下之后，孙棣召来一名亲随，斟酌了半晌，方缓缓说道："你立刻带人出城，寻找楚大人贴身侍女梅香的下落，若是她返回学府城，你就一路护送她回去；若是她反其道而去其他任何地方，你知道该怎么办。"

那人声音低沉，立刻答道："属下遵命。"说罢，转身出了门，不一会儿，门外一声马嘶，就此消失在茫茫长街。

孙棣推开窗子，只见月亮弯弯的一钩，好似女子额上的素眉。

"但愿……一切顺利。"

风平浪静地过了两日，朝野之上文武百官同时缄默，除了最初有几个翰林院的学者和二十多名御史台的御史有一些反对声音之外，其余一概无言。不是屈服于孙棣的官威之下，就是害怕如今手握兵权的楚乔。对于那几个顽固不化的老臣，孙棣本来想亲手将他们收押，谁知秀丽军却抢先一步，将那些人关入大牢。

孙棣知道的时候不禁有些担忧，这些人虽然顽固，但毕竟是真正对大唐忠心的臣子。秀丽军对楚乔敬若神明，还不知道这些人会遭什么罪。

他为此曾私下进宫，希望能劝劝这位未来的监国太妃，结果却吃了闭门羹。他知道之前做的事也许被楚乔知道了一些，是以也不敢太过于激进，只能暗中托尚理院的官员对那些老臣多加照顾。

今晚注定是一个无法安眠的夜晚，因为明天就是楚乔的册妃大典，也是大唐开国以来的第一次皇室冥娶，是以礼部夜夜赶工，努力完善着凤游台的修建。而其他官员，则各怀心思安坐家里，没有人知道明日过后大唐会是一个怎样的走向，这位和各国权贵都有着千丝万缕联系的女子会将大唐引往一个怎样的前程。她究竟是忠贞的臣子，还是窃国的盗贼？她是要保持原有的社会制度，还是要效法在燕北时建立一个全新的大同政权？没有人知道。

明天过后，大唐还会姓李吗？

这个晚上，无数人都在这样想。

秀丽军营一片安静，战士们丝毫没有因为外界的各种声音而有半点怀疑和动摇，冷月的清辉洒在偌大的军营之中，平日操练的空地上一片清寂。

贺萧的大帐幕帘微微一动，一个穿着黑色披风、风帽将头完全遮住的人走了进来。

贺萧正在案前喝酒，穿着寻常的褐色衣衫，头发散开，前襟微敞，露出半边古铜色的肌肤，有着平日难得一见的落拓和粗犷。见到来人，他眉头微微一皱，却并没有出声。

来人一把将风帽摘下，露出一张秀丽的脸孔，微微一笑，说道："深夜在军营中饮酒，我记得是犯军规的。"

贺萧见了她，也不说话，只是低下头来继续喝酒。

楚乔走上前去，在他对面盘膝坐下，微仰着头说道："不请我喝一杯吗？"

哐啷一声，贺萧随手丢过去一只酒碗，也不给她倒。楚乔倒也不恼，坦然地倒了一碗，仰头喝下去，只觉得入口辛辣，好似火炭冲入了嗓子。

她微微皱了皱眉，说道："好烈的酒。"

见贺萧还是不说话，她稍稍正色道："是不是我不来见你，你就永不会再来见我？"

贺萧微微扬起眉来，目光在她的脸上转了一圈，突然声音低沉地说道："我真的很奇怪，你现在还笑得出来？"

"那有什么,比起我们当初防守北朔,现在的情况不是好得多吗?"

贺萧定定地看着她,突然一哂,转过头去说道:"是,好得多,大权在握,一朝上位,的确好得多。"

楚乔身子微微前探,双目如同漆黑的星子,冷冷说道:"贺萧,你也如此想我?"

虽然心底明知是怎样的情况,那一团火却怎么也熄不下去,贺萧与她目光直视,面容很是冰冷,带着几分愤怒,却又有几分怒其不争的心疼。

楚乔半跪起来,身子探过身前的小几,附在男子耳边,轻声说了一句话。

贺萧初时还未太在意,可是转瞬之间,脸色蓦然大变,猛地抬起头来,震惊地望着眼前这个胆大包天的女人。

"贺萧,"楚乔淡笑看着他,声音却前所未有地郑重和冷静,"你肯不肯帮我?"

年轻的将军沉默许久,嘴角终于渐渐露出一抹笑来,他伸出手,就像这么多年的很多次一样,两人蓦然击掌,然后紧紧握拳。

清冷夜幕下,唐京城外的荒凉驿道上,一队人马正在急速狂奔。突然前方一骑人影策马而来。

为首的紫衣男子顿时勒马。只见那匹马飞速掠来,马上的人原本正在策马狂奔,骤然看到他,扑通一声跳下马来,大声道:"四少爷!"

这个晚上,注定不是个适合安眠的夜晚,无数的筹谋博弈在暗夜里你推我阻,静候着明日的那一场盛典。

夜,如此漫长。

雄鸡破晓,天际一轮红日高升,照彻世间朗朗乾坤。

国子大殿上,白发苍苍的汝南王语调颤抖地宣读了先皇的遗诏,颤巍巍地拜倒在大殿的玉阶之上。

楚乔身穿宝金榴花九彩云锦海纹凤翔吉服,头戴十八只赤金凤玉宝冠,腰缠金章紫绶碧玉腰带,因为是冥婚,吉服以黑色为主调,九彩皆以玄青、暗紫、墨绿、铁红、乌金、檀灰、深蓝、冷橙、白银为绣线,上绣墨色鸾凤,遍文金色云海小图纹,璎珞也以墨石、蓝宝石、月光石、和田玉为主要装饰。整个人看起来庄重古朴,又透着几分沉重和压抑,让人不敢逼视。

鸾凤车从国子大殿起驾,一路出了章御广场、碧绶天台、蔷薇主道、安华门、琼华门、太卿门、泰安门,出了金吾宫,进了内城豪门的青云路,然后上了绕着唐京的天启街,一路向着太庙前的凤游台行去。

沿途百姓跪伏于地,见到车驾无不高呼千岁,额头深深埋在地上,车驾过处,尘土溅起,像是一片灰黄的风暴。

秋叶萧萧,黑幔包裹了整个唐京城,天空又高又蓝,太阳苍茫且遥远,一切都像是一场浓墨山水,盛世繁华如同尘埃碎土,一层一层蒙上了过往的几番血腥。

马车停住，凤游台由三百六十六级白玉阶所铸，高近百丈，站在上面，可以俯视整个唐京城，连同那座巍峨庄严的金吾宫，也似被踩在脚下。

"咨尔楚氏，秀毓名门，祥钟世德，知书晓理，恭顺谦和。秉德佑而温恭疏，知古今而性喜善，淑惠安和，进度有则，特下此喻，晋锡荣封太皇贵妃，辅政监国，后绥永福。"

庄严的声音回荡在青天白日之下，一只赤足真金打造的黄金凤冠端端正正地摆放在前方祖庙的方台之上，凤印、朱笔、玉玺等物一一放置其上，那是世人所仰望的金玉权柄，只要上前一步，握在掌心，这天地间就再无人能轻易伤害到她。

她站在高高的凤游台上，下面是万千跪伏的身影，在那些仰望的目光之中，有嫉恨、有怨毒、有惊惧、有害怕、有犹豫、有彷徨，还有一丝殷殷的期盼，但是，就是没有让她觉得温暖的东西。

脚下的玉阶那般冷，天上的阳光也是冰寒的。

礼部尚书跪在她身前，手里端着黄金印绶，七旬老臣低着头，年迈的膝盖微微发抖。

风呼啸而过，天际飞过成群结队的雄鹰，她仰起头，看着唐京那座巍峨的城门，朱红色的铁墙，高耸的城楼，历经千百年风雨的古老城池似乎也望着她，等着这历史性的一幕。

只要接过，只要接过，这天下，就将有四分之一掌握在她手中。

那一刻，她突然又看到了那双眼睛，清冷却又炙热，他笔锋清隽，带着犀利的光芒，龙飞凤舞地写道：切记等我！

切记！等我！

册封的王号突然齐齐奏响，像是万千头犀牛同时长啸。

唐京北城外，一骑战马遥遥孤立在桥头，枯黄的秋草随风摇曳，旭日初升，将千万道金黄的光芒洒在荒原之上。

他一身紫袍，青玉束发，眉目清俊，一双眼睛宛若深湖，看不到半丝波涛。

一阵风吹过，细小的风悠悠吹进脖颈上挂着的一串铃铛里，嗖的一声，扬起一个细小婉转的声音来。

"记住，我在等着你呢。"

我在等着你呢……我在等着你呢……

旭日穿破云层，千万道霞光忽至，万象更新，一派锦绣！

轰隆！一声巨响突然从南城门处传来，一时间连太庙都被震动。

万顷昏黄尘埃自南面天际汹涌而来，几乎遮盖住了天上的旭日，鸣金警号传遍王师，驿马疾奔向祖庙祭台，马上的兵士仓皇叫道："靖安王兵临城下！徐素大将军投敌变节！靖安王兵临城下！徐素大将军投敌变节！"

一瞬间，全城仓皇，所有人面如土色，孙棣站在台下，脸色瞬间变得一片苍白。

礼部尚书摔倒在地，手中的凤玺印绶落在汉白玉的石阶上，发出璀璨的金黄色光辉。

楚乔一步步走下来，站在孙棣面前。孙棣抬起头来，定定地看着她，目光像是幽深的寒潭，带着说不出的冷寂，却又有着莫名的畏惧。

"孙大人。"楚乔拿出一张信笺,上面密密麻麻写着的全是朝中大员的名字。

"这是这段时间秘密私通靖安王等叛逆的京都大臣的名单,还请你马上去处理一下。"

楚乔话音刚落,场中的几名大臣顿时面如土色。孙棣愣愣地接过,疑惑地看着她,似乎直到此刻,他才真正看清眼前这个女人。

"我马上要率军出去迎战靖安王,城内和皇上的安危,就托付给你了。"

"京畿守军不过十五万,可是敌人的人数……"

楚乔打断他道:"我们还有徐大将军。"

"徐大将军不是……"

"徐大将军做这种事,也不是第一次了。"

孙棣顿时呆住了,愣愣地看着楚乔随手撕掉身上富丽堂皇的吉服,露出里面一身银白色的贴身铠甲,满头珠翠也被她几把摘下,以一块青色头巾包裹住三千青丝,随即上了贺萧牵来的一匹战马,带着秀丽军将士呼啸而去。

皇城内外十五万守军早已严阵以待,少女一身戎装,脸上再无那种沉寂冷漠的气息,飞扬的光彩犹如浴火重生的凤凰。她仗剑而行,昂首立于城下,冷喝道:"开城门!"

那一瞬间,她恍若天地初开的第一道光线,美得让人有流泪的冲动。

孙棣看着那座巍峨的城门缓缓洞开,千万马蹄掀起了万千昏黄的烟尘,向着十里之外的战场雷霆掠去。

天地为熔炉,万物为薪炭,乱世造就英主,而她,就是所有人觊觎的那柄利剑。

冷风不断在耳边穿梭而过,她再一次想起了李策临死前在她耳边所说的那番话:"我死之后,朝野定会大乱,詹氏兄妹不过是纸虎,皇室宗亲才是真狼。孙棣为人偏激,若有异动,你将计就计,拿着我给你的扳指前往邯水,徐素看见之后会听你号令,铁由的狼军也会听你指挥,若能趁机拔除朝野中各藩王的探子,也算是一举两得。至于诸葛四,你别看他平时瞅着挺聪明,一涉及你,顿时变白痴。你到时候也不必提醒他,就让他带兵来抢亲,我卞唐也能少死几个人,顺便也好气气他。乔乔,你一生多羁绊,若是因为我的死,再一次牵绊住你的脚步,那我活在九泉之下,也不会安心闭眼。

"你,切莫让我失望。"

……

楚乔眼角酸涩,抿紧嘴角,痛击马股。只见旷野之上两军已然交锋,徐素身先士卒,一身铠甲戎装犹如盛世战神,手握一柄大刀,身后竖着一面大旗:杀叛逆,诛奸臣。

"杀——"狼军发出震耳欲聋的疾呼,天地玄黄,大唐永钧帝即位之后的第一场动乱,终于彻底展开。

永钧元年十月初八,王假意登位,诱使靖安、端庆、华阳大公等人起兵,发兵十八万至邯水关。一路部从云集,慎南禁稷营副将方怀海、滇西西军上将田汝贾、夕照副统领刘暮白、怀城参将朱炅、邯水将军徐素相继归于麾下,兵力扩张至四十余万,一路势如破竹,直杀京师。王闻讯,脱吉服,披甲胄,开南昌门,率军迎敌。

方怀海、田汝贾、刘暮白、朱灵、徐素等人见到王旗，顿时竖起诛奸大旗，倒戈攻寇。王控弓挽箭，率军拼杀，斩敌三万余数，余者皆降。靖安王周允死在徐将军剑下，年五十七。

两日后，王挂凤印于宫门，以不敢以女子之身擅权之名，跪太庙前请先皇收回成命。第二日，永钧帝至，感王与李唐之恩义，特准其奏，去太皇贵妃之称，授大唐一等世袭封王，赐玉册、金宝、一品蟒袍，封号秀丽。

——《唐书·秀丽王传·一百二十七卷》

宫门前，楚乔一身白色披风，安静地立于宫门暗影之下，天色将暮，黄昏鸟飞，她整个人被笼罩在夕阳淡淡的红晕中，看起来安静且平和，丝毫没有半分驰骋疆场的凌厉和锋芒。

孙棣的车马刚刚出宫，就看到了楚乔，顿时停了下来。他缓缓走下车，一时间竟然不知该从何开口。想了许久，看着她谈笑自如的样子，他终于还是垂首道："楚大人。"

"秀丽军皆已在卞唐安家落户、生儿育女，就不再是我的私人军队了，我将他们托付给孙大人，我自己就再不是秀丽军的统帅了，大人之称，切勿再提。"楚乔淡淡说道，声音很是温和。

见识过她厉害的孙棣却再也不敢给予她曾经的轻视了，他点头道："大人说的是。"

楚乔笑容淡淡地说道："当日公然反对我册封的几位大人该放出去了。陛下年幼登基，正是收买人心的好时机，这个诏书，我就不代陛下下了。我走之后，孙大人切勿忘了尚理院大牢内的那几个忠臣。"

孙棣答道："臣谨记大人教诲。"

"孙大人，刚刚的话，是大唐秀丽王对你说的。现在，我楚乔还有几句话想要对你讲。"

孙棣顿时一愣，缓缓抬起头来，只见女子面容秀美，脸上隐现几丝难言的华彩，他不由自主地点了点头，"请讲。"

"你也知道，帝王之路，永远容不下妇人之仁。那么无论我是大唐的皇妃还是大唐的亲王，都不会对燕北和大夏的政治倾向有什么影响，一旦时机成熟，大战必不可免，绝不会因为谁的私交就消泯统一的进程。如今卞唐内部虽然所有的反抗兵力都已经被消灭了，但是你们仍然不可大意，大夏和燕北之战必不可免。未来天下大势是何走向，你我都无法揣测，只能尽自己全力扭转局面，保护李策的血脉，还有大唐的千古基业。"

孙棣看着楚乔，眉心微微蹙起，沉声问道："楚大人，我如此算计你，你为何还将监国重任交到我手上？"

楚乔微微一笑，淡然道："原因有三：第一，铁由掌管狼军和京畿军，徐素将军掌管京外兵马，他们都是忠心不二的臣子。你只是一介文官，即便有辅政大权，却并无调兵之能，更无皇室宗亲这个身份。你想要造反，一无切实名分，二无军权相辅，必不会成功。"

夕阳照在楚乔的脸上，好似披了一层红缎金纱，她继续道："第二，唐京刚刚经历数场大战，民间需要休养生息。洛王和靖安王相继倒台，皇室声威盛隆，你不得民望，无法掀动民变，缺乏篡权的时机和舆论。

"至于第三，"楚乔微微一笑，眼中光芒璀璨，狡黠若灵狐，她笑吟吟地说道，"我相信你。"

孙棣心跳骤停，他看着楚乔，似乎有些不相信自己的耳朵。

"我相信你，李策也相信你，虽然你行事孤僻偏激，却是对大唐对李家最为忠心的臣子。李策死前说你是辅政第一人选，我深以为然。"

她从怀里拿出两封书信，交给孙棣道："这是大夏七皇子赵彻和青海王诸葛玥的亲笔书信，表示愿意和大唐结为盟友。你的政治地位将会得到两方势力的绝对支持，不必顾忌国内舆论对你的威胁，我也会全力支持你，相信你一定能好好地将皇帝抚养成人。"

孙棣手指微微颤抖，缓缓接过那两封书信，只觉得其重若山岳。他突然跪在楚乔面前，沉声说道："大人放心，孙棣必定誓死效忠李唐，大唐若有闪失，我愿以死谢罪。"

"孙大人切勿如此。"楚乔将他扶起，诚挚地看着他，沉声道，"你是李策的朋友，就是我的朋友，他相信你，我便相信你。"

夕阳如血，莽原似铁，孙棣站在巍巍城墙之上，看着楚乔在贺萧、平安等人的护送下出城离去。金黄色的荒原上迤逦出一道长长的影子，清丽的少女纵马扬鞭，像是一只飞出禁锢的鹰，白袍如同一双巨大的羽翼，猎猎翻飞。

那是一只鹰，谁也不能将她的翅膀斩断。除了她自己，谁也无法强迫她停留。

这一刻，孙棣突然理解了那位挚友多年的固执，这世间有如此人物，果然令天地为之增色。

他仰起头来，深吸一口气，似乎又看到了挚友吊儿郎当的笑颜，一脸猥琐地靠近他耳边，嘿嘿笑着说道："你猜猜胡大人家三小姐身上的皮肤有没有脸白？"

秋风瑟瑟，万物飘零，这是个肃杀的年月，却也是个丰收的季节。

桥头，诸葛玥一身锦袍，高高骑坐于马上。

方褚沉声说道："主人，楚姑娘来了。"

话音刚落，一队人马突然在地平线上出现，为首的少女一身白色披风，眉目含笑，迎风策马而来。

"小姐！"梅香原本坐在石头上，见了楚乔顿时开心地跳起来。

楚乔等人转瞬就到了眼前，她跳下马，和梅香拥在一起。梅香一边哭一边说道："小姐，我还以为你骗我呢，我还以为你真的不来了。"

菁菁、平安等人也开开心心地奔过来，相询别来的经历。平安更是将当日的那场大战绘声绘色地描绘出来，大有得意之色。贺萧没有家眷，也不愿留在卞唐，就随同楚乔而来。他和月七等人虽然不曾碰面，但是彼此早已耳闻对方大名，是以不一会儿工夫就熟悉起来。

唯有诸葛玥脸色铁青地站在原地，冷冷地看着和梅香嘘寒问暖的楚乔，两排牙几乎都要咬碎了。

终于，那非人的目光惊碎了某人久别重逢的欢愉，她笑着走上前去，诸葛玥刚一动，她立马乖乖地举起两只手,大叫道:"投降!最后一次!我保证!"

诸葛玥伸手欲打她给她点教训,比画了半天却不知道朝哪里下手。看着她缩着脖子闭着眼睛的模样,他有些别扭地怒道:"你为什么不还手?"

楚乔睁开眼睛,嘟着嘴,样子看起来十分可怜,"我在承认错误嘛。"

"你还知道自己有错?"诸葛玥斜着眼睛瞅她,也不管周围下属们看热闹的眼神,竟然很不人道地伸手掐住楚乔本来就肉不多的脸颊,沉声说道,"敢不给我回信,长能耐了是不是?"

"我没空!"楚乔苦着脸为自己辩解。

"没空回信却有空烧我的信?"

楚乔仰着头继续为自己辩护道:"如果我不做出一副苦大仇深的样子,孙棣是不会相信的,他不相信,靖安王他们就更不会相信了。"

诸葛玥瞪着她,很犀利地继续追问:"那为什么不早一点给我消息,让我带着兵马白白跑了这么远?"

楚乔一缩脖子,眨了眨眼睛,不知道该如何回答。

"还不从实招来!"

"是李策让我这么干的,有能耐你去找他。"

诸葛玥咬牙切齿地酝酿半天,终究冷冷地说道:"算你们识相,不然的话我就带兵把李策的老窝端了,看你给谁当皇妃!"

你就吹吧。楚乔在心里小声地说,表面上却还很识相地说道:"那是,我怎么会呢?我说话算数,绝不反悔。"

诸葛玥很臭屁地仰着脑袋,大男人的自尊心得到了极大满足。

"哇!"一声孩童的大哭突然自跟随楚乔一起来的一辆马车里传出,诸葛玥等人一愣。楚乔连忙跑过去掀开马车的帘子,只见两个奶娘正抱着一个四五个月大的婴儿,那孩子显然是刚刚睡醒,正在做每日的必修课:哭。

楚乔连忙将孩子抱在怀里,很熟练地哄起来。

"这是什么?"诸葛玥面色阴沉,冷冷地问。

楚乔诧异地看了他一眼,很老实地回答:"孩子。"

"我知道!"诸葛玥的气越来越不顺,怒道,"这是谁的孩子?"

楚乔这才想起来还没跟大家解释,说道:"这是李策的三儿子,叫李青荣,不过以后我们可能需要给他改一个名字。他的母亲是詹子茗,李策去世前将他托付给我,因担心这个孩子将来在宫里会遭到迫害,所以委托我带他出宫。"

"李策的儿子?"诸葛玥皱着眉上前瞅了瞅,只见那孩子唇红齿白,一双眼睛黑漆漆的,正瘪着嘴很委屈地把玩着楚乔风衣上的穗子,小眼睛滴溜溜地乱转,果然很像那个故去的故人。

他心里生了几分苍凉,正想说话的时候,那孩子突然看到了他,黑漆漆的眼睛转了一圈,顿时放开嗓门惊天地泣鬼神地大声啼哭,手脚乱舞,显然是不爽到了极致。

"怎么了？哭什么？"楚乔纳闷地自语。

梅香也跑上前来，问奶娘道："孩子是不是饿了？"

奶娘连忙摇头，说刚吃完不久。梅香翻了翻孩子的褯裤，也没见尿湿。

楚乔却突然福至心灵，转头对诸葛玥说道："孩子可能是讨厌你。"

诸葛玥脸色一青，怒道："为什么讨厌我？"

"你走远点试试，可能是这样。"

某人真的很不能接受，皱着一双剑眉说道："凭什么？我又没打他。"

"有的人就是很没有人缘的，可能你就是这样。"

"是啊，姐夫，你就走远点吧，也许荣儿看到你就害怕。"菁菁在一旁添油加醋。

"为什么呢？"月七很小声很无力地反驳，十分忠心地拥护自己的主子，"其实少爷看起来也挺平易近人、和蔼可亲……"只可惜，他自己都底气不足，越说声音越小。

终于，诸葛玥在众人的排挤下走出老远，李青荣果然骤然停止了哭声，虽然刚才哭得太猛，一时还有点收不回来，小声地抽泣着，但是嘴边已然有浅浅的笑纹了。

不一会儿，一伙人突然爆发出一阵笑声，原来小家伙玩月七的剑柄磕到了头，正在愤恨地拼死咬着月七的肩膀。

诸葛玥远远地坐在一块大石头上，看着远处的众人，心里腹诽道：死崽子，跟你老爹一个模样。

楚乔不知什么时候跑了过来，紧挨着他坐下。

月七等一群动动脚天下就要颤两颤的人物还在为一个婴儿手忙脚乱，不一会儿就听梅香指着向来木讷的方褚叫道："哎呀，孩子屙了，你先抱着，哎呀！我让你抱着你就抱着！"

楚乔抱住诸葛玥的手臂，将脸贴在他的肩膀上，侧头看着他，长呼一口气说："总算结束了。"

"累吗？"

"还好。"楚乔闭上眼睛，金红色的光洒在她的脸上，"只是怕你担心，一直跟自己较劲说要快点再快点。"

诸葛玥还是放不下怨念，继续追问："为什么不看我的信？"

"我也不知道自己能不能成功，"她微微仰起头，对着诸葛玥笑道，"我当时也没有信心，害怕会失败、会死，害怕自己看了你的信就再也没有继续坚持下去的勇气了。"

楚乔笑靥如花，她人生之中似乎很少这样笑，没有任何牵挂，没有任何负担。她笑着说："你是我的软肋，会让我不愿意坚强。"

诸葛玥看着她，面色渐渐柔和下来。他伸出手揽过她的腰，声音低沉，淡淡地道："在我身边，你不用坚强。"说罢，低头吻在了她的唇上。

"哎呀！羞死人啦！"菁菁的尖叫声突然响起。

天地那般辽阔，深秋的季节，一片明黄锦绣。

第十四章
千帆过尽

楚乔从未见诸葛玥这样睡过，从沧州一上船，他就睡下，一天一夜都没睁眼，连楚乔进门都不知道。月七说，从真煌起程那日起，他就没睡过一个好觉，由贤阳转旱路之后更是连眼都没有合过，此刻想必是累极了。

诸葛玥的身体其实并不是很好，这几天赶路，她曾见过他在偷偷吃一种乌黑色的药丸。她私下里去问月七，他却含混其辞。梅香略通一些药理，后来对楚乔说，诸葛玥想必是操劳过度，心血不足，外加受寒所致。

操劳过度，受寒所致……

楚乔支着下巴坐在椅子上，船行得很稳，天气也好，无风无浪，窗子紧闭着，但还是可以透过窗纸看到外面相继远去的青山绿水。

她又想起了那段被赵淳儿逼得逃亡卞唐的岁月。那时候，詹子喻、詹子茗兄妹还是名不见经传的落魄之人，李策还好好地活着，在大唐当他的潇洒太子，乌先生、羽姑娘等人也仍在全力为自己的理想奋斗，燕洵还是她从小一起长大的挚友和爱人。而她，也对未来充满信心，深以为能够靠着一己之力，在一群志同道合的朋友的帮助下，为这个满目疮痍的人世尽上一份力量。

只可惜，时间终究是这世上最无情的杀人利器。李策不在了，乌先生被杀了，羽姑娘死在自己怀里，詹子喻因自己的野心害死了所有的亲人，她认为的那些志同道合的朋友实际上并没有想象中那般忠贞不二。很多人渐渐离她而去，连燕洵也与她越走越远，终成陌路。

江山沦落，霸业休提，理想随风化成了灰，如秋末的蒿草一样，摇动着贫瘠枯黄的叶子嘲笑着过往的誓言。

是啊，谁能不变呢，就算今日的她，又和曾经一般无二吗？

她轻轻地回过头去，诸葛玥还在静静地睡觉。他真的是一个别扭且固执的人，即便睡着觉，眉头也是皱着的，一双向来凌厉的眼睛被眼睑覆盖着，越发凸显出分明的五官：鼻梁高挺，嘴唇单薄，轮廓分明。

听说有这样面相的人向来是薄情寡义的，唯有他，如此执着、如此钻牛角尖，固执得让人心疼。

卞唐朝野汹涌，上千年沉淀下的洪流暗涌，全不似大夏和燕北表面上的凌厉锋芒，而是一波波看不见的冷箭，裹在层层锦绣的谋划和暖暖熏风中，不经意间就可以杀人于无形。

她后来从卞唐太医院的老院正口中辗转得知，李策父亲的死，也是缘于李策的母亲。

这么多年来，她一直试图害死唐皇，毒药、暗杀无所不用其极，也有几次险些得手，而老皇帝一直维护着她，不将此事宣扬出去。他也曾愤怒暗恨，以洛王相要挟，以她的娘家为人质，大肆宠爱其他妃嫔，对她禁足，甚至三次将其投入冷宫。然而，最终还是敌不过自己的内心，晚年的时候，他将宫中妃娥全部遣散，只留她一人，对她爱护照料有加，而她似乎也被他所感化，给了他几年快乐欣慰的日子。

然而最后，他还是死在了她的手上，因为他在喂她吃药的时候自己误尝了一口，就此毒发身亡。

到此时，他才知道她是早已存了死志，多年来她所吃的每一餐每一饭都被下了剧毒，事先服好解药，以各种千奇百怪的毒素将身体搞得支离破碎，只为等待他一着不慎，魂归西天。

唐皇终究还是死了，死在自己这一生最爱的女人手上，尽管他防范了一辈子，最后还是不及她的坚忍和耐心。可是他仍旧不忍心杀她，只是留下遗诏，强迫她出宫礼佛，这一生都不得再踏入宫门。

外人只道皇帝和皇后伉俪情深，却不知皇帝只是想在临死前，保护好自己唯一的儿子。

然而这样的宫廷隐秘，还是被詹子喻通过詹贵妃得知。在詹子茗刺杀李策未果之后，他私自将太后带出寺庙，偷偷送进宫来，借助这个谁都不会防范的妇人之手，杀了李策，也毁了李唐中兴的大好时机。

姚太后在听到李策的死讯之后还是自杀了，楚乔不知道她当时是一种怎样的心情，是大仇得报的喜悦和解脱，还是铸下大错的苍茫和无奈？这是一个固执且偏激的女人，她为当年的那笔血债执着了一生，亲手杀害了这世上最爱她的两个男人，在生命的最后一刻，她可会因解脱而笑出声来？

也许不会吧，毕竟她在为丈夫和儿子报了大仇的同时，也杀了另外一对丈夫和儿子，为了一段恩仇，葬送了一个女子从韶华到沧桑的一生。

姚太后死后，于眉山和熹宗皇帝合葬。他们在世时是怨侣，争斗、暗算、谋刺、憎恨、恩怨纠缠了整整一生，最终却只得在那座冷寂幽深的地下皇陵中，彼此相伴，没有任何人、任何力量再能将两人分开。

楚乔不知道当年到底发生了什么，也不明白一个人的恨意为何会如此可怕。可是有的时候她还是会暗暗想，也许姚太后在心底对李策还是有那么一丝母爱的吧。她还记得那个阳光明媚的午后，面容温和的妇人微微皱着眉对她说："他要在宫里供奉欢喜佛，唉，我真是……你有空的话，就劝劝他吧。他毕竟是大唐的太子，总不能太胡闹了。"

只是，洛王的死，最终将这仅存的爱也毁灭了，她终究还是被心底的魔所吞噬，丧生在这吃人的皇室中。

一阵窸窣之声突然传来，窗子被风轻轻推开，江风吹得窗纱帷幔轻轻摇曳，将楚乔从沉思中惊醒。她回过头去，却见诸葛玥不知什么时候已经醒了，正斜倚在床头，一身白色长衫，神清气爽，脸上没有惯常的冷肃，而是换上了几分安然的和煦。

见她看过来，他轻轻招手，示意她过去。

她走过去，为他倒了一杯茶，问道："睡得好吗？"

"嗯。"他喝了一口茶，说道，"若是没有人偷偷进我房间唉声叹气，想必会更好。"

楚乔脸一红，抬起眼看着他，问道："饿了吗？"

他点了点头，说道："刚才有点，这会儿好多了。"

楚乔站起身来，说道："你已经睡了一天一夜，一直没吃饭，当然会饿，我吩咐厨房为你准备食物吧。"

"不用。"诸葛玥突然伸手握住她的手，拉着她在床边坐下，说道，"你先陪我坐一会儿。"

楚乔微笑，依言坐了下来。

"看你愣神半天了，刚才想什么呢？"诸葛玥很自然地握着她的手，没再松开。

楚乔摇了摇头，说道："一些不相干的旧事。"

诸葛玥嘴角含着一丝笑，很是清淡的模样，靠在床头斜着眼睛瞅着她，淡淡道："左右闲着也无事，就听听你那些不相干的旧事。"

楚乔被他看得脸颊微红，躲闪道："都说了是不相干的，没什么好说的。"

"哦？"诸葛玥故意拉长了声音，"真的没什么好说的？"

楚乔刚要说话，诸葛玥突然俯身逼近，炙热的吻覆上她的唇，带着一丝压抑的滚烫，毫不留情地在她的唇上辗转，横在她腰间的手臂越收越紧，冰冷的唇渐渐热起来，轻叩开她的唇齿，有一丝不容抗拒的力量滑进她的口中，一如甘泉般清冽，却又如炭火般灼热。

他半眯着眼睛看着她，眼眸深处藏匿着看不见的幽光。诸葛玥突然大力将她一把抱起压在床上，楚乔"啊"地惊呼一声，尾音瞬间被吞没在唇齿之间。

"这就是你不听话的教训。"

楚乔瞪着他，狠狠地擦了一下已经肿起来的嘴唇，说道："这就是你的家法？"

"不全是。"诸葛玥淡淡一笑，带着几丝傲气，仰着下巴说道，"还有更激烈的，你要不要试试？"

楚乔眯起眼睛，看着眼前这个臭屁得不得了的男人，突然凑上前去，双眼媚惑地勾着他。诸葛玥顿时一愣，还没反应过来，女子已经如小兽一般恶狠狠地在他的下巴上狠咬了一口。

诸葛玥顿时闷哼一声，探手摸去，虽然没流血，可是已经有一排小小的牙印了。

"哼，别以为我怕你！"楚乔示威地挥舞了一下拳头，很是嚣张地说道。

诸葛玥活动了一下手腕，说道："死丫头，这些年越发野了，真得好好收拾收拾你。"

正要动手，楚乔却快他一步，身手利落地从他身边跳开，几步跑到门口，笑道："我是傻瓜吗？"说罢，一把打开房门。

就在这时，只听几道"哎哟"声传来，菁菁几人一头摔了进来，众人连滚带爬地爬起身，脸上红一阵白一阵，尴尬地冲着两人打着招呼。

楚乔这个指挥过百万大军的常胜将军俏脸通红，皱着眉看着菁菁和平安，没想到后面还跟着一个月七。她怒声道："月七，他们两个胡闹，你也跟着凑热闹！"

"呵呵，那个……我就是路过，顺路叫你们吃饭的，呵呵……"月七站起身来，做出一副"我是老实人"的表情，一边点头一边往外走，笑呵呵地说，"你们继续啊，继续。"

月七说罢，转身就跑了出去，临走前还对诸葛玥举起拳头，大叫一声："少爷！加油！"随即扬长而去。

菁菁嬉皮笑脸地跑过来，甜甜地叫了一声"姐夫"。

诸葛玥心情大好，随手抽出一把锻造精良的小匕首，上面还镶嵌着几颗红宝石，很爽快地赏给了这个识时务的小姨子。

平安一看，也立马有样学样。诸葛玥身边没什么东西了，就答应到了真煌之后，马厩里的好马让他随意挑。

两人开心地连呼三声"姐夫万岁"。

楚乔看得眼睛冒火，暗暗道，究竟是谁说诸葛玥为人古板、不谙官场之风的，这收买人心的招数就很熟练嘛。

饭很快就做好了，因为是在外面，还有年轻的孩子在，所以也就很随意地摆了一桌，大家坐在一起吃饭。月七等人不免都有些拘束，菁菁、平安、梅香等人却是活跃分子，贺萧几日来已经和月七等人十分熟稔，气氛十分融洽。

吃完饭之后，天色就暗了下来。月七说此地已是苍岭，再有两日，便会在沪县靠岸。楚乔闻言有些发愣，沪县，那就离真煌很近了。

傍晚的风有些大，她坐在船尾，夕阳就要落下，在天地间露出半张脸，将整条河都染成了殷红色。

时间过得真快啊，一转眼，她都已经在这里度过十四个寒暑了。前尘旧事就像是一场梦，匆匆而来，匆匆而去。

她想起自己死了之后能够在这里得到重生，那么李策死了之后，会不会也到其他地方继续他的人生呢？还有乌先生和羽姑娘、缥缥和小和，他们死了之后，还会遇见彼此，还会记得对方吗？

她坐在那里漫无边际地想着，心里渐渐就变得开阔起来，仰起头看着夕阳，似乎还能看到李策眯着眼睛看着她，笑眯眯地说："要多吃肉啊，身材太差了。"

"想什么呢？"诸葛玥的声音突然从身后传来。

楚乔回过头去，只见他一身紫袍，上绣团福暗纹小字，很是普通的衣裳穿在他身上就是有一种独特的气质，看起来卓尔不群，清俊挺拔。

楚乔瞪着眼睛瞅着他。

诸葛玥缓缓皱起眉来，颇为不自在地说道："看什么呢，傻子一样。"说罢，就在她身边坐了下来。

雪白的浪花在船尾一圈圈荡漾，鸟儿飞过天际，夕阳一片血红，江风吹起两人的衣衫，袖口鼓鼓的，像是一对振翅欲飞的大蝴蝶。

"星儿，你为什么改名叫楚乔？"

诸葛玥问道。楚乔转过头来,笑着说道:"因为我本来就不是荆月儿,我本名就叫作楚乔。后来因为一件事死掉了,然后,嗯,怎么说呢,就是像你们这儿说的,是鬼魂附体了,附在荆月儿身上,所以我后来逃出去,就把名字改回来了。"

诸葛玥没料到她会这样回答,一下子愣住了,表情很是诧异。过了好一会儿,他才喃喃问道:"那我第一次见到你?"

"那时候我刚刚附身没几天,正打算逃走。"

诸葛玥点了点头,然后低下头去,似乎正在全力思考着这件事的真实可信度。

"喂,你不会真的相信吧?"这回轮到楚乔发愣了,这样怪力乱神不着边际的话,不会有人相信吧。她记得她小时候曾对燕洵说过一次,当时燕洵还是个长青春痘的小伙子,以为她发烧烧糊涂了,端着一碗汤药硬是给她灌了下去,从那以后她就再也没说过了。

"我信。"

"啊?"

诸葛玥很是奇怪地看着她,眉心微微蹙着,"为什么不信?我调查过你,下人们都说自从那次人猎回来之后你就性情大变,我当时还以为你是被吓的,现在看来,还是你这个解释比较说得通。"诸葛少爷很是高深莫测地接受了这个更为高深莫测的理由,他一边点头一边说道,"原来如此,我就奇怪,就算我在七八岁的时候都不可能有你当时的心机和手段,原来你根本就不是一个七八岁的孩子。对了,你死之前不会已经七老八十了吧?"

楚乔有些跟不上他跳跃性的思维,有些呆气地说道:"我那时候,二……二十七。"

"二十七?"诸葛玥皱起眉来,有些不开心地说,"那已经很老了,成亲了吧,可生了孩子?"

"没。"楚乔老实巴交地回答,"我们那儿,二十七岁也不算很老,都提倡晚婚晚育。"

"你的家乡是在哪儿?卞唐?大夏?你对燕北那么有感情,你不会是燕北人吧?"说到这儿,诸葛玥脸色突然一变,很是紧张地问道,"你不会是燕洵的娘吧?也不对,时间有点对不上,她好像也老一点。"

楚乔欲哭无泪,"我们那儿是另外一个世界,和你这儿不是一个时空,是平行空间。不相交,既有空间上的距离,也有时间上的距离,根本无法到达。那个,你明白吗?"

她努力地给诸葛玥解释着,希望用一种他能够听懂的方式让他理解,用手比画着,想要给他打一个比喻,却找不到合适的词语。

不过她显然低估了诸葛少爷的理解能力,男人微微皱了皱眉,问道:"就是说,像是一棵苹果树,我们是春天的叶子,你们是秋天的果实?"

楚乔一愣,没想到他能想到这一层,连忙开心地说道:"对了一半,但也不全是,因为我们之间不只是时间的距离,还有空间,你明白吗?空间就是……"

"哦。"诸葛玥点了点头,很随意地说道,"我们是春天的苹果叶子,你们是秋天的橘子,对吧?"

楚乔华丽丽地囧了,呆愣了很长时间,最后才傻傻地点了点头,"对。"

然后诸葛玥转过头去,继续看着滔滔江水,静默不语。夕阳洒在他的脸上,金灿灿的。

楚乔不由得感慨，看看人家这定力，不愧是见过大世面、拥有大智慧的人，多么沉着，多么冷静，多么没有好奇心，丝毫不像一般的穿越小说里那些土老帽一样，问什么"你们那儿的人长什么样""你们那儿的人有几只眼睛"，或者"你们那儿的人是不是像野兽一样，身上长着鬃毛"之类的问题，好像只有他们这个世界的人配长两只眼睛一个鼻子，外面的人就一定要浑身鬃毛满口獠牙才能彰显他们的心理优越性一样。这才是真正的淡定从容，这才是真正的泰山崩于前而面不改色，这才是真正的不以物喜、不以己悲，这才是真正的宠辱不惊、心若明月……

"你们那儿的人都长什么样？"

楚乔："……"

"你们那儿的人有几只眼睛？"

某人沉寂许久后终于缓过神来，很感兴趣地问道："你们那儿的人是不是像野兽一样，身上长着鬃毛？我曾在南疆见过这种人，行为很是奇怪，是不是你们的远亲？"

楚乔深吸一口气，打起精神，开始了新世界的基础知识启蒙教育。

太阳已经落下山去，一轮圆月爬上山巅，将明晃晃的光洒在一片水银般的碧波之上。

江风习习，楚乔乘船而去，突然间生出一丝诗意的感慨，她满怀深情地念道："海上生明月，天涯共此时。"

诸葛玥却在一旁冷冷说道："有点不应景吧，这是江，不是海。"

楚乔皱眉道："那就江上生明月。"

诸葛玥疑惑地看着她，问道："应该不是你作的诗，是你们那儿的人作的，你盗用的吧？"

楚乔再次欲哭无泪，并且大窘，脸颊红红的，看吧，这种事说出来是没好处的……

"星儿。"两人沉默许久，诸葛玥突然叫她的名字，她下意识地答应一声，就听诸葛玥没头没脑地说道，"我不管你是谁。"

楚乔开始还有些没听明白，仔细一想，顿时理解了他的意思。她笑着点了点头，说道："我知道，我总是你的星儿。"

诸葛玥的身体微微一震，他低下头来，双目灼灼地看着她。楚乔自己说完之后就有些后悔了，一丝红晕爬上了她的脸颊。她正想低下头，却见诸葛玥伸出两根手指，很是熟练地挑起她的下巴，眼底带着一丝笑意，说道："再说一遍。"

楚乔躲闪着他的目光，有点不好意思地含混其辞，"说什么？"

"就说你刚才说的那句。"诸葛玥很坚定地说道，眼神带着两团温温的火，不是特别炙热，却炯炯有神。

"我是你的，你也要是我的。"楚乔鼓起勇气，定定地说，"我这一生，什么都可以牺牲和付出，却唯有两件东西，无论在什么情况下，都不会被当作筹码。第一是我的信念和原则，第二是我的婚姻和身体，你要全部的我，就要把全部的自己也交给我。"

诸葛玥挑着眉，充满邪气地瞅着她，吊儿郎当地问："全部？"

"去你的，"楚乔推他的肩，别过头去，"没半点正经。"

"星儿。"诸葛玥突然张臂抱住她，手臂箍着她的肩膀，那么紧那么紧，温热的男性气息瞬间将她团团包围。

"我很开心。"他低声地说,"我真的很开心。"

楚乔靠在他的怀里,也感觉到这几年来前所未有的心安,她转身抱住他,轻声说:"我们别再分开了。"

诸葛玥问道:"跟我去真煌,你不怕吗?"

"我更怕与你分开。每次分开,都会发生很多事,就像这一次,我险些就再也见不到你了。"

当日唐京城的局势一团混乱,她背水一战,如履薄冰,稍不小心,就会落入敌人的手掌。詹子喻大权在握时的嚣张跋扈,泰安门之战的混乱血腥,册封消息传出之后每夜冲进皇城的刺客杀之不绝,还有最后那一场几十万人的战役,当时没觉得怎样,可是现在想起来,却隐隐有些后怕。

诸葛玥将她拥在怀里,语调低沉地说道:"以后不用怕了。"

月色静好,两人一直坐了很久。

回房后,诸葛玥坐在床上皱着眉思考了很长时间,他觉得楚乔说得对,他是应该考虑一下,找个恰当的时间让两人把全部的自己交给对方了。

对,这个主意真不错,夜路走多了难免遇上鬼,觉睡多了难免会做梦,做事要干净利落,应该直接切入要害一锤定音,是时候开诚布公地……全部地……彻底地……

大半夜的,他突然站起身来,他觉得今天就很是时候。

诸葛玥向来是个很有计划的人,一旦决定了某件事,就会不紧不慢地做好全盘行动方案,然后一步一步切实实施,无论发生什么事,都不会让他改变心意。

所以随后的时间里,他洗了个澡,换了身衣服,在镜子前照了照,只觉得镜子里的男人剑眉星目、俊朗不凡、雄姿英发、英俊挺拔,自我感觉十分满意。然后他觉得自己有点紧张,便坐下来,端起茶杯喝茶。

茶已经凉了,白瓷青花的杯壁捏在他修长的指间,

他靠在椅背上,细细盘算着自己待会儿要说的话、要做的事,一句一句,很是仔细,然后又设想了很多种情况去揣摩对方会怎么回答,他又该如何应对,如何一点一点将话题转换过去,制造暧昧的气氛,将主动权掌握在自己手里,让一切显得自然而不落痕迹。

好了,都没问题了。

他放下杯子站起身来,谁知手指刚刚碰到门扉,房门就被人一把推开。

楚乔站在门口,仍是那一身米白色的裙装,走廊里暖暖的灯光照在她小小的脸上,泛出一层温暖的光。

她手里端着一只碗,碗里还冒着热气。她仰着头,黑白分明的眼睛上下打量着他,有些奇怪地皱起眉,问道:"大晚上的,你打扮成这样要干吗去?"

这是什么状况?诸葛玥微微一愣,似乎超出他的计划了。

不过诸葛少爷的应变能力还是不错的,他马上一本正经地说道:"白日睡多了,此刻

不困，想出去走一走。"

"越靠近北方天气越冷，夜里风大，你穿这么少，还是不要到处乱走为好。"楚乔径直走进房间，将汤碗放在桌子上，招呼他道，"见你之前没吃多少东西，过来把这粥喝了。"

诸葛玥走过去，见是一碗很普通的白粥，横了她一眼道："就拿这种东西来糊弄我。"

楚乔瞪着他，"有的吃就不错了，挑三拣四。"说罢，走到他面前，像是摸小狗一样拍了拍他的头，很认真地说，"吃完饭早点睡觉，不许到外面乱晃。"然后，转身扬长而去。

诸葛玥顿时愣住了，这是怎么回事？他的计划被人打乱了，而猎物自己送上门来，他却让她大摇大摆地走了？

还喝什么粥？他站起身来就走出房门。

因为此次要隐匿行踪，所以这艘船并不是很大，走廊十分狭窄，仅容一人行走。灯火照在他修长的身影上，他一身月白色暖云纹的华服长衫，在灯光下看起来俊逸出尘。

他一步步走得很慢，船身在苍茫的大江上翩翩摇曳，像是很多年前的那一场春雨。他站在江堤上，看着那艘越来越远的船。天地都是昏暗且冰冷的，唯有身侧的那一捧火苗燃烧着，从未熄灭，始终凝聚着他的视线，从孩提时，到渐渐长大，一直到今日。

一阵歌声突然传来，他脚步微微一顿，随即走到她的房门前。门没有关严，有温暖的光线透出来，他站在门口，只听到女子温柔的歌声和婴儿咿咿呀呀的声音。

两笼橘色的灯火之下，楚乔白色的裙摆拖在地上，袖子挽得老高，蹲在一只乌木盆边，正在为李策的小儿子洗澡。

荣儿很胖，尽管还很小，眉眼却和他爹一个模样，眼睛弯弯的，微微往上挑，狐狸一样的桃花眼笑起来几乎看不到眼白。

此刻他坐在乌木盆里，手里拿着一串小铃铛，铃铛丁零零地响着，声音十分清脆。孩子顺着节奏不停地拍着水，溅了楚乔一身，每当楚乔"哎哟"地躲一下，他就高兴得拍着手咯咯大笑。

"荣儿乖，不许闹。"楚乔试图和孩子沟通，那孩子却不买账，两条肥肥的小腿乱蹬，一盆水溅出了大半。

"你不要这么皮嘛，你爸都没你这么烦人。"

楚乔上半身已经全湿了，衣服湿漉漉的还滴着水。荣儿仰着头，咿咿呀呀地叫唤着，一双小肥手抓住楚乔脖颈间的衣料，死活想要爬出来，很明显地以实际行动表达了他不爱洗澡的明确态度。

然而楚乔好像没看到一样，歌性大发地拍了拍孩子的头，说道："我唱歌给你听吧，听好喽。"

You are my sunshine, my only sunshine.

You make me happy when skies are grey.

You'll never know dear how much I love you.

Please don't take my sunshine away.

温柔的歌声像是催眠的安神香，静静地飘荡在空气之中，灯火暖暖的，洒下了一圈圆圆的光斑。白色衣裙的女子蹲在地上,一头长发披散在单薄的肩膀上,黑檀色的乌木盆里装着一个白白胖胖的小孩。

女子唱得很投入,盆里的孩子却一点都不买账。他们互相抓着对方的手脚,里面的人拼命要爬出来,外面的人恶狠狠地按着他,偏偏嘴里吐出的歌声却温柔无比。没有人能听懂她在唱什么,她的发音此刻和荣儿有些相似,都是一些奇怪的词语,可是透过那温柔的调子,似乎能感受到歌里的感情,像是一个慈祥的母亲,更像是一个深情的恋人。

砰的一声,小盆终于翻倒在地上,荣儿光溜溜地爬出来,很是得意地大笑着,一双眼睛弯起来,和他爹一模一样。

房间里一片狼藉,楚乔的衣裙都已经湿了。她有些失神,看着这孩子,似乎透过他看到了李策,她瞪着眼睛怒冲冲地说:"人都走了还要留下这样一个捣蛋的东西来欺负我。"

荣儿嘿嘿一乐,扭着白胖的小屁股就往门外爬去。楚乔正要伸手拉住他,却一眼看到了斜靠着门框站着的男人。

他似乎已经站在那儿很久了,走廊里的灯火照进来,在他俊朗的脸上布下一层光晕。他的眼神很深邃,肤色很白,却不像是一般文弱书生那种白,而是那种贵族气质的白,像是上好的和田白玉。他就那样斜斜地靠在门框上,饶有兴致地看着她,模样有几丝慵懒,又有些使坏,嘴角没有笑,眼里却已经有了笑意。

一时间,她竟然有些失神了。

她想,她是被帅哥迷惑了吧。

荣儿扭着小白屁股左一晃右一晃地爬到门边,看到不速之客,来了个九十度的仰头,本来想狗仗人势地吼两嗓子,可是不知道是不是发现自己还没有对方的靴子高,很识时务地没吱声。

他坐在那儿想了一会儿,回头看看楚乔,又仰头看看诸葛玥,再转身去看看自己位于床边的小摇篮,孩子在内心深处进行了一连串激烈的斗争。终于,他发出一声类似于叹息的声音,拽了拽诸葛玥的衣摆。诸葛玥低下头去看着他,只见他指着诸葛玥挂在腰间的一串青玉雕刻的小剑,口中咿咿呀呀地叫着。

这是诸葛玥今晚特意为了搭配衣服挂上的,在灯光下显得翠绿透亮。诸葛玥解下来,交到了孩子的手中。

荣儿先放在嘴里咬了两口,他好像还没长牙,也没品出什么滋味,就紧紧地将其握在手里,几下爬出了门。

肥肥的小孩左一扭右一晃爬到了紧挨着楚乔房间的一间房,然后坐在地上,很是豪气地用小短腿砰砰踹门。

梅香睡眼惺忪地拉开门,见了他开心地叫了一声,连忙将孩子抱起来,又觉得奇怪,走出来向楚乔的房间张望。蓦然看到诸葛玥,梅香俏脸突然一红,面带喜气,对着诸葛少爷了然地一点头,随即抱着孩子回了房。

碍事的家伙就这样被打发走了。

诸葛玥想,那个小家伙虽然烦人点,但是在这种事上,倒是和他爹一样上道。

他像是到了自己房间一样，很坦然地将房门关上，然后缓步走到楚乔身前，居高临下地望着她，伸出一只手来，说道："还不起来吗？"

　　楚乔有些尴尬，懊恼地皱起眉来，自己这是怎么了？真的被美色所迷惑了？

　　她没有伸手，而是想要自己站起来。谁知刚一动，脚下顿时一软，由于地上很滑，她"啊"地叫了一声，还没站直就再次摔了下去。

　　预想中的疼痛没有袭来，诸葛玥手疾眼快地揽住了她的腰，温热的手掌紧贴着她腰间的肌肤，已然湿透的衣衫根本无法遮住她玲珑的曲线，紧贴在身上反而多了几分奢靡的诱惑。

　　她蹲的时间太长了，腿已经麻了。诸葛玥将她抱起，放在床上。她的头发都湿了，滴滴答答地往下滴着水，衣服也是湿漉漉的，好像刚刚被人按在木盆里的人是她一样。

　　诸葛玥拿起一床被子披在她身上，然后站在床边为她裹紧，说道："别着凉。"

　　房间里的灯火燃着暧昧的光，一丝丝地照在他的脸上，看起来有着朦胧的不真实感。他拿过一块干棉布，包住了她的头发。他这样一个人，竟然就站在她面前，一下一下为她擦着头发，动作很是仔细，却一句话都不讲。

　　房间里突然间变得好热，楚乔裹着厚厚的被子，汗水顺着湿漉漉的衣服往下流，皮肤腻腻的，被子里也热烘烘的。几缕发丝落在前额，挡住了眼前的视线，她透过头发，只能看到他月白色长衫上有着浅浅的云纹，一圈一圈，看得人眼晕。

　　"刚才在唱什么歌？"诸葛玥突然问，声音那般温润，还有几丝男人的沙哑，却很好听，在空气里幽幽地回荡，敲打在她的耳鼓上。

　　她抬起头，就看到了他的脸，英俊得不像话，他身上的味道也很好闻，让人安心得想要睡去。

　　诸葛玥见她没有回答，轻轻挑了挑眉梢，问道："星儿？"

　　You are my sunshine。

　　诸葛玥一愣，问道："你的家乡话？"

　　"嗯。"楚乔很老实地点头。

　　"唱一遍给我听。"他的声音在这个晚上似乎带着一丝魔力，让她不想再如平常一样和他斗嘴吵架。她缓缓做了两次深呼吸，干净温和的声音轻轻回荡在空气里，像是一丝丝初春的雨水，悄悄地击打在荷塘里，溅出一星细小的水花。

　　You are my sunshine, my only sunshine.

　　You make me happy when skies are grey.

　　……

　　歌声像是长了翅膀，幽幽地穿过那些过往的岁月。

　　从初次相遇，到一路拼杀，生命是一片荒芜的野草原，不知道在哪里藏着陷阱，也不知哪里会有柳暗花明的新生。他站在她面前，为她擦着头发，修长的手指穿过她乌黑的秀发，像是撩起岁月的水波。他衣衫上的料子那么柔软，她的头靠在他的腰上，低声唱着前生最喜欢的一首歌。

　　You'll never know dear how much I love you.

Please don't take my sunshine away.

房间里那般温暖，让她想起了很多年以前，在圣洛安孤儿院的那段日子。

院长是一个打过八年抗战、上过朝鲜战场的老兵，他在战场上断了一条腿，却炸毁了一架美国人的飞机。他退伍后，就拿着抚恤金回到故乡开了一家孤儿院，专门收养那些失去父母的小孩子。她和一般的孤儿不一样，很幸运地有一个好爷爷。后来爷爷供她读书，托朋友让她去读军校，进而从军、当兵、保家卫国。

她也没有辜负爷爷的期望，一点点茁壮成长。她成绩优异，头脑灵活，善良正直，终于走进军区，进入指挥所，加入国家军情处，生活像是一条被规划好的康庄大道，她一路无波无澜地走了过来。

在很小的时候，爷爷就跟她讲，作为一个军人，要忠君爱国，保护国家、保护人民、保护弱小。他给她讲了那么多军队的故事，告诉她做人的诚信和操守，告诉她生存的意义和原则。她就像是一株小树，在爷爷的照顾下一点点长大。她还记得她完成第一件任务得到嘉奖的时候，爷爷开心的样子。他的皱纹在阳光下抖动着，笑起来胸腔都在震动，爷爷抱着她，开心地叫她好孙女。

那是她一生中最开心的日子，拥有世界上最爱她的亲人，拥有一个世界上最温暖的怀抱。

爷爷年轻时去过英国留学，学得一口好外语，他教她英文，教她西方的礼仪，教她跳华尔兹。

左、右、左、右、横移、并脚三步、回旋……

还有爷爷教她唱的歌……

The other night dear as I lay sleeping.

I dreamed I held you in my arms.

But When I awoke, dear , I was mistaken.

And I hung my head and cried.

她突然伸出手来抱住诸葛玥的腰，烛火的暗影像是一圈圈盘旋的光晕，在房间的角落里跳着飞旋的舞蹈，飘逸、摇摆地掠过窗子，船在水面上不断摇晃，两岸的山川飞速退去，隐隐地，似乎能听到风吹过的声音。

"星儿，"诸葛玥低下头，问道，"这歌里唱的是什么意思？"

不知为何，楚乔突然有些脸红，低着头，也不说话。

上面有温热的气息喷过来，他的胸腔微微一震。楚乔知道，他是在笑，虽无声，然而她就是知道。

"很好听。"诸葛玥停下来直视着她，握着她的手笑着说，"我很喜欢。"

他的手又大又暖，紧紧地包着她的拳头。

她从来不知道他的手这样有力，有力到她一下也动不了。

他缓缓凑上前来，眼睛像是漆黑的深潭，看不见里面翻滚着怎样起伏的波涛。

他声音低沉且沙哑，在她耳边轻声道："这是惩罚，让你白天使坏。"

说罢，低头向她的唇吻去。她顿时紧张得不得了，虽然已是两世为人，也不是没有过接吻的经验，可是不知为何，每次面对他时她还是会紧张得一塌糊涂，连手脚该放在哪里似乎都不知道了。

　　可是，她闭着眼睛等了好久，也不见有什么动静。她小心翼翼地睁开眼睛，就看见某人在灯下笑眯眯地瞅着她，见她偷看就凑上前来，温热的呼吸喷在她的脸上，笑道："你在等我亲你吗？"

　　"诸葛玥！"楚乔生气地推他，"你欺负人！"

　　他突然抱住她，那样猝不及防，那样大力，将她身上的棉被和头顶的棉布全部撞飞。

　　他将她的脸扳过来，用力地吻了下去，将她死死地箍住，紧得似乎要将她揉进身体里。他呼吸低沉，手勒住她的腰，两人的身体紧紧贴在一起，甚至能感受到对方的心跳。

　　一下、两下、三下……

　　"楚乔。"他看着她，突然叫了她的名字，眼睛里好似燃起了一场大火，他眼睛一眨不眨，只是定定地说，"跟我成亲吧。"

　　楚乔顿时愣住了，灯火照在诸葛玥的脸上，他的脸一半是明亮的，另一半隐藏在暗影里，看起来有一些不真实。她觉得好像是幻听了，有些手足无措，想说什么，张开嘴却不知道该如何回答。

　　"星儿。"他静静地看着她，又这样叫。

　　她有些晕晕的，应道："嗯？"

　　"我爱你。"

　　像是一颗炸弹在头顶炸开，楚乔感觉自己的脸正在发烧，身体在急速升温，思绪像是被添了水的水泥，一下子就凝固了。她傻傻地看着他，胸腔里有一种愉快却又慌乱的东西奋力地跳着，楚乔忙用手捂着，好像不按住，它就要跳出来了。

　　"已经爱了很久，你知道吗？"他就那么风轻云淡地问她，好像他们两人在讨论的是别人的事，没有一点局促和慌乱之色。

　　楚乔点头，"知道。"

　　"那你呢？"他的眼睛太亮了，楚乔觉得自己好像快要窒息了。

　　她鼓足勇气，小声说："我也是。"

　　他却不肯放过她，笑着问："你也是什么？"

　　船真的很小，楚乔这时候这样想着，为什么房间这样小、这样热，她都要喘不过气来了！

　　"说。"他很霸道地靠上前来，轻轻捏住她尖尖的下巴，说道，"你也是什么？"

　　"我也……"楚乔用力握了一下拳头，很多画面从万水千山之外飞速而来，"我也爱你。"

　　我也爱你……

　　那声音很轻，却一下子就穿透了夜晚的黑暗，照亮了他脸上的笑容。他在她的额头上亲了一下，问道："从什么时候开始的？"

　　什么时候？不知道吧，也许是夕照山下的那次重逢，也许是贤阳灯会上灯火阑珊里的那次回眸，也许是千丈湖下那一声声的"活下去"。

再也许，是好久好久以前，眉山皇陵里的那个拥抱，是坞彭城那次误打误撞的暧昧，是那一路上互相扶持并肩战斗的默契和相携，是唐京城里他将她从赵淳儿手中救出来的那次流泪。

抑或追溯到十多年前，是那次充满兰草香气的房间里，倔强的少年用洁白的手帕为她擦去眼泪和鼻涕，就那么一下下、一下下，任性、固执、野蛮地进入了她的心里。

不打招呼，也不问她愿不愿意。

"不知道。"她伸手去抚他因为不满意而微微皱起的眉心，"也许是好久好久以前，久到我自己都不知道，说不清楚是哪一次。"她靠在他的怀里，轻轻地说，"也许是很多次，一点点累积起来，我记不住了。"

"真是傻瓜。"他抱着她，突然笑着说，"其实我也不知道。"

是的，也许就是这样。没有人知道是哪一次，爱情总是悄悄地来，等到你发现的时候，已然根深蒂固了。

他低下头吻着她的唇、脸颊、耳垂、脖颈，一点点蔓延，吻上细细的锁骨。

楚乔的身体越来越软，渐渐依偎在他身上。

诸葛玥的身体变得滚烫起来，腰间的手渐渐上移，像是熊熊的火，渐渐焚烧了楚乔仅存的理智。

"呀！"楚乔突然惊呼一声，一阵天旋地转，就被人抱了起来，横压在床上。

衣衫已经湿了大半，穿着和没穿差不了多少。

他就那么看着她，眉心轻蹙，似乎在思考什么，目光却是灼热的。

粗重的呼吸在耳侧响起，湿润的唇含住了她小巧的耳垂，有触电般的酥麻感猛然传来，衣襟侧边的带子被人灵巧地扯开，露出了里面小巧的米白色亵衣，上面绣了一只鹅黄色的小鸟。

圆润的肩膀裸露在空气之中，微微泛凉，修长的手指轻扫而过，激起一片战栗的酥软，一路横移，小指一挑，脖颈上的带子唰地展开，衣衫顿时下滑。楚乔一惊，本能地拉住，却只换得头顶上一声短促的轻笑。

"害羞？"

楚乔费力地想要离开他的怀抱，傻乎乎地指着床脚的烛火，嗓子哑得不像话，可怜巴巴地道："吹灯。"

诸葛玥突然开心地笑起来，仍旧是他一贯的样子，转过头去并不出声，却能看到嘴角上扬的弧度。

四下里寂静无声，只能听到外面偶尔有水鸟掠过江面，扑棱棱地翻动着翅膀。

他揽住她的腰，在她耳边低语："别怕。"

锦缎光滑，他的吻落下来的瞬间，让她有一时的恍惚和窒息，身体渐渐滚烫，衣衫被层层卸下，留下那一具娇羞的胴体，

光滑、雪白，像是琉璃的玉，巧夺天工地雕刻而成。

这是从未有人踏足的领地，摇曳着年轻的活力与缠绵，他温柔地覆上去，肌肤相亲之际，

像是滚烫的火一丝丝地燃烧起来。

呼吸完全被吞没，她的脸贴在他的肩胛上，突兀地看到了那个狰狞的伤口，她身体一冷，生生地打了一个寒战。

他感觉到了，连忙用手捂住她的眼睛，低声说道："别看。"

她却拉开他的手，伸出颤抖的手环抱住他的肩膀，脸颊柔软的肌肤紧贴上他的伤口，眼泪一行行流下来，蜿蜒地流淌在那道黑红色的伤疤上。

诸葛玥无声地揽她入怀，也不说话，只是静静地看着她哭泣。

李策下葬那日，她曾发誓再也不要流泪了。可是此刻，看着他身上的伤痕，看着那屡次被自己刺中的地方，她还是难过得无以复加。她紧紧地抱着他，生怕一松手，他就会消失不见。就好像在很久之前的那个冰湖里，她松开了手，就看不到他了。

"诸葛玥，对不起。"她哭着说。

"傻瓜。"诸葛玥吻着她如云的秀发，轻笑着说，"我被你破相了，你可要对我负责任了。"

楚乔知道他在开玩笑，一边抽泣着一边还嘴道："伤在肩膀上，不算……不算破相。"

诸葛玥低声一笑，双瞳黑若幽潭，深不见底，只能看到她清淡如莲花般的影子。他温软的唇温柔地吻去了她脸颊上的眼泪，低声呢喃道："不管，就要你负责任。"

他的手臂那样有力，几乎让她有些疼了，可是疼痛中，她却是那么欢喜，似沉浸在巨大如汪洋般的欣喜之中。

多好，还可以有今日，曾几何时，她以为一切就那么戛然而止了，葬送在冷冽的湖水之中，一切都再无回头的余地。

缠绵越来越深，有细密的汗水从额头上滑落，四面都是碧波的江水，听不见人声，时间似乎都在此刻静止，风也停止了吹动，只余下他们，在一团锦绣之中……

楚乔情不自禁地嘤咛一声，痛得将身体弓起，有温热的腥气从双腿间滑落，点点鲜红，宛若朱砂。

他的动作突然凝固，眉间闪过一丝难以置信，随即，他深深地望着她，像是透过层层迷雾，向着远处的灯火求证前行的路径。

她的脸那样红，嘴唇也是红肿的，她伸手拉住寝衣，紧张地遮住胸口，见他望过来，就那样愣愣的一声不吭。

他突然笑了，楚乔从没见过他这样笑。开始的时候还只是轻轻咧开嘴角，渐渐地却笑出了声音，随即声音越来越大，吓得楚乔连忙伸出小手试图去捂他的嘴。

他却突然将头埋进她的颈窝，低声说："星儿，我好开心。"

她的双臂那样纤细，环着他的腰；他的身材那么好，就像是电视上的CK牛仔裤模特。她于黑暗中开心地咧开嘴角，那一双红烛已然渐渐熄灭，烛泪蜿蜒，她笑着想，这就是我的洞房花烛了。

隔了那么多人，那么多事，那么久的时间，国仇家恨、生死别离、时间空间、今生前世，一步一步，还是走到了今天。

她埋首在他的肩头上，肆意地流下泪来。

第十五章
金风玉露

深夜的时候下起了雨,淅沥沥地敲打在船板上,轻舟蹁跹,在崇山峻岭的水路环抱中穿梭着,隐隐能够听到风声游弋,和着深秋雨丝,一丝丝打在沉寂的江河之中。

楚乔深夜醒来,青丝散落在颈边,脸颊羞红,睡眼惺忪,肌肤如白缎,隐在重重锦绣之中。她伸出修长纤细的藕臂触手摸去,却是一片冰冷。她一惊,困意全消,顿时坐起身来,只见房间里空荡荡的,只有她一个人。窗外仍旧漆黑一片,不知何时竟然飘起了雨。

她突然有些心慌,翻身下了床,然而足尖刚刚点地,膝盖顿时一软,下身隐隐的痛楚那般鲜明地传遍全身,似乎也在提醒她,今朝的一切,已然发生改变。

楚乔穿上一袭水蓝色绣着浅白色繁花茂叶的衣裙,配上如云的水袖披肩,拿起一支竹骨青伞,打开舱门,走了出去。

外面有些冷,细雨如丝,好似初春的牛毛细雨,被风吹得斜斜的,即便打着伞,仍旧不时有雨水调皮地打在裙摆上,在夜风下轻盈地回旋。她急促地跑过空荡的甲板,裙摆已然湿了,四面的黑漫天地扑过来,两岸的山峰巍峨高耸,偶尔还能听到清啸长幽的猿啼。

他就那样站在迎风的船头,似乎已经站了很久,一身月白长衫,挺拔清俊,在暮色的暗影之中,隐隐透着几丝压抑的低沉。听到脚步声他回过头来,见是她,也没有惊讶,只是伸出手来,沉静地唤道:"过来。"

楚乔连忙跑过来,将伞遮在他的头顶,这雨虽然细小,可是长久站下来也是会淋湿的。他的衣衫已经潮了,冷冷地泛着水汽。她皱眉道:"没见正在下雨吗?"

山风呜咽着在他们之间穿行而过,宽大的袍袖被风吹得微微鼓胀。他握着她的手指骨分明,修长而有力。他突然将她抱在怀里,一声不吭,就那么静静地抱着,并不用力,却好似有钢筋般的力量禁锢住了她,让她不敢有一点动作。

"诸葛玥?"时间静静地流逝,她小声地叫他,"你怎么了?"

"没什么。"他的声音很平静,宛若一湖沉静的水。几年不见,昔日跳脱跋扈的男子似乎长大了,目光幽静,眼里偶尔闪过一丝冷寂,都是世俗历练后的沧桑,声音里带着宁和,却总是有暗暗的冰层和暗涌潜藏在其中,喜怒不形于色,让人看不清他在想什么。

"星儿,委屈你了。"他突然这样说道。

楚乔疑惑地皱起眉，问道："你说什么呢？"

"我欠你的，"诸葛玥牵起嘴角，默默地笑，像是对孩子一样，轻轻地拍了拍她的脸颊，说道，"我将来一定补偿给你。"

"诸葛玥，你怎么了？"

楚乔有些紧张，拽住诸葛玥的衣袖，仰头问道："我没有委屈啊，我自己愿意的。"

诸葛玥轻轻一笑，仍旧那样绝代风华。他伸臂将她抱在怀里，下巴抵在她的头顶，就那么抱着，也不用力，好似搂着一件瓷器。

有些话他没有说，就那么顺着呼吸飘散在脉脉的江风之中。

他一直以为，他比燕洵要好得多，楚乔只有在他身边，才能得到真正的幸福和呵护。

可是在这件事上，他却不及那个人。十年相守，燕洵的确是个君子，而他，却有了自己的私心。

可是那又能怎么办？

对于她，他从来都是没有自信的，小心翼翼，如履薄冰。

幸福越接近，他就越害怕，所以自私地想要拥有得多一点，再多一点，更多一点。

可是过后，心里往往是更大的患得患失。他是这样一个洒脱的人，皇图霸业、江山财富，都不过是弹指一挥间的一场豪赌，却唯有她，是他一生无法勘破的棋局。

有时候，他也在嘲笑自己，没想到诸葛玥你也有今天？

楚乔仍在他怀里小声地嘟囔，似乎在宽他的心，反复地说："没什么的，是我自己愿意的。"

他却一把捂住了她的嘴，然后将她打横抱起，往舱室走去。

楚乔"呀"地轻呼一声，竹伞落在了地上，细雨打在脸颊上，冰冰凉凉的。她埋首在他怀里压低声音抗议道："放我下来呀，被梅香他们看到就糟糕啦！"

诸葛玥低头，很霸道地说："闭嘴。"

楚乔眉头一皱，下意识地还口道："偏不！"

诸葛玥一笑，仍是他一贯的样子，嘴角牵起，却并不出声，低下头来将她的双唇含在口中，辗转地缠绵汲取。他就站在舱门前，在夜幕之下，堂而皇之地亲吻她口中的甘甜，那么久那么久，直到楚乔浑身脱力，气喘吁吁，才放开了对她的束缚。

他笑吟吟地瞅着她，神色隐约带着几丝得意的挑衅，"我有的是办法让你闭嘴。"

楚乔连忙伸出两只手捂住已经红肿的小嘴，瞪着一双乌黑的大眼睛，怒气冲冲地瞅着他，无声地表示抗议。

诸葛玥一笑，抱着她回了房。好在现在已是深夜，众人都已睡下，一路上没碰到任何人。

刚到房间，楚乔就忙不迭地跳下来，做出一个防卫的姿势，虎视眈眈地瞪着他。见他很自如地宽衣解带，不由得面红耳赤。

诸葛玥突然轻笑着靠上前来，温热的呼吸喷在她的耳边，轻声问道："还疼吗？"

楚乔的脸更红了，她总是这样，明明是能上阵杀敌、指挥百万大军的将军，可是面对这些事的时候，脸皮却薄得像是一个没出过门的大姑娘，只是一句话，就能让她手足无措到极致。

诸葛玥从后面抱住她，双手不老实地向下滑去。楚乔一惊，一把按住了他不安分的手，使其牢牢地贴在她滚烫的小腹上。

"嗯？"诸葛玥问道，"我问你话呢，还疼吗？"

楚乔大窘，胡乱地摇着头，像是一只惊慌的兔子。

诸葛玥呵呵一笑，脸上划过一丝邪气的表情，故意在她耳边低声耳语，"真的不疼了？"

她又连忙点头。

"那我们继续吧。"

"啊？"楚乔大惊，嘴张得可以塞进去一个鸡蛋。

诸葛玥见了哈哈大笑，一把将她抱起来，放在床上。楚乔也不知道自己是怎么了，身手呢？武艺呢？灵敏的动作呢？为什么他一靠近，身体就软绵绵的没有一丝力气？

她傻傻地看着他的脸孔在眼前放大，英挺的鼻，薄薄的唇，邪魅的眼，光洁的皮肤，微微一笑，有着颠倒众生的锦绣风华。

她就那么呆住了，任由他占领了她的樱唇，一阵战栗的酥麻从脊髓爬起，像是触电般滚烫，贝齿被撬开，他的舌尖灵巧地探入，吻由温柔转向激烈，她也由开始的呆愣渐渐试探着迎合，身体微微颤抖，呼吸紊乱急促。她终于还是在对方的调情手段下败下阵来，软软地靠在他的怀里，恍若一湖被搅乱了的春水，涟漪四起，谁也控制不了。

衣衫不知何时已被剥落，只剩下短短的小衣，露出她修长的双腿和雪白的藕臂。

他此时却笑着拉一床被子，将她包裹在里面，然后在她的脸上亲了亲，伸手将她抱在怀里，嗓子有些沙哑，笑着说道："好了，睡觉吧。"

楚乔一愣，有些没反应过来，傻乎乎地问："睡觉？"

"怎么？"诸葛玥一手支着头，侧身看着满面潮红的她，笑着说，"你不想睡？"

"想！"楚乔立刻夸张地大声说道，还打了个哈欠，表示自己真的很困很困。

诸葛玥躺下来，就那么搂着她，他本来也没想怎么样，楚乔毕竟是第一次，不能这么快就承受第二轮风雨。可是刚刚他险些就要停不下来，只得闭上眼睛，"那就睡吧。"

可是某人在他怀里却渐渐不安分起来。

她一会儿动动手臂，一会儿换个姿势，像一只不安分的小狗，东拱拱西拱拱，头发毛茸茸的，让人想打喷嚏。

诸葛玥微微皱起眉来，腔子里的火一拱一拱地往上蹿，他极力克制着，却怎么也压抑不下去。

他皱着眉问道："你干什么？"

"你，不回自己的房间吗？"

楚乔仰起头，可怜巴巴地瞅着他，脸蛋红红地说："明天早上万一被梅香他们看到怎么办？平安、菁菁还小，还是孩子呢。"

诸葛玥仍旧皱眉，"他们都多大了，还小孩子？你忘了，你这么大的时候在坞彭城差点强暴了我。"

"我哪有？"关系到个人声誉，楚乔顿时反驳道，"你血口喷人！"

"还没有？"诸葛玥哼哼道，"你假扮成田大人送给我的侍寝宠姬，衣不遮体地在我面前晃来晃去，不是想占我便宜吗？"

"诸葛玥你这个……"

"你可以再大点声，那不用明天早上，待会儿他们就全知道了。"

楚乔连忙压低声音，恶狠狠地瞅着他，咬牙切齿地说道："我那时……谁知道你会在那儿，你明明知道前因后果，少跟我装蒜。"

"哼！"诸葛玥不耐烦地白了她一眼，那表情好像在说"就知道你会这样狡辩"。

楚乔见他不说话，气势汹汹地喘了一会儿，才又推着他说道："喂！回你自己房间啦，这张床这么小，我睡不好。"

这床还小？并排躺上四个人都不会嫌挤。诸葛玥权当听不到，继续闭着眼睛睡觉。

"喂！回你自己的房间嘛，你赖在我这儿算是怎么回事？"

见诸葛玥实在不动如山，楚乔生气地坐起来，抱着自己的衣衫就要走。可是就在她马上要从诸葛玥身上爬过去的时候，却被人一把揽住了腰，手肘骤然失力，一下就伏在了诸葛玥的胸膛上。

男人眼里闪着几丝火苗，邪魅地斜睨着她，冷冷地说："我看你精力充沛得很，是不想睡了？"

"没有！没有的事！"

就算是李青荣那个小不点都知道看脸色行事，楚乔这个大活人自然知道高低深浅。

果然，她连忙乖乖地躺回原来的地方，背对着诸葛玥，一声也不吭，呼吸平稳，好像真的睡着了一样。

万籁俱寂，四下里都是一团浓墨般的漆黑，雨似乎大了些，淅淅沥沥敲打在船板上，发出清脆的声音。

一只手从后面探过来，搂住了她的腰。男人的气息温和地喷在耳后，脖颈都是一阵酥麻。他抱着她，温柔地轻吻着她的耳郭，语调低沉地说："星儿，我想以后每个晚上都能这样抱着你，别总是赶我走。"

她的心突然间就那样软了下去，如一汪碧水，轻飘飘的。

很难想象他这样的人，也会用这样的语气和她说话。她觉得有些心酸，伸出手来，握住他的手指，一点点拽上来放在唇边，然后低头吻了吻。

夜还那么长，她竟然就这样睡了去，躺在他的怀里，睡梦中似乎看到了清澈的天空、碧绿的湖水、青青的草原，有一群穿着白裙子的孩子站在宽阔的草坪上跳舞，口中唱着温暖的歌。

早晨会起晚那几乎是一定的了。

在一阵大力的砸门之后，她惊慌地睁开眼睛，就见诸葛玥已然穿戴整齐，站在窗前，手里拿着一套浅蓝乳白交杂的清淡裙装，笑着说道："梅香来叫了几次，你再不起来，她就要冲进来了。"

楚乔几乎是战战兢兢地穿上了衣服，然后挪啊挪，挪到了门口，伸出手将门打开一个小小的缝隙，探出头去，傻呵呵地笑道："呵呵，梅香啊，早上好啊。"

"小姐，都已经中午了，再过一会儿我们就要靠岸了。"梅香站在门口，很有气势地叉着腰。菁菁抱着李策的小儿子，正在努力地探头探脑，似乎突然间对楚乔的房间充满了兴趣。荣儿却伸着小肥手，掐着菁菁的脸蛋，咿咿呀呀地叫着，也不知道在说些什么。

"啊？是吗？"楚乔打着哈哈，"哎呀，我最近太累了，竟然睡过头了，真奇怪啊，哈哈。"

"是呀，真是奇怪呀。"菁菁在一旁嘿嘿笑道，一副小精灵鬼的模样。

"小姐，你站在这儿干吗呀，我打了洗脸水，你不洗漱啊？"

楚乔一把提起地上的水桶，大义凛然地说："我自己来。"

梅香皱起眉，"小姐，你怎么了？"

"我很好啊，我是看你太累了，你先去歇会儿吧。"

梅香很恪尽职守地继续说："我还要给你收拾房间呢。"

"不用不用，我今天精神很好，自己收拾就行。"说罢，楚乔再不容梅香说什么，提着水就缩回屋内，将房门关得死死的，然后像小偷一样将耳朵贴在门上，仔细听着外面的动静。

好不容易等到梅香和菁菁走了，楚乔才长吁一口气。

诸葛玥侧躺在床上，很是悠闲地说道："看看你，跟做了贼一样。"

楚乔瞪了他一眼，上来就拉他的手臂，"趁着没人在，你赶快回自己房间。"

"不要。"诸葛玥很干脆地拒绝，"除非你伺候我洗脸。"

楚乔垮了脸，"为什么？"

"你不做我就不回去。"

"诸葛玥你这个……"

楚乔咬牙切齿了很长时间，终于还是走到脸盆边，倒好了水，洗好脸巾，然后走到他面前，露胳膊挽袖子，那架势不像是要为人擦脸，活脱脱一副要和人干仗的模样。

她蹲在他身前，用力擦在他的脸上。他轻轻一皱眉，却什么都没说，仍是笑眯眯的样子。楚乔突然就有点下不去手了，叹了一口气，动作温柔下来。

阳光透过敞开的窗子，照在两人身上，时间好似一下子倒退了十多年，似乎仍是在青山院那个院子里。她每天要起很早，端着熏了沉香的脸盆，伺候他起床、洗脸、穿衣穿鞋、吃饭喝茶。

"看吧，我费了这么大的劲儿，最后还是干回老本行。"楚乔噘着嘴，垂头丧气地说。

诸葛玥一笑，说道："有道是，天网恢恢，疏而不漏。你天生该是我的人，跑也跑不掉。"

楚乔瞪着他，骂道："什么破比喻。"

刷牙漱口，穿戴整齐后，楚乔推着诸葛玥的胳膊，一直走到门边，"快走吧，快走吧！"

诸葛玥回过头来，拿眼睛剜着她，"死女人，一日夫妻百日恩，你却转天就翻脸！"

"快走吧，快走吧！回你自己房间去！"

"少爷！"一个清脆愉快的声音突然传来，楚乔吓得快丢了三魂七魄，猛然转身，却见月七笑吟吟地站在窗外，见着她，还笑呵呵地冲她打招呼，"我早上去少爷房间，见少爷不在，就猜少爷昨晚是歇在姑娘房里了。"

平安站在月七身后，后面似乎还有很多人，隔得远，也不知道他在跟谁说话，只是隐约有一个欢天喜地的声音传过来，"姐姐可算是嫁出去了，以后不用再听姐姐啰唆了。"

这时，房门吱呀一声打开，梅香带着菁菁等人走进来，见了诸葛玥先行一礼，很有礼貌地叫了声四少爷，随即就往楚乔的床榻走去，想是要收拾东西。

楚乔顿时想起床上的血迹怎能见人，正想去阻拦，却见菁菁端了一只汤碗过来，附在她耳边小声说道："梅香姐特意吩咐人熬的，止血补气，姐姐快喝吧。"

楚乔两眼发黑，脸颊红得好像要滴血了。

诸葛玥却走过来接过那药碗，递到楚乔唇边，嘴角含着一丝笑，"果然是好东西，星儿，快喝了。"

当天下午，船在兰陵郡靠岸，补给了一下船上的食物，就继续前行。又过了两日，终于抵达沪县。

众人上了岸，虽然已是大夏境内，但是月七等人对诸葛玥的护卫明显更森严起来。刚到渡口，就有五百多人的护卫队守在那里，随行的女眷全改做男装打扮，混在队伍里上了马车，十分隐秘小心。

楚乔见诸葛玥的这支卫队里的人大多脸带刺青，知道他们是当初流放青海的罪民后裔，稍稍放下心来。

到了保林郡，三千青海军铠甲鲜明地守在那儿，其中有一千人穿着藏青色的皮铠，看起来气势汹汹，杀伐凌厉，满目坚韧风霜之色，太阳穴凸起，一看就都是练过武艺之人。

月七得意地对她说那些都是他统领的部下，是青海最精锐的第七师。这只是其中的一小部分，大多数的队伍目前还在翠微关和真煌城里。

当天晚上在保林郡休息了一晚，第二日起程返回真煌，傍晚，他们终于看到了那座巍峨的城池。

大地苍茫，一片萧瑟，荒原滚滚，枯草随风。

仍旧是大夏的天气，大夏的风，大夏的秋凉。楚乔撩开马车的帘子，望着前方那座巍峨的城门，铁红的城墙在夕阳的映照下，有着鲜血一般惨烈的颜色。

她依稀间又想起了那些年少的日子，她和燕洵相依为命地生活在那座巨大的牢笼里，憎恨着这里的一切，恨不得一场洪水冲来，将所有的繁华化作飞灰。他们费尽心血，拼死杀出一条血路，冲出了这座禁锢他们八年的樊篱。

可是今日，她却要心甘情愿地再次踏足此地，走进这座令人窒息的城门。

六年前，她为了一个男人离开此地，六年后，她又为了另外一个男人再次回来。

命运的玄妙离奇，总是在千百个转折之间。一步踏出去，你不知道前面等待你的会是什么，唯一能做的，只是继续走下去。

耳边有风吹过，发出呜呜的声音。

一只手突然从她后面绕过来，将她拥在怀里。

诸葛玥的声音在耳后响起，极其清淡，有着令人安宁的味道，"别害怕，有我呢。"

楚乔微微一笑，他似乎总是这样说。她身体向后靠在他怀里，深深吸入他身上的味道，然后缓缓闭上眼睛。

她紧紧握住了他的手，好似永远也不会再松开。

今日的真煌城已不复当年的繁华锦绣，天还没黑，街上行走的人就已经十分稀少。见到诸葛玥的车驾，更是人人避让，早已无当年上元灯会人影纷杂、擦肩并行的盛况。

马车绕过轩华街，拐进白薇道，一路向着城西驶去。楚乔微微一愣，问道："不回诸葛府吗？"

诸葛玥一笑，"我已是大夏的兵部司马，自然是住在自己的司马府了。"

楚乔闻言顿时心下一松，面上不由自主地露出笑容来。

诸葛玥笑她道："这样喜形于色，怎么配得上秀丽王的称号？"

"在你面前还有什么好装的？"

楚乔很自然地说道，诸葛玥却微微一愣，随即搂住她，表扬道："说得好。"

街上人少，马车走得也快了些，不一会儿，就已经到了位于城西碧柳湖边的司马府。

这宅子楚乔以前见过，是皇家的一处别院，修建得富丽堂皇，端重浑厚。马车没停，一路进了门，到了内宅，待兵勇们相继去了，楚乔才跟着诸葛玥下了马车。

楚乔一眼就看到红着一双眼睛站在远处的寰儿，见到她，眼泪更是扑簌簌地掉了下来。

虽然已不是昔日的院子，可人仍是曾经的人，楚乔心下也有几分酸楚，伸出手去。寰儿立马疾奔过来，撩起裙摆就要给她磕头请安。

楚乔连忙伸手去扶，诸葛玥却拉住了她，说道："你以后就是这府里的主母，他们给你磕个头，也是应该的。"

这样说着，阖府上下的丫鬟、下人已经老老实实地给她磕了个头，口中叫道："给少夫人请安。"

楚乔扶起寰儿，多年未见，她的模样也有些变了，长得秀气伶俐，如今已成了诸葛玥府上的大丫鬟，手底下管着百八十个小丫鬟。

寰儿一边抹着眼泪，一边哭着说道："奴婢就知道夫人早晚会回来的，夫人的房间奴婢都收拾好了，这些年一直给您留着。"

楚乔被她一口一个"夫人"地叫着，有些不好意思。诸葛玥却泰然处之，在一旁接口道："那间房空出来吧，将她的东西直接搬到我房里去。"

众人一听顿时领悟，寰儿连忙指挥着丫鬟们为楚乔搬行李，梅香和菁菁也加入进去，一群人干得热火朝天。

"走。"诸葛玥在她耳边说道，不由分说牵起她的手就往前走去。

暮色四合，夜色无边，一弯新月遥遥挂在天际，洒下淡淡清辉。两侧的灯火燃起来，照在诸葛玥藏青色的披风上，他也不说话，只是默默地走。两侧的风吹过来，带着湖水的湿冷，却又有些夜幕的清新，他袖口的箭纹密密实实的，不时擦过楚乔洁白的斗篷，发出窸窸窣窣的声响。

　　有极清淡的香气兜头袭来，并不浓烈，却无处不在。这是一种上好的芝兰香草，隐隐有一丝杜若的芬芳。

　　诸葛玥向来是很懂得生活的人，也许是骨子里带出的富贵，几百年的财富累积，让这些世家豪门不同于一般的暴发户。几乎每一寸土壤每一株植物，都带着几分难得的显贵。

　　推开镂空雕花西海楠木门，触目所及的是一间典雅的寝殿，并不如何富丽堂皇，但就是精致舒适到让再挑剔的人也无话可说。柔软厚密的地毯铺在地上，踩上去有一种轻飘飘的恍惚感，书案茶几、古玩字画使得整间屋子雅致非常，带着几分超凡脱俗的古朴之意。十八面天蚕丝白荣纱帐以紫金必方神鸟弯钩钩住，一路逶迤绵延，直达内室。

　　"累吗？"他站在她面前，低着头看着她，轻声问。

　　楚乔摇了摇头，捂着肚子说："就是好饿啊。"

　　一旁一名穿着红衣裳的小丫鬟连忙说："饭菜马上就好了，少爷和夫人要不要现在去饭厅？"

　　诸葛玥摇头，对楚乔说道："我还有事，不能陪你吃饭了。"

　　楚乔点头，"你有事就先办事去吧。"

　　"下人在备马，再等一会儿。"说罢，他抱住楚乔，胸口衣衫上绣着的云纹轻触在楚乔的脸上，有些痒痒的。他的声音从身体里穿梭而来，有些闷闷的，"星儿，你总算来了。"

　　楚乔一笑，也抱住他，心底是一种说不出的满足感，令她四肢慵懒，就是不想说话。屋子里熏着上好的香料，让人发困，想要闭上眼睛好好睡一觉。

　　"今天晚上，你就在这儿等着我。"

　　楚乔的脸颊微微一红，她仰起头，对着诸葛玥一笑，"那你要早点回来。"

　　诸葛玥点了点头。

　　这时，马已经备好，诸葛玥说道："我去七殿下那里一趟，你先吃饭，早点休息。"

　　"嗯。"楚乔踮起脚，在他的嘴上轻啄了一下，脸颊红红地说，"路上小心。"

　　一丝欢喜从诸葛玥的眼底流泻而出，他用力地抱了楚乔一下，转身出了门。

　　楚乔随着他走到门口，风有些大，吹起她雪白的斗篷。她看着诸葛玥消失在浓浓的夜色之中，微笑着靠在门框上。

　　其实真煌，并没有她想象中那么可怕。

　　远远地，有菁菁和平安两人大惊小怪的声音，也不知道发生了什么事，他们一群人哈哈大笑起来。楚乔的嘴角也不由自主地勾起来，挺好的，这里真的挺好。

　　吃完饭，她就在侍女的服侍下洗了个澡。

　　梅香等人一路也累个够呛，荣儿身边又离不开人，梅香便带着两个奶娘下去照顾孩子。下人们不知道，还以为那是诸葛玥和楚乔在外面生的孩子，照顾得十分周到。

诸葛玥家的浴房非常大，整体以蠹田白玉砌成，上面镶嵌着数百颗珍珠，只消一支烛火，就可以让整间屋子明亮如昼。水是引自苍山的地下温泉，以花露调和，配以御用药粉，香气袭人。池底为了防滑，还雕刻了大朵大朵的蔷薇花，极尽奢华之能事。

寰儿说，皇帝赐诸葛玥府邸的时候，他自己先来看了一圈，看完之后说："以后走了，这个房子可以卖个好价钱。"

楚乔听了微微一笑，看来外面传闻的吸血司马果然不是假的。

洗好了澡，她披着一件白色的绮丝素衣，赤着脚回了寝殿。

寰儿开始的时候还有些局促，见楚乔可亲，渐渐就放开了心性，也大着胆子叫起了"星儿、星儿"。她反复将诸葛玥这几年的琐事拿出来说，不过说来说去都是一些好话，总而言之、言而总之，那就是：星儿你知道回头是岸，及时回到我们少爷身边简直是太明智了，满天神佛都会嫉妒你的。

楚乔笑着听寰儿说诸葛玥这几年如何洁身自好，如何不近女色，如何让那些世家小姐悔断了肠子、望穿了眼睛；听寰儿说诸葛玥每日如何思念她，如何记挂她，每当听到她的消息、收到她的信，是如何开心、雀跃，如何夜不能寐，如何多吃了几碗羹汤；听寰儿说诸葛玥之前的那几年是如何惨淡，如何被人作践，如何身体病弱，如何在家族中没有地位……

渐渐地，小丫鬟哭了起来，一边碎碎念着诸葛玥的好，一边悲悲切切地说："星儿你千万别再离开少爷了，少爷是真的喜欢你。"

房间里熏着上好的香，楚乔坐在柔软的床榻上，听着一桩一桩往事，只觉得过去的时光如山海般在眼前穿梭而过。

看吧，他喜欢她，全天下都知道，连一个丫鬟都看得这样清楚。偏偏是她，要经过这么多年，才能领会到这些。

有人轻轻敲门，下人们来报，说是月七将军的夫人来了。

寰儿连忙跳起来跑出去，不一会儿，一个眉清目秀的女子走进来，一身鹅黄色裙装，看起来素雅且清淡，笑起来有两个小酒窝，手里牵着一个十多岁的小孩，见了她，就要跪下去行礼。

楚乔连忙搀住她，笑着说道："没想到月七运气这么好，娶到这么漂亮的媳妇。"

小非微微笑起来，露出两颗可爱的小虎牙，对着那小孩说道："墨儿，快叫娘亲。"

那小孩仰头看着楚乔，愣了好一会儿，突然张开双臂一把抱住楚乔的腿，大声叫道："姐姐，你来看我啦！"

楚乔一愣，低下头去仔细看着，只见这小孩长得清秀可爱，穿着一件松绿色的小比甲，眼睛亮晶晶的，喜滋滋地瞅着她，叫道："姐姐你不认识我啦，我是墨儿啊。"

楚乔恍然想起来，这就是当初她和诸葛玥一起在前往唐京的路上收留的欧阳墨。一晃已经六年多了，昔日的小不点儿今天已经长得这么大了。

她连忙抱住孩子，惊喜地说道："墨儿长这么高了，我都快认不出来了。"

墨儿亲热地搂着她，说道："姐姐去哪儿了？这么多年也不来瞧我？要不是父亲经常说起你，墨儿都要把姐姐给忘了。"

"父亲？"楚乔皱起眉来，疑惑地向旁边的两人看去。

小非连忙对孩子说道："不能乱叫，要叫娘亲。"

墨儿看向楚乔，问道："姐姐嫁给我父亲了吗？"

"你父亲是谁？"

"我父亲是大夏的兵部司马，姐姐你不认识了吗？"

寰儿连忙在一旁解释道："少爷回来之后就收了墨小主子为义子。"

楚乔这才恍然，和墨儿、小非聊了一会儿，才知道小非已经为月七生下了两个孩子。这女子总是很腼腆的样子，说几句话就会脸红，特别招人喜欢。

因为楚乔是今日才回府，他们不便多待，聊了一会儿，小非就带着墨儿离开了。临走前，墨儿反复要楚乔保证有时间就去看他，好像生怕她一转身又离开的样子。

人都走了之后，诸葛玥还没有回来。楚乔有些累了，就遣退了下人，上床休息。

楚乔的身体这几年一直不好，这几天一路奔波，精神便略有不济。

床榻温暖柔软，楚乔躺上去没多久，就闭上眼睛沉沉睡了去。

不知道过了多久，她迷迷糊糊感觉到有人在吻她，却固执地不想醒来，慵懒地"嗯"了一声，就往床榻深处钻去。

一只冰冷的手臂突然抱住她，温热的呼吸喷在她的耳边，似乎是在轻笑。

脖颈间痒痒的，她皱着眉睁开眼睛，就见诸葛玥穿着一身淡紫色的寝衣，侧躺在床上，黑亮的眼睛盯着她，笑着说道："这样的警惕性，被人占了便宜都不知道，还是我认识的那个星儿吗？"

楚乔笑着伸出手揽住他的脖颈，说道："是有个小贼身手太好，总是来无影去无踪的，我都抓不到他的痕迹。"

诸葛玥轻笑一声，低头吻了吻，问道："睡得好吗？"

"还行吧。"楚乔靠在他怀里，调皮地说道，"你要是不回来我就睡得更好了。"

诸葛玥笑骂道："三天不打，上房揭瓦，看来真要给你点家法尝尝。"

说罢扬起手来，楚乔吓得顿时闭上眼，可是等了好一会儿，也没听到所谓的家法落下来。她睁开眼睛，却见诸葛玥正好整以暇地望着她，不由得问道："不是要执行家法吗？怎么不动手？"

诸葛玥抱住她，低头吻在她的脖颈间，手臂略略一动，她腰间的丝带就被挑开，衣衫顺着肩膀滑了下去，露出一片雪白的肌肤。

诸葛玥手臂上的力气微微加大，身体缓缓覆盖上来，声音低沉地缓缓道："我哪里舍得？"

双鹤叼花蟠枝烛台上，一双红烛正在静静燃着，朱红色的灯笼将蜡烛罩住，只有幽幽的红光隐隐透出来。

长夜寂静，楚乔回到真煌城的第一夜，就在这样温暖的缠绵之中，缓缓流逝。

第十六章
重返真煌

 这个秋天，就在这样的甜蜜和欢喜中缓缓过去，秋叶虽然零落，金菊却一团团盛放，将一座金碧锦绣的司马府装点得更加富丽堂皇。日子如同三月的春湖，一丝丝从指间流泻，却在掌心留下春日的香甜和希望，久久也不散去。

 秋祭的那一天，楚乔随诸葛玥出了府，一起去三十里外的香脂山游玩，并顺便到山上的安源寺里参拜。

 楚乔虽然曾在真煌城生活了七八年，这皇城周围的一些名胜古迹她却几乎从未去过。一来当初身份不允，二来也没有这个心境。然而如今沧桑转易，一切已不同往昔，她也就放开怀抱。

 那日天气极好，虽有一丝凉风，却更显清爽。楚乔穿着一件月白色百褶襦缎长裙，披着缎面长绒斗篷，带着一群听说要出去玩便撒了欢的跟班，浩浩荡荡上了路。

 香脂山位于真煌的正南方，在一片平原中拔地矗起，山顶白雪皑皑，常年不化，如卧龙横倒，寂寞孤绝。山腰枫林遍布，如今一眼望去，嫣红如火，风光明秀。今日是秋祭，真煌城里的富户皆相携出游，山上一时游人如织，欢声笑语，热闹非凡。

 一路登上香脂山，置身于层林红枫之中，盛景触目，美不胜收。菁菁和平安在前面引路，大呼小叫你追我赶，贺萧和一众月卫护在左右。月七也带了小非，趁着节庆，也让这位贤妻良母放个假。

 诸葛玥牵了楚乔的手，一路往上去，不时和众人引经据典谈笑风生。这位大少爷少有如此开心随和的时候，众人也乐得凑趣，将他们众星捧月般护在当中。偶尔有游人经过，无不侧目，也不知是哪家贵人出行。

 诸葛玥一直很忙，他是大夏的兵部司马，又是青海的领属藩王，如今更隐隐成了诸葛一族的主事人，身兼数职，军政要务集于一身，更要时刻防范赵飏和燕北的内外夹攻。这些日子，他虽然每日都按时回府，陪着楚乔吃饭聊天，和她一起休息，可是每次楚乔深夜醒来都不见他在身旁，推开窗子，就见书房彻夜燃着的灯火。

 这种时候她总是故作不知，上床安然地继续睡，直到第二天一早，再笑着问他睡得好不好，看着他眯着发青的眼睛笑着回答说睡得好极了。

他的身体并不如他表现出的那么好，当年受了那么重的伤，又在水中潜游多时，已然是九死一生，能活下来算是老天开眼。如今天气渐寒，他的病痛就越发凸显出来。

秋雨一场凉似一场，每逢阴天下雨，他的面色就会很差。偶尔午夜醒来，便能听到他低沉压抑的呼吸，看到他后颈处细密的冷汗，以及软软地贴在他的脊梁上已经湿透的寝衣。

这种时候，她总是什么也不能说，只在黑暗中睁大双眼，看着闪烁着微光的明珠吊顶，双拳紧握，嘴唇青白，一点一点数着更漏里的细沙，静静地等候天明，然后在第二天拼命地往屋子里端火盆。她甚至指挥着工匠们用了十多天的时间造了暖气，把一间卧房搞得像是火房一样。

昨天早上吃早饭的时候，菁菁和平安谈起秋祭的热闹，她不过随口附和了两句，他就记下了。当时没有说什么，第二日却推掉了所有的事，打着上山拜佛的旗号，带着她出游。

这么多年来，他向来是个固执骄傲的人，从不信神佛，像个孩子般叛逆。楚乔嘲笑他竟然转了性要拜佛，他却朝她一笑，神神秘秘地说别的佛可以不拜，有一尊佛却是一定要拜的。

楚乔等人进了安源寺偏殿佛堂的时候，她的脸颊不由得微微一红，菁菁等人哈哈大笑。唯有小非很是认真地叩拜磕头，随后又回过头去瞪着一群不敬神明的小辈。

神香缭绕，大殿肃穆，送子观音像慈眉善目地端坐在佛堂上，正午的光线从殿外射来，穿透一层层细微的香灰，洒在空荡的大殿上。

诸葛玥的声音就在耳边，带着醇厚的温暖和笑意，小声地说："拜佛要诚心。"

楚乔回过头去，只见他双眼明亮，笑吟吟地瞅着她，带着一些认真，却又有几分孩子气的顽皮。

她笑着转过身来，很坦然地跪下去，双手合十，心里默念着千万名妇人曾经许下的愿望，然后双手撑在蒲团上，诚心下拜。

一叩首，保佑他身体健康，遇事呈祥，逢凶化吉。

二叩首，保佑我们平安相守，再无离分。

三叩首，保佑我们得偿心愿，能够有一个健康的孩子。

她一下一下拜下去，那般虔诚，脸上是前所未有的满足和安宁。

菩萨，你保佑了那么多人，如今，请也保佑我一次吧。

菁菁、平安几个在后面窃窃嬉笑，小非正在苦口婆心地劝他们要尊重神明。月七和贺萧等人站在外面闲话家常，说起哪一营哪一军的少尉上花楼被老婆抓到、当街痛打的糗事，一众护卫齐齐哈哈大笑。

深秋的天气有些凉，天空高远，她跪在那里，仰着头看着上面的神明，只觉得生活平静安好，前尘记忆中的血雨腥风早已远离，她的心境，从未如今日这般安然恬静。

诸葛玥扶起她，双臂轻轻地揽住她的腰，冰凉的唇在她的眉心淡淡一吻，就那么轻笑起来。

菁菁眼尖，一把拉住小非，不停地叫："七嫂七嫂，你快看，姐姐和姐夫才是亵渎神明！"

众人听了一起小声地窃笑起来，诸葛玥却浑不在意。楚乔脸颊微红，轻轻抽离他的怀抱，只是一双手，却在下面紧紧握住他的手臂，再不松开。

"要留在山上吃斋菜吗？"诸葛玥问道。

楚乔还没回话，就见平安在一旁对着她挤眉弄眼，当下会意，说道："还是下山吧，我们这一群都是肉食动物，还是不要勉强自己附庸风雅了。"

平安闻言连忙眉飞色舞地跑上前来，对着诸葛玥说得月楼的某某菜品如何美味，菁菁也在一旁随声附和。诸葛玥一个栗暴弹在平安的头上，笑骂一句"臭小子"，就带着众人出了宝相庄严的佛堂。

大把香油钱撒下之后，寺院为他们准备了一个清静的院落。月七等人去准备车马，只剩下诸葛玥和楚乔几个坐在漫天枫叶之中，闲谈品茗。

刚坐没一会儿，小非就坐立不安起来。楚乔还以为她是要小解不好意思说，就拉着她去了偏院。谁知她脸蛋红红的，想了半晌才说这送子观音庙里有一个算命先生，算卦极准，卖的药丸也是灵药，自己两次有子，都是因为吃了算命先生的灵药云云。可是月七和少爷都不相信，这次来了，只能偷偷去买。

楚乔自然是不相信的，心道你怀孕产子，那是月七的功劳，和一个街头算命的有何关系？只是见她言辞切切，也不忍拒绝，就和诸葛玥打了个招呼，陪着她一起去了位于大殿外枫林道上的算命摊位。

那算命先生白发白须，清瘦孤高，倒是有几分仙风道骨的样子。见了楚乔立刻说她乃大富大贵之人，只是平生多羁绊牵扯，只要诚心向佛，自有破灾之法。说得小非连连点头，一个劲儿地对楚乔眨眼睛，好似在说：看看，这先生多么灵验。

楚乔却知道这乃所有算卦的必说之词，谁的一生还没有几件烦心事，至于大富大贵，只要看看她们俩的一身穿戴，也就能猜个八九不离十了。

小非坐在摊位前，抽签占卜问吉凶，忙得不亦乐乎。楚乔百无聊赖地站在一旁，忽见远处一个极熟悉的身影一晃，顿时愣在原地。

过了一会儿，她低头嘱咐小非一句，就悄悄跟了上去。

一眨眼，已经有六年不见了。

红枫锦绣之中，他穿着一身白衫，看起来朴实无华，再无当日的飞扬神采。秋风吹来，一条衣袖轻飘飘地扬起，像是无枝可依的柳絮，柔柔飘荡。

"殿下，喝水吗？"一名十八九岁的侍从走上前来，声音清冷，虽然着男装，但也可听出是一名年轻少女，只是背对着楚乔，看不清她的脸孔。

赵嵩转过身来，曾经因为无忧无虑而略显婴儿肥的脸颊，如今已经瘦削如刀。身姿虽然仍旧挺拔，却已露出几丝疲惫和单薄，眼神再无昔日的神采，平静无波如百年古井，年仅二十出头，两鬓却已是一片斑白了。

他摇了摇头，很平静地说："我想要一个人走走。"

那少女却纹丝不动，只是微微低着头，手里握着水囊，清风吹过她的侧脸，隐隐带着一丝莫名的熟悉感。她突然抬起头来，望着赵嵩，定定问道："殿下是在等什么人吗？"

赵嵩神色间隐隐有丝不快，皱眉道："你说什么？"

"殿下有多久没出府了，为何今日这么有兴致呢？"

赵嵩眉眼间越发不快，深深地看了她两眼，转身就走。那少女一惊，急忙追上前去，一把拉住他的衣袖，悲声劝道："殿下忘了十四殿下说的话了吗？"

赵嵩被她拉住袖子，缓缓转过头来，眼神好似深潭，深深地凝视着那个男装少女，沉声道："无心，并不是这世上所有人都亏欠了你，你的恨，是不是太长了？"说罢，转身没入层层枫林之中。

那少女背对着楚乔愣愣地站在原地，背影婆娑，青丝如柳，身形单薄得好似一阵风就能将她吹走。挥不散的落寞孤寂，从她那被拂开的指尖缓缓流泻，一层一层飘荡在林间。她就那么默默地站了很久，终于，还是用袖子一抹脸颊，似乎擦去了什么，抬脚向赵嵩离去的方向追去。

林间鸟雀飞舞，啼鸣声声。依稀间，楚乔似乎又看到了多年前，他穿着一身宝蓝色的小袍子，衣衫上绣着五彩的鸟雀，团团锦绣，色彩缤纷。他手里甩着一根金灿灿的小马鞭，对着她扬扬得意地说："这满府的丫鬟我看你最顺眼，我封你做我的守门大将军怎么样？"

一阵风吹来，她突然觉得竟那么冷。

小非的声音渐渐近了，她回过神来，与生了两个孩子仍不知足的好妈妈携手回去。

众人逛了大半天都有些累了，下山的时候就坐了马车。马车晃晃悠悠地走着，诸葛玥见她兴致不高，就皱眉问她是不是累了。楚乔点头说是，靠在他的肩上，昏昏沉沉地闭上眼睛，却怎么也睡不着。

诸葛玥握住她的手，感觉冷冰冰的，不禁有些担忧，便吩咐月七快点赶路。

"过些日子，赵彻就要大婚了。"楚乔一愣，微微仰起头，诸葛玥笑道，"他这些年时运不济，都快成老光棍了。新娘子你不认识，但是估计会喜欢，是东胡首领的小女儿，名叫完颜柔。名字虽然带个柔字，为人却一点也不温柔，是个嚣张跋扈的疯丫头，但是心地纯朴善良。等她进京了，我带你去见见。"

楚乔点了点头，想起什么，却终究没说。

秋祭之后，天就开始冷了，湖面都结了冰，一场大雪下来，天地间一片素白，屋子里整日暖意融融，人也跟着犯懒。

这些日子，司马府里人来人往，诸葛玥也好像特别忙，就连月七都已经好久不见了。听小非说，月七是被诸葛玥派出去当差，已然走了七八日。

当天晚上，楚乔无意间问了诸葛玥一句，他却故弄玄虚地没有回答，只是说要给她一个惊喜。

惊喜来得很快，三日之后，孙棣就派人从卞唐赶来，为她送来了私人的信函和宫制的公文。

原来是大夏兵部司马诸葛玥派人前往卞唐求亲，要迎娶卞唐的秀丽王，第一批文聘和礼金已经都送至卞唐皇宫了。

楚乔接到消息的时候，诸葛玥正歪在床上还没起身，一身白缎寝衣莹白剔透，他单手支着头，斜睨着她，表情似笑非笑，一副懒散的样子。

楚乔走到他面前，将信件一摊，问道："怎么回事？"

诸葛玥坦然道："什么怎么回事？男大当婚女大当嫁，天经地义啊。"

楚乔皱眉，"可是我的身份毕竟尴尬，以你如今的地位，难道不怕朝廷非议？"

诸葛玥淡笑一声，很是不屑道："我诸葛玥成亲，旁人非议与我何干？"

好似一只热水袋被扎破了，温热的水一丝丝流入心口，她的笑容禁不住缓缓流泻而出。她蹲下身子，将头靠在他的腿上，就那么一动不动。

诸葛玥坐起来拥住她，弯下腰用下颌蹭着她的头发，轻声说道："我想了这么多年，哪能让你就这样悄无声息地进我的家门？我定要昭告天下，告诉所有人，你是我的了。"

随后的日子突然就忙碌起来，楚乔不知道诸葛玥用了什么手段和方法，竟让整个真煌的上层社会好似一夜之间通通失忆了一样，没有人记得她曾协助燕洵杀出真煌，没有人记得她曾两次粉碎大夏的北伐之战，甚至没有人记得她曾亲手杀了大夏的三皇子赵齐。

连日来，各门阀贵族的贵妇们相继上门，各色奇珍礼品流水般送进了司马府，就连一些跟诸葛玥、赵彻关系不近的皇族大臣，也纷纷送上礼物，以全脸面。

十二月初三，盛金宫突然传出消息来，说是皇上病危，急召诸葛玥入宫侍疾。

按理说皇帝病重，除了皇子亲王，是不应该召大臣入宫侍疾的。然而皇帝奄奄一息，朝不保夕，谁也不知道下一刻会发生什么事。岭南沐公爷、各地藩王世子纷纷上表入宫，这个时候让赵彻一人留在宫里实属不智，情势如此，诸葛玥不得不上表请从。皇帝于病中哪有什么意见，赵飏等人也不放心这个时候让诸葛玥在外逍遥，是以盛金宫里一时间热闹非凡，整个大夏的势力尽皆聚集。

然而就在各方头脑入宫的当天晚上，驻扎在城西的东胡军就同沐小公爷带来的亲卫军动起了手。具体是什么原因已经没人知道，只是当楚乔被吵醒的时候，整个西面天空一片通红，喊杀声震天，各地入宫报信的传讯兵却全被阻挡在宫门之外，显然是有人有意纵容。

半个时辰之后，斗殴规模扩大，灵王世子的亲兵也加入战圈，真煌本地的纠察队却隔岸观火，无论城西的百姓如何哭喊，他们都以一句"等待上面命令"便全部挡下，站在外围按兵不动，静候里面两伙人的火并。

这个时候，真煌城内的大小帮派和混混流氓趁火打劫，小打小闹一阵之后发现无人理会，便越发跋扈起来。真煌城东南西北一片哀号，平民均躲在家中瑟瑟发抖，唯恐惹火烧身。

楚乔吩咐府中兵士严加防范，大门紧闭，绝不出门一步。

贺萧和诸葛玥的亲卫月六一起负责府内防御，不一会儿工夫，府外突然灯火通明，似乎被大批人马团团包围。

月六等亲卫咬牙切齿、摩拳擦掌地拔出了狼刀，一副要跟人拼命的样子。楚乔却觉得奇怪，让贺萧出去探听消息。

贺萧很快就回来了，笑着对楚乔说是官府的督察军，奉上面命令来保护司马府的。很快，四面八方的喧嚣声小了许多，想来是这个所谓的督察军起了作用。然而楚乔问起月六，年轻的侍卫却挠着头，很是疑惑地说他从来没听说过什么督察军。

二更时分，大门处突然一阵喧哗，楚乔刚迈出房门，就见诸葛玥一身深紫大氅急匆匆地走了进来，见了她问道："没吓着你吧？"

楚乔笑道："你以为我是纸糊的？我在外面杀人放火的时候，你还不知道在哪儿投胎做人呢。"

诸葛玥端起茶杯喝了一口，勉强笑了笑就坐了下来。

楚乔问道："究竟是怎么回事？"

诸葛玥的事情，楚乔向来很少过问。一来她的身份立场实在不适宜知道过多，二来她如今也再没有这份多管闲事的精力。只是今晚的事，她实在有些担心。

诸葛玥抬起头来，见她担忧的样子，有些愧疚，握住她冰凉的手，说道："是沐允他们闹事，南门被赵飓的人控制了，我是从北门出来的，所以才稍微晚了点。"

"闹事对他们有什么好处呢？万一闹大了，长老会将边军都赶回属地，那不是大家都占不到便宜？"

诸葛玥冷冷一笑，说道："他们打的就是这个主意。"

楚乔眉心一蹙，转念就想通了其中的关节，不由得长叹道："好险，幸亏你出来得快。"

诸葛玥拍了拍她的脸颊，说道："别怕，我还不至于被这种手段算计了。"

如今赵彻和赵飓的对抗，基本就是大夏西南军和东胡军的对抗。赵飓有灵王世子和沐小公爷为臂膀，赵彻也有诸葛玥的青海军。现在夏皇病危，各路边军几乎都跟着主子留守京都，这本就不合规矩，一旦闹出事来，定会被遣返回属地。然而无论是赵彻还是诸葛玥、景邯，他们的部下都是地方边军，唯有赵飓手里还掌握着京畿骁骑营。这三万骁骑营在战场上可能微不足道，但是一旦边军全部被遣返，这三万军队就是帝都最强大的兵力，到时赵彻若是不随着东胡军返回北地，必定落入赵飓之手，而一旦他返回属地，那么这下一任夏皇的人选，基本也就确定下来了。

夏皇病危的这一年，大夏几乎日日都要上演类似的角逐戏码。楚乔是带过兵的人，自然知道这其中的利害。她上前宽慰诸葛玥道："你一切小心，不必挂念我，府中兵士充足，就算来个一万人攻门，我们也能守上两个时辰，下次不用分兵来保护我。"

诸葛玥闻言一愣，问道："我何时分兵回府了？"

楚乔愣道："刚刚官府的督察军来过，守了我们两个多时辰。"

诸葛玥眉心紧紧皱起，想了很久，才摇头道："那不是我的人。"

楚乔疑惑地看着他，一张脸上满是郑重之色。

诸葛玥一笑，握着她的手，说道："没关系，他们应该没有恶意。"

"是魏舒烨的人吗？"

"如果我没猜错，应该是赵十三的人。"

楚乔只觉好似一捧积雪撒在心口，霎时间一片冰凉。诸葛玥的声音有些低沉，"皇帝病危，真煌城里几乎所有有势力的人全在宫中，这个时候不在宫内，并且还有能力调动官府的人，也只有他了。"

一丝凝重之色闪过诸葛玥的眼睛，他缓缓道："这么久了，我还真是将他给忘了。"

大殿里焚香袅袅，热气腾腾，暖得让人只能穿着薄薄的轻纱。可是楚乔站在那里，还是觉得冷意从手指蔓延，一路爬上脊柱，钻进了脑海之中。

赵十三，赵嵩，被燕洵斩断一臂，其兄长也死在自己手上，母族更是被自己和燕洵一手搞垮。当年真煌城里风头最劲的皇子，如今已经被人遗忘到这种地步了吗？连入宫侍疾都没有他的份？

他将她抱在怀里，见她面白唇青的样子有些心疼，轻声说道："星儿，不如我先送你回青海吧？"

楚乔还在发愣，似乎没有听清，直到他又说了一遍，才连忙摇头，紧张地抓住他的衣袖，连声叫道："我不要！"

她仰着头，倔强地看着他，像是一头桀骜不驯的小狮子。诸葛玥无奈地叹了口气，伸臂抱住她，低声道："就快了。"

是啊，就快了，每一次诸位大臣皇子看到皇帝的样子，回到家中都会这样说。对着他们的部下、亲人说，就快了，皇上时日不多了，提心吊胆的日子就要过去了。

然而日复一日，皇帝的嘴歪了，皇帝神志不清了，皇帝不认得人了，皇帝吃不下饭了……

听起来，皇帝好像只有一口气还在那里吊着，似乎下一刻就会撒手人寰，魂飞天外。然而寒冬一天天到来，大雪封门，漫天银装，春节将至，皇帝却还是一日一日熬过来了，不但没有死，据说偶尔还能说出几句完整的话来，时不时还能睁开眼睛，喝几口参汤。

没有人知道那具苍老破损的身体还在坚持什么，他似乎有什么心愿未了，在等什么人，就那么一日日拖着，不肯闭眼。

京城的气氛，也因为他而一直紧绷着。因为没有人有万全的把握，于是也没有人敢当先弑君发起行动，真煌城紧张得好像拉满了弦的弓箭，随便一个街边的乞丐高声一叫，都会惊起一片雪亮刀光，就连初生的婴儿，都不敢在夜里高声啼哭了。

这天早上，诸葛玥刚出门去上早朝，就有人来访。

少女披着一件纯白色的狐裘披风，站在银装素裹的大雪之中，眼珠漆黑，嘴唇殷红，清丽脱俗得好似画中人一样。

冬日的光蒙昧且高远，似乎是从另一个世界遥遥射来，照在身上都是冰冷的。楚乔迎着风站在门口，披着一件苏青色的披风，突然呆住了，就那么看着她，久久没有动。

来人微微一笑，笑容都是极为淡薄的，缓缓上前来，站在楚乔面前，巧笑嫣然地说："六姐，你不认得我了？我是小八啊。"

时间突然那么急促地逝去，仿若一江春水，蜿蜒东去，再也看不见影子。

昔日那个小小的孩子，跪在自己身边，身子那么小，瘦得像是一只没吃过奶的小狼崽子，在清冷的月光下磕着头，对着那些死去了的哥哥姐姐发誓，让他们等着看，等着她为他们报仇。

一转眼，已经十四年了。

楚乔想起了那日行刑，她躲在人群之中，听着孩子大声哭喊着她的名字，喊她去救救她。然而楚乔终究没有走出去，只是在月亮被云层遮住的晚上，从野狗的嘴里抢下了破碎的尸首，然后连一张草席都没有，就让她沉入了清冷的碧湖之中。

十四年了，楚乔以为她已经死了，曾无数次梦到她倔强流泪的样子，自责懊恼了十四年，也因为这个，恨了诸葛玥那么久。

她眼中一热，几乎就要落下泪来，站在门边，遥遥地伸出手，嘴角却微微地笑起来，那般苦涩，却又带着劫后余生的欣喜，像是满满的水，一丝丝溢了出来。

小八握住她的手，极清淡地一笑，说道："我很厉害吧，还活着呢，没想到吧。"她说话的声音很熟悉，轻飘飘的，总是带着几分淡淡的疏离。

她们一起进了房，小八在房间里极为熟稔地走了一圈，然后在一角软榻上坐下，深吸一口气，笑着说道："诸葛四还是这样的习惯，喜欢在房里熏沉水香。"

她以一副熟悉的姿态左右望着，随口所说的，都是诸葛玥的生活习惯，然后自顾自地拿起一个石榴，在手里把玩着。

楚乔看着她，千言万语凝在嘴边，却不知道该从何问起。

小八却对她一笑，说道："六姐不必惊讶，当日死的人并不是我，临到行刑前最后一刻，你的夫君把我换下来了，并且养了我很多年。我和他有恩有怨，但是我今天来不是逼你履行当日的诺言为家人报仇的，因为就连我自己，也早就放弃报仇的念头了。"

屋里突然起了一丝风，吹得墙角的幕帘微微翻卷，透过阳光，隐约可见细小的灰尘在半空中飞舞。隔在楚乔和小八之间，阳光那么刺眼，让她不得不眯起眼睛，却仍旧看不清小八的脸。

楚乔看着她，一种陌生感油然而生，她想了许久，还是温和地问道："小八，你这些年可好？"

"马马虎虎吧。"小八漫不经心地说，"诸葛四对我还不错，我想我可能是沾了你的光。他后来去了卧龙先生那儿学艺，也带了我去，我跟着读书习字，只是他总限制我的自由，不让我走，我跑过几次，都被他抓回来了。就这样过了好多年，直到……"说到这儿，小八抬起眼皮看了楚乔一眼，突然扑哧一笑，说道，"直到外面传他死在燕北，诸葛家族将他逐出门阀，我们这些青山院的人也被赶出了家门，我才得以自由。后来我就在外面游荡，我一个女孩子，也不会什么谋生的手艺，便沦入风尘，差不多在青楼里游荡了一年多吧，我便遇到了十三殿下。还是要托六姐你的福，因为我长得像你，一下子就被殿下看中了，现在我的身份是王府的家奴。呵呵，混了这么多年，还是个奴隶，只是待遇提高了一点。"

楚乔听着她漫不经心的语气，听她提起赵嵩，想起前些日子在香脂山上的所见，以及那个穿着男装的女子，不由得缓缓皱起眉来，沉声问道："你早就知道我来了真煌，为何不来找我？"

"我找你做什么？"小八的眼风凌厉地扫来，她冷冷一笑，年轻的脸上隐隐带着丝不屑和寒意，缓缓地说，"六姐如今身份高贵，既是燕北的秀丽将军，又是卞唐的秀丽王，马上又会是大夏的司马夫人。我一个小小的奴隶，贸然前来，不是给六姐丢脸吗？"

小八眼神冷冽，尤其说到"司马夫人"四个字的时候，双眼几乎能喷出火来。

香炉里的熏香一点点燃起，有一条细细的烟线缓缓升腾，浅金的光像是稀疏的水，一层层流泻进来，在光洁的地板上投下一片斑斑驳驳支离破碎的光影。屋子里一片寂静，楚乔默默地看着小八，一颗滚烫的心就那么一点点冷了下去，到嘴边的话终究狠狠地吞下肚子，心里痴痴茫茫，恍若燕北的白雪，一片清冷。

她听到自己用平淡无波的声音问："那你今日来，又有什么事？"

"殿下要走了，我想求你给我弄一张解除皇家奴籍的文书，让我可以跟着殿下一起走。"

楚乔略略诧异，"赵嵩要去哪儿？"

"还能去哪儿？去堰塞看守马场，堂堂一个大夏亲王，皇后所生的嫡出皇子，竟然被贬去看守马场。"

小八的表情变得阴郁起来，她咬牙切齿地冷冷说道，声音中的巨大怒意几乎无可压制。

"为什么？"

"还能为什么？还不是因为你？"小八转过头来，冷冷说道，"殿下自从被燕北狗砍断一只手臂之后，一直深居简出，从不理会什么朝野纷争。夺嫡之战，各家皇子忙着争权夺利，也无人注意他。然而前几天，他却为了你动用了官府的兵马，并且还明显对你们示好。你以为十四殿下那些人，还能放任他这样的身份留在京城吗？"

楚乔的手异常冰冷，脑中嗡嗡作响，只听得小八的声音尖锐地响在耳边，怒极说道："我不求你想办法让殿下留在京城，只求你帮我弄一张文书。殿下不肯带我去，我就自己跟去，最起码可以早晚伺候汤水，不叫他孤零零一个人上路。殿下对我有恩，我必不会如某些人一样，恩将仇报，忘恩负义。"

过了许久，楚乔才抬起头来，定定地看着小八如画的脸，淡淡地说："小八，你一定要与我生分成这样吗？"

"六姐说的是什么话，您是什么身份，小八是什么身份，我怎敢高攀于您？更何况……"

"如果你再这样说话，马上就给我离开，什么也不必来求我，我就当没有你这个妹妹！"楚乔突然声音冰冷地怒声说道。

小八顿时愣住了，呆呆地望着盛怒的楚乔，一时间一句话也说不出来。

"你在怨什么、气什么？气我当初不能保护你，不能带你走吗？还是气我今日不能给汁湘、临惜报仇，还要认贼为夫，委身于仇敌？"楚乔含怒道，"这些年来，你过得辛苦，我未必就过得开心。我以为你死了，愧疚自责了十四年。今日你却找上门来，冷嘲热讽，这就是你我的姐妹之情吗？"

午日的阳光照射进来，在地上洒下一块一块白亮的光斑。楚乔站起身来，冷冷地看着她道："已经十四年了，这中间发生了多少事？你满脑袋想的都是自己的不幸和悲伤，然后将一切怪罪在别人身上。我真的怀疑，你还是不是我当年认识的那个坚强勇敢的妹妹。你给自己起名为无心，难道真的就没有心了吗？"

小八站在原地，面色有些苍白。楚乔却突然觉得很累，好像全身的每一块肌肤都在叫嚣着疲劳。

她缓缓转过身去，淡淡说道："你走吧，赵嵩的事我会处理的。"然后转身不再理会小八。过了很久，小八才离去。楚乔透过窗纸看着她在梅香等人的护送下离开司马府，背影瘦削，衣衫雪白，好似要融入茫茫的大雪中一样。

楚乔看着，想起她方才的话：被软禁，一人流浪，沦入风尘……

她咬紧嘴唇，心底越发凄楚，一人独坐，直至暮色四合。

诸葛玥从后面搂住她，低沉的嗓音在背后响起，带着一丝责备，"晚上为什么没吃饭？"

楚乔就那么靠在他怀里，就像是鱼儿游进水里，那么放松。她握住他的手，闷闷地不想说话，就那么翻看着他的手，细细数着他手中的茧子。

"小八来了？"

"嗯，"楚乔点头，"你早就知道，为何不告诉我？"

"我一直想说，却没找到机会。"诸葛玥一笑，颇为无奈地说，"不管你信不信，这件事一直压在我心头，也算是一块心病。那些年我毕竟对她不是很好，有几次她逃跑，我还打过她。我当年性子古怪，救下她之后一直拘着她，就是不想放。心情好的时候教她读书习字练练武艺，心情不好的时候就因为她长得像你，给她摆脸色看。那些年在山上，身边没有侍女，一直是她服侍在一旁，她现在性子古怪，想来也是我的原因。"

"她在赵嵩身边多久了？"

"有个两三年了吧。"诸葛玥回想道，"听说赵嵩对她十分宠爱，她曾经失手杀死过赵嵩的一名宠姬，赵嵩也没有追究。"

楚乔沉默了许久，才缓缓说道："她也许是对赵嵩有意。"

诸葛玥一笑，说道："管她对谁有意，只要你不跟我生气就好。"

"那赵嵩的事？"

"你放心，赵飒想要一手遮天，还要问我们答不答应。只是我觉得赵嵩离京并没有什么不好，这真煌城早晚会有一场大乱，对他来说，离开总比留下要安全得多。"

楚乔其实也想到了这一层，微微皱眉，"那怎么办呢？"

"我打算让他去羌胡，一来那里靠近北地，在赵彻的势力范围之内，二来那里是羌人的聚集地，生活富庶，沿海气候还温和。"

楚乔点了点头，说道："就按你说的办吧。"

"那我明日就安排。你要不要送送他，见他一面？"

楚乔默想了许久，还是摇了摇头，"他也许并不想见我，还是不要多事了。"

诸葛玥道："我却觉得，你应该去见他一面。"

楚乔仰起头来，皱眉望着他。诸葛玥哂然一笑，说："你别这么看我，我没别的意思，只是不想你终日这样自怨自艾，当年的事，不能怪在你身上。"

当年？楚乔的视线渐渐变得迷蒙，脑海中又闪过那日香脂山上，男子长身而立，衣衫轻舞，墨发染霜，一条空荡荡的衣袖像是无根的柳絮。

记忆早已被尘封，如今撕开，物是人非，只有红枫层染，一如当年。

第十七章
生死不负

  下了一夜的雪,整座真煌城都笼罩在一片苍茫的白色之中。清早推开房门,大雪足足有一尺多厚,没入膝盖,平地白雪飘飞,白毛风刮得人睁不开眼睛。
  守城的士兵打着哈欠,在太阳还没升起前打开了厚重的城门,隐约中似乎看见浑浊的光线中有一个模糊的影子,等他们想要睁大眼睛仔细看清楚的时候,一直等在城门口的百姓已经蜂拥而上了。
  一辆简朴的青布马车,乌木门辕,车辘声声,卷起平地的皑皑白雪,在绵长的大街上轧下两条深深的车辙。马车看起来朴实无华,跟在一众排队的百姓身后也没有怨言,城门的守军理所当然地认为这绝不是真煌城的权贵,也理所当然地收下了不菲的车马费,并呼呼喝喝地耍了几下威风。
  大约等了一个时辰,马车才出了真煌城。太阳懒洋洋地升起,透过清晨的雾气发出白茫茫的光。候鸟早就飞走了,剩下的都是耐寒的鹰,长啸着飞过天的尽头,翅膀都是雪白的,偶尔飞进云层里就隐没了身影,只能听到长长的啸声在雪原上回荡。
  马车到了城外的歇马岭,就见一名少女正静静地站在阳关桥上。她穿了一身洁白的大裘,苏青色的小马靴,眉目如画,想是在寒风中站得久了,脸颊红彤彤的,少了几分平日里的刻薄和冷厉,多了一丝难得的温婉。看到马车过来,她笑着上前一步,马儿乖巧地跟在后面,地上的积雪被踩得咯吱作响。
  车夫也是一个不大的少年人,顶多只有十六七岁,见了她似乎有些吃惊,回头对着马车里的人说了一句话。一只瘦削的手伸出来,微微挑起马车的帘子,露出男子好看的眼睛,和一双紧紧皱起来的眉毛。
  "你怎么来了?"赵嵩的声音已不复当年的清朗和阳光,变得略显低沉,这么多年来,一直像是一潭死水,不起丝毫波澜。
  可是那也没什么,毕竟她第一次认识他的时候他就是这个样子,平静,温和,对万事都毫无兴致。于是他渐渐从大夏的政治舞台上退了下来,从一个风光无限的皇家嫡子,变得如今日这样连被发配远行都无一人相送的窘迫落寞。
  也许除了她,这整个皇城之中,再也不会有人记得他了吧。

小八静静一笑，嘴角仍旧惯性地带着几分讥诮。她上前一步，很是自然地将马缰交给车上的少年，说道："阿江，去把马套上。"

　　赵嵩微微皱眉，沉声说道："你干什么？"

　　小八对着他扬眉一笑，眼神清凌凌的，很是自然地说："我自然是要随你去的。"

　　赵嵩仍旧皱着眉，脸色有些阴沉，少见地带上了一丝不耐："无心，别胡闹。"

　　小八如今名唤无心，无心无心，也就是没有心的。

　　她这一生，有无数个不一样的名字。小时候在荆家的日子她已经不记得了，她印象中的亲人只不过汩湘、临惜几个。因为她年纪小，又不是荆家正室夫人的孩子，甚至被同样年纪小小的哥哥姐姐们忘记了名字，只能按照死里逃生后的年龄排序，和其他几个孩子一样被称为小七、小八、小九，像是牲口一样，只是一些冷冰冰的数字，甚至还不如一匹血统纯正的战马。

　　后来，她被诸葛玥所救，与他一同在卧龙先生门下生活近七年。那几年中，她也有一个名字，只是这个名字，是诸葛玥为了防范周围人知道她的身份而另起的，目的，也无非为了保护那个住在盛金宫之中的姐姐。

　　听闻诸葛玥死讯的那一刻，她竟然哭了，这是她这么多年来所做的最不能原谅自己的一件事。

　　她竟然哭了，为了一个害死她的兄弟姐妹并且囚禁了她许多年的男人。

　　她至今还清楚地记得那天早上，噩耗传进诸葛府，月十三满身灰尘地冲进了青山院的大门，紧随其后的，就是主院的下人，在他们还没来得及反应的时候，就将整个青山院上下搜查一番。然后，是尚律院的通判官差、大寺府的衙门捕快、长老院的督察官员，各种罪名相继扣在了那个向来光鲜骄傲的男人头上，渎职、通敌、延误军情、败坏军纪、造成军队的重大军事失误，甚至叛国。

　　昔日地位超然于整个诸葛府的青山院顿时零落成泥，被打入无底深渊。月卫们四处奔走，求告于诸葛玥曾经的那些门阀好友、兄弟姐妹，求他们为他洗清冤屈，求他们发兵燕北，求他们继续寻找少主，哪怕只是一具尸首。

　　然而，面对战争的失败，面对举国的攻讦和反对之声，除了同样因为此次战役而失势的赵彻七皇子，再无一人愿意对他们伸出援助之手，就连魏阀少主魏舒烨，也对他们挂起了谢客牌，不再见这些忠于诸葛玥的旧部。

　　终于，连赵彻也被发配北地，诸葛玥的尸首被燕北退返，虽然支付了大量赎金，诸葛阀却将他逐出家门，诸葛穆青在城门前亲自执行长老院的审判，鞭打自己儿子的尸首，以示和儿子决裂的决心。诸葛玥死后尚且不能入宗庙，被抛尸乱葬岗，受万千世人唾骂，并于军中除名。而她们这些昔日的青山院女奴，也被赶出府邸，几经贩卖，终于沦落风尘。

　　就算已经过去那么久，每到夜里，她还是能想起最初那些卖笑的日子。因为她的抵死不从，妓院的老板找了两个壮丁来为她开苞。他们离她这样近，她甚至可以看到他们那泛黄的牙齿，可以闻到他们满嘴的酒气。他们的力气那样大，手掌上全是黑漆漆的老茧，一踏进房间,他们就迫不及待地解开了裤带,裤子就那样耷拉在脚边,任那丑陋的东西露在外面。

所有的挣扎和求救都是多余的,纵然她曾经跟随诸葛玥学习过骑马武艺,但是在那满心不忿的情况下学来的几招花拳绣腿,在迷药的驱使之下毫无作用。她只能木然地看着他们狞笑着撕碎她的衣衫,看着他们越来越近的脸。

她的隔壁就是青山院的兰儿,再隔壁就是诸葛玥奶娘的女儿知晓,所有的哭喊声和狞笑声都回荡在耳边。她以为经过这么多的变故她已经足够麻木和坚强,她以为她已经有了足够的勇气和骨气不去求这些无耻的人渣,可是下身被刺破的那一刻,当疼痛席卷全身的那一刻,当耻辱的眼泪蔓延出眼眶的那一刻,她还是如青山院的其他奴仆一般,哭着喊出了那个男人的名字。

她哭着喊"诸葛玥救我",她疯狂地咒骂那两个人,说"少爷会为我报仇的,你们全都会不得好死"。

然而,那些人只是无所谓地笑,然后残忍地告诉她,诸葛玥早就死了,死在燕北了,如今他的尸体已经被猎狗填了肚子。

那一刻,她真的绝望地哭了。她突然想起了很多过往,他教她习字,教她骑马,教她推演兵法,教她练武防身。有的时候他只是叫她在身边坐着,什么也不用做,不管她在旁边是如何冷嘲热讽,他一概不理,只是默默地喝酒,偶尔会不耐烦地瞪她一眼。

他杀了临惜,他害死了小七,他囚禁她十年,他打过她骂过她,他和她有不共戴天之仇。可是,他从没这样侮辱过她,他几次将她从死亡的边缘救回来,给了她一个安身立命的所在。尽管她的身份如此尴尬,尽管她知道这一切都本该属于何人,但他的确是在保护她。在她最年幼的时候,在这水深火热的年月,在她还是一个一无所有的孩子的时候,他保护着她,保护了那么多年。

在她遭受人生中最耻辱的一切的时候,她本能地叫着他的名字,没有出息地盼着他能来救她。

可是,他终究不能了,他死了,为她的姐姐而死在了燕北的冰天雪地之中,死在了燕北大军的铁蹄之下。

那天晚上,她绝望地放声大哭,像是一头失去了母狼的幼兽,伏在肮脏的地面上,嗓音破碎如风箱,令人胆寒。

可是,也仅仅那么一夜。那之后,不同于知晓的决绝自尽,不同于兰儿的郁郁而终,她仿佛突然间开窍一样,开始学习琴棋书画,学习如何引诱男人,学习在这个地方所要掌握的一切知识和技巧。既然已经不能指望别人,那就只能依靠自己,既然已经注定要一生在此地生活,那么就要想办法让自己过得更好,既然要做,她就要做最红的姑娘。

于是,两个月后,她亲手设计陷害了那两名曾经侵犯过她的壮丁,她看着他们死在她眼前,心里是说不出的畅快和疯狂。

她以为她的人生就会一直这样进行下去,像是一摊发臭的污水,会继续肮脏地臭下去。可是,她见到了他。

见到赵嵩那天,她正陪着一名富商游湖。那名五十多岁脑满肠肥的胖子天生就是个暴露狂,在花船上,在众目睽睽之下撕开了她的衣衫。她仓皇中不小心抓伤了他的脸,他大怒之下,竟然当场将她抛入湖中。

五月的真煌还是很冷的,湖面刚刚开化,湖水极冷。她穿着厚重的衣衫,手脚发寒,还不会游泳,只能那么扑腾几下,就任由自己一点点沉下去。阳光渐渐远离了她,天地都是昏暗且萧条的,看不见天,看不见云,冰冷的水从四面八方涌来。她的呼吸越来越缓慢,越来越缓慢。将死的那一刻,她突然想,不知道诸葛玥死的时候,是不是也是这样的感觉,周围都那么冷,只有心口有一丝热,可是现在,连那一丝热也要渐渐散去了。

然而,就在她即将死去的那一刻,有人抱住了她的腰。她被人拉扯着一路向上,不知道过了多久,她猛地冲出水面。太阳明晃晃地照在她身上,她大口大口地咳嗽着、喘息着,死而复生的激动让她开心得想哭。

赵嵩就站在她身边,正对着他浑身湿透的小书童说话。见她看来,只是转过头,眼神很宁静地看着她,似乎也有些吃惊,微微一皱眉,然后诧异地一笑说:"真是巧了,你和我认识的一位故人很相像。"

他当时明明是笑着说的,她却分明感觉到他语气中的落寞和伤怀,像是入冬时节因病而不能南飞的大雁,眼神平静,却好似长出了大片大片荒芜的野草,凉沁沁的,令人伤心。

她就这样被他带走了,纵然是一个落魄的亲王,但到底是皇亲国戚。她有了一个清清白白的身份,有了一份她憧憬十多年的自由,可是到最后,她还是自愿入了王府的奴籍。他知道之后,并没有阻拦她,只是淡淡地看了她一眼,尊重了她的选择。

一晃眼,竟然过去这么多年了。

她也许说不清她对诸葛玥的感情,那份在经年累月的积累之下、在仇恨和依恋的摩擦之下,已经变得畸形和破碎的情感太过于复杂,她看不懂,也不想看懂。

可是她清清楚楚地知道她对赵嵩的感情,无所谓报恩,无所谓感激,她就是想跟他在一起,希望他的眼睛能够看到她,希望他的心能够记住她。可是就连这个小小的心愿,也不能满足。

她的一生爱上过两个男人,可是这两个男人都爱着另外一个女人,而那个女人,是对她有过大恩的姐姐。

命运,真的是滑稽可笑。

所以,她才会在漫长的岁月中,对那个记忆中总是坚强勇敢、一脸坚韧的影子有那么多复杂的情绪,以至于在看到她的那一刻,几乎控制不住自己的理智。

可是,那些都无所谓了,一切都已经过去了,她就要跟着他走了,其余的一切,都已经烟消云散了。

身份悬殊又怎样?残花败柳又怎样?心有所属又怎样?她就是要跟着他,任何人任何事都可以阻挡她,却不能泯灭她为之努力的决心。

她仰起头来,四年来第一次在他面前身着女装,第一次用精心装扮的妆容来面对这个身份高贵却已然落魄的皇子。她的眼睛那般明亮,五官精致美丽,咧开嘴角,在阳光下熠熠生辉,笑着说道:"我没闹,我就是要跟着你。"

赵嵩很冷然地拒绝,"你跟着我干什么?快回去。"

小八看都没看他一眼,径直塞了把刀子给他,说道:"你一刀宰了我吧。"

赵嵩皱起眉来,对书童道:"阿江,赶她下车。"

"随便。"小八很干脆地转过头来,扬了扬手里的文牒,声音很是爽朗,"反正我已经有了全套的通关文牒,有了合法的行走标书,就不再是行动受限的奴隶,我有了盘缠和马匹粮草,你赶我走可以,但是不能阻止我在后面跟着你。我就一路跟着你去羌胡,你不要我,我就在你周围找地方住下来。你虽然是大夏的皇子,但是也不能阻止一个遵纪守法的小老百姓出门游玩吧。"

她很是坦然地望着他,表情很自在,没有一丝局促和不安,也没有半点惊慌和无措。她就那么仰着头看着他,目光清澈,小小的下巴带着几分倔强,也有几分负气,像个赌气的孩子,也像是一个任性的赌徒。

赵嵩突然有一丝心酸,这么看着她,似乎多年来第一次挥去了那个人的影子,而实实在在地看到了这个同样倔强固执的女孩子。他的声音有些低,像是秋风扫过枯叶,带着淡淡的萧条和冷败,沉静地说:"你到底知不知道,此一去,我再不是曾经的大夏亲王了。"

小八的心好似突然间被刀子划破,丝丝地疼。她看着赵嵩落寞的脸,胸腔内似乎有一团火在烈烈地烧着。她却没表现出来,而是很无所谓地冷哼一声,不怎么在乎地说:"你是谁跟我有什么关系?不让跟拉倒,我现在就走,大不了我一个人在后面跟着。"说罢,翻身就要跳下车去。

这时,一只修长的手突然抓住她秀气白皙的手腕,那人指骨分明,手指修长而有力,皮肤有些白,掌心处布满了茧子,虽是左手,却异常灵巧。

"算了。"一个低沉的声音响起,赵嵩无奈地一挥手,"阿江,走吧。"

阿江一愣,小八上前一下敲在他的额头上,轻叱道:"还不快走?等着你主子反悔赶我走吗?"

阿江顿时憨憨一笑,挥起鞭子抽打在马儿身上,马车缓缓前行,清晨阳光金灿灿的,朝阳像是一轮硕大的圆盘,高高挂在天际。

出了真煌城,离了大夏国,自此,他不再是大夏的嫡子亲王,她不再是红极一时的京城名妓,尘归尘,土归土,感谢老天,在暴风雨来临之前的那一刻,还给他们一个重新开始的机会和人生。

一片茂密的胡杨林间,一名身穿藏青色披风的女子策马而出,贺萧就站在离她不远的地方。几个镖局的镖队经过,在驿道上扬起了大片灰尘,她却好似没看见一样,仍静静地望着远去的马车,久久不语。

再见了,她的朋友。

再见了,她的妹妹。

再见了,她这一生之中,最对不起的两个人。

日头渐渐升起,北风仍旧肆虐地狂卷着。楚乔的视线从远处收回,默默地仰起头来。

这是大夏,是大夏的味道,是大夏的风,是大夏的过往和大夏的故人,离去的人已经离去，留下的人却要继续面对接下来的生活。无论是困境还是逆境，无论是坎坷还是波折，他们每个人都有各自需要肩负的责任，也有各自需要等待和守护的人。

她转过身去，面对着远处气势巍峨的厚重城墙，那里有无数亭台水榭，有无数殿宇金宫，有数不清的权力和野心，也有数不清的阴谋和陷阱。

曾几何时，她是那么厌恶这里的一切，可是现在，她心甘情愿地走进了这座巨大的牢笼，就如她的妹妹自愿为奴一样，这都是她们为自己所选择的道路。那是属于她的战场，可是她并不是孤单一人，因为在那座牢笼中央，有一个人，正等着她。

纵然世事皆非，亦生死不复。

"驾！"楚乔冷喝一声，策马疾奔，冷冽的风从耳边吹过，皆化作过往烟云，悄然而逝。

转眼已到年关，尽管今年实在算不上是个风调雨顺的和乐年，但表面上的真煌城还是一派锦绣祥和之气。离春宴还有半月，京城府尹就取消了皇城宵禁，并在长老会的授权之下，减免商人在新年期间的赋税，鼓励商贾贸易，繁荣帝都经济，并以皇帝的名义颁布上谕，宣外省的官员入京朝拜，对今年政绩出众的官员大加褒奖。

就这样，不出三日，真煌城又恢复了昔日的风采。在官府的有意纵容下，今年的新年尤其奢华，各地富户相继进京。真煌城内十里繁华，彩缎裹树，歌舞升平，不管外面的局势如何混乱、边关的战事如何迫在眉睫，帝都的人犹自沉浸在天朝雄伟的迷梦之中。

寒风凛冽地穿城而过，带起一片醉生梦死的熏风，遥遥往北掠去。

然而，西北边关与燕北的战事，越发紧张起来。诸葛玥睡得越来越晚，很多时候几乎彻夜不眠，书房的烛泪一滴滴滚落，在烛台上堆积起层层红浪般的涟漪，映照着他越来越难看的脸色和仍旧挺拔的脊背，身影宛如一杆坚挺的标枪。

三日前，楚乔终于再次见到赵彻。

那天还下着大雪，一连四日的雪堆积了两尺多厚，行动间几乎没入大腿。楚乔这些年身体一直不好，受不得寒，就懒懒的，不愿出门，整日窝在房间里昏昏欲睡。

那天傍晚，诸葛玥的笑声远远传来。她歪在软榻上，轻轻蹙眉，然而刚睁开眼睛，就感觉迎面扑来一阵凉气。她轻轻打了个寒战，拉了拉身上的软被，微微直起身来。然后就见诸葛玥笑着撩开帘子，对着她说道："星儿，看看谁来了？"说罢，领着后面的人进了寝房。

赵彻逆着光走进来，一身乌色长袍，身上没有任何绣饰和图纹，低调且沉寂。他仍是那副样子，似乎高了些，也瘦了些，面容并没有如何改变，可是一双眼睛再无当年的桀骜不驯，变得幽深冷寂，恍若寒潭深湖，即便笑着，那笑容里也有三分疏远和防备。他很平和地与她打了招呼，仍是当初那个样子，微微颔首，然后淡笑着道："总算又见面了。"

厨房的饭菜流水般摆了上来，赵彻带来了北地的羌胡酒，很是辛辣，刚一打开，一阵浓烈的酒香就扑鼻而来。

他和诸葛玥谈笑对饮，细说着几日来的战事和局势，偶尔也会插科打诨，说几句玩笑，互相鄙视一番。

诸葛玥少有朋友，这天地间能与他这般说话的人，也许除了眼前这个人，就再也没有旁人了。

楚乔静静地坐在一旁，酒到酣处，听他们说起当年的过往，年少时在尚武堂中互相瞧不顺眼的糗事，长大后也是各自自视甚高，直到战事顿起，朝野腐朽，各地狼烟跌宕，帝国政权飘零，他们才渐渐走到一起。

一样出身高贵，身份超然，且心有吞日之志，腹有经纬之才；一样桀骜不驯、年少豪情，偏偏不为家国所容，不为世俗接纳；一样孤傲偏激、任性固执，在宗族眼中离经叛道，被视为异类；一样于锦绣中出生，于锦绣中零落，于淤泥中爬起，一步步走回权力中心。只是，心虽坚硬如铁，终究难掩一腔热诚，男人的友谊，在很多时候，就是如此不需言说。

楚乔静静地坐在一旁，少见诸葛玥这般神采飞扬，更从未见过赵彻这般洒脱不羁。

恍惚间，她似乎看到了两棵历经风雨的白杨树，肩并着肩，慢慢长成参天古木。

脑海中另一个影子不自觉地走出来，那些黑暗的年少岁月，那些跌宕的凶险日子。在赵彻和诸葛玥并肩沉浮于这世事人海中的时候，她也曾和一个人一路披荆斩棘，只是终究，他们没能殊途同归。

那晚诸葛玥竟然喝醉了，他的酒量一直就不是很好，但是一向自律知分寸，只是今日面对重逢的朋友，竟有些洒脱忘形了。

楚乔却知道，他只是太累了。

这些日子，西北地区大片雪灾，西南粮食歉收，帝国三分之一的国土一片哀鸿，帝都下放的粮草和衣物被地方官员和世家大族层层盘剥，久久无法到达百姓之手。赵飓是帝国西方的实权掌握者，却纵容下属公然贪墨，对大家宗族放纵示好，以赢得上层机构对他的支持。不出半个月，西方百姓死亡二十多万，上百万百姓千里迢迢地开始逃荒，往南、往东，甚至还有人向着西北而去。

雁鸣关、唐户关、曜关的关口前聚集了大量食不果腹的难民，每天都有成百上千人冻死饿死，帝都却宁愿花费大量金钱来修葺宫殿楼宇、大肆筹备春宴，也不愿发兵发粮来给百姓一条活路。

诸葛玥的谏书已经写了十多封，然而除了少数无权的言官，满朝文武没有一个人愿意支持他。他的奏折被置之不理，他的谏书被高束楼台，朝野一片恭顺享乐之声，长老会的元老们像是一群腐朽的蛀虫，眼睛只能看到巴掌大的一块地方，任由地方官员歌功颂德，却对实际灾情视而不见。

他说地方灾情严重，西方百姓已死了二十余万。他们却说大夏四海升平，百姓生活祥和，他乃一派胡言。

他说雁鸣、唐户、曜关三处聚集了几十万逃荒的百姓，若是再不加以疏导，百姓民变，定会酿成大祸。他们却说三关固若金汤，关外沃野千里，一片坦荡，居民夜不闭户路不拾遗，连个偷儿贼匪都无法找见。

他说大夏存亡倾覆即在当前，长老会自欺欺人，朝野无道，地方官员贪墨无状，再不惩处，大乱将起。他们却反口诬陷他拥兵自重，制造朝野混乱，要擅权专政。

朝廷上的口水仗如同一锅沸粥，民间却随时随地都在死人。他们拿出地方万民进献的功德伞和万言书，颂扬皇帝仁慈博爱，朝廷清平高义，大夏福祚绵延，然后反口责怪他没有证据却在无端诽谤朝廷。

证据？她听到他在书房里对几名将领怒极痛骂，气得脸色铁青，双眼好似一潭翻滚的巨浪。

三关之外黑压压的难民他们视而不见，西方大地上无数狼藉的尸体他们视若无睹，那悲天震地的撕心哭声他们充耳不闻，如今，他们却捧着一群地方米虫进献的万民伞自欺欺人，然后讥讽着向他要证据？

那天晚上入睡前，他沉默许久，然后在她耳边咬牙切齿地说他真恨不得一刀刀将那些蛀虫全都砍了。

他说得那般低沉压抑，让楚乔的脊背幽幽然爬上一层寒霜。她伸出手去环住他的腰，轻触到他的手臂，只觉他肌肉紧绷，拳头紧握，肌肤一片冰冷，好似笼上了森然的坚冰。

但是楚乔知道，他终究只能是说说罢了。纵然他权倾一时，纵然他地位高超，纵然他手握兵权，纵然他和家族已然陌路。但是有些事、有些人、有些责任，他却不能不顾及。

夏皇前阵子死气沉沉，这些天却渐渐好起来，神志已然清醒，偶尔还能上朝理政。

对于这个在位多年、藏而不露的皇帝，无人敢给予半点小觑。多少年来，他似乎一直是这个样子，随时随地一副无心政治的样子，但是只要稍微有人敢逾越雷池半步，定会遭到毁灭性的打击。十四年前燕北狮子王的满门抄斩，就是一个血淋淋的例子。

然而，大家都在这样想，皇帝毕竟老了，他不是神仙，不会永远不死。如今赵彻和赵飏争位，谁更能取悦皇帝，谁做得更合皇帝心意，谁的赢面就更大一点。而现在，皇帝明显对那个万民伞更欢喜一些，谁还能煞风景地去抬出西南灾情来败坏皇帝的心情？就算是赵彻，也不得不顾及自己在西方大族眼里的风评吧。

当时赵彻不在真煌，诸葛玥独木支撑，从户部、粮部和各大族商户手中强抠银子和粮草，源源不断地运往三关关外，却毕竟是杯水车薪。

有一次曜关兵将在分配粮食的时候出了一点小小的差错，因为粮食本来就少，是以米粥很稀，一个大兵面对百姓的埋怨说了句重话，竟然引得当地的难民发生了小规模的骚乱。军民打在一起，士兵死了三十多人，百姓也有五十多人死去，近百人受伤。

月七来报的时候，诸葛玥正在书房，楚乔偏巧也在。对于诸葛玥的事情，她从不过问，但是偶尔遇见，诸葛玥也向来不背着她。是以她听到了官员们就此事对他抛出的种种攻讦之词，听到了曜关外百姓对诸葛玥的谩骂和埋怨。

月七黑着脸原原本本地上报道，那些人骂他贪墨赈灾粮草，骂他是黑心吸血的狗官，骂他残害百姓，骂他狼心狗肺定会断子绝孙。

他一直就那么听着，脸上没有一点别的表情，只是在月七不愿再说的时候，以眼神示意他不得隐瞒。

月七离去后，她一直不敢走过来。那日下午阳光那般清冷，静静地洒在他日渐消瘦的脸上，他坐在椅子里，静静地喝着茶，好似刚才的一切都不曾发生。楚乔却见那只白玉茶杯的底座渐渐渗出水来，虽然被他拿在手中，一道裂纹却明显蔓延过杯壁。

是啊，他们要死了，他们在饿肚子，天灾人祸相继降临，百姓们没有活路，官府却还在贪墨还在敛财，他们应该骂。然而，他们并不知道，朝廷早已默许了这件事，没有人会理会各地官员的盘剥，所有的灾情奏报都被强行压了下来。中书令给出的答案是，所有的杂务都要等到春宴过后才能上奏。

而他们现在所吃的每一粥每一饭，都是诸葛玥变卖了他在各地的产业才筹集出来的，他这样骄傲的一个人，甚至要放下身段去拉拢那些京城的商贾，要他们联手帮助百姓度过这个荒年。

他太累了，累到无以复加，所以才会狂饮醉酒，于餐桌前大骂皇帝昏庸、朝廷无道，大骂赵飏是个二百五，扬言今晚就要砍下他的脑袋。

他真的醉了，醉得一塌糊涂。

那天晚上，楚乔亲自送也已半醉的赵彻出府。然而刚刚走出大门，原本脚下踉跄的七皇子顿时挺直了腰杆，眼底再无一丝醉意，很清醒地对她说：“回去吧，好好照顾他。”

楚乔看着他，静静而立，一言不发。

赵彻面色有几分清冷，淡淡说道：“形势已然如此，我也无能为力，再这样下去，就是和整个大夏上层宗族作对，我们现在还没有这个实力。”

赵彻语调低沉，脸上没有半丝波澜。

楚乔不再看他，转身欲走，赵彻突然在背后叫她的名字。她回过头去，就见他很认真地对她说：“老四是个好人，别辜负他。”

楚乔眼睛渐渐眯成一条线，几丝波光隐隐闪过，像是一把锐利的剑。她幽幽地开口，轻声道：“你也是。”

她说得这般含混不清。

你也是，是什么？你也是个好人？

不，赵彻很明白她在说什么，但是她没有等待他的回答，转身回去，身形瘦削，看起来轻盈得如一缕风就能吹走。

他是个好人，你也不要辜负他。

天色漆黑一片，天上满是星火，风从远处吹来，他深深地呼吸，甚至能够嗅到由西方传来的饥饿的味道。

楚乔回到房间的时候，酒菜已经撤了下去，原本醉倒在床上的诸葛玥也不见了踪影。她一路往书房行去，推开门，果然见他眼神清澈地端坐在书案后，正伏在案上，奋笔疾书。

她默默地站了好久，见他写完，封好火漆，才缓缓走过去，蹲在他身前，拉住了他的一只手，然后静静地伏在他的膝盖上，却不说话。

房间里的烛火默默地燃着，不时爆出一丝烛花，噼啪作响。香炉里的香气袅袅升起，拢成一条细烟。他的手干燥且修长，轻轻拂过她的长发。

"星儿。"他低声叫着她的名字，声音带着浓浓的疲倦和辛劳，却也只是叫了一声，就没了下文。

她的脸颊贴在他的腿上，鼻腔里全是他身上的味道。她的声音好似一层层温柔的海浪，缓缓地回荡在房间里，她低声说："我全明白。"

他的膝盖微微一震，然后，更紧地握住了她的手。

是的，她全明白。明白他的辛苦，明白他的疲累，明白他对这个国家的失望，明白他对周围一切的深刻厌恶。

皇帝昏昏沉沉，皇子夺嫡争斗，朝野百官腐朽无能，帝国各个机构都趋于朽败瘫痪。经历过战争的苦难，亲眼见识过底层百姓的辛苦，从蛮荒僻壤之间辗转而归的他，又如何看得下去这个国家的腐臭和百官的丑恶嘴脸？

然而偏偏，他还是这夺嫡大战中的一分子，只是曾经的他还抱着赵彻上位后会推翻一切的天真想法。可是现在，在夺取一切之前，却要经历如此冷冽的寒冬。他甚至不知道，当他们站在累累白骨之上，打倒一切敌人之后，这个世界还剩下什么。

文明被摧毁，百姓被屠戮，军队被绞杀，国家被覆灭，剩下的，也许只有他们，面对这个狼烟四起、满目疮痍的国土，让千千万万的生命为这场战役陪葬。

何谓权术？争斗之后，却要毁灭一切，这样的代价，他们付不付得起？

"星儿，我真的不是一个好人。"那天晚上，他在黎明来临的那一刻，这样轻声地说。

随后的五天，是震惊整个大夏乃至整个西蒙的一段极黑暗的日子。

三关外的难民终于发生暴动，他们攻占了西方宗族大户的宅门，抢粮抢钱。因为饥饿，他们乞讨，乞讨不成，他们偷窃，偷窃不成，他们抢劫，抢劫不成，他们终于造反了。

官逼民反，民不得不反。

几十万手无寸铁的百姓拿着木头和石块砸开了大户的房门，在陇西厚土上燃起了一道道漆黑的烽火，无数人死于这场混乱之中，陇西地区的官兵好像是纸糊的，在灾民面前脆弱得如同一片麦子。尽管他们反复奏报，说乱民兵力极强，内有高人指挥周旋如何如何，却无人相信，全都将这些当作他们的托词和狡辩。

刚刚才上呈万民伞的地方官员和宗族们惊呆了，纷纷上奏，可是帝都的百官们怎敢在这个时候自打嘴巴，上奏朝廷？只得秘密调遣军队，前往地方平乱。

然而兵部大司马诸葛玥反口问道："帝国四海升平，陇西地区的百姓刚刚进献了万民功德伞，怎会大逆不道地造反？简直滑天下之大稽。"

于是，发兵一事被一拖再拖，陇西的战事越来越紧迫。十二月二十四，一骑快马驰入京城，马上的士兵满身鲜血，手拿着陇西都督曹未迟的奏报，口吐鲜血倒在荣华御道上。

真煌城轰然震惊，皇帝被气得当场犯了头风，大骂中书令和百官，并当即剥夺了赵飏西南侯的封号。但是赵彻并没有在这场动乱中得到什么好处，反而是一直不显山不露水的十七皇子赵义领了西南兵权，出京平乱。而诸葛玥，也因为没有及时出兵平乱，被皇帝责罚在家中思过，赵彻几次进宫为他求情，都被皇帝斥退。

楚乔却知道这一场动乱的由来，赵彻到府上的时候，见到诸葛玥顿时大怒，骂他是个疯子。诸葛玥却哂然一笑，勾肩搭背地对他说，我是想给你将来登位留下点资本，若是全死了，你这个皇帝统领谁去？

陇西地区的一场民乱，死伤无数，大户氏族毁了十之七八，百姓也有近八万人死于战乱。但是正如诸葛玥所说，反了是死八万，不反却要死几百万，这笔买卖，实在是划得来。

是的，划得来。西南氏族尽毁，岭南沐小公爷势力大损，灵王也遭到波及，赵飏被皇帝怒斥，削了兵权。赵彻虽然没什么好处，却也无过失，只有他诸葛玥，被禁足罚俸闭门思过，暂时退出了大夏的政治舞台。

一切似乎都是按照他既定的程序一步步行走，但是楚乔清楚地记得，那几日每当听到哪里的百姓被大规模残杀，哪里的正经富贵人家被满门屠戮，哪里的守军全军覆没，哪里的百姓落草为寇凶性大发之类的消息的时候，他是怎样夜不能寐、怎样忧心如焚。

当日的一切，如果真的有一点偏差，如果他秘密派出的人马不能约束乱民，不能成功避开当地的守军，不能发动一些军士的叛乱，那么结果定会是血泥糅杂，整个西南沦入无边战火，后果不堪设想。

他们说的都对，他真的是一个疯狂的人。

她担心他会因为被夺了权而心灰意懒，黯然神伤，他却在安慰她终于可以陪着她过一个年了。

春宴终于到来，昔日里权倾朝野的兵部司马府门庭冷落，里面却是难得一片笑语欢声。

尽管西南战乱的消息还是传进了京城，但是并没有影响春宴这一日帝都的热闹和繁华。大街小巷一片人声嘈杂，官府组织了富商在紫薇广场燃放焰火，小孩子们的笑声穿透了重重门墙，顺着温和的风吹进来，传入这座森严高耸的府邸之中。

从三天前开始，诸葛玥就下令府内开始了一轮崭新的装扮。红红的灯笼沿着回廊门洞被高高挂起。窗花红艳，细心手巧的丫鬟们剪出了各式各样的图案，有东海寿星，有西陵寿鹿，有八仙过海，有送子观音，还有极费工夫的千福图。一盆盆繁花被摆出来，姹紫嫣红，到处是奢靡的香气，下人们都换了新衣裳，红红粉粉，一派喜气。

诸葛玥也恢复了很多年前在青山院的生活作息方式。他一直是个很自律的人，没有一般富家子弟那种飞鹰走马的习气。如今闲下来，日子过得更是悠闲，很认真地调理着身体，闲时读书种花，还被楚乔逼迫每天早晨要晨起锻炼，两人切磋身手，刀枪棍棒一一比来，总是引得满府的下人们偷偷观望。时间长了见诸葛玥没什么反应，也就一个个壮起胆子来，偶尔见他们打到精彩处，还会鼓掌叫好。

日子过得越发恬静平顺，恍若暴风雨的中心，安静得令人心慌。

新年就在这样的气氛下悄然而至。楚乔换上了新衣，艳红的颜色团团明艳，照得人脸色也如三春朝霞，仿佛有无尽的喜气和希望丝丝溢出。诸葛玥站在她身后，穿着一身烟青色的长衫，俊朗逼人，随意拿起一支明珠金钗，熟练地绾起她的满头青丝，插于她的鬓间。

楚乔看着镜子中的自己，一时间竟然有些恍惚。这样的自己，她似乎也从未见过。从很小的时候起，她就一直固执地觉得女子穿红戴绿是极俗气的，后来由于多年奔波辗转，更是没有了修饰装扮的精神。可是今日穿起，却觉得有层层海浪般的温暖一点点袭来，她的脸颊艳若春桃，恍若秋水，连眉梢嘴角，都是掩饰不住的欢喜和暖意。

原来所谓俗气，不过是当时的她没有那般心境罢了。

梅香站在一旁笑眯眯地瞅着她，满脸喜气。诸葛玥则懒懒地走上前来，对着镜子一笑，说道："真是倾国倾城。"

楚乔不好意思地推他，耳朵都有些红了，说道："哪有那么夸张，别胡说。"

诸葛玥笑着瞅着她，说："我是在说我自己呢，你想多了吧？"

楚乔大怒，伸手就去掐他。诸葛玥闪身避过，还对着梅香说："看看你们家小姐，我不夸她她就恼羞成怒了。"

梅香笑眯眯的，也不还嘴。屋外的阳光暖暖的，极远处，已经有噼啪的鞭炮声响起。

这是这么多年来，楚乔所过的最舒心的一个新年。她还亲自下厨，教下人们包饺子。她想要拉着诸葛玥一起，大男子主义极严重的某人却鄙视她，施施然走了。

众人一起吃年夜饭，放爆竹，挂花灯。诸葛玥吃到了包着红枣的饺子，下人们都来恭喜他新年大吉，他心情大好，一路流水般赏赐下去，满府都是兴奋的谢恩声。诸葛府大门紧闭，所有上门的人都被挡在了外面，只有午夜时分，赵彻派人送来了两罐好酒，楚乔和诸葛玥一起喝了，喝得楚乔头发晕，醉醺醺地倒在诸葛玥怀里。

下人们在外面放起了鞭炮，噼里啪啦的声音传进来，喜气洋洋的。楚乔迷迷糊糊之中似乎看到了李策笑得像狐狸一样的眼睛，她伸手去够，却抓了个空。

她真的醉了，脑袋却那么清楚。她恍惚中想起了自己的这些年，想起了小诗，想起了猫儿，想起了敏锐，想起了李阳，想起了军情处的同事，想起了白发苍苍的爷爷，想起了这些年的奔波和辛苦，想起了几次徘徊于生死的窘迫和危机，想起了乌先生，想起了羽姑娘，想起了缨缨，想起了那么多死去或是活着的人，还想起了李策，想起了燕洵……

幸福来得如此之快，让她觉得一切都似在做梦。

她埋首在诸葛玥怀中，鼻腔中全是他身上那种好闻的杜若香气，眼眶微微泛湿，她仰起头来，看着他俊逸的侧脸，突然眼睛明亮地说："诸葛玥，我爱你。"

诸葛玥一愣，低下头来，周围全是下人，她的声音那么大，甚至压过了噼啪的爆竹声。所有人都惊愕地转头望着她，她却全然不顾，只是大声说："诸葛玥，我爱上你啦！"

熏风穿堂而过，有人在低声窃笑，菁菁和平安的笑闹声远远传了进来。她脸颊通红，眼神直直的，不过半年多的时间里，似乎又回到了十七八岁的娇艳容颜，她就那么直直地看着他，笑眯眯的，脸上只差写上大大的幸福二字。

呼的一声，耳边有风吹过，她突然被某人打横抱起，然后诸葛玥就在所有人的目瞪口呆之中，放下满桌刚吃了几口的饭菜，转身回了寝房。

床榻上的锦被都是簇新的，全部是喜气的大红色，上面绣着层层锦绣，有鸳鸯戏水，有牛郎织女，有喜鹊搭桥，有观音送子，到处透着一种暖融融的甜蜜。

他眼眸漆黑，透着一丝熊熊的欲火，一把扯开了她的衣领，狠狠地盯着她，哑着声音说："小妖精，再也不给你酒喝。"说罢，低头狠狠地吻在了她的唇上。

他的呼吸急促且火热，像是一团浓烈的火焰，所到之处，一片酥麻酸软。

她眼角含笑，抱住他的腰，热烈地回应起来。

罗幔低垂，满目锦缎，长夜喧嚣，外面，又是一片热闹的欢笑声。

生命中有太多难测的变数，你不知道风浪什么时候会来，浪头有多大，会不会轻易将眼前所拥有的一切打翻。那些曾经苦苦压抑的感情，那些潜藏了多少年的话语，那些一直隐忍不发的情绪，终究还是找到了一个宣泄的出口，万事都是莫测的，所能做的，唯有珍惜眼前拥有的一切。

　　锦绣遮掩，帷幔纷飞，她躺在层层奢华之中，攀着他的身体。细密的汗水涌出，身心都是满足的疲倦，她缩在他怀中，越过他的肩膀望向窗口，隔着一层窗纸，隐约可见极远的天空中有绚丽的烟火，肆虐地游荡在整个天际。

　　无论未来会如何，她都不再害怕了。

第十八章
风起边陲

春宴过后，大夏皇朝的疲弱就越发凸显出来，陇西一带灾民遍布，行走在驿道之上，随处可见贩卖妻儿、易子而食的百姓。朝廷虽然已经颁下了赈灾令，尽管夏皇竭尽全力抽调国库金银，但是如今大夏毕竟国力不足，战争如同噬人的野兽，张开了血淋淋的巨口，短短几年之间，就将昔日一个全盛的帝国拖得骨瘦如柴。

燕北的日子也不好过，早在陇西一带发生雪灾之前，燕北就已然沦入大灾之中。黎民百姓家园被毁，蓝城一带雪灾尤其严重，尚慎诸地牛羊成千上万地冻死，百姓食不果腹，燕北岌岌可危。

然而，就在大夏百官拍手称庆的时候，燕北却秘密调集了十万龙吟关守军，徒步越过兰河高原，由海拔六千多米的暮狼峰进入了大唐境内，绕过唐户关，突然袭击了大唐的关卡，抢夺了二十多万担粮食，然后又以迅雷不及掩耳之势返回燕北。整个行动耗时不出四日，等大唐的边关战报传到唐京城的时候，龙吟关的守军已经返回关口，和想要趁着燕北大灾趁火打劫的夏军打了两仗。

此事一出，犹如一滴水落入沸油之中，掀起了一轮激烈的巨浪。

大夏和卞唐齐齐大怒，却拿燕洵毫无办法，大夏御史台的笔杆子们奋笔疾书，大骂燕北乃强盗出身，天生烧杀掳掠，有违圣人之道。卞唐的老学究们更是满眼喷火，满世界地叫嚣，将燕洵祖宗八代骂了个狗血淋头，并且著书立说大加鞭笞，激动得险些背过气去。

可是他们所能做的，也仅此而已。龙吟关固若金汤，燕北军悍如虎狼，现在的局势，只要他们不出来挑衅，那就要烧高香了，谁还敢上门去惹他们？

楚乔听到这个消息时不免冷笑，所谓软的怕硬的，硬的怕不要命的，就是如此吧。

诸葛玥却仍是一副不以为然的样子，面对朝野上一致要开战的声音置之不理。谁都知道，大夏如今自顾不暇，几个皇子的争位之战已经到了白热化阶段，这个时候谁有时间对外开战？不过是说说罢了。他若真的点齐兵马开往雁鸣，那些老家伙怕是才会如他们奏折上所说的，血溅三尺，以死明志。

他知道消息的时候只是有些惊讶，说没想到燕洵会干这样的事。

其实何止是他，恐怕整个西蒙大陆，没有人会想到这一点吧。

毕竟，曾几何时，他以整个燕北为注、以百万军民为饵，引夏军入关，自己挥兵东下。并且又在不久之后，铲除异己，彻底摧毁了一路扶植他上台的大同行会，即便是自己老师的头，也一样斩下。

面对这样一个人，恐怕无人会想到，他会为了燕北的百姓，冒这么大的险。

就连楚乔，也没有想通这里面的关节。

不过好在唐户关的守将是大唐靖安王的义子，虽然靖安王垮台之后他及时投诚效忠，但是他手握兵权，看守着帝国的重要关卡，终究还是难以使人完全信服。此次燕洵将他除去，也不算是大唐的损失。

至于大唐丢失的那些粮草……楚乔眉心微微蹙起，再一次想起生活了多年的尚慎高原、回回雪山，还有那里纯朴的牧民和百姓。

燕洵的手段越来越厉害了，千里藏匿，行动迅猛，上万军队统一调动而不曾走漏一丝风声，出其不意，一击即中，手段之准、眼光之利、胆量之大，堪称当世第一流将才。只要有他在一日，大夏就休想踏破龙吟关，哪怕是赵彻亲自出手也没有完胜的机会，他也许能在战术、兵力、情报、武器、后勤补给等方面略胜一筹，但是若论手段的狠辣、心智的坚韧，绝对没有胜过燕洵的可能。

燕洵在战场上的可怕，就在于他能完美地利用周围所能利用的一切作为战争胜利的辅助。而他对于人心的揣摩，也已经到了登峰造极的境界。

这个世界上，能与他一较高下的，也许唯有诸葛玥了。燕洵的优势在于他的狠，诸葛玥的优势在于他的诡，这样两个人若是能有一个没有后顾之忧的战场，也许真的会创造一个战争史上的传奇。

她微微摇了摇头，虽然已经厌倦了那种生活，但是闲下来的时候，脑子还是会不由自主地想这些事，将听来的消息反复拼凑，一点点临摹大致的情况，然后推演、计算、排布，像是一个钟爱下棋的棋手，就算不再下棋，也会在脑子里想象各类棋局。

只是这一次，她不知道自己到底希望哪一边赢得这盘棋。

其实，就算她和燕洵最终不睦，她还是不希望看到他败落的吧。

所以，在获悉唐户关被他偷袭成功之后，她竟然还会有一点点窃喜，完全不顾她乃大唐秀丽王的身份。

她自嘲一笑，即便是她，也难以免俗吧。所谓的恩怨情仇，在时间的沉淀之下，只剩下一个模糊的背影和一双阴冷的黑眸，还有一只有力的手。

谁辜负谁、谁亏欠谁，真的算得清吗？

他们之间，纵然无法携手，也并不一定就要拼个你死我活。

不过，尽管凭借从卞唐抢来的粮草暂时度过寒冬，但是如今也是度日艰难。如此境况之下，年初边关并无大规模的战事，不管是燕北的东进，还是大夏的北伐，都被这场天灾拖慢了脚步。

三月初一，夏皇将北胡一带封给赵彻作为封地，虽然谁都知道赵彻是北地的领主，但是毕竟没有朝廷的明文册封，如今夏皇在这个节骨眼让赵彻统领没有遭受大灾的胡人，朝野上下顿时又是一番激烈的揣摩。

三月初七,大司马诸葛玥终于结束了他在家思过的日子,重返长老会。十七皇子赵齐也对赵彻示好,一时之间,七皇子赵彻在朝中地位水涨船高,权势日隆。赵飏则终日待在王府内,对上称病,一连两月都没有上朝理政。

然而三月十三一道从燕北传进京城的驿报,却让楚乔担忧起来。

其实主要内容也并没有什么,只是燕洵想要在边境上和大夏通商,以马匹和铁矿,换取大夏的粮食、茶叶、盐和绸缎。

这件事自然引起了大夏朝堂上的一片笑声,大夏的官员们嘲笑燕北穷疯了,竟然想到要同大夏做买卖。虽然他们同样缺少战马和铁矿,但是他们还可以同卞唐和怀宋通商,不像燕北,只要卞唐将关卡堵上,就只有大夏这一条路了。

大夏自然是不会搭理燕北的,反而是御史台和中书令首次联手,洋洋洒洒作了一大篇极尽嘲讽之能事的文章,大骂燕洵异想天开不知天高地厚。

这件事对于两国来说,本来不算什么大事,却明显显示出燕北的颓败和窘迫。虽然大夏也好不到哪儿去,但是看到仇人一副比自己还要不济的模样,夏官们又趾高气扬起来。一群士林狂士终日狂呼着消灭燕北,那副不可一世的样子好像只要他们挥挥手,燕北就会消失。就连一些远在属地的皇亲贵胄也给诸葛玥写信,要求他即刻带兵打进燕北,将燕北的叫花子彻底铲除。

诸葛玥冷眼看着朝野上群魔乱舞的状况,不由得冷笑,在私下里嘲讽道:"燕洵的手段不算高明,却真是对症下药,只是几句话,就让真煌朝野上下集体发了失心疯。"

他说这话的时候,楚乔只觉得心惊肉跳。诸葛玥已经比常人想得深了一层,知道这是燕洵故意示弱,想要引夏军出关作战。然而楚乔和燕洵在一起生活多年,深知他的秉性,他这个人,即便是战死,也绝不会向仇敌示弱,仅仅是麻痹敌人,欲图一战,真的值得他做出这么大的牺牲吗?

冬去春来,又是一年春暖花开,阴恻恻的寒风却迟迟不去,推开窗子,仍然可见未化的冰凌。

这个冬天,似乎特别漫长。

楚乔却下意识地知道,有些东西,已经离得不远了。

诸葛玥前往业城公干,已经去了半个月。三天前楚乔接到消息,说雁鸣关外又起战事,不过仅仅是三十多名醉酒的士兵冲出关口,到燕北龙吟关下挑衅,射了一轮箭,燕北军一死三伤,却并没有还手。

这个消息传到真煌城的时候,已经是十天前的事了,奏折上边关守将请求朝廷下发攻打燕北的檄文,信誓旦旦地说据可靠消息,燕北如今人困马乏,粮草欠缺,各种军事物资都已告罄,国内还有大规模的百姓动乱,正是北伐的最佳时机。一旦错过,将来和燕北的对抗将会千难万难。

早在这之前,朝野上主战的声音就已经吵闹喧天,此刻这封奏折更是火上浇油,瞬间就将大夏的战意调动起来。从朝野到民间，到处是一片响应战争的热潮。大夏臣民起源于关外，本来就是个好战的民族，此刻在有心人的挑动之下，更是一片喧嚣。一到夜里，真煌城内家家都是磨刀之声，御史台的文官还在紫薇广场设下战台，专门接纳那些自愿从军的普通百姓。长串的名字密密麻麻地写在皇榜上，就那么大张旗鼓地张贴在紫薇门前，每个名字之后都是一枚血指印，看起来令人脊背发寒。

民众对于作战的热情空前高涨，盛金宫内又迟迟不肯下达旨意。皇帝这几日旧病复发，已经七八日没能上朝了。在长老会的有意纵容下，民间的各种活动便轰轰烈烈地展开，甚至还有各地自发组织的卫队，一路扛着战刀赶往京师。

楚乔连发了四封信给诸葛玥，然而还没等到他的回信，久违的诸葛怀就登门造访，让楚乔一时之间颇为无措。

诸葛怀是特意从诸葛家属地赶来的。虽然诸葛穆青当初曾在诸葛玥落难的时候将这个儿子逐出家门，但是在他荣耀而归之后，诸葛阀上下又集体选择性失忆了，一起将这段不和谐的过往抛到了脑后。诸葛怀这个曾经和诸葛玥屡次作对的兄长也被家族抛弃，远远发配回属地，离开帝都已经有三年了。

而他此次回来，竟然是为了楚乔和诸葛玥的大婚。

一个月前，楚乔的嫁妆浩浩荡荡地进了真煌城门，车马一路绵延，一眼望不到边。真煌守军粗略计算，竟然足足有四百多车，护送人员多达五万，卞唐的礼官们锦袍华服，完全是皇家仪仗的架势。

一路喜乐喧天，沿途朱红锦缎铺路，漫天遍撒黄金帛花，红绡华幔，镏金宝盖，三千名盛装宫人当前引路，两万名秀丽军铠甲齐备，两万名狼军随后护卫，气势显赫，便是天子娶妻、皇后册封，也没有这般奢华。

真煌城的百姓们集体看傻了眼，就连大夏的百官们也是目瞪口呆。李策为她筹备了两年的嫁妆，极尽奢侈之能事，给了她无上的尊荣和风光，即便他已经不在了，还是以这样的方式，支持着她，不叫她被人轻视。

诸葛家地位顿时因为和卞唐的姻亲关系而水涨船高，久病缠身的诸葛穆青也从属地返回，和此次卞唐的送亲礼官亲切寒暄。诸葛玥更是不知道用了什么办法，将荆家一些八竿子打不着的亲戚通通召来。虽然楚乔从未见过他们，但是这些满头白发的老爷夫人还是一见她的面就失声痛哭，深刻表达了多年不见对她的惦念和相思之情。

一些荆族中的老夫人住进了司马府，虽然楚乔对她们没什么好印象，但是诸葛玥还是很认真地吩咐下人要好好招待。几天来，楚乔哪里也不用去，只是每日在房里正襟危坐，听她们教导她新婚仪俗，教导她人妇之责，教导她该做什么不该做什么。

新婚将至，她却变得日渐忐忑，好似天地间所有的目光都凝聚过来，唯有她无法安心，总觉得这漫天的奢华之下，隐隐藏着看不见的锋芒，让她寝食难安。

诸葛玥安慰她，说她是欢喜得傻了，她也只得这么安慰自己，但愿只是婚前的紧张，而不是什么倒霉的第六感。

然而诸葛玥走后，她的这种不安却越发明显了。紧随其后，燕北诡异的战报、朝野上激烈的好战狂潮，都越发让她如坐针毡。然而她什么也不知道，只能小心防范着，静静地等待诸葛玥回来，等待他们这场盛大的婚礼。

朱栏雕砌，彩瓦澄碧，阳光自枝叶的缝隙间百转千回地落下，有着陈旧古朴的浅浅金辉。花影疏斜，春日在寝房外的柳梢之上稍稍停驻，穿过昏暗的窗棂，明灭不定地流淌在她的眼底。

一方信笺被捏在手指之间，上面隐隐有着兵甲烽火的气味，墨迹淋漓，力透纸背，寥寥数语，像是一波湖水，静静流泻在这暖春三月的寝殿之中。

楚乔一身月白色纱裙，靠在软榻上，窗前挂着一只鸟笼，笼门是开着的，一只雪白的鸟儿懒懒地睡在里面，尾巴上三根红翎耷拉着，看不出平日里的一点威风。

月七说，这是诸葛玥养的雪鸮，是青海最凶悍的飞禽，速度极快，爪尖齿利，而且聪明。

楚乔用筷子挑起一丝酱好的卤肉，鸟儿几乎连眼睛都没睁，便一口夺了去，嚼了两下吞入腹中，歪着头继续睡觉。

真是只懒鸟，终日叫都不叫一声。

楚乔仰头看着它，手指摩挲着那封书信，心里微微生出一丝暖暖的欣喜。

虽然懒，但还是很有用的。

这封信，曾经叫书信，如今却叫家书了。

婚期已近，再有两日，他就要回来了。

之后，她就要穿上凤冠霞帔，坐上八抬大轿，在一路鼓乐吹笙的喜气之中，嫁入他的家门。从此，她就是他名正言顺的妻子了，那方镏金庚帖至今还放在她的枕下，上面以金粉画着戏水的鸳鸯、比翼的飞鸟、好合的繁花，里面一左一右写着他们二人的名字。

楚乔想，她也许就是那只青海雪鸮，退去了凌厉，消泯了杀伐，安心地住在黄金打造的屋子里，纵然笼门大敞，也不愿再走出去了。

这个世界上的门有千万种，能真正阻挡住人的脚步的，永远是无形的。

他是大夏的司马，却也是有爵位的藩王，而她也要以公主的礼制出嫁，嫁妆和聘礼都堆砌在一个院子里，各种珠玉奇珍成山成海。宫廷尚衣局为她裁剪了嫁衣朝服，皇室的赏赐也下来了，各家大户豪门礼单繁长，将整整一座殿房堆得满满的。

她也少见地多了几分兴致，偶尔带着菁菁、梅香和寰儿，一起翻看那些礼物。偶尔见到一些奇珍，这些没见过太多世面的女人就会夸张地惊呼，像是一群乡下进城的土包子。

今天晚上她就要住进诸葛主宅，由诸葛家的主母为她准备婚前礼制。她没有娘家，婚前就只能住在诸葛府，然后由那少时居住的庭院，嫁进这座金碧辉煌的司马府。

晨昏朝暮，时间如水中的涟漪，一圈圈地晕开。

住进诸葛家之后，她并未见到长房主母，只是由荆家人陪着。楚乔将那名叫筱禾的女孩带在身旁，偶尔出神，这名出身于小门小户的女子就会静静地燃起一把苏合香。这香味很熟悉，依稀还是很多年前，在年幼的时候，她于御药房学来的调配之法。

一钱苏子、一钱百合、一钱方桂、一钱金粉、两钱荷蕊、两钱玫瑰末、两钱芭蕉油、两钱……

都不是金贵的药材,调配出的味道却是安神养气的,最能帮助那些被噩梦纠缠的人睡一个好觉。

两日后,有下人进来说诸葛玥已经回城了,去了长房拜见父母,可是依礼不能来见她。她听到消息的时候正在泡澡,热气沿着光滑的肩头爬上来,带来了热腾腾的温暖。有侍女将一封家书递给她,她的手指还是湿的,不断滴着水,水渍浸湿了信纸,晕开一个墨迹,水汽迷蒙中,只有一行字,笔端清妍,字迹隽秀。

"我回来了,五日后来接你。"

五日后,就是他们大婚的日子。

夜里,楚乔伸手牵过一株被白日里的阳光晒得有些干枯的藤蔓,手指上隐隐有一丝白亮的盐粉,水渍流泻下,一些潜在的心绪,一丝丝爬上了层层蔓角翠藤。

一盆盐水晃着淡金色的光,信笺在底部游弋,有浅浅的字迹依稀间浮了上来,密密麻麻的蝇头小楷,款款书写着一笔笔的腹中沟壑。

楚乔指尖泛白,昔日的甲兵之声重又回荡在脑海里,像是一曲动听的管乐。

"大人,你随我去吗?"

楚乔摇了摇头,淡淡一笑,"我要留在这儿。"

贺萧点头,躬身行礼,"大人保重。"

窗外有点滴露水,夜里的月亮又大又白。楚乔看着娴静的月夜,喃喃低语道:"要起风了。"

诸葛家派来了三名绾发贵妇,都被楚乔打发了,荆家也有年长的妇人主动要求,楚乔也没有应允。最终,仍旧是梅香在出嫁的前一晚被送进了卧房。

向来坚强的梅香双手微微颤抖,为她穿上镏金丝海棠纹锦绣云吉服,以金鸾纹滚边,小授八采,团以牡丹图纹,缀八宝璎珞、天苍玉、白和田、紫血玉,金章紫绶,满头珠翠,金鸾彩翼,在熠熠灯火之下,显得金碧辉煌,一派锦绣。

梅香的眼泪从眼眶中滚落,嘴角却高高扬起,笑容灿烂如一波云烟。

楚乔伸出手来抹去她的泪水,然后拥住这个多年来一直跟随在自己身边的女子,脸颊上的胭脂如九月的枫红,有着金色的光辉。

"小姐。"梅香抱住她,声音颤抖,带着压抑不住的哭腔,"小姐,小姐……"

她已说不出话来,只是抱着楚乔,一声声叫着小姐,然后肆意地流下泪来。

第二日一早,楚乔终于迎来了她的大婚之日。

卞唐的礼官护卫在旁,完全按照公主出嫁的礼仪操办。鸾车从诸葛大宅出发,来到卞唐在真煌的别院,先接了先皇李策的圣旨,又领了如今的唐皇李修仪的恩赐,出庄毅门、乾坤门,喜乐喧天,笙鼓齐鸣,红绡华幔,朱锦如赤,沿途金箔霜雪般撒落。真煌派出了大批礼官随驾,鼓乐声声,皆是和亲之礼。

百姓簇拥,密密麻麻如山海般浩瀚。八十名喜娘坐着小鸾车,鸾车之后,还是诸葛家的一众姐妹、贵妇。楚乔手心湿滑,似乎出了好些汗,红色的喜帕遮住了她的视线,只能听到那种喜悦的锣鼓之声。

楚乔的心却一阵阵紧张起来，车队渐渐接近司马府，道路已然烂熟于心，楚乔知道，如果不出意外的话，就在前面的孔雀桥上，卞唐的礼官会将喜轿交给大夏的礼官，诸葛玥会在孔雀桥上接亲。

然而，刚走到越柳湖，鸾车突然一滞，停了下来。

楚乔的心突地一跳，几乎就在同时，一阵古朴悠扬的钟声突然自盛金宫的方向传来。十四声苍凉而庄严的钟声袅袅回荡在宽阔的长街上，五长九短，不同于曾经听到过的九长五短的帝王之音，此刻的声音听起来肃穆萧条，好似有苍苍的风声，呼啸卷过这片豪华锦绣的土地。

所有行走的、站立的、遥望的、忙碌的声音同时静止，天地间一时寂静无声，就连天上的鸟，似乎也停止了飞翔。不知道是谁最先反应过来，紧随其后，所有人都跪倒在地，向着盛金宫的方向拜倒。

巨大的哭号声登时冲天而起，从紫薇广场的方向传了过来。

楚乔扯下喜帕，撩开车帘，微风吹在她的鬓发上，发丝轻轻地摇动着。

直到这一刻，她才突然明白一件事。

夏皇，驾崩了……

大夏的礼官们齐齐伏地痛哭，卞唐的随行礼官则目瞪口呆，不知该如何应付这样的突发事件。

诸葛怀由后策马而来，神色肃穆地指挥队伍原路返回。

微风吹过车帘，楚乔远远望着横跨在碧波湖面上的孔雀桥，心底的杂乱如同一湖潮水，一波一波翻卷而来。车队渐远，孔雀桥依稀间变作一座笼烟的石墩，被层层花红柳绿遮住，再也看不分明。

楚乔突然间就心慌起来，不知身在何处，好似又回到了千丈湖的那个冬日，两人渐行渐远，终被皑皑大雪覆盖，苍茫无垠。

她一把撩起裙摆，推开鸾车的车门。

"殿下！"一双清瘦的手突然紧握住她，于筱禾震惊地望着要跳车的楚乔，惊慌地叫道，"殿下要干什么去？"

就在这时，前方一人转过头来，修长双眼如冷寂的深潭，和诸葛玥有三分相似，正是诸葛玥的兄长诸葛怀。

楚乔的动作渐渐凝固下来，面对着上千甲兵，她缓缓关上车门，然后靠坐在椅背上，静默不语。

楚乔被带回了卞唐驿馆，整整一天，她都坐在房间里半步也没踏出去。傍晚时分，平安来报，说城外兵马调动频繁，盛金宫内至今还没公布皇帝的死因，百姓都躲在家中，城中人心惶惶。

天色完全黑下来之后，卞唐驿馆已经被人完全包围了起来，就连平安也无法出去探听消息。

月上枝头，驿馆外突然响起一片嘈杂的脚步声，好似有大批人马将驿馆层层包围。平安跑出去交涉，却只迎进来一名身材修长的男子。

诸葛怀站在门口，仍旧谦和淡笑，只是态度已大不如前。

"城中纷乱，还请秀丽王殿下在此稍候，不要随便走动。"

楚乔点了点头，很是温和地回答："我明白，大哥放心。"

诸葛怀淡淡一笑，并不作声，转身走了出去。

午夜时分，盛金宫方向突然响起一阵冲天的厮杀声、弓弩声、惨叫声、掩人耳目却更显杂乱的锣鼓声，交相杂糅在一起。

平安焦急地跑进来，大声叫道："姐姐，我们被人包围了！"

楚乔仍是一身嫁衣，坐在主位上，手握一只茶盏，闻言一动不动，只有眉头微微皱着，证明她听到了孩子所说的话。

"姐姐！我们护着你杀出去！"

菁菁穿上了武士服，背着小弓箭，几名年迈的卞唐礼官惊慌地站在一旁，吓得面色苍白。

楚乔摇了摇头，望着门外，半握着拳，一身大红吉服在烛火下妖艳得好似染了血一样。

"小姐，那个诸葛怀不是好人，他这是在软禁我们。"梅香也上前说道。

二更，外面的喊杀声渐渐止歇，诸葛怀再次上门，此次已不再做丝毫掩饰，坦然说道："请随我走一趟。"

"荣儿怎样了？"

"你放心，我和李策无冤无仇，只要你肯合作，我担保那小子没事。"

楚乔站起身来，很爽快地说："我跟你走。"

诸葛怀欣赏地看了她一眼，赞许道："老四的眼光还算不错。"

"你背叛家族，不怕遭报应吗？"

诸葛怀哈哈一笑，多年的隐忍，想必到了今日才得以宣泄，他淡笑道："背叛家族？你怎知不是家族抛弃了他？"

楚乔眼神顿时一敛，默想片刻，终于点头道："我明白了。"

"果然是聪明人，一点即通。"

楚乔问道："赵飓能给诸葛阀什么好处，值得你们冒这么大的风险？"

"没什么好处。"诸葛怀淡淡道，"只是若赵飓上位，大夏还是大夏，门阀还是门阀；若赵彻上位，大夏就会变成青海，变成东胡，门阀会走往何方，我可不敢确定。"

果然。楚乔点头，不再答话。

"老四已经被包围在紫薇广场，手下只有随身的那三千兵士，其他士兵都在城外，京畿军、骁骑营、绿营军都是我们的人，如今赵彻的东胡军已经出城向东逃窜，他已然没有回天之术，再撑下去也是死路一条。若是你能劝说他投降，我还可以保他一条性命。"

楚乔扬眉，定定地望着他，问道："你所言当真？"

诸葛怀一笑，"绝无虚假。"

"好，成王败寇，无话可说，前方带路吧。"

诸葛怀道："那还要委屈你一下。"

楚乔伸出手来，说道："来吧。"

两名佩刀侍卫走上前来，手拿绳索，就要将楚乔绑住。

房间里灯火通明，外面喊杀声已歇，楚乔一身吉服，神色自如。两名彪形大汉站在她身旁，一人一手按住了她的手臂。诸葛怀站在她对面，身后还跟着四名贴身护卫。

烛火噼啪，风声猎猎，冥冥中，似乎穿过了皑皑时光，听到了昔日教官的谆谆教诲。

出手要快，认位要准，心态要稳，力道要狠……

就在绳索打结的一刹那，楚乔身影一闪，整个人蹲低，一下错开了侍卫的手，出手极快，双手雷霆般拔出了两名大汉的佩刀，用力向内侧一横，血花迸溅，红光乍现！

两声惨叫还没穿透耳膜，两柄钢刀已拔出飞掷，一下穿透了两名冲上前来的护卫的心口。楚乔顺势上前，伸手拿腕，一把勒住一名男子的脖颈，一个过肩摔，扣腕狠错，咔嚓声顿响，那人的身体就以一个诡异的姿势倒在地上。

眼见诸葛怀在仅剩的一名侍卫的护卫之下转身欲跑，楚乔拔下一支珠钗，挥手掷去。身手利落地原地起跳，揪住那名护卫的头发，一个拖手，扯下大片带血的头皮，圈住男子的脖颈，用力一拧，那人双腿挣扎两下，顿时翻了白眼。

一切都发生在一刹那间，楚乔搞定最后一名护卫，缓缓走到脖间插着一支珠钗的诸葛怀身边，从靴子里掏出一把匕首，表情沉静地说道："成王败寇，你还有什么想说的吗？"

诸葛怀双目大睁，拼命挣扎，楚乔刀锋猛然挥下，一道血线顿时飞出。

大门被轰然打开，夜晚的风平地刮起，呼号着卷起黄沙落叶。

满院子的士兵同时仰起头来，只见一身大红吉服的女子冷冷地站在门前，手拎着诸葛怀的人头，目光清冷，随手一抛，就将那颗头颅扔在地上

驿馆外马声嗒嗒，大片的火把聚拢过来，护卫们惊慌回首，但见一面白底红云旗于漫天火把中猎猎翻飞，上书秀丽二字。贺萧策马进门，怀里抱着一名一岁多的孩子，朗声道："大人，幸不辱命！"

楚乔毫无所惧地走进人群，一名身穿高级军官服饰的将领这时才反应过来，大声叫道："兄弟们！为怀少爷报仇！杀了这……"

然而他的话还没说完，一支利箭嗖的一声射了过来，精准地穿透了他的喉管，在暗黑的夜色之中带起一片妖异的殷红。

贺萧面无表情，身后跟着数不清的黑甲军士，人人手握弩箭，像是一群不会说话的石头，冷冷地看着场中众人。

低沉的气氛飘荡在场中，楚乔一身红色吉服，上绣一品王妃金鸾图纹。她随手从地上捡起一柄战刀，翻身跳上贺萧带来的战马，目光扫过场中众人，所到之处，气压低沉，好似一层冰冷的海水。

"大人，我们去哪儿？"

楚乔勒住马缰，缓缓转过身去，淡淡说道："去冲骁骑营把守的北城门。"

贺萧微微一愣，诧异地问道："不去紫薇广场营救四少爷吗？"

楚乔一笑，自信地说："放心，他会来与我们会合的。"

说罢，当先策马出了驿馆。

北城门处，骁骑营守军足足有四万多人，人人铠甲齐备。这支曾经由赵彻统领的军队如今已经彻彻底底成了赵飏的亲兵，跟随赵飏南征北讨，忠心程度不下于楚乔的秀丽军。

此时此刻，他们正轻蔑地看着对面不足一千人的队伍。守将何谦站在城楼上，冷笑一声，随即对部下命令道："将他们干掉。"

城墙高且厚，兼有大量的防守工具，一般来说，攻打大夏都城这类城门，没有三五倍于敌的兵力根本无法办到。然而楚乔目前只带了不足一千人，胆敢攻打坐拥雄关的万人大军，无异于自取灭亡。

夏军派出了一名嗓门大的士兵，先是对楚乔劝降，说了半天见她没什么反应，就开始大骂诸葛玥是乱臣贼子，和七王赵彻一起谋害了夏皇，如今被围在城中，插翅难飞，定要死无葬身之地。

楚乔静静地听着，一直没有什么反应。可是过了一会儿，忽听那士兵越说越离谱，竟然说诸葛玥和赵彻有染，断袖乱理如何如何，她不由得心头火起，摊手对贺萧说道："弓。"

贺萧也不说话，递给楚乔一副弓弩。

楚乔弯弓搭箭，箭矢顿时如闪电般呼啸而去，那名士兵也是了得，想必多年来叫骂阵前的次数已经多了，早就防着一手，见楚乔的箭来了，翻身就跳下马背。谁知人还没落地，一支箭却形如鬼魅一般从下面瞬息而至，一箭射入他口中，从后脑穿了出来。

何谦大怒，当即下达了攻击命令，一时间箭矢飞空，黑压压如山海般袭来，夏军的冲锋声响彻天地。

相比于夏军的声威，秀丽军这边却一片沉静，他们并没有站在弓箭的射程之内，只是偶尔有几个膂力大的士兵能将箭射过来，也已经力竭了，秀丽军的战士们随便用刀拨两下，就能将箭打到一边。

何谦是城门守将，理应镇守城门。可是眼下楚乔的人马只是围着他们而不来攻击，那么这仗就打不起来，难道要他的士兵下去跟那些骑兵拼刺刀吗？眼看别的同僚都在冲锋陷阵，帮助十四殿下打江山，自己却只能在这里镇守。好不容易来了一伙敌人，还磨磨蹭蹭地站在那儿不肯动手，何谦真是气得七窍生烟。就在这时，对面突然有一个骑兵架着盾牌跑到一箭之地，对着自己高声喊着什么。

何谦一愣，下令全军安静。他年纪有些大了，耳朵不是很好使，便问身边的侍卫："那人说什么？"

侍卫脸色很难看，踌躇了半天，才小声说道："将军，那人问你肯不肯投降，他说你要是再执迷不悟，他们就要消灭我们。"

何谦顿时大怒，消灭他？

他有四万大军，而对方只有不到一千人。虽然听说这位秀丽王兵法出神入化，常常能够以少胜多，但是以前她基本是守城的一方，仗着城高剑利，还勉强能够防守，如今拿一千骑兵来攻打城门，简直是痴心妄想。

就在何谦咆哮大怒的时候，一道明黄色的烟花突然在东方的天空炸开，万道烟火一片锦绣。

楚乔仰头看着东方，好久之后，才平静地说道："好了，打开城门。"

平安在一旁听着，顿时一愣，正想说话，却见贺萧一本正经地问道："可要将对方全部消灭？"

楚乔微微皱起眉来，权衡一番，说道："看看他们敢不敢反抗吧。"

平安几乎听得眼睛都直了，正想问他们是不是疯了，忽听贺萧沉喝一声，一队身披铠甲的士兵打马上前，前后两排，共有四十人，人人手握弓箭，前排的箭矢上还插着一个油纸包，后面一排却是火箭。

"目标，北城门，第一组射左上角，第二组射左下角，第三组射右上角，第四组射右下角，第五组射中间，准备，一、二、放！"

霎时间，第一排箭矢齐齐飞射而出，向着厚重的城门轰然击去，紧随其后，第二排火箭随之迎上，就在第一排箭矢插在城门上的那一刻，每一只油纸包上都插上了一支火箭，大风一起，大火呼呼地燃了起来。

何谦一愣，随即大笑，"秀丽王殿下是打算烧了我的城门吗？哈哈，那这点火可不够！"

然而，他话音刚落，只听轰的一声巨响，巨大的爆炸声在城门上响起，整座城墙都在猛烈地摇晃，好似地震一般。黑烟腾空而起，在黑暗的夜色中，好似千军万马齐齐奔腾而来。

随后，何谦目瞪口呆地看着自己把守了二十多年的真煌城门在一片滚滚黑烟之中，轰然碎裂，连同半边城墙，化为一片废墟。

被大夏引以为傲、声称百万军队也难以攻破的真煌城门，就在这一刻，彻底断送了三百年不败的历史纪录。

"第六至十组准备，目标，东段城墙，第六组……"

贺萧的声音再一次响起，紧随其后，又是一串烈性炸药炸毁了东段城墙，连续三次之后，整座北城门倒塌大半，秀丽军眼前，至此已是一马平川。

"对面的人听着！"十名传令兵策马上前，每个人手拿一只简易的扩音器，大喊道，"马上放下武器，马上放下武器，双手抱头蹲在地上，我们接受你们的投降，饶你们不死。对面的人听着，马上放下武器……"

何谦满脸黑灰，目瞪口呆，怎么也想不明白自己这四万人怎么会这么轻易就败了，甚至还没拼一刀打一剑，为何对方只是放了几个炮仗就把自己的城门轰开了。为什么这世上会有这么可怕的炮仗？他怎么从未听说过？

楚乔策马走过来，居高临下地看着从城楼上掉下来的何谦，淡淡地点了点头，很安静地说："何将军，承让了。"

霎时间，何谦郁闷得几乎吐血。

就在这时，东方突然一阵尘土飞扬，诸葛玥带着三千名部下，雷霆般呼啸而来，看到眼前的一切也有些震惊，直到看到楚乔安然无恙的身影，才缓缓松了口气。

在一片狼藉的战场上，二人隔得老远，各自坐在马背上，目光穿过层层人群，在无星无月的夜空下静静对视。

楚乔扯开嘴角，微微一笑。直到此刻，她仍旧穿着一身大红的吉服，凤冠霞帔，锦绣鸾纹，眉心配着八宝鸡血璎珞，满头秀发高高绾起，全部是皇家礼制，在这样狰狞的夜里，看起来端庄娴静，高贵凌厉。

诸葛玥打马上前，问她："你怎么样？"

楚乔一笑，"还好。"

是啊，还好，接到了你的信中信，知道有人会在大婚这日有所异动，只是没想到他们竟然会有这么大的胆子罢了；没有出什么差错，只是担心你，却要一直坚持着隐忍不发，只是有点担心罢了；没有受伤，没有受辱，一切都好，都还好。

诸葛玥转头对何谦和四万绿营军说道："陛下并非我和七殿下所害，谋逆者就是尔等效忠之人。如今外敌叩边，内乱不休，我们不想此时撅大夏门户，回去告诉赵飏，这真煌城我们不稀罕，白送给他了。"

说罢，他长臂一伸，将楚乔抱到自己的马背上，带着一众亲随，顺着洞开的大门狂风般席卷而去。

诸葛玥没有说大话，这座真煌城，的确是他和赵彻拱手送给赵飏的。

早在大婚之前，他们就已经察觉到赵飏会有异动。他授意雁鸣关守军，私自放纵部下招惹燕洵，并在国内大肆宣扬燕北无战力的论调，撩拨长老会和朝野上的好战之风。随后，又借着燕北战事将起的借口，通过长老会的手来调动诸葛玥手中的军队。通过承诺，得到了魏阀、诸葛阀等门阀贵族的支持，将赵彻和诸葛玥的军权分散到各处，以拉练为借口，在大婚期间，暂时削弱了他们的实力。

诸葛玥大婚，必须返京成亲，而业城练兵还没有完成，是以赵彻必须留守业城。赵飏的计划，就是趁着这个时机，将诸葛玥一举铲除，然后再将叛贼的帽子扣在赵彻头上，到时候他孤掌难鸣，自然任由赵飏屠戮。

然而他没想到凭着手中的绿营军、骁骑营和京畿军三路大军，再加上诸葛怀带着家族军，以楚乔为人质，却还是让诸葛玥反戈一击，致使功亏一篑。

诸葛玥的人马行至东虞城时，所有驻守在真煌国内的青海军已经全部抵达，足足有十一万之多，再加上一些忠于诸葛玥和赵彻的军队，兵力逼近二十五万。

而此时，赵彻带着十七万东胡军，牢牢守在业城，和诸葛玥一北一西互相呼应，将真煌城牢牢地掌控在股掌之中。

不出三日，各路诸侯纷纷异动，宜城、宣化、大辽、青城，先后有四路义军，打着"杀叛逆、正皇权"的旗号逼近真煌，和赵飏乒乒乓乓打了起来。这些人并非忠于赵彻和诸葛玥，只是因为内乱一起，各地诸侯均想要分一杯羹，而占据京都的赵飏，自然成了众人眼中的一块肥肉。一些没有脑子空有武力的诸侯自然按捺不住，带着浩浩荡荡的人马，也做起了皇帝梦。

这就是诸葛玥之前放弃真煌的原因。大夏内乱无法避免，那就给所有拥有不臣之心的人一个舞台，让他们都站出来。而这个时候，谁占据真煌，谁就是众矢之的。

大夏国境内，霎时间狼烟四起，一片喊杀之声。

诸葛玥和赵彻趁机开放了青海和东胡两处关口，派出大量军队镇守盘查，各地处于战乱之中的百姓闻讯齐齐拖家带口向西、北两方投奔去。不到三日，仅青海一关，就有四十多万百姓过关，青海的官员虽说事先准备了三个多月，却还是被这突如其来的难民狂潮弄得手忙脚乱。

各地诸侯在真煌城下乒乒乓乓打了十多日，很多本来是抱着看热闹捡便宜心理的诸侯也被赵飏打出了火气，无不眼巴巴地等着赵彻出兵，也好在新主子面前博个忠君爱国的好名声。

四月初三，赵彻宣布出兵征讨叛臣赵飏。当天下午，诸葛玥景从，带着二十余万大军，往真煌而去。

而同一日，赵飏的亲随军队西南军，也在部下一些高级将领的率领下，由西南运河赶到真煌。十七皇子赵义被架空，十五万军权再次落入了赵飏之手。

如此一来，已经酝酿了多年的双龙夺嫡之战，终于在这个冰雪消融的季节，轰轰烈烈地展开。

战争在最初就充分显示了它的残酷性。为防备楚乔再次用那种手法摧毁城墙，赵飏放弃高耸的城墙，派出大批军队于城外三十里处设伏阻截，和多于自己兵力的赵彻、诸葛玥两人展开野战。实际上，楚乔这些年来也只是私自研制了少量炸药，为防止这种超时代的武器造成大规模伤亡，楚乔始终没有将火药的配方传出去。

死去的人如秋后的蒿草，一批一批倒在清脆油绿的草原上，凄厉的号角整日回荡在大夏的天空之中，场面如同地狱般狰狞，泥土中到处是鲜血浸泡的腥气。每天战后各家军队的医护队抬着担架跑上战场，做得最多的不是营救，而是给那些重伤垂死的伤员一刀，让他们得以痛快地解脱。

楚乔也是经历过战争的人，看到这样的场面，仍不免心寒。

她私下里也曾问过诸葛玥，一定要这样吗？一定要让大夏的士兵互相残杀吗？

诸葛玥看着她，坚韧的脸庞上有着妖异的魅惑。他说内战不可避免，赵飏掌权太久，朝中势力盘踞，尤其在军中更是享有盛誉。想让他心甘情愿奉赵彻为主根本不可能，而赵彻和自己回国时日尚短，想要架空他或是分裂他的势力，更是困难重重，这场战役无法逃避。如今将夏皇之死扣在他的头上，并让各路诸侯事先磨损他的势力，已经是内战爆发的最好时机了。

楚乔其实一直想问夏皇到底是不是真的死了，究竟是谁动的手。是赵飏、赵彻，还是他诸葛玥？

可是最终她还是没问出口，反倒是诸葛玥主动告诉了她。

说起来也算是天意，御药房一名医正贪污舞弊，私自进了一批霉药。偏偏那几天夏皇病情反复，偷偷吩咐信得过的御医换了药方，又害怕朝野知道他病情加重，是以并没有对外宣扬。好巧不巧的是，那批霉药里，有一味药就是夏皇新药必需的。这件事赵飏是最先得知的，他是负责京畿军的将领，早年安插了几名亲信在御药房之中，是以及时得到消息。可是他不知道赵彻也在他身边安插了亲信，所以他知道的消息转手就到了赵彻手中。

就这样，夏皇一日日吃着新药，他的贴身医官只负责开药，试药的太监也身体健康，没有被霉药要了性命。而体弱的夏皇，终于在诸葛玥大婚那一日，离开人世。

夏皇谨慎了一辈子，可能到头来也不会想到自己竟会死在一名贪污舞弊的小医正手上。而他的两个儿子，明知道这件事，却没有一个想过要救他一命。

楚乔知道之后，静默了许久，竟然不由自主地想起了燕洵，心中生出几丝悲凉。

燕洵这一生，最大的心愿就是杀了夏皇为自己的父母亲人报仇吧。而如今，他大权在握，兵力强盛，他的敌人却在岁月的冲刷之下，病死在睡榻之上，不知道他听到这个消息的时候会作何感想。是开心地大笑，还是悲愤地痛哭？也许都不会，也许他只会静静地坐着，将所有的情绪压在心底，然后在第二日，继续做该做的事。

呜呜呜的号角声响起，赵飏又派了三个骑兵团从侧翼杀了上来。诸葛玥下令布置了四个辅助兵团迎上，从侧面突击赵飏的军队。

战争已经持续了两天两夜，没有一刻停歇，各种战术五花八门地轮番上阵。赵飏和诸葛玥都是当世一等帅才，此番实力相当，硬碰硬之下，没有人占到明显的便宜。

楚乔的秀丽军也三次参战，配合青海军攻打赵飏的右翼，贺萧带人曾两次撕开敌军的缺口，可是都很快就被敌人堵上了。

谁都知道，这是一场皇权争夺战。胜利者将会问鼎天下，失败者注定死无葬身之地。而他们这些随从，也将面对同样的命运，是以没有任何人退缩，哪怕流尽最后一滴血，也要死在战场上。

第三天清早，诸葛玥一身戎装坐在将台上，没有激动人心的演讲，只是拔出战刀，对着他的部下们朗声说道："这是最后一天，此战之后，我们必将被载入青史。"

"杀敌！杀敌！"

千万粗壮的嗓子一起高呼，楚乔站在人群之后，半眯着眼睛，逆光看着被千军万马簇拥着的男人，微微一笑，露出一口洁白的牙齿。

伴随着如同天边闷雷一般的低沉响声，空旷的原野上出现一条淡淡的黑影。一望无际的草原上，诸葛玥的军队终于正式遭遇了赵飏的主力。两日的苦战，让双方都损失惨重，可是他们此刻还是斗志高昂地站在这里，没有一丝退却。

阴影在急速扩大，犹如一团黑云，浩浩荡荡地在天际铺展，一眼看不到头。在阳光的照耀之下，带起了大片翻滚的尘土，以密集的冲锋阵形，遥遥凝望着诸葛玥的军队。

两百丈、一百丈、五十丈……

越来越近，双方几乎都能嗅到对方战马鼻子里喷出来的温热呼吸。

死亡的气息回荡在战场上，食腐的乌鸦在上空盘旋，不时发出难听的怪叫。

隆隆的战鼓响起，万千马蹄不安地挪动着脚步，大地在止不住地震动，那声音由人的脚底板下升起，一路钻进了脊梁骨髓之中，让人心口发寒。

恶战在即，所有人都屏住呼吸，紧握着刀柄，似乎想将那刀把攥出水来。

"进攻。"诸葛玥抬起头来，轻描淡写地下达了进攻的命令。而就在他下达攻击命令的同时，赵飒的军中也有同样的命令传递下来。

前排骑兵一把抽出战刀，整齐划一的抽刀声一时间传遍大地，整齐得像是天神打了一个喷嚏。肃杀的风在平原上吹起，天地苍茫，有凝重的血划过刀锋，遥遥地指向对方，等待一场生死鏖战。

然而就在这时，极远的古道上突然响起一连串沉重的马蹄声，顺着凌厉的北风，吹进了这场浩大的战场之中。

"三千里加急战报！西南祝将军向帝都求援！三千里加急战报！西南祝将军向帝都求援！"

那年轻的传讯兵满头土灰，风驰电掣般冲进战场，在所有人惊悚的目光之中，一下跃下马背，伏地大呼道："将军！殿下！不要再打了！西南战报！西南有战报！"

几十万人同时缄默，没有一个人回应这个胆大包天到贸然跑到战场上的小兵。

"你在说什么？"一个低沉的嗓音缓缓响起，赵飒身为西南总统领，部下战士也全是出身于西南本土，闻言上前一步，沉声问道。

"殿下！殿下救命啊！"那小兵见到赵飒，顿时大喜，连忙说道，"燕洵率四十万大军冲破了关口，杀进我国，两日之内横扫十九个行省，西南一带如今已沦为一片焦土。"

"妖言惑众！"月七手握战刀，一身戎装地坐在马背上，闻言冷然说道，"雁鸣关守将多达三十万，怎会让燕洵悄无声息地进入西南领土？"

众人闻言齐声称是，楚乔强压下心底的震撼，也觉得此事没有道理。就算国内正在内战，但是谁都知道雁鸣关的重要性以及燕北的威胁，是以不管是赵飒还是赵彻，都没有从雁鸣关抽调一兵一卒。不过几日之间，燕洵怎能攻破雁鸣关，杀进大夏腹地？

"司马大人，燕北攻破的不是雁鸣关，是白芷关啊！"传讯兵悲声说道，"卞唐国内大乱，靖安王妃举旗叛变，联络靖安王旧部，私自带兵打开唐户关口，放燕北军进入卞唐。卞唐东南一带守军尽亡，国都岌岌可危，燕北取道卞唐，联合怀宋大军，攻打我军白芷关。白芷关西南守军全部被调离，如今兵士不到一万，还被城内风四爷的探子毁了烽火台，消息无法传递，是以不到两日，整个西南国土都沦陷了！"

霎时间，战场上落针可闻，北风萧瑟，静静地吹过石化了的战场。

白苍历八二年四月初六，一个玩笑般的消息，犹如晴天霹雳般把所有人震撼了：

"四月初三，燕洵率领四十万燕北军，取道卞唐，攻入大夏，西南国土全部沦陷，约四百万国民沦为奴隶。"

第十九章

燕兵狂潮

魏舒烨仰起头来，火红的太阳映入眼帘，初升的红如同鲜艳的血，荒草萧瑟，肃杀摇动。隆隆的战鼓在耳侧轰鸣，成千上万的士兵向他拥来，铁灰色的暗影如同铺天盖地的潮水，一点点将战场覆盖。

他浑身浴血，清秀的脸孔上已经满是血污，发丝纠结，沾满了腥臭的血浆，战刀已经崩口，胯下的战马已然双腿打战，不堪重负。

强敌入侵，西南国土沦陷，大夏的死敌撬开了国门，带着虎狼之军肆虐于帝国江山之上。然而，除了西南的少数守军，整个大夏国境所有氏族门阀，只有他一个人带兵南下，抗击敌军。

一路上，他见到了太多世家大族率领着家族军队向北逃亡，一眼望不到边的人流如同一条长龙，源源不断向北拥来。他们驱赶着马车，穿着华服，带着大量金银珠宝和亲兵卫队，甚至还有一些地方行省的官员带着当地的卫队仓皇逃向真煌，他们挥舞着马鞭和长矛，将那些挡道的平民赶到一边，满脸惊慌，丝毫看不出平日里的高贵姿态。

魏舒烨也曾试图将这些军队组织起来，他甚至还下令封锁道路，对那些逃跑的贵族官员拔刀相向。然而，那些人纷纷给了他充分的理由：保卫帝都、战略后退、赶往京师阻止内战、保存帝国精锐实力以图和敌军一战等，总之他们是宁愿和他魏舒烨动手，也不愿意回过头去和燕北军拼杀。

有人骂骂咧咧地大喊，说西南正规守军已经不剩一个，都被皇子们调回去打内战了，皇室成员都不要这个国家了，凭什么还要他们去打仗？

面对这些嘈杂的声音，魏舒烨哑口无言。

短短两日，松江栈道上就聚集了二十多万乱民。这其中，有贵族，有门阀，有军人，有百姓，西南已经沦陷，他们万里迢迢逃到这里，风尘仆仆，像是一群饿极了的狼，虎视眈眈地看着拦路的军人。

路障已被拆毁，区区两万军队根本无法阻止这样的狂潮。一名副将站在队伍前，嗓音沙哑地大喊着，动员人们回过头去继续战斗，可是根本无人理会他。魏舒烨骑在马上，看着那些神情木然的人一个个经过他身边，像是一堆失去了生命的稻草。

所有人都离去后，只有十多个孩子仍旧站在原地，他们有的十四五岁，有的十一二岁，都是男孩子，怯生生地走到嗓音沙哑的副将面前，举起手说愿意从军。副将大为震动，以为自己的说辞终于有了效果，连忙问少年从军的原因，可是意识到要在危机之时为国献身？那孩子却说自己的干粮被一起逃跑的军人抢走了，他们再往前走也是死，还不如当兵。

两万军人在这十多个身材瘦小的少年面前集体沉默了。

魏舒烨吩咐军需官分给他们干粮和清水，然后看着他们兴高采烈地离去。夕阳照在这些帝国的种子上，像是一根根被拔出土壤的蒿子。

进入西南境内之后，情况更加混乱。经过一个小镇的时候，整个城镇没有半点人烟，队伍像是走在死城之中，只能听到自己的脚步声，一下又一下，显得那么沉重。然而走到小镇的小广场上的时候，他们却集体呆愣在当场。这简直就是一个修罗场，有着各式各样稀奇古怪的刑罚。一棵高耸的榆树上，挂着几十具男尸，地上还有两人多高的尸骸堆，已经被烧成焦炭，还有大量妇女的尸体，一看就知道是死在怎样残忍的手段之下。

整个队伍一片死寂，他们都是久经沙场的老兵，刀口舔血，一生杀人无数，可是此时此刻，还是有人在无声地饮泣，落下男儿泪来。

身为军人，不能捍卫自己的国家，不能保护自己的百姓，他们还有何生存的价值？

家园被摧毁，房屋被夷平，良田变成焦土，繁华变为废墟，昔日富饶繁荣的城镇变成了没有人烟的死城，曾经鲜活的生命变成了没有感知的腐肉，腥臭扑鼻，鹰鹫围绕。这是一场可怕的灾难，也是一个无法醒来的噩梦。

魏舒烨不能想象，为何燕北军会残暴至此。巨大的悲愤在胸腔里横冲直撞，他握紧刀锋，年轻的脊梁像是一根挺拔的战枪。

然而紧随其后连续遭遇的战役，那夸张的打法和毫无章法的布兵，却让他有了几分了然。

原来，第一批进入大夏国境的，并不是燕北军。燕洵打开了白芷关，消灭了沿途的几处军营，就退出了大夏，占据了关口，并没有放一兵一卒进入大夏境内，而是广发檄文，邀请活跃在燕北高原、南荒之地、贺兰山脉、西北大漠上的强盗和马贼，共享大夏。

一批又一批马贼拥入了大夏国土，他们彪悍残暴，来去如风，对土地完全没有任何留恋，热衷的只是杀戮和劫掠，所过之处一片狼藉，烧杀抢掠，奸淫妇女，军人们无法办到的事情他们可以眼也不眨地办到。残忍的血腥刺激了那些本来想要反抗的士兵和贵族，关于敌军凶狠可怕的谣言传遍了整个西南，战争的恐慌在几日之间遍及整个陇西之地。于是，士兵放弃抵抗，贵族放弃坚守，百姓们也开始逃亡。不过短短几日，整个西南就落入敌手，燕北军的后续部队甚至没有遇到一场正规的抗击！

那是个疯子！在漆黑的夜里，魏舒烨闻着刺鼻的腥臭，暗暗地说。

他打开了大夏的国门，为那些魔鬼开辟了道路，将万物苍生变作狩猎对象。

他不是来占领，只是来毁灭，让这巍巍大夏的万千生灵做他燕北一脉的祭品。

悲愤的两万夏军在阳康城遭遇了第一次正规的燕北军，两万骑兵对三万重甲兵，完全是一场喋血的硬仗。魏舒烨的军队凭着那股哀兵之气，一鼓作气打败了燕北军，愤怒的夏军将所有的伤员和俘虏全残忍地杀死时，魏舒烨没有阻止，因为在他自己心里，也是这样期待着。

他恨，恨侵略者，恨燕北，恨燕洵，恨那些凶残的马贼。

可是他更恨皇室，恨那些作威作福的贵族，恨那些享有军俸却临危脱逃的士兵，恨为了内战而抽调所有西南军队的赵飏，恨门阀，恨氏族，甚至恨他自己。

叔叔的信被他一封一封撕碎，家族长辈怒斥他，说他疯了，竟然在这个时候带着家族的子弟兵进入西南，说他是家族的罪人，是魏阀的叛逆。

然而这一次，无论是怎样严厉的斥责都不能再让他回头。

敌人在进攻，帝国在颤抖，国家在内战，贵族在逃跑，百姓在哀号。

他是帝国的战士，绝不能退。

阳康城一战之后，这支深入的孤军引起了燕北的注意，不出两日，就有近七万大军将他们重重包围。经过一天一夜的厮杀，他们终于力竭。

弓箭告罄，伤药殆尽，粮草也所剩无几，刀枪都已卷刃，战士们已经很久没能睡一个觉。很多时候，他们甚至能在拼杀中打盹，偶尔被疼痛惊醒，才赫然想起身在何处。

清晨的阳光再一次普照，魏舒烨仰头看着半空中的太阳，微微眯着眼睛，跟自己说，这可能是他生命中所见的最后一个日出了。

副将冲上前来，脸颊上横着一条又长又深的刀疤，看起来阴森恐怖。他的嗓子已经沙哑得不成样子，但还是对他大声喊道："将军！顶不住了，敌人又派了三个加强团，赶快撤吧！"

魏舒烨没有说话，只是看着这个比自己还要年长些的汉子。他是一路跟随自己南征北讨的战友，打过的仗比自己多，兵法比自己娴熟，战场上也比自己凶猛，比自己更得人心。然而就因为他是平民出身，无论立过多少战功，也无法得到晋升，若不是在自己麾下，可能至今还只是一个小伍长。

可是就因为自己对他有那么一点提携之情，他就对自己忠心耿耿，每次作战都冲在前面，为自己挡箭挡刀，但是他哪里知道，自己很多时候也是看不起他们这些平民子弟的，理所应当地享受着他们的功劳，站在他们身后等待战争的结果。他和那些临阵脱逃的富家贵族又有什么分别？他们为了自己的性命逃跑，而自己，为了自己的名声，而毁掉别人的人生。

一时间，万千思绪涌上心头。

魏舒烨知道，今天是最后一战，不会有援兵，不会有转机。赵飏还在和诸葛玥打仗，不可能来救他。而他也知道，就算赵飏等人没有在打仗，也不会在这种情况下赶来，他们注定是要被遗弃的一支队伍，长眠在乱世的战火之中。

魏舒烨一把拔出战刀，脸上现出一丝坚韧之色，策马上前，走到满身伤痕的士兵们面前。

"战士们，今天将会是我们的最后一战。"

低沉的声音回荡在战场之上，数千张满是血污的脸孔仰了起来，望向他们的主帅。

"士兵们，敌人入侵，国土沦丧，所有人都在后退，唯有你们奋勇向前。短短十日，你们经历阻击战十三次、野战十一次、会战两次，长途奔袭过祖国的半块版图，你们无愧于军人的称号，无愧于身上的军装。后世千万代的大夏子民，将会为你们今日的所为感到骄傲！

"今天，也许我们会长眠于此，也许我们会失败，但是我们要用手里的战刀告诉那些侵略者，大夏不会屈服，我们的热血不会凝固，所有践踏我们尊严的人，都将为此付出沉重的代价！"

向来温和的将军突然厉声高呼，挥手指着那黑压压冲上来的敌军，怒声吼道："帝国万岁！"

"大夏万岁！"

几千把破刀指向天空，军人们热血沸腾。魏舒烨策马奔出阵营，狂呼着杀向敌军，身后跟随着几千名嘶吼着的战士，像是一群疯狂的野牛。

凛冽的风从耳边吹过，魏舒烨的双眼被吹得生疼，战马飞驰，他看不见周遭的一切，只是本能地一次次挥出越来越沉重的战刀。

生命在这一刻变得鲜明起来，他想起了很多事，在门阀中小心翼翼地生长，在叔叔的教导下一次次为家族奔走、战斗，在金玉满堂的富贵之中，渐渐拥有了一双浑浊的眼睛。

"我不愿做这种懦弱的人，遵循着帝国铁一样的秩序渐渐成长、衰老、死去。总有一天，我会冲破牢笼，抛却门阀所带给我的一切，用我唯一的生命完成一次壮举，哪怕对别人来说是这样无足轻重。我也可以在临死前告诉我自己，我终于勇敢了一次。"

他嘴角冷笑，挥刀劈砍，带着他的军队肆意拼杀，在一片铁灰色的海洋之中，掀起血红的浪花。

不远处的珩河大堤下，腾起了一片呼啸的烟尘，一身墨色铠甲的将领冷冷地注视着场中的战局，突然下令道："全军准备。"

"殿下！"幕僚皱眉道，"那是魏舒烨的军队，是魏阀的私家军，他们是效忠十四殿下的人马。"

将军眉梢一扬，回过头来，眼神深邃，语调低沉，一字一顿缓缓说道："我不管什么门阀，我只知道，那些人是我们的同袍战友，他们在保卫我的国家。"

幕僚一愣，随即答道："属下明白。"

将军一把拔出战刀，高高举起，"全军听令！跟我冲！"

"杀敌！"

巨大的冲锋声顿时响起，像是震天的闷雷，滚滚而来！

"北面有大量骑兵！"

"速度极快！正在向我们冲来！"

"敌友难辨！对方人数众多，看起来有十几万人马！"

不知道是谁最先开始喊的，可是很快，所有人都注意到了东北方的异样。

来人一袭藏青色披风，战马呼啸驰骋，茫茫的黄土尘埃之中，甚至看不清对方的人数。无数马蹄像是汹涌的海水，一波一波浩瀚翻卷，天地间一片玄黄之色，灰尘高高扬起，蔓延过高耸的堤坝，看起来好似一座巍峨的山川。

"看那旗帜！是东胡军！"

一阵惊喜的欢呼突然响起，刹那间，所有人都震惊了，他们诧异地望去，激动得脸庞发红。

"是东胡军！是东胡军！"

"是七殿下的军队！是我们的人！"

"万岁！七殿下万岁！大夏万岁！"

……

魏舒烨呆愣在马背上，万万没有想到，此时此刻，本该在攻打真煌城的赵彻会突然出现在此地。

在他背弃了朋友情谊，遵从家族安排，支持赵飏登位之后，在这种危难关头，家族抛弃他，赵飏放弃他，帝国摒弃他，反倒是那个被他背弃了的人，万里迢迢赶来，救他于绝地。

他咬紧牙关，狂吼一声，一刀砍碎了一名敌人的头骨。

"杀敌！"

冲锋声再次响起，伴随着沸腾的热血，一起浇灌在男儿的战意之上。

一片狼藉的战场上，黄昏日落，喊杀骤停，苍茫的风吹过，带起一片血腥的恶臭。

赵彻一身戎装，远远地站在河堤之上，遥望着这片狼藉的战场。

魏舒烨站在他身后不远处，静静地望着他的身影。依稀间，似乎又回到了多年以前，战败的皇子狼狈回国，跪在紫薇广场上请罪。他也是这样静静地站着，看着他坚挺的脊背和永远紧握的拳头。

这么多年过去了，经历过生死，经历过起伏，经历过波折险阻，经历过忠诚背叛，所有人的眼睛和心都已经沧桑老去。

赵飏变得野心勃勃，赵嵩变得心灰意懒，赵齐已经死在了燕北大地上，燕洵变得杀伐决断，诸葛玥也在偏执中睁开了双眼，却唯有他，自始至终，仍是那副坚韧果敢的模样，不曾改变，不曾脆弱，甚至不曾有过一丝一毫的优柔。

这个人，是天生的军人，是天生的守护者。

他缓缓走过去，站在他身后，开口说道："多谢你相救。"

赵彻没有转过头来，似乎早就知道他就站在自己身后一样，沉着的声音传了过来："我只是不想辜负我的姓氏。"

是的，他是培罗大帝的子孙，身上流淌着高贵的黄金之血，他只是在守卫他的国土和子民，无关立场，更无施恩。

"你看，多美。"赵彻突然伸出手来，用刀鞘指着下面的浩浩平原。夕阳西下，千万道红光洒在荒芜的野草上，随着风起风落，像是金子里淌着血，看起来瑰丽华美。

"世人都不曾见过真正广博的世界，因为它还没有被创造出来。总有一天，从燕北的尚慎高原到怀宋的东崖沧海，从西漠的阿都荒原到南疆的九崴群山，都将臣服在帝国脚下，而这一切，都将以我的战刀来拉开序幕。"

他转过身来，目光熠熠地看着魏舒烨，自信一笑，然后竖起一只拳头，坚定地说道："大夏不会亡。"

魏舒烨看着他，静默了许久，终于，他也露出一丝笑容，笑容渐渐扩大，融进充满生机的眼睛里。

"大夏不会亡！"他挥起拳头，重重地撞在赵彻的拳头上。

西北天空，一轮艳丽的落日缓缓落下。

疾行了一日的军队得到了暂时的休整，全军上下开始生火做饭，然后抓紧时间睡觉，因为他们只有两个时辰的时间，时间一到，他们将继续赶往西南。

诸葛玥巡视全军之后，刚刚回到营帐，就见楚乔已经打点好行装，一副正在等待他到来的模样。

诸葛玥站在门口，沉默地看着她，久久没有说话。

春天的风有些大，将帐篷的帘子吹得摇动起来，殷红的光线照进来，洒在他们身上，像是被罩上一层血雾般的薄膜。

"你决定了？"低沉的声音缓缓响起，听不出喜怒，只是很平静地问道。

楚乔点了点头，很认真地说："嗯，我决定了。"

诸葛玥转身就要走，说道："我去给你准备战马。"

"诸葛玥！"楚乔跑上前来一把拉住他的手，有些为难地叫道。

帐篷里的气氛十分低沉，楚乔低着头，眉心紧锁，手心冰凉，像是一块坚冰。

终于，面前的男人转过头来，严肃地看着她。过了好久，他才无奈地长叹一口气，卸下她腰间的宝剑，将自己的战刀给她挂上。然后蹲下身子，在她的绑腿旁绑上一把锋利的匕首，随后又走进内帐，拿出一件坚韧的内置软甲，脱下她的披风，为她穿上。他一直没有说话，只是静静地忙碌着，为她打磨战刀，为她检查行囊，为她带齐伤药……

楚乔眼眶酸涩，抿紧嘴唇，低着头任他忙碌。

"好了。"男人做好了一切，站在她面前，说道，"准备吃饭，再有一个时辰就要分道扬镳了，我只能送你到这儿了。"

楚乔点了点头，心里有些难过，有些无奈，有些愧疚，甚至，还有些害怕。

她已经很久没有这样怕过了，果然，人是不能拥有太多的，一旦觉得自己很幸福了，就会患得患失地害怕。

"星儿，答应我，一定要完好无损地回来见我。"

楚乔连忙点头，抬起头来看着他，问道："你不生我的气了吗？"

诸葛玥苦笑，"我生气，你就不去了吗？"

楚乔顿时垂下头，为这件事，他们已经争执几次，如今离别在即，她不想继续这个危险的话题。

"既然无论如何都不能阻止你,那不如好好地送你走。"

诸葛玥突然张开双臂拥住她,下巴抵住她的额头,轻声说道:"星儿,赵彻带兵进入西南,形势危急,我必须前往接应。如今西南一路被燕北军占领,卞唐和大夏之间的道路被阻断,以后有什么事,我无法及时帮你。卞唐国内情况如何,你我都不得而知,你千万要量力而为,一旦发现事不可行,就要马上回头,切不可冒险为之。"

楚乔伏在他的怀里,连连点头,却不出声。

诸葛玥叹了口气,继续说道:"如果卞唐国内危急,局势无法扭转,你就带着人马前往青海。我已命月七返回翠微关,他会安排人随时准备接应你。"

楚乔的眼眶微微泛出一丝湿意,她抽了抽鼻子,只是点头。

"好了,既然已经决定要去,就别再做出这样的姿态。领兵作战,最重要的就是气势,你这样离去,我怎能放心?"

楚乔抬起头来,对着他一笑,声音微微哽咽,说道:"你放心吧,我不会有事的。"

诸葛玥捧着她的脸,在她的唇上温柔一吻,随后笑道:"这才是我诸葛玥的女人应有的气势。"

楚乔被他逗得一笑,仰头说道:"你也要小心,此次情况危急,不光是燕北大军,就连赵飏和各路诸侯,你也要小心防备。大夏山河破碎,外敌又入侵国门,天下动荡,千万要谨慎行事。"

"我明白。"诸葛玥点头,"我行军打仗这么多年,还很少吃大亏,你要相信你的夫君才是。"

楚乔一身戎装,看起来清丽可爱,闻言脸蛋微微一红,笑骂道:"你是谁的夫君?我和你拜过天地吗?"

诸葛玥不屑地一哼,"你早就进了我的家门,偏就一张小嘴不肯承认。"说罢,眼波突然柔和起来,说道,"星儿,我还欠你一个盛大的婚礼。"

楚乔眼眸微波荡漾,轻声道:"我不要什么婚礼,只要有你在,就足够了。"

帐外突然传来响亮的军号声,穿透茫茫原野,回荡在天地之间。四周一下子就空旷起来,楚乔闭上眼睛,踮起脚,吻在诸葛玥的唇上,丁香暗渡,若水缠绵。

"诸葛玥,我们都不可以有事。"

"嗯。"诸葛玥使劲抱住她的腰。

荒芜的栈道一路绵延,楚乔带着贺萧等人骑坐在马背上,久久凝望着青海大旗下那个清俊的身影。

"诸葛玥!我走了!"

风扬起一地尘土,楚乔的披风也被高高扬起,露出里面纯白色的坚韧内甲。

诸葛玥目光如电,表情沉静,高声说道:"马到成功!"

楚乔扬起手中的马鞭,也高声回道:"马到成功!"

隆隆的战鼓和军号声顿时响起，楚乔挥鞭抽在马股上，掉转马头，大声喝道："驾！"

马蹄飞扬，女子头戴银盔，鲜红的红缨如同一团跳动的火焰，在苍茫的天地间显得那么醒目。

分别在即，两阵之前，没有安慰的叮嘱，没有妇人之态的扭捏。马到成功，寥寥四字，仅此而已。

他们都知道对方想要什么，乱世之中，生命如浮萍，唯有信念，永不熄灭。

"少爷。"月六皱着眉，不死心地继续问，"就这么让姑娘走了，卞唐多危险啊，公子怎么也不阻止啊？"

诸葛玥转过头来，挑眉轻笑，"如果她不去，那她还是她吗？"

马蹄声绝尘而去，诸葛玥遥望远方，心里是一句未出口的话语。

我所爱的，不也正是这样的她吗？怎能在得到之后，就将这样的她禁锢，然后毁去？

他朗笑一声，转身对着整装待发的部下说道："出发！"

八八二年四月上旬，燕北对大夏展开了全面进攻，他们与卞唐靖安王妃仇氏联手，从靖安王妃开放的唐户关进入卞唐，以雷霆风火般的速度打垮了眉山以西的卞唐守军，为靖安王的军队开辟了前进的道路。然后在卞唐内战全面爆发之前，迅速抽离兵力，迂回包抄大夏白芷关。

因为大夏内战的爆发，十四皇子赵飏为了对抗诸葛玥和赵彻率领的青海、东胡两军，抽调了百分之八十的西南军。更由于白芷关多年无战事，此地的守军目前十无一二，偌大的关口只有几百名老兵看守。是以，面对燕北的虎狼之师，白芷关脆弱得如同一张窗纸。

随后，燕洵除掉一部分顽强抵抗的军队之后，开放关口，让虎视眈眈的马贼和强盗入关，从而给西南百姓带来了噩梦般的杀戮狂潮。

西蒙地域广阔，国家派系林立，边境间无人区众多，各路盗贼横行，人数可观，彪悍残暴。很多名头大的盗贼，甚至可以对抗小规模的国家军队。

靠着这些人残暴的手段和令人脊背发寒的名声，西南地区的世家大族纷纷避退，百姓潜逃成灾，军队无心应战，十多万地方守军未战一回合就落荒而逃，将西南广袤的国土拱手让给了那些来自于燕北大陆的铁血军人。燕洵也就这样以最小的代价，取得了最大的利益。

四月中旬，赵彻率军进入西南，和最先进入西南腹地的魏舒烨会合。这是战争爆发之后，大夏的第一支大集团抗击军队，其中包括骑兵五万、步兵六万、重甲兵八万，加上魏舒烨的一万轻骑兵，正好是大军二十万。三日后，一条由内地直插西南的后勤补给线在诸葛玥的统筹下建立起来，与此同时，诸葛玥也带兵赶到了盛京，亲自坐镇西南盛京大营，南可支援赵彻，北可虎视赵飏，西可监视雁鸣关，中可统筹全国粮草运转，一瞬间，成了全国的政治中枢。

四月十五，燕北军终于于珩河下游完成了第一次会师。到场的有燕北第二军、第六军、第九军、第十三军、黑鹰军，由程远做主统帅，燕北军队迅速集结，后续部队还在源源不断地赶来，总人数多达二十万。

但是，燕北并没有和大夏正面冲突，就在赵彻凝聚全力，准备和燕北誓死一战的时候，燕洵却突然从后方传来军令，命令各军团分散，沿着马贼们的足迹，向大夏北部腹地前进。

霎时间，情报如潮水般从前线涌来，燕北兵分十路，向四面八方袭击而去，军事参谋被斥候的战报搞花了眼睛，到处都是"遭到阻击""损失惨重""沦陷""被包围""无法联系"，各种噩耗如雪花般纷扬而下。

诸葛玥的得力大将蒙枫从青海内陆一路回到故土，眼见到处战乱，年轻的女将目瞪口呆，最后也只是诧异地问道："燕洵疯了吗？他要和我们同归于尽？"

诸葛玥看着标绘着各种色彩的地图，久久沉思，最终，他来到军事参谋部，将那张地图压在了桌子上，低声说道："我想，我知道他要做什么了。"

夏唐边境一片茂密的丛林里，楚乔和贺萧刚刚重逢了卞唐的送嫁队伍，好在他们被战乱所阻，还没有返回卞唐，才得以在这样混乱的局势下保存实力。

要知道，这里可是有两万精锐狼军，加上楚乔的两万秀丽军，她目前的兵力已经有四万了。

四万，完全是精兵。有了这支军队，只要指挥得当，楚乔有信心面对三倍于她的敌人。

小帐篷里的烛火之下，楚乔穿着一身软甲，一手捧着头盔，一手指着桌子上的地图道："他是要去攻打雁鸣关。"

"攻打雁鸣关？"

贺萧的弟弟贺旗皱眉问道："大人，他们已经占据了白芷关，为何还去费力攻打雁鸣关？"

"你们不了解他。"楚乔摇了摇头，"燕洵怎会受制于人？他现在借道卞唐，后路全在靖安王妃手里，一旦靖安王妃翻脸，或是卞唐皇室反击，燕北军定会落入腹背受敌的困境。而且后路一旦被卡住，对军队的心理压力很大。所以，燕洵必须在既定的时间里攻开雁鸣关，打通北方门户，这个时候，才是燕北和大夏决战的时机。"

楚乔眉心紧锁，深吸一口气，盘腿坐在地上，其实这些她早该想到的。燕洵之前一直隐忍不发，还几次故意露出疲态，使得大夏朝野麻痹大意；后来甘冒天险袭击卞唐粮草，其实劫掠粮草是假，俘虏唐户关守将是真，通过此人联络上早有反意的靖安王妃，然后趁着大夏内战悄无声息潜入西南。这个局，他设了很久。

"燕北的实力，绝对不止表面上表现出来的这样，隐藏在雁鸣关外的，才是燕北的真正力量。"

"大人，我们要不要将这些通知诸葛大司马？"

楚乔摇了摇头，"我能想到的，他会想不到吗？"

她反手将地图卷起，摊开卞唐地图，沉声说道："燕北和大夏一战无法避免，我们也无力阻止。我们目前的任务就是尽快赶回卞唐，得到卞唐战局的第一手资料，看看该如何援助陛下。"

狼军的副统领管松闻言忙点头道:"大人,我们的斥候兵已经派出去两日了,估计最迟明天早上也该回来了。"

楚乔正要说话,忽听外面士兵报道:"大人,斥候兵回来了。"

门口的贺萧闻言一把撩开帘子,只见三名满身尘土血污的士兵摇摇晃晃跳下马背,其中一人说道:"禀大人,卞唐军情危急,叛军冲破了邯水关,慎南禁稷营副将方怀海、滇西军上将田汝贾被俘,徐素大将军被叛徒出卖,于苍穆棱战死,邯水军被彻底击溃。叛军兵力日盛,多达二十万,如今已经将都城团团包围。"

霎时间,满座俱惊。楚乔席地而坐,眉心紧锁,拳头在几下缓缓握紧,又一点点松开。

"敌人主帅是谁?"

"是靖安王妃。"

"可曾查明此人身份?"

"查明了,此人是四年前进入靖安王府的,开始只是一个被人贩子卖进来的舞姬。可是后来被靖安王宠幸了几次,竟然就怀上了身孕,顺利生下一个儿子。靖安王老来得子,对她倍加喜爱,纳她为妾,不想一年之后,她又生下一个儿子,靖安王一开心,就立她为正妃了。"

贺萧问道:"奴隶也可以做正妃吗?"

"这个属下就不知道了。不过后来靖安王府不太平,连续出了几次事,老王妃和两位世子先后过世,从此王府之内,她就成了女主人。靖安王兵变失败之后,满门抄斩,她在一群忠于靖安王的党羽的护卫下逃了出去,不想却混进了唐户关,在唐户关守将的看护下活了下来。据说,这位王妃和靖安王的这位义子有奸情。"

楚乔面色阴沉,说道:"她叫什么?"

"这个属下也不知,只是知道她娘家姓仇。"

"姓仇?"楚乔低声默念。

管松焦虑京都被围,说道:"大人,唐京被包围,我们得回去救陛下啊!"

楚乔目光深沉,遥遥望着被燕北牢牢占据了的白芷关口,关口那一边,就是卞唐的国土。

她点了点头,淡淡说道:"是的,我们是该回去了。"

第二十章
宿命对手

一生之中，她从不曾见过真正的大雪。

星子寥落的夜里，月亮显得格外耀眼，雪白的光洒在地上，如一波波流泻的水，又如一片片白亮的雪花。

她站在白塔的顶端，穿着一身宽大的衣袍，风从天尽头滚过来，吹起她的袖子，像是两只振翅欲飞的鹰，扑棱棱地扬起双翼。她的长发被风吹散，在背后张扬地飞舞着，如同千万条蛛网，偌大的宫殿重重森森，笼罩在漆黑的夜幕之下。远处的黑石方门中，立着一个身影，看不清面容，只能从那挺拔的脊背推测，那是一个军人，并且还很年轻。

她就那么站着，已经很久了。

玄墨一直没有出声地望着她，月光静静地照在她身上，有着洁白的光华。夜那么静，周遭的一切都消泯了声息，只有风吹过她的衣袍，发出噗噗的声音，带着白兰的香气，缓缓萦绕在他的鼻端。

一时间，他似乎又回到了很多年前。那时候他还是个孩子，跟随父亲站在田猎场上，他以一手好箭法赢得了满场的赞扬，于皇室亲贵子弟中崭露头角。她却穿着一身明黄色的宫装策马冲进马场，一连三箭命中靶心，然后回过头来，骄傲地看着他，对他说："不服气就出来比画比画！"

那一天，皇帝坐在王位上大笑，说朕的女儿不输给男儿！

其他王公贵戚也满口称赞着公主身手了得，唯有他，静静地站在那里，仰着头，看着坐在马背上小小的她。那一天的太阳那样暖，风那样温和，阳光洒在她娇嫩的脸上，一双眼睛熠熠生辉，他的胸口潮潮的，袖口的箭纹摩挲着手腕的肌肤，麻酥酥地痒。

他什么也没说，站在那样美丽的她面前，他似乎从此就丧失了语言能力。一眨眼，这么多年过去了，他也早就习惯了仰望那个耀眼的身影，远远地看着她渐渐长大，看着她渐渐坚强，看着她跌倒，看着她爬起，看着她一步步走上权力的巅峰。

时光流逝得那样快，岁月像是指尖的水，轻而易举就淹没了曾经的年少和执拗，连同那些很多年都潜藏在心底的念头，永远失去了吐出来的机会，被命运的黄沙覆盖，永远掩埋在了滚滚的风尘之中。

"玄墨，"纳兰红叶突然轻声说道，白塔上太过空旷，她的声音听起来有一丝缥缈，她没有回过头来，仍旧望着下方那万家辉煌的灯火，轻声问，"我真的做错了吗？"

"殿下没有错。"

她轻轻一笑，摇头淡然道："恐怕错了吧。段太傅说的也许是对的，我开门揖盗，早晚会断送怀宋的基业。"

"皇帝重病若此，纳兰氏已无血脉，怀宋一脉，已经无力传承。"

"谁说无力传承？"纳兰红叶嘴角含着一丝平静的冷漠，陈述道，"晋江王、安立王、江淮王，不都是有顺位继承的资格吗？"

她说的是实情，当皇室香火无以为继的时候，皇室分支是有继承皇位的资格的，只是……

玄墨没有再说话，白塔之上一片安静，甬道内有风吹来，带着潮湿的湿气，即便是夏季，仍旧有些阴冷。

"说到底，是我私心太重。在我心里，始终先有家，才有国。"

纳兰红叶似乎陷入沉思之中，目光深邃缥缈，多年来身居高位，早已消磨掉了她骨血之中那份所谓的天真和纯善，即便偶尔有一丝丝冲动和任性，却也敌不过内心的坚守和偏执。

想起近一段时间，那些皇室宗亲的嘴脸和所为，她的双眼就不由自主闪过一丝冷冽的森芒。

纳兰氏立国几百年，祖先们为了这万里山河抛头颅洒热血，战死沙场，保家卫国。这个江山，是他们纳兰氏用骨血铸造而成的，是她这么多年来呕心沥血护卫的，而那些人，不过是坐享其成的蛀虫，凭什么让他们来坐拥这个天下？

"这个国家是我纳兰氏一手建立的，也是我的父辈祖辈一代一代用血来护卫的，就算要终结，也只能终结在我纳兰氏子孙手里。"

低沉的声音缓缓响起，苍白的月光洒在她明黄色的衣衫之上，看起来冰冷森然。

她沉声说道："通过正式渠道通知燕洵，我赞同他的提议，还请他遵守他的诺言，善待怀宋子民，将来继承大统，必是我所出之子。还有，我要太平王的人头。"

一片云彩飘过，轻轻地将圆月笼罩，只露出一层淡淡的光辉。大地被笼入黑暗之中，似乎有什么东西瞬间破碎，然后散落一地，随着骤起的风，一丝丝飘去了海角天涯。

玄墨点头，于黑暗中说："属下遵命。"

纳兰红叶沉默片刻，突然开口道："通知司马扬，整顿三军，随时准备配合燕北，出兵大夏。"

黑暗中的男人顿时仰起头来，双目紧紧盯着她，带着几分震惊，又似带着几分难以置信。

纳兰红叶呼吸平稳，似乎完全没有留意到他情绪上的波动，反而很冷静地说道："玄墨，东海又有流寇入侵，这一次，还是要靠你来为我保卫东疆。"

一时间，白塔上寂静无声，玄墨身躯挺拔，像是一棵杨树。他就那么望着她，目光穿越了这十几年的脉脉光阴，终究凝结此刻那无言的缄默。

少年玩伴，他以亲王世子之尊做她的贴身护卫，看着她年少童真，娇颜艳如花。

皇帝驾崩，他三天三夜跪于父亲门前，苦苦劝说父亲放弃谋逆篡位的想法，转而辅佐稚龄幼帝和身为长公主的她。

这么多年来，他一直站在她身后，听从她的一切命令，做她最忠诚的臣子和最值得信任的手下，哪怕是奉命去和有权势的大臣之女联姻，也未曾反驳。

而如今，皇帝危在旦夕，大宋国祚堪忧，燕北铁骑袭来，她却要在这个时候，放他于东海之疆了。

可是，仅仅是一瞬间，他就想通了这其中的关节。他的目光渐渐平静，又恢复了他一贯的样子，淡定冷静，他屈膝下跪，沉声说道："微臣遵命。"

有那么一瞬间，纳兰红叶的心是高悬着的，直到他安静地屈膝，直到他以他一贯冷静的声音说"微臣遵命"，她才恍然松开了紧握的拳头。她回过身来，无双的容颜清丽如画，眼角以金粉描绘，带着令人不敢逼视的艳丽和端庄。她觉得有必要解释一句，就说道："燕北和大夏之间必有一场恶战，战场上厮杀惨烈，你是我唯一能够相信的人，我不希望看到你有什么三长两短。"

玄墨仍旧低着头，很平静地说："微臣明白。"

纳兰红叶深吸一口气，轻笑着说："好了，起来吧，你我之间，不必拘泥礼数。"

玄墨却并没有起身，跪在那里，头顶是如银的月光，有昏鸦扑棱着翅膀飞过沉寂的天空。夜风吹过他鼓起的绣有九曲蟒龙的衣袍，位极人臣的图纹像是一柄森寒的刀，横在他手上，能伤人，也能伤己。

他从怀里缓缓掏出几样东西，一一放在白玉石阶上。

纳兰红叶见了眉头一皱，正想说话，却听玄墨静静说道："微臣此去，不知何日能归，这京畿军和玄字军的兵权，就交还给殿下吧。"

她当即想推辞，可是目光触及那两块令牌的时候，她却一瞬间微愣。这京畿军原本是属于兵部的，当年她和玄墨联手斗败了兵部尚书之后，就将京畿军收于囊中，这些年来一直由玄墨统领；至于玄字军，则是玄墨的亲卫军，战斗力极强，算得上是怀宋的一等军队。鬼使神差一般，她竟走上前来，笑着扶起玄墨，说道："好，我先为你收着，等你回来，我再还给你。"

玄墨身形挺拔，站在纳兰身前，比她高了一个头，他狭长的眼睛像是一汪寒湖，就那么静静地望着她，没有不敬，却也有些大胆。

纳兰红叶仰着头，尖尖的下巴有着柔和的弧度，她淡笑着望着他，眼神熠熠，恍有波光。

"太平王虽然已经叛逃，但是晋江王等人都不是等闲之辈，微臣走后，殿下还要自我珍重。"

纳兰红叶微笑着说："玄墨，你认识我多少年了？对我还不放心？"

玄墨垂首道："殿下天纵奇才，微臣失言了。"

"好了，不必拘礼，你我相识多年，一路扶持，亦君臣亦挚友。我答应你，不管他日怀宋会走向何等命运，只要我还有一天话事权，定会授你玄王府满门荣宠。"

夜露缓缓爬上衣角，打湿了蟒龙的麟爪。玄墨躬身说道："多谢殿下。夜深了，没事的话，微臣先告辞了。"

纳兰红叶本还想嘱咐他几句，可是话到此处，却不知道该说什么了。她点了点头，说道："夜里黑，叫下人多打一盏灯笼。"

"是，微臣记住了。"

说罢，玄墨对她施了一个礼，转身向着甬道走去。月光透过通道上的格子，洒下一道一道白痕，玄墨脊背挺拔，脚步稳健，一步一步隐现于斑斑光影之中。很久之后，他终于下了白塔，走在偌大的广场之上，黑夜如同浓雾，将他的身影包裹在其中，纳兰红叶站在塔上只能看到一个模糊的影子。

夜风甚大，吹起她的鬓发，她就那么站着，像是一尊白玉雕像，久久没有移动半分。

她想起了很小的时候东海海盗扰边，她父皇亲自率军出征。那时候帝国强盛，兵力充足，四海一片富庶。她不明白守着这样的军队，父皇为什么还要亲自上战场，年幼的她拉着父亲的衣袖，迷惑地问：父皇，为什么你要亲自出征呢？

那一刻父皇的眼睛如同浩瀚的汪洋，让人一眼看不到边际。他宠溺地拍了拍她的头，平静地说道："没有为什么。有些事情，你不去承担，就没有人去承担了。"

那时候，她不明白父皇的话，可是现在，她突然就明白了。

这个世界上，每个人都有自己的无奈，每个人都有自己的逼不得已。

她的一着不慎，让太平王的党羽得了手，给本就耳聋的小皇帝下了毒。这个可怜的孩子，不但是个聋子，更因此番中毒而时日无多。一旦皇帝驾崩，怀宋必定大乱，晋江王、淮安王等人无不蠢蠢欲动，到时候，她纳兰一脉，将就此绝于天地之间。

她不甘心，这些年来，她呕心沥血处理朝政，殚精竭虑辅佐幼主，而那些皇室宗亲，每一个每一天都在盼着她死。她的祖辈们拼杀沙场，难道就是为了给他人做嫁衣？她多年来兢兢业业，怎能让江山断送在那些人渣手里？

燕北称霸之势已成定局，卞唐内乱，怀宋内乱，大夏更是打得一塌糊涂。这个时候，与其等到清儿死去，把江山交给那些居心叵测的皇室宗亲，莫不如以江山为资，换取怀宋子民的平安和她纳兰一脉的保全。毕竟，她还有重病的母亲，煜儿还有三个年幼的女儿，还有一群忠于皇室正统的忠心老臣……

不如答应他的提议，这样一来，纳兰氏尊荣不减，两国结盟，图谋大业，更能完成她心中的宏愿。更何况，这个愿望，不也是她期盼多年的吗？

九重宫门大开，玄墨的身影渐渐隐没在那无边的黑暗之中。

她突然觉得有些心慌，好似有什么东西离开了，消散在这漆黑夜幕里，静静消泯。

对于将玄墨发往东疆，她也是无可奈何。军队中反对此战的情绪太甚，如果不用雷霆之力，根本难以震慑，而玄墨掌兵宽厚，难以完成这个任务。有他在，只会掣肘司马扬，让他无法整肃全军，配合燕北。

更何况，此次太平王反叛一事，也让她看到了军权的重要性。而玄墨在军中的威信，远不是她能够比拟的，在太平之世，她尚可以依靠朝野之力掌控他，如今局势如此纷乱，她不得不防。

但愿，他不会怪她。

空旷的御道上，玄墨静静地走着，他的贴身侍从姜吴小心地跟在一侧，马车走在后面，发出一阵吱呀的声响。

长公主信任玄王，因此玄王府离皇宫很近，还没到府中，远远就见门前亮着几盏灯笼，全是红红的暖色，让人一看，就心生暖意。

"王爷回来了。"王妃玉树一身月白色裙装，在灯火下看起来素雅恬淡。她接过玄墨手中的灯笼，诧异地问道，"王爷为何提着一盏没点燃的灯笼？"

玄墨微微一愣，低头看去，只见玉白宫灯并未点燃，薄薄的玉璧在其他的灯火下看起来宛若琉璃，好似轻轻一碰，就会破碎一般。

他轻声说道："忘记了。"

说罢，他当先往王府走去。

玉树拿过一件披风想要披在他的肩头，不小心碰到了他的手，不由得惊呼道："王爷的手怎么这样冰？"

玄墨不在意地道："没事。"说着，径直朝书房的方向走去。

玉树站在原地，看着他的背影几个转折就消失在花园里。那件软白色的披风被玉树拿在手里，像是一面风筝，被风呼呼地吹着，轻飘飘地扬起。

"王妃？"贴身丫鬟站在一旁，有些尴尬，小声地说，"夜里风大，先回房吧。"

玉树速度极慢地点了点头，随即转过身来，又是那副温和的样子，笑容浅浅地说道："王爷这么晚回来一定饿了，你去厨房吩咐厨子做几样清淡的小菜。"

丫鬟无奈地点头道："是，奴婢这就去。王妃还是早点去休息吧，您身子不好，可不能再熬夜了。"

玉树也不回答，只是催促道："你快去吧。"

丫鬟去了，玉树回过头来，只见隔了回廊上的书房里亮起了烛火，一个极清瘦的身影站在窗前，光影闪烁，俊逸出尘。

玉树看着看着，突然就笑了。她抿起嘴角，带着几个丫鬟去了茶室，那里新进了几盒好茶，待会儿可以泡给他尝尝。

书房里，玄墨摊开一张上好的兰陵宣纸，将毛笔蘸饱了墨，却笔端悬空，久久没有下笔。

噗的一声，一滴墨迹落下，在宣纸上晕开了一个大大的墨点，他却没有发觉，似乎正在想什么。

姜吴站在一旁，小心地说道："王爷，属下为您换一张纸吧？"

玄墨低头看了一眼，然后面色不变地将纸团起，随手扔在地上。

姜吴不由得缩了缩脖子，他伺候玄墨已经七八年了，对这位喜怒不形于色的主子的脾气了解得很。见他这个样子，就知道他此刻的心情必定是非常非常不好了。

玄墨扔了那张纸后，扯过另一张纸，盯着空白的宣纸看了半晌，低下头开始书写。

他写得极快，只是片刻，就洋洋洒洒写了一大篇，写好之后交给姜吴，说道："明儿个一一早送到礼部，交给于大人，让他派人送到白芷关，亲手交给燕洵。"

姜吴一愣，心下打了个鼓，随即点头道："属下遵命。"说罢，见主子没什么事的样子，就悄悄退了出去。

信封已经封好，他当然不敢随意拆开。一边走一边想，都说皇室有意和燕北联姻，不会是真的吧？如果真是这样，那以后这怀宋，是姓纳兰，还是姓燕？难道，前几日太平王行刺真的成功了？

那些大人物的心思，当然不是他这样的人能够随意猜测的。姜吴想了一会儿，也就不想了，被厨房的香味吸引，跑去偷懒了。

玄墨坐在书房里，靠在刻有九龙图纹的楠木椅背上，缓缓地闭上了眼睛。

燕北和怀宋和亲的消息很快就传遍了西蒙大地。在这个多事之秋，这次联姻很明显将两国结成了一个同盟。很快，怀宋水军陈兵皇甫海，虎视大夏，做出一副随时会和燕北共进退的姿态。

这天晚上，整个白芷关照旧沉浸在一片冰冷的死寂之中，自从燕北军接管了这座关口之后，这里就再无曾经的繁华了。

二更时分，一群穿着黑色伪装军装，脸上画着油彩的军队缓缓出现在关口下。

楚乔站在队伍中央，再一次重申了这次行动的规矩。

第一，无差别狙杀，对于任何可能造成威胁或是发出警报的人，都要给予最干净利落的狙杀。

第二，第一队在城内制造混乱，第二队在东北方向驱赶马群，引起城内守军的恐慌，制造大规模夏军来袭的假象。

第三，其他人马等在城外，随时准备接应同伴，趁乱过关。

时间一分一秒地流逝，三更鼓敲响的那一刻，贺旗带着第一队队员，像是一群幽灵一般，向着白芷关关口迅速奔去。

同时，第二队也起程，往东北方早已准备好的马队走去。

黑暗之中，贺旗带着秀丽军的精锐战士匍匐前进，很快就消失在了视线之中。楚乔带着几名亲卫等在密林里，她静静地坐着，反复在脑海里一遍遍推敲全盘的计划，寻找破绽和漏洞。

一遍，两遍，三遍。

好了，没问题了。她深吸一口气，静静等待着回音。

大约过了半个时辰，东方突然响起一阵震天的马蹄声，马蹄如雷，间中夹杂着战士的怒喝。被马尾上绑着的树枝所扬起的烟尘遮住了天上的月亮，乍一看去，好似有几十万的人马呼啸而来。白芷关的城头顿时一片哗然，所有人的注意力都被吸引到了东北方。

很快，白芷关东北方城门开启，两队斥候军悄悄冲了出来，可是还没等他们靠近，守在城门外的秀丽军就已经将他们迅速结果掉了。

又过了半个时辰,城内火光乍起。楚乔顿时站起身来,沉声说道:"时间到了,走!"

赤水江畔,早已准备好的浮舟被推上水面,楚乔带着一众部下上了筏子,沿着水路往卞唐方向全速而去。

燕北军全是由骑兵和重甲军组成,没有半个水军。仓促间接管白芷关,也定然无法完全防守如此浩瀚的水域,再加上内外皆有敌人来袭,此时此刻,这条赤水水路,就是通往卞唐的最佳通道。

然而刚走了不到一炷香的时间,忽听前方水声潺潺。楚乔一把挽起强弓,瞬间拉满,只听嗖的一声,一声惨叫随即在黑暗中响起。紧随其后,数百支火把顿时亮起,五百多只战船于漆黑的夜色中现出真身来。

一连串的急响,几十杆长枪从四面八方刺了过来。一名燕北军官站在船头,持刀高呼:"叛贼受死吧!"

几十排利箭上弦,森然的箭头对准楚乔等人。军官猛地挥下战刀,士兵们就扣下弩机的扳机,一排排弓箭顿时激射而来。

"跳!"贺萧突然厉吼一声,下一秒,秀丽军集体跃入浩瀚的赤水之中,弩箭噼啪,密密麻麻地扎在那些小舟浮船之上,却没有留下一丝血腥。

"统领,他们跳河了!"有人在大叫。

可是很快,就有士兵狂呼道:"将军!船漏水啦!"

紧随其后,无数的声音此起彼伏,很多船舱底被砸碎,江水呼啸着涌了进来。眨眼之间,就有三艘小型船只沉没。那些不会水的燕北战士抱着浮木在江中挣扎,凄厉的惨叫声回荡在江面上,火把噼啪作响,四下里一片混乱。

"他们在下面!"

那名将军大怒,大声喝道:"用石机,用长矛,砸死他们!插死他们!"

"将军,不行啊,河里还有我们的人。"

"滚!"

那名亲兵被怒斥,还想要大喊,却被同僚拉到一旁,那人愤愤不平地道:"可是陛下说过了要抓活的!"

其他人忙说道:"活的?死的都不一定能抓到,还活的?"

火把映天,巨石排空。

将军怒喝一声,部下迅速装好石机,一排排长矛手也跑上前来。下一秒,只听隆隆声响彻耳际,一块块巨石砸入水中,长矛如同箭雨,犀利地插入赤水,江面顿时泛起一浪一浪的红雾,血腥翻滚,有如红云。

攻击一轮接着一轮,渐渐地,江面平静下来,楚乔等人的木筏全部被砸碎。近千艘木筏的碎片形成了一座水上浮桥,涌到燕北战船的船下,层层堆积在一起。

喊杀声渐止,仓促结成水军的燕北战士们疑惑地望着平静的江面,皱眉道:"都死了吗?为何还不漂上来?"

"快看!"

不知道是谁突然喊了一声，众人顺着那声音看去，只见在自己的后方，极远处江面上，无数的人头密密麻麻地浮起。只见那些人一边浮在水面上，一边脱下了自己的上衣，几个人围拢在一起，片刻之后，竟然人人浮起，顺着水流，迅速而去。

将军惊愕地瞪大了眼睛，怒声问道："那是什么？"

有见多识广的老兵疑惑道："似乎是羊皮筏子。"

"快追！"

"将军，那些碎木头挡着路，船暂时走不了了。"

将军呆愣在原地，他没想到自己占据着这样的优势，最后还是让那些人在自己的眼皮底下扬长而去。燕北军方面近六万水军站在巨大的战船上，看着那些人的身影渐渐消失在浓浓的夜色之中，久久回不过神来。

与贺旗等人会合之后，楚乔统计了一下人数，发现有三千多人死于刚刚的那场战斗之中，其中有两千人，都是死在了燕北的石机和长矛之下的。

不过以这样代价，全员通过白芷关，已经是不可想象的胜利了。然而这还不算结束。虽然离开了白芷关，但是他们也成功引起了燕北军方面的注意，而白芷关后的大片领土，目前还是在燕北军的控制之下的。

楚乔当机立断，带领军队进入山林。两天之后，遭遇了敌人的第一次阻击，三天之内两方交战二十余次，大多以秀丽军胜利结束。毕竟，比起擅长骑兵作战方式的燕北军来说，秀丽军更擅长的是野战和近身狙击。在楚乔的领导下，他们这支队伍一边打一边跑，迅速逼近卞唐正统皇室管辖的区域。

然而，就在他们即将出了山林、进入邯水境界的时候，燕北却突然放火烧山。大火一连烧了四天，蔓延整个秋唐山区，多处山区百姓的庄子被波及，死伤无数。

楚乔无奈之下，不得不带着军队提前出山。因为山林着火，他们迷失了路径，出来的时候偏离了路道三百多里。尽管有狼军这些熟悉地形的老兵，但是在第二天一早，他们还是再一次和燕北军狭路相逢。

立康垣一战，双方伤亡都很惨重，楚乔带着三千精兵冲击敌军大营，敌军的主帅在战斗中不幸被一支流箭击中，生死未卜。但是燕北军不愧是大陆一等铁军，在主帅受伤的情况下仍旧不乱阵脚，且战且退，抵抗得非常顽强。

大部队机动性差，所幸他们在几次战斗中抢夺来了大量的战马。立康垣一战之后，楚乔将军队分编成十个小分队，每队四千人，每队相距不到两里地，以扇形方式，向邯水关而去。

然而，刚刚走到南离郡，楚乔却突然病了。实际上早在五天前她就察觉到身体的不适，腹痛如刀绞不说，还浑身发烫，头晕干呕，手脚无力。只是因为战事紧急，她以顽强的毅力勉强坚持下来。可是如今，暂时摆脱了燕北军队的追捕，她的精神就越发不济。贺萧不顾她的反对，将部下安置在城外，带着她进入南离城。

尽管卞唐发起内战，燕北也取道此地，但是国内的破坏程度远不如大夏来得惨烈。一些大型城市还保持着原有的繁荣，除了因为战事的影响，一些物价被抬得很高，其余的几乎没有什么影响。

贺萧派人出去找大夫，原本昏昏欲睡的楚乔此刻却睡不着了，她躺在干净的床上，静静地望着帷幔发呆，思绪如同天边的浮云，久久飘荡。

燕北军人在追杀他们的时候，口口声声叫着叛贼，那么就是说，他们是知道她的身份的。的确，以燕洵的智慧，应该猜得到这个时候，能冒死闯关的，只有她这个李策钦封的秀丽王了。

那也就是说，燕洵对她，是下了杀心的。

也对，如今燕洵和靖安王妃结成同盟，她却要带兵去帮助李修仪。作为白芷关的首领，他自然要帮盟友将她堵截在关口，沙场无父子，更何况是他们？

这些，她是明白的。

燕洵，他越发有霸主的威势了，杀伐决断凌厉果敢，胆大心细手段惊人。如今的他，已经不是十几年前那个龟缩在盛金宫里的孩子，不必再看任何人的脸色了。

大夫很快就来了，贺萧站在大夫身后，紧张地看着大夫为她诊脉。

白了胡子的老大夫沉吟半响，突然笑着说道："恭喜这位相公，您的夫人有喜了。"

贺萧一愣，随即满脸通红，连忙对那大夫说道："休要胡说，这是我家夫人，我只是个护卫。"

那大夫一听连忙道歉，笑着说看他如此紧张，才将他误当成了孩子的父亲，还望见谅。

贺萧和大夫在一旁你来我往地说话，楚乔整个人却愣住了，好似被人一刀劈中了骨髓，她微张着嘴，久久说不出一句话来。

他说什么？有喜了？她怀孕了？

她不可思议地看着那名老大夫，难以置信地问道："你说什么？你再说一遍？"

"这位夫人，你实在是太粗心了，你有了身孕，已经快三个月了，怎么自己一点都不知道？而且你的体质非常差，脉象很乱，若是不能安心静养，你这一胎可危险得紧啊。"

三个月？楚乔低下头，看着自己依旧平坦的小腹，怎么可能？她竟然怀孕了？在她等待出嫁的时候，在她转战南北的时候，在她浸泡河水、顶着枪林弹雨骑马作战的时候，她的肚子里竟然还有一个孩子？

"我为你开一贴补血养气的安胎药，你要好好服下，然后安心静养，切不可长途跋涉，辛苦劳累了。"老大夫安慰了她几句，就和贺萧出去了。

楚乔坐在床上，神情仍是呆呆的，这些日子噩耗频频传来，战事跌宕而起，一切都如同巨浪，一波一波向她袭来。可是没想到，在这样的环境下，她竟然怀孕了。

她伸出颤抖的手，轻轻捂着小腹，依稀间，似乎能听到孩子那微弱的心跳。

一行眼泪突然自眼角滑下，她轻咬住下唇，喉间含着一丝哽咽，就那么无声地落下泪来。

诸葛玥，我怀了你的孩子。

我有孩子了。

夜色渐渐降临，贺萧为房间里点燃一支烛火，叫来了一些补气血的饭菜和汤水，走到楚乔的床边，轻声问道："大人，我们还去唐京吗？莫不如，直接转路回青海吧？"

楚乔抬起头来看看他，目光发直，没有说话。

"大人，你的身体，不适合继续领兵了。你不为自己着想，也要为四少爷、为你肚子里的孩子着想。"

楚乔闻言一震，低头看着自己的肚子，继续沉默着。过了好久，她才抬起头来，轻声说道："贺萧，我已经骗了他一次了。"

贺萧一愣，不知道她在说谁，就问道："大人你说什么？"

"我已经骗过他一次了。"楚乔的目光宁静缥缈，静静地望着那支烛火，"我跟他说，会留在他身边保护他，不让别人再欺负他，可是我没能做到。他已经没有父母了，我为我的孩子着想，那么谁来为他着想呢？"

贺萧恍然，知道她说的是唐皇李修仪。他皱眉说道："大人，事到如今，局势已不是你一人之力能够扭转，就算你当初留在卞唐，也未必就能杜绝今日之事啊。你身体不好，切忌思虑过多，不要把什么事都揽在自己身上了。"

楚乔抬起头来，深吸一口气。

"贺萧，这世上有些责任，是逃不掉的。"她嘴角扯开，平静地说道，"我受过李策大恩，受过卞唐大恩，现在到了偿还的时候。我想，若是我置那个孩子于险境而不理，将来我的孩子也会瞧不起我的。"

她坐起身来，下地穿鞋，走到桌子旁边开始吃饭，吃好了饭，又老实地喝了药。

灯火下，她看起来是那般瘦弱不堪，哪里像是一个怀胎三个月的母亲？

"你放心吧，不会有事的。"

贺萧看着她，一时间不知道她说的是谁，是她自己，还是她肚里的孩子，或是如今的唐皇。

夜里的凉风吹动着窗外的柳枝。

卞唐山水依旧，战争的脚步却临近了。

与此同时，白芷关大帐里，燕洵穿着一身玄色长袍歪坐在榻上。下面是十多名当地富商刚刚送来的年轻美人，个个身着轻纱，衣衫半裸，看起来娇嫩诱人。

不时有胆大的少女抬起头来，偷偷看一眼上面那个权倾天下的男子。只可惜，他的目光始终未向这边投注片刻。

"陛下，我们已经布置好兵力，务必在邯水关将秀丽军一网打尽。"

"来人！"燕洵突然抬起头，对外一招手，就有亲兵走了进来。

"把他拖下去，打二十军棍！"

部下的亲卫顿时架起那名参谋官，就要往外去。那人不知道自己哪里说错了，连忙请罪，却不敢求饶，不一会儿，惨叫声便响了起来。那些跪在地上的少女被吓得脸孔发白，谁也不敢再抬头。

"一网打尽……"燕洵淡淡地重复着这四个字，听不出什么喜怒，烛火照在他的脸上，好似笼了一层薄薄的金纸。

他慵懒地躺在榻上，就那么侧卧而眠，任下面跪着这么多娇媚的佳丽，片刻之后，沉入梦乡。

这个夜里，他们之间相距数千里，他们却在同一时间说了同样一句话。

"但愿，不要遇见他（她）。"

依稀间，又是很多很多年前，破旧的屋檐下，女孩穿着一身浅粉色的夹袄，红着脸蛋搓着手，坐在灯火下缝衣裳，一边缝一边回头对少年说："沙场无父子，一切都是为了国家的利益，就是亲兄弟上了战场，也不能退缩。我现在不是在给你讲隋唐演义，我是在讲唐史。那是戏说，这才是正史，听仔细了你。"

"什么正史？我怎么没听说过？"

"反正你好好听着就对了，认真学着。"

"换了你是李世民，你也杀你大哥吗？"

"当然杀，难道留着他来杀我？不是告诉你了吗，他们后来感情破裂了。对了，那你呢，你难道不杀？"

少年默想片刻，突然说道："换了是我，在打刘武周的时候，就会杀了他。"

女孩一愣，随即竖起大拇指，"你牛得很。"

……

漆黑的夜笼罩天地，连带着记忆的水波，都被一同积压，发不出半丝声音。

第二日，白芷关内有人秘密出关，一路策马奔赴邯水。那里现在屯兵十万，全是燕北的精锐部队。一来是援助靖安王妃，二来也是把守着对方的命脉，守护着自己的后路。

同一日，楚乔在南离郡等来了秀丽军和狼军的其他战士，四万人在荒原上聚集，黑压压的战刀举了起来，如同一片张扬的林子。

"邯水是唐京往西北方向的必经之路，不破邯水，就无法解唐京被困之危。"

楚乔雪白的手指点在地图上，于邯水关口处画了一个圈，沉声说道："决定生死的一战，就要到了。"

第二十一章
天下取舍

灰蒙蒙的天空暴雨不断。

邯水附近的蒿草足足有一人多高，雷声隆隆地滚过河面，由西向东，一个霹雳紧随其后，劈断了邯水关内的一棵百年榆树。两个执勤的燕北军警卫受伤，城东的一户民居被劈断了横梁，家里的七口人全部在睡梦中被砸死。

这便是邯水关之战中的第一次流血，纵然没有厮杀没有劈砍，却足以将本就凝固的气氛推向崩溃边缘。邯水关内的百姓们整日躲在家中，即便白天也没有人敢出门。大雨浇在空旷的长街上，看不到半点人烟，只有一些枯黄的草被风吹起，湿漉漉的飞也飞不远，刚刚探起头来，就被雨点狠狠地砸了下去。

大雨已经一连下了十一天，导致邯水的水位疯狂上涨。天气异常，群鸟北飞，每到夜里就能隐约听到荒原上孤狼的嚎叫声，像是催命的丧钟。有见多识广的老人说，孝宗皇帝七年的那个夏天，也是同样的暴雨天气。那一年卞唐大将军薛隶带着大军四十万攻打大夏，就是在这样的天气下渡过了邯水，一路往北，势如破竹，攻破了白芷关，一直打到大夏腹地。然而就在整个卞唐翘首以待，以为大唐就要一雪前耻收回失地的时候，燕北狮子王却突然出兵，击溃唐军，并亲手斩杀了常胜将军薛隶，再一次粉碎了大唐的称霸雄心。

那一年，鲜血染红了赤水，一路顺着赤水江流入了邯水之中，河面上浮起的尸首绵延几十里，野狗豺狼跃进河中，站在层层尸首上如履平地竟不下沉，全都吃红了眼睛。

几十年过去了，但是那场惨烈的战役至今还回荡在老人们的脑海里。如今，燕北狮子王早已死去多年，薛隶将军的墓前也长满了青苔蒿草。卞唐羸弱，大夏内部也是纷争不休，物是人非之下，燕北的鹰旗却再一次飘荡在白芷关上空，并且一路蜿蜒，插在了邯水的城头上。

五月初七，燕洵应大唐靖安王妃所请，亲自带兵坐镇邯水，抵抗万里来援的秀丽军，保护邯水关以东的优势战局。仅仅一日之后，楚乔的秀丽军就出现在邯水关西侧的魏廖郡，魏廖郡这个昔日无人关注的小城迅速声名鹊起，凝聚了整个卞唐乃至整个西蒙大地的目光。矮小的城楼上竖起了白底红云战旗，楚乔亲自披上铠甲阅军盟誓，邯水关以西被打散了的各路唐军闻讯纷纷赶来，忠于皇室的各方诸侯也押送着粮草前来援军。不出三天，秀丽军的人马就被扩充至九万，并且还在不断增长。

这是自靖安王妃以迅雷不及掩耳之势谋反之后，卞唐国内正式竖起的第一面讨伐大旗，并且还是面对着靖安王妃如此强大的盟友——燕北军。

一场规模空前强大的战争近在眼前，所有人都屏住呼吸，静候那一场腥风血雨的到来。

五月十四，暴雨骤停，邯水河的水位停在了一个非常惊人的尺度上。连续六日的对峙，让双方的耐心都到了一个危险的临界点，尽管双方的将领都知道这种对峙的必要性，但是坐拥几十万大军于这样近的距离，却始终按兵不动，他们都知道这是非常危险的行为。紧张的气氛回荡在双方军营上空，稍不留意，就有哗变的可能。

尽管楚乔和燕洵都做了充分准备，双方的斥候探马穿梭如风，各种作战方案被改了又改，他们也最终不约而同地定下了作战的方向和行动地点。但是第一场战役的到来，还是令他们有了一瞬间的慌乱。

十四下午，武陵郡太守莫旭刚刚穿越河源平原，押送着五万担粮草，翻山越岭，小心地穿越层层火线，正向着楚乔的魏廖大本营而来。

他是土生土长的唐人，先祖曾经跟随过第一代唐王征战，被授以高位，祖上也有过封侯拜相的大人物，可是一代代传下来，如今的莫家已不复往日的风光。然而此时此刻，面临国之危难，年过七旬的莫太守还是亲自带兵押运粮草，想为楚乔率领的大军尽上一份心力。

然而，就在刚刚抵达铁线河附近的时候，他们却意外遭遇了燕北的一小路筑堤工人。铁线河是邯水的支流，堤坝不稳，是以燕洵曾派出三千名步兵抢修这一处的堤坝，以免冲毁下游的大营本部。没想到莫太守谨慎小心，还是撞到了这伙人的枪口上。战争一触即发，喊杀声惊动了远近几路斥候兵马，不出半个时辰，附近的双方军队相继而来，战局一片混乱。

楚乔正在参谋大营中筹划明日的战略路线，乍接到这个信息，就算冷静如她，也不由得有一瞬间的愣怔。

一名唐军将领皱眉道："殿下，还是马上派人接应他们撤下来吧，我们没有做任何准备，铁线河还接近燕北军大本营，不得不防。"

楚乔闻言却摇了摇头，沉声说道："我们没有做准备，燕北就有准备吗？从情报上看，此战完全是突发事件，无论是我们还是燕北，都没有任何准备。"

"可是……"

"贺旗，你马上带两万名步兵赶往铁线河，我军的第一战，就靠你来打响了。"

贺旗顿时一愣，问道："两万名步兵？"

楚乔点头，"是。"

"可是大人，我们的部下大多是骑兵和重甲兵，步兵人数不足八千。"

"那就弃马，记住，每人至少要三柄以上的战刀，脱下重甲，只穿轻甲就可以了。"

贺旗皱着眉，可是见楚乔没有开玩笑的意思，还是点头称是，挎上战刀走了出去。

那名唐军将领见贺旗去了，问道："殿下，两万人够吗？为什么不多派人马？铁线河毕竟靠近燕北军大营，他们增兵比我们的速度要快得多。"

楚乔缓缓摇了摇头，双目深邃犀利，平静地说道："不用，两万就够了。"

闷雷般的蹄声传来，大地都在轻微颤动，一个个巨大的方阵顷刻间便集结完毕，还没待看清楚，就已经拔出战刀虎狼般冲了上来。

几日的暴雨将本就凹凸的土地浇得一片狼藉，淤泥极大地限制了战马的行动。双方人马冲在一处，前方战士身体交错，战刀狂劈，砰的一声如同平地而起的惊雷。

年过七旬、须发皆白的莫太守坐在马背上，面孔通红，手握战刀。他的亲兵拉着他的马缰，大叫"太守快逃"，却被他一拳掀翻在地。年迈的老太守手举大刀，大呼"杀敌报国"，策马急冲，身先士卒，身中十余箭仍不退却。他的部下跟在他身后，这其中还有他的儿子、他三十多岁的孙子，以及不到十六岁的重孙。

贺旗带人赶来的时候，战事已经接近尾声。武陵郡的官兵们被他们将领的勇气所激励，以区区几千人抵抗对方几万骑兵，此刻已是强弩之末。贺旗二话不说，带人杀了进去。经过之前的一番作战，铁线河此时已经成为半块泥潭，战马深陷其中，燕北的重甲骑兵们无奈下只能跳下战马和贺旗率领的步兵拼战刀。然而重甲骑兵的优势是在平原上策马冲杀，这样在淤泥地上劈砍，身上的重甲极大地限制了他们的灵活性。

喊杀声和惨叫声混成一片，场面如同一锅被煮沸的粥，刀光雪亮，杀气腾腾，乌云蔽日，鸟雀哀鸣，天地间一片血红的光。

燕北军终于意识到自身的局限性，有聪明的士兵想要脱下身上的重甲，可是如此紧急关头哪能有丝毫分心，还没等他脱下斗篷，要命的刀锋已经砍断了他的脖子。

燕洵坐在中军大帐里，因为铁线河距离他的大营很近，他的部下最先得到了铁线河发生战役的消息。然而，也正是因为如此，在燕洵得到战报的时候，外面一些守卫大营的军队听到厮杀声，还以为有人袭营，已经迅速派兵支援去了。

等他想要追回那些骑兵的时候，双方人马已经混战到一处。

开始的时候，满营的将领还嘲讽秀丽军的不自量力，可是很快，随着战报一条一条传回，他们的脸色便越来越难看。有人请战出兵，以轻甲步兵支援，燕洵却冷冷地摇了摇头。

已经晚了，铁线河是一块狭小的河丘冲积垣，只有那么一块地方，如今却聚集了将近五万人马，已经是人挤人，现在再增兵，也只是白白牺牲罢了。

可是，也不能就这么算了，此战为邯水对峙的第一战，若是输了，对士气的影响极为严重，对以后的战局也会有直接影响。

燕洵当即下达命令，全军准备，发兵魏廖，准备正面进攻。

深夜，一轮发红的月亮从一片光秃秃的山坡后面升上来，朦胧的水汽笼罩在邯水之上。一名年轻的燕北军参谋几次进谏，说己方是防守的一方，只要驻扎邯水关即可，不该主动出击，耗费军力。

燕洵开始的时候并没有理会他，后来实在不胜其扰，直接命令下属亲卫将他绑起来关在地窖里。没有了这恼人的声音，他终于能够静下心来，静静地打量这座不算雄伟的关口。

那名参谋不明白，很多人都不明白，就连很多跟随燕洵走南闯北的麾下大将也都不会明白他现在的意图。

的确，秀丽军是打着保卫帝都的旗号而来，他们想要赶到唐京，击败围困京都的靖安王妃，就必须通过邯水关。那么也就说明，只要自己镇守着邯水关口，势必会有与秀丽军一战的机会。而作为防守的一方，所付出的代价也远远小于攻击的一方。

现在他却率领军队主动出击，成了进攻的一方，这一点，可能很多人都会觉得费解。

然而只有他自己明白目前的局势。邯水关乃卞唐第一重城，更是西蒙大陆人口最多的城市，占地广阔，城内百姓多达百万。自己之所以能够轻易占领此地而没遭遇任何反抗，一是因为之前放马贼进大夏，残忍滥杀的声名传出，二是因为到目前为止，燕北军还未尝一败，再加上自己亲自坐镇，才将这些人震慑下去。

他知道，以他和靖安王妃之力，根本不可能完全击溃卞唐的武装力量，当初眉山洛王谋划十多年，尚且输给了李策，如今自己孤军深入，怎能灭掉一个千年古国？他明白，如今在邯水以西，还有几十路大军正在悄悄地观望，他们都在等待着自己和秀丽军的这一场对决，一旦自己露出疲态，他们定会蜂拥而上。

所以，铁线河一战就显得至关重要，尽管规模不大，却是一场绝对不能失败的战役。这个时候，唯有以一场更大的战役来做掩饰，而自己率军出关主动迎战，也能显示出燕北军的实力。

"阿楚，铁线河一战，尽管是无心插柳，但到底是你技高一筹。"

夜幕之下，燕洌坐在王辇战车之上，身前是八匹纯黑色的燕北战马。他一身墨色蟒袍，微微挑起下巴，眯着眼睛看着那座隐藏在黑暗中的城楼。一名肌肤如蜜媚眼如丝的舞姬半跪在车辇上，光洁的后背如同洁白的羊羔。她仰着头，手里端着一杯上好的葡萄酒，高高举起，娇笑着说："预祝大王旗开得胜，将那城里的贱人碎尸万段，扬我燕北威名。"

燕洌垂目，静静地看她一眼，嘴角扬起一抹淡笑，漫不经心地说道："你是我燕北的百姓？"

那名舞姬一愣，随即说道："奴家本是邯水人，但是敬仰大王威名已久，如今在大王身边，就是大王的人了，自然也就是燕北的人了。"

燕洌笑意更深，说道："你的国家被我攻占、同胞被我屠戮，你还说你是我的人，看来你对我真是很忠心。"

舞姬见他开心，顿时大喜，连忙趁热打铁道："奴家自然是大王的人，只要大王愿意，奴家愿意为大王做任何事。"

"任何事？"燕洌微微挑起眉毛。

"是。"舞姬眼眸似水，双唇饱满，好似能掐出蜜来，饱满的胸脯贴在燕洌的腿上，扭动着水蛇一般的腰肢，咬住下唇，轻轻地吐声，"任何事。"

燕洌大笑，对两侧的侍卫说道："她说她能为我做任何事，那就成全她，待会儿攻打魏廖城，让她冲在最前面。"

说罢，两旁的侍卫顿时将舞姬架起。那女子脸色登时惨白，慌忙大叫道："大王！大王饶命！奴家是弱女子，怎能上阵杀敌啊！大王饶命！"

舞姬挣扎着被人拖走，燕洵靠在椅背上，静静地摇晃着手中的葡萄美酒，自言自语道："任何事？"

他不由得冷笑出声。

此时此刻，在魏廖城里，也有一名弱女子，穿着战甲，站在高高的城楼上，俯视着下面那连绵的军阵。地平线上亮起一条一条光带，千万支火把将黑夜照得亮如白昼。

她知道，燕洵就在那万千火把之中。一别经年，今日，竟是他们的第一次重逢。

也许，早就料到会有今日，命运如同一个顽皮的孩子，喜欢设置各种狗血的碰撞。

她站在高高的城楼上，缓缓仰起头来，夜风吹过她的身体，扬起她鬓角的发丝，火把将天空照得火红。一如很多年前，他们肩并着肩，手里的刀齐刷刷地挥出，敲碎了禁锢的牢笼，杀出一条血路来。如果早料到会有今日，当日的他们，还会携手吗？

她缓缓闭上眼睛，面容坚韧，眼角如霜，世事如翻滚的潮水，谁也料不到下一个浪什么时候打来。她握紧了战刀，那个有着狐狸一样双眼的男人从虚空中走出来，隔着水波站在她面前，什么也不说，只是那么静静地望着她，依稀间，又是那海棠零落石榴如火的季节。

李策，我会为你守着这儿的。

轰隆一声巨响突然传来，火红的光线中，一个赤膊大汉站在耸立的高台上，正在擂鼓。鼓点钻进人的腔子里，仿佛大地也随着那鼓声一下下震动。

贺萧挽起劲弩，拉满了弓，撒手离弦，箭矢顿时如同流星一般急速飞去。然而就在这时，对方军阵里也有一支利箭迎面而来，那箭矢来得更快，和贺萧的箭撞在一处，随即摧枯拉朽般将贺萧的箭矢从中劈碎，仍旧不减来势地呼啸而来。

楚乔见了，随手摸出一柄飞刀，甩手挥出，飞刀撞在箭矢上，双双坠落。

两军中同时响起一阵欢呼声。

如山洪海啸般的呐喊声突然响起，所有人垂下头看去，只见黑压压的燕北军已经发起了第一波进攻。然而出乎所有人预料的是，燕北并没有用骑兵进攻，反而是一群步兵跑在前面。

蔷薇的香气消散在夜风里，什么声音都没有了，她站在高高的城墙上，目光穿越层层森冷的兵甲，停驻在那个人身上。岁月的洪流从她耳边一掠而过，发出呜呜的声响，像是旷野里的飓风，呼啸着，如同山巅的雄鹰。

漆黑的战旗在燕洵的头顶迎风招展，漆黑的夜如同一团浓墨，苍穹低压，星月无光，成千上万的火把烈烈燃烧，映在人脸上，好似蒙上了一层血光。燕洵站在黄金打造的战车上，一身墨色蟒袍，手挽金弓，双眉如剑，斜飞入鬓，眼眸狭长。他微微仰起头，静静地注视着那个记忆中熟悉的身影。

整个战场上一片死寂，所有人都屏住了呼吸，唯有那一声声战鼓，如同大地的心脏，一下一下，敲打在人的脊梁上，让血脉中的血液，也一丝丝沸腾起来。

时间就那么凝固了，他们默默地看着对方，视线交错，在半空中凝结在一处。

潮水般的大军冲了上去，一场生死鏖战终于展开。

刹那间，骑兵齐刷刷亮出了弓箭，嗖嗖的尖锐风声中，箭矢排空，如雨点般倾泻在士兵们的头顶。无数人冲了上去，战役在最初就显示出了可怕的残忍，令人脊背发凉。

惨叫声、呻吟声、命令声混成一片，

战马狂奔，滚石如雷，战刀雪亮，乌云遮住冷月，连天地都为这一场残酷的战役闭上了眼睛。

经过了一日一夜的拼杀，东边城门突然大开，苦战了一夜的秀丽军趁着燕北军调换军阵的时机策马奔出城来。一路冲至铁线河江畔，此地道路狭窄，不堪大军冲击，燕北军不得不弃马冲过去，可是等他们追赶至河边的时候，却见秀丽军的士兵们撑起了羊皮筏子，竟从这河流最湍急之处横渡大江。

"大人小心！"

"陛下小心！"

几乎同时，燕洵和楚乔各自端起弓弩，箭矢穿破虚空，向着对方射去。叮叮两声同时响起，箭矢并没有射空，引来了周围亲卫兵的一阵惊呼。

大江之上，楚乔站在筏子上，远远地望着燕洵。

她知道，这一战只是做个样子，燕洵不可能真的阻拦她。

燕洵和靖安王妃是盟友，不得不替她把守邯水，可是一旦靖安王妃真的攻进唐京，让靖安王的后代登上皇位，那么他的后路必会为人所断，是以这一仗他不能赢，但是也不能输得难看。

他还需要自己来拖住这场下唐内战，为他留下唐户关的门户。

一排排火把蔓延在江面上，黎明前的黑暗仿若狰狞的魔鬼，将利爪插入人的双眼，天地间都变成了血红色，风呼呼地吹过，扬起漫天的火苗。

燕洵骑坐在马背上，战马不安地踏着蹄子。他的脊背仍旧挺拔，浑身上下充满了帝王的威仪，像是黑暗世界的天神。他的目光锐利而悠远，越过宽阔的江面，停驻在对面那个纵然瘦弱却永远坚强的身影上。夜风吹来，扬起她鬓角的头发，染血的铠甲在火光下闪烁着熠熠辉光，她骑在战马上，隔着滔滔江水、熊熊烈火，默默地望着他。

那一刻，燕洵回忆的冰面突然裂开了一条缝，他甚至能够听到细微的声响，一些凌乱的画面，就那么咔嚓咔嚓地从汹涌的水里冒出头来。

多久之前？太久了，好像上辈子的事，久到他几乎记不清了。

也是这样的夜晚，也是这样厮杀之后的死寂，也是同样一双眼睛，隔着滔滔江水，静静地望着他。真煌城的大火肆虐着，无止尽的喊杀声畅快地回荡在荒原上，年轻的他们各自决绝地回头，向着自己的方向，去做自己觉得对的事情。

也许吧，在很久很久以前，一切就已经注定。他们如两颗南北背驰的流星，纵然曾在诸多原因下有过短暂的交错，终究还是要走上分离的道路，沿着各自的轨道前行，越走越远。

楚乔持刀站在河堤上，亲眼看着最后一支军队渡过邯水。浩瀚的江面如同天堑，将他们隔绝在东西两侧，千万个生命和灵魂沉入大江之中。天地为熔炉，万物为薪炭，火上煅烧着的，是无数黎民的鲜血和希望，还有他们截然相反的信念。她望着燕洵，一时间千百个念头皆归于尘土，十万铁甲军消泯于视线之中，只剩下那个一身黑袍的男子孤傲地站在天地之间，眼神若狼，好似很多年前他从九幽台上一步一个血印爬起来，纵然身后没有一个人，却有着足以毁灭天地的肃杀气势。

"大人！"平安一身狼藉、眼眶通红地跑上来，仰着头说，"这一战，我们死了六千多名弟兄。"

楚乔低下头去，只见年轻人的脸上还有未干的血迹，多年来生活在和平环境下的孩子已经长大了，经历了这鲜血的洗礼，他的眼睛已经不再纯净。

"平安，任何目的的达成，都是要付出代价的。"秀丽军的将军坐在马背上，默默地看着点着的火把长龙，过了许久，才声音低沉地说，"真正的和平，始终要通过战争来获得。"

平安似懂非懂地皱起眉，喃喃道："真正的和平？"

"是的，我看不到，也许你也看不到，但是，终究有人会看到的。"

楚乔仰起头来，最后向邯水的那一侧望去，大火已经逐渐熄灭，河面上滚动着层层青烟，在极远处，隐隐有一丝金色的光辉。那个人穿着一身墨色战甲，身后的披风在夜风中猎猎地飘着，尽管看不清眉目，她却可以清晰地想象出他的表情和轮廓，一如很多年前那个午后，他坐在马上向她射出一箭。就此，他救了她一命，她陪了他十年。

她伸手握住自己的右臂，那里，有一只玄铁打造的护臂，即便是弩箭也不能射穿。

那是赵嵩送给她的礼物，共有一对，她分了一只给他。

她毅然转过头去，没入滚滚大军之中，扬鞭策马，再也不向来路看上一眼。

邯水以西，燕洵掉转马头，部下的将领跑上前来问道："陛下，不追吗？"

燕洵一言不发，径直越过他身边，走出好远才淡淡说道："退兵。"

大军潮水般退去，地平线上旭日初升，一道霞光静静地洒在大地上。那背驰而去的两路大军，终究渐行渐远。

空旷的大帐中，一身铠甲的将军跪在地上，他已经这样跪在这里很久了。太阳渐渐落下去，黑夜降临，大帐内漆黑一片，唯有那张镶嵌着东珠的金黄裘皮上有着微弱的光亮，隐约照亮那个人的轮廓，如同一座山峰。

那个人一直没有说话，从铁线河归来之后，他就一直坐在那里，好似忘却了周遭的一切。帐外的青草轻轻地摇曳着，在夜风中散发着希望的味道。五月的卞唐已是盛夏，夜里清脆悦耳的蝉鸣不断，荒原上草长得有半人多高，不知名的虫子飞翔在半空中，翅膀上有微弱的磷光，星星点点地闪亮着。

大帐里十分安静，身穿铠甲的将军不敢动，连大气都不敢喘，甚至不敢去点灯。他并不是燕北军最初的元老，更不是燕皇的旧部，实际上当初跟随燕皇起兵的旧部如今已经没剩下几个了，军中的这批人，都是一刀一枪拼回来的。陛下虽然阴郁难测，但是赏罚分明，且极重军功，只要你敢打敢杀，就不怕没有出头的机会。

将军姓穆，祖上也是书香门第，虽然到他这一代没落了，可是也算识文断字，略通兵法。靠着这点见识，他一步步高升，短短几年间，已经成为燕北军中首屈一指的将领。

和其他人不同，将军觉得陛下并非像传闻中那样暴戾。是的，他曾经杀了自己的老师，杀了自己的妹妹，杀了辅佐他多年的大同行会一群人，可是那又怎么样？也许身在其中的人会觉得陛下忘恩负义，会骂陛下狼子野心。可是他们这些普通人看得很清楚，大同行会不通军事，不懂政务，内部盘根错节，彼此争权夺利，内斗极其严重。他们占据燕北多年却毫无建树，北有犬戎侵扰，东有大夏管制，他们无力保护燕北臣民，却硬是要在朝政上指手画脚。对于这样的人，如果陛下不以雷霆手段震慑打压，只会在燕北大地上再次扶植出一个派系混乱的大同政权。

成大事者，杀几个人算什么？

自古以来权势之争，哪一次不是血流成河？

一个成功的帝王和普通人的差别就是看待问题的角度不同，是顾全大局，还是顾念私情？

所以，对于曾经的那位秀丽将军，穆将军实在没有什么好感，按照他的想法就是，女人，实在难以成就大业。

"穆阎。"低沉的嗓音突然响起，在空旷的大帐内，尾音隐约还带着一丝回声。穆阎闻言，连忙直起身子，就听上面的人继续说道，"传信给程远，让他分兵松原渡口，严密把守，秀丽军既然这么想进去，那就让他们进去，靖安王的军队还等在里面呢。"

"是。"

"另外，告诉他不要攻打赵飓的军队，全力进攻赵彻，无论付出多大代价，务必要捣毁赵彻的粮草库。"

"是。"穆阎连忙答道，"属下这就派人到白芷关传信。"

燕洵摇了摇头，黑暗中也看不清他的面容，"不必了，明早再去就行，不着急。"

穆阎微微一愣，军情如火，怎会不着急？不过燕洵这样说，他也不敢反驳，只是静静地跪在那里，不敢说话。

"来，陪我喝一杯。"燕洵微弓着腰，低头倒酒，微弱的珠光下显得有几分颓然落拓。

穆阎受宠若惊，连忙起身小步走上前去，接过酒杯，也不敢坐。

燕洵随手指着一旁的座位，说道："坐吧，别戳在那儿。"

穆阎小心翼翼地坐下，将酒一饮而尽道："多谢陛下赐酒。"

燕洵也仰头饮下去，穆阎连忙为他倒酒，听他淡笑道："好久没人陪我喝酒了，以前是环境所迫，不能饮酒。如今环境好了，能陪我喝酒的人却都不在了。"

穆阎手腕轻轻一颤，他是个聪明人，从昨晚燕洵下令停止追杀秀丽军起，他就觉得有些不对。此刻听了燕洵的话，他越发觉得自己听了不该听的话。

"来。"

燕洵很随意地说了一声，竟然还拿酒杯在穆阎的酒杯上轻轻撞击了一下。醇红色的酒浆倾洒在手指上，他也不以为意。拳头大的酒樽容量很大，他却总是一饮而下。不一会儿，一壶酒就被喝了大半。

燕洵今晚话很多，似乎比以往一个月的话还要多。他问穆阎军队的伙食，问他家里有几口人，父母是否健在，身子好不好，有几个孩子，可曾读书，娶了几房妻子，甚至还笑着问他军妓营里的妓女漂不漂亮。

穆阆心神俱震，以前没有机会见燕洵，知道的一切都是听来的，如今见他这样平易近人，他越发觉得自己当初的选择没有错。至于那个胆敢背叛陛下投靠卞唐的女人，就更是不知好歹了。

这样一聊就到了深夜。更鼓响了三声，燕洵似乎已经有些醉了，半靠在坐榻上，懒散地说些闲话，渐渐就不吱声了。穆阆以为他睡着了，拿起一旁的锦被为他盖上后，就小心地退出了大帐。

大帐内又安静下来，静得能听到极远处军人们轻轻哼唱的燕北长调，就那么悠扬地回荡在夜空之中，带着凄冷的味道，一圈圈地环绕着。黑暗中男人睁开眼睛，那双漆黑的眸子清亮如水，哪里还有一丝一毫的醉意。

又只剩下自己了。

四周都是空旷而冰冷的，没有一个人。外面的风呼呼地吹着，明明是和暖的，可是吹进帐里，不知为何，却透着几丝清冷。他一个人躺在宽阔的软榻上，锦被华裘，玉枕珠帐，香炉里的团香一层层盘旋上扬，清淡怡人的香气飘满帐内，吸进鼻腔，有着令人安神的效用。

可是，这样华丽的高床软榻，这样静谧的暖春良夜，却终究只有他一个人。就好像很多年前的那个晚上一样，她被人带走，乘坐着巨舟，一路南下。他站在北朔关城楼上，眺望着那条白练，莽原堆雪，江山似铁，她终究脱离了他的掌握，离他远去。

其实，早在还很小的时候，他就已经预料到日后的局面。

她从来都是正义而善良的，不管处在何等危局和困境之中，哪怕满身伤痛，也从不会放弃对未来的期待和希望。开始的时候，还是他在不停地鼓励她，可是渐渐地，就变成她在支持着他。她为他描绘他们的未来，她告诉他她的理想和抱负，她对他说她的政见和希望。不管遇到何等危难，她总是能坚强地找到解决的办法，教他刀法箭技，教他军法政略。乌道崖名义上是他的老师，可是他从她那里学到的，远比从别处学到的要多得多。

她是他的良师益友，是他的亲人依靠，更是他这辈子唯一爱过的女人。

可是，越是如此，他越觉得不安，越发担忧害怕。不知道从什么时候开始，他突然意识到也许终有一日他们会分道扬镳，终有一日她会离自己远去。

是从什么时候开始的？

也许是在她同情奴隶的时候，也许是在她和赵嵩关系日渐密切的时候，也许是在她为他讲解未来社会的安定繁荣的时候，也许更早一点，他记不清了。他只是隐隐知道，在未来的某一日，他终究会让她失望，终究会伤害她，终究会打碎那一份珍贵的信任和依赖。

于是，他想方设法排挤她，想让她脱离军政，不想让她看到自己满手血腥，不想让她看到自己为达目的不择手段的狰狞和残忍。

他并非折断白鹰翅膀的猎人，而是一只注定要飞翔在暗夜里的夜枭。当漫长的永夜过去之后，天地开始有了黑白之分，他就开始害怕了。

黑暗里响起一阵低沉的笑声，他的眼神带着淡淡的迷醉，他突然记起小时候，没有安全感的少年一遍遍地询问："你会永远和我在一起吗？"

女孩子笑容灿烂，仰着头问他："你会欺负我吗？"

你会欺负我吗？你会欺负我吗？你会吗……

他闭上眼睛，那清脆的声音仿若滚滚的海浪，从四面八方汹涌而来。

我想给你最好的。

可是我认为最好的那些东西，不是你想要的。

黑暗中，一道清脆的声响突然传来。燕洵解开右臂的环扣，银色的玄铁护臂脱落下来，掉在地上，微弱的珠光照在上面，有着琉璃般的光华。

那是赵嵩送给她的，共有一对，她分了一只给他，他一戴就是十几年。

"当我决定起程的时候，我就知道，你这一生注定不可能属于我。你是为光明而生的，我却有太多血腥的理想，所以我想要你臣服于我、听命于我、一生追随于我。可惜，我最终仍旧失败了。"他于黑暗中无声地笑。

任何目的的达成，都是要付出代价的，而他，已然付出了。

"没有人希望一生平庸，问题是，当一个机会摆在你面前的时候，你是不是真的敢要。"

黑暗中，男人的声音低沉沙哑，像是经历了几世轮回的老者。他躺在金黄的裘皮卧榻上，醇美的酒浆泼洒在桌案上，发出醉人的香气。他锦袍华服，于黑暗中无声地咧开嘴角，笑容像一个单纯的孩子。

"诸葛玥，你敢不敢要？"

"我做不到。"诸葛玥看着面前的男人，目光坚韧，语调沉静地说道。

诸葛穆青满头花白，鹤发鸡皮，只是短短的几年，已经耗费了这个老人的所有精力。他如同一潭死寂的水，再也没有半点生机，只是带着最后的疯狂，双目血红地盯着他的儿子。

"赵彻已经兵败，赵飒也坚持不了多久了，现在整个大夏境内，只有你一人能扭转局面。只要我诸葛家现在离弃赵飒，他定然兵败崩溃，到时候你振臂一呼，天下云集响应，那时你就是大夏第一人。十年之后，我诸葛氏就能击溃燕北，登上九鼎之尊！"

诸葛穆青双眼通红，如同一只发狂的野兽，直直地盯着他的儿子，双手抓住诸葛玥的肩膀，大声叫道："玥儿，大夏的前程和命数、我诸葛氏的未来，全在你的一念之间！"

诸葛玥静静地看着他的父亲，久久没有说话。

父亲老了，再也不是当初那个高瞻远瞩、虎视风行的家族领袖了，他变得虚荣，变得愚蠢，变得疯狂。

这一生，他似乎从未与父亲如何亲近。从极小的时候起，他就失去了母亲，年幼的日子里，他独自一人行走在偌大的诸葛大宅里，安静得好像树的影子。直到他渐渐长大，渐渐依靠自己的努力在同辈兄弟中出类拔萃，才让这个拥有太多女人太多儿子的父亲多看几眼。

可是后来，他跌倒了，受伤了，九死一生地活下来，家族却毫不容情地将他遗弃。

直到他再次掌权，为家族重新带来荣耀，可是他们还是选择了他的兄长，欲置他于死地。

这就是他的家族，他的亲人。

然而，他还是无法彻底怨恨他们。

正如魏舒烨所说，即便有多么厌恶和排斥，他们终究是门阀子弟，自小享受着门阀带来的一切荣耀。同样，他们也需要背负门阀的责任。

他终究是他的父亲，是生养他、教导他、为他的成绩开心过、为他的进步高兴过的父亲。尽管他曾经绝情狠辣，却仍旧给了他安宁富裕的童年。在他还小得无法保护自己的时候，他站在身前，保护着他，保护着整个家族。

"父亲，我做不到。"诸葛玥退后一步，对他的父亲低下头，深深地施了一礼，"人的手只有这么大，握不住所有的东西。"

烛火噼啪作响，火光照在他的脸上，有着淡金色的辉光。他平静地望着老父，说道："感激父亲的养育之恩，但是这件事，我做不到。大夏没了我，还有其他将领。父亲没了我，还有其他儿子。而星儿若是没了我，就没有了希望。"

他再次弯腰，对着生他养他放弃他杀害他的父亲，目光沉静，面色平和，"父亲，您保重。"

诸葛玥转身离去，烛火照在他的背影上，显得那般挺拔和坚韧。诸葛穆青呆呆地望着自己的儿子，目光如同死灰，嘴唇半张着，双手仍旧保持着抓他肩膀的姿势。

这一刻他突然意识到，也许从今天开始，他就要永远失去这个儿子了。

失去这个被他看好、被他寄予厚望，却一再辜负他的期待，被他鞭打、被他抛弃、被他逐出家门、被他派人暗杀过的儿子了。

岁月的年轮在这对父子之间流淌而过，风从帐外吹来，扬起他花白的头发，吹过他佝偻的脊背。他突然间就那么老去，只能徒劳地伸着手，却拉不回那无情逝去的光阴。

诸葛玥一步一步走得很慢，从很久很久以前开始，他就知道或许会有这一天，他要以这样的方式，告诉别人，他真正在乎的是什么。

不是王图霸业，不是名留青史，不是登上那绝顶之巅孤家寡人地俯视苍生。

他要的，只是她活着，在他看得到的地方，好好活着。

因为有想要守护的东西，所以一再告诉自己要强大起来，可是如果想要守护的东西都不在了，那么他所做的一切，还有什么意义？

他这一生，绝不做令自己后悔之事。

大帐的帘子被撩开，他的脚踏在被月光笼罩的军营里，冷风吹在脸上，让他突然间有着前所未有的清醒。

天下可以丢弃了再夺，军队可以溃散了重组，而人死，无法复生。

赵彻临行前的话再一次回荡在耳边："认清你自己真正想要的，为自己活一次。"

他的朋友，在被兄弟出卖之后，腹背受敌，一路溃败，却仍在这样的状况下万里迢迢来见他这一面，为的，只是说这样一句无关大局的话。

营外的军队已经集结完毕，所有人都已整装待发。诸葛玥深吸一口气，大步上前，**翻身跃上马背**，"出发！"

百草飞扬，马蹄声声，向着遥远的古老卞唐，迅速奔去。

万里江山、赫赫皇权，一切尽在眼前。

他不是不敢，而是不愿。

北地最后的关卡，即便已是五月，这里仍旧被茫茫大雪所覆盖。凄厉的北风一阵一阵地刮着，吹在人的脸上，好似冷冽的刀子。

"走吧。"

赵彻对着魏舒烨微微一笑，即便是在这样的窘境之中，仍然充满了自信的光辉。

魏舒烨身形瘦削，抬头看着仍旧信心满满的赵彻，不由得一阵疑惑。

燕洵发疯地来劫掠粮草，以人海战术疯狂地消耗着他们的兵力。赵飏因为在抗击燕北一战上没有太大的兵力消耗，反而在这个时候被猪油蒙了心来攻击赵彻的后军，并阻断诸葛玥的粮道，致使赵彻陷入危局，兵力大损，丢掉了中部十三个行省。

等到他们筹集了兵力准备反扑的时候，已经陷入四面楚歌之境，再也无力回天。

那一天，赵彻站在残垣废墟上沉默许久，身经百战的皇子将军颓然地放下了战刀，回过头对他说："我们输了。"

那一天，所有跟随在他身后的将领都哭了，就连他，这个向来高高在上的门阀少主，也流下了愤恨的泪水。

不是没有胜利的机会，不是没有光复的实力，他们一路拼杀，在一片颓废低迷的国土上转战，他们拥有随时随地慷慨赴死的决心和勇气。

可是，他们还是败了。

不是败在敌对的战场上，而是败在同室操戈的暗算里。

他们遭遇了史上最强大的敌人，却也同样面对着百年来最衰落的祖国。

年轻的皇子仰起头来，战马不安地踏着蹄子。北地的关口一片银白，天地都被大雪覆盖。出了此关，就再也不是大夏的土地，就此风沙滚滚，关外茫茫，再也没有大夏的旗帜。

他望着天空，静静地说道："赵氏不会亡，只要有太阳升起的地方，就有赵氏的子孙。"

他策马扬鞭，千军万马跟随在侧，关山万里，大雪如银。

赵彻双拳如铁，眼神若刀，唇形微动，无声却坚定地说："我还会回来的——"

"大人！"贺萧突然大吼一声，双目通红地说道，"属下不同意。"

"贺统领，这是命令。"唐京雄关上，楚乔一身铠甲，看着这个自己最为信任的部下，一字一顿地沉声说道。

"大人，你去护送唐皇出城吧，让属下留下来。"

喊杀声就在脚下，雷鸣般的马蹄声轰隆卷来，靖安王妃率领的部下兵力是他们的十倍，成千上万的骑兵狂冲而来，一次次向唐京城发起冲锋。如同山洪海啸，让人无法阻挡。

楚乔寒声说道："你做得到吗？"

贺萧眉头一皱，当即朗声说道："属下誓死……"

"即便你死了，你也办不到。"楚乔突然凌厉地说道。

贺萧闻言脸色顿时铁青，正想要说话，却听楚乔说道："如今唐京四面被困，外围还有燕洵的几十万大军第二层封锁，卞唐的军队已经被打怕了，没有人会援助我们。全国只有我这一支讨伐军队，敌军的所有目光必定都在我身上，只要我还在这城楼上，他们就不敢分兵追击，而一旦我离去，他们就会放弃攻打唐京，全力追在后面。到时候，我们没有城池可守，前有燕北军，后有靖安军，将会死得更惨！"

这一层贺萧怎会想不到，他眉头紧锁地听着，咬着牙，一句话也不说。

"贺萧，我求你，带着他们几个逃出去。我这一生深受李策大恩，无以为报，今天我无法保住他的国，可是至少，我可以保住他的血脉。"

贺萧神色凄凉，双目紧紧地盯着楚乔，突然开口道："大人，让别人去吧，让我留在你身边保护你。"

楚乔摇了摇头，轻声说道："别人，我信不过。"

贺萧看着楚乔，目光炙热得如同火焰熔岩。

多少年的生死与共，多少年的相伴并肩，他们在一起的时间，远比任何人都要多。而那份曾经萌动的感情，也随着时间的推移渐渐变质，好似亲人般血乳交融。

眼前这个女子，坚强、勇敢、善良、真诚。当然她也会胆小，也会迷茫，也会脆弱地伏在他的怀里大哭。他们是战友，是朋友，是亲人，她既是他的主子，又是他的妹妹。

熊熊的火光映照在他们的脸上，贺萧突然伸出手抱住她，声音低沉，仿若嚼着血："保重！"

"你也保重！"

战士翻身跳上战马，李修仪对着楚乔大声呼唤："姑姑！姑姑！"

贺萧将孩子护在怀里，再也不看她一眼，带着一众精锐部队，顺着侧南方的城门冲杀出去。与此同时，东西两门也大敞，各有一路军人冲出城门，和敌军混战在一处。

"弓箭手准备！"贺旗大喝一声，"放！"

宽阔的荒原如同一个铰肉机，无情地吸纳着战士们的生命，长矛和马刀闪烁着嗜血的光芒，成千上万的马蹄如同轰鸣的闷雷，在天地间滚滚而过。

楚乔站在城楼上，看着这场死亡的鏖战，所有的记忆一一闪烁在脑海之中。

她两世为人，做过很多事，遇到过很多人，有的事做对了，有的事做错了，有的人错过了，有的人辜负了，可是无论如何，不管在何种境况下，她从未背弃过自己的信念。

生命在这一刻变得越发清晰。她闭上眼睛，那些走过的身影一一闪现，她爱过的、恨过的、辜负过的、伤害过的，最终，凝结成一个清俊的身影。她站在船头，衣衫萧萧，被冷雨轻点，淡淡地回过头来，眼眸清寒，却带着深沉的眷恋。

"我爱你。"她轻声地说，风那么大，吹过她的鬓发，天地间都是血红色的。那些纷涌如潮水的兵甲呼啸而来，一次一次冲击着古老的城门，发出震耳欲聋的声响。

她把手抚在自己的小腹上，那里已经微微隆起，带着生命的希望，一直在支撑着她，让她有勇气站在这里，不害怕，不软弱，坚强地做一个母亲。

路那么远，他一定听不到。

她微笑着仰起脸，望着清澈的天空，"我爱你——"

可是，我终究不能陪着你了。

天那么蓝，晃得她眼睛发酸，一行眼泪顺着眼角流下来，没入她森冷的头盔，浸入她浓密的头发中。

她拔出战刀，所有的敌军都向她的方向冲来。贺萧的人马已经从侧翼杀了出去，震耳欲聋的喊杀声像是滚滚闷雷，白底红云战旗在头顶飞扬，那鲜红的颜色在滚滚黄沙中尤其醒目，像是一轮充满希望的红日。

她回过头去，目光一一扫过那些年轻的战士。

这些，就是闻名天下的秀丽军，可是现在几乎已经很难看到最初那些面孔了。这么多年来，这支铁血的军队跟随她转战南北，跨越了整个西蒙大陆。他们追随着她，从无退缩和胆怯。

真煌之战、西北之战、赤渡之战、北朔之战、千丈湖之战、火雷原之战、龙吟关之战、唐京之战、白芷关之战、铁线河之战……

七年来，这支军队以辉煌的战绩向整个西蒙大陆证明了他们的忠诚，不分国家，不分派系，他们不为任何人而战，只为她、为自己的良心。

一批又一批人倒了下去，却还有更多人在奋力地向前奔走。哪怕他们对于他们守护的国家并没有什么深刻的感情，哪怕他们的家乡在万里之外，哪怕他们根本不知道前方等待的是何种命运。可是，只要一个理由就足够了，只要一个人的命令就足够了，只要那个人站在前方，他们的忠诚就会如万丈冰湖下的寒铁，即便山河崩溃，血化成灰，也不会动摇。

没有什么振奋人心的演说，也不必再鼓动士气，年轻的女子摘下头盔，青丝扬起，眼若晨星，她对着她的士兵们微微一笑，然后扬起手中的战刀。

"为自由而战！"两千名秀丽军将士喊出他们的口号。

轰隆一声钝响，好似惊雷敲击在大地上，紧随其后的，是无数人疯狂的欢呼。

屹立千载不倒的唐京城门，终于倒下了。

敌人如潮水般拥入。

大风吹过，喊杀声近在咫尺，楚乔朗朗道："诸位先行，我随后就来。"

"大人！末将先走一步！"一名将领大笑着跃上马背，挥舞着战刀，大喝道，"为自由而战！"

他高举马刀，挺身上前，秀丽军战士跟在他身后向着敌人庞大的军阵冲杀而去，如同一个不满周岁的婴儿在挑战一个伟岸的巨人。

"杀！"

刺耳的喊杀声充溢整个天地。

夕阳，荒原，铁骑纵横，刀剑如山。苍凉的风吹过，不屈的战士们扬起马刀，前赴后继地向着滚滚洪流冲了过去。

整个唐京城都笼罩在无尽的战火之中。百年前，大唐的蔷薇战旗曾覆盖大陆上所有的土地，四海一统，领土广袤，大唐的意志曾经是这个世界的主宰。然而今日，战场喧嚣、铠甲破碎、战旗凋零，雄伟的宫殿上空笼罩着层层硝烟，死亡的气息吞没了华丽的长街，耳边充溢着战马的哀鸣、百姓的哭号……

她抬头仰望，西边的尽头，一轮鲜红的落日缓缓而下。

那些慷慨赴死的战士，那些永不凝固的热血，那些即便是死，名字也不会见诸史册的男人，就此长眠在这片浩瀚的土地上，尽管用尽了全力，却仍旧不能阻挡帝国衰败的脚步。

历史上的辉煌与壮丽，千百年来的光荣与梦想，今天，就在这里，她将亲眼见证这个伟大帝国彻底衰败，彻底走向灭亡。

夕阳映照着她苍白的脸孔，她深吸一口气，缓缓地闭上眼睛，眼前再一次闪过那双狐狸般的眼睛。

李策，我尽力了。

这个世上，也许不是你所做的每一件事都是绝对正确的，可是在当时，你没有别的选择。

诸葛玥，再见了。

又一轮绳梯搭了起来，数不清的敌军如蝗虫般爬上来。楚乔一把抛掉刀鞘，挥刀冲上前去。

"保护大人！"

秀丽军战士冲了过来，挡在楚乔身前。

城下的秀丽军穿着黑色战甲，平端着如云的战刀，排列成攻击的方阵，向着敌军无畏地冲击而去。天色一片昏暗，太阳渐渐落下山去，血红色的光芒笼罩大地，照在战士们的脸上，反射着妖异的光芒。鲜血浸泡大地，喊杀声震耳欲聋，所有人都瞪大了眼睛，奋力地挥刀劈砍。

铁骑洪流遍布整座城池，黑压压的军队如同山河绝崩，马蹄轰隆，大地颤抖。红了眼的战士们如同巍峨的高山，他们是一支长于创造奇迹的军队，曾经，在北朔城下，他们以少胜多，面对大夏的百万联军仍旧死守城门不退一步；在龙吟关下，他们更是肩并肩站成一排，抵挡住了赵飓的铁骑雄兵。

"杀！"震天的怒吼声淹没了所有的声音，兵器铿锵，排山倒海的人拥了上来，和这群视死如归的战士绞杀在一处。铁甲覆盖住大地，狼烟冲天燃起，战刀劈砍，飞溅的血肉和肢体漫天飞舞，如同台风滚过稻草。年轻的身体大片大片倒下，坚硬的铁甲被战马践踏，被千万只马蹄踩过后，好似一团烂泥。

黑压压的箭雨将最后一丝光线覆盖，敌军前排的士兵连惨叫都来不及发出一声就被整个射穿。战马凄厉哀鸣，慌乱的人群互相践踏，却躲不过那无处不在的森冷长矛。死亡，到处都是死亡，嗜血的战刀晃着妖异的红光，战士们杀红了眼睛，忘记了一切，只记得一个动作，就是劈砍，再劈砍，杀一个够本，杀两个有赚。

这是一场可怕的噩梦，所有人都被网在其中，无人能够挣脱。

城破了，敌军却迟迟没能冲进来。城门前展开了激烈的拼杀，尸体堆积，形成了一个血肉堆砌的城门。楚乔持刀站在人群中，鲜血染红了她的铠甲，她呼吸沉重，刀法却越发凌厉。

拖,多拖得一刻,贺萧就能跑得更远。

天色越来越黑,夜幕完全笼罩下来,四面八方都是喊杀声。楚乔突然间变得很累,她的动作不再灵活,就连攻击力都大打折扣。

是的,她是个母亲了,就算明知今日必死无疑,可是在动手的时候,她仍然极力保护着自己的肚子。

一个敌人看到她的疲弱,从侧面偷偷靠近她,突然借着火光看到了她清秀的面孔和不一样的铠甲。那名士兵一愣,转瞬就知道了她的身份,顿时张大了嘴,看样子似乎要高声唤人。

"啊——"长长的一声惨叫突然响起,血花四溅,那人连躲避的动作都来不及做,刀光就当头劈来,速度之快,力道之大,令人无法相信自己的眼睛。下一秒,尸体重重地倒下,由右肩起一分为二,为人造城门添砖加瓦。

城门外的敌军顿时被震慑住了,愣愣地看着楚乔。

楚乔站在那里,一手拎着战刀,这一刻,她的双耳突然那样灵敏,听到了风吹过的声音,听到了鲜血流出的声音,听到了那些人害怕的呼吸声,听到了大地在一下一下地震动。

砰!砰!砰!铺天盖地的黑暗从四面八方涌来,她是那么累,疲倦得想要闭上眼睛。

倒下吧,不要再硬撑了。

贺萧应该跑远了,他会带着唐皇找到外出搬救兵的孙棣,保护李策的血脉。

没用的,不要再坚持了,睡一会儿吧,够了。

她腿脚发软,脑袋开始昏沉。

然而就在这时,敌军的攻势突然潮水般退去。对面的军阵中传来了急促的锣声,传令兵在大声吆喝着什么,可是太远了,他们听不清。明亮的火把在不停地挥舞,似乎在传递着什么信息。

慌乱!非常慌乱!

"大人?"有幸存的小兵疑惑地看向楚乔。

楚乔愣了片刻,突然间,好似明白了什么,什么也不说,转身拔腿就往城楼上跑去。

"大人!有援军!"

还没跑上城墙,一名传令兵就踉跄着冲了下来,扑通一声跪在楚乔面前,激动得满脸通红,大叫道:"有援军!"

楚乔也顾不上回应他,几步冲上了城楼。城楼上一片喧嚣,所有人都在击掌相庆,相互抱成一团,发出雷鸣般的欢呼。

地面上,出现了一条铁灰色的长龙,如同一条微弱的溪流,可是转瞬,溪流扩大,冲出地平线,汇成一片汪洋大海。无数士兵手握狼刀,穿着青铠,以排山倒海的气势汹涌而来,成千上万,势如风暴。

"杀!"

"是青海军!"

不知道是谁先吼了一声,随后所有人簇拥在一起,无数士兵抱头痛哭,死里逃生的战士们冲着远处的援军大声欢呼。青海军应和着他们，也发出了震耳欲聋的冲锋声。

"大人！我们有救了！大唐有救了！"

狼军的统领满身鲜血地冲上来，兴奋地对着楚乔大声叫道："青海王带人来了！"

楚乔却没有回应他的话，火光中，一身风尘的女子静静而立，战刀垂在一旁，一动不动，只有眼泪，静静地落了下来。

邯水江畔。

即便离得这样远，燕北的战士们还是能够听到那正东方不断传来的厮杀声。

穆阎小跑上前，对坐在马背上的燕洵说道："陛下，我们该出发了。"

燕洵默默地点了点头，身形却并没有动。他长久地凝望着东方的冲天火光，神情莫测。

他终究还是来了。

不知为何，心底那根紧绷的弦突然就崩裂了，带着静悄悄的回音，空荡荡的。

也许潜意识里，也是不希望她死吧。

可是，终究不希望他来。

江山和美人，自古以来就是一个难解的抉择。

他放不下的东西，别人终究还是能放下的。

"陛下，诸葛玥离开之后，我军对雁鸣关发起冲击，如今陆将军已经攻破关口了。"

"陛下，赵彻带着残兵败将已经出了北关，程远将军乘胜追击，已经占领了东北十八个行省。"

"陛下，大夏境内目前只剩下赵飓一支军队，正在方寸山附近。"

"陛下……"

突然间，燕洵什么也听不到了，耳边反复回响着很多年前清脆的声音。女孩儿笑靥如花地望着他，踮起脚来，伸出嫩白的手指轻点着他的胸膛，笑着问："你会欺负我吗？"

你会欺负我吗？

你会吗？

大风呼啸而起，两只战鹰盘旋在头上，发出尖锐的鸣叫。

他回过头来，神情一凛。

别人已经做出了抉择，他也该按照他早就确定的路程前进了，不管前方是何种命运，终究，是他燕洵为自己选择的道路。

人生百年，如白驹过隙，容不得儿女情长，容不得彷徨踟蹰，容不得徘徊犹豫，容不得后悔回望……

他在心底一遍遍重复燕氏的祖训，遥想着多年前父母被逐出家谱，父兄被残忍杀死于燕北高原上的情景。

从此以后，大夏的八百万国土之上，将遍插燕北鹰旗，天下苍生将臣服在我脚下，我的意志，将覆盖整片大地，我，将会是这片土地的新一代王者。如此赫赫之功，怎是一个女人能比拟的，我不后悔，绝不后悔。

燕洵策马上前，走在军队最前方，千军万马跟随在他身后，像是一片汹涌的海洋。

穆阎遥遥站在他身后，看着渐渐远去的燕北之王。突然间，这名年轻的将军觉得他们的陛下是那么孤单，黑暗吞噬了他周围的所有光亮，只剩下他坚挺的脊背，如同一杆凌厉的战枪。

唐京城内，一片欢呼喧嚣。

楚乔站在城门前，身后是无数百姓和士兵。

诸葛玥跳下马背，一身风尘，藏青色的披风染满鲜血，乌黑一片。

"你来做什么？"

"来拿回属于我的东西。"

楚乔的眼睛渐渐泛红，她抿起嘴角，强忍住眼底的酸涩，上前一步，伸出拳头轻捶了一下他的胸膛，轻轻地说："傻子。"

诸葛玥伸出手臂，一把将她抱在怀里，笑着说道："星儿，跟我回青海吧。"

楚乔伏在他的怀里，眼泪一行行落下，打湿了他的衣衫。

清晨的日头烘得人骨头发麻，他握着她的手，神情温暖坚定，仿佛一生都不会放开。

她的眼泪潺潺而下，在他的怀抱里，用力地点头。

她踮起脚，附在他的耳边，声音那么小，却又带着那么多那么多的喜悦。

"诸葛玥，我怀孕了。"

天地那般广阔，时光那样急促，该结束的终究结束了，而未来，还在前方闪烁着无尽的光辉。纵然前路莫测，但此刻终究相依。

（本卷完）

第六卷

西蒙卷

第一章

逆鳞

即使天塌下来,也不能离开,因为在他的肩膀上,有她的爱。

冷冽的风吹过眉梢,年轻的斥候坐在马背上,脊背却已经弯曲,十多支利箭插在他的背上,他却没有倒下,而是将长矛绑在马背上,矛尖刺入了他的胸膛,强撑着这具已然死去的尸体端正地坐着。

在他胸前,铠甲已被撕碎,暗白色的胸衣上以血写着几个大大的血字:东南方,三十里,轻骑兵,一万。

诸葛玥默默地看着这个年轻的战士,缓缓低下头,过了许久,轻声说道:"辛苦你了。"

噗的一声,负重许久的枪头突然刺穿了胸膛,暗红色的血沫从背后溢出。年轻的士兵摔下马背,战马哀鸣一声,低头舔着士兵的脸颊,徘徊着哀鸣着。

"王!"身形彪悍的亲卫将军奔上前来,抓着一个瘦小的老头,大声喊道,"找到他了!"

老人已经六十多岁了,在这个时代,能活到六十,都算是高寿的。他很瘦,但是精神饱满,纵然此刻狼狈不堪,仍旧没有颓败之色。诸葛玥上下看了他一眼,然后缓缓点了点头,"先生气色很好,看来足以应对长途跋涉的辛苦。"

"你……青海乃蛮夷之地,教化不通,茹毛饮血,老夫乃读书人,怎能……"

诸葛玥眼风一转,细长的丹凤眼明亮慑人,声音不急不缓,却有着说不出的威慑力,"本王千里相迎,重兵开道,看来先生还是觉得本王诚意不够啊。"

这句话说得云淡风轻,却分明蕴涵着杀气,顿时让高青竹愣在当场。

青海出兵翠微,这一路穿州过省,气势腾腾地杀过来,不知抛下了多少条人命,如此"诚意",谁还敢说他诚意不够?

"送青竹先生上车。"

"是。"

茂陵城城门完好,官兵们几乎未做什么抵抗,就放青海军进了门。如今西蒙动乱,红川高原厮杀不休,大夏皇族退居北地,燕北骑兵进驻帝国国土,占领京城。只是,各地的守军虽然名义上已经投降燕北,一些小地方的守卫还是以前的夏官,所以,相对于侵略者的旨意，诸葛玥这个曾经的大夏兵部司马，怎么看都更亲切些。

青海军进入茂陵城的时候，当地的百姓还以为帝国军队开始反扑了，许多男人举着刀子和斧头前来从军，百姓们更是拿出家中的大米白面来犒劳军队，大街小巷敲锣打鼓喜气洋洋，丝毫看不出这是一座被攻陷的城池。

"王，"郭淮背着一柄厚重的大刀，跑上前来，抹了一把脸上的灰尘，大声说道，"燕军快到了，我们怎么办？"

诸葛玥眼望着东南方，面色不变，语调低沉地说道："战。"

一时间，全军之中传出了一阵欢呼声。这群彪悍的青海精锐，从翠微关出发当日，就一直小心潜行，逢战必退，一路疾驰赶路，也实在将他们憋坏了。此刻听到终于有仗可打，人人兴高采烈，大声欢呼起来。

傍晚时分，燕军终于赶来，却没有发动进攻，反而将城池围起来，不发一兵一卒。

诸葛玥知道他们必是在等待援军，一旦援军赶到，将会对他非常不利。当天晚上，还不待燕军排好阵形，青海军就冲出茂陵，三次冲击之后，青海军依靠自身超强的灵活性硬是在燕军的右后方撕开了一个口子，杀出重围。燕军这一万人并不是正规军队，而是听闻茂陵告急，从附近的几个后备军营抽调来的后备军，突然遭遇青海精锐，自然不敌。

一时间，大燕境内西南一线烽火高燃，各处守军精锐尽出，奈何青海军战马脚程极快，许多军队匆忙赶来，却只来得及看一眼青海大军所过之处扬起的漫天烟尘。

这一天，终于来到了最后一道关卡沧溟山，过了此山，就是青海翠微关的领地。前一天晚上，青海军的战士们全都将刀枪擦亮了，等待着最后一场硬仗。

诸葛玥穿着一身森冷的铠甲，站在苍茫的月地上，高高举起手腕，一只雪白的鹰落在他的腕上，乖巧地伸出一只戴着信筒的脚。

他将书信反复看了两遍，然后放在怀里，感受着那几个字上带着的温暖，像是寒冷的冰雪冬天抱着一只银色的暖炉。

每个人都有自己的逆鳞，有的是金银，有的是权势，而他的，只是一个人。

他从不是个善良的人，只是为了她，才甘愿收起锋芒，但是这并不表示他已经忘记了怎样去杀人。

他缓缓地仰起头，漆黑的苍穹显得那么低，星子寥落，似乎伸手可触。风从极远处吹来，隐隐带着青海的味道，他的心像是青海的草浪，一层一层，轻轻摇曳着。

第二日，沧溟山下陈兵八千，不同于之前遇到的大夏遗兵和新招募的预备役，这些都是燕北的本土士兵，是在刀锋和血雨中历练而出的钢铁之军。

边塞的风总是冷硬的，吹过苍茫的大地，掀起一片飘蒙的蒿草。青海的战士们绑紧了手腕上的黑缎，握紧狼刀，冷冷地望着对面的敌人，浓烈的战意在战场上升腾起来，连经过的风，都带上了一丝若有若无的铿锵声。

然而就在这时，沧溟山的守军中突然传来一阵有些慌乱的波动。马背上的诸葛玥缓缓皱起眉来，不一会儿，只见沧溟山的守军缓缓向两侧退去，沉重的关口大门缓慢打开，一条宽敞的大道，摆在了青海军面前。

"他们干什么?"军队中有人小声地说道。

"一定是陷阱,燕北狗在使诈。"

人群纷乱,所有嘈杂的声音像是沸腾的水,一波波涌起。

诸葛玥望着对面一言不发的燕军,默默地皱着眉,也不说话。时间在这样诡异的情境下缓缓流逝,燕军方面悄无声息,青海军也默不作声。高至膝盖的青草缓缓摇曳,随着风,一波波浮动着。

诸葛玥的马蹄缓慢却坚定地上前一步。

郭淮紧张地拦在前面,急切地说道:"王,小心有诈。"

"他们敢在本王面前打开城门,难道本王连走过去的勇气都没有?"诸葛玥的声音极低,并不如何振奋人心,可是一瞬间,所有人的斗志似乎都被点燃了。他昂首轻笑,剑鞘横指,淡淡地看着所有青海战士,朗声说道:"谁敢随本王走过去?"

"末将愿往!"

一时间,所有的青海军齐声高呼,声音如雷,震得大地一阵微颤。

三千名青海军跟在诸葛玥身后,马蹄如飞,就这么飞驰向那座巍峨的城门。

一千丈、五百丈、三百丈,近了,越发近了,近得甚至能看到燕北军人的眉眼刀枪,看到他们眼底的战意和锋芒。然而,没有人拔刀,没有人呼喊。他们就这样呼啸着穿过了沧溟山的关口,越过了那座本应该抛下无数尸首才能叩开的大门。

沧源如野,沉重的大门在他们经过之后缓缓关合,漆黑的战旗招展在高高的城门上,似乎是什么人的眼睛,在目送着他们远去。

诸葛玥默默地看了两眼,随即掉转马头,对青海本土将军郭淮说道:"传信给月七,带人马回来吧。"

郭淮微微一愣,为了配合此次行动,月七将军和贺萧将军带着三万名死士早已潜入了真煌城附近,只等这边情况一有变,就立刻攻打真煌,配合大夏残余军力,分散燕北视线。如今这样轻而易举地让他们回来,不是浪费了之前的一番布置吗?

可是他什么也没有说,只是迅速吩咐下属照办。

前方层云散尽,青海已经在望。

大夫刚一退下,诸葛玥就走了进来。朱漆丹木的大殿中充满了安神香的香气,他抬手挥退侍女,径直走到床边,沿着床沿坐了下来。

她瘦了许多,几乎脱了相,此刻睡着,呼吸很是平稳,刚喝完药,气息也均匀了许多。不知道是不是心理作用,诸葛玥觉得经那老大夫的手后,她的气色看起来好了许多。

他一路拼杀,硬生生用鲜血铺开一条路来,一路上心急如焚,夜不能寐,此刻,却全都化作心底刹那间的欢娱和安慰。

还好……他在心底默叹,承认了那份在平时死也不会承认的害怕。

还好没事。

一旁的婴儿床上,突然传来一阵细小的声音。他转过头去,就见一个小小的孩子正侧着脑袋趴在那儿,瞪着一双又圆又大的眼睛望着他。

这孩子的眼睛黑漆漆的,像是熟透的葡萄。他还太小,连脖子都是软绵绵的,直不起来,两只小拳头却很有劲,紧紧地握着,望着这个在他娘亲床边偷偷摸摸的家伙,皱着还没有眉毛的眉头,很是严肃地瞅着他。

诸葛玥和自己的儿子对视着,这种感觉有些奇怪,没有经验的他一时之间甚至不知道该用什么表情面对孩子。他竖起一只手指放在嘴边,示意他小点声,不要吵他娘亲睡觉。

孩子却明显有点不能领悟这个复杂的手势,也许是饿了,他很自然地捧起自己的小脚丫,极熟练地塞进了嘴里。

诸葛玥眉头一皱,心道这是什么习惯?也太不卫生了。

长长的手臂伸过去,他一把就将孩子嘴里的脚丫拽了出来,然后用充满警告意味的眼神看了他一眼。

婴儿虽小,却能敏锐地分辨出别人对他的态度。所以下一秒,毫无意外,满心不满意的青海小世子张开小嘴,以魔音穿耳的架势,放声大哭起来。

一时间,丫鬟、侍女、奶妈、侍从、大夫,全如同豆子一般,从大殿的各个角落里冒了出来。就连熟睡中的楚乔也顿时惊醒,一下坐起身来。

"怎么回事?"

"小世子尿了吗?"

"快传大夫。"

"小殿下不哭不哭,你看看,这是什么?"

一群下人十分没礼貌地将某人挤了出去,孩子的眼睛在人群中转了一圈,最后停在母亲的脸上,很是委屈地瘪着嘴,伸出两只胖胖的小手,抽抽搭搭地哭着。

楚乔将孩子抱在怀里,看了一圈,这才注意到久别重逢的丈夫,却柳眉一竖,怒声说道:"你欺负儿子!"

"我没有。"诸葛玥矢口否认,说着就要上前来。

可是就像是为了否认他的话一样,孩子一见他走过来,哭得更大声了。

"你还说你没有?"楚乔瞪着他,"你这么大的人了,还欺负小孩子!"

诸葛玥气得七窍生烟,这小子到底是不是他儿子?看他在那儿眼泪鼻涕都蹭在楚乔洁白的衣领上,他就怒火中烧。搞什么?他出生入死万里迢迢为他们母子寻医问药,他们对他就这种态度?

"殿下,您身上风沙太大,大夫说让您先出去。"

诸葛玥眼睛一瞪,吓得那个小丫鬟差点当场休克。可是瞪了半天眼睛,他终于还是黑着脸,被那个公报私仇的老大夫赶出了自己的家门。

"哎呀,小世子尿了!"

"快拿尿布,奶妈过来,小世子可能是饿了。"

殿内殿外一团混乱,下人们进进出出,都忙得没人看他一眼。

大胜而归的青海王十分郁闷,黑着脸坐在那里,怎么都觉得这件事和自己的想象差得太远了。

本来应该是这样的：孝顺的儿子，温柔的妻子，满目崇敬的部下，他们应该一起仰望着坐在马背上的他，激动得泪流满面，大声表扬着他的功绩。

而不是现在这样，儿子就知道咧嘴大哭和啃脚丫子，妻子满眼满心就只有孩子。

他叹了口气，很郁闷地继续坐着。

"梅香姐，小殿下是穿这件宝蓝色的还是这件米黄色的？"

"小姐，小殿下吐奶了，是不是吃太多了？"

"哎呀，殿下您起来一下行吗？您坐着小殿下的玩具了。"

每个人都有自己的逆鳞，有的是金银，有的是权势，而他的，是两个人……

第二章

青海

　　青海是一片广袤的土地，如果你不曾踏足于此，那么你将永远也无法想象，在那片血污的森林之后，隐藏着一个如此美丽的天堂。

　　赤风向东，二百八十余里，雄关如铁，名为翠微，巍峨高耸，如沧浪之山。
　　诸葛玥策马而行，身后跟着百余匹战马，他如今的贴身护卫队长郭淮带着二三十名士兵走在最后，护卫着几十辆青布马车。风从东方迎面吹来，带着泥土的香气，又是一年春暖花开，青海大陆，已是一片繁花璀璨的艳丽之色。
　　到了关口，看守的侍卫早就接到消息，见到诸葛玥，恭敬地行礼之后，打开了沉重的城门。
　　诸葛玥对着一辆马车沉静地说道："三叔，恕我不送了。"
　　马车的帘子被掀开，露出一张老迈却仍显清俊的脸。只是这张脸的主人此刻愁眉不展，一双狭长的眼睛里满是懊恼之色。他抬起头来，最后一次哀求道："殿下，是我糊涂，你就原谅我这一次吧。"
　　诸葛玥默不作声，只是淡淡地看着他，那眼神风轻云淡，却好似镜湖封冻，就那么冷冰冰地将一切反射回去，没有一丝感情。
　　老人继续哀求道："大夏已然灭国，大哥他们一支早就随七殿下去了北地，如今红川境内是燕洵那小狼崽子主事，你让我回去，我可如何是好啊？"
　　"那是你的事，与我无关。"
　　老人几乎要落下泪来，一骨碌爬起来，就在车上跪了下去，悲戚地说道："殿下，是三叔不好，是我鬼迷了心窍。不过三叔也是看你子嗣凋零，才想把绸儿嫁给你，我对她没恶意的，我只是……"
　　老人的话还没说完，诸葛玥已经掉转马头，脊背如枪，没有一丝犹疑。
　　老人一惊，突然大声叫道："我什么也没做！我只是想想！"
　　"想想也不行。"诸葛玥的声音很平静地在风中回荡，像是一片漂在水面上的叶子。
　　"他们是我的妻儿，你就是在脑子里过一下，被我知道了，也不行。"

一只雪白的鸟从青海平原上飞过来,嘴里衔着一根树枝,看起来,是刚刚安家筑巢的雄鸟。

"郭淮,送他们出去。"

大门打开,许久,又重重关上。他一言不发地带着队伍回去,马蹄声声,牧草青青,雄鹰盘旋,一切都安宁而平静。

这就是青海,是他的家,他以铁腕掌管着这里的一切,统治着这里的一切,也必然会守护这里的一切。任何可能会威胁到这种平静的东西,都要被无情地铲除掉。哪怕,只是想想。

一阵清脆的马蹄声突然响起。诸葛玥抬起头来,就见她穿着一身鹅黄色衣衫,骑在马背上,远远奔来。

"吁——"楚乔勒住马缰,在马背上竖直身子,向远处的关口望去,皱眉问道:"你三叔走了?"

诸葛玥点头,"嗯。"

"怎么不叫我来送?"

诸葛玥笑道:"他故土难离,想家要回去,闹腾你干什么?"

楚乔不乐意地皱着眉,"他是你的长辈,我不送送多不好看。"

"有什么不好看的。"诸葛玥随意一哂,打马上前,说道,"我跟他也不亲。"

反正已经走了,楚乔无奈地一叹,扁扁嘴说道:"这可是你不让我送的,事后可别挑我的理,说我不给你面子。"

两人笑呵呵地闲话家常,往家的方向走去。驿道笔直,两旁碧草纷纷,鲜花如繁,隐隐有诱人的香气远远袭来。这条驿道是通往关外的必经之路,如今红川局势已定,燕北入主东土,卞唐内战平息,怀宋归顺大燕。政局稳定,商贸便渐渐发展起来,青海政策开明,卞唐也和青海建立了正式的商贸往来,是以这条驿道很是繁华热闹,这么一会儿工夫,已经有十多队商行车队路过了。

诸葛玥和楚乔都穿着寻常人的服饰,身后的侍卫也未着铠甲,是以看起来就如普通人家出游一般。

不多一会儿,忽听前方锣鼓声响,抬眼看去,竟是有人嫁女,白马红轿,吹吹打打,一路蜿蜒而来。

诸葛玥见了,笑道:"今日倒是喜庆,出门就遇到百姓办喜事。"

说罢,吩咐郭淮等人让出路来,众人退到驿道外。那喜队远远走来,新郎坐在马上,倒是仪表堂堂,远远地冲诸葛玥拱手,感谢他的让路之谊,诸葛玥也微笑着点头还礼。

楚乔看着那支喜队,突然间有些恍惚。隐隐记得,似乎好久之前,她也曾坐过喜庆的王辇,伴着一路鼓乐,走在这条刚刚修建完毕的驿道上。

那时的她,已经身怀六甲,腰身早已藏不住了。她了解这里的风俗,女人怀着大肚子出嫁,难免会有些流言蜚语。他却坚持,说定要在孩子出世之前给她一个正式的名分。所以,她就再次成了这天底下最具非议的新娘,穿着宽大的喜袍,坐着帝王的辇车,一路走进了那座专为她修建的富丽堂皇的宫殿。

这世上的事,总是千奇百怪。很多时候,你奋力为一件事拼搏,却未必能达成理想。而有的时候,你无心插柳的一次回眸,却注定能许下一生都剪不断的缘分。

那一天,梧桐台上,她凤冠霞帔,在青海这片天地的见证下嫁作他的妻。紫金绿线,锦缎华服,他用半生的心血,为她织了这场盛大的婚礼,在他于困境中一手一脚打下的土地上,给了她一个终生可依的家门。

俯首叩拜,她满心感恩,这一生不敬神佛,却终得神佛保佑,在百战之后,九死一生,得了这个天下女子都求之不得的良人。

他这样的人,值得这世上所有忠贞的女子用尽一生去爱。

而她,是这万千生灵中,最幸运的一人。

那一晚,他为她拔钗卸妆,红烛未剪,西窗已明,一路生死,终究还是盼到了这一日。

就像是这青海大陆上的风,游弋了千百回,东南西北四处刮,却终究要回到赤风之地,找到自己的家门。

"星儿?"

诸葛玥皱眉叫道:"发什么呆呢?"

楚乔顿时回过神来,笑着说道:"我想到我们大婚的时候,你可没骑着马来接我。"

诸葛玥若有所思地看着那支渐渐远去的队伍,点头道:"是啊,要不我们再办一次?"

"好啊,我没意见。"

两人一边玩笑着一边走,不一会儿,就进了秋叶城,由后宫门进了星月宫。

然而刚刚走到太和殿外,就听里面传来一阵喧哗,内侍正要通报,诸葛玥一摆手,皱着眉走了进去。

果然不出所料,院子里,下人们全战战兢兢地站在一旁。他的儿子正撅着小屁股,使出吃奶的劲将自己的那点东西往宫门里拽,而某人的枕头被摆在门口,显然已经被放逐在外了。

"舟儿,你干什么?"

刚刚三岁半的孩子听到声音吓了一跳,一屁股就蹲坐在了地上。他小心翼翼地回过头来,用手捂着眼睛,从手指缝里往外看,果然看到自家老爹那张臭臭的脸。

做都做了,又被抓个正着,还有什么好说的?

诸葛云舟豁出去了,站起身来,一挺小肚子,大声说道:"舟儿在搬家!"

"你又搬什么家?"

却听他儿子理直气壮地说道:"爹爹五天,舟儿五天,到五天了。"

诸葛玥一个头两个大,是的,当初是有这么个说法。他和楚乔两个人,别看平时看起来精明干练,宠起孩子来那叫一个无法无天,这孩子直到两岁,都一直和他们同屋住。可是这个这个,有些时候,还是很不方便。比如夜深人静,夜黑风高,干点有利于身心健康的事情,旁边总是有个耳朵比兔子还好使的小家伙瞪大眼睛瞅着你,这也太惊悚了吧。

最后,诸葛玥忍无可忍,和儿子约法一章,父子分殿,每人霸占楚乔五天,这才暂时得了几个逍遥放肆的夜晚。

可惜，从此以后，也让诸葛云舟对他老爸的信任度大幅度下降，每隔三五天，这人总是要以各种理由拒不归还娘亲。小家伙越来越不满意了，干啥干啥，欺负俺年纪小说话没人听是吧？娘亲说了，自己动手，丰衣足食，山不来就我，我便去就山，你不搬出来，我就搬进去。

所以今天，趁诸葛玥出门办事，诸葛云舟很有毅力地挪着小短腿，将自己的家伙什么的全搬进了楚乔的寝殿，还将诸葛玥的枕头扔了出来，以示自己的决心。

"嗯哼，"诸葛玥清了下嗓子，很有内容地说道，"舟儿，你已经长大了，要学会做一个男子汉，不能总是黏着你娘亲。"

小诸葛仰着脑袋，眨巴着眼睛很认真很认真地看着他爹。诸葛玥以为自己说教成功，连忙很不要脸地趁热打铁道："父亲在你这么小的时候，已经能弯弓骑马、通晓诗书了。你要把心思都用在正经事上，别每天想着这些没用的事，听懂了吗？"

小诸葛点了点头，很乖巧地说："听懂了。"

诸葛玥大喜过望，这小子，终于开窍了。

"但是不好使。"小诸葛撇着嘴，对着楚乔伸出一双红彤彤的小手，很委屈地说道，"娘亲，手疼，可累了。"

楚乔看着自己宝贝儿子那个样子，顿时百炼钢化作绕指柔，三步并作两步，指挥下人帮他搬起东西来。

诸葛玥站在院子里，就这么看着自己的妻子瞬间变节，一颗心如秋风扫落叶般苍凉。

深夜，某人蹑手蹑脚地起身，穿好衣服出了大殿。

外面负责接头的人很得意地问道："他睡了？"

"嗯。"楚乔点头，"快走快走，明早我还得起早回来。"

"死小子，跟我斗？！"

"小点声，小家伙耳朵好使着呢。"

夜黑如墨，某小孩趴在窗头，凝望着外面并肩而行的两人，很悲伤地叹息道："娘亲已经背叛我了呀。"

青海在很久以前还不叫青海，很久以前，这里没有名字。很久以后，有人走上了这片土地，只见青草如海，天地广阔，所以起了这个名字。

诸葛云舟以前不叫诸葛云舟，他叫诸葛孔明，后来他娘做了个梦，梦到一个拿扇子的老头带着雷公来劈她，所以才给他改了这个名字。

星月宫以前不叫星月宫，这里以前是一片荒无人烟的土地，自从有一家人来到此地之后，这里才建起了大大的宫殿，有了平静安宁的生活。

英雄们走出了波澜壮阔的战场，回到了琐碎平静的生活，当生命不再跌宕起伏如怒海行舟时，你才会体会到生活的快乐。

毕竟，这才是生活呀。

第二章

珍珠

我想做一只蚌，用时间和血肉，自己呵护自己的珍珠。

深夜的时候，突然下起了大雪，没有风，雪花如棉絮一般漫天飘零。满园的梅树一夜盛开，红粉如血，娇艳地立在枝头。

梅香夜里进殿来加炭，突然看到她坐在榻上，不由得一惊，缓步走上前来，轻声唤道："小姐，你怎么了？"

楚乔穿着白棉睡袍，一头长发如漆黑的缎子，她似乎有些失神，脸色也是苍白的，微微摇了摇头，说道："只是有些心慌。"

梅香闻言，嘴角含了一丝浅笑，打趣她道："四少爷才刚刚走了两天，小姐就相思得夜不能眠了？"

诸葛玥虽然占据青海，但是如今仍旧以大夏属臣的身份掌政，尊北地的赵彻为主。所以在尊位上，他仍是藩王，楚乔则是王妃。梅香跟随他们时间久了，一直也没改口。

楚乔笑斥了她一句，梅香就退下了。

帷幔轻卷，灯影深深，没有他在，这屋子顿时就显得空旷了。

她想起了刚刚做的那个梦，梦里的女子背影模糊，纤细一条，面色苍白，嘴角的笑容却温软娴静。她一袭白衣，就那么静静地站在青砖红瓦的庭院里，静静地望着她，雪白的梨花在她身后盛开，一片片随风飘落。

深夜寒寂，不知何时，外面突然起了风，风雪卷着梅花拍打在窗棂上，沙沙地响。

她静静地望着窗外，心底缓缓生出一丝莫名的酸涩感，不知为何，不知为谁。

那一天，是十二月初四，诸葛玥去龚越处理军务，刚走两天。在星月宫的铅华殿里，楚乔做了一个梦，梦到一个陌生的女子站在她的窗外，默立许久，方才离去。

半个月之后，诸葛玥从龚越回来，一路疾驰，风尘仆仆。

诸葛云舟皱着小眉毛，还没下马车就向母亲诉苦，委屈地说道："舟儿再也不要跟父王出门了，总是催命地赶路，一点也不好玩。"

李青荣今年已经八岁了，长得和他父亲很像，尤喜艳色衣装，举手投足间，都是昔年那人的风采。只见他慵懒地靠在宫门前的石柱上，不断地打着哈欠，一双桃花眼微微上挑，嘟囔道："我早就跟你说过了，是你自己不信，偏偏要跟去。"

楚乔也不理他们，径直走过来，笑着为诸葛玥掸去衣角的尘土，问道："路上辛苦吗？"

诸葛玥拥住她，在她脸颊边轻轻一吻，"还好。"

"唉！"诸葛云舟无奈地叹息，眼见没人搭理他，只能自己挪着小胳膊小腿跳下马车，一边下车一边摇头道："世风日下，人心难测，同样是亲人，待遇也相差太多了。"

李青荣则是做出一副不忍直视的样子，一手掩住眼睛，一手摸索着就要回宫。

这天晚上，星月宫开了盛大的宴席。佳肴流水般呈上，歌舞曼妙，乐声悠扬，宫人们穿花拂柳，亲信的官员携带家眷，大殿之上谈笑风生，其乐融融。然而这一切都不及他在身边的一个眼神。门外大雪堆积，梅树摇曳，风吹过，雪花翻卷飞舞，恍若瑶池仙子的水袖。

他喝了些酒，兴致很好，被属下打趣说在外心系家中连夜赶路，也只是如孩子般倔强地瞪着眼，一副"事后本王定会找你算账"的模样。

那天晚上，酒宴散去，宫门闭合，轻飞的帷幔中，肌肤炙热，抵死缠绵。云收雨歇后，他轻吻着她的耳垂，在她的耳畔低语道："星儿，真煌城的纳兰皇后去了。"

去了？去哪里？一时间，楚乔的神志还有些恍惚，向来玲珑剔透的心尚未从极致的温暖中走出来。她靠在他的怀里，迷迷糊糊地想：纳兰皇后？哪个纳兰皇后？

"据说是暴病而亡，已有小半个月了。我知道后后怕得很，想起当初你病着的样子，就更加迫不及待地想要赶回来。"

诸葛玥轻声说着，双臂从背后环住她，胸膛紧紧地贴着她光滑的脊背。他抱得那样紧，领她几乎有些难以喘息了。

楚乔的身子却渐渐僵住了，寒气从指尖生出，一丝丝爬上来，如燕北高原上冬天的井水，能将人的神经都冻死。窗外的风吹过，发出呜呜的声音，一棵梅树的枝丫在窗前摇晃着，袅袅娜娜，如同女子纤细的腰身和如云的鬓发。

她突然想起了半月前的那一晚，她于睡梦中惊醒，身上都是凉沁沁的冷汗，黏黏地附在身上。这么多天，她已然忘了，忘了那人的眉，忘了那人的脸，忘了那人衣衫上的云纹。可是，她仍记得那一双眼睛，沉静，淡然，像是九天上的云，轻飘飘地落在她身上，却又似乎透过她，看到了好远好远。

风吹起她的衣角，有梨花在她的头顶飘落，撒下一地苍白。

她们从未见过面，这一生唯一的一次交集，似乎仍旧是那次无意间的一瞥。

墨迹狼藉，花笺浅香，诗句凌乱，唯有女子伤心的泪水，一滴一滴落下，浸透纸背，晕开浓墨，化成一个浅浅的泪痕。

阴错阳差，她的痛楚无人看见，唯有她，在不经意的抬眸间，看到了一个高高在上的女子从不示人的伤痕。

山有木兮木有枝，心悦君兮君不知……

呼的一声，窗外掠过一个黑影，她突然浑身一惊，连手指都变得僵硬。

诸葛玥察觉到她的不妥，一把将她抱在怀里，半撑起身子，扬声道："什么东西？"

殿外传来内侍急促的脚步声，有人尖着嗓子回禀道："王，是夜飞的乌鸦。"

"吩咐箭机营，将附近的扁毛畜生都给射了。"

"是，奴才这就去办。"

夜风仍旧吹拂，诸葛玥抱住她，轻声安慰："别怕，没事了，只是一只鸟。"

她的眼眶突然有些发烫，她转过身去，紧紧地抱住他的腰。

他一手环着她，一手轻拍着她的背，略有所察，低声问："星儿，你怎么了？"

她埋首在他温暖的怀里，声音很小，静静地说："只是觉得，人生无常。"

他温言道："人生无常，却不是说你我。"

楚乔抬起头，一双漆黑的眸子在黑夜里有着迷茫的神色，她微微皱着眉，说道："有些事，人力终究有所不及，天意难测。"

"我从不信什么神佛。"

他淡淡一笑，眼底满是熠熠的辉光，靠上前，轻吻着她的嘴角，喃喃道："我也从不会做让自己后悔的事。"

她的心，好似突然间落入了滚烫的温泉，四肢百骸都酥软起来。她抱着他，唇齿间细细回应，肌肤如缎，一点点地轻触摩擦，手指如蝶翼，划过他宽阔的肩膀，抵住坚硬的胸膛，耳郭贴上来，隔着手掌，也能听到那稳健有力的心跳。

她的眼泪一滴滴落下，没有因由，也不想阻止。

窗外大雪纷飞，她在自己家中温暖的寝室内，靠在她丈夫怀里。对面的寝殿内，睡着她的儿子。天地那么广阔，她的世界却被她紧紧握在手中。任凭这世间风雨一波波地来，她也有勇气去面对一切波折和坎坷。

青海的冬天很短，很快就过去了。

春雨贵如油，细若蹁跹的牛毛。这一天，是春耕的吉日，诸葛玥带着满朝文武去了神农坛，平安如今跟随在诸葛玥身边听差，菁菁闲得发慌，就苦苦哀求楚乔出宫透气。

楚乔这段日子身子疲乏，也不太爱动，可是拗不过菁菁，只好带着云舟和荣儿一起出了宫。李青荣小小年纪，却极为嗜睡，出了宫门还没睡醒，楚乔无奈，只得给他单独准备了马车，自己则带着云舟和菁菁骑马而行。

上了山，所有人都得弃马步行，李青荣唉声叹气地跟在后面，口口声声说自己来青海就是为了躲清闲，没想到还是劳碌命云云。

菁菁气得和他拌嘴，却没说两句就败下阵来，只好求助于楚乔。

楚乔笑着问，唐皇还是整日逼他学习政事吗？

他忙不迭地点头，无奈地叹道："皇兄说，等我再大几岁，就可以接他几年，让他也喘喘气。"

楚乔早知他们兄弟感情极好，当下也不诧异，笑着说道："难得你皇兄有如此胸怀。"

李青荣却撇了撇嘴，不屑道："皇帝是这天下一等一的苦差事，他想骗我上当，门儿都没有。"

众人登上山顶时,正巧天刚刚放晴,旭日穿透云层,一道大大的彩虹落下来,恍若天边的丝带。

菁菁开心得手舞足蹈,诸葛云舟则皱着小眉头看着她,问道:"娘亲,小姨什么时候才能出嫁呀?"

菁菁敏感地回过头来,很凶地说道:"要你操心?!"

诸葛云舟一撇嘴,"谁为你操心了?我只是想耳根清净一点。"

两人正在一边拌嘴,楚乔转过头来,只见李青荣穿着一身大红色轻袍,软带束冠,袍袖翩翩,靠在一株青松旁,纵然年纪小,眉眼却和李策一模一样。细长的眼睛如同狐狸,微微半眯着,见她望来,他突然笑着说:"姑姑什么时候再生个小妹妹出来,等荣儿长大了,就嫁给荣儿为妻吧。"

楚乔一愣,失笑问道:"你小小年纪,怎么突然想到这个?"

"也不是突然想到的。"李青荣扬眉,嘴角笑容浅浅,明明还是一个小孩子,双眼却好似笼上了一层苍茫的雾霭,让人无法看透。

"从小就有这个念头,想来荣儿就是为了这个目的而生的。"

清风徐来,吹起李青荣的鬓发。他看着远方,沉静地说道:"姑姑,这世间怨偶太多了,好比我父皇和母妃、皇爷爷和皇奶奶,都是一生憎恨,至死不休。像姑姑和王这样的,实在太少了。"

突然,山风骤起,李青荣见楚乔衣衫单薄,赶忙取了一件披风跑过来,虽个子小小的,却很沉稳地为她披上披风。

少年笑眯眯地说:"姑姑,我想要个妹妹做媳妇,所以,你和王要努力啊。"

见这么小个孩子也来取笑自己,楚乔顿时有些窘迫,不痛不痒地训了他几句,他却仍是那副笑眯眯的惫懒模样。

细雨停歇,彩虹蜿蜒,阳光刺透云雾,洒下一地金黄。

半月后,太医署请脉时上交了喜表,青海王妃怀有身孕。

同年底,星月宫再添一女,名诸葛云笙,小字珍珠,又号珍珠郡主。

卞唐的和亲文聘在第二个月就过了翠微关,李青荣骑着马从半路截下,将送文聘婚约的使臣赶回了卞唐。

唐皇李修仪写信骂他失心疯,他却淡淡地轻哼,回信道:"蚌之珍珠,贝操何心?"

又一个孩子住进了铅华殿的寝房,可怜的青海王,在结束了长达半年的禁欲生活之后,又要开始艰难的夺妻之路了。

风从关口吹来,带着青草的幽香,一年去了,一年又来。怀宋的东海上,渔民们抓了今年的新蚌,有的蚌珍珠璀璨,有的蚌却将自己的珍珠丢掉了。

原本都是一粒沙,被人宠爱,才会变得珍贵。

岁月打磨,终成珍珠。

第四章

钢铁

烈火烧了起来，殷红得像是滚烫的血。利箭脱离黄金的弩，正中太阳的心脏。天神的号叫声从苍穹上传来，滴血成雨，大地断裂，山脉崩塌，海水翻滚，拔起巍峨的冰峰。天地就是一座巨大的熔炉，将苍生血泪烹煮于其中。

无边的黑暗中，他的眼球在快速地转动。血红色的光罩住了他的心口，他看到了漆黑的战甲，看到了鲨青的战刀，看到了暗夜的圆月，看到了苍茫的雪原。厮杀的人群麦浪般倒下，血肉堆积，铺天盖地，苍鹰秃鹫俯冲而下，脚爪上闪烁着腐肉的磷光。旷野上卷起了大风，周围是排山倒海的厮杀声，风吹在脸上，带着沙土的干燥之气，凌厉如同刀子。

战鼓越来越急，敌军铺天盖地而来，大地震动，马蹄奔腾，乌云压在头顶，像是一条条凶狠的恶龙。

"杀——"

"杀杀——"

"杀杀杀——"

双眼突然睁开，所有的幻境一时间全部烟消云散，他独自躺在一张比普通人家的卧房还要大的龙床上。暗黑色的缎子上绣着黄金色的龙，那么张扬地仰着狰狞的头角。金光灿灿的丝线，即便在这样黑的屋子里，也能闪烁出凌厉的光芒。

他没有动，没有说话，额角的鬓发微微潮湿，他却并未用手拭去缓缓流入脖颈的汗水。

夜那么安静，没有说话声，没有脚步声，没有蝉鸣声，甚至连风声也不曾听到。唯有他的喘息，那么缓慢，那么沉重，一声、一声，又一声。

夜再长，也终会过去。

他从来都是一个善于忍耐的人，从前是，现在是，以后也是。

窗子上突然闪烁淡淡的红光，他的视线被吸引过去，微微皱眉，殿外就传来了内侍急促的脚步声。

"外面什么事？"他的嗓子有些发干，声音却还是一贯的平静。

"回禀陛下，长乐宫那边失火了，水龙局已经进了宫，正在扑火。"

内侍的声音依旧尖细，在这样的夜里，阴柔得让人脊背发凉。

他望着窗外的树影，在床上静坐了许久。突然，他下了床，赤着脚就要走出寝殿。十多名守夜的宫女惊慌地跑上前来，为他披上明黄色的睡袍，为他穿上龙靴。他径直出了大殿，向着长乐宫的方向大步走去。内侍首领急忙叫来了大批护卫随侍在一旁，宫人们挑着灯笼跟在身后，蜿蜒迤逦，长长的一排，就这么浩浩荡荡向着长乐宫行去。

"打！给我往死里打！"还没靠近长乐宫，内侍的声音就远远地传来。

他不动声色地走过去，隔着一条龙盘渠，只见在回廊的月亮门下，几名宫人正围着几个年幼的孩子，那几个孩子被按在栏杆上，内侍们扬起板子，一下一下用力拍着。她们的裤子都已经被打烂，血肉模糊地黏在屁股上，开始的时候还能发出几声惨叫，可是后来，就连惨叫声都发不出了。

"火是我放的！有种你们杀了我！"一名瘦弱的孩子突然叫道，她已经被打得不成人形，一张小脸却仍倔强地仰着，冷声说道，"我只恨我烧不死你们这群燕北狗！"

这些都是前朝遗留下的孩子，燕北的大军冲入真煌之后，所有来不及逃跑的大夏贵族都遭到了血腥的屠戮。唯有这些年幼的孩子，在战士们的狼刀下侥幸活了下来。毕竟在当时，她们只是一群五六岁的娃娃，便是再心狠手辣的士兵杀了十个八个之后，都会觉得手软，然而又有谁能想到，这些当年连事都记不住的孩子，竟会在今天做出这样疯狂的举动？

长乐宫，是新晋的玉美人的宫殿，他今晚翻了玉美人的牌子，因临时倦了，才没有前去。

仇恨，果然是这世上最坚硬的东西，便是钢刀被烈火吞噬，冰山在烈日下融化，也不能将仇恨抹杀。

"陛下。"内侍首领跪在地上，脊背瑟瑟发抖，他不知道自己为什么会这样害怕，只是觉得寒气从脚底一丝丝爬起，颤抖蔓延至全身，止都止不住。

"回宫。"黑底金龙的锦缎扫过一旁的树枝，他兴师动众地赶来，只看了一眼，就转身离去。

夜仍旧漆黑一片，像是蘸饱了墨的笔尖。他的身影消失在黑色的长廊里，若隐若现，冷风吹过去，扬起地上细小的飞灰，什么声音都听不到了，唯有孩子虚弱的惨叫和叫骂声回荡在空中。

"我要为我娘报仇！"

"万恶的燕北狗！"

"你们不得好死！"

"我们的王会回来的！你们会后悔的！"

……

长夜漫漫，兵器库里的战甲染上了一层寒霜，月亮门洞之下鲜血成河，孩子的尸首被一路蜿蜒着拖出宫门，扔在乱葬岗上，被野狗吞噬。

这个世上，传奇太少，大多数心有不甘的人，都已死在仇恨的深渊里，能忍辱偷生爬上来的人，也未必见得真正快乐几分。

但是活着，总好过于死。

他静静地坐在窗前，断指处戴着一只白玉扳指，由于手指有些小，有些地方几乎还有大大的空隙。那只扳指已然碎裂，内部用金丝缝合，破破烂烂的，就算扔在街边，想必都没人会捡。

他用手指摩挲着那只破旧的扳指，指腹的茧子硬硬的，触碰在白玉扳指上，发出很轻很轻的声音。他低下头，看着扳指上淡淡的花纹，依稀间，心底的长剑似乎再次出了鞘，血淋淋地狰狞闪烁，白亮的剑光内，映照出一张烂熟于心的脸。

"后悔吗？"他无声地冷笑。

那些常人该有的情绪，比如脆弱，比如害怕，比如畏惧，或者，是那孩子所说的后悔，他都不允许自己拥有。

因为那些东西，除了令他感到恶心，再无任何作用。

大业已成，血仇得报，他求仁得仁。

后悔吗？

他闭上双眼，极远处的天边露出一缕光线来，透过窗子，照在他棱角分明的脸庞上。整座宫廷都以黑檀木和黑曜石为制材，在这样旭日初升的时候，有着令人窒息的压抑之美。

他身上流着燕北大地的兵戈血脉，骨子里填充着多年隐忍的郁结之气，梦里都是长河泛滥，兵马冲破真煌山阙。这样的他，怎会后悔？

他抬起眼，只见天地辽阔，飞鸟盘旋，再不是儿时那巴掌大的一块，窘迫得连月亮都不敢停留。

后悔？他嗤之以鼻。

三月十六，东野郡郡守传来急报，说是擒住了一路叛军，其中有一人看起来身份不俗。

刑部当即下令，将那人带上京来。

半月之后，那人终于被绑至眼前，但见修眉凤目，高鼻薄唇，便是在这等狼狈的状况下，仍旧掩盖不了他的俊秀和不凡。

燕洵坐在王位上，看着这位昔日的天之骄子，久久没有说话。反而是他，仰起带着血印的脸，笑容淡淡地望着他，好似老友相见一般随意地打着招呼："燕世子，好久不见。"

燕……世子……真是个久违的称呼，他很平静地点头回道："沐小公爷。"

"这么久没见，燕世子风采更胜往昔。"

"是吗？"燕洵淡淡道，"小公爷却有些不同。"

沐允笑道："风水轮流转，花无百日红，世事多变，本也寻常。"

"小公爷倒是看得开，不愧是英雄豪杰。"

沐允突然哈哈一笑，摇头道："英雄早就死了，活下来的人，不过是委曲求全和苟且偷生之辈，感谢世子，很快就要替我结束这令人尴尬的处境了。"

"看来小公爷已经有些迫不及待了。"

沐允一脸得遇知己的感慨，垂首行礼道："还望世子成全。"

燕洵的目光突然变得有几分犀利，那是常年行走于军伍之间的锐气，像是杀气腾腾的箭，只一下，就足以射穿十八层牛皮。然而，在这个人眼里，他什么都没有看到。

刀剑可以征服天下，却永远无法征服人心，在这片丑陋肮脏的土地上，到底还是生存着一些倔强的灵魂。

他随意挥手，"那就不送了。"

沐允洒脱一笑，大袖翩翩，纵然一身伤痕，却仍旧不减天家贵族之气。

"世子贵人事多，留步吧。"

阳光透过窗棂，投下一束一束光圈。

年少气盛时的瞧不顺眼，尚武堂里的明争暗斗，长大之后的利益搏杀。终究，最后的最后，还是他站在这里，看着那个出身高贵总是一脸骄傲的男人，一步一步走上了断头的刑台。

他下巴微微挑起，有细小的风从耳边吹过，很久很久，他都不想说话。有一种疲倦，在他一时不察的情况下刺入了他的心。隔得那么远，他却好像听到了九幽台上铡刀破风铡下的声音，高傲的头颅跌入灰尘，匍匐身躯再也无法笔挺地站立，倔强无畏的眼睛终究还是要永远闭上。

尊严？骄傲？皇室？血脉？倔强？信念？

一切的一切，又有什么重要？

不曾跌入谷底的人，不曾从那种想要一死了之的境地中爬出来的人，如何能理解什么才是最重要的？

所有的一切都是以生存为前提，人若是死了，就什么都没有了，活着，才是最重要的。

他缓缓地睁开双眼，文武百官跪伏在眼前，死寂无声的大殿上一片冷冽，气压那么低，几乎要令人窒息。他可以清楚地看到有人在微微颤抖，他们都怕他，也许还恨他，可是那又怎么样？说到底，他终究是这片土地的王者，他们都需要臣服于他，这就够了，这就足够了。

天光璀璨，照在他坚韧的脸孔上，这是新一代的大陆王者，大燕的开国帝王。

他是燕洵，他是从地狱里爬出来的恶鬼，他是九死一生下残余一丝魂魄的冤魂，他不会后悔，永远不会。

"陛下，北罗斯帝国的蓝娅女皇又向我们发出求救信了。赵彻带兵攻打下了大漠以北的二十多个国家，如今已经快将整个西欧收归囊中了。"

"陛下，西北犬戎征兵三十万，屯于美林关外，对我们虎视眈眈，欲图谋不轨！"

"陛下，大唐靖安王妃的人马近期十分活跃，刑部驻西北边境的密探缉拿了十多个靖安王妃的密探，我们怀疑她与西北犬戎有某种紧密的联系。"

"陛下，河东大水，江南大旱，今年赋税不足往年四成，我们需要做点防范措施。"

"陛下……"

有一种人，他生来就是为了忍受孤独和痛苦的，风雨打不垮他，刀剑杀不死他，烈火烧不灭他，危难难不倒他。

因为在他的血管里，流淌着的不是鲜血，而是钢铁。

第五章

狼烟

苍风浮动，青草摇曳，年轻的将军穿着一身苍青色的铠甲，坐在马背上，展开手中的书信，默默地看了很久。

远处有马蹄声响起，魏舒烨从后面策马奔来，看着他阴晴不定的表情，微微挑了挑眉："诸葛四又来信了？"

"嗯。"过了许久，赵彻方抬起头来，呵呵一笑，说道，"他又添了一个女儿，找我要封号呢。"

"哦？"魏舒烨发自真心地笑道，"他倒是儿女双全，该送一份贺礼去。"

"不用惦记了，他自己开了礼单，让我们照着他写的送过去呢。"

魏舒烨闻言微微一愣，随即笑道："都是两个孩子的爹了，还是这副别扭的模样，不管什么事，死活不肯吃亏。"

赵彻目光温和，似乎也想起了一些少年往事，嘴角含笑说："他打小就这样，你还记不记得当初在尚武堂一起念书的时候，每个人生辰都要摆酒请客，其他人准备红包贺礼，偏偏他性子古怪，从来不说，也不摆酒。有一次十三吃了他一顿饭，偏巧那天是他生辰，十三事后跟咱们吹嘘，说自己如何了得，吃了诸葛四的白食。结果第二天二十多家商号去找十三的管家收账，说是诸葛府的四少爷买了一堆东西，用的都是十三的名，让人去找他收钱。"

魏舒烨哈哈笑道："记得记得，我可是记忆犹新。那次十三殿下真是大出血，一顿饭吃进去半年的俸禄，连着三个月找我借钱，到现在也没还。"

"哈哈，都说十三是厚道人，其实最是奸猾。从小到大，就数他借钱不爱还。"

两人一边说着一边往回走，如今赵彻的行宫设在霜韩城，比邻北罗斯，占地面积广阔，堪比大夏国都真煌。经过这几年的发展，人口也渐渐繁盛起来，已有几分北地第一商业之都的风范了。

还没进城，就听到一阵喧嚣的马蹄声急速奔来，跑在最前面的女子一身大红披风，脚蹬火红狐狸皮马靴，脸颊微红，眉眼如画，仔细看去，小腹还微微隆起，似乎已是有了身孕。看到赵彻，她眼睛顿时一亮，猛挥马鞭，策马冲了上来。

赵彻不由得眉头一皱，魏舒烨却在一旁掩嘴低笑。

"回来也不告诉我，哼哼，还不是被我发现？！"女子早已是两个孩子的母亲，如今第三个孩子也快降世，可还是一副少女的娇憨模样，甩着鞭子，仰着小下巴，眯着眼睛瞅着赵彻，一副扬扬得意的样子。

"已经有了身孕，怎么还骑马？我说的话你都没往心里去是不是？"

"喊！"完颜柔小声地哼了一声，满不在乎地说，"我就是阿妈生在马背上的，我们东胡的女人，可不像你们大夏女子那么娇柔。"说着，她突然跳下马来，几步跑到赵彻身边，手足并用地往他的马背上爬。看那架势，似乎想和他共乘一骑。

"拉我，拉我一把！"完颜柔踮着脚，在一旁叫道。肚子大了，上马的确是不方便了。

赵彻看着她倔强的小脸，终于无奈地败下阵来，叹了口气，将她拉上马背，却怎么也不敢策马狂奔了，只是轻踢着马腹，让马儿慢慢地走。

而口口声声说不像大夏女子那般娇柔的完颜柔小姐，也乖乖地靠在丈夫怀里，笑眯眯的样子，像是一只吃到了鱼的猫儿。

刚回到宫里，就有内侍来报，说是内陆的战报。完颜柔气得骂骂咧咧，嘟着小嘴回了后宫，说是去找儿子蹴鞠。

赵彻一边往正殿走，一边吩咐内侍看好她，午后的阳光暖暖的，隔着窗格子洒在地上，一片金灿灿的。

消息是赵飑的人送来的，内容和诸葛玥说的大同小异，只是更为详尽一些。

赵飑这几年一直在北地边境活跃，知道得多一点也不足为奇。更何况诸葛玥这封信应该是半个月前就发出的，那个时候战况还不激烈，他能提早察觉到事态的严重性，已经不简单了。

魏舒烨早就知道诸葛玥写信不会就那么点事，只是他刚刚远征吐谷浑回来，赵彻不想让他担心罢了。所以他刚刚回家打了个转，就进了宫，刚进勤政殿，果然见赵彻召了一群将军大臣，正在商议军事。

讨论了足足两个时辰，到了晚饭时间，完颜柔派人来催了好几次，差点就要亲自来跟大臣们拼命了，诸位元老终于不得不满心忐忑地出了宫。赵彻留魏舒烨吃饭，魏舒烨也没拒绝，只是吃饭的时候，不免被想独自霸占丈夫的某女人活活剜了好几眼。

吃完饭，两人就进了书房，赵彻开门见山地问："这件事，你怎么看？"

魏舒烨微微一笑，说道："殿下应该早就有主意了，何必又来问我呢？"

赵彻眉头一皱，说道："我还没决定。"

"殿下在犹豫，就是已经决定了。"

赵彻缓缓坐了下来，手指摩挲着茶杯的杯壁，静静地不说话。

"靖安王妃甘冒天下之大不韪，攻打美林关，放犬戎人东进，这简直是自寻死路。殿下，这一次，就算她是我大夏的血亲后裔，也不能姑息了。"

见赵彻不说话，魏舒烨继续说道："当初她几次明里暗里谋害楚乔，若不是看在你的面子上，诸葛四早就出手了。这些年，卞唐不动她，青海不动她，燕洵不知道怎么想的，几次有机会，最后却没下手，再加上我们暗中维护，她也并没有性命危险。可是这一次，她做得实在是太过了。"

赵彻沉默片刻，说道："犬戎人已经打到北朔了。"

"大燕初立，不过六年时间，国内势力不稳，地方的大夏兵力还没有完全拔除。淳公主打着光复夏室的旗号，的确能占据一些便宜，但是只要时机稍过，让百姓和军队见识到犬戎的残暴，必将倒戈，那时候，淳公主将陷入完全被动的局面，这个东陆叛徒的名号是担定了。"

魏舒烨侃侃而谈，几年的血腥洗刷，他再也不是当年真煌城里那个风度翩翩的世家公子了。

赵彻皱着眉，缓缓说道："张大人所说，你觉得可行吗？"

魏舒烨失笑道："殿下，你心知肚明，又何必问我呢？"

赵彻看着他，过了一会儿，突然笑道："的确，难怪阿柔说我越来越婆妈，果然是患得患失了。"

"上位者皆如此，以前你只是一位藩王，如今却是大夏的君主，要对这么多人负责，不能不谨慎。"

"我明白，燕北的统治已经稳定，如今北地局势混乱，我们无法两面开战，同时兼顾的结果只能是一无所获。这个便宜，我们占不到。"

魏舒烨说道："那诸葛四的提议？"

"再看看吧。"赵彻皱眉道，"我们和他不同，青海一直独立在外，和内陆没有根本的仇恨，而我们的战士，尤其是上层军官，对燕北恨之入骨，你让他们去帮燕北打仗，那不是比要他们的命都难？"

魏舒烨闻言无奈地叹了口气，摇头说道："唉，我们这哪里是为别人打仗啊？"

赵彻也是无奈一笑，"跟这些人，怎么说得通。"

"对了，刚刚礼官派快马出了关，到底什么事这么着急？"

说到这里，赵彻总算露出一点放松的笑容来，说道："还不是给显儿找老婆，现在诸葛家那位珍珠郡主可是宝贝，我得抢在卞唐之前把婚事定下来。"

"唐皇李修仪？"魏舒烨诧异道，"他不是已经册立了皇后？"

"你忘了，李策还有一个儿子，是那位詹贵妃的儿子，一直住在青海的。"

"哦，想起来了。"魏舒烨点头道，"那孩子我还见过一面，和他父亲很像，尤其是一双眼睛。"

赵彻靠在椅背上，扬扬得意地说："要走我那么多东西，早晚让他当作女儿的嫁妆都给我还回来。"

风起北地，青草刚刚冒出芽来，而此时的青海，已是雨打芭蕉，一片郁葱之色。

夜深人静，楚乔穿着棉白色睡衣，将窗子的挡板放下，淅淅沥沥的雨声顿时被阻隔在外。一双红烛静静地燃着，火光幽幽，一片静谧。

一双手从后面环住她，温热的呼吸喷在耳后。诸葛玥带着一身浓浓的倦意，靠在她柔软的身躯上，轻声说："还没睡呢。"

"你不回来，我哪敢先睡？"

楚乔笑着转过身，在他的唇上轻啄一下，问道："肚子饿吗？要不要吩咐厨房准备晚膳，我叫人一直温着等你呢。"

诸葛玥一笑，似乎不太满意她这个蜻蜓点水的吻法，低下头，覆上楚乔柔软的双唇，以唇瓣描绘着她的唇形，舌尖则灵巧地撬开她如贝的牙齿，与她的舌火热地纠缠在一起。

楚乔温柔地拥着他的腰，火热地回应着，不一会儿，空气里的温度似乎凭空高了起来。诸葛玥沙哑的声音在耳畔响起，带着浓浓的情欲，别有一番邪魅的诱惑，"都多少天了，你就不想我？"

楚乔脸颊粉红，娇喘吁吁，整个人靠在他的怀里，仰着头，一双眼睛好似蒙上了水雾，湿润幽然。

"我可是想你了，你再这样虐待我，我就要纳妃了。"

楚乔眉头一皱，拳头无力地打在他的胸膛上，"你敢？"

"不想我纳妃，你就勤快点。"

诸葛玥手腕灵活地上移，摘下她的发簪，满头青丝瞬间滑落。他的手修长白皙，如和田美玉，缓缓划过楚乔的脖颈，激起一片酥麻感。细碎的吻沿着她雪白的脖颈一路往下，他用手指挑开她睡衣的带子，灯火摇曳，暖帐春潮，她那身绫罗翩翩落在脚下，肌肤如陶瓷，细腻光滑，玲珑有致。

诸葛玥一把将她打横抱起，转身走向宽大的床榻……

不吃晚饭的后果是很严重的，某人睡到半夜，还是拖着酸软的身子爬起来，准备走到小几旁偷偷吃糕点。

刚走了两步，险些一个跟头摔在地上，她皱着眉，很委屈地揉着腰椎骨。

好酸好疼，站着都费劲。她瞪着眼睛剜着床上的某人。

一定每次都要这样吗？明天还怎么教舟儿练剑？看她被儿子笑，他很有成就感是不是？

虽然茶已经凉了，可是肚子饿了，她还是觉得糕点吃起来很香。突然，床上传来一个低笑的声音。蹲在小几旁的楚乔一个激灵，一下子站起身来，抹了抹嘴说道："你没睡呀？"

月光透过窗子洒进来，床上的男子侧身躺着，一手撑着头，对她招了招手，淡笑道："过来。"

楚乔哼了一声，道："不要。"

诸葛玥笑着说："我是为你好，你什么也没穿，我怕你着凉。"

楚乔脸蛋顿时一红，连忙满地找衣服，却感觉腰间顿时一紧，就被某位手长脚长的人一把搂进了怀里。

"累吗？"他用薄毯环住她的胸，雪白的香肩却露在空气中，令他忍不住低头吻了一吻。

楚乔实话实说："有点。"

"饿了吗？我叫人送吃的来。"

"不要不要。"楚乔连忙拒绝。开什么玩笑，这个时候叫吃的，明天会被李青荣那几个人小鬼大的孩子笑话死的。

他抱着她坐在小几旁的软榻上，拿起一块糕点送到她的嘴里。两人有一搭没一搭地闲话家常，时间一点点流逝，大殿里安静如水，整个世界都已经睡下，只剩下他们靠在一起，肌肤温暖，一片静谧安详。

"星儿，犬戎已经打到北朔关了，你怎么看？"

楚乔微微叹了口气，想了半晌，方斟酌着问道："诸葛玥，你相信我吗？"

诸葛玥眉梢一扬，笑道："你想我出兵帮燕洵？"

"不是帮燕洵，而是帮我们自己。"

楚乔摇了摇头，沉声说道："你我都知道，这场战争，犬戎绝对讨不到什么便宜。也许在初期，他们会因为出其不意而略占上风，但是只要燕北缓过神来，犬戎的好日子也就结束了。但是到底要经过多长时间，就有待商榷了。也许这一战的区别只是在于犬戎能给燕北造成多大的破坏力，他们这些人，作战倒是凶猛，但是没有整体的军事策略，进攻毫无方向，就是一鼓作气乱打一通。说是军队，倒不如说是绞肉机更形象些。"

诸葛玥抱着她，静静地听着，也不插话。

楚乔继续说道："唐明帝十三年的时候，犬戎也曾攻破美林关一次。不过一个月，整个西关就化作一片焦土，百姓死亡近百万，所有的典籍建筑全部毁于一旦，那一次，国力衰退几十年。若不是那一次，后来大唐也不会让大夏有机可乘，最后落个四分五裂的局面。"

"如果燕北因为此战而国力衰退，那我们不是更有机会收复失地？"

楚乔笑着斜了他一眼，说道："你心里明明知道是怎么回事，偏偏要拿这话来问我，我可以理解为我们的青海王殿下在吃干醋吗？"

诸葛玥笑了一声，低头吻了她一下，说道："我明白，燕洵绝对不会让我看热闹的，如果见我迟迟不动，他说不定会引着犬戎人来攻打青海。"

"猜得很对，完全符合他的行事作风。"

"算了，"诸葛玥说道，"与其让他引着人跑到青海来，不如我出兵帮他把人堵在北朔外面，省得把咱们这儿搞得乌烟瘴气。如今百姓们刚刚开始春种，他们若是来捣乱，谁还有心思种地干活？"

楚乔问道："你打算什么时候出兵？"

"就这几日。"诸葛玥说道，"我在等赵彻的消息，这个时候，他一定在北边趁火打劫。燕洵要想抽出兵力来对抗犬戎，少不得就得让他占点便宜。我得等他得手之后才出手，顺便也要找财大气粗的燕皇讨一点军费。"

楚乔说道："你们两个还真是光脚的不怕穿鞋的，就不怕谈崩了，到时候你们出兵不是更没面子？"

诸葛玥一笑，说道："我们两个打了这么多年，互相多少也了解点。打来打去，根本就分不出个胜负输赢。如今各方政权都是刚刚稳定，谁也不敢倾全力去发动大型战争。这样一味地打，也不是办法。当战争无法彻底解决问题的时候，最终的方式还是要谈判，西蒙打了十多年，也该歇歇了。"

楚乔闻言微微叹息，靠在诸葛玥怀里，轻声道："希望如此吧。"

美林关外的犬戎人气势汹汹地杀将而来，所有西蒙的百姓无不恨得牙根痒痒，其实他们并不知道，这群人的到来，虽然带来了浓烈的血腥和惨烈的杀戮，但同时，也带来了真正和平的一丝契机、一分希望。

北朔，北朔……她离开那片土地已经多少年了？

没想到，竟然有回去的一天。

第六章

名将

如果说这个世界上真的有所谓的世界末日和绝对的种族灭绝，那么白苍历七八八年，绝对是最接近死亡的一年。

这一年春天，燕洵依照惯例，同北地的赵彻还有青海的诸葛玥打得热火朝天，大燕的属地怀宋也多次与卞唐发生冲突，西蒙大陆上的战争进行得如火如荼。所有的人都埋首内战，并且乐此不疲，却懵懂不知就在大燕的发源地上，一股强大而又邪恶的力量已经向他们伸出了手脚。

白苍历七八八年四月初九，一个震惊全大陆的消息惊碎了刚刚过了六年太平日子的西蒙百姓——卞唐叛臣靖安王妃带领所属三千兵马，秘密潜入美林关，于四月初八晚和早就埋伏在关外的犬戎人里应外合，攻占关卡，打开美林关大门，放犬戎人入关。美林关全体官兵，共计两万八千余人，壮烈殉国，无一生还。

而与此同时，另一个消息也以飞快的速度传遍整个大陆。

那名一直隐藏于幕后，很少有人知道其真实身份的靖安王妃突然在犬戎人的保护下，高调地站了出来，以大夏嫡系公主的身份宣布独立，借兵于犬戎，打着"光复夏氏江山，为先皇报仇雪恨"的旗号，发兵东进。

而犬戎大汗王纳颜氏也高唱着"维护友邦皇室血脉正统、歼除叛乱贼子"的口号，一路雄赳赳气昂昂地挥兵东下。

这是赵淳儿第三次出现在历史舞台上。

第一次是在七七五年五月二十，真煌城里的那场血腥婚礼，作为新娘的赵淳儿因未婚夫婿燕洵而一举成名，成为全天下的笑柄。那一年，她十六岁。

第二次，是同年九月初一，燕洵叛逃之后，燕北宣布独立，大夏出于政治原因急于同卞唐联姻。赵淳儿孤身赴唐，作为大夏的和亲公主，踏进了卞唐皇室。然而最终因为恶意制造不洁事件、煽动中央军哗变而被驱赶出境。她不甘之下，在当年隐藏还很深的洛王的帮助下，联合卞唐大将仲彭，于眉山皇陵阴谋起兵，欲图造反，最终被当年还是太子的李策识破。从此以后，就再也没有了这个女人的消息。

直到这一次，十三年后，她以卞唐靖安王妃这个身份再次高调出场，打开美林关，向草原异族借兵八十万，亲自上阵，放犬戎虎狼肆虐中原。

无论是多少年之后，回想起当年那一战，那都是一场极为可怕的灾难。就算是大陆的一流名将如诸葛玥、赵彻、燕洵，在这场动乱的初期，也没有料到局势会急速逆转到那般地步。

毕竟在刚刚得到这个消息的时候，诸葛玥的想法也不过是："与其等这些人打上门来，不如提早把他们收拾了，顺便向燕洵讹诈点军费。"

谁也没有想到，战争会惨烈到这种地步。

提起犬戎，也许所有人的第一印象都是四肢发达的乡巴佬。千百年来，这个彪悍的民族一直游弋在美林关之外，他们纵马驰骋，逐水草而居，居无定所，没有城市，没有统一的政权，没有先进的装备，更没有优秀的指挥官。他们打仗的时候，基本上就是首领带着一群牧民骑马冲锋，遇见弱小的就冲上去拼杀，遇见强大的敌人则掉头就跑。

所以提到他们，几乎所有的东陆军官都会不屑地骂一句"乡巴佬"。

但是没有人认真去想过，从七七五年燕北独立开始，一直到七八二年大夏覆灭，再到这六年来持续不断的小规模内战，西蒙已经在乱世中度过了十三个寒暑。反观犬戎，却安安静静地过了十三年，除了小规模的劫掠，没有爆发一场大型战争。

十三年，草原上的草黄了又绿，年幼的孩子学会了骑马挥刀，战争的血液蛰伏了十三个年头，他们终于又开始蠢蠢欲动了。

美林关变成了通途，犬戎骑兵铺天盖地拥了进来，军阵如海，刀枪如林，战马狂嘶，利箭似雨。那壮观的军队，飞扬的尘土，让美林关附近几座城池的守军不战而溃，弃城而逃。

四月十三，犬戎红狄部、黄莽部、蓝湘部、褐血部、白尚部、黑水部六大部落，到达美林关，与最先出发的四部集结。四月十五，犬戎大汗的本部纳颜部抵达美林。犬戎十一部全部到齐，人数多达一百五十余万。

大燕战士的血迹还没有擦干净，犬戎大军就已经进驻了城市的心脏。百姓战战兢兢地躲在家里，无人敢发出一声，生怕惹怒这群北方来的煞星。但是因为军队太多，城内无法安置，犬戎人的三皇子托哈下令，命自己的亲兵杀掉一部分平民，为他打扫出几间房子。

正是这条命令，开启了美林关的血腥噩梦。一时间，其他部族军团的首领有样学样，等纳颜明烈知道这一切的时候，已经为时已晚，整个美林关早已无一名活着的平民。

一连十天，赵淳儿都和自己的部下住在美林关总兵府，厮杀声、惨叫声、怒骂声、烈火焚烧声、女子被奸污时发出的悲哭声，刺破了黑夜的宁静，刺耳地传遍了这座城市的每一个角落。

她的部下脸色苍白地问："王妃，那些草原人疯了，他们在屠杀平民。"

赵淳儿面无表情地坐在黑暗之中，像是没有听到他的话一样，没有说一句话。

赵淳儿不知道，就在离她不远的会议厅里，犬戎人摊开地图已经开始筹谋着对西蒙大地的分赃。攻破了美林关，前面的土地在他们眼里完全是唾手可得。十一个部族首领争得脸红脖子粗，最终，在纳颜大汗的协调之下，他们终于勉强达成了协议。天一亮，各位部落首领就带着各自的人马冲出了美林关，朝着那片他们向往了几百年的花花世界猛冲过去。

在包括怀宋属地在内的所有势力当中，青海第一个旗帜鲜明地站出来表示，一定会调动一切力量帮助大燕抵抗犬戎的军事政权。

在所有人都在观望、等待、思考的时候，青海双王最先在翠微关集结军队，撤回了与大燕对峙的所有军人，开关北上，对大燕的北朔关进行军事支援。

同时，青海分兵三路，由青海王诸葛玥率领主力支援北朔，大将月七带着诸葛玥的书信前往北地，秀丽王楚乔则秘密来到了卞唐，商讨共同出兵事宜。

五月初三，赵彻同意了诸葛玥的提议，带兵向燕北高原而来。而大燕皇帝燕洵竟然也放心地敞开国门，让这平时恨得牙痒痒的劲敌大摇大摆地走进了自己的国土。

而早在三天之前，唐皇李修仪就已经授权辅政太傅孙棣，协同秀丽王楚乔，带着卞唐二十万大军，从唐户关出发了。

这真是一件太过于滑稽的事情，如果没有这件事，恐怕世人想破脑袋也不会想到竟然会有这样一天。

这六年来，四方势力乒乒乓乓打个没完没了，十天一小仗，一月一大仗，彼此间恨得咬牙切齿。可是谁又能想到，他们竟然也有联手拒敌的一天呢。

无论是当代还是后世，无人可以否认卞唐秀丽王在这件事中的作用。

她曾经是尚慎的主人，是燕北高原的守护神，是燕皇座下第一辅政亲信，是将大夏百万大军拒于北朔门外的燕北战将。而如今她是青海王的妻子，是卞唐的辅政亲王，她的丈夫和北地大夏的掌权者赵彻是刎颈之交，她的部下将领更大多出自于尚慎高原。

而且，在犬戎挥兵东犯的这个大局势下，北地大夏在袖手观望，卞唐皇室在冷眼旁观，怀宋属地别有用心，大燕一心分成两半，一边抵抗敌人，一边防备他们。唯有她，清晰准确地预见到了未来整个战局的发展，清醒地认识到犬戎人的狼子野心和猛虎之势，冷静地抛弃一切过往恩怨进行正确的战略思考，并能积极地为之奔走，联络各方势力。

这一切的一切，都注定她是这次联军最好的协调者，也只有她，才能平息方方面面的冲突和矛盾，将那些根本不会消失的怀疑暂时压制，促成一个最起码表面上还过得去的联合团体。

这其中千丝万缕的关系，真是能让任何一个最聪明的人也头大如斗。偏偏，她做到了。

得到卞唐、青海、北地、大夏同时出兵的消息的时候，犬戎大汗气得七窍生烟，他们在攻打美林关之前，不是没想过这个局面，可是当时所有的部族首领都付诸一笑。

笑话，谁不知道那三方和燕洵是什么关系，他们不在关键时刻出来拖后腿捅刀子就不错了，还跑来参战？

可是事实就是这么残酷，现实摆在眼前，无情地打碎了这些草原人一个月内消灭大燕、两个月内荡平西蒙、半年之内称霸东陆的幻想。

恼羞成怒之下，犬戎人更加疯狂地大开杀戒，骑兵如尖刀般插入燕北的心脏。

五月二十三，北朔关再一次成为整个西蒙的焦点，四国势力齐聚火雷原，兵力多达一百二十万。

开战之前，联军推选总帅，大燕自然是当仁不让地提议燕洵，青海则是诸葛玥，北地则分为两方势力，北征北地各国的赵彻和一直游荡在边境和燕北作战的赵飒，卞唐皇帝李修仪虽然没来，孙棣却也上报了他的名字，说是可以每日飞鸽传书，请陛下指点高明的作战策略。

各种意见一时间僵持不下，各方的参谋官和外交军官几乎将帐篷吵翻，一连两天，都没能达成一个共识。最后还是孙棣忍无可忍之下，提议由秀丽王楚乔担任此次战役的总军帅，才将所有的议论平息下去。

楚乔虽然是青海王妃，但是在名义上，毕竟是卞唐的辅政亲王。以她和李修仪的关系，再加上当年力保唐京的功绩，大唐上下自然无不赞同；青海思考半晌，诸葛玥也大度地选择支持自己的妻子；赵彻紧随其后，附议诸葛玥；赵飒之前参与也只是不希望赵彻和燕洵占得好处，此刻自然也表示赞同。只有大燕，在提议过后的第二天早上，才迟迟表达了燕皇的意见："无异议。"

于是，这一场盛大的、令人炫目的、完全由精锐组成的联军，顿时并入楚乔的麾下。一百二十万个男人组成的方阵之中，坐镇中军大营的，竟然是一名女子。

五月二十五开始，北朔防御战彻底展开。

楚乔调动了六十万军队和五十万民夫，沿着落日山脉开始建筑防御阵线。她设计的壕沟和陷坑五花八门，沿着落日山一直到北朔城，军事防御阵线星罗棋布，密密麻麻地遍布整片大地。

当犬戎的先锋部队赶到的时候，三皇子托哈震惊得连嘴都合不上了。看着眼前这壮观的防御带，他第一个反应就是对方发疯了。

这样的军事防御没有人会找死地去攻击，所以三皇子托哈理所当然地走了另一条路——赤渡。

不能说托哈不聪明，毕竟面对这样的防御带，没有人有胆量去进攻。

但是托哈不知道的是，在这片看似广袤可怕的防御带后面，只有五十万民夫，他们没有一把刀，没有一杆枪，唯一的任务就是举着旗，在有人来的时候踩踩脚，扬起大片灰尘。

仅此而已。

而在那个小小的赤渡城，此刻埋伏了八十万大军，等待他的到来。

被围困那是一定的了，连续三天力战，托哈本部十万人迅速衰减为四万，鲜血蔓延了整个赤渡河口，江水都被染红，多日无法饮用。

没有粮食储备的托哈陷入了两难的境地，联军各方势力轮番上阵，将托哈的士兵拖得几乎累死。

终于在第五天，托哈的军队派来信使，决定要缴械投降。

然而中军大营传来的命令令所有人大吃一惊，楚乔下令，不接受托哈王子的投降，除非他们先献上托哈的人头，以告慰美林关二十万军民的在天之灵。

托哈大怒，再战，却终究逃不出围困。

两日之后，他在夜里被自己的亲兵杀死，部下不战而溃，全被联军俘虏。

这是犬戎东进以来，东陆军队所取得的第一场胜利！

楚乔以大胆的战术、超强的胆识，将十万大军围而歼之。以绝对的优势和微弱的伤亡，斩敌七万，俘虏三万，并斩下敌军首脑的首级，取得了此战的完胜。

消息传回西蒙，不管是哪国人民，无不击掌相庆。

那天晚上，赵彻坐在楚乔和诸葛玥的青海大帐里，满饮一杯，致敬楚乔道："东陆第一名将的称号，你当之无愧。"

第二日，楚乔整顿大军，撤回北朔，于那片巨大的防御阵营面前，静候虎视眈眈的犬戎骑兵，将托哈的头颅挂在军阵前，静静地等待着犬戎的大汗——纳颜明烈！

突然，犬戎人的军队中传来急切的锣鼓声，旗子到处挥舞，传令兵仓皇奔走，马上的指挥官面露焦虑，大声喊叫。

场面非常慌乱。

诸葛玥眉梢一挑，轻踢马腹，骑兵如潮水般为他让出一条路来。铠甲如墨，大地铺金，一身青裘的男子俊美得如同天山上的神祇，巨大的雪峰矗立在他身后，巍峨起伏，连绵如海。风从远处吹来，吹起他鬓角的发丝，他双眼深邃沉寂，嘴唇殷红，邪魅高贵，如雪原上的狼王。

他策马上前，凝神望去，微微皱起双眉。

战斗刚刚打响，究竟是何事，能让向来彪悍自负的犬戎人如此慌乱？

"王！落日山西侧，发现大量燕北骑兵，正在火速靠近。"

马蹄踏碎了地上的雪片，斥候奔来，跪在冰冷的地面上，朗声报告。

诸葛玥微微蹙眉，默想片刻，沉声说道："对方带了多少人马，何人统兵？"

"暂时不知。"

"再探。"

"是。"

马蹄滚滚，两路斥候带着青海印信绝尘而去。苍红色的太阳挂在西方，大地血红，厮杀震耳，一连八日的围杀追捕，今日终于到了最后一战。

燕北来人？究竟是何人？尚慎的仗这么快就打完了？

诸葛玥转身回了大帐，摊开地图细细谋算。已是傍晚，帐内光线不明，他坐于桌案前，两根烛火静静高燃，火花如豆，盈盈闪烁。

此次犬戎人入关，一路烧杀抢掠，好在燕洵反应够快，及时将燕北百姓转移，坚壁清野以待敌人。然而美林关一带的百姓还是未能幸免，死伤众多，乌廷、龟余、党嵘三地惨遭屠城，连刚出生的婴儿都死于敌手。一个深入敌后的探子回报时说，美林关附近二十八座城池，没有一丝人烟，嘉熙城内所有人，不分男女老幼全被犬戎人挂在城外二十里的红树林子里，集体吊死。

听到这话的时候，青海此次出兵的将军们都在场。即便是这些久经沙场的猛将，也脸色惨白，久久没能说出一句话来。最后，还是跟在诸葛玥身边历练的杜平安惊恐地叫道："那些人，他们还是人吗？"

当然是人，而且还很快就会活生生地挥舞着战刀出现在他们面前。

诸葛玥不由得想起离开青海时楚乔说的话。她说这不是一场普通的战役，不是塞外的犬戎人和燕北燕洵的争斗，而是一种文化对另一种文化的冲击，是野蛮向文明发起的一场血腥杀戮。在这场战争里，没有人会渔翁得利，没有人可以黄雀在后。一旦犬戎人占了上风，就算最后他们能在燕北衰弱之后得到一些土地和好处，那也必将为之付出十倍百倍的代价。

这一刻，他突然深深地明白了那番话。

当灾难来临的时候，任何内部的争斗都无异于自毁长城。面对凶悍的犬戎骑兵，面对残忍的作战方式，没有人可以独善其身，没有人可以坐享其成。

北朔防御战取得了意料之外的大胜，楚乔当年防守赤渡时发明的火炮发挥了巨大的作用。

连续半个月的会战，犬戎人死伤惨重。终于黑水部首先溃败，黑水部首领萧达寒率部潜逃，将犬戎左翼暴露在联军的攻势之下。楚乔抓住机会，捣毁了他们的侧翼布防，刺穿了整个左侧的防线，使之和中军阻隔，完全陷入瘫痪状态，再顺势进攻。犬戎人终于在半月之后，兵败如山倒，剩下的七十万大军像是得了瘟疫一样，在各部的率领之下，仓皇分散逃跑。

楚乔当即下令，联军分兵为青海、卞唐、北地赵彻、北地赵飏、怀宋、大燕和燕北本地守军，兵分七路，紧随其后追杀犬戎败军。

而诸葛玥负责的这一块战区，正是落日山脉，也是燕北高原的重心之一。

"报——"一路探马迅速回转，马上的斥候翻身跃下，手拿一物，高声说道，"王，尚慎一带的战役并未结束，此次燕军只来了三千骑兵，带兵的，是大燕皇帝。"

"燕洵？"诸葛玥眉梢一挑，低头看去，斥候手里拿的果然是燕洵的金箭。

他不动声色地看着那支箭，眉头轻蹙，静静不语。

"马上传令月七将军，再投入两个骑兵队，攻打犬戎人的主帐。无论如何，要探明此次犬戎领军的首领身份。"

"是！"

天色渐渐暗了下去，夜已经深了，月亮升起，又渐渐落下。整整一夜，诸葛玥坐在帐中没有休息。天明之前，月七的战报终于传来，几乎可以有八成肯定，此次坐镇犬戎中军大营的，正是现任的犬戎大汗。

诸葛玥嘴角牵起，淡淡一笑，原来是狼王在此，难怪燕洵要亲自出手，带着精兵而来。

"备甲！"诸葛玥站起身来，立刻就有亲卫为他准备好铠甲战袍。

青海王一身苍青色铠甲，身披铁灰色披风，手拿战刀，跨上战马。呜呜的军号声顿时响起，平安从自己的大帐里跑出来，激动地抓住他的马缰，大叫道："殿下，你可不能犯傻呀，姐姐特意嘱咐过，不许你冲锋陷阵的！"

诸葛玥无奈地瞅着他，对着左右一摆手，随即有人上来架着他，往大帐里走去。

"殿下你太不讲信用啦！说过的话也不算！姐姐会骂死我的！"平安喊声凄厉，连战场上正在作战的士兵听了都为之一愣。

诸葛玥静静地转头看向前面一片红光的战场，沉声说道："出发。"

大军呼啸而过，千军万马齐声奔驰。

而此刻，就在不远处，有人来到燕洵的身侧，低声道："皇上，青海王亲自带兵来了。"

"是吗？"燕洵淡淡应了一声，随即眉梢一挑，不知为何，竟染上了一抹少年般俊秀的风发意气。他语调坚韧地说道："一定要抢在青海军之前，将犬戎汗王拿下。"

"末将遵命！"

大军迅速开拔，蹄声如雷，卷起滚滚烟尘。

第七章

轮回

我爱你，我会永远爱你。

"前方来人可是青海王？"

阿精纵马驰骋，扬声问道，却听不见对面有什么回应。只见犬戎人的军阵像是被拦腰砍断的瓜果，一名身穿苍青色战甲的男子挥刀猛砍，因为离得远，也看不清那人的脸容。只见他刀法精湛，武艺超群，一人一刀如入无人之境，就这么杀将而来，将犬戎人的军队打得四分五裂。

"陛下，对面来的可能是青海王诸葛玥的军队。"

燕洵眉梢轻挑，看着这个和自己作对了一辈子的老对手，不由得生出几分已消失了很久的少年豪气，长笑一声，策马而上，朗声说道："那就过去会会他。"

此时的战场已经是一片混乱，犬戎人被逼到绝境，发了疯一样，打得毫无章法。青海和大燕的将军们看着他们的主帅就这么如离弦的箭一样往前冲，一个个惊得差点没从马上跳下去。

这，这，这，这是怎么回事啊？

皇上从来没这样过啊！这么不顾自身安全，这么不顾大局，这么轻率冒进，这么……

这些人已经想不出什么别的词了，只能玩命地跟在后面，却仍旧追不上前面那个所向披靡的身影。

两人本就是武艺高强之人，又都是心高气傲，唯我独尊的脾气上来，都以为自己是天上地下所向无敌。一生做冤家对头，这会儿哪能在老对手面前败下阵来。

鲜血和尸体铺满大地，染红茫茫雪原。诸葛玥和燕洵对向冲杀，一路奔驰，如两尊地狱魔王，所到之处一片狼藉，无人能堪当一合之将。犬戎人被他们吓破了胆，刚开始的时候还想将这两个一看就是大官的不知死活的家伙围死，可是渐渐地，形成了他们两人在后面追赶、几千人在前面逃跑的局面。

时间一点一点流逝，后续大军相继围上来，犬戎人不敌，向北仓皇逃去。诸葛玥和燕洵见了，当即拍马上前，率军拼杀，谁也不肯放过这个擒拿犬戎大汗的机会。

从深夜杀到黎明，从黎明杀到黄昏，又从黄昏杀到深夜。大地如同狰狞的野兽，马蹄踩在上面，发出隆隆的声响。所有人都杀红了眼，在那两个巍巍如天神的男人的带领下，对溃败的犬戎人穷追不舍。

苍茫的雪原一片银白，犬戎人终于被围困在一方狭窄的小山丘上，大燕的骑兵如今还在身边的只有不到二十人，其余的都跟诸葛玥的人马去围困山丘了。燕洵杀了一夜，手臂和大腿上多处负伤，不断流血，不得不下场休息。

诸葛玥也没好到哪里去，可是他向来偏激任性，不肯疗伤，只是在马背上坐着喘着粗气。过了一会儿，马蹄声从背后传来，燕洵那张冷冰冰的脸随即映入眼帘。

诸葛玥斜着眼睛打量着他，也不知怎么想的，突然解下腰间的酒囊，递了过去。

燕洵微微皱眉，也不接酒，只是淡淡地看着他，一言不发。

诸葛玥冷笑一声，"怎么，怕我毒死你？"

燕洵倒是很老实地点头，"是。"

"哼。"

诸葛玥冷哼一声，拿回酒囊就要打开木塞，谁知燕洵手长，伸过来一把夺去酒囊，打开木塞仰头就喝了一口。喝完之后擦了一下嘴，不屑地嘲讽道："青海果然是穷乡僻壤，产的酒也难喝至极。"

诸葛玥立刻还嘴道："你会品酒吗？想必在你心里，最好的酒就是燕北烧刀子吧。"

于是，以此为开头，两个当今世上权柄最高的男人，就像两个小孩子一样，站在黑夜里你一言我一语地斗起嘴来。

两人互相对望着，怎么看怎么觉得不顺眼，只觉得对方从头到脚没一个地方长得让人觉得舒服。

阿精站在燕洵背后，一颗心几乎要从嗓子里跳出来了，暗暗道：我说皇上啊，我们现在是在人家的地盘上，能不能少说几句呀。

战事还在激烈地进行，午夜时分，犬戎人从西北突围，诸葛玥和燕洵再次带着人马在后面狂追。

追了足足有两个时辰，燕洵左肩再次中箭，诸葛玥也伤了肩膀。就在这时，西南方突然蹄声滚滚，还没待派出探马查看，那伙人已经和犬戎人乒乒乓乓打了起来。

合而围之，犬戎人终于全军覆没，中军阵营被突如其来的那一队人马剿灭。诸葛玥气得大骂，也顾不上燕洵了，火急火燎地赶上前去，想要看看这个卑鄙无耻抢自己功劳的人是谁，却意外地看到一名干练的女军官站在阵前清点战利品，见到他很淡然地说道："这位是犬戎大汗，我来的时候他已经自杀了。"

诸葛玥目瞪口呆，一身血污，讪讪地看着自己的妻子，不太自然地问："你怎么来了？"

楚乔微微挑眉，波澜不惊地看着他，说道："平安半夜逃出来报信给我，你说我怎么能不来？"

就在这时，马蹄声在身后缓缓响起，燕洵的身影渐渐从黑暗中走出来，一身墨色铠甲已经多处破损，面色略显苍白，却仍然笔挺。他站在诸葛玥旁边，无数的火把在周围燃起，却好似仍穿不透他周围的黑暗，他就那么淡淡地看着楚乔，神色平静，没有任何波动，可是双眼好似夜幕下的海，漆黑一片，翻滚着深邃的漩涡。

比起诸葛玥身边护卫着庞大的军队，仅带了三千精兵的燕洵所受的伤要严重得多。此刻，他身上大小伤势众多，肩头更是插着一支断箭，鲜血淋漓，他却好像感觉不到一样。

嘈杂的声音充盈在双耳之中，有士兵的怒骂声、呵斥声，伤员的呻吟声，火把燃烧的噼啪声，北风吹过的呼号声，可是他们好像什么都听不见。深沉的目光触碰在一起，像是黑夜里燃烧的火苗，就那么一星星亮起来，渐成燎原之势。

"星儿，"诸葛玥突然沉声说道，跳下马背，很平静地说，"我先去看一下伤亡情况，燕皇受伤了，你找人处理一下。"

说罢，他就这样转身而去，任由自己的妻子和这个复杂莫测的男人站在漆黑的雪原之上。

很长一段时间，楚乔都不知道该说什么话，这是继十年前火雷原一战之后，她和燕洵的第一次重逢。不是隔着刀山火海的厮杀军队，不是隔着人山人海的密麻阵营，不是隔着浩浩荡荡的沧浪大江，而是面对面，眼对眼，只要抬头，就能看到对方的眉毛眼睛，甚至能听到胸膛下跳跃的心脏。

一时间，万水千山在脑海中呼啸而过，所有的语言在这一刻都显得苍白浅薄。物是人非的苍凉，像是大火一样弥漫上来，让他们这一对本该是最熟悉的人如今陌生得好像从来就不认识。原来，时过境迁，真的是这世界上最狠的一个词。

燕洵坐在马背上，居高临下地看着她，眼神像是平静的海。很多人在周围走动，殷红的火把闪烁着，晃得他们的脸孔忽明忽暗。

仍是那双眉，仍是那双眼，仍是那张熟悉得不能再熟悉的脸，可是那个人，再也不是当初承诺要永远并肩一生相随的人。

能够体会那一刻的悲凉吗？

也许能，也许不能，语言在这时早已显得软弱无力。就好像火红的叶子，就算再是绚烂，也避免不了将要凋零的结局。天是黑的，大地是白的，还是这片天空，还是这方土地，还是这个他们曾经梦想过千万遍的地方，可是为何，就连说一句话，都已经那么艰难？

燕洵看着楚乔，有熊熊的火在她的背后燃起，她整个人都像是光明的神祇，有着他这一生都无法企及的热度。突然间，他又想起了很多年前的那个大雪夜，在那个漆黑的牢房里，他们从墙壁的缝隙中艰难地伸出手，紧紧地握在一起。

也许，他们就像是两颗种子，能在冰天雪地中紧紧地抱成团，相互依偎着取暖，等待春天的来临。可是，当春天真的来临了，当他们互相扶持着破土而出之后，却发现，土地的养分远远无法供应他们两个一起生存。于是，他们终于渐行渐远，分道扬镳。

燕洵突然觉得累了，一颗心苍茫得像是神女峰上的积雪。这么多年来，无论是在什么时候、在何种艰难的环境里，他都没有像现在这样累。他跟自己说，我该走了。于是，他就真的转过身，缓缓策马，将欲离去。

然而，就在这时，一个极温暖的声音突然在背后叫道："燕洵！"

是的，是温暖，是一种消失了很多很多年的感觉，像是滚烫的温泉，一下子将冻僵的手伸进去，温暖得让人颤抖。

"燕洵，"她在他背后执着地叫道，"程远带着人就在我后面，估计很快就要到了。"

燕洵没有点头，也没有说话，只是勒住马缰，静静地站在那里。

"你受了伤，先处理一下，好吗？"

她从背后缓缓走过来，经过他的身边，走到他面前，然后伸出手，拉住他的马缰，固执地问："好吗？"

燕洵突然觉得有些苦涩，似乎从小到大，她总是更有勇气的那一个。几名医官背着药箱跑上前来，低着头站在她身后。

他一言不发地下了马，任由那些人为他处理伤口，为他上药包扎，箭矢被人拔出去，他却连哼都没哼一声。忙了大约有半个时辰，医官们满头大汗地退开，她却走过来，递给他那支鲜血淋漓的断箭。

那一刻，燕洵的心突然抽痛，他眉峰轻轻蹙紧，终究，还是没有伸手去接，淡淡地说道："仇家已死，不必再留着。"

是啊，这队犬戎人一个也没逃掉，连大汗都死了，还有什么仇家。

这是他多年来的习惯，要留着一切伤害过自己的兵器，直到报了仇，才会将那兵器毁掉。

原来，并不是完全忘了。就算已经刻意不再去想，有些东西，有些岁月，还是从生命中走过，留下了刻骨的痕迹。

不知道站了多久，远处的风吹过来，带着燕北高原上特有的味道。

燕洵静静地抬起头，看着站在他面前的楚乔，他们离得那么近，好似微微一伸手就能触碰到。可就是这么短短的距离，他却再也没有跨过去的机会了。他可以让天下人匍匐在他的脚下，他的刀锋可以征服每一寸不臣服于他的土地，只要他愿意，他可以竭尽全力毁灭一切他不喜欢的东西。可是唯独面对她，他无能为力。

有一种叫自嘲的情绪，渐渐从心底生出。

燕洵牵起嘴角，想要笑，却只扯出一个冰冷的弧度。

他突然转过脊背，背影如巍峨的苍松，挺拔孤傲，却又坚强得好似能撑开天地。他就这么一步一步地远去，步伐沉重，却越走越快。

"燕洵，保重身体！"有人在背后轻唤，是谁在说话？她又在叫谁？

燕洵，燕洵，燕洵，燕洵……

恍惚间，似乎又是很多年前的那个晚上，他被魏景砍断小指，她在夜里悲伤压抑地哭，一遍遍地轻唤着他的名字。

燕洵，燕洵，燕洵，燕洵……

可是，终究再也没人这样唤他了，他是陛下，是皇上，是天子，是朕，是寡人，他是这天地的君主，却唯独丢失了名字。

燕洵，燕洵，你还在吗，你还好吗，你得到了一切，却又失去了什么，你真的快乐吗？

不知道，也不想知道。人活一辈子，不是只有快乐就可以的。有些事，你做了未必快乐，可是你不做，一定不会快乐。最起码，我得偿所愿，不是吗？

他越走越快，步伐坚定，脊背挺拔，他的手很有力，紧紧地抓住马缰，就那么跳了上去。

什么也不想说，什么也不想看，心底钢铁般的防线被人硬生生地撕裂了一块，他要离开！马上！必须！立刻！

排山倒海的回忆呼啸着涌上来，那些被尘封了很多很多年的东西像是腐朽的枯树，就这样挣扎着爬上他的心口。他要压制，他要摆脱，他要将所有令他恶心的东西通通甩掉！

软弱、悲伤、悔恨、踟蹰……

所有的所有，都不应该存在于他身上！

可是，当所有的东西都离去之后，有两个字，却那么清晰地蔓延上他的心、他的肺、他的喉管、他的嘴角。那两个字敲击着他的声带，几次将要跳出来。他紧紧地皱着眉，咬紧牙，像是嗜血的狼，眼睛泛着红色的光。

可是尽管这样，那个声音还是在胸腔里一遍一遍地横冲直撞，所有的回声都渐渐汇成了那两个字。

阿楚，阿楚，阿楚，阿楚，阿楚！

没有人可以体会，没有人能够知道，只有他，只有他，只有他一个人。

他深深地缓慢呼吸，好似将那些东西一点点地咽下去一样。

好了，都结束了，不要再想，不要再看，不要再留恋。

走吧，离开吧，早已结束了。所有的一切，都将随着你的坚定而烟消云散；所有的记忆，都将随着岁月的流逝化成飞灰；所有的过去，都将被你遗忘，成为无所谓的尘埃。

好了，没事了，我是大燕的皇帝，我是他们的王，我坐拥万里江山，我得到了我想要得到的一切。

马蹄踏在冰冷的雪原上，发出清脆的嗒嗒声，细小的冰凌飞溅着，一点一点随着远去的人影消失在茫茫的夜色之中。前方光影弥漫，金黄色的战旗高高飘扬，漆黑的苍鹰在旗帜上狰狞地招展着翅膀，那是他的军队，他的人马，他的天下。更是一条黄金打造的锁链，将他的人、他的心、他的一切，牢牢禁锢在那个至高的位置上，容不得一丝半点的犹疑和徘徊。

终究，他是大燕的皇帝，在这座以良心和鲜血、白骨堆积而成的江山上，他没有回头的资格。

于是，他真的就这样挺直脊背走下去，不曾回头，一直不曾回头，步伐坚定，眼锋如刀，就如同他的人一样，永远如钢铁般坚强勇韧，不会被任何磨难打倒。

那一刻，楚乔站在漫天的风雪中，看着燕洵的背影，突然间似乎领悟了什么。他的身侧有千千万万支火把，有千千万万的部下，有千千万万匍匐于地的随从，可是不知为何，她望着他，却觉得他的身影是那么孤独。

也许，曾经的她真的无法理解。

那种痛入骨髓的仇恨，那种从天堂跌入地狱的耻辱，那种八年来心心念念啃噬心肺的疼痛。她纵然一直在他身边，却无法代他去痛去恨，如今回想，两个曾经一路扶持、誓要一生不离不弃的人走到今天这种地步，难道没有自己的原因吗？

她曾说过，不隐瞒，不欺骗，坦诚以待，永不怀疑。

可是她真的做到了吗？没有，她的容忍，她的纵容，她的退避，她的冷漠，终究让他在这条路上越走越远。说什么性格决定一切，说什么他会如此乃命数使然，难道不是对自己的一种开脱吗？平心而论，在他慢慢转变，在他一点一点越走越远的时候，她可曾用尽全力去阻止？可曾竭尽所能去挽回？可曾正式向他提出抗议，表达自己的不满？

她没有，她只是在一切已经成为定局的时候，才去怨他怪他，却没有在之前做出什么实质性的努力。

她来自另一个世界，所以她把她所认同崇尚的一些理念当作理所应当，天真地以为别人也会这样想。却不知有些事情就如河道，不经常去疏通、维护，定会有堵塞决堤的那一天。

说到底，终究是他们太过年轻。那时的他们，对爱情一知半解，不知道该如何表达自己的感情，也不知道该如何去维护这份爱恋。只固执单纯地认定什么对对方是好的，就一声不吭地去做。却不明白，困难贫穷绝境仇恨都不是爱情的致命伤，毁灭爱情的真正杀手，是两个人忘记了如何去沟通。

岁月流逝，当此时已为人妻为人母的楚乔站在这里的时候，她突然能理解燕洵所做的一切。前世没有亲人，没有亲眼看着爱的人死去，所以她永远不会明白那是怎样一种疯狂的痛恨。如果现在，有人伤害诸葛玥，伤害云舟和珍珠，恐怕她的复仇之心不会比燕洵少多少。

因为不是自己所爱，所以便无法感同身受。

这一刻，她终于明白了。

天地苍茫一片，月亮从云层中钻出来。燕洵的身影消失在地平线上，楚乔望着他消失的方向，恍惚间，似乎又看到了很多年前的那个下午，少年的眼睛闪烁着明媚的阳光，嘴角高傲地挑起，有着意气风发的少年意气。他弯弓搭箭，箭矢如流星般射向自己，擦颈而过，给了她一片重生的艳阳。

然后他轻挑眉梢，目光射过来，感兴趣地望着她。

须臾间目光相接，好似铸成了漫长的一生一世。他在那一头，她在这一头，曾经的咫尺之地矗起了万仞高山，光影萦绕于睡梦之中，渐渐巍峨挺拔。恍惚间，又是那年的青草摇曳，虚空缥缈，仰头望去，仍是天蓝如镜，似乎可以倒映出年少单纯的脸。

依稀可以看见时间在指缝间流逝，溯流而上，又是那年草长莺飞，阳光少年坐在茂密的树上，拾起一枚松果，打在女孩子的发髻上。女孩子怒气冲冲地抬起头，举起一只中指，遥遥地比画。本来是骂人的嘲讽，对方却以为在道歉。

岁月从"我会永远在你身边"走到了"我们从此一刀两断"，终于走到了无法继续的终点。偶尔午夜梦回，忆起多年前那张少年天真的脸，已经模糊不清，看不清眉眼，只有那句在风中飘零的话，一直回荡在耳边："我再帮你一次，我就不姓燕！"

可是终究，还是忘记了赌气的誓言。就好像后来的承诺一样，被撕得支离破碎。

鬓发碎乱，眼梢清澈，画面古老而破旧，却依然纯洁恬淡。

原来，时间已经过去了那么久，只是那些记忆藏于脑海深处，变成了寂寞的候鸟，徘徊不去，一直一直。终于，岁月对他们说，一切已经轮回。

大风吹来，她却不觉得冷，比起这个冰凉的尘世，她已经得到太多太多。年轻时的伤怀渐渐远去，被灰尘覆盖，渐成看不清头脸的丰碑。往事如风，在半空中凌乱地飞舞，如同破碎的纸鸢，挣脱了线，一去不复返。

马蹄声在背后响起，她却没有回过头去。随后，一只有力的手臂一下环住了她的腰，就这样一点情面都不留地将她抱紧，男人吃醋的声音在耳畔酸溜溜地响起，"怎么？和老情人叙完旧了？"

楚乔回过头去，看着诸葛玥这段日子明显消瘦了的脸，突然伸出手来抱住他的腰，埋首在他胸前，静静地一句话也不说。

诸葛玥顿时慌了，按照正常情况来说，这个时候的楚乔应该摆出秀丽王的架势和自己斗嘴才是，如今这个模样，岂不是太奇怪了吗？

"怎么了？"诸葛玥推她的肩，皱着眉，突然阴森森地沉声说道，"姓燕的欺负你了？"

楚乔也不说话，只是靠在他怀里。冷风中，她单薄的身材显得尤其瘦削。

某人突然就怒了，好你个燕洵，我好心好意把老婆借给你看一会儿，竟然敢欺负我的人？

诸葛玥推开楚乔，大步向战马走去，一边走一边说道："我去修理他！"

"别走。"楚乔突然拉住他，从背后环住他的腰，脸颊贴在他冰冷的铠甲上，像是一棵依靠大树的小草。

风从远处吹来，卷起地上的皑皑积雪。诸葛玥无奈地转过身来，抱住自己的媳妇，哄孩子一般小声问："星儿，你怎么了？"

"我没事。"楚乔摇了摇头，"就是有些想你了。"

月光暗淡，可还是能看到某个人嘴角渐渐扯开的笑容。诸葛玥竭力控制着自己的喜悦，不想表现得那么明显。他轻轻咳了一下嗓子，说道："我才走了没几天，怎么越来越像个小孩子？"

"没几天吗？"楚乔靠在他怀里，声音闷闷地说，"可是我怎么觉得已经好久好久了？"

诸葛玥笑得更开心了，低头在楚乔额头上吻了一吻，"好了，这里冷，我们回去吧。"

"嗯。"

楚乔乖巧地跟着他上了马，两人共乘一骑，也不扯缰，就这样慢慢往营地走。

"玥，以后不要这样莽撞地亲自上阵，我会担心的。"

一个玥字，叫得诸葛玥骨头都酥了大半，哪里还留心她说的是什么，连忙摆出一副模范丈夫的模样，点头道："好，听你的。"

"你若是有个三长两短，让我和云舟、珍珠怎么办？没有你，我又该怎么活下去？"

楚乔向来脸皮薄，甜言蜜语少得跟沙漠里的雨云一样，如今这样反常，某人哪里还记得刚才那些煞风景的问题。

"嗯，我知道了。"

"一万个燕北、一万个青海、一万个西蒙加在一起，对我来说也没有一个你重要。你以后做什么事，一定要先想想我，你若是有事，我是一定不会独活的。"

楚乔仍在继续着柔情攻势。

终于，青海王防线失守，从不道歉的某人破了例，低下头乖乖做小兔子状，"星儿，我知道错了，不该让你担心。"

"嗯，你知道就好。"

"我一定记住。"

"好了，我们回去吧，我都饿了。"

"好。"

……

既然爱，就该大胆地说出口。

刚刚顿悟的楚乔将这句话发挥得淋漓尽致，更何况，说这些话，能让某人忘记一些不愉快的话题，何乐而不为呢？

北风卷地，大雪纷飞，独行的人茕茕只影，相伴的人相依相偎。这个世上，势力、地位、金钱、权柄，向所有心智坚韧、百折不挠的人开放，唯有爱情，只有真诚的人，才能得到。

落日山下，赵彻、赵飒站在大夏皇旗之下，望着结伴而回的燕北和青海两色战旗，不由得一愣。

良久，赵彻嘴角一牵，多年转战北地、剿灭无数北地国度、创下大片基业的他对赵飒笑道："天下之大，无奇不有，那三个人都能一起联手了，我们两个还打个什么劲儿？"

赵飒不屑地一扭头，淡淡道："我可没跟你打，是你一直追在我屁股后面不放。"

赵彻眉头一皱，说道："要不是你当初在内战时跑来打我，我至于被燕洵那小子赶出西蒙吗？打你两下还是轻的。"

赵飒立刻还嘴道："我当时是中了燕洵的圈套。不过换了是你，有那么好的机会除掉我，难道你会不动手？"赵彻怒道："你个死小子，从小就这个德行。你我是兄弟，我除掉你干什么？"

赵飒撇嘴道："兄弟，哼哼。"

赵彻："最看不上你这副阴阳怪气的模样！"

赵飒："彼此彼此，我也看不上你这副假仁假义的德行！"

赵彻："你再说一遍，你信不信我真揍你？"

赵飒："来呀，谁怕谁呀？"

……

魏舒烨站在两人身后，无奈地叹了一口气。

"唉，又不是少年意气了，这么多年来，还是放不下这个脸面。当初是谁看赵彻打西莫夜打得吃力，偷偷化装为北地马贼，去西莫夜的属城淄泊打秋风的？又是谁看到北地边境下大雪，怕赵飒粮草接济不上，故意让二十个士兵去押送二百车军粮，然后被人抢了的？这对兄弟，虽然不是一母所生，脾气秉性还真是像得离谱。"

战鹰盘旋，尖鸣声起，犬戎这一场大仗，总算要告一段落了。

犬戎来势汹汹，但是在各方势力的打击下，却连半年都没有坚守住。三个月后，犬戎人大部分退出了西蒙版图，只有来不及逃走的小股流寇，隐匿于山野之中，早晚不是葬身野兽之口，就是死在愤怒的燕北百姓手上。靖安王妃赵淳儿在战乱中不知所终。

这个结果，虽然让百姓们恨得牙痒痒，却也让很多人安了一颗心。毕竟此次联军之中也有大夏的军队在，若是抓到了这位身份尴尬的大夏公主，还真不知该如何处置。

燕洵整合大燕骑兵，和诸葛玥等三方联军一起追出了美林关，将犬戎人打得抱头鼠窜，相信没有个三五十年都很难恢复过来。

十月，负责追缴的军队大多返回。被俘虏的犬戎骑兵多达十余万，浩浩荡荡行走在燕北高原上，偃旗息鼓，再无当初的赫赫之势。

十一月初三，燕北高原大雪初晴，苍茫一片。

四方文武百官齐聚闽西山神女峰，军队绵延，百官如潮，各色旗幡战甲遮天蔽日，连绵数里。

山巅处一座高高的神庙前，西兰石构建的石殿之上，双面女神眼神悲悯，高高在上地俯视世人。朱丹锦缎，暗黑经幡，红与黑的反差高高飘扬在石殿之上，就如同女神隆起的腹部和锋利的战斧，守护与杀戮并存。

大燕皇帝燕洵、青海领主诸葛玥、大夏王者赵彻、大夏兵马都统赵飏，还有卞唐方面的秀丽王楚乔和监国太傅孙棣，一起在此签订了著名的《神女峰条约》。

条约一共二十八条，在军事、商业、政治、外交等方面做出了相关协定。卞唐、大夏和青海，也首次官方承认大燕对红川十八州和怀宋属地的统治权。并约定，三十年内不兴战事，还西蒙百姓一片和平的土地。

这项条约一直延续了七十多年，直到白苍历八五二年宋地藩王纳兰恬禾造反，被大燕第二代皇帝昭武帝剿灭，卞唐趁势进攻大夏，在边境上爆发了著名的唐户之战，才算是兴起了《神女峰条约》后的第一场刀兵。

七十年间，西蒙经济发展迅速，民风开放，商贸发达，政治清明。在青海的带动下，也在秀丽王的大力主导下，卞唐于七九六年改革社会体制，修改律法，抛弃原有的奴隶制，改为封建制。

五年后，大燕爆发了震惊西蒙的仕林变法，燕皇顺应民意，消除奴隶制，完成了从奴隶制到封建集权制的变革，燕洵也因此得到了民间的一致拥护，百官上表，尊号为"北慈大帝"。燕洵雷厉风行地削弱了氏族势力，大力选拔白丁官员，牢牢掌控军权，极大地巩固了大燕政权。三百年内，大燕铁骑纵横西蒙，所向披靡，无人敢挡。

大夏在赵彻的率领下，消灭了北罗斯帝国和马罗帝国，向北扩张数十万里，建立了空前强大的大夏王朝，国土之广袤，连大燕也望尘莫及。只是在赵彻百年后，他的后代子孙无力维持这样庞大的帝国，终于让大夏王朝再次分崩离析。好在十四王赵飏于北地边境经营数十年，在危急关头收拢了赵彻余部和多年来的巨大财富，继续维持着赵氏在北地的统治。

青海于七九一年宣布独立，国号为"庆"，国旗为星月同辉旗，定都海庆。青海王诸葛玥称帝，尊号白元，七九一年正式更名为大庆白元一年。青海王登位后，废除后宫妃嫔制度，摒弃后位，独设一妻，秀丽王楚乔为青海国母，参与国政，一生辅佐青海王。青海每一项政令的后面，都能看到她的身影。

因为青海王的一妻制度，与西域的皇妃制度相似，故秀丽王又被称为青海第一皇妃，或是秀丽皇妃。

因为白元帝和秀丽皇妃政策开明，青海在三十年后，一跃成为大陆最为富庶的国度。经济发达，技术领先。白元三百二十一年，青海率先爆发了工业革命，科学技术辐射整个西蒙，带动了全大陆的科学发展。

五十年后，青海发生民主政党起义，在皇室无力压制的情况下，文武百官在皇帝的带领下，翻开了四百年前白元帝和秀丽皇妃遗留下的国危诏书。看过之后，主动改组国家政权，青海就此走上了民主共和的社会体制。比大洋对岸的西方国家，早了一千八百多年。

时光如洪水，滔滔而去。西蒙保卫战后第三年，楚乔产下第三子，诸葛云晔。青海举国大庆，星月宫内，觥筹交错，歌舞升平，一派喜气。

内殿之中，楚乔早已钗横发乱，娇喘吁吁，指甲划过诸葛玥的背部肌肉，汗水顺着香肩流下，一滴滴落在潮红色的纱帐之中。

"玥……高先生不是说……我的……我的身体……"

"呼……他刚刚说可以了……"

牙床咯吱作响，暖帐温度炙热，直到前殿的宴席散去，诸葛玥积蓄已久的欲望才宣泄而出。云收雨歇之后，两人相拥而卧，楚乔靠在诸葛玥的怀里，静静地闭着眼，手指不自觉地在他的胸口画着圈。

突然，这名被誉为西蒙第一名将的女人抬起娇媚的眉眼，咬着艳红的唇，开口问道："诸葛玥，我都生了三个孩子了，是不是老了？你会不会嫌弃我？"

诸葛玥斜着一双丹凤眼盯着她，但见她发丝凌乱，香汗淋漓，因为生产，胸前的莹白尤为硕大。刚刚熄灭的火焰，不由得又熊熊燃了起来。

"我马上就以实际行动告诉你，我有没有嫌弃你。"

邪魅的声音突然响起，第二轮风雨，瞬息而至。

一连大战两场之后，楚乔累得眼睛都睁不开了，靠在诸葛玥的怀里，昏昏沉沉地睡了过去。

诸葛玥为她擦去额角的汗水，盖上被子，然后将她抱在怀里，轻声唤道："星儿？"

"嗯……"楚乔闭着眼睛，也不知道听到没有，闷闷地应了一声。

诸葛玥眼神柔如春水，低下头，在她的眉心吻上一吻。嘴角笑容温柔，久久不离，终于，他声音低沉地缓缓说道："我永远爱你。"

红烛高燃，睡梦中的某人压根儿不知道自己的丈夫趁着她睡着说了什么难得的话。

长夜漫漫，这一生历经风雨，可是好在，前方还有无数个这样的夜晚，可以让他们相拥而眠。

"睡吧。"

（本卷完）

番外卷

燕红

第一章

秋思

帘外细雨绵绵，又是深秋时节，宫车的车幔被雨水打湿，辘辘地自深巷而来，轻蒙的细雨如同冰凉的泪。宫门巍峨，远远望去，好似一幅水墨，轻墨淡彩，落笔盈盈。

马车的帘子被撩开，露出一只修长的手，指身白皙柔腻，指甲豆蔻丹红，一只珐琅紫金镯戴在手腕上，越发衬得肌肤如玉。

"王妃。"一名老宫人跪在路旁，对着微敞的车帘小声说道，"孙太医正在里面请脉。"

车帘一动，一身浅蓝色宫装的女子缓步下了车，眉清目秀，面容平和。

两个丫鬟由后面走上前来为她撑伞，三十岁出头的妇人牵着一个六七岁大的孩子，那孩子虽然还小，相貌却十分俊秀，见了她咧嘴一笑，说道："母妃，我下学了。"

玉树微微一笑，伸手轻抚孩子额前的碎发，"跟母妃去见皇后娘娘。"

孩子微微一皱眉，似乎有些不情愿，嘟着嘴说道："永儿在这里等母妃行吗？"

"不行，"玉树正色，摇头道，"永儿是个仁孝的孩子，皇后娘娘身子不爽，你要听话。"

孩子默想了片刻，终于无奈地点头道："那好吧。"只是神情间，仍透着几分不愿意。

四年前，长公主以江山为嫁，在燕北八十万大军陈兵关外的时机，为多年内乱而屡弱的怀宋争得了一个诸侯的名分，从此离开了温暖的故国，一路乘船沿着赤水北上，终于进入了这座真煌城。而她们这些皇室宗亲，也跟随着公主，远离故土，安居真煌。

大夏国灭已有数载，如今的红川十八州已更名为"燕"。新任燕皇修葺国府，在原有的基础上扩建盛金宫，更开辟东南之地为怀宋长公主建宫开府，称之为东南殿，并允许皇后参政，统领怀宋诸侯国的大小政务，怀宋官员三品以下调动不需经过朝廷，外廷也因此称东南殿为故宋小朝廷。

只是近两年，随着长公主身体每况愈下，东南殿里也越来越冷清了。

玉树的父亲曾经是怀宋的旧部，归顺之初，他还是东南殿的柱石之臣，可是这几年下来，昔日的怀宋旧臣渐渐融入朝堂，皇帝兼容并蓄的政策，也逐渐消泯了这些异国臣子的戒备。如今再来这东南殿，已经安静得能听到秋蝉的酣声了。

"玄王妃来了。"云姑姑今年已经六十多岁，这几年越发显老，满头银丝，鹤发鸡皮。她笑眯眯地走过来，弯下腰逗弄永王，笑着说道："永王殿下越来越俊俏了，长大了一定和玄王爷一样是个美男子。"

云姑姑跟随皇后多年，在宫中极有地位，就算是玉树，也向来对她毕恭毕敬，当下笑着说道："姑姑最近身体可好？"

"好，好，托王妃的福。"

"皇后的病怎样了？"

"唉，还不是老样子。"云姑姑叹了口气，人年纪大了，就是有些啰唆，对着玉树说道，"饭进得极少，又不爱喝药，这么大的人了，还和小孩子一样。"

"永儿就不怕吃药！"一旁的永王闻言突然大声说道。

云姑姑听得一乐，摸着永王的头笑道："永王殿下是个男子汉，待会儿进去要好好劝劝皇后娘娘，知道了吗？"

"皇后娘娘醒了，问谁在外头呢。"

一名内侍突然走出来，玉树闻言连忙向云姑姑点了点头，就带着永王走进了昭阳殿。

昭阳殿仍是老样子，纵然富丽堂皇，可是玉树总是觉得这里太空旷，走起路来，都能听到脚步的回声。

皇后是个好静的人，身边的人总是极少，就连这寝宫里，也是只有几个内侍在一旁伺候。

两名二等惠人为玉树撩开东珠雨帘，那些明晃晃的珠子撞击在一起，发出清脆的声音。玉树带着永王走进去，跪在暖阁外，轻声说道："臣妾参见皇后娘娘。"

过了一阵，一个平和的声音缓缓响起，仔细听来还有几分未愈的气喘，"是玉树啊，进来吧。"

大殿里有些凉，一面大理石屏风上雕刻着高山流水，为这本就空旷的寝殿里平添了几分清幽之气。皇后穿着一身明黄色的鸾服，歪在睡榻上，头发梳得一丝不苟，珠钗倒是不多，只有一支翠绿色的蓝田簪子，眉心缀着一颗指甲大的鸡血石。

"文媛，赐座。"

一名一等淑人女官走上前来，为玉树看座，玉树谢过坐下，就听皇后问道："最近家里可还好？"

玉树恭敬地答道："一切都好。"

"听说皇子们换了新先生，永儿的功课还跟得上吗？"

"永儿年纪小，天资也赶不上诸位皇子，不过臣妾在府里为他请了两名先生，现在倒还勉强跟得上。"

皇后突然微微咳嗽一声，面色带出些病态的白，说道："你是书香门第出身，自然懂得如何管教孩子，只是也不要太过于心急，永儿毕竟还小，小孩子嘛，不要逼得太紧了。"

随后两人就开始闲话家常，玉树和这位皇后的关系向来很奇怪，虽然表面上看起来皇后对他们王府亲厚有加，可是说起话来，总是隔着几层。纵然她三不五时地就带孩子进来请安，说来说去，也无非就那么几件事。

聊了有一盏茶的时间，突然外面打了三声鸣鞭，玉树一惊，连忙拉着儿子站起身来。随即珠帘被撩起，皇帝一身明黄色龙袍，色泽耀眼夺目，大步走了进来。

"臣妾给皇上请安，皇上万岁万岁万万岁。"

"永儿给皇上请安，皇上万岁万岁万万岁。"

皇帝微微一抬手，语调低沉，吩咐道："平身吧。"

"谢皇上。"

皇帝随意地坐在榻上，皇后在病中，只是在床上道了万福，就淡笑着问道："今天皇上怎么这么有空？"

皇帝说道："听孙太医说你近来身子不太好，就过来看看。"

"皇上日理万机，还惦记着臣妾的身体，真让臣妾心中过意不去。"

玉树低着头坐在椅子上，听着皇帝和皇后这生疏客套的场面话，心里不免觉得有几分别扭，当下也不开口说话，只是将孩子拉在身旁，就那么装出一副很愿意听的样子。

皇帝和皇后说了几句话，转过头来，问她道："最近家里怎么样？"

"托皇上的福，一切都好。"

"皇子们新换了老师，永儿年纪小，功课还跟得上吗？"

玉树微微一愣，心想果是夫妻俩，忙点头道："多谢皇上关心，还勉强跟得上。"

皇帝点了点头，又问了些别的东西，突然对内侍官曹秋说道："将那柄法朗进贡的弓箭拿来，永儿过年就八岁了，也该入兵学了。玄墨在的时候就爱舞刀弄枪，弓箭尤其娴熟，虎父无犬子，相信永儿也不会让朕失望的。"

曹秋连忙弯着腰跑上前来，送上一只盒子。玉树连忙起身谢恩，心里却有些担忧，皇帝说是来看皇后的身体，可是为何会带着弓箭？难道他知道我带着永儿进宫吗？

这些年，皇帝对他们王府的确不错，各种赏赐从未将他们落下，丝毫不因王府没有男主人而对他们有半点怠慢。这一点，已经惹得朝野上很多人暗中思量了，而且皇帝每次说起玄王来都是一副很熟悉的口吻，但据玉树所知，皇帝和玄墨是从未见过面的。

一时间，很多个念头闪过脑子，玉树接过盒子，旁边的永儿有些开心，也端端正正地磕了两个头，笑着说："皇上对永儿真好。"

皇帝少见地露出一丝笑容来，站起来说道："朕还有些朝政需要处理，暂时先去了，你们在这儿陪皇后聊天吧。"说罢，就在众人的恭送声中离去了。

皇帝一走，皇后就开始咳嗽起来，精神也有些不济。

文媛小声地询问了一句，然后为皇后脱去了外面的深衣，换上一身素淡的寝服。皇后和玉树有一搭没一搭地说话，见皇后明显有些累了，玉树就起身告退。皇后也没留他们，只是吩咐下人将准备好的赏赐给了她，就有侍女送他们出了宫。

狭长的红巷里，玉树抱着永儿坐在马车上，马车缓缓前行，秋雨一丝丝打在车帘上。玉树的思绪也有几分恍惚，她仔细地想了想，似乎最近几次进宫都遇见皇上了，每次皇帝都在他们进宫的时候去看望皇后，其实按理说，她这样的孀居王妃是不应该和皇帝相见的。

她突然觉得有几分不安，想起今天皇帝说起夫君时的表情，不由得疑惑起来。

她突然打开车门，对姜吴说道："姜吴，殿下很擅长弓箭吗？"

姜吴微微一愣，没想到她突然提起此事，连忙回道："殿下自然是弓马娴熟，不过殿下的剑法使得才最好,当年在京中无人不晓。说到弓箭,皇后殿下也是很擅长的。"
　　玉树皱着眉,有一个念头从脑海中闪过,可是只是那么一闪,让她抓不到尾巴。她点了点头,关上了车门。

第二章

阴阳

玉树刚走,纳兰就咳了起来,几名太医院的值班院正急急忙忙跑进了昭阳殿,把脉熬药,忙了足足有两个多时辰。

大殿里到处是浓烈的汤药味,纳兰红叶躺在床上,犹自气喘不停。这半日的折腾,让她的脸越发毫无血色了。

"皇后娘娘,打听到了,皇上今晚宿在青露殿,没有主子服侍。"

纳兰手捂着胸口,气息有些微弱,问道:"程妃不在青露殿吗?"

"不在,程妃娘娘的月事来了,正在红坊避红呢。"

纳兰点了点头,默想片刻,说道:"天气越来越冷了,你去吩咐曹秋,让他们那班奴才谨慎点,小心别让陛下着凉。"

"是。"

文媛刚要去,纳兰突然开口叫道:"算了,还是不用去了。"说罢,转身躺到里面去,声音很轻很轻地传过来,"晚膳不必叫了,本宫要睡一下。"

"是,娘娘。"

燕洵立朝也已经有五年了,和历朝历代很多皇帝一样,这个后宫里,也渐渐热闹起来。数不清的年轻漂亮的女子流水一般拥进宫中,她们有的娇俏,有的冷艳,有的满腹诗书,有的娇憨可爱,好似这世间的花一夕间全都在这寂寞深宫中盛开,整日花团锦簇,一片向荣。

只可惜,尽管已经入宫四年了,纳兰红叶还是没能生下一子半女,反而是其他妃子一再有喜,程远大将军的妹妹程妃更是一举生了一双麟儿,在后宫的地位,已经直逼她这个因病避世的皇后了。

而他,也已经很久很久不曾踏足昭阳殿了。

今日,若不是玉树带着永儿前来,恐怕他也不会来吧。

日头渐渐落了下去,月亮爬上树梢,一双红烛高高燃起,闪烁着明亮的光。纳兰红叶如今很瘦,缩在锦被里,像是一只瘦弱的鸟,不时地低声咳嗽着。

或许,早就已经不想了。

六年前关下会盟的那一天,青海那边小世子出生的消息传遍了西蒙大陆。小世子因为在母胎里受了风寒颠簸，身体不好，刚一出生就险些夭折，青海王妃产后虚弱，也是危在旦夕。青海王重视妻儿天下闻名，当年就能为了妻子放弃和燕洵一争天下的良机，更何况今日。

青海当即发出通告，悬赏万金，寻求当世名医，听闻茂陵青竹先生医术高明，只是年迈古板，视青海为蛮夷之地不肯移步。当年的青海王竟然敢在燕北和怀宋结盟这种全盛的时候，仅率三千精骑出翠微关，一路冲杀至茂陵，将青竹先生掳去，最终救了小世子和秀丽王的性命。

消息传来的那一天，正是她和燕洵的文聘之日，舒和金帖，大红鸳鸯，一切都遂了她多年的心愿。

她打开金帖，最上面是他亲笔所写的两人的名字。

燕洵纳兰红叶

就那么并排在一起，一笔一画，一横一折，好似勾勒了她这漫长的半生。她的手指划过白头彩凤、双红金帖、烫金篆字，停在那八个透着喜气的字迹上：

守望相伴，永结同心。

明明是最简单的八个字，却令她的眼睛有些湿润了。

那天傍晚他们两个坐在合欢殿上吃双喜宴，庭外一株杏树花开得正艳，好似火烧云霞，风吹过，落英缤纷，漫天都是红粉两色飞花，犹若艳雨。

他坐在自己面前，面色平静，满口外交辞令，言辞不多，却滴水不漏，既不显得失礼，又不过分亲近。

纳兰红叶几次想要开口道出一些她隐藏了许久的过往，却都被他淡漠的表情挡住了。眼看天色渐晚，他就要离去了，她不由得有些着急，正要开口，他的贴身侍卫突然说有紧急军情上报。

青海王已经快要接近茂陵了，这些人才将这个重要的消息报上来。

燕洵向来是冷静淡漠的，当时却变了脸色，吩咐茂陵附近的军队集结，不惜任何代价，务必要将青海王挡在关内一日。

可是侍卫还没走出去，他就出声叫住了侍卫。傍晚的夕阳照在他的脸上，有着蒙昧的光。他的手半伸着，保持着一个姿势，似乎想说什么，却又没说出来。庭院里杏花翻飞，扑簌簌地落下，撒了一地。

"还是算了。"他垂下手，又恢复了一贯的淡定。

"算了？"侍卫微微一愣，不自觉地反问了一声。

燕洵闻言略略抬起眉梢，没有说话，只是目光在那侍卫的脸上转了一圈，像是一汪寒冷刺骨的水。

侍卫吓得扑通一声跪在地上，退了出去。

天色渐渐暗下来，燕洵转过头，很自然地对纳兰红叶一笑，为她夹了一片青笋，说道：

"多吃笋，对身体好。"

纳兰红叶半生宦海沉浮，早已练出一身炉火纯青的养气之术。

她也笑着点头，"多谢燕皇殿下。"

这不过是一场极小极小的插曲，所有随侍的下人转瞬就忘却了这件无关痛痒的事，唯有她，生生地记了下来。

那天傍晚，在夕阳的余晖之中，她恍惚中似乎认清了一件事，只是，这么多年来，她一直不肯去承认。

寝殿里传来一阵低沉的咳嗽声，随侍在外殿的文媛抓起一把苏合香放在香炉里，眉心轻轻地皱着。

窗外月色绰约，树影蹁跹，真煌的冬天，又要来了。

玉树白日睡了一觉，夜里反而走了困。

她披着一件银狐边斗篷，打着一盏灯笼，去了永儿的房间。永儿很乖，没有踢被子，睡得很熟，嘟着小嘴，好像在做梦吃什么东西一样。

玉树在他的床边坐下，夜里的风那么静，墙角的安神香盘旋直上，一圈一圈，像是乡下的袅袅炊烟。玉树伸手想去摸摸儿子的脸，却又怕身上带了外面的凉气，只是在他的额头虚虚比画了一下，就牵起嘴角，微微地笑了起来。

不知不觉，三更的更鼓远远传来，更夫的声音也绵长悠远，玉树此刻满心安宁，就连那小心火烛的声音听起来，都觉得格外平和。

她站起身走了出去，为孩子关上房门，正想要转身回房，却在回头间望见了那一室的烛火。

一瞬间，她就那么愣住了。

和这些年的千百次一样，她定定地站在那里，就那么静静地凝望着。

已经五年了，东海的石像落满了灰尘，朝野的清流言官也忘记了那个名讳，就连曾经日夜为他祈福的沿海百姓，恐怕也已经将他的安魂牌位撤下，换上了自家的父母亲人。

所有人都渐渐忘记了那个人，忘记了他的功绩，忘记了他的付出，忘记了他的音容笑貌，更忘记了他曾经为这个国家、为这片土地，付出了怎样高昂的代价。

然而，唯有她，这个傻傻的妇人，每日不忘在夜幕降临的时候，在他的书房里，为他燃起一室烛光。

她不敢走近，正如他生前一样，就连亲手做好了羹汤，也只能让侍女下人为他送去。

他说他有政务要忙，不容他人打扰，她就信了。

他说他有紧急军情，闲杂人等不得靠近，她就信了。

他说他今晚要忙到很晚，就住在书房里，让她不要等了，她也就信了。

她就是这样一个傻傻的女人，无论她的男人说什么，她都相信。可是有些时候，她也想说点什么，只是简单的几句，比如她只是和下人一样，送碗汤就出来，不会打扰到他；比如她是他的妻子，也许不算是闲杂人等；比如其实她每晚都睡得很晚，他就算忙到再晚，也不用怕会吵醒她。

可是她还是不敢说，或许，只是觉得有点怕羞，有点说不出口。

于是，她就日日夜夜趴在窗棂上，望着书房的灯火，直到灯火熄灭，她才能爬上床，安心地闭上眼睛。

她有时候也会想，这样，算不算也是同眠了？

可是刚冒出这样的念头，她就已经羞红了脸。

每次回娘家，姐姐都会悄悄地跟她说，你家王爷是不是有了外心云云。她每次听到都会很生气，王爷是怎样的人，她们怎可用这样的心思去诋毁他？

可是她的口才实在不好，据理力争了几次，都说不过姐姐们。渐渐地，她连娘家都回得少了。

她知道，她有这世上最好的夫婿，他正直、善良、才华横溢，他的画满朝称颂，他的字为京中一绝，他的诗词广为流传，他在家中从不饮酒，便是有时在外应酬，也从不喝醉，他不纳妾，不涉风尘烟花之地，是朝中有名的玄贤王，更是军中最负盛名的将领。

虽然他有时会因为政务繁忙而冷落她，可是那又怎么样呢？比起母亲，比起姐姐们，比起那些整日争宠暗斗的贵妇，她已经太幸运了。

他是她的夫婿，是她的天，她的全部世界。

她不就是应该相信他、照料他、等待他的吗？

怎可有怀疑，有猜忌，有诋毁，有伤春悲秋的怨愤不平？

更何况，即便他不在了，她仍旧享有着他生前留下的功勋，并且，还有他留给她的最宝贵的孩子。

没什么不满足的了。

她微微地笑，笑容明澈而单纯，扯了一下斗篷的领角，默默念道："明日要去买窗纸，天冷了，书房的窗纸该换了。"

第二章

人亡

幽幽的天光下，她似乎又看到了那人的影子。

春深似海，梨花如雪，少年站在梨树下，穿着宝蓝色的袍子，紫授玉带，远远地望着她，笑声爽朗，高声问道："喂！你是哪个宫里的？"

突然间，眼前波光尽碎，她于一片蒙昧的光线中，看到了文媛那张急切的脸。文媛的嘴一开一合，她却听不到她在说什么。

她知道，她可能又病了。周围围满了人，有人在拉扯着她的手臂，急切地摇晃着，摇得她都有些疼了。她皱着眉，有些生气，想要训斥这些不知轻重的下人，可是嗓子似乎不听使唤。她努力地张开嘴，却好似海底的鱼，无声地开合，没有一点气息。

文媛急了，对一旁的小太监训斥道："皇上怎么还没来？去通报了吗？"

小太监脸色惨白，声音里都带了哭腔，跪在地上回道："奴才的腿都跑断了，消息也早就传过去了，可是程妃娘娘说皇上正在午睡，有什么事等皇上醒来再说。"

"岂有此理！"文媛怒道，"程妃她好大胆子，这种事是她担待得起的吗？"

一众下人见她发火，全跪在地上不敢说话。

纳兰红叶却想，文媛的胆子真是越来越大，这种话也敢说出口，若是传到程妃耳朵里，怕是又有一场风波。

既然暂时说不出话，她也就继续闭目养神，任凭那些下人在那里急得如热锅上的蚂蚁。

程妃的确有些不像话了，仗着娘家母族和两个皇子，行事越发没有顾忌，却不知向来福兮祸所伏，今日的倚仗就是明朝的祸患。这般肆意妄为不知轻重，看来等身体好了，需要好好敲打敲打，不然这偌大的后宫非被她折腾得乌烟瘴气不可。

纳兰疲惫地叹了口气，再次陷入了黑沉沉的梦中。

程妃本名程蓉蓉，是大将军程远的表妹，大燕定都真煌后，为了充裕后宫，亲近权臣，程妃和其他几名朝中重臣家的小姐一起进宫。因为哥哥在朝中的势力和自身的貌美伶俐，几度晋封，而她也的确很争气，不久就为燕洵生下一双麟儿，一跃成为三妃之首，仅次于皇后。

她本是个聪明知进退的女子，只可惜这几年殊荣加身，越发让她行事失了顾忌。

直到傍晚夕阳火红，燕洵才缓缓醒来。

昨夜边关急奏，燕洵通宵未眠，此刻醒来还是有点头晕。

程妃半跪在脚踏上，披着一身鹅黄色的软纱，千娇百媚地为燕洵献上一杯花茶，随口拣一些各宫的趣事来说。

燕洵心不在焉地听着，不时应付几句。突然，一句碎语飘进耳里，他微微一愣，低头问道："你说什么？"

程妃心下一惊，勉力镇静，笑容不减地说道："午时东南殿的小顺子来说皇后娘娘身体不爽，臣妾看皇上睡得正香，就没敢吵醒皇上。臣妾估计，定是下人不懂事，皇后贤良淑德，身子又一直不大好，她若是知道，指不定怎么处罚属下人呢，定不会叫他来打扰皇上的。"

燕洵坐在睡榻上，一时也没有说话，眼神深邃，不知在想什么。

程妃心下一喜，忙前忙后为燕洵梳洗更衣。谁知燕洵穿好了衣衫，竟然就要走。程妃一急，忙开口道："皇上不留下吃晚饭吗？"

燕洵缓缓转过身，夕阳照在他的脸上，有着淡淡的金光。他就那么静静地看着程妃，并没有显露出什么怒气，却令人脊背生寒，肌体冰冷。

程妃顿时跪下去，昔年皇上宠妃袁世兰的下场浮现眼前，让她害怕得几乎哭出声来。

不知道过了多久，有侍女在她耳边小声地说："娘娘，皇上走了。"

她缓缓抬起头来，只感觉额角全是冷汗，无力地站起来，却险些摔倒。侍女惊呼着扶住她，搀她坐在软榻上。

她手捂着胸口，脸色苍白，久久没有说话。

她知道，尽管皇上什么也没说，可是刚刚那一瞬，她真的无限接近死亡。

天色越来越暗，她默默思量着，终于深深吐了一口气，对下人说道："将今天守门的小邓子打三十大板，然后准备厚礼，明日去皇后娘娘的宫门前请罪，就说是门房偷懒，误了通传。"

侍女答应一声，虽然害怕，可是也不敢质疑。不一会儿，外面就传来了小邓子一声高过一声的惨叫。

说到底，能爬到今天这个位置上绝不会是单纯无知的女子，她知进退、懂分寸，即便偶尔会忘形，但是一旦有风吹草动，她就会很快醒悟过来。

而今日的这个警钟，已经足够她领悟了。

"柳絮，准备香烛和经文，明日开始，本宫每日去佛堂抄录经书，为我大燕祈福。"

"是。"

这一次试探，够了。

程蓉蓉叹了口气，手指触摸到燕洵刚刚躺过的锦被，只觉得一片冰冷。

燕洵到东南殿的时候，天色已经完全暗了下来。

东南殿灯火寥寥，太医们已经退下。内官见了他忙跪下，正要通传，却被他制止。他一路走进去，所有的宫女内侍都跪在地上，黑压压的头一路蜿蜒，一直延续到那座冷寂的宫门。

她已然睡下了，躺在层层锦绣之中，脸色苍白，发丝凌乱，瘦弱不堪。

文媛满脸喜色，为他在睡榻上铺上软垫，他却自己拉过一把椅子，就那么坐在纳兰红叶对面。

侍女下人全退了下去，只剩下他和她两人，他静静地坐着，她则沉沉地睡着。

似乎从未见过她这个样子，记忆中的纳兰红叶，总是仪态端庄，姿容华贵，穿着高贵的华服，化着典雅的妆容，言行辞令永无差错，脸上永远挂着疏离的微笑，充满了长年累月积累而出的皇家之气。

从不似现在这样，凌乱、憔悴、骨瘦如柴。

她是真的瘦了，如今看着她，他几乎无法将她同之前那个颖慧的长公主联系在一起。

岁月催人老，一眨眼，已经这么多年了。

他什么也没说，只是坐了一会儿就离去了，可是这一会儿也足以令东南殿的下人们喜出望外。文媛开心地在殿外来回奔走，安排着诸多接驾事宜，因为皇上临走前说过，明日还来看望。

东南殿的宫门刚刚落锁，纳兰红叶就睁开了眼睛，她瘦了，眼窝深陷，可是目光仍是锐利沉静的，拥有着多年历练而出的聪慧和气度。

那张椅子仍旧摆在她的床榻旁，空荡荡的，楠木上雕刻着祥瑞的双龙戏珠图纹，一圈一圈，云彩盘旋。

这么多年了，纳兰红叶，你可有一丝一毫的后悔吗？

微弱的灯火中，她在悄悄地问自己。

终于，还是淡淡一笑，闭上了双眼。

宫中一如既往，日子一天一天过去。天气渐渐寒冷，屋子里燃起了火盆，而纳兰的身体也不见丝毫起色，半个太医院几乎搬了家，长住东南宫门，整日进出不绝。

这天早上，又是小皇子们讲学的日子，玉树带着永儿来探望纳兰红叶，带了些燕窝人参，坐在暖和的寝殿里，陪着纳兰红叶说话。

东拉西扯说了半晌，见纳兰红叶有些累了，玉树正想告别，忽听她问了一句："明儿个是玄王的忌日吧？"

玉树微微一愣，不知为何，心底的一根弦突然绷得极紧，低声答道："是。"

纳兰红叶点了点头，一旁的文媛笑着呈上一只锦盒，她平静地说道："王爷对社稷有功，本宫身体不好，不方便去祭拜，王妃就替本宫捎去一点心意吧。"

暖和的寝殿突然有一丝丝冷，从玉树的手指攀起，沿着手臂往上爬。她姿势僵硬地接过锦盒，轻咬着下唇，恭敬地低头谢道："臣妾代亡夫谢过皇后赏赐。"

纳兰红叶摇了摇头，正想说话，忽然有侍女从外面跑进来，附在文媛的耳边说了一句什么。文媛的表情顿时一滞，转头去看纳兰红叶。

玉树立刻起身告退，纳兰红叶见了，也没有挽留。

殿外阳光普照，玉树的手心全是冷汗，她使劲攥住一角衣衫，似乎这样，就能将有些念头活活掐死一样。

突然，只见一群太监慌慌张张向西边跑去。玉树转移注意力，随口问自己的贴身侍女："出了什么事？那些人在干吗？"

小丫鬟久在皇宫出入，倒是十分机灵，过去打听了两句，回来也是一脸慌张，说道："王妃，是西冷宫的袁美人悬梁自尽了。"

"袁美人？"玉树一愣，诧异地问道。

小丫鬟舔了下嘴唇，说道："就是以前的楚妃娘娘。"

"袁世兰？"这下轮到玉树震惊了。

楚妃娘娘，原名袁世兰，大燕立国以来这后宫之中最富传奇色彩的宠妃。

她本是后宫之中一名小小浣衣女，一次犯错，被投入暴房受刑，可是谁知这名小小的宫女竟然会一些粗浅的武艺，半夜打伤了看押的嬷嬷，逃出了暴房。逃跑时慌不择路，冲撞了刚刚由上书房回宫的皇帝车驾。她身中一箭，走投无路下，一头撞在楚岚殿的宫门上，宁死也不肯束手就擒。

好在随后被救治过来，皇上喜爱她的气节，将她由一个小小的奴婢册封为五品贵人，对她极尽宠爱。半年内，袁世兰独占君王爱宠，一路扶摇直上，最终被封为楚淑妃，纵然引起了朝堂的诸般不满和微词，但是皇帝始终没有动摇。

然而三个月前的一个雨夜，楚岚殿中的一场风波，宠冠后宫的楚妃娘娘突然遭到贬斥，三天之内，由正二品淑妃之位，接连四次被贬，成了一名小小的从七品美人，独居西冷宫。

没有人知道那一晚发生了什么事，只是听人说，楚妃娘娘和皇上发生口角，气急之下自毁容貌，弄得人不人鬼不鬼，自然惹得龙颜大怒，遭到贬斥。

宫人们谈起此事，自然是冷嘲热讽。一来这袁世兰得宠之时心气极高，对于宫中其他妃嫔不予理睬。二来自古以来女子皆是以色侍君，她竟蠢到自毁容貌，自然得不到他人的半分同情。

"王妃？王妃？"小丫鬟有些害怕，连着叫了几声。

玉树回过神来，连忙说道："马上出宫。"

出了二门，马车辘辘而行。极远处乌鸦飞过，撩起一地的冷风，几根黑色羽毛落下，飘飘摇摇，渐渐落入这座寂寞的宫廷。

第四章

玄墨

纳兰红叶听到袁世兰自尽的消息后沉默了许久。文媛带着下人们缓缓退了下去，留下一室清亮安静的午后阳光。

她想起最后一次见到那个凌厉如冰雪的女子，那时的她头上包着层层纱布，即便看不到伤口，但还是可以透过那丝丝血迹想象出里面是一张怎样惨烈的面容。

她平静地望着纳兰红叶，以十分清淡的声音说："即便不是我，也绝不会是你。"

纳兰淡漠地笑，其实以她的身份，是不该去见一个被废黜的冷宫废妃的，可她还是来了。所以此刻，面对着她一如既往的不留情面，她也并没有什么过激的反应，只是静静地看着她，问出了一直在心底隐藏着的一句话："即便不是我，你也不必如此，难道不知道这阖宫上下都在盼着你有这么一天吗？"

"谁有时间去和她们钩心斗角？"袁世兰冷冷一笑，嘴角的刀痕露出来，看起来诡异可怕，"我只是不想浪费时间守着一个无心于我的男人。"

纳兰红叶继续问道："那你对皇上呢？也是无心吗？"

袁世兰的表情突然变得狰狞，她恶狠狠地转过头去，压低了嗓子，负气地说："不是我的，我才不要。"

东南殿的辉煌灯火中，纳兰红叶一身锦缎华服，靠在椅背上，默默轻笑。

真的不要吗？一样无心吗？如果真如嘴上所说，又怎会为了一个不在乎的人而自残毁容？又怎会在无止境的寂寞中自怨自艾，进而决绝赴死？

到底还是年轻气盛，到底还是天真任性，才可以这般草率，才可以这般随性，才可以丝毫不去考虑，如果自己不负责任地自尽而死，父母亲族要为之付出怎样的代价。

这个后宫，就是这样一个可怕的地方，可以让人发疯，可以让人发狂，可以让一个妙龄少女一刀一刀割在自己的脸上，然后毫无顾忌地说死就死。

她以为她的自尽可以让那人自责愧疚，可以让那人永远记住她，却不知在这座巨大的宫廷之中，她的生死不过是一场短暂的烟火，除了成为宫妃们茶余饭后的一点谈资，再不会引起任何涟漪。

这个皇宫之中，最不缺的，就是枉死的冤魂。

随着时间的流逝，一月、两月、一年、两年，谁还会记得当初有一名宠极一时的楚妃娘娘？

　　"真是愚蠢啊！"纳兰红叶轻叹，得享这样一个封号，本可一生荣华，再加上那酷似的面容和性子，便是一生专宠也不难。只可惜，偏偏没有那样的脑子和心胸。

　　"娘娘？"文媛站在门口，手里端着刚刚煎好的汤药，小声叫道。

　　纳兰红叶随意招手，唤她进来，接过汤药一勺一勺往嘴里送。那么苦的药，她却好似喝汤一样，眉头都不会皱一下。

　　文媛在一旁看着，托盘上还放着盛放冰糖的小碗，她几次动了动嘴唇，却最终什么也没说。

　　"传我的懿旨，袁美人淑德宽厚，恭顺良善，如今死于恶疾，赐封为六品惠人，葬西妃陵，赏母族千金，加封她的兄长官衔，着户部酌情办理吧。"

　　文媛微微一愣，不解地向纳兰看去。是的，长公主是有议政的权力，也有怀宋地区四品以下地方官的任命权。可是自从她病了之后，已经放权两年有余，如今为了一个小小的罪妃，值得吗？

　　纳兰红叶却没有给她任何解释，只是继续说道："皇上最近朝政操劳，袁美人去世的消息，还是不要告诉他了，传令各宫，管好自己的嘴巴。"

　　文媛连忙点头应是。

　　大殿里再一次安静下来，刚才的一番话，似乎让纳兰红叶颇为辛苦。她躺下去，用手指揉着太阳穴，微微皱起眉头。

　　即便是怒极贬斥，也总还是有情分在吧。那样的专宠、那样的溺爱，总不会没有一丝用心，而只要有一丝用心，一旦知道她悬梁自尽的消息，难免还是会有几分伤怀。如今西北边境不宁，朝野上党争不断，他身边，已经有足够多让他忧心的俗事了。

　　喝了药，她格外嗜睡，迷迷糊糊地想，西冷宫的废妃，终身不得见君颜。三年两年，也许他就会忘记了，就算他日想起，对一个"因病去世"的女子，心境上也不会太过不堪。

　　烛火噼啪，又是一个冷寂的深夜。东南殿的懿旨传到了各宫，各宫的主子们很快就领悟到了皇后的心思，即便有人对皇后善待袁世兰亲族感到气愤，却也无人胆敢说什么。前几天程妃亲自登门道歉，随后就一头扎进佛堂的举动，还是让她们明白：皇后圣眷仍在，大权仍掌，不可小视。

　　后宫，仍旧是一如既往地平静，如一波幽湖，风浪平和，看不到半丝波涛。歌舞夜夜悠扬婉转，管乐日日悬梁绕耳，其乐融融的外衣之下，所有的谋算推拿都被一场冬雪悄悄覆盖。宫廷这样大，俗事这样多，那个心如冰雪眼若寒锋的女子，终究还是如一朵凋零的残花，就那么轻飘飘地落下去，没有一点声音。

　　"活着，永远比死更需要勇气。"

　　纳兰红叶的笑容总是极清淡的，她望着窗外渐渐明媚的天光，依稀间似乎又看到了那个玄青色的影子。他站在暗影里，默默地望着自己，腰间的长剑古朴而凝重，嗜血的锋芒收敛在那一方小小的铁鞘之中。

他就那么站着,头顶是漆黑的帷幔,像是死亡的蝴蝶,就那么狰狞地招展着。

那一天,是父皇下葬的日子,他就站在悲伤痛哭的公主身后,说了这样一句话。

"可是……"

窗外突然起风了,昨夜下了一层清雪,到此刻还没有停。风一起,天上地上的雪花一起飞舞,徘徊游弋,犹如深海的白鱼。

"你为何突然就失了勇气呢?"

玉树记得玄墨去世的那一天下着大雨,雨水那样急,像是倾泻的山洪。从太医院赶来的大夫们全被淋湿了衣裳,额头脸颊上全是雨水,像是一只只刚从河里钻出来的鸭子。

明明早上还是风和日丽万里无云,她还带着下人们搬出他的书在院子里晾晒,阳光照在身上暖暖的,像是六月的湖水。

可是傍晚的时候,东南海军衙门的士兵们却突然护着一辆马车进了京城,一路冲进了玄王府的大门。

他脸色苍白地被人从车上扶下来,然后就进了书房,片刻之后,换好了一身朝服,就要强行进宫。然而还没走出大门,就颓然倒了下去,鲜血从他的身上涌出,无处不是,像是一条条蜿蜒的溪水。她手足无措地站在他身边,害怕得直哭,一旁的家丁们手忙脚乱地冲上来,将他抬进屋去,然后疾奔出去找大夫。

雨,就是从那个时候开始下的。

接连七日,没有停歇。

百姓们都说,那是老天在为玄王爷落泪,恭送一代忠良。

太医们一拨接一拨地进去,又一拨接一拨灰头土脸地出来,他们在她的耳边不断地说着什么。什么伤势太重、失血太多,什么连日征战、身体虚弱,什么重伤未愈、强行奔劳,什么伤口太深、心肺受损……可是她通通听不到了,她看着那些白胡子白头发的老头在自己眼前走马灯一样经过,人人面色沉重,嘴巴一张一合,像是深海里无声吐着气泡的鱼。

她在想,他们在说什么?为什么不进去为他治病?他的身体那么好,抡得动八十斤的大刀,舞得起上百斤的精铁长枪,只是受了点伤、流了点血,有什么大不了的呢?为什么还躺在那里,还不起身呢?长公主的文聘已经过了,明日燕皇就要离去了,他是怀宋的重臣,怎能不去相送呢?

她自动忽略了外面所有的声音,固执地跑到他身边,轻轻地推着他的手臂,就如以往很多年一样,在他耳边很真认地轻唤:"王爷,起来吧,王爷,你起来吧……"

可他还是没有动,只是紧紧地闭着眼睛,眉心紧锁着,好像在睡梦中也有什么放不下的心事。

他手臂冰凉,像是盛夏里用来消暑的冰块。她终于越来越害怕了,却仍旧不敢用力,还是就那么轻轻地推着他的手臂,一遍一遍地喊:"王爷,你起来呀,王爷,你起来吧……"

周围渐渐有了哭声,一些随侍的丫鬟拿出手绢在偷偷抹眼泪。她却突然就生气了,转过身去,将她们全都赶走。

外面的雨那么大，门一开，风卷着冰凉的雨丝吹进来，打在她薄薄的衣衫上，一下子就被吹透了。

有太医走上前来，轻声地说："王妃，王爷不成了，您要节哀。"

她这一生，一直是个贤良恭顺的女子，在家中孝顺父母，顺从兄长姐姐，出嫁以夫为天，从不敢有一点半点的任性胡闹。可是那一刻，她突然间那么愤怒，一巴掌打在了那名正三品的太医脸上，怒声道："你胡说！"

然而年迈的太医什么也没说，只是默默地看着她，眼神那么平静，却又充满了同情和怜悯。

而她，在这样的目光中彻底崩溃了，脚下一软，陷入了一片深深的黑暗之中。

醒来的时候，玄墨也已经醒了，他的门生旧部全站在院子里，一拨一拨进房去听他说话。见她抱着孩子来了，那些人都自动为她让出一条路。她就站在房前的那株桃树下，静静地望着闪烁着烛光的窗子，一如多年前，他们的第一次相见。

那时的她还年少，乖乖地跟在父亲身后，身旁还有一众兄长姐妹，还有一众豪门大户的显贵子弟、千金小姐，她穿着不起眼的白缎裙子，在一片绫罗锦绣中，像是一只没毛的大雁。他则站在回廊上，眉目英挺，俊朗不凡，笑起来那般温和，好似早春和煦的风。

下人跟在她身后，为她撑着伞，永儿还小，白白胖胖的，缩在她的怀里，不时打一个哈欠，看起来很困的样子。

那些人似乎说了很久，因为她是玄墨的妻子，也无人避讳她。她听到周围有人在小声地议论，所说的话题大多是长公主和亲之后，他们这些怀宋旧臣要如何维系怀宋一国，如何摆正自己在新朝的地位，如何不和燕国百官冲突，如何一点点融入燕国朝廷，成为公主的臂助。还有玄墨的亲信，说是拿了玄墨的书信，要交给燕皇陛下。

终于，人群一点点地散去，院子里又安静了下来，除了雨声，再也没有别的声响。

他就那样靠坐在床上，穿着一身干净清爽的长衫，见了她，仍旧和以往一样，微微一笑，伸出手来，对着自己身侧的椅子一指，示意道："坐。"

她愣愣地坐下来，双眼望着他，眼泪在眼眶里打着转，却不敢哭，只是一味地咬着嘴唇，控制着自己，不让自己哭出声来。

"玉树，以后，就要辛苦你了。"他看着她，很平静地说出这句话，语速很慢，却很清晰。小几的托盘上，放着两支老参，已经没了大半。他微微喘了口气，爱怜地看了一眼永儿，轻声道："我不是一个合格的父亲。"

玉树太害怕了，她这一生，从来没有这样害怕过。她突然大胆地抓住她丈夫的手臂，就那么傻傻地说："王爷，不行啊，不能这样。"

玄墨一笑，脸色苍白，眼窝深陷，已经瘦得脱了相。

"王爷，不能这样。"这个单纯的女人，不知道自己还能说什么，只是用力地摇着头，死死抓着自己丈夫的手腕，一遍遍地说，"不能，不能这样。"

夜风一点一点推开了窗子，清冷的烛火几次险些被风吹灭，外面的气息那样冷，从北面吹来，隐隐带着秋菊的清香。

她依稀间记起年少时和姐姐们玩笑嬉闹，几个姐妹在一起幻想自己未来的夫婿。有人说要诗文冠绝的状元郎，有人说要武艺超凡的大将军，还有人说要出身显贵的世家子。唯有她，想了许久许久，最后被姐姐们逼得无奈了，才吞吞吐吐地说："只要，只要对我好就行了。"

只要对我好就行了。

她一直是如此卑微的一个人，就连亲姐姐都嫌弃她没有大志，可是那又怎么样，最起码，她不会贪心不足，不会郁郁寡欢，不会怨天尤人。她的愿望简单，却也容易实现，她生活单调，却更加平和开心。

可是此刻，她突然连这最后的一点都不想要了。

她抓着玄墨的手，颤抖着说："王爷，老王爷不在了，你休了我吧。我知道王爷不喜欢我，王爷心里有别人。我现在什么也不要了，只要王爷活着，只要你活着，你休了我也没关系。"

那一刻，所有的风雨似乎突然止息了，百战而归的将军愣在了这个简单女人充满执着的眼神中。一丝酸楚从心底生出，多年的固执和坚持在这一刻化成了飞灰，岁月如同一条汹涌的长河，将他那么多年的执念通通淹没了，愧疚的海洋覆盖上来，在生命的最后一刻，凝成了一声叹息。

成亲多年，他终于第一次伸手拥住了他的妻子，抱歉地轻叹："玉树，我辜负你了。"

玉树靠在这个陌生的怀抱里，一时间就那么愣住了。

那么多的隐忍，那么多的自控，那么多的自我安慰，那么多的自欺欺人，她一直以为自己是足够贤良的，一直以为自己是极守妇德的，一直以为自己是不难过不伤心的。

可是，一切的一切，却终究在这样一句简单的话里，在这样简单的一个拥抱里，完全崩溃坍塌。

原来不是没有委屈，原来不是没有失望，原来不是没有奢求和幻想。

只是，她一直将这一切那么深那么深地压了下去。

她突然就放声大哭起来，撕心裂肺，泣不成声。

这是生平第一次，也是最后一次，玉树靠在自己丈夫的怀里痛哭。

说了那句话之后，玄墨就去世了，走得安详平静，犹如一幅水墨。

第二日，得知玄王爷去世的消息之后，原本已经准备出城的燕皇却临时改道，直奔玄王府。年轻冷峻的帝王一身黑袍，站在玄墨的灵前许久许久，周围所有前来吊祭的人都被吓得不敢作声，唯有他，像是一尊石像，久久没有离去。

那之后，便是一连串的册封，一连串的殊荣。可是，终究和她没有什么关系了，此心已死，任世间姹紫嫣红，落在她的眼里，终究是一片茫茫白地。

第五章

吊祭

马车在官道上缓缓地走着，穿过了繁华的街市，走过了热闹的人群，出了真煌的城门，向着东南方行进。喧嚣的声音渐渐远去，青山披雪，荒草摇曳，天空灰蒙蒙的，偶尔飞过一只离群的大雁，发出悲伤的哀鸣，静静地掠过上空。

永儿靠在玉树的怀里，昏昏欲睡，马车里暖融融的，棉布帘子很厚，挡去了外面的寒气。玉树抱着孩子，一下一下轻拍着他的背，嘴里不自觉地哼唱着儿时听过的童谣，时间走得很慢，脚下的这条路却格外漫长。

"王妃，前面有茶水铺子，要下来歇歇脚吗？"姜吴带着玄王府的护卫跟在马车旁，穿着一身低调的灰貂皮袄，一边搓着手，一边凑过来问道。

帘子微微一动，冷风扑面而来，玉树皱了皱眉，抬头看着天，说道："还是快点赶路吧，我看这天好像是要下雪，别被阻在路上。"

"是。"姜吴答应一声，随即说道，"红川这个地方就是冷，若是我们怀宋，这个时候荷花还没谢呢。"

"母妃？"永儿揉了揉眼睛，脸蛋红红的，被风一吹，也精神了些，皱着小鼻子问道，"到了吗？"

玉树向外看了一眼，然后点头道："就快到了。"

玉树这一生，也没有去过多少地方，生平第一次离家，就是从怀宋来到真煌，一路万里，跟随着数以万计的怀宋皇室贵族，离乡背井，来到这片寒冷而陌生的土地。

当时的情景，说得好听一点是怀宋顺应天命，归顺大燕，成为大燕附属诸侯。然而谁都知道，怀宋纳兰氏一族除了长公主纳兰红叶，就只剩下先皇留下的几个女儿和一个垂死的小皇帝，香火根本无以为继。这个所谓的诸侯，也不过是一个摆设罢了。等到长公主百年之后，怀宋终究还是免不了被冠以"燕"姓。

然而能得到这样的结果也许已经是好的了，当年三国之中，怀宋的国土面积是最小的，甚至还不到大夏的十分之一。尽管靠近海岸，商业发达，却缺少铁矿、战马等必要的军事装备，武力向来在三国中居于末流。因为有卞唐和大夏互相制衡，怀宋才得以在夹缝中屹立百年不倒，一旦大夏或卞唐政权崩溃，胜利者首先要做的就是拿怀宋开刀。

当年的乱世，怀宋内部政权不稳，卞唐国土一分为二，国家机构崩溃，大夏四分五裂，内战不休，燕北铁骑出关，横扫中原。怀宋一无维持三国鼎立局面的能力，二无趁机占领他国领土的军队，三无稳定的本土政权，当时的情况下，除了依附燕北，基本没有第二条路可走。而事实也证明，长公主的策略的确是英明的，纵然国家沦为附属，但是宋国的百姓和官员几乎没有受到战争的波及，皇室和朝廷也无损失，宋国官员在新朝也极有地位，远不像大夏遗民，位于帝国三六九等的最后一级。

百姓才不管谁当皇帝，只要有衣穿、有饭吃、有地种，就不会有人去理会自己的天王老子是姓燕还是姓纳兰。然而，也还是有些人不能接受。玉树还记得离开怀宋的那一天，有很多读书人跑到皇室的车队前拦阻，被士兵呵斥之后，甚至有人往自己身上浇油点火，自焚而死。

到了今天，玉树仍旧清楚地记得那个场面，大火呼呼地燃烧，那人一边惨叫一边叫着玄王的名字。其他人也伏地大哭，说如果玄王爷仍在，绝不会让江山被无知妇孺拱手送人。

一眨眼，已经过去这么多年了，如今在大燕的治理下，这样的声音渐渐平息，而那个曾经被大宋百姓视为救星的男人，也越来越少人提及了。就连他的忌日，如今也只剩下他们这孤儿寡母，才会清早出城，赶上几十里路，前往拜祭。

坐了半日的车，终于到了燕西山，这里山势陡峭，马车上不去。玉树穿着白色的裘皮披风，拉着永儿下了车，下人们抬了软轿，她坐上去，轿子晃晃悠悠地起来，沿着石阶一步一步往上爬。

因为积雪很厚，下人们走得很慢。永儿这会儿来了精神，撩起轿帘不时地好奇往外看。

半山腰上有一座寺庙，看起来很残破，玉树以前上山曾在这儿歇过脚。里面只有十多个和尚，大多年迈，因为这里地理位置偏僻，也少有香客，总是一副门庭冷落的样子，门口堆满了雪，也无人打扫。

她顺着窗子望出去，只见苍松鳞次，郁郁葱葱，心下微微悲凉。

一年，又过去了。

"王妃，到了，前面路窄，轿子过不去了。"

玉树点了点头，带着永儿下了车，吩咐其他护卫在这儿等着，只带了姜吴，提着纸钱香烛，拉着永儿就往山上走去。

越往上山风越大，吹在脸上有些疼。她将永儿护在身后，一步步往上走着。突然，耳边刮过一道劲风，一个黑影从旁边的林子里闪电般窜了出来。姜吴当即抽剑，护在玉树身前，然而还没等他的剑拔出剑鞘，已有两把宝剑横在他的脖颈之上。

"什么人？"对方低声喝道。

玉树面色发白，急忙捂住永儿的眼睛。却不想永儿反倒十分大胆，一把拉下母亲的手，理直气壮地叫道："我是玄王府的世子，这是我母妃，我们来祭拜我父王。你们是什么人？是强盗吗？不怕杀头吗？"

孩子的声音清脆如玉盘珠落，和着呼呼的风声回荡在林间。玉树吓得一把将永儿拉回来，死死地抱在怀里。

谁知那几名强盗互相望了一眼，纷纷收剑，为首的一人上前一步，十分礼貌地垂首道："原来是玄王妃和世子殿下，失礼了，还请王妃在此稍候片刻。"

说罢，几个起落就去得远了。

没一会儿，那人就回来说道："王妃请。"

玉树狐疑地看着他们，反倒是姜吴似乎有所领悟，也不敢多说，只是对玉树点了点头，示意她不用害怕。

汉白玉铺就的地板十分平整，远远望去，如同一面巨大光洁的镜子。天那么近，好像一伸手就能够到云彩，风从四面八方吹来，从下面扬起衣衫的下摆。漫天都是飞扬的大雪，呼啸着打着转，一眼望去，像是一片恍若牛奶的浓雾。

玉树半眯着眼睛向前望去，只见风雪之中站着一个身影，穿着黑色的披风，风帽竖起来，将他的头脸都遮住了。山风吹过，发出呜呜的声响。大雪在他身侧盘旋，将他和整个世界隔绝开，只见一个孤寂的身影，像是一棵巍峨的苍松，挺拔得似乎能将整个天地撑开。

即便看不清脸容，玉树也第一时间跪了下去，一拉身侧的永儿，用她不高的声音说道："参见皇上。"

燕洵转过头来，如冰雪般的目光在看到她之后微微有些松动。他淡淡一笑，笑容有些僵硬，也不知是天气太冷，还是因为他已经太久太久忘记怎样去微笑。他静静点头，说道："你来了。"

燕洵没叫起身，玉树也不敢动，心怦怦直跳，紧张地回道："是。"

"起来吧，当着玄墨的面，别叫他以为朕欺负他媳妇。"

他的话说得十分随意，玉树却听得两腿发软。她讷讷点头，站起身来，拉着永儿走上前去，站在燕洵身后十步处。只见玄墨的灵前幡烛高燃，灵香盘旋，黑色的纸钱随着风满地乱舞，像是一串漆黑的蝴蝶。

燕洵也不说话，只是随意地退开，让出陵前的空地。玉树带着孩子战战兢兢走上前去，点香、树幡、烧纸，白纸一点点地被火焰吞没，变成漆黑的纸灰，苍白的脸颊在火光的映照下有着鲜血一样的红，僵硬的手指慢慢被温暖，却仍旧保持着僵硬的姿势，一点一点，将所有的纸钱倒入熊熊的烈火中。

"父王，永儿来看您了。"永儿乖巧地跪在地上，端端正正磕了三个头，然后一脸严肃地说道，"这一年我的功课很好，陆先生已经夸了我三次，我认识了好多字，还学会了骑马。姜叔送了我一匹小马驹，是黑色的，鼻子上还有一缕白毛，可好看了。"孩子絮絮叨叨地说着话，言辞间带着孩童独有的天真，声音软绵绵的，却故作大人的严肃样子，皱着一双小眉毛，可爱得很，"父王，天冷了，您要记得多穿衣服，我和母妃烧给您的棉衣您记得穿。您一个人在这里，要学着自己照顾自己，不要生病，我会替您照顾母妃的，您就放心吧。"

山风突然间大了起来，玉树转过头去，眼眶有些湿。

"母妃？您怎么了？"

玉树勉强一笑，说道："没事，被风迷了眼睛。"

正说着，忽觉风小了许多。玉树疑惑地抬起头来，却只见一个挺拔的背影站在上风口，正好挡在他们母子身前。前面是悬崖峭壁，那人临风而立，衣角被风吹起，洁白的雪花盘旋在周围，虽然站得那么近，却好像有千里之远，永远也无人能够靠近一样。

"母妃？母妃？您怎么了？"永儿见她发愣，有些着急地叫着。

玉树自知失态，连忙转过头来说道："没事，永儿，快给父王磕头。"

孩子瞪着眼睛，"已经磕过了。"

玉树点了点头，将最后一串纸钱投入，然后拜了三拜，站起身来。

"好了吗？"低沉的声音在前方响起，玉树低眉顺眼地连忙点头。燕洵说道："那一起走吧。"

玉树哪里敢反对，仍旧老实巴交地点头答应。

燕洵走上前来，拉住永儿的手，微笑着问道："你会骑马了？"

十多名护卫跑上前来，有人在后面收拾吊祭器皿，有的则护卫在两侧。

永儿平日经常出入皇宫，加上燕洵对他向来和气，他也不怕生，牵着当今世上最有权势的人的手，仰着头，笑容灿烂地说："是啊，姜叔教我的，不过我现在还太小，不能骑大马，只能骑小马驹。"

燕洵一笑，说道："你父王像你这么大的时候可不会骑马，你比他厉害。"

"啊？真的吗？"永儿一愣，傻傻地睁大眼睛，问道，"父王这么笨啊？"

燕洵闻言很开心地笑道："你父王做别的都行，精通诗词，博览群书，偏是不会骑马，他的马术还是跟朕学的。"

"哇，那皇上不是我父王的老师了吗？皇上能教我吗？我想骑大马，不想骑小马驹了，姜叔送我的那匹小马太懒了，连跑都不会，只会小步地走。"

"你还太小，教你骑马还不行，不过朕倒是可以教你点别的。"

"皇上还会什么呀？会斗蟋蟀吗？"

"朕会的可多了。"

"皇上吹牛吧，我养的红头大将军打遍皇宫无敌手，连二皇子的威武绿头王都被咬下一条大腿。"

……

窄窄的石阶道上，一高一矮两个人走在最前面，边走边聊，其乐融融。风雪就在左右，却似乎不能介入他们之间。

玉树跟在后面，出神地看着他们的背影，迷迷糊糊地想，若是王爷仍在，也许就是眼前这个样子吧。也许也会在闲暇时带着永儿出去踏青，会聊一些别的朋友小时候的糗事，然后很臭屁地吹嘘一下自己年少时有多么聪明神武，也许，就是这个样子吧。

她突然感到有些伤心，她虽然是个单纯的妇人，只知道照料丈夫、抚养孩子，可是也并非对外面的事情全然不懂。

这些年，尤其是最近这两年，皇宫里的皇子一个又一个地出生，可是从来没听说皇上对哪个儿子多么宠爱。潜意识里，玉树也是明白的，燕国初立，各方政权目前还不稳定，北方还有小规模的战争，而且大燕在皇后嫁入燕国之前就有承诺，大燕的皇帝必是皇后所出之子,所以即便皇后目前还没有孩子,皇上也不能和其他的儿子过分亲近,以免引起朝野疑心。毕竟,如今朝廷上,怀宋旧臣还是有一定势力的。

皇上以这样温和的表情说话,恐怕就连他的亲生儿子,也没见过吧。

亲生儿子就在眼前却不得亲近,皇上的心,也许也是很难过的吧。

玉树傻傻地叹了口气,一群鸟从树林上空飞过来,翅膀扑簌簌地响。她仰起头来,风吹在脸上,冰冰凉凉的。

一阵笑声从前面传过来,声音那么愉悦。

极远处的深宫中,纳兰红叶将一张花笺投入火中,看着它一点点被火舌吞没,化为黑灰。依稀间,似乎听到风从东南方吹来,带着从不熟悉的声音,萦绕在耳鼓之间。

冷寂深宫中,她穿着华丽的宫装,脊背笔直,双肩却微微倦怠了。

阳光照在她身上,光束下,有细小的灰尘上下翻飞。

一切都在变,唯有她的影子,多少年来,寂寞一道,被无尽的时光拉得好长好长。

"玄墨,又一年了。"无声中,她微微一笑,笑容却如雾霭,轻轻消散在这秋末的冷雪中。

第六章
梨花

窗外风声瑟瑟，空旷的大殿，帘帷深重。请脉的太医刚刚退下，云姑姑就上了殿，穿着正一品女官朝服，端端正正地给纳兰红叶行了礼，却并不起身。

纳兰红叶见了，无奈地苦笑，问道："姑姑这是怎么了？"

云姑姑的年纪已经很大了，满头银霜，皱纹极深，一双眼睛平日看起来浑浊无光，此刻却明亮若刀，抬起头来，犀利地望着纳兰红叶，声音低沉地说："皇上又去燕西山了。"

纳兰红叶不置可否，静静一笑，点头道："玄王对江山社稷有功，难得皇上体恤功臣，这不是好事吗？"

大殿里很静，静得能够听到极远处穿廊而过的风声。云姑姑跪在那里，就么静静地望着她，并不说话，目光也并不如何严厉，可是被她这样默默地盯着，纳兰红叶表面上的那层伪装却一点点退去了。

她无奈地叹息，苦笑着说道："姑姑想怎么样？我现在很好，皇上也没有背弃当初的誓言，何必多生事端呢？"

"可是皇上恨你！"云姑姑突然激动地说道，"他恨你夺了玄王的兵权，恨你抽调了他的亲军，恨你将他调往东海，恨你扣下了玄王最后写给他的书信，他以为玄王才是与他守望相助的金兰兄弟。这么多年来，他早就恨透了你，你难道不知道吗？"

"是啊，他恨透了我。"纳兰红叶微微一笑，声音里竟然还带着几分喜气，不无开心地说，"姑姑你看，他不是无情之人，他对我这个结义兄弟，还是很好的。"

"公主！"云姑姑终于生气了，拄着拐棍站起身来，脸色发青。

纳兰红叶轻咳了两声，然后无奈地叹息："姑姑，你都这么大把年纪了，怎么火气还是这么大？"

云姑姑也不说话，只是定定地看着她。

纳兰红叶仍旧微笑着，只是那笑容怎么看怎么带着一丝说不出的苦涩，"姑姑想要我怎么样？以此为筹码，去向皇上乞讨一丝眷顾？姑姑，你当我是什么，国破了，红叶就连尊严都失了吗？"

云姑姑突然愣住了，大殿上的烛火照在她苍老的面容上，透出一种无可奈何的沧桑。

"我并非为我一人活着,在我背后,还有千千万万的皇室宗亲。有皇后的尊位在,有玄墨的情分在,我们怀宋的遗臣才不至于过得太辛苦。"

云姑姑皱眉,勉力争辩道:"可是如果皇上知道真相,也会对你好的,这并没有什么不同。"

"有不同。"纳兰红叶转过头来,嘴角挂着一缕柔和的浅笑,"你明白的。"

香气袅袅,一丝一缕盘旋而上,夜深了,重重帷幔落了下来,越发显得整个宫殿深寂冷肃。她转过身去,再不回头,只是一步一步走了进去。

"他与玄墨是手足之情,也只是手足之情而已,一旦'兄弟'变为夫妻,情分便不在了。"

朱漆镏金殿门吱呀一声徐徐开启,大殿深处空无一人,纳兰红叶脊背挺拔,望着明黄一片的辉煌宫廷,衣袖中的手指一根根扣紧,又一根根松开,依稀中,似乎放下了什么,又似乎承认了什么。

告诉他又能如何?他不会爱你,只是亏欠你罢了。

在心底,她对自己低声说道。原来,承认这一切竟是那么简单的一件事。

她是何等蕙质兰心的女子,一心九窍,玲珑剔透,一生都在朝堂上博弈推演,玩弄人心。她知晓每一个为自己赢取最大利益的方式和技巧,之所以不说,之所以隐瞒,只是因为清楚地知道,即便是将一切大白于天下,也无法赢得他此生的回眸和眷顾。

与其得到一分感激两分愧疚,却仍旧要动情动心地与这整个后宫源源不绝的女子争抢暗斗,莫不如放他,也放自己一条生路。

她早就明白,这世上有些东西是无法勉强的,人心便是这天地间最强大的枷锁,正如玄墨对她,也正如她对燕洵,都是一样,一旦被困其中,便无法超脱。

"公主!想要保住我大宋遗臣,最重要的就是诞下皇子,五年了,已经五年了!"

宫门缓缓关上,再也听不到云姑姑激愤的声音。文嫒带着下人们也退了下去,殿上又只剩下她一个人。她步履平静地走到小几旁,手扶着金漆雕花柱子缓缓坐下,很安静地为自己倒水。汤水流出,都是黑色的汤药,她也不嫌苦,就那么一口一口喝下去。汤药还散发着热气,盘旋着一圈圈向上,杯壁的兰刻花纹摩挲着指腹,有温润的触感。就像是大婚之夜,她的手指轻触到他的肌肤,伤痕累累,冰冷森然。

"只有平起平坐肝胆相照的兄弟,没有坐拥三千心有他属的夫君,我是怀宋的长公主,我是纳兰红叶。"

寂静中,有低沉的声音缓缓响起,她睁大双眼,两行清泪,潸然而下。

冰凉的眼泪蜿蜒着滚过她苍白瘦削的脸颊,沿着下巴的弧线落在手腕上,仅有两滴。

她就这般枯坐着,整整一夜。

第二日,云姑姑病逝,燕洵亲自下旨,册封云姑姑为从二品康禄夫人,享正三品朝廷命官灵仪。云姑姑一生未嫁,没有夫家,就赏了她的母族,尽享哀荣,金银锦缎,福泽后人。

云姑姑出殡那天,纳兰红叶站在真煌城西城楼的角楼上,穿着一身墨色鸾服,头戴紫金后冠,静静地望着那长龙般的送灵队伍缓缓出了真煌城,一路向南而去。

人死还乡，落叶归根，五年前，云姑姑跟随纳兰红叶万里迢迢离乡背井，来到这片飘雪的土地。如今，她的公主已经长大，再不是曾经那个会躲在她怀里痛哭的孩童，她也终于放下一切，撒手而去。

　　那天傍晚，天空又下起了雪，侍女为她披上厚重的长裘，她却仍旧觉得冷。她面色青白，身形瘦削，独自一人站在高楼上，像是一尊冰封的石像。

　　父皇走了，红煜走了，玄墨走了，云姑姑也走了。

　　终于，这天地间所有爱她的人都走了，只剩下她一个人，在家乡的万里之外，也许终她一生，再也看不到故乡的艳阳和暖，嗅不到海滨的微咸波涛。

　　泪意上涌，眼睛却是干的。她的心口突然那样痛，喉间腥咸，似乎有液体溢出嘴角，她却一直那么无知无觉地迎风站着，直到白色的大裘前襟变得殷红一片，直到文媛的惊呼声穿透耳鼓，直到极远处的天空飞过黑色的乌鸦，她才软软地倒下。大雪苍茫，天地昏黄倒转，她似乎又看到了很多年前云姑姑年轻的脸，温柔地望着她，轻唤着她的乳名。

　　云姑姑死后，纳兰红叶就如同一朵枯萎的百合，一天天衰败下去。

　　天气越来越冷，寒风肆虐着卷过大地，太医院的大夫们每日往返十几次，各种名贵的药材流水般送进东南殿，可是都不见有什么起色。

　　这天中午，大雪终于停了。外面的阳光很好，文媛叫一些小丫鬟在院子里打雪仗，抬了纳兰红叶到廊下坐着，她穿着厚厚的白貂披风，坐在软榻上。那些欢快的声音传遍了东南殿，连带着让人的心境也稍稍开阔起来。

　　突然，一个轻微的声音传到耳朵里，纳兰红叶微微侧目，只见偏殿里的王太医和陆太医正在低头商量着什么，似乎没看到她，声音有些大。

　　王太医是怀宋的老臣，今年已经七十多岁了，只见他眉头紧锁，因为隔得远，说话也不完全听得清，只听到几个模糊的词，什么耗尽心血、心思太重、气血盈亏、内外两虚、已然油尽灯枯、药石无力回天……

　　"两位大人说什么呢？"

　　一声轻斥突然响起，两位太医抬头一看，却是文媛站在门口满脸焦急地怒视着他们，纳兰红叶则坐在一旁，面色安然，看那样子，似乎已经听了很久。

　　两人吓得扑通一声跪在地上，忙不迭地赔罪。

　　纳兰红叶却没说什么，只是默默地转过头去，静静地看着院子里的丫鬟们打雪仗。无喜无悲，好似刚才的话通通不曾过耳。

　　吃晚饭的时候，文媛笑着陪她说话，见她心情还不错，就小心地安慰她，说不必在意那两个太医的话，连带着还将两人数落了一通，说他们年老昏聩，不值一信。

　　纳兰红叶淡笑着听了，喝了药之后早早地睡了。

　　第二日，东南殿就来了一批新的太医。纳兰红叶也没有反对，每日听从太医们的话，静心调养，病虽然没什么起色，却也没有恶化。大夫们都很开心，说只要过了这个冬天，她的病就会有转机了。

东南殿的下人听了十分高兴，正好赶上就快过宫灯节了，文媛带着女官内侍们将东南殿布置一新，红红绿绿，各色鲜艳的绸缎都挂了起来，看起来像是民间新婚一样。纳兰红叶知道她们的心思，也没阻止，只是静静地躺在床上，极少说话。

然而没过几天，天气却突然变得极冷，寒风呼啸，滴水成冰，纳兰红叶的病登时就恶化了。

这天中午，窗外大雪呼啸，纳兰红叶靠在榻上，听着外面的声音，有些出神，平静地说道："今年的宫灯节，怕是不能办了吧。"

她的声音十分沙哑，带着掩饰不住的颓败之气。文媛终日满面忧色，却又不敢让她看出来，见她说话，连忙笑着答道："这么大的风，什么灯笼往出一挂立马就被吹走了，应该是不能办了。"

纳兰红叶点了点头，文媛继续说道："娘娘还是先睡一会儿吧，刚吃了药，嘴里苦吗？要不要喝点糖水？"

纳兰红叶摇头，文媛正要继续说话，忽听外面三声鞭响，清脆悦耳，顿时面色一喜，立马站起身来，连声说道："娘娘，是皇上来了。"说着，就带着下人出去接驾。

不一会儿，大殿的宫门一层层打开，重重幔帘被掀起，燕洵穿着一身乌金色长袍走进来，一边走一边脱下外面的黑裘大衣，交给一旁的侍女。

他还是老样子，英气的眉，笔挺的鼻，薄薄的唇，眼眸像是幽深的湖，怎么样也看不到底。他坐在纳兰红叶的床榻对面，接过文媛递上来的热脸巾，先敷了脸，又擦了擦手，才问道："病好点了吗？"

纳兰红叶靠在榻上，轻轻地点头，脸上带着她一贯淡定平和的微笑："皇上挂心了，已经好多了。"

他点头，继续问："太医开的药有按时吃吗？"

纳兰红叶道："有按时吃。"

他沉吟片刻，又问道："朕记得你很怕冷，如今天寒，宫里够暖和吗？"

纳兰红叶的眼底闪过一丝淡淡的神采，可也就是那么一闪即逝，几乎不容察觉。她抬起头来，脸颊已经瘦成尖尖的一条，说道："皇上不必担心，我这里一切都好。"

然后，大殿里就这样安静下来，宁静得如秋天的湖水。窗外风声依旧，一阵紧似一阵。两人就这样坐着，谁也不知道该说什么来打破这样尴尬的僵局。

"那，皇后就好好歇着，朕先……"

"皇上用过午膳了吗？"一个极清脆的声音突然在一旁响起。

纳兰和燕洵都是一愣，抬头看去，却是文媛。年轻的侍女害怕得嘴唇发白，双手在身前死死地攥着一方手绢，额头已经沁出了汗珠，隐藏在衣袖下的手臂微微发抖。

燕洵诧异地看了纳兰红叶一眼，随即转过头去，却并没有生气，反而点了点头，说道："没有。"

"那皇上不如就在我们宫里用膳吧，我们小厨房御厨的手艺非常好，娘娘都喜欢吃，皇上还从来没在我们宫里吃过饭呢。"

燕洵一笑，点头道："好。"

文嫒不由得喜形于色，几乎有些手足无措了，连忙道："那奴婢先下去准备。"说罢，一溜烟跑了下去。

见她走了，纳兰红叶无奈地说道："臣妾管教无方，请皇上恕罪。"

燕洵却摇头道："没事，她很忠心。"

纳兰红叶怎会不知文嫒的心思，不过是希望燕洵能多留一会儿陪陪自己罢了，当下也不再说什么。

燕洵却站起身来，在大殿上随意走动，走到书架旁，随手抽出一本，翻了翻，又放了回去，随后又抽出了一本。纳兰红叶则歪在榻上，细细地摆弄着一只法朗扣夹。阳光从窗子处射进来，在地上画出一个又一个格子。午后的阳光很暖，纵然此刻外面狂风呼啸，可是这一方居室里，却平和安详。

"你很喜欢商贾之术？"燕洵突然开口问道，手里拿着一本《经纬贾术》。

纳兰红叶抬起头来看了一眼，说道："臣妾的祖辈以前就是商贾起家。宋地商贸发达，臣妾闲暇的时候也喜欢研究研究。"

燕洵一笑，道："真是看不出。"

"看不出什么？"

燕洵摇头道："没什么，只是朕知道一个人，也喜欢此道。"

纳兰红叶笑道："是玄王爷吧。"

燕洵微微诧异，问道："皇后怎么知道？"

纳兰红叶很自然地说："臣妾当然知道，臣妾自小就认识玄王爷，对他自然比对皇上了解了。"

燕洵轻轻一笑，似乎不以为然，可是也没说什么，只是转过头去，继续翻看书卷。纳兰红叶却暗暗有一丝得意，像是小孩子恶作剧得逞一般，牵起嘴角，低下头去继续摆弄那只扣夹。

时间静静流逝，成亲多年，燕洵似乎还是第一次认真观看纳兰红叶的寝殿，只觉自己这个皇后倒是个不寻常的人，不但品位出众，见识更是广博，所藏之书涉猎极广，而且大多有翻看的印迹，不似其他宫妃，所有的书卷都只是摆设。

"皇上、皇后娘娘，请用膳。"

饭菜很快就摆了上来，因为纳兰在吃药，需要忌口。所以她的一面，只有四道小菜，而燕洵那边，足足有六十多道冷热荤素，满满当当摆了一大桌子，看起来蔚为壮观。

燕洵有些窘迫，不由得看了纳兰红叶一眼。

纳兰红叶却笑道："皇上平时很少来臣妾这儿，下人们不知道您的口味，只得多做准备。皇上就不要怪他们了，他们也是诚心在讨好您。"

这话也就是出自纳兰红叶之口，若是别人，定会让人觉得是在拈酸吃醋。

文嫒站在一旁，见燕洵什么也没说，听话地吃了起来，不由得心花怒放，心道自己今天真是太英明了，娘娘平日哪里会有这么好的精神。果然心病还需心药医，没准儿皇上多来几次，娘娘的病就好了。"

一顿饭吃得很慢，吃完之后，已经该睡午觉了。燕洵和纳兰红叶随意说了几句话，此时就自然了许多，又交代下人好好照看她，就要先行回宫。刚刚转身要走，突然听得刺啦一声，原来袖子挂到了桌角，竟将袖口的布料撕了一个大大的口子。

燕洵一抬手臂，随意地看了一眼，也没放在心上，就要穿上大氅。

纳兰红叶却说道："皇上，衣服破了。"

燕洵满不在乎地随口道："没关系。"

"等一下。"她拉过燕洵的衣袖，仔细地看了一眼，说道，"这是天赐绣的贡品，这种布料，天赐郡一年所出也只能做几件衣服，皇上今年也只做了这一件天赐绣的朝服。如今坏了，就算拿到御绣房，恐怕也没人敢补。"

燕洵哪里想得到一件衣服还有这么多的说法，当下不由得也多看了这件衣服两眼，说道："坏了就坏了，也没关系。"

纳兰红叶却道："皇上不心疼，臣妾还心疼呢，也不知道每年为了这一卷布料，有多少绣女要绣盲了眼睛。您看，这布料不仅是双面绣，就连布料的断面仔细看，也是可以看到一个个小福字的。"

燕洵仔细一看，果然如此，不由得感叹道："果然精妙。"

"文媛，拿针线来。"

燕洵一愣，问道："皇后要做什么？"

"既然御绣房没人敢补，反正也是要扔了，不如臣妾来补，若是补坏了，皇上可不要怪罪。"

燕洵更是惊奇，不由得问道："皇后还会女红？"

纳兰红叶眼梢轻挑，波光一转，轻轻地看了他一眼，接过针线，就缝补了起来，一边缝一边说道："坐下吧，一会儿就好。"

不知为何，燕洵竟然有些紧张，他挨着纳兰红叶坐下，却又有些局促地想躲开，皱着眉说道："你别扎着我。"

纳兰红叶挑眉，"上过战场的人，还怕这小小的绣花针？"

燕洵明显是信不过她的手艺，皱着眉也不说话。不过很快，只见她极为熟练地穿针引线，手指修长，那针线在她手中好像活过来了一样。

她那般瘦，从燕洵的角度看下去，只能看到一段优美洁白的颈项。阳光洒在她身上，带着平静安详的气息，空气里有清淡的药香味，沙漏里的沙一丝丝地滑下，安静得几乎能听到针线穿过衣衫的沙沙声。

突然，纳兰红叶手一抖，轻轻地咳了起来。

起初，她还在竭力控制，可是渐渐地，她越来越控制不住，声音越来越大。燕洵皱起眉来，伸出另一只手，为她轻轻地拍着后背，一边拍一边叫道："拿水来，快点。"

文媛急忙跑上来，燕洵接过茶水，喂她喝了一口。她的呼吸渐渐平稳，只是脸颊潮红，眼神也越发倦怠。

"没事吧，用不用叫太医？"

纳兰红叶虚弱地摇了摇头，"不用了，老毛病了，歇一会儿就好。"

"这衣服今天别补了，等你精神好点的时候再补吧。"

纳兰红叶也实在是累了，就点了点头。

燕洵脱下外衣，交给文媛，嘱咐道："等你家娘娘精神好的时候再补，这几天不许拿给她。"

文媛开心得直点头，心道：五年了，老天终于开眼了，皇上也知道心疼娘娘了。

燕洵穿上大裘，对纳兰红叶说道："朕先走了，你好好歇着。"

纳兰红叶点头，燕洵转身就往外走，大殿的幔帘一层层撩开，一点一点隐去了他的身影。不知道为什么，纳兰红叶突然间觉得那么心慌，像是心里长满了野草，突然高声叫道："皇上？"

燕洵一愣，远远地回过头来。

宫殿深深，他们离得那么远，就这样互望着，时间从他们之间穿梭而过，一年、两年、三年、五年，还有那些他所不知道的，十年八年，很多很多年。

"今天晚上，臣妾吩咐厨房多做几样好菜，皇上您，还来吗？"

燕洵站在大殿中央，隔得很远，望着那个坐在床榻上的女人。

那是他的妻子，是他从未正视过，却真的在实际意义上帮助过他很多的妻子。

他站在那儿，就么看着她，努力在脑海中回想她以前的样子，可是想起来的除了那满目珠翠、锦绣金玉，就只剩下一片空白。而如今，她一身软白单衣，发无半点头饰，不施脂粉，面白唇青，瘦弱不堪，犹如风中残烛，也不知还能燃烧多久。

罢了……燕洵在心里无声一叹。

纵然她夺了玄墨的兵权，纵然她有可能察觉到了自己和玄墨的关系，私自毁了玄墨生前写给自己的最后一封书信……

罢了。

远远地，燕洵点了点头，说道："你先好好歇着，朕晚上再来看你。"

大门敞开，有清新的风吹进来。

纳兰红叶坐在榻上，默默地望着他远去的背影，面容温和，目光如天上的浮云，那般宁静。

"娘娘——"文媛开心地笑，似乎不知道该说什么，终于一头冲了出去，嚷嚷道，"奴婢去准备一下。"

纳兰红叶深吸一口气，靠在软绵绵的被子里。突然记起了很多年前的那个黄昏，他骑着马，远远地追上来，最终站在桥头对着远行的她，大声地喊："我在梨花树下埋了好酒，你明年还来吗？"

你明年还来吗？

你明年还来吗？

还来吗？

多少年了，只要她一闭上眼，就能听到这个声音。似乎就在昨日，就在耳边。

"来！你等着我！"她坐在马车上，探出头，冲着已经变成一个小黑点的他大声地喊。

来！你等着我！

然而，她终究没能再回去。

她父皇驾崩，独留下她和病母痴弟和满朝狼子野心的皇亲权臣苦苦周旋，江山家国通通落在了她单薄稚嫩的双肩上。

而他，家破人亡，流离失所，昔日的天之骄子，转瞬成了阶下囚。

十年生死两茫茫，他们终于再一次回到了昔日相遇之地，只可惜，山河已碎，物是人非，纵然相对，却已不再相识。

她缓缓闭上眼睛，轻扯嘴角，带出一个浅浅的笑容。

天还没黑，文媛就忙碌起来，为她搭配衣衫，为她梳妆打扮，厨房里的下人知道皇上还来吃饭，也铆足了劲准备起来。她虽然不愿这样，可是难得见他们这样高兴，也就没有反对。

然而天色越来越暗，早已过了晚膳的时辰，还是没见他来。

所有的下人都在暗暗着急，文媛派得力的下人出去打听消息，自己则一遍一遍地安慰着纳兰红叶。

纳兰红叶心下却渐渐了然，然而也不觉得如何伤心，只是觉得有些空旷。玉树说得对，东南殿太大了，总是显得冷清。

不一会儿，燕洵身边的小太监跑来传话，说是西北美林关传来紧急军情，皇上今晚在军议处和几位大人议政，就不过来了。

那一刻，纳兰红叶几乎能清楚地听见整个大殿传出来的叹息声。她面色从容地和那个传话太监对答，打了赏。对文媛说："好了，摆膳吧。"

文媛一愣，"啊？"

纳兰红叶失笑道："用膳啊，皇上不来了，难道本宫就不用吃饭了？"

文媛这才醒悟，连忙带着失魂落魄的下人们传膳。

纳兰红叶自己一个人吃了二十多道菜，她今天的胃口似乎格外好，精神也好，吃了很久，才叫下人上了汤。

随后三天，燕洵一直忙于军事。靖安王妃赵淳儿当年战败之后退入南疆，纵然遭到诸葛玥的几番围剿，仍旧侥幸逃了去。而诸葛玥碍着赵彻的情面，她不再攻打卞唐，也没有赶尽杀绝。可是近期，西北却有消息传来，说靖安王妃的人马和关外犬戎人走动频繁，恐怕有变。

一时间，各种情报火速传往京城，大燕朝廷顿时紧张起来。

这三天，纳兰红叶的病情几次反复，东南殿愁云惨淡，一片冷寂。

这天晚上，已经三日不曾下榻的纳兰红叶突然坐起身来，要文媛将她那只放在柜子里的锦盒拿来。

文媛本来想劝她不要操劳心神，可是见她神色坚定，也不敢再说什么。

一只檀香色的锦盒，看起来已经很旧了，并不沉，拿在手里，轻飘飘的，也不知道里面有什么贵重的东西，竟然并排上了三把锁。

文媛用帕子掸去盒子表面的灰尘，不由得咳嗽了起来，只见那灰已经积得很厚了，也不知道放了多久。

纳兰红叶接过盒子，默默看了一会儿，然后从枕头下面拿起三把钥匙，将盒子打开。

文媛抻长了脖子，只见盒子里装着的竟是厚厚的一摞书信，有很多信纸已经泛黄，看起来年代十分久远。她不由得有些失望，纳闷地皱起眉来。

"文媛，去拿一个火盆进来。"

"娘娘，您要火盆做什么啊？"

纳兰红叶指着那些书信，说道："烧了这些。"

"啊？烧了？"文媛一愣，虽然她不知道这些信是什么人写的，但是只看皇后放的地方，就知道定是十分重要的，忙问道，"为什么呀娘娘？为什么要烧掉？"

纳兰红叶若有所思，轻轻道："不烧掉，还留给别人伤心愧疚吗？"

文媛显然没有听懂，却乖乖听话地走了出去，不一会儿，拿进来一个火盆，炭火噼啪作响，暖意融融。

"文媛，你先出去吧。"

文媛点了点头，"是，娘娘有事就叫奴婢。"

殿门被关上，大殿里又安静下来。纳兰红叶拿起那厚厚的一摞书信，苍白的手指摩挲着那些不知道已被她看过多少遍的信纸，目光渐渐柔和起来。

是的，姑姑说得对，她是个胆小鬼。

什么长公主的尊严，什么怀宋的国体，什么纳兰的姓氏，全都是假的，全都是自欺欺人。她只是害怕，只是没有胆量，只是不敢跨出那一步。

他不知道一切，那么当她看到他怀念玄墨，看到他对玉树、永儿多加照料，她就会觉得甜蜜，就会觉得他还是重视自己这个义弟的，就会知道自己在他心中还是有地位的。

可是一旦他知道一切之后，却并未爱上她，那又叫他情何以堪？

她害怕，她没有勇气，她害怕一切挑明之后他也只是微微震惊，却无法回应她所期盼的感情。她害怕自己孤注一掷之后，却还是无法同他心底的那个人一较高低。她害怕真相摆在面前之后，她还是注定会失败的那一个，却连继续幻想继续做梦的权利都没有，最起码，现在她还可以骗自己说，自己和那个人，是一样重要的。

看吧，她就是这样懦弱的一个人，明知道是自欺欺人，却还要顽固地坚持着。

可是，又能怎么办呢？她的爱情，就是一棵不结果子的树，她害怕秋天来临的那一刻，所以就固执地留在春夏，这样，就不用去面对那惨淡的结局了。

她拿起一张泛黄的信纸，墨迹淋漓，她的手高高举起，指尖苍白纤细。信纸放得久了，已经又薄又脆，发出清脆的声音。突然，纳兰红叶轻轻松开了手，信纸滑落，火盆里的火舌顿时扬起，一下将那张她珍视了很多很多年的书信吞没，转瞬之间，化作飞灰。

当年派玄墨去东南，她并不是想害死他，也并不是想要夺他的兵权。

当时怀宋积弱，各方军队蠢蠢欲动，她有意借燕北之力挽救纳兰氏、挽救怀宋百姓于万一，朝野上那些对江山有意和愚忠的朝臣却不肯答应。那个时候，谁将国家献出去，谁就是叛国的逆臣，谁就会遗臭万年，永世不得翻身。她只是不想让数代忠贞的玄王府替她背上这个骂名，才将他远远调离中央。她又担心他手下的亲兵会有所鼓噪，若是部下群起进言，就算玄墨不肯答应，将来燕洵主政，燕北的大臣也会为玄墨罗织罪名，所以她才调走他的部下，让他去统领和他完全不相干的东南海军衙门。

然而她千算万算，怎么也没料到东南贼寇会趁怀宋内乱而联合起来攻打东南衙门，也没想到玄墨以堂堂亲王之尊，竟然亲自披甲上阵，冲锋杀敌。

算起来，她会有今日，也是报应。

她从政多年，手上染血无数，一道圣旨，便是千万颗人头落地。从来落子无悔，她明白，她全明白。

所以，当她看出燕洵每月都在算着日子来她的宫殿之后，她就突然明白了，他不想要她为他生下孩子。

纵然她曾经答应过怀宋朝野，定会保住宋臣的地位，但是在这件事上，她不愿再去勉强，也不愿将他们的一切，都烙上政治的标签。

这是她人生中唯一的一次任性。

以后的每次临幸之后，她都会吞下苦药，将一切他所担忧的扼杀掉。直到后来，他来的次数越来越少，而如今，他已有两年未在东南殿过夜了。

她这一生，所求的都如指间流沙，越是想要握紧，越是逝于掌心，如今，已经什么也不剩了。

火舌蔓延，一封封书信被烈焰吞没，大火烧掉了他们相识的最后凭证，一点一点，连同她这支离破碎的人生，一同付之一炬。

有的爱是甜蜜，有的爱却是背负。她自己辜负了玄墨，一生愧疚。如今，她就要死了，又何必让他知道一切，然后一生愧对于她？

他这一生，已经足够苦了，她又何必在那累累伤口上再撒上一把盐？

烧吧，都烧掉吧。

世人都道富贵荣华，都道权倾于世，却唯有她知道，唯有她看到，那满目锦绣之下，隐藏的是怎样一颗伤痕累累的心。

不是不够爱，只是爱不起。

她和他都一样，背负着太多责任，背负着太多使命，任性不起，冲动不起，热血不起，更天真不起。

烧吧，都烧掉吧……

浓烟升起，她开始低沉地咳嗽，有腥热的液体缓缓流下。依稀间，似乎还是那年春花如繁，白梨粉杏飞扬如初晨云霞，他衣襟飘飘，立于三月春园之中，蓦然回首，眼眸若星，嘴角含笑，打趣地望着贸然闯入的她，眉眼细长，目光炯炯，轻笑着问："迷路了吧？哪个宫里的？"

她一身男装打扮，脸蛋涨得通红，鼓足了勇气开口，声音却仍是极小的：
"我……我是怀宋安凌王之子，我叫玄墨……"
也许，一开始就是错的。

韶华春遇，明艳晨光，终究还是被这场颠沛流离的乱世烟尘覆上了沉重的土灰。天空明净，却也早已不是当日的云朵彩霞，看不见的刀光剑影一重重割去了当初的年少天真，留下的，不过是断壁残垣，在暗夜中闪烁着暗黄的斑影。可笑的是，对那些逝去的简单岁月，她仍固执地念念不忘。

他的一生，唯有两个人是最重要的，一个，已经被他亲手放逐离去，另一个，却终将成为他最挚爱的兄弟，永远活在他心底最柔软的地方。

只可惜，这两个人，一个也不是她。

大殿里灯火辉煌，可是在她看来，好似隔了一层暗红色的纱，蒙昧阴郁，暗淡无光。

这一生，坚忍执着，几番风雨，终究化作一场无声的酸痛，落在冷寂的深宫之中。万千生灵、血雨腥风皆静静地被一双素手翻转，如今回眸，只觉惫倦沉浮，刹那芳华，浮生若梦，恍然落入茫茫虚空。

掌中信笺蓦然间若雪花滑落，轻轻飘荡，散落一地，火盆中黑灰倒卷，呼呼作响，幽幽上蹿，吞吐着苍白的火舌。

她怆然一笑，手腕无声垂下。

燕太祖开元五年，十二月初四，夜，大雪，皇后纳兰氏，薨于燕离宫东南殿。

"皇上。"内侍在身后低声说道，"找到了。"

燕洵缓缓回过身来，东南殿如今已经空寂下来，大殿里空无一人，皇后丧期已过，东南殿的旧人都已分配各宫。如今留在这里的，只有两名年迈的内侍，负责一早一晚的洒扫。

他打开盒盖，里面是一件乌金色长袍，上绣青云纹图案，两襟有着小团福字，看起来简约华贵，只是左边的袖口处有一道口子，已经被缝合，若是不仔细看，几乎看不出来。

燕洵站在那里，默默看了许久，终于抬起头来，将衣服交给内侍，说道："回宫。"

"是。"

一众内侍跟在他身后，大殿的门大敞开，寒冷的风吹进来，扬起满地细小的灰尘。殿外的阳光有些刺眼，他微微眯起双眼，站在门前，突然回过头去，看向深深帷幔后的那方软榻，似乎还是一个月前，她坐在那里，轻声地问："今天晚上，臣妾吩咐厨房多做几样好菜。皇上您，还来吗？"

皇上您，还来吗？

阳光刺入眼底，让他的心突然变得荒凉。

仅仅是一时耽搁，不想，却成了永别。

他的眉轻轻皱起，又缓缓松开，一点一点，消泯了那丝悲凉之气。

他抬脚正要走，突然嗅到远处有一丝烟尘之气，转头看去，却是极远处的一个拐角，一名小宫女蹲在那儿，正烧着什么。

他微微一愣，带人走了过去。

那名宫女见了他，顿时一惊，整个人跳起来，连忙跪在地上请安。

燕洵看着她，微微皱起眉，说道："你是以前皇后宫里的文媛？"

"是，奴婢是。"

"为何在这儿？"

"这是皇后娘娘的旧物，娘娘去前说过要将这些杂物都烧掉。这些日子奴婢被调到了安嫔娘娘处，一直没有时间回来，今天得了空，就回来料理一下。"

燕洵见文媛穿着一身低等奴婢的衣衫，脖颈上还有淡淡的红痕，知道皇后去了之后，她宫里的旧人定是在别处受了欺负。他默想了片刻，问道："你家在何处？"

文媛一愣，没想到皇上会问起这个，连忙答道："奴婢是跟随皇后娘娘来的，奴婢的家在宋地。"

"家中可还有人？"

"回皇上的话，家中还有老父老母、三个兄长、两个姐姐、一个妹妹。"

燕洵点了点头，对一旁的内侍交代道："传令司奴局，赐她四品兆荣女官之位，享正五品朝官俸禄，另赐黄金百两，即日出宫，送她回乡吧。"

"是，奴才记住了。"

文媛似乎听傻了，就那么跪在那里，久久也不说话。

反而是那个内侍笑着说道："兆荣女官，高兴得傻了，还不领旨谢恩？"

文媛的眼泪顿时夺眶而出，一头磕在地上，大声叫道："多谢皇上天恩，多谢皇上天恩。"

燕洵也不作声，目光在那满地白纸上淡淡扫过，终于就这么转身而去。

雪已经停了，天空那么蓝，蓝得如一汪碧水。风从远处吹来，卷起一张信笺，就那么轻飘飘飞起，穿过火舌，信尾卷曲，微微烧了起来。那封信就那么飘荡在风中，向着那人远去的方向追去。

很多年前，在一盏孤灯之下，垂死的将军用尽最后的心力，勉力提笔，写了这封信。这封信经过了很多人的手，却没有任何人觉得不妥。那不过是写给燕北大皇的一封普通信件，上面详述了怀宋在大夏边境的屯兵兵力、后方常驻军队、各位边境将军的脾气秉性和优点缺点。

然而，当今世上，能看懂这封信的只有三个人，而其中两个，都已经不在了。

刚劲有力，笔走龙蛇，上书玄墨的大名和印玺，可是字迹，绝不是那个与燕洵写了很多年信的故人。

风继续吹，那封信追在燕洵身后，盘旋着，飞舞着，火舌一点点从后面蔓延上来，烧过了信头，烧过了问好，烧过了请安，烧过了一半……

风突然猛了起来，那封信呼一下高高飞起来，眼看着就要越过前面那人的身影。然而这时，一棵梨树突兀地出现在眼前，信纸高高地挂在梨树上，只差一个身位，就能赶到那人前面。

燕洵微微一愣，静静地看着那棵树。想起小时候，他就是在这里，第一次见到玄墨，那时的他迷了路,傻乎乎地到处乱走,一张小脸急得通红,像个害羞的小姑娘。

"皇上?"内侍轻轻地叫,"皇上?"

燕洵回过神,"嗯"了一声,转头向着宫门行去。

火舌一点点蔓延而上,在那株梨树的阻拦下,将那封延迟了五年都没能送出去的书信,一点点吞没。终于,只剩下一片软软的黑灰,挂在树梢上,风过处,扑簌簌地飘落下来。

极远处,仍旧在哭泣的小宫女拾起地上的其他信件,全倒进火盆里,火苗呼的一声蹿起老高,扬起鲜红的火焰。

纵然情深,奈何缘浅。

曾经是这样,从来,都是这样。

据史料记载:

开元六年,纳兰皇后地宫寝陵竣工,坐落于燕北落日山以南。

二十三年后,燕太祖驾崩,葬入太极陵,太极陵坐落于落日山以北,与纳兰皇后陵寝遥遥相望。

赤水支流铅华江流经此地,贯通两陵,因寒冬飘雪,落于江面之上,类似梨花,当地人又称此江为"梨花江"。

番外卷

罂粟

马车穿过几条曲折的胡同，停在了璟祥门外，迎面便是一片茂密的树丛，枝叶繁茂，几乎遮住了半面天空，连太阳的光都被挡在外面。只剩下一重重铁红色的高墙，在岁月的打磨下变得斑驳，指尖轻轻触碰，便会掉下一片片色彩斑斓的墙皮。

一只素白的手握住了斗篷的襟口，撩开车帘，阳光照在她的额角上，风吹过鬓发，露出一抹额头，像是凌霄峰顶的暮雪，白得几乎透明，从肌肤里向外透着一股冷薄之意，令周遭物事皆为之一寒。她眼梢微微挑起，打着一把青竹为骨的竹伞，遮住脸孔，只露出一个瘦削的下巴。

北儿提着药箱从后面跟上来，见引路太监在同守门侍卫交涉，便压低声音兴奋地说道："师父，这里就是皇宫啊！"

她并没有答话，只是垂着眼，静静地望着地上的青石路面。

下了一日的雨，这会儿仍旧没有放晴，雨珠顺着风一丝丝地刮着，光线也是稀薄暗红的，照在她雪白的缁衣上，有一圈圈暗淡的绯色。

见她不吱声，北儿悄悄吐了下舌头，也学她的样子规矩站了。这时那引路太监走过来，笑着说道："水享师傅，跟我来吧。"

水享点了点头，道："有劳公公了。"

她的声音骤然响起，粗糙喑哑，连赶车的车夫都吓了一跳，没想到这样一位脱俗的女神医竟然有这样一副嗓子，就像是被火炭烧过一样，让人无端端地觉得有些阴冷。那老太监忍不住再一次悄悄打量她，只见她缁衣墨发，脸上罩着面纱，遮去了大半边脸孔，只露出一双眼睛，眸色黑亮，深不见底，虽是低眉垂首，却自有一股贵气于微挑的眉梢眼角间渗透而出，抬眸之间，颇有几分凌厉之色。

"公公？"她略微扬眉，轻声唤道。

老太监缓过神来，忙说道："这边走。"

下了这几日的雨，纵然宫内排水做得再好，这会儿也是处处积水。那老太监知道水享的身份，也不敢轻易瞧轻了她去，习惯性地佝偻着腰，主动要帮她打伞，水享也没拒绝，垂首走在一侧。走到一处回廊，水享习惯性地转左，就听那老太监在一旁惊讶道："水享师傅这才是第三次进宫吧,这就记路了?想当年我进宫的时候,可是两三年都走不明白。"

水享闻言微微顿足,淡笑着说道:"我记性比较好。"

老太监笑道:"要不说您怎么就是女神医呢,就是有能耐。杨妃娘娘吃了您给开的药,第二天就见好了。"

水享淡淡一笑,"公公客气了。"说完便不着痕迹地退后半步,跟在老太监身后,低着头默默走着。

到了内监司,按例检查了一番,尚礼监首领太监训了几句话,便将她交给了乾安殿领事太监。北儿自此便不能继续跟着了,将药箱递给水享,笑着说道:"我在这里等师父。"

她话刚说完,便见水享转过头来默默地看了她一眼,水享的眸色极深,就那么静静地盯着她,宛如漆黑的猫儿石一样。北儿跟着水享有三年了,三年前京城流行瘟症,她爹爹也死在了瘟症中,好在她福大命大,被水享收留。虽然这位师父性子冷冷的,平日里也极少说话,可是对她还是不错的。现在她却在水享的目光中没来由地打了一个寒战,有些害怕地小声叫道:"师父?"

水享收回目光,抬手为她捋了捋鬓角的碎发,语调温和地说道:"饿不饿?"

北儿忙道:"不饿。"

"不是带了点心吗?饿了就先吃一点。"

水享少有这般和颜悦色的时候,北儿有些受宠若惊,心里却止不住地高兴,忙甜笑着说道:"徒儿不饿,我等师父晚上回去一起吃。"

水享不再说话,转身便和领事太监去了,走出院子的时候侧过头去,还能看见北儿笑眯眯地站在门口,一张小脸红扑扑的,像是擦了上好的胭脂。

北儿今年几岁了?应该有十五了吧?

一个虚弱的念头刚刚在心底生出,她的眉头便轻轻地皱起来。雨这会儿已经停了,空气里却越发冷,领事太监在一旁交代待会儿见了皇帝要注意的事项,她默默听着,一一记在心里。走了小半个时辰,终于到了乾安殿外,内侍进去通报,她便站在外面等候。她有些紧张,心怦怦跳得厉害,深吸了几口气,都没办法将这种紧张压制下去,隐在面纱后的嘴角抿得很紧,神色也是极严肃的。实际上,打从三个月前第一次进宫时起,甚至是五年前再一次走进这座城市时起,这种情绪便一直紧抓着她,有几分紧张,有几分激动,有几分热烈,甚至还有几分期待。水享知道,这种情绪是不该出现在她身上的,事到如今,任何一点心有旁骛都会导致她的计划彻底失败,但是她还是抑制不住,尤其是今天,尤其是此刻!

殿门缓缓开启,出来的却不是领事太监,而是一名穿着蓝紫色宫装的艳丽女子,体态妖娆,面若桃李,衣衫华贵,一双凤眼斜斜上挑,看到水享微微蹙眉,问道:"你是谁?"

"这是杨妃娘娘举荐进宫为皇上瞧病的水享师傅。"

领事太监正好一同出来,答完连忙对水享说道:"水享师傅,还不向程妃娘娘请安。"

水享目光微微一顿,在程妃的脸上静静地打了个圈,随即对程妃行礼道:"给娘娘请安。"

她声音平和,一个宫礼也施得十分周道,完全不像是一个刚刚进宫的人,程妃挑不出错来,目光越发阴郁,沉声说道:"看着倒像个周全的人,只是怎么还戴着面纱?谁准她在宫内戴这东西的?"

领事太监忙道:"回娘娘的话,水享师傅是带发修行,不宜见外客,所以从来进宫都是以面纱罩脸。"

程妃冷哼一声,"太医院的人都是死人吗?杨妃也太糊涂,怎么敢胡乱举荐外面的人进宫来?万一出了事,谁担待得起?"

程妃和杨妃不和,早已不是什么秘密,程妃的兄长程远虽是军方重臣,又曾跟随皇帝南征北讨。杨妃却是出自怀宋氏族,家世雄厚不说,更得怀宋旧臣的拥护。尤其是纳兰皇后去世之后,皇帝一直没有另册新后,如此一来,两人更是势同水火了。

领事太监乍一看到她便知要坏事,可还是不得不硬着头皮说道:"娘娘,水享师傅是太吉庵净月师太的亲传弟子,医术高明,而且今天的问诊,也是皇上亲口答应的。"

程妃转过头来,冷冷地在领事太监身上剜了一眼,随即冷笑一声道:"既然如此,你就快带这位师傅进去吧。"说罢,带着人便气势汹汹地去了。

领事太监擦了一把冷汗,对水享道:"水享师傅,跟咱家来吧。"

殿门咯吱一声缓缓开启,有细小的飞灰在阳光下热烈地舞蹈,水享站在门外,一时间竟有些恍惚,以为自己是在做梦,以为只要走进去,一切便仍旧是回忆里的某一天,父兄仍在,而她,也还年少天真。

然而,终究是做梦罢了,陌生的气息扑面而来,尽管这里的摆设都是那样熟悉,但是味道变了。不再有奢靡的宫香,不再有斑斓的水袖,更没有那影影绰绰的人,举着杯低着头,大唱着一句句歌功颂德的礼赞。整座大殿都是空荡荡的,宫灯高高地挂着,下面站着几个素服的宫人,墨色的帷幔低垂着,上面绣着一尾尾金色的锦鲤,还有大片蔷薇,映衬着灯光,依稀有些刺目。而在重重帷幔深处,一个人影坐在那里,低着头,似乎正在翻阅什么,听到声音,也不曾抬头,大殿深深,让水享看不清他的眉眼。

水享跟在领事太监身后向那人叩拜,领事太监恭敬地说道:"皇上,水享师傅到了。"

上面的人并没有回答,水享两人只得继续低头跪着,大殿安静得可怕,甚至能听到宫人们呼吸间胸前肌肤摩擦衣襟上刺绣的声响。水享的心脏在胸腔里剧烈地跳动着,怦——怦——怦!像是战场上的军鼓,一声一声,震得她喉咙发痒。她双手平放在膝盖上,以标准的宫廷礼节跪拜在那里,时间的光影从她的发梢掠过,凝固在她单薄的肩膀上,还有那纤细的脖颈,欺霜赛雪,苍白得毫无血色。

"起来吧。"

低沉的声音在大殿深处响起,并不温和,也不过分冷漠,就那么静静的,像是一滴水落进平静的湖面,荡起一圈圈透明的涟漪。然而就是这么简单的几个字,却让水享的脊背瞬间绷紧,肌肤的表层激起一层细小的麻意。她垂着头站在领事太监身后,双手看似自然地垂在两侧,手指微屈,拇指的指甲却紧紧地抵在食指上,狠狠地戳着。疼痛像是尖锐细小的银针,戳在她剧烈翻滚的理智上。

"皇上,这位就是太吉庵的水享师傅。"

燕洵略略抬起头来，一日的操劳让他有些疲惫，他放下笔，以左手的拇指按在太阳穴上，眼睛半眯着慢慢地揉，目光淡淡地扫过水享的身影，点了点头，道："过来吧。"

水享跟在领事太监身后走上前去，燕洵伸出右手，平放在书案上。水享跪在下首，面纱遮去了大半边脸孔，刘海垂下来，更是连眼睛也遮去了。她低着头，目光如水，在无人看到的底层，好像刮起了一场漆黑的风雪。还是那只手，修长而苍白，指腹间布满了因常年握刀挽弓而留下的老茧，小指断了一大截，新生的皮肉在多年的打磨下也变得粗糙，有着狰狞难看的疤痕。

她只是微愣了片刻，便收回神志，手指搭在皇帝的脉搏处，为他诊脉。燕洵却不由得看了她一眼，大多医师在骤然看到他的手的时候，都会愣住，这位却这么快就调整了心绪，倒是个聪慧的人。

水享诊完脉之后默默地退后一步，低着头说道："皇上的病并无大碍，只是过度操劳，睡眠不足，稍后贫尼会开一服药，皇上喝了，多注意休息，自然就大好了。"

她的声音低沉喑哑，完全不像是从她口中发出的，燕洵听了眉梢微微一挑，目光淡淡地打量着她，说道："你的声音是生来就如此吗？"

水享道："回禀皇上，贫尼幼时家中遭逢大火，嗓子是被烟熏坏的。"

燕洵不再说话，目光在她脸上转了一转，便又垂下。这时殿外有内侍进来送奏章，阴冷的风突然吹进来，燕洵眉头微微一皱，按住太阳穴的手指不自觉地便用了些力。

水享见状说道："贫尼还有一套按摩手法，可以缓解头痛，不知皇上要不要试试？"

殿内的烛火越发亮了起来，窗外夕阳西落，暮色降临，时间缓缓流逝，燕洵的目光也如雪一般纷纷扬扬地遍洒下来。他看着水享，目光依稀间便带了几分深意，沉默了片刻，点头道："好。"

水享步伐平稳地走到他身后，伸出一双白皙的手，按在他的额头上。她手指冰凉，乍一触碰竟宛若山巅的寒雪一般，冷得让人心颤。燕洵却神情自若，感受着她灵活有力的手指按在头上，头痛果然缓解了几分。他便微闭着眼睛，随口问道："你的师父是净月师太？"

水享低声答道："是。"

"来帝都几年了？"

水享道："有五年整了。"

燕洵牵起嘴角，眼睛里却没有什么笑意，淡淡道："以前是哪里人？"

水享声音平静，低着头答道："闽州人。"

燕洵眉心微微蹙起，手握成拳，放在嘴边轻咳了一声，道："你帝都话说得不错。"

水享低应了一声，却不再说话了，大殿大得离谱，不知哪里吹来一股风，轻飘飘的，带着清淡的香。水享目光沉静，默默地看着眼前这个人，尽管是看着背面，尽管自从进入大殿以来一直不曾抬头，可是她仍旧可以想象出那人的模样。是的，必是这样，狭长的眼睛，深邃的视线，高挺的鼻梁，薄薄的双唇，就连唇色也是极淡的，总是那样抿着，好像对谁都不屑一顾。那是多久以前了，水享站在那里，记忆却穿山越海地回到了那个逝去的年代，她躲在一众兄长身后，被奶娘紧紧地牵着，自人群的缝隙中望过去，便见那少年远远地走来。

其他的小王爷小世子纷纷哭闹不休，便是个别安静的，也是红肿着眼睛，心不甘情不愿地被送进来。唯有他，目光朗朗，微笑自若，全然没有一点离乡背井充当人质的害怕，看到人群中傻呆呆望着他的自己，反而淘气地冲自己眨了眨眼睛。

从那以后，便是一连串明亮的日子，宫里那么大，人那样多，自己的眼睛却自此只能看到他一个。那时的她还那样小，宫里的门槛却那样高，几乎高过了她的小腿，她每日里便一道宫门一道宫门地跑，跑得满头大汗，只为躲在尚武堂的门外偷偷地看他一眼……

然而，那样的日子终究还是过去了。

水享默默地、缓缓地、深深地吸了口气，脑海中掠过刀山火海的江山沦陷，掠过厮杀征伐的金戈铁马，掠过耻辱黑暗的苦苦挣扎，终于，一切消散，只剩下眼前这个背影，这个从始至终，一直挺拔如铁的男人。

水享的右手按过他的额角，按过他的脖颈，按过他的肩膀，按过他的脊背，便仿佛按过她这颠沛流离的一辈子。她看着他，看着这个她追逐了半生、苦恋了半生、痛恨了半生，更毁了她整整一生的男人，心脏在剧烈跳动，仿佛要从口中跳出来。就这样吧，还能如何呢，这样不是最好的吗？她隐忍挣扎，受尽了屈辱，受尽了苦难，受尽了折磨，所等待的，不就是这一刻？

她的目光中闪过一丝锋芒，手腕一振，一抹柔软的银光自她的袖中滑落掌心！

燕洵沉静的眸子微微一闪，目光深邃，好似瞬间看透了什么。

素色宫装的宫女在此时端着白炭走过来，要为屏风后的香炉加火。燕洵脚下一动，踩住地毯，蓦地一用力，顿时便听那宫女惊呼一声向这边倾倒，而她手里的那盆白炭则向着燕洵和水享两人整盆撒落！

霎时间，宫人们的惊呼声和尖叫声响成一片，水享也被这突发的变故惊住了，燕洵则趁着这一时机飘身而退。

"快！快来人啊！"领事太监大惊失色，连滚带爬地冲到了燕洵身边，惊慌失措地上下抖动燕洵的衣裳，生怕他烧伤了一丝半点。

而那名宫女已经眼皮一翻吓得晕了过去，侍卫们冲进来将她按住，生怕这名"刺客"再做出什么举动来。

这些年帝国虽然逐渐太平了，但是燕皇的宫殿里从来不缺乏这类不要命来行刺的刺客，不管是不甘心的前朝余党，还是没落藏匿的大同行会信徒，都曾经一次又一次地潜入皇宫意图行刺。

殿内乱糟糟的，每个人都面色苍白，如临大敌，生怕因为这件事而被皇帝迁怒。然而燕洵自始至终未发一言，紧紧地皱着眉，似乎有些不解、有些疑惑，甚至有些无措，但是这些并无损于他的威严，他的双目仍旧冰冷地望着那人，似乎要穿透她额角的碎发，穿透她厚厚的面纱，一直看进她心里。

领事太监顺着他的目光看过去，赫然便看到了水享。

侍卫们忙着处理刺客，召唤太医，保护皇帝，唯有她仍旧站在那里，肌肤苍白，目光茫然，像是一只游魂野鬼，脸上全然没有一丝半点血色。她背上的衣物都被烫坏了，脖颈上也是一片红，可是这些都不是最重要的。最重要的是，她仍旧横着双臂，像是一株稻草人一样挡在那里，手臂上的衣衫已经被烧着了，红彤彤一团大火。

"啊！"领事太监大呼道，"快救人啊！"

一桶水噗的一声浇在她身上，她衣衫狼藉，手臂更是烧伤惨重，几名宫人赶上前去扶住她，就听领事太监急忙说道："还不快扶水享师傅到偏殿去，快去请太医来。"

宫女们答应了一声，扶着她便要出去。

"站住。"

他突然开口叫道，那声音极冷，像是燃尽了的香灰，夹带着涩涩的阴沉，撩开一层层华丽奢靡的锦帐，传到她的耳朵里。窗外风雨凄凄，雨水划过瓦檐，发出滴滴答答的声响，映衬着他沉静的尾音，在空荡荡的大殿上清晰地回荡着。

"你……转过身来。"

室内光线昏暗，竟似有一点诡异的红，明黄的通臂长烛静静地燃着，将光线一丝丝地洒在燕洵修长挺拔的背上。那衣襟上金线璀璨，龙爪狰狞，依稀间似乎要挣破黑色的锦缎腾飞而去，他皱着眉，耳际只听天边滚来隆隆雷声，那么远，又那么近。

水享站在那里，却仿佛什么也听不见了，世界空旷得可怕，眼前的一切都变得缥缈起来。这些年的忍辱负重、九死一生，如丧家之犬般辗转逃亡、呕心筹划，还有每个夜晚来临时的孤寂痛苦，突然就变成了一潭冰冷的死灰，再没有一丝半点热度。她低着头，看着含玉双凤拢翠金钩挽着一方烟云般的织锦薄纱，细小的风吹过，轻飘飘地荡起来，就像是无根的浮萍，就像是她一般，这条命，这一生，从未真真切切地握在自己手中。

就这样吧，她牵动嘴角，却连一个苦笑都扯不出。

就这样吧，还能如何呢？说到底，终究是那样无用，那样愚蠢，那样下贱到无以复加！

她死死地咬紧下唇，几乎要将嘴唇咬破。她不知道自己那一刻在想什么，为什么那一针刺不下去，还着了魔一样伸出双手挡在前面。

是疯了吗？是脑子不清楚了吗？是中了魔吗？

还是，还是……还是仍旧有那样恶心的念头在心里作祟，十年二十年地无法忘怀？

她突然很想哭，很想不顾一切地大哭一场，把这些年的苦、这些年的累、这些年的疼痛耻辱一起哭出来，再也不要在每个夜里畏缩地挣扎在噩梦中。可是，这双眼睛，从什么时候起，就已经干涸了？是从兵败逃亡的那一天？还是屈辱承欢在那个老头子身下那一日？抑或是被那群畜生撕裂衣衫的那一刻？

或者，是很多很多年前，她穿着一身大红嫁衣，跪坐在大火弥漫的夜空之中，看着那两个人骑着马，携手并肩冲出真煌城门的那一晚？

外面的雨越发大了，哗啦一声吹开一角窗子，冰凉的风吹起她的缁衣，就像小时候坐在紫藤缠绕的秋千上，鼻息间都是那种淡紫色的小花所发出的清淡幽香。风从耳边吹过，扬起她的裙角鬓发，宫女用力一推，她就高高地飞起。天空那么近，好像一伸手就能触碰到，云彩是洁白的，就像是母后常说起的塞外牛羊，哥哥们在尚武堂练武的呼喝声像是层层的海浪，清澈响亮地回荡在耳边。

那时的阳光真暖啊，空气中都是喜悦的潮气，她那么小，那么年轻，眼角清澈得像是海里的水。她笔直地伸着腿，随着秋千一来一回地荡高，眼睛却顺着高高的围墙飞了出去，越过红墙金瓦，越过重重宫阙，一直看到那扇墨漆柴门。她看到他站在庭院之中，眉眼清寒，目光幽深，风吹过他的衣角，然后他整个人就像是要飞走一样，连面容，都似被笼上了一层烟雾。那雾气越来越大，越来越浓，终于被掩盖在层层岁月之下，再也找不见了。

"水享师傅，皇上叫您呢，水享师傅？"

领事太监在一旁焦急地唤着，她却全然未动。燕洵的面容隐没在萦绕的沉香之中，顺着那些飘忽的白气，看着她一身缁衣的背影，突然间似乎明白了。

燕洵看着她，许久许久，方静静地问道："你叫水享？"

她并不答话，也不转身，只是默默地立着。

燕洵又问："你住在太吉庵？"

她也不回答，大殿内静得可怕，烛火照在她身上，在地上拖出一道长长的影子，那么纤瘦，好似轻轻触碰便能软倒在地。

燕洵紧蹙的眉心渐渐松开，他沉默地望着她，目光那么长，穿越了恩仇，终于语气淡淡地说道："你走吧。"

好似一口冷水突然灌进了胸腔，水享哽咽得喉头越发紧室，垂在两侧的手指轻轻颤抖，努力几次，都无法握成拳头。那些执着，那些耻辱，那些日日夜夜如蚚骨蚀虫般啃噬她心肺的仇恨，突然间就在这么轻飘飘的一句话中溃散了。她这些年来以怨毒强行拼凑在一起的心瞬间碎了，那么空旷，那么疼，那么冰冷。

"水享师傅，皇上叫您走呢，快走吧！"

久在宫中行走已然成了人精的领事太监也察觉到一丝不寻常了，忙小声地在一旁催促着。水享默默地吐出一口气，抬脚便缓缓地向外走去。

大殿内烛火摇曳，燕洵似乎心思烦闷，挥退了侍从，仍旧在刚刚收拾好的书案前坐下，低着头批阅残存的几份奏章，朱笔划过明黄纸笺，发出柔和的声响。风吹过，撩起水享灰白的缁衣袍角，露出里面的一双布鞋，那步伐平静雍容，便是进宫多年的妃子也有不如。

内侍将门打开，斜风卷着冷雨打在身上，寒冷刺骨。水享一只脚踏出了殿门，半边肩膀也露在门外。她本该走了，也应该走了，可是不知为什么，她突然停住了身子，就那么生生地、死死地，再也跨不出一步。

领事太监眉梢一挑，上前一步，搀住她的手臂道："咱家搀着师傅走吧。"说罢，不由分说地便搀着她向外走。

大殿的小太监立马前来关门，水享顺从地被领事太监搀着，微垂着头，夜风吹来，一下子便吹掉了她的面纱。领事太监"哎哟"一声，便松开她低头去捡，她顺势侧过身，眼梢微转，便顺着那未关的门缝看了进去。光影幽暗中，他一人独坐在那里，并未抬头，笔却顿住了。

殿门一寸一寸地关上，她依稀间又记起了那么多东西，那么多她已经忘记了好久好久的东西。那时年轻灿烂，他们都还单纯年幼，日子如山间溪水，欢腾地流过那些明亮鲜活的日子。

已经有多久……有多久不曾记起，久到她以为自己已经忘记了。

可是，此时此刻，她站在这里，那些记忆却如同盛夏的山洪，瞬间便砸碎了她记忆中封印的屏障。

那时的大夏正值鼎盛，父皇的身体很好，哥哥们年纪也还小，便是偶有争斗，也带着孩子的童真和喜气。

而那时的她，双眼太过纯粹，想法太过简单，她看不见金光璀璨的宫阙之下所掩埋的森森白骨，也看不到五彩锦缎下覆盖的染血刀锋，甚至连那一声急过一声的隆隆战鼓，也被深宫之中的鼓瑟笙歌压住了。她自欺欺人地活在自己的世界中，幻想着自己有一日凤冠霞帔地嫁给他，然后一生跟着他、照顾他、相信他，听他的话。

人生若只如初见，是不是就不会有后来的刀光剑影与孽障纠葛？

到底，是谁错了？

"水享师傅，您的面纱。"

水享转过头来，领事太监蓦然一愣，虽然之前也不曾见过这位水享师傅的真面目，可是她也只是遮住了口鼻，不曾遮住眉眼。然而只是这么一会儿工夫，她整个人却似乎突然间老了二十岁，眼角布满皱纹，双鬓银白如雪，尤其是一双眼睛，再无初见时的平静深邃，变得布满沧桑，落寞孤寂得如一捧死灰。

"多谢。"水享接过领事太监手中的面纱，也不再戴，转身便向殿外走去，也不用人指路，熟悉得像自家花园一样。

砰的一声，沉重的殿门终于彻底关上，风声簌簌，如夜哭的鸟，在盛金宫的穹顶飞掠着。有小太监撑着伞赶上来，领事太监醒悟过来，忙追上去，却见水享纤瘦单薄的身影缓缓地走在长长的永巷之中，夜雾弥漫，雨水打在她的肩膀上，像是一抹孤寂的鬼影。

这一天，是开元十四年九月初四，同年腊月初九，帝都城东太吉庵发生火灾，大火肆虐一天一夜，整个庵堂付之一炬。

这天晚上京畿禁卫军统领阿精有密奏进宫，燕洵当时正在吃饭，阿精统领跪拜之后，沉声说道："太吉庵的水享师傅走了。"

燕洵眉梢一挑，问道："死了？"

"没有，是走了。"

燕洵淡淡地"哦"了一声，低头继续喝粥，问道："你还没吃饭吧？"

阿精本想说吃了，可又觉得不能欺君，便老老实实地答道："臣刚从陪都赶来，还没有吃。"

燕洵随意道："坐下一起吃吧。"

阿精忙道："臣不敢。"

燕洵也不强求，吩咐宫女为他另摆一桌，阿精就坐在一旁的小凳子上吃了小半碗粥。见他吃完了，燕洵便吩咐他退下，阿精满心不解，终于还是小声地问了一句："皇上不想知道她去哪儿了吗？"

燕洵淡淡道:"不必知道。"

"不用继续派人监视她吗?"

香炉大鼎内香烟迷蒙,穿着雨青色宫装的宫女碎步上前,抓了一把金黄色的香料撒在金炉中。

燕洵沉默片刻,终究还是语气淡淡地说道:"不用了。"

阿精说完之后就后悔自己的多嘴,跪安之后便出了大殿。

大殿深黑,殿外却是白雪皑皑,反射着明亮的月光,照得四下里一片惨白,然而终究有掀不去的黑,在角落里的暗影里固执地徘徊着。

大殿内灯火一闪,便自熄灭。内侍监总领太监弯着腰走出来,一旁候着的彤史馆太监迎上来问:"今晚召哪位娘娘?"

"哪位也不召。"总领太监食指与拇指扣了一个圈,做出一个皇上心情不好的手势,"皇上已经睡下了。"

大殿内寂静如水,燕洵躺在龙榻上,合上了双眼。

黑夜,那样漫长。

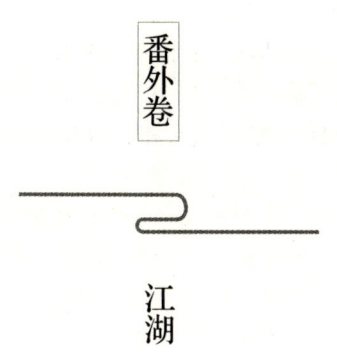

番外卷

江湖

进城的那一天，是个无比晴朗的日子，天空蓝澄澄一片，连朵云彩都没有。巍峨的宫殿坐落在金子般的阳光下，熠熠生辉，仿若一只巨大的金兽盘踞在十里繁花之间，气势磅礴，却有几分脂粉味。如今的唐京城内也是一派繁华之色。

　　云笙骑在马上，一路奔驰，四月桃花已飞尽，满地残红，飘飘荡荡地在马蹄间打着旋。

　　"吁——"她轻喝一声，稳稳地停住马，翻身便从马背上跳了下来。客栈的小二眼尖，大老远便见这女孩骑马而来，年纪虽不大，却通身透着股贵气，让人不敢小瞧。小二忙不迭地迎上前去牵住云笙的马，笑吟吟地说："姑娘打尖还是住店啊？本店有清静的上房和上好的酒菜。"

　　云笙一言不发，转身便往里走，店小二讨了个没趣，独自牵着马去了马棚，云笙扔了一锭银子在客栈老板的桌上，沉声说道："要间清静的客房。"

　　老板见她面色不善，也不多言，只走在前面引路。房间自然是不能同家里的比了，但好在还干净。老板刚一出门，云笙一张冷冰冰的小脸就垮了下来，四仰八叉地躺在床上，委屈得几乎要掉下眼泪来。

　　没良心的爹爹，没良心的娘亲，没良心的荣哥哥！她都走了这么久了，却没一个人来追她，难道真的要她在外面自生自灭吗？呜呜，腰好酸，腿好痛，骑马骑得大腿都要磨破了。她揉了揉眼睛，使劲吸了吸鼻子，将快要掉出来的眼泪忍了回去。

　　不能这么没出息，她就不信了，她自己一个人难道就没法行走江湖吗？她就是要那帮人看看，没了他们，她照样能过得好好的！

　　傍晚的时候，云海客栈的生意突然好了起来，楼上楼下的几间客房全定出去了，而且这些客人还一个个财大气粗，给了不少赏钱。掌柜的笑得合不拢嘴，连忙给财神爷上了几炷香，烟香袅袅，越发映衬出客栈的幽静。

　　云笙从房间里出来，站在二楼的楼梯上，一时间有些恍惚。这是她第一次自己出门，之前只想着要来唐京，可是真到了这儿，却不知道该干什么了。店小二看到她，忙几步迎上来，笑着说道："姑娘要吃饭吗？"

　　云笙摇了摇头，问道："你们这里有什么好玩的吗？"

店小二为人机灵，闻言眼珠子一转，"姑娘是外地人？"

云笙点了点头，店小二一笑，立马口沫四溅地为她介绍起唐京的胜景来。云笙静静地听了一会儿，眼睛一亮，问道："那晚上还放烟火？"

店小二道："那当然，芦花巷最是热闹不过，姑娘要是没去过，那可真太可惜了。"

他话还没说完，云笙就飞一般跑下楼，出门便走了。掌柜的看了眼她离去的方向，回头问店小二道："那位姑娘去哪儿了？"

"芦花巷。"

"你告诉人家晚上那里有烟花放？"

店小二点头道："是啊，今儿不是庙会吗？"

掌柜的闻言，眉毛一挑，骂道："你个猪脑子，明华寺的智明方丈圆寂了，官府说了一个月内不许放烟花。"

店小二这才反应过来，将肩膀上的毛巾一扔，出门就追了去，可是哪里还有云笙的影子？掌柜的站在柜台里唉声叹气，那小姑娘似乎脾气不怎么好，待会儿回来可别冲我发火才好。

云笙赶到芦花巷的时候，天已经黑了，这沿河的一条街都冷清清的，哪里有那店小二所说的热闹景象？夜风有些冷，吹在身上凉飕飕的，她蹲在河边，越发觉得委屈。也不知道荣哥哥在做什么，有没有在想她？还是为终于能甩掉她这个小尾巴，开心得不得了？

越这么想，她越觉得难过，抱着脸撇着嘴，眼泪汪汪的，突然间就后悔起来。

就在这时，只听砰的一声，西面的天空整个都亮了起来，一朵金色的烟花在天空中炸开，像是一朵盛大的金菊。紧接着，又是几朵烟花冲上半空，硕大无比，有如五彩绣丝。灿烂的弧光割裂了漆黑的天幕，将夜空点缀得姹紫嫣红。

沿河的人家听到声音，纷纷冲出家门，小孩子们拍手大笑，指着天空叫个不停。刚刚还安静凄凉的河岸，这么一会儿就热闹得像是要过年一样。

云笙毕竟还是个没长大的小丫头，瞬间也看傻了，刚刚的那点苦闷顿时不翼而飞，她笑意盈盈地捂着耳朵，抬头看着一朵一朵艳丽的花在高高的苍穹里绽放出无比绮丽的风华。

烟火足足放了有半个多时辰，停下来之后百姓们仍旧不愿散去，聚在河边热热闹闹地讨论着。

云笙心情好，胃口也就跟着好起来，寻了家店吃了碗面。吃饱喝足后，就踢踢踏踏地回客栈去了。

第二天一早，唐京的百姓们都在讨论昨晚的那场美景，毕竟就算是平时的庙会，也只是燃放些普通的烟花罢了，远没有昨晚的那么瑰丽，据说是一位富商放的，还给明华寺捐了一大笔香油钱。

云笙昨晚睡得太晚，加上这几天在路上也没怎么睡好，这一觉竟然睡到了下午，出门的时候，太阳都快要落山了。客栈里零零散散坐了几桌人，也不吵闹，一对卖唱的男女停在客栈的一角，男的坐在那儿在拉二胡，女的则在一边唱着小调。两人都很年轻，十七八岁的样子。

云笙觉得稀罕，便要了壶茶和几样点心，找了张桌子坐下来细听，只听那姑娘唱道：

东数二十一，西数九十九，阿哥家在村东头，门前拴着狗。
前望狗也叫，后看狗还吼，拿把石头扔窗头，出来走一走。

歌词虽然粗鄙，却另有一番滋味，尤其是那女孩，每唱一句，便回头冲着那个拉二胡的男子笑一笑，那男子也眯着眼睛看着她，两人默契十足，笑容温暖得像是冬日午后的阳光。

云笙正听得津津有味，忽听门外一阵嘈杂，然后便有几个彪形大汉闯进来，一脚踢翻了男子的凳子，上前拉住女孩道："就是这小姐，怎么样，长得不错吧？"

那男的连忙爬起来就要往前冲，大喊道："你们是什么人？放开她！"

那大汉一脚将他踢开，哈哈大笑道："瞧你那德行，老子看上她是她的造化，不然跟了你，这辈子喝西北风去？"

那女孩子被吓坏了，大叫着男子的名字，失声痛哭起来，可怜极了。客栈的众人却也是敢怒不敢言，更没有人要去报官。

云笙坐在一旁气得不得了，没想到天子脚下也会发生这样的事，她冷冷地说道："你们是什么人？光天化日之下强抢民女，还有王法吗？"

那大汉闻言，转头一看，嘿嘿笑道："这位是哪家的小姐，没想到这唐京城还有这样的美人，怎么不曾见过？"

云笙说道："我不是唐京人，喂，你快放了她，不然的话我定不饶你。"

那名大汉哈哈一笑，说道："我若是不放呢？"

云笙暗道，自己好歹也跟娘亲学过几招，也不知道好使不好使？虽然平时在家里号称"打遍天下无敌手"，但是真到了这时候，心里反而没底了。可是还没等她动手，那名大汉就已经凑上前来，一只毛乎乎的大手向着她的肩膀抓来，云笙慌乱中也忘记了什么招数，胡乱地伸手便向他拍去。

谁知刚刚碰到他，那人就突然惨叫一声，抱着胳膊倒在地上，哇哇大叫道："好硬的功夫！我的胳膊断了！"

其他的地痞闻言，齐齐冲上前来，云笙被他这一喊也吓了一跳，不过自信心顿时膨胀起来。往日练过的功夫也一一回想起来，打得倒也有模有样，三拳两脚下去，就已放倒了一片，众大汉一个个惨叫连连，跪在地上苦苦求饶。云笙冷冷地训斥了他们几句，说了些以后不许再为害乡里之类的话，就放他们走了。卖唱的夫妻俩便是千恩万谢，一口一个女侠，听得云笙舒服极了。其他客人也暗暗咋舌，没想到这小姑娘看着文文弱弱的，功夫竟然这么好，几下就将那些大汉全打倒了，再看云笙的眼神，自然带上了敬畏。

出来这么久了，云笙终于享受到了侠女的待遇，心情好得没话说，连晚饭都多吃了一碗。

第二天早上，云海客栈来了位匡扶正义的美丽女侠的消息，在唐京城里不胫而走。治安向来好得一塌糊涂的唐京城已经好久没这样的热闹了，甚至还有人想要住进来，好一睹女侠的真容。

云笙就这样在唐京住了下来，开始的时候还很开心，除暴安良，仗义疏财，很有江湖大侠的风范。可是一个月过后，她便有点想家了，再出去帮助弱小的时候，也没了最开始的那种兴奋。

　　这天下午，云笙出门的时候，突然看到街上有卖螃蟹的，便不由得想起娘亲是最会做螃蟹的，荣哥哥也很喜欢吃。卞唐这边比青海要暖和，不知道家里现在有没有螃蟹吃？

　　正在出神，忽听一旁有小孩的哭声，一个妇人红着眼睛拉着一个八九岁大的孩子，边打边骂道："你跑哪儿玩去了？我到处找你，你想气死我是不是？"她口里骂得凶，手里的板子却越打越没力气，终于一把扔了板子，嘤嘤地哭起来。

　　云笙愣愣地看着，觉得胸口闷闷的，非常难受。

　　娘亲应该也急坏了吧？还有爹爹，虽然平时冷冰冰的，但其实最疼爱她了。还有荣哥哥，会不会到处找她？她这么任性地跑出来，他又该有多着急？

　　"小姑娘？小姑娘？"

　　云笙回过神来，只听那卖螃蟹的摊主问道："你要买螃蟹吗？"

　　云笙眉头一皱，"你这螃蟹能活多久啊？"

　　摊主道："若是拿出来，那没一会儿就死了，若是在盐水里养着，倒是能活几天。"

　　云笙闻言一笑，说道："那你给我两个罐子，里面装上水，我要养着。"

　　摊主一愣，听说过养花养鸟的，倒没听说过养螃蟹的，他答应了一声，便手脚麻利地装好递给她。

　　云笙提着两罐子螃蟹，乐颠颠地回了客栈。

　　云海客栈的天字三号房，和云笙的房间只隔一条走廊，这房子临水，下面便是一汪碧湖。两侧绿树成荫，繁花似锦。如今窗子开着，只见李青荣着一身斑斓软袍，大袖翩翩，墨发束起，懒散地靠坐在藤椅上，微闭着眼睛。他身前竖着一根钓竿，鱼线很长，一直垂到二楼下面的湖里，也不知道这样能不能钓上鱼来。

　　明喜走到他身边，小声地说道："公主刚刚买了几只螃蟹回来，用罐子装的，已经回房了。"

　　李青荣闻言，眉梢微微一挑，嘴角扯出一抹笑意来。"小丫头，总算疯够了。"他打了个哈欠，伸着懒腰站起身来，"去去去，收拾一下吧，准备回喽。"

　　明喜点了点头，问道："主子不去见皇上一面吗？若是让皇上知道您回来了却不去见他，怕是会不高兴。"

　　"笨，那就别让他知道。"

　　"是。"明喜答应了一声，转身就要出去。

　　李青荣叫住他，说道："对了，记得多买点螃蟹，放在马车里好生养着，路上找机会去把她罐子里的那几只换了。别等她到了家却带了几只死螃蟹，回去再哭鼻子。"

　　明喜嘿嘿一笑道："还是主子想得周到。"

　　李青荣知道这小子是在笑话他，也不生气，挥挥手道："去，出去盯着点。"

明喜笑着出了门,来到后院,却见前几日被云笙揍了的那名大汉正在院里站着,身后还跟了一群地痞流氓。那大汉见明喜出来喜不自胜,连忙迎过来,笑容满面地说:"老板好,这几个也是我兄弟,绝对的生面孔,我们这回又想出新花样了,保证让您家小姐……"

明喜打断他,道:"我们家小姐就要走了,以后也用不着你们再演戏了,这些钱是我们主子给你们的赏钱,都回家去吧。"

那大汉一愣,顿时垮了脸,"啊?你们家小姐不玩了?"

明喜上去就踢了他一脚,笑骂道:"快滚!管住自己的嘴,今晚谁也别出来,等明天我家小姐走了,你们再上街出摊。"

大汉答应一声,便带着几个兄弟走了。

另一名侍卫走上前来,对明喜说道:"头儿,那姓刘的商人来问,那些烟花还要不要了?"

明喜道:"要,让他今晚都放了吧,钱照付。"

这天晚上,唐京城里又是火树银花,热闹非凡。遥远的翠微关内,却有两个人夜不能眠。

楚乔拿着信使刚刚送来的信,反复地看了好几遍,拉着诸葛玥气势汹汹地问道:"喂!你就帮着小荣儿这么欺负珍珠?"

诸葛玥眉梢一挑,斜睨了楚乔一眼,淡淡地道:"那怎么办?你又怕她学功夫辛苦,她又梦想着闯荡江湖,难道还真让她自己出去单干?"

楚乔哼了一声,躺回床上,愤愤不平地说:"我的女儿竟然这么笨。"

诸葛玥撩起她的一缕发丝绕在指尖,夜风吹来,似乎有着花树的香气。诸葛玥揽过楚乔的腰,呼吸喷在她的脖颈上,声音低沉地说:"我们的女儿,要那么聪明干吗?"

第二天,云笙早早地就起来了,店小二依依不舍地问道:"姑娘您要走啊?"

云笙笑眯眯地点头道:"是呀,我要回家啦!"

看着诸葛云笙远去的身影,客栈老板不无伤心地说道:"她一来这客栈就住满,她一走就没人了,这姑娘八成跟我有财缘。"

阳光暖暖的,云笙穿着一件嫩黄色的裙子,骑着小红马,雄赳赳气昂昂地出了城门。没一会儿,一百多匹上等战马护着一辆豪华的马车也跟了出来,李青荣推开车窗,把明喜叫到身前,吩咐道:"叫几个机灵的赶到前面去,安排好休息的茶寮和住宿的客栈,再多找几个当地人在路边等着她,她路痴,别再找不着人问路走丢了。"

明喜笑道:"主子放心吧。"

马儿一甩尾巴,打了一个欢快的响鼻,天上的鸟儿叽叽喳喳的,又是一个万里无云的好日子。

(本卷完)

(全书完)